哈利·波特

Harry Potter 百科全书
Encyclopedia

李 爽 主编

全新典藏版

涵盖哈利·波特全系列内容

北京理工大学出版社
BEIJING INSTITUTE OF TECHNOLOGY PRESS

版权专有　侵权必究

图书在版编目（CIP）数据

哈利·波特百科全书 / 李爽主编. —北京：北京理工大学出版社，2019.1（2023.11 重印）
　ISBN 978-7-5682-1982-2

　Ⅰ.①哈⋯ Ⅱ.①李⋯ Ⅲ.①儿童小说—长篇小说—小说研究—英国—现代 Ⅳ.① I561.078

中国版本图书馆 CIP 数据核字（2018）第 233116 号

责任编辑：钟　博	文案编辑：钟　博
责任校对：周瑞红	责任印制：施胜娟

出版发行 / 北京理工大学出版社有限责任公司
社　　址 / 北京市丰台区四合庄路 6 号
邮　　编 / 100070
电　　话 /（010）68944539（学术售后服务热线）
网　　址 / http://www.bitpress.com.cn
版 印 次 / 2023 年 11 月第 1 版第 18 次印刷
印　　刷 / 三河市宏达印刷有限公司
开　　本 / 710mm×1000mm　1/16
印　　张 / 50
字　　数 / 1000 千字
定　　价 / 139.00 元

图书出现印装质量问题，请拨打售后服务热线，负责调换

目录 DIRECTORY

P001 第一章　人物

主要人物 / 002

哈利·波特 / 002
Harry Potter

罗恩·韦斯莱 / 014
Ron Weasley

赫敏·格兰杰 / 021
Hermione Granger

纳威·隆巴顿 / 030
Neville Longbottom

德拉科·马尔福 / 032
Draco Malfoy

弗农·德思礼 / 034
Vernon Dursley

佩妮·德思礼 / 佩妮·伊万斯 / 036
Petunia Dursley / Petunia Evans

达力·德思礼 / 038
Dudley Dursley

阿不思·邓布利多 / 039
Albus Dumbledore

伏地魔 / 汤姆·里德尔 / 045
Lord Voldemort / Tom Riddle

西弗勒斯·斯内普 / 052
Severus Snape

米勒娃·麦格 / 056
Minerva McGonagall

鲁伯·海格 / 061
Rubeus Hagrid

奎里纳斯·奇洛 / 062
Quirinus Quirrell

吉德罗·洛哈特 / 063
Gilderoy Lockhart

莱姆斯·卢平 / 066
Remus Lupin

小天狼星·布莱克（三世） / 071
Sirius Black Ⅲ

詹姆·波特 / 073
James Potter

彼得·佩鲁姆 / 076
Peter Pettigrew

塞德里克·迪戈里 / 078
Cedric Diggory

威克多尔·克鲁姆 / 080
Viktor Krum

芙蓉·德拉库尔 / 082
Fleur Delacour

阿拉斯托·穆迪 / 084
Alastor Moody

巴蒂·克劳奇 / 087
Bartemius（Barty）Crouch Senior

卢多·巴格曼 / 087
Ludo Bagman

丽塔·斯基特 / 089
Rita Skeeter

多洛雷斯·乌姆里奇 / 090
Dolores Umbridge

霍拉斯·斯拉格霍恩 / 092
Horace Slughorn

鲁弗斯·斯克林杰 / 093
Rufus Scrimgeour

谢诺菲留斯·洛夫古德 / 094
Xenophilius Lovegood

尼法朵拉·唐克斯 / 095
Nymphadora Tonks

皮尔斯·辛克尼斯 / 096
Pius Thicknesse

阿米库斯·卡罗 / 097
Amycus Carrow

阿莱克托·卡罗 / 097
Alecto Carrow

霍格沃茨 / 099

- 教职员工 -

- 创办者 -

戈德里克·格兰芬多 / 099
Godric Gryffindor

赫尔加·赫奇帕奇 / 099
Helga Hufflepuff

罗伊纳·拉文克劳 / 100
Rowena Ravenclaw

萨拉查·斯莱特林 / 100
Salazar Slytherin

- 历任校长 -

阿不思·邓布利多 / 101
Albus Dumbledore

阿芒多·迪佩特 / 101
Armando Dippet

埃弗拉 / 102
Everard

戴丽丝·德文特 / 102
Dilys Derwent

德克斯特·福斯科 / 103
Dexter Fortescue

菲尼亚斯·奈杰勒斯·布莱克 / 103
Phineas Nigellus Black

- 教师 -

奥罗拉·辛尼斯塔 / 103
Aurora Sinistra

芭丝茜达·芭布玲 / 104
Bathsheda Babbling

波莫娜·斯普劳特 / 104
Pomona Sprout

菲利乌斯·弗立维 / 105
Filius Flitwick

费伦泽 / 106
Firenze

赫伯特·比尔利 / 106
Herbert Beery

加拉提亚·梅乐思 / 107
Galatea Merrythought

卡思伯特·宾斯 / 107
Cuthbert Binns

凯瑞迪·布巴吉 / 107
Charity Burbage

罗兰达·霍琦 / 108
Rolanda Hooch

塞蒂玛·维克多 / 108
Septima Vector

西比尔·特里劳尼 / 108
Sybill Trelawney

西尔瓦努斯·凯特尔伯恩 / 109
Silvanus Kettleburn

— 其他 —

阿波里昂·普林格 / 110
Apollyon Pringle

阿格斯·费尔奇 / 110
Argus Filch

爱尔玛·平斯夫人 / 111
Madam Irma Pince

奥格 / 111
Ogg

波皮·庞弗雷 / 111
Poppy Pomfrey

兰科勒斯·卡普 / 111
Rancorous Carpe

— 学生 —

— 格兰芬多 —

艾丽娅·斯平内特 / 112
Alicia Spinnet

爱洛伊丝·米德根 / 112
Eloise Midgen

安德鲁·柯克 / 112
Andrew Kirke

安吉丽娜·约翰逊 / 113
Angelina Johnson

奥利弗·伍德 / 113
Oliver Wood

比尔·韦斯莱 / 114
Bill Weasley

查理·韦斯莱 / 115
Charles Weasley

丹尼斯·克里维 / 116
Dennis Creevey

迪安·托马斯 / 116
Dean Thomas

弗雷德·韦斯莱 / 117
Fred Weasley

吉米·珀克斯 / 118
Jimmy Peakes

杰克·斯帕劳 / 118
Jack Sloper

金妮·韦斯莱 / 118
Ginny Weasley

凯蒂·贝尔 / 120
Katie Bell

考迈克·麦克拉根 / 121
Cormac McLaggen

科林·克里维 / 121
Colin Creevey

拉文德·布朗 / 122
Lavender Brown

莉莉·卢娜·波特 / 122
Lily Luna Potter

李·乔丹 / 123
Lee Jordan

里切·古特 / 123
Ritchie Coote

罗米达·万尼 / 123
Romilda Vane

罗丝·格兰杰-韦斯莱 / 124
Rose Granger-Weasley

纳塔丽·麦克唐纳 / 124
Natalie McDonald

帕瓦蒂·佩蒂尔 / 125
Parvati Patil

珀西·韦斯莱 / 125
Percy Weasley

乔治·韦斯莱 / 127
George Weasley

维基·弗罗比舍 / 128
Vicky Frobisher

西莫·斐尼甘 / 128
Seamus Finnigan

雨果·格兰杰-韦斯莱 / 129
Hugo Granger-Weasley

詹姆·天狼星·波特 / 129
James Sirius Potter

— 斯莱特林 —

阿不思·西弗勒斯·波特 / 130
Albus Severus Potter

阿斯托利亚·马尔福 / 130
Astoria Malfoy

波利·查普曼 / 131
Polly Chapman

布雷司·沙比尼 / 131
Blaise Zabini

达芙妮·格林格拉斯 / 131
Daphne Greengrass

厄克特 / 131
Urquhart

格拉哈姆·蒙太 / 132
Graham Montague

格雷戈里·高尔 / 132
Gregory Goyle

哈珀 / 132
Harper

卡休斯·沃林顿 / 133
Cassius Warrington

马库斯·弗林特 / 133
Marcus Flint

米里森·伯斯德 / 133
Millicent Bulstrode

潘西·帕金森 / 134
Pansy Parkinson

斯科皮·许珀里翁·马尔福 / 134
Scorpius Hyperion Malfoy

文森特·克拉布 / 134
Vincent Crabbe

西奥多·诺特 / 135
Theodore Nott

— 拉文克劳 —

S. 福西特 / 135
S. Fawcett

埃迪·卡米尔切 / 136
Eddie Carmichael

安东尼·戈德斯坦 / 136
Anthony Goldstein

卢娜·洛夫古德 / 136
Luna Lovegood

罗杰·戴维斯 / 137
Roger Davies

玛丽埃塔·艾克莫 / 138
Marietta Edgecombe

迈克尔·科纳 / 138
Michael Corner

帕德玛·佩蒂尔 / 139
Padma Patil

佩内洛·克里瓦特 / 139
Penelope Clearwater

秋·张 / 140
Cho Chang

泰瑞·布特 / 140
Terry Boot

— 赫奇帕奇 —

厄尼·麦克米兰 / 141
Ernie Macmillan

汉娜·艾博 / 141
Hannah Abbott

贾斯廷·芬列里 / 142
Justin Finch-Fletchley

斯特宾斯 / 142
Stebbins

苏珊·博恩斯 / 143
Susan Bones

泰迪·卢平 / 143
Teddy Lupin

扎卡赖斯·史密斯 / 144
Zacharias Smith

魔法部 / 144

— 魔法部部长 —

尤里克·甘普 / 144
Ulick Gamp

达摩克利斯·罗尔 / 145
Damocles Rowle

珀尔修斯·帕金森 / 145
Perseus Parkinson

爱尔德里奇·迪戈里 / 145
Eldritch Diggory

艾伯特·布特 / 146
Albert Boot

巴兹尔·弗莱克 / 146
Basil Flack

赫斯菲斯托斯·戈尔 / 146
Hesphaestus Gore

马克西米利安·克劳迪 / 147
Maximilian Crowdy

波蒂厄斯·纳奇博 / 147
Porteus Knatchbull

昂克图尔斯·奥斯博特 / 147
Unctuous Osbert

阿特米希亚·露芙金 / 148
Artemisia Lufkin

格洛根·斯坦普 / 148
Grogan Stump

约瑟芬·弗林特 / 148
Josephina Flint

奥塔莱恩·甘伯 / 149
Ottaline Gambol

拉多福斯·莱斯特兰奇 / 149
Radolphus Lestrange

霍滕西亚·米利菲特 / 149
Hortensia Milliphutt

伊万杰琳·奥平顿 / 149
Evangeline Orpington

普里西拉·杜邦 / 150
Priscilla Dupont

都格·迈克菲尔 / 150
Dugald McPhail

法瑞斯·斯帕文 / 150
Faris Spavin

伟纽西娅·克里克力 / 151
Venusia Crickerly

阿彻·埃弗蒙德 / 151
Archer Evermonde

洛坎·迈克莱尔德 / 152
Lorcan McLaird

赫克托·福利 / 152
Hector Fawley

伦纳德·斯潘塞-沐恩 / 152
Leonard Spencer-Moon

威尔米娜·塔夫特 / 153
Wilhelmina Tuft

伊格内修斯·塔夫特 / 153
Ignatius Tuft

诺比·里奇 / 153
Nobby Leach

尤金尼娅·詹肯斯 / 153
Eugenia Jenkins

哈罗德·明彻姆 / 154
Harold Minchum

米里森·巴格诺 / 154
Millicent Bagnold

康奈利·福吉 / 154
Cornelius Fudge

金斯莱·沙克尔 / 155
Kingsley Shacklebolt

— 魔法法律执行司 —

— 傲罗办公室 —

艾丽斯·隆巴顿 / 155
Alice Longbottom

弗兰克·隆巴顿 / 156
Frank Longbottom

加德文·罗巴兹 / 156
Gawain Robards

金斯莱·沙克尔 / 156
Kingsley Shacklebolt

普劳特 / 157
Proudfoot

威廉森 / 158
Williamson

约翰·德力士 / 158
John Dawlish

— 禁止滥用麻瓜物品办公室 —

亚瑟·韦斯莱 / 159
Arthur Weasley

珀金斯 / 159
Perkins

— 禁止滥用魔法办公室 —

鲁弗斯·福吉 / 159
Rufus Fudge

马法尔达·霍普柯克 / 160
Mafalda Hopkirk

— 麻瓜出身登记委员会 —

亚克斯利 / 160
Yaxley

艾伯特·伦考恩 / 161
Albert Runcorn

— 魔法法律执行队 —

阿诺德·皮斯古德 / 161
Arnold Peasegood

鲍勃·奥格登 / 161
Bob Ogden

— 威森加摩管理机构 —

罗尔斯顿·波特 / 162
Ralston Potter

亨利·波特 / 162
Henry Potter

格丝尔达·玛奇班 / 162
Griselda Marchbanks

提贝卢斯·奥格登 / 163
Tiberius Ogden

埃非亚斯·多吉 / 163
Elphias Doge

阿米莉亚·博恩斯 / 164
Amelia Bones

- 魔法体育运动司 -

哈米什·麦克法兰 / 164
Hamish MacFarlan

伯莎·乔金斯 / 164
Bertha Jorkins

- 国际魔法合作司 -

- 神奇动物管理控制司 -

阿莫斯·迪戈里 / 166
Amos Diggory

德克·克莱斯韦 / 167
Dirk Cresswell

卡思伯特·莫克里奇 / 167
Cuthbert Mockridge

纽特·斯卡曼德 / 167
Newt Scamander

沃尔顿·麦克尼尔 / 168
Walden Macnair

- 神秘事务司 -

奥古斯特·卢克伍德 / 168
Augustus Rookwood

布罗德里克·博德 / 169
Broderick Bode

莱维娜·蒙克斯坦利 / 169
Levina Monkstanley

索尔·克罗克 / 169
Saul Croaker

- 魔法交通司 -

艾克莫夫人 / 170
Madam Edgecombe

巴兹尔 / 170
Basil

威基·泰克罗斯 / 170
Wilkie Twycross

- 魔法事故和灾害司 -

阿诺德·皮斯古德 / 171
Arnold Peasegood

尼蒙·雷德福 / 171
Mnemone Radford

- 实验咒语委员会 -

巴尔福·布赖恩 / 171
Balfour Blane

吉尔伯特·温普尔 / 172
Gilbert Wimple

- 其他 -

埃里克·芒奇 / 172
Eric Munch

雷吉纳尔德·卡特莫尔 / 172
Reginald Cattermole

食死徒 / 173

埃弗里 / 173
Avery

埃文·罗齐尔 / 173
Evan Rosier

安东宁·多洛霍夫 / 174
Antonin Dolohov

贝拉特里克斯·莱斯特兰奇 / 174
Bellatrix Lestrange

多尔芬·罗尔 / 176
Thorfinn Rowle

芬里尔·格雷伯克 / 176
Fenrir Grayback

吉本 / 177
Gibbon

加格森 / 177
Jugson

拉布斯坦·莱斯特兰奇 / 177
Rabastan Lestrange

拉多福斯·莱斯特兰奇 / 177
Radolphus Lestrange

老高尔 / 178
Goyle

老克拉布 / 178
Crabbe

雷古勒斯·布莱克 / 178
Regulus Black

卢修斯·马尔福 / 179
Lucius Malfoy Ⅱ

罗道夫斯·莱斯特兰奇 / 181
Rodolphus Lestrange

穆尔塞伯 / 181
Mulciber

纳西莎·布莱克 / 纳西莎·马尔福 / 182
Narcissa Black / Narcissa Malfoy

诺特 / 182
Nott

塞尔温 / 183
Selwyn

特拉弗斯 / 183
Travers

威尔克斯 / 184
Wilkes

沃尔顿·麦克尼尔 / 184
Walden Macnair

小巴蒂·克劳奇 / 184
Bartemius（Barty）Crouch Junior

伊戈尔·卡卡洛夫 / 185
Igor Karkaroff

凤凰社 / 186

阿不福思·邓布利多 / 186
Aberforth Dumbledore

阿拉贝拉·费格 / 187
Arabella Figg

埃德加·博恩斯 / 187
Edgar Bones

爱米琳·万斯 / 187
Emmeline Vance

本吉·芬威克 / 188
Benjy Fenwick

德达洛·迪歌 / 188
Dedalus Diggle

费比安·普威特 / 188
Fabian Prewett

海丝佳·琼斯 / 188
Hestia Jones

吉迪翁·普威特 / 189
Gideon Prewett

卡拉多克·迪尔伯恩 / 189
Caradoc Dearborn

莉莉·伊万斯 / 莉莉·波特 / 189
Lily Evan / Lily Potter

马琳·麦金农 / 191
Marlene McKinnon

蒙顿格斯·弗莱奇 / 191
Mundungus Fletcher

莫丽·韦斯莱 / 192
Molly Weasley

斯多吉·波德摩 / 194
Sturgis Podmore

亚瑟·韦斯莱 / 194
Arthur Weasley

麻瓜 / 196

安格斯·弗利特 / 196
Angus Fleet

埃里克·华莱 / 196
Eric Whalley

艾米·本森 / 197
Amy Benson

比利·斯塔布斯 / 197
Billy Stubbs

鲍勃·希群斯 / 197
Bob Hitchens

波奇斯太太 / 197
Mrs. Polkiss

丹尼 / 198
Dennis

丹尼斯·毕肖普 / 198
Dennis Bishop

多特 / 198
Deuter

法布斯特上校 / 198
Colonel Fubster

斐尼甘先生 / 199
Mr. Finnegan

芬列里夫妇 / 199
Mr. and Mrs. Finch-Fletchley

弗兰克·布莱斯 / 199
Frank Bryce

戈登 / 199
Gordon

格兰杰夫妇 / 200
Dr. and Dr. Granger

赫伯特·乔莱 / 200
Chorley Herbert

赫蒂·贝利斯 / 200
Hetty Bayliss

吉姆·麦古 / 200
Jim McGuffin

狡猾的德克 / 200
Dodgy Dirk

科尔夫人 / 201
Mrs. Cole

克里维先生 / 201
Mr. Creevey

克莱斯韦夫妇 / 201
Mr. and Mrs. Cresswell

老汤姆·里德尔 / 201
Sr. Tom Riddle

里德尔先生 / 202
Mr. Riddle

里德尔夫人 / 202
Mrs. Riddle

罗伯茨一家 / 202
Roberts Family

玛莎 / 202
Martha

马克·伊万斯 / 202
Mark Evans

玛姬·德思礼 / 203
Marge Dursley

梅森夫妇 / 203
Mr. and Mrs. Mason

莫肯 / 203
Mocken

佩恩先生 / 204
Mr. Payne

皮尔·波奇斯 / 204
Piers Polkiss

普伦提斯先生 / 204
Mr. Prentice

塞西利娅 / 204
Cecilia

托马斯夫妇 / 205
Mr. and Mrs.Thomas

伊芬 / 205
Yvonne

伊万斯夫妇 / 205
Mr. and Mrs. Evans

其他人物 / 206

- 传说中的人物 -

阿博瑞克·格朗宁 / 206
Alberic Grunnion

阿特米希亚·露芙金 / 206
Artemisia Lufkin

埃拉朵拉·凯特里奇 / 206
Elladora Ketteridge

艾伯塔·图赛尔 / 206
Alberta Toothill

艾尔弗丽达·克拉格 / 207
Elfrida Clagg

巴希达·巴沙特 / 207
Bathilda Bagshot

巴伯鲁·布雷格 / 208
Barberus Bragge

鲍曼·赖特 / 208
Bowman Wright

卑鄙的海尔波 / 208
Herpo the Foul

比阿特丽克斯·布洛克萨姆 / 209
Beatrix Bloxam

伯迪·博特 / 209
Bertie Bott

博蒙特·梅杰里班克斯 / 209
Beaumont Marjoribanks

布尔多克·马尔登 / 210
Burdock Muldoon

布里奇特·温洛克 / 210
Bridget Wenlock

黛西·多德里奇 / 210
Daisy Dodderidge

德夫林·怀特霍恩 / 210
Devlin Whitehorn

德文特·辛普林 / 210
Derwent Shimpling

迪芙娜·弗马吉 / 211
Dymphna Furmage

蒂利·托克 / 211
Tilly Toke

多卡丝·维尔比拉夫 / 211
Dorcas Wellbeloved

菲利克斯·萨莫比 / 211
Felix Summerbee

弗拉德·德拉库伯爵 / 212
Count Vlad Drakul

弗莱维·贝尔比 / 212
Flavius Belby

盖勒特·格林德沃 / 212
Gellert Grindelwald

格洛弗·希普沃斯 / 214
Glover Hipworth

格洛根·斯坦普 / 214
Grogan Stump

格斯墨的冈希尔达 / 214
Gunhilda of Gorsemoor

怪人温德林 / 215
Wendelin the Weird

怪人尤里克 / 215
Uric the Oddball

哈夫洛克·斯威廷 / 215
Havelock Sweeting

海斯帕·斯塔基 / 215
Hesper Starkey

赫伯特·瓦尼爵士 / 215
Sir Herbert Varney

吉弗德·奥勒敦 / 216
Gifford Ollerton

卡洛塔·平克斯顿 / 216
Carlotta Pinkstone

科尼利厄斯·阿格丽芭 / 216
Cornelius Agrippa

克里斯平·克朗克 / 216
Crispin Cronk

克丽奥娜 / 217
Cliodna

利巴修·波拉奇 / 217
Libatius Borage

拉维恩·德·蒙特莫伦西 / 217
Laverne de Montmorency

马屁精格雷戈里 / 217
Gregory the Smarmy

玛吉塔·康斯托克 / 218
Magenta Comstock

梅芙女王 / 218
Queen Maeve

梅林 / 218
Merlin

蒙太·奈特利 / 218
Montague Knightley

米拉贝拉·普伦凯特 / 219
Mirabella Plunkett

米兰达·戈沙克 / 219
Miranda Goshawk

莫尔根·勒·费伊 / 219
Morgan le Fay

穆斯多拉·巴克维斯 / 220
Musidora Barkwith

尼可·勒梅 / 220
Nicolas Flamel

纽特·斯卡曼德 / 220
Newt Scamander

诺威尔·唐克 / 221
Norvel Twonk

帕拉瑟 / 221
Paracelsus

乔恩西·奥德里奇 / 222
Chauncey Oldridge

若库达·塞克斯 / 222
Jocunda Sykes

萨迪厄斯·瑟克尔 / 222
Thaddeus Thurkell

塞克丽莎·图格伍德 / 222
Sacharissa Tugwood

瑟斯 / 222
Circe

时刻准备的埃塞雷德 / 223
Ethelred the Ever-Ready

斯托达·威瑟斯 / 223
Lord Stoddard Withers

托勒密 / 223
Ptolemy

威尔弗雷德·艾尔菲克 / 223
Wilfred Elphick

沃尔德·沃普尔 / 223
Eldred Worple

伍德克夫特的汉吉斯 / 224
Hengist of Woodcroft

西普里·尤德尔 / 224
Cyprian Youdle

亚德利·普拉特 / 224
Yardley Platt

伊格纳提娅·威尔德史密斯 / 224
Ignatia Wildsmith

泽维尔·拉斯特里克 / 225
Xavier Rastrick

战无不胜的安得罗斯 / 225
Andros the Invincible

— 商业人士 —

阿基·阿尔德顿 / 225
Arkie Alderton

阿里·巴什尔 / 226
Ali Bashir

安布罗修·弗鲁姆 / 226
Ambrosius Flume

加里克·奥利凡德 / 226
Garrick Ollivander

鲍曼·赖特 / 227
Bowman Wright

福洛林·福斯科 / 227
Florean Fortescue

格里戈维奇 / 228
Gregorovitch

卡拉克塔库斯·博克（博金先生） / 228
Caractacus Burkes（Mr. Borgin）

罗斯默塔夫人 / 229
Madam Rosmerta

摩金夫人 / 229
Madam Malkin

帕迪芙夫人 / 229
Madam Puddifoot

汤姆 / 229
Tom

维丽蒂 / 230
Verity

— 新闻从业者 —

巴拿巴斯·古费 / 230
Barnabas Cuffe

博佐 / 230
Bozo

贝蒂·布雷思韦特 / 230
Betty Braithwaite

邓普斯特·威格斯瓦德 / 230
Dempster Wiggleswade

格丽泽尔·霍茨 / 231
Grizel Hurtz

赫尔伯特·斯普林 / 231
Helbert Spleen

扎米拉·古奇 / 231
Zamira Gulch

— 娱乐圈 —

奥尔西诺·斯拉斯顿 / 231
Orsino Thruston

多纳汉·特姆利特 / 232
Donaghan Tremlett

赫尔曼·温廷汉姆 / 232
Herman Wintringham

吉迪翁·克拉姆 / 232
Gideon Crumb

柯利·杜克 / 232
Kirley Duke

迈伦·瓦格泰尔 / 232
Myron Wagtail

米尔顿·格拉弗斯 / 233
Merton Graves

塞蒂娜·沃贝克 / 233
Celestina Warbeck

希斯科特·巴巴利 / 233
Heathcote Barbary

— 圣芒戈魔法伤病医院 —

奥古斯特·派伊 / 233
Augustus Pye

厄克特·拉哈罗 / 234
Urquhart Rackharrow

格斯墨的冈西达 / 234
Gunhilda of Gorsemoor

荷西菲娜·卡德隆 / 234
Josefina Calderon

赫尔伯特·斯普林 / 234
Helbert Spleen

兰斯洛特 / 234
Lancelot

卢瑟福·波克 / 235
Rutherford Poke

芒戈·波汉姆 / 235
Mungo Bonham

梅莲姆·斯特劳 / 235
Miriam Strout

希伯克拉特·斯梅绥克 / 235
Hippocrates Smethwyck

— 魔法世界中的其他从业者 —

厄恩·普兰 / 236
Ern Prang

皮埃尔·波拿库德 / 236
Pierre Bonaccord

斯坦·桑帕克 / 236
Stan Shunpike

— 其他 —

阿尔弗雷德·卡特莫尔 / 237
Alfred Cattermole

阿基·菲尔坡特 / 237
Arkie Philpott

阿加莎·蒂姆斯 / 237
Agatha Timms

阿利安娜·邓布利多 / 238
Ariana Dumbledore

埃拉朵拉·布莱克 / 238
Elladora Black

埃莉·卡特莫尔 / 239
Ellie Cattermole

艾琳·普林斯 / 艾琳·斯内普 / 239
Eileen Prince / Eileen Snape

艾妮·斯米克 / 239
Enid Smeek

安多米达·布莱克 / 安多米达·唐克斯 / 239
Andromeda Black / Andromeda Tonks

奥利夫·洪贝 / 240
Olive Hornby

格拉迪丝·古吉翁 / 241
Gladys Gudgeon

科多利 / 241
Cordori

罗迪·庞特内 / 241
Roddy Pountney

马什女士 / 241
Ms. Marsh

玛丽·卡特莫尔 / 241
Mary Cattermole

梅齐·卡特莫尔 / 242
Mazey Cattermole

泰德·唐克斯 / 242
Ted Tonks

威利·威德辛 / 242
Willy Widdershins

维罗妮卡·斯美斯丽 / 243
Veronica Smethley

西塞隆·哈基斯 / 243
Ciceron Harkiss

伊凡·迪隆斯比 / 243
Ivor Dillonsby

神圣 28 纯血家族 /243
（神圣二十八族）

艾博家族 /244
Abbott

埃弗里家族 /244
Avery

布尔斯特罗德家族/伯斯德家族 /245
Bulstrode

布莱克家族 /245
Black

博克家族 /245
Bock

卡罗家族 /246
Carrow

克劳奇家族 /246
Crouch

福利家族 /246
Fawley

弗林特家族 /246
Flint

冈特家族 /246
Gaunt

格林格拉斯家族 /247
Greengrass

莱斯特兰奇家族 /247
Lestrange

隆巴顿家族 /247
Longbottom

麦克米兰家族 /247
Macmillan

马尔福家族 /247
Malfoy

诺特家族 /248
Nott

奥利凡德家族 /248
Ollivander

帕金森家族 /248
Parkinson

普威特家族 /248
Prewett

罗齐尔家族 /249
Rosier

罗尔家族 /249
Rowle

塞尔温家族 /249
Selwyn

沙克尔家族 /249
Shacklebolt

沙菲克家族 /249
Shafiq

斯拉格霍恩家族 /249
Slughorn

特拉弗斯家族 /250
Travers

韦斯莱家族 /250
Weasley

亚克斯利家族 /250
Yaxley

P251 第二章　地址、场所 & 设施

霍格沃茨魔法学校 / 252

— 地下 —

厨房 / 252
Kitchen

船屋 / 252
Boathouse

船屋通道 / 252
Boathouse Passageway

地下房间 / 253
Underground Chambers

第五地下教室 / 253
Dungeon Five

赫奇帕奇地下室 / 253
Hufflepuff Basement

赫奇帕奇公共休息室 / 253
Hufflepuff Common Room

赫奇帕奇学生宿舍 / 254
Hufflepuff Dormitory

忌辰晚会大厅 / 254
Deathday Party Hall

密室 / 254
Chamber of Secrets

魔药课教室 / 255
Potions Classroom

斯莱特林地牢 / 255
Slytherin Dungeon

斯莱特林公共休息室 / 256
Slytherin Common Room

斯莱特林寝室 / 256
Slytherin Dormitory

西弗勒斯·斯内普的办公室 / 256
Severus Snape's Office

— 一层 —

变形课教室 / 257
Transfiguration Classroom

管理员办公室 / 257
Caretaker's Office

教工休息室 / 257
Staffroom

礼堂 / 258
Great Hall

门厅 / 258
Entrance Hall

男生盥洗室 / 259
Boys' Toilets

扫帚间 / 259
Broom Cupboard

十一号教室 / 259
Classroom Eleven

— 二层 —

波皮·庞弗雷的办公室 / 259
Madam Poppy Pomfrey's Office

禁书区 / 260
Restricted Section

哭泣的桃金娘盥洗室 / 260
Moaning Myrtle's Bathroom

米勒娃·麦格的办公室 / 260
Minerva McGonagall's Office

魔法史教室 / 260
History of Magic Classroom

女生盥洗室 / 261
First-Floor Girls' Toilets

图书馆 / 261
Library

校医院 / 261
Hospital Wing

隐形书区 / 262
Invisibility Section

— 三层 —

黑魔法防御术教授办公室 / 262
Defence Against the Dark Arts Teacher's Office

— 四层 —

盔甲走廊 / 262
Armoury / Armour Gallery

魔咒课走廊 / 263
Charms Corridor

魔咒课教室 / 263
Charms Classroom

黑魔法防御术课教室 / 263
Defence Against the Dark Arts classroom

独眼女巫通道 / 263
One-Eyed Witch Passage

四层走廊 / 263
Third Floor Corridor

奖品陈列室 / 264
Trophy Room

— 五层 —

废弃不用的教室 / 264
Disused Classroom

五层盥洗室 / 264
Bathroom

— 六层 —

级长盥洗室 / 265
Prefects' Bathroom

— 七层 —

男生盥洗室 / 265
Boy's Lavatory

霍拉斯·斯拉格霍恩的办公室 / 265
Horace Slughorn's Office

— 八层 —

占卜课教室 / 266
Divination Classroom

胖夫人走廊 / 266
Fat Lady's Corridor

拉文克劳院长办公室 / 266
Ravenclaw Head's Office

有求必应屋 / 266
Room of Requirement

西比尔·特里劳尼的办公室 / 267
Sybill Trelawney's Office

— 塔楼 —

北塔楼 / 267
North Tower

格兰芬多公共休息室 / 267
Gryffindor Common Room

格兰芬多塔楼 / 268
Gryffindor Tower

格兰芬多宿舍 / 268
Gryffindor Dormitory

拉文克劳塔楼 / 268
Ravenclaw Tower

拉文克劳公共休息室 / 268
Ravenclaw Common Room

猫头鹰棚屋 / 269
The Owlery

天文塔 / 269
Astronomy Tower

西塔楼 / 269
West Tower

校长办公室 / 269
Headmaster's Office

— 户外场所 —

白色坟墓 / 270
White Tomb

草药学温室 / 270
Greenhouse

大湖 / 271
Great Lake

海格的南瓜菜园 / 271
Rubeus Hagrid's Pumpkin Patch

海格的小屋 / 271
Hagrid's Hut/Hagrid's Cabin/
Gamekeeper's Shut

霍格沃茨大门 / 272
Main Entrance Gates to Hogwarts

尖叫棚屋入口 / 272
Shrieking Shack's Entrance

禁林 / 272
Forbidden Forest

院子 / 273
Courtyard

霍格莫德村 / 273

— 商店 —

德维斯-班斯店 / 273
Dervish and Banges

蜂蜜公爵糖果店 / 274
Honeydukes Sweetshop

风雅牌巫师服装店 / 274
Gladrags Wizardwear

文人居羽毛笔专卖店 / 274
Scrivenshaft's Quill Shop

— 娱乐休闲场所 —

帕笛芙夫人茶馆 / 275
Madam Puddifoot's Tea Shop

三把扫帚酒吧 / 275
The Three Broomsticks

猪头酒吧 / 275
Hog's Head

佐科笑话店 / 276
Zonko's Joke Shop

— 公共设施 —

霍格莫德车站 / 276
Hogsmeade Station

霍格莫德邮局 / 277
Hogsmeade Post Office

— 其他 —

尖叫棚屋 / 277
Shrieking Shack

对角巷 / 278

— 商店 —

奥利凡德魔杖店 / 278
Ollivanders Wand Shop

蹦跳嬉闹魔法笑话商店 / 278
Gambol and Japes Wizarding Joke Shop

福洛林·福斯科冰淇淋店 / 279
Florean Fortescue's Ice Cream Parlour

疾书文具用品店 / 279
Scribbulus Writing Implements

旧货铺 / 279
The Junk Shop

恐怖之旅巫师旅行社 / 279
Terror Tours

魁地奇精品店 / 280
Quality Quidditch Supplies

丽痕书店 / 280
Flourish and Blotts

摩金夫人长袍专卖店 / 280
Madam Malkin's Robes for All Occasions

帕特奇坩埚店 / 281
Potage's Cauldron Shop

神奇动物商店 / 281
Magical Menagerie

脱凡成衣店 / 281
Twilfitt and Tattings

维泽埃克魔法用品店 / 281
Wiseacre's Wizarding Equipment

药店 / 282
Apothecary

咿啦猫头鹰商店 / 282
Eeylops Owl Emporium

— 娱乐休闲场所 —

破釜酒吧 / 282
Leaky Cauldron

普瑞姆派尼尔夫人美容药剂店 / 283
Madam Primpernelle's Beautifying Potions

韦斯莱魔法把戏坊 / 283
Weasleys' Wizard Wheezes

— 大型企业 —

《预言家日报》总办事处 / 284
Daily Prophet's Main Office

飞路嘭 / 284
Floo-Pow

古灵阁巫师银行 / 284
Gringotts Wizarding Bank

惠滋·哈德图书公司 / 285
Whizz Hard Books

默默然图书公司 / 286
Obscurus Books

— 其他 —

翻倒巷 / 286
Knockturn Alley

博金-博克 / 286
Borgin and Burkes

魔法部 / 287

— 入口 —

魔法部电话亭 / 287
Telephone Box

地下公共厕所 / 287
Underground Public Toilets

魔法部的电梯 / 287
Ministry of Magic Lifts

- 一层 -
魔法部部长办公室及后勤处 / 288
Minister for Magic and Support Staff

- 二层 -
魔法法律执行司 / 288
Department of Magical Law Enforcement

- 三层 -
魔法事故和灾害司 / 289
Department of Magical Accidents and Catastrophes

- 四层 -
神奇动物管理控制司 / 289
Department for the Regulation and Control of Magical Creatures

- 五层 -
国际魔法合作司 / 289
Department of International Magical Cooperation

- 六层 -
魔法交通司 / 290
Department of Magical Transportation

- 七层 -
魔法体育运动司 / 290
Department of Magical Games and Sports

- 八层 -
魔法部正厅 / 290
Atrium

- 九层 -
神秘事务司 / 291
Department of Mysteries

大脑厅 / 291
Brain Room

太空厅 / 291
Space Chamber

死亡厅 / 292
Death Chamber

时间厅 / 292
Time Room

预言厅 / 292
Hall of Prophecy

圆形屋子 / 292
Circular Room

- 十层 -
审判室 / 293
Courtrooms

圣芒戈魔法伤病医院 / 293

- 一层 -
器物事故科 / 293
Reception and Artefact Accidents

- 二层 -
生物伤害科 / 294
Creature-Induced Injuries

- 三层 -
奇异病菌感染科 / 294
Magical Bugs and Diseases

— 四层 —

药剂和植物中毒科 / 294
Potions and Plant Poisoning

— 五层 —

魔咒伤害科 / 295
Spell Damage

— 六层 —

访客茶室和商店 / 295
Visitors' Tearoom and Hospital Shop

其他魔法学校 / 296

布斯巴顿魔法学校 / 296
Beauxbatons Academy of Magic

德姆斯特朗专科学校 / 296
Durmstrang Institute

卡斯特罗布舍魔法学校 / 297
Castelobruxo

科多斯多瑞兹魔法学校 / 297
Koldovstoretz

魔法所 / 297
Mahoutokoro

瓦加度 / 298
Uagadou

伊尔弗莫尼魔法学校 / 299
Ilvermorny School of Witchcraft and Wizardry

魔法世界的其他地区 / 300

— 英国境内 —

9¾ 站台 / 300
Platform 9¾

7½ 站台 / 300
Platform 7½

贝壳小屋 / 300
Shell Cottage

冈特老宅 / 301
Gaunt Shack

戈德里克山谷 / 301
Godric's Hollow

格里莫广场 12 号 / 301
Number Twelve, Grimmauld Place

陋居 / 303
The Burrow

詹姆和莉莉·波特的坟墓 / 304
Grave of James and Lily Potter

— 英国境外 —

阿兹卡班 / 305
Azkaban

纽蒙迦德 / 305
Nurmengard

撒丁岛 / 305
Sardinia

特兰西瓦尼亚村 / 306
Transylvania

与魔法世界有交集的麻瓜世界 / 306

阿伯加文尼 / 306
Abergavenny

安格尔西岛 / 307
Isle of Anglesey

奥特里·圣卡奇波尔村 / 307
Ottery St Catchpole

巴德莱·巴伯顿村 / 307
Budleigh Babberton

白鼬山 / 307
Stoatshead Hill

布里斯托尔 / 308
Bristol

布罗克代尔桥 / 308
Brockdale Bridge

查林十字路 / 308
Charing Cross

大汉格顿 / 309
Great Hangleton

大象城堡区 / 309
Elephant and Castle

丹地 / 309
Dundeek

迪安森林 / 309
Forest of Dean

第戎 / 310
Dijon

吊死鬼酒馆 / 310
The Hanged Man

动物园 / 310
Zoo

多塞特郡 / 310
Dorset

格朗宁公司 / 311
Grunnings

国王十字车站 / 311
King's Cross Railway Station

黑湖码头 / 311
Blackpool Pier

怀特岛 / 312
Isle of Wight

礁石上的小屋 / 312
Hut-on-the-Rock

康沃尔郡 / 312
Cornwall

科克沃斯 / 312
Cokeworth

克拉彭区 / 313
Clapham

肯特郡 / 313
Kent

魁地奇博物馆 / 313
Museum of Quidditch

里德尔府 / 313
Riddle House

利物浦 / 314
Liverpool

马尔福庄园 / 314
Malfoy Manor

马约卡岛 / 315
Mallorca

莫迪斯·拉布诺飞侠保护区 / 315
Modesty Rabnott Snidget Reservation

木兰花路 / 315
Magnolia Road

木兰花新月街 / 315
Magnolia Crescent

女贞路 / 316
Privet Drive

帕丁顿车站 / 316
London Paddington Station

萨里郡 / 317
Surrey

萨默塞特郡 / 317
Somerset

圣布鲁斯安全中心少年犯学校 / 317
St Brutus's Secure Centre for Incurably Criminal Boys

石墙中学 / 317
Stonewall High

斯梅廷中学 /318
Smeltings Academy

斯廷奇库姆 /318
Stinchcombe

唐宁街 /318
Downing Street

托腾汉宫路 /318
Tottenham Court Road

瓦伊河 /319
Wye River

威尔特郡 /319
Wiltshire

沃克斯霍尔路 /319
Vauxhall Road

伍德克夫特 /319
Woodcroft

伍氏孤儿院 /320
Wool's Orphanage

小汉格顿 /320
Little Hangleton

小汉格顿教堂墓地 /320
Little Hangleton Graveyard

小惠金区 /321
Little Whinging

小诺顿区 /321
Little Norton

岩洞 /321
the Cave

伊尔福勒科姆 /322
Ilfracombe

约克郡 /322
Yorkshire

蜘蛛尾巷 /322
Spinner's End

纸店 /323
Paper Shop

紫藤路 /323
Wisteria Walk

相关物品及信息 /323

— 肖像画 —

阿不思·邓布利多的画像 /324
Picture of Albus Dumbledore

阿利安娜·邓布利多的画像 /324
Picture of Ariana Dumbledore

埃弗拉的画像 /324
Picture of Everard

埃默瑞·斯威奇的画像 /324
Picture of Emeric Switch

艾芙丽达·克拉格的画像 /325
Picture of Elfrida Cragg

戴丽丝·德文特的画像 /325
Picture of Dilys Derwent

厄克特·拉哈罗的画像 /325
Picture of Urquhart Rackharrow

菲尼亚斯·奈杰勒斯·布莱克的画像 /325
Picture of Phineas Nigellus Black

德克斯特·福斯科的画像 /326
Picture of Dexter Fortescue

卡多根爵士的画像 /326
Picture of Sir Cadogan

历任校长的画像 /326
Picture of Successive Headmaster

胖夫人的画像 /326
Picture of Fat Lady

傻巴拿巴斯的画像 /327
Picture of Barnabas the Barmy

维奥莱特的画像 /327
Picture of Violet

沃尔布加·布莱克的画像 / 327
Picture of Walburga Black

醉修士图 / 327
Picture of Drunk Monks

— 雕像 —

魔法兄弟喷泉 / 328
Fountain of Magical Brethren

"魔法即强权"石像 / 328
"MAGIC IS MIGHT" Statue

糊涂波里斯 / 329
Boris the Bewildered

马屁精格雷戈里 / 329
Gregory the Smarmy

石头怪兽 / 329
Gargoyle

瘦子拉克伦 / 329
Lachlan the Lanky Statues

忧郁的威尔福 / 330
Wilfred the Wistful

罗伊纳·拉文克劳的雕像 / 330
Rowena Ravenclaw Statues

萨拉查·斯莱特林的雕像 / 330
Salazar Slytherin Statues

伊尔弗莫尼雕像 / 330
Ilvermorny Statues

格斯墨的冈西达 / 331
Gunhilda of Gorsemoor

— 口令 —

— 固定口令 —

左右分离 / 332
Dissendium

打开 / 332
Open

对我说话吧,斯莱特林
——霍格沃茨四巨头中最伟大的一个 / 332
Speak to me, Slytherin, greatest of the Hogwarts Four

活点地图口令 / 332

P333 第三章 职业 & 职务

魔法部 / 334

魔法部部长 / 334
Minister for Magic/Minister of Magic

魔法部部长助理 / 335
Junior Assistant to the Minister for Magic

- 魔法法律执行司 -

- 傲罗办公室 -

傲罗 / 336
Auror

- 禁止滥用麻瓜物品司 -

- 伪劣防御魔咒及防护用品侦查收缴办公室 -

- 禁止滥用魔法办公室 -

- 魔法法律执行队 / 魔法法律执行侦查队 -

打击手 / 338
Hit Wizards

- 魔法事故和灾害司 -

逆转偶发事件小组 / 339
Accidental Magic Reversal Squad

记忆注销员 / 339
Obliviator

记忆注销指挥部 / 340
Obliviator Headquarters

麻瓜问题调解委员会 / 340
Muggle-Worthy Excuse Committee

麻瓜联络办公室 / 340
Muggle Liaison Office

- 威森加摩管理机构 -

威森加摩 / 341
Wizengamot

- 神奇动物管理控制司 -

- 野兽办公室 -

马人联络办公室 / 341
Centaur Liaison Office

处置危险动物委员会 / 342
Committee for the Disposal of Dangerous Creatures

火龙研究与限制局 / 342
Dragon Research and Restraint Bureau

食尸鬼别动队 / 342
Ghoul Task Force

狼人捕捉计划组 / 343
Werewolf Capture Unit

狼人登记处 / 343
Werewolf Registry

- 异类办公室 -

妖精联络处 / 343
Goblin Liaison Office

家养小精灵重新安置办公室 / 344
Office for House-Elf Relocation

狼人支援服务科 / 344
Werewolf Support Services

- 幽灵办公室 -

- 害虫咨询处 / 害虫咨询委员会 / 害虫分所 -

- 错误信息办公室 -

- 国际魔法合作司 -

国际魔法贸易标准协会 / 345
International Magical Trading Standards Body

国际巫师联合会（英国席）/ 346
International Confederation of Wizards
（British Seats）

— 魔法交通司 —

飞路网管理局 / 346
Floo Network Authority

飞天扫帚管理控制局 / 346
Broom Regulatory Control

门钥匙办公室 / 347
Portkey Office

幻影显形测试中心 / 347
Apparition Test Centre

— 魔法体育运动司 —

英国和爱尔兰魁地奇联盟指挥部 / 348
British and Irish Quidditch League Headquarters

官方高布石俱乐部 / 348
Official Gobstones Club

滑稽产品专利办公室 / 348
Ludicrous Patents Office

— 神秘事务司 —

缄默人 / 349
Unspeakables

— 其他 —

魔法维修保养处 / 349
Magical Maintenance

巫师考试管理局 / 349
Wizarding Examinations Authority

实验咒语委员会 / 350
Committee on Experimental Charms

霍格沃茨高级调查官 / 350
Hogwarts High Inquisitor

霍格沃茨校内职务 / 350

校长 / 350
Headmaster

副校长 / 351
Deputy Headmaster / Headmistress

学院院长 / 351
Head of House

霍格沃茨校董事会 / 352
Hogwarts Board of Governors

教授 / 352
Professor

管理员 / 353
Caretaker

图书管理员 / 353
Librarian

钥匙保管员和猎场看守 / 353
Keeper of Keys and Grounds

学生会主席 / 353
Head Boy & Head Girl

级长 / 354
Prefect

新闻从业者 / 354

娱乐圈 / 355

商业人士 / 355

其他 / 355

国际巫师联合会会长 / 355
Supreme Mugwump

威森加摩首席魔法师 / 356
Chief Warlock of the Wizengamot

解咒员 / 356
Curse-Breaker

吸血鬼猎手 / 356
Vampire Hunter

驯龙者 / 357
Dragon Keeper

药剂师 / 357
Potioneer / Potion-Brewer / Potion-Maker

治疗师 / 357
Healer

魔杖制作人 / 357
Wandmaker

取名先知 / 358
Naming Seer

扫帚匠 / 358
Broom-maker

神奇动物学家 / 358
Magizoologist

P359
第四章　魔法 & 咒语

魔法能力 / 360

阿尼马格斯 / 360
Animagus

大脑封闭者 / 封闭术巫师 / 361
Occlumens

蛇佬腔 / 361
Parseltongue

先知 / 362
Seer

视域 / 363
Inner Eye / Seeing Eye / Sight

哑炮 / 363
Squib

易容马格斯 / 364
Metamorphmagus

魔法法则 / 365

魔法基本规则 / 365
Fundamental Laws of Magic

甘普基本变形法则 / 365
Gamp's Law of Elemental

戈巴洛特第三定律 / 365
Golpalott's Third Law

魔法能力不能起死回生。/ 365
Magic could not bring back the dead.

《狼人行为准则》/ 366
Werewolf Code of Conduct

《非巫师的半人类待遇准则》/ 366
Guidelines for the Treatment of Non-Wizard Part-Humans

魔咒 / 366

- 一般实用型魔咒 -

安咳消 / 367
Anapneo

白日梦咒 / 367
Patented Daydream Charms

闭耳塞听咒（闭耳塞听）/ 367
Muffliato Charm （Muffliato）

标记显现 / 368
Flagrate

变色咒 / 368
Colour Change Charm （Colovaria）

超感咒 / 368
Supersensory Charm

抽离咒（力松劲泄）/ 368
Revulsion Jinx （Relashio）

除垢咒（清理一新）/ 369
Scouring Charm （Scourgify）

反开锁咒 / 反阿拉霍洞开 / 369
Anti-Alohomora Charm

放箭咒 / 369
Arrow-Shooting Spell

放大咒 / 369
Enlargement Charm

飞鸟召唤咒（飞鸟群群）/ 370
Bird-Conjuring Charm （Avis）

复苏咒（快快复苏 / 恢复活力）/ 370
Reviving Spell （Rennervate）

复制咒（复制成双）/ 370
Gemino Curse / Doubling Charm
（Geminio）

混淆咒（混淆视听）/ 370
Confundus Charm （Confundo）

幻影显形 / 移形 / 371
Apparate / Disapparate

夹板紧扎 / 372
Ferula

开锁咒（阿拉霍洞开）/ 372
Alohomora Charm （Alohomora）

扩音咒（声音洪亮）/ 372
Amplifying Charm （Sonorus）

快乐咒 / 372
Cheering Charm

滑道平平 / 373
Glisseo

修复咒（恢复如初）/ 373
Mending Charm （Reparo）

兰花盛开 / 373
Orchideous

牢固咒 / 373
Unbreakable Charm

门托斯 / 374
Portus

膨胀咒 / 374
Engorgement Charm

悄声咒（悄声细语）/ 374
Quietening Charm （Quietus）

切割咒（四分五裂）/ 374
Severing Charm （Diffindo）

清水如泉咒 / 造水咒（清水如泉）/ 374
Water-Making Spell （Aguamenti）

人形显身 / 375
Homenum Revelio

闪回咒（闪回前咒）/ 375
Priori Incantatem （Prior Incantato）

伸长咒 / 376
Stretching Jinx

生长咒 /376
Growth Charm

生发咒 /376
Hair-Thickening Charm

竖立成形 /377
Erecto

斯卡平现形咒 /377
Scarpin's Revela Spell

石墩出动 /377
Piertotum Locomotor

水火不侵咒（防水防湿/水火不侵）/378
Impervius Charm（Impervius）

收拾 /378
Pack

说话咒 /378
Talking Spell

速速变大 /378
Engorgio

收缩咒（速速缩小）/378
Shrinking Charm（Reducio）

挖掘咒（掘进三尺）/379
Gouging Spell（Defodio）

无痕伸展咒 /379
Undetectable Extension Charm

无声咒 /379
Nonverbal Spell

无声无息咒（无声无息）/380
Silencing Charm（Silencio）

熄灭咒 /380
Extinguishing Spell

现形咒（急急现形）/380
Revealing Charm（Aparecium）

消影咒（消影无踪）/380
Eradication Spell（Deletrius）

旋风扫净 /380
Tergeo

悬停咒/漂浮咒（羽加迪姆勒维奥萨）/381
Levitation Charm（Wingardium Leviosa）

永久粘贴咒 /381
Permanent Sticking Charm

隐藏咒 /381
Concealment Charms

硬化咒（幻形石板）/381
Hardening Charm（Duro）

魔杖发光咒（荧光闪烁）/382
Wand-Lighting Charm（Lumos）

魔杖熄灭咒（诺克斯）/382
Wand-Extinguishing Charm（Nox）

应声落地 /382
Descendo

愈合如初 /382
Episkey

云咒撤回 /382
Metelojinx Recanto

原形立现 /383
Specialis Revelio

造雪咒 /383
Snowflake-Creating Spell

转换咒 /383
Switching Spell

召唤咒/飞来咒（飞来飞去）/383
Summoning Charm（Accio）

－攻击性魔咒－

爆炸咒（霹雳爆炸）/384
Blasting Curse（Confringo）

绊腿咒 /384
Trip Jinx

冰冻咒（地冻天寒）/384
Freezing Charm（Immobulus）

蝙蝠精咒 / 385
Bat-Bogey Hex

变化咒 / 385
Protean Charm

倒挂金钟 / 385
Levicorpus

房塌地陷 / 385
Deprimo

飞沙走石咒（飞沙走石） / 386
Expulso Curse（Expulso）

粉碎咒（粉身碎骨） / 386
Reductor Curse（Reducto）

疙瘩咒（火烤热辣辣） / 386
Pimple Jinx（Furnunculus）

呵痒咒 / 胳肢咒（咧嘴呼啦啦） / 386
Tickling Charm（Rictusempra）

昏迷咒（昏昏倒地） / 386
Stunning Spell（Stupefy）

缴械咒（除你武器） / 387
Disarming Charm（Expelliarmus）

金钟落地 / 387
Liberacorpus

烈火咒 / 387
Flagrante Curse

烈火咒（火焰熊熊） / 387
Fire-Making Spell / Fire-Making Charm
（Incendio）

门牙赛大棒 / 388
Densaugeo

泡头咒 / 388
Bubble-Head Charm

驱逐咒 / 388
Banishing Charm

驱避咒 / 388
Repelling Spell

全身束缚咒（统统石化） / 389
Full Body-Bind Curse（Petrificus Totalus）

软腿咒 / 389
Jelly-Legs Jinx

摄神取念咒（摄神取念） / 389
Legilimency Spell（Legilimens）

速速禁锢 / 390
Incarcerous

锁舌封喉 / 390
Langlock

锁腿咒（腿立僵停死） / 390
Leg-Locking Spell / Leg-Locker Curse
（Locomotor Mortis）

舞步咒（塔朗泰拉舞） / 390
Dancing Feet Spell（Tarantallegra）

掏肠咒 / 390
Entrail-Expelling Curse

吐鼻涕虫咒 / 391
Slug-Vomiting Charm

瓦迪瓦西 / 391
Waddiwasi

万弹齐发咒（万弹齐发） / 391
Oppugno Jinx（Oppugno）

乌龙出动 / 391
Serpensortia

续满咒 / 392
Refilling Charm

掩目蔽视 / 392
Obscuro

眼疾咒 / 392
Conjunectivitus Curse

遗忘咒（一忘皆空） / 392
Memory Charm / Forgetfulness Charm
（Obliviate）

移动咒（移动） / 393
Locomotion Charm（Locomotor）

蜇人咒 / 393
Stinging Jinx

皱耳咒 / 393
Ear-shrivelling Curse

诅咒 / 393
Curse

— 防御性魔咒 —

赤胆忠心咒 / 394
Fidelius Charm

反侵入咒 / 394
Anti-Intruder Jinx

防御咒 / 394
Defensive Spell

防作弊咒 / 395
Anti-Cheating Charms / Anti-Cheating Spell

僵尸飘行 / 395
Mobilicorpus

幻身咒 / 395
Disillusionment Charm / Bedazzling Hex

减震咒 / 395
Cushioning Charm

抗扰咒 / 396
Imperturbable Charm

锁定咒（快快禁锢）/ 396
Locking Spell （Colloportus）

麻瓜驱逐咒（麻瓜屏蔽）/ 396
Muggle-Repelling Charm （Repello Muggletum）

平安镇守 / 396
Salvio Hexia

破解咒 / 397
Counter-Charm

窃贼感应咒 / 397
Stealth Sensoring Spell

铁甲咒（盔甲护身）/ 397
Shield Charm （Protego）

统统加护 / 397
Protego Totalum

啸叫咒 / 398
Caterwauling Charm

降敌陷阱 / 398
Cave Inimicum

移形幻影 / 植物飘行 / 398
Mobiliarbus

隐形咒（消隐无踪）/ 398
Vanishing Spell （Evanesco）

障碍咒（障碍重重）/ 399
Impediment Jinx （Impedimenta）

— 黑魔法防御术 —

博格特驱逐咒（滑稽滑稽）/ 399
Boggart-Banishing Spell （Riddikulus）

大脑封闭术 / 399
Occlumency

反幻影显形咒 / 400
Anti-Apparition Charm

反幻影移形咒 / 400
Anti-Disapparition Jinx

守护神咒（呼神护卫）/ 400
Patronus Charm （Expecto Patronum）

守护神 / 401
Patronus

停止咒（咒立停）/ 402
Finite Incantatem （Finite）

— 黑魔法 —

尸骨再现 / 403
Morsmordre

神锋无影 / 403
Sectumsempra

招魂术 / 404
Necromancy

厉火 / 404
Fiendfyre

— 不可饶恕咒 —

夺魂咒（魂魄出窍）/ 405
Imperius Curse（Imperio）

杀戮咒（阿瓦达索命）/ 405
Killing Curse（Avada Kedavra）

钻心咒（钻心剜骨）/ 407
Cruciatus Curse（Crucio）

— 其他 —

恢复人形咒 / 408
Homorphus Charm

回火咒 / 408
Backfiring Jinx

基础运动魔咒 / 408
Substantive Charm

牢不可破的誓言 / 408
Unbreakable Vow

魔法休克治疗 / 409
Shock Spell

年龄线 / 409
Age Line

显示出你的秘密 / 409
Reveal your secret！

不可标绘 / 410
Unplottability

P411

第五章　生物

魔法世界的特殊物种 / 412

— 家养小精灵 —

多比 / 412
Dobby

郝琪 / 413
Hokey

克利切 / 413
Kreacher

闪闪 / 414
Winky

— 巨人 —

— 纯血巨人 —

弗里德瓦法 / 415
Fridwulfa

高高马 / 415
Golgomath

格洛普 / 416
Grawp

卡库斯 / 416
Karkus

— 混血巨人 —

奥利姆·马克西姆 / 417
Madam Olympe Maxime

— 灵类魔法生物 —

— 幽灵 —

格雷女士 / 418
Grey Lady

哭泣的桃金娘 / 419
Moaning Myrtle

尼古拉斯·德·敏西－波平顿爵士 / 420
Sir Nicholas de Mimsy-Porpington

胖修士 / 421
Fat Friar

血人巴罗 / 421
Bloody Baron

— 其他 —

博格特 / 422
Boggart

凯波拉 / 422
Caipora

女鬼 / 423
Banshee

摄魂怪 / 423
Dementor

骚灵 / 424
Poltergeist

皮皮鬼 / 424
Peeves

— 妖精 —

鲍格罗德 / 426
Bogrod

戈努克 / 426
Gornuk

古灵戈特 / 426
Gringott

拉格诺 / 426
Ragnok

拉环 / 426
Griphook

莱格纳克一世 / 427
Ragnuk the First

内八字的拉格诺 / 427
Ragnok the Pigeon-Toed

— 吸血鬼 —

血尼 / 428
Sanguini

— 媚娃 —

芙蓉·德拉库尔的外祖母 / 428
Fleur Delacour's Grandmother

— 混血媚娃 —

阿波琳·德拉库尔 / 429
Apolline Delacour

加布丽·德拉库尔 / 429
Gabrielle Delacour

路易斯·韦斯莱 / 430
Louis Weasley

- 其他 -

女妖 / 430
Hag

还魂僵尸 / 430
Zombie

具有智慧的神奇生物 / 431

- 马人 -

贝恩 / 432
Bane

玛格瑞 / 432
Magorian

罗南 / 432
Ronan

- 狼人 -

- 人鱼 -

默库斯 / 434
Murcus

火龙 / 435

澳洲蛋白眼 / 435
Antipogean Opaleye

赫布底里群岛黑龙 / 436
Hebridean Black

罗马尼亚长角龙 / 436
Romanian Longhorn

秘鲁毒牙龙 / 436
Peruvian Vipertooth

挪威脊背龙 / 437
Nobwegian Ridgeback

普通威尔士绿龙 / 437
Common Welsh Green

瑞典短鼻龙 / 437
Swedish Short-Snout

乌克兰铁肚皮 / 438
Ukrainian Ironbelly

匈牙利树蜂 / 438
Hungarian Horntail

中国火球 / 狮龙 / 439
Chinese Fireball / Liondragon

神奇动物 / 439

矮猪怪 / 439
Nogtail

八眼巨蛛 / 440
Acromantula

斑地芒 / 441
Bundimun

比利威格虫 / 441
Billywig

变色巨螺 / 441
Streeler

变形蜥蜴 / 442
Moke

卜鸟 / 爱尔兰凤凰 / 442
Augurey / Irish Phoenix

彩球鱼 / 443
Plimpy

吃人巨妖 / 443
Ogre

刺佬儿 / 443
Knarl

大头毛怪 / 444
Pogrebin

地精 / 花园地精 / 444
Gnome / Garden Gnome

独角兽 / 445
Unicorn

毒角兽 / 445
Erumpent

恶尔精 / 446
Erkling

恶婆鸟 / 446
Fwooper

飞马 / 447
Winged Horse

神符马 / 447
Abraxan

夜骐 / 447
Thestrals

凤凰 / 448
Phoenix

伏地辐 / 活尸布 / 448
Lethifold / Living Shroud

弗洛伯黏虫 / 449
Flobberworm

格林迪洛 / 449
Grindylow

海蛇 / 450
Sea Seppent

红帽子 / 450
Red Cap

狐媚子 / 咬人仙子 / 450
Doxy / Biting Fairy

护树罗锅 / 451
Bowtruckle

火灰蛇 / 451
Ashwinder

火螃蟹 / 452
Frie Crab

火蜥蜴 / 452
Salamander

霍克拉普 / 453
Horklump

鸡身蛇尾怪 / 453
Cockatrice

角驼兽 / 453
Graphorn

金飞侠 / 454
Snidget

巨怪 / 454
Troll

绝音鸟 / 455
Jobberknoll

卡巴 / 河童 / 455
Kappa

客迈拉兽 / 456
Chimaera

雷鸟 / 456
Thunderbird

拉莫拉鱼 / 456
Ramora

洛巴虫 / 457
Lobalug

马头鱼尾海怪 / 457
Hippocampus

马形水怪 / 457
Kelpie

猫豹 / 458
Wampus Cat

猫狸子 / 458
Kneazle

毛螃蟹 / 458
Chizpurfle

莫特拉鼠 / 459
Murtlap

囊毒豹 / 459
Nundu

鸟蛇 / 460
Occamy

庞洛克 / 460
Porlock

蒲绒绒 / 460
Puffskein

球遁鸟 / 461
Diricawl

人头狮身蝎尾兽 / 461
Manticore

软爪陆虾 / 461
Mackled Malaclaw

如尼纹蛇 / 462
Runespoor

瑞埃姆牛 / 463
Re'Em

三头犬 / 463
Three-Headed Dogs

山暴龙 / 463
Snallygaster

伤心虫 / 464
Glumbumble

斯芬克斯 / 464
Sphinx

蛇怪 / 蛇王 / 464
Basilisk / the King of Serpenrs

狮身鹰首兽 / 465
Griffin

食尸鬼 / 466
Ghoul

树猴蛙 / 466
Clabbert

双角兽 / 467
Bicorn

特波疣猪 / 467
Tebo

土扒貂 / 467
Jarvey

蛙头龙 / 467
Hodag

五足怪 / 毛麦克布恩 / 468
Quintaped / Hairy MacBoon

希拉克鱼 / 468
Shrake

吸血怪 / 469
Blood-Sucking Bugbear

仙子 / 469
Fairy

小矮妖 / 克劳瑞柯恩 / 469
Leprechaun / Clauricorn

小精灵 / 470
Pixie

小魔鬼 / 470
Imp

欣克庞克 / 471
Hinkypunk

嗅嗅 / 471
Niffler

雪人 / 大脚板 / 喜马拉雅雪人 / 471
Yeti / Bigfoot / Abominale Snowman

燕尾狗 / 472
Crup

隐身怪 / 472
Hidebehind

隐形兽 / 473
Demiguise

鹰头马身有翼兽 / 473
Hippogriff

月痴兽 / 474
Mooncalf

炸尾螺 / 474
Blast-Ended Skrewt

长角水蛇 / 475
Horned Serpent

沼泽挖子 / 475
Dugbog

神奇植物 / 475

打人柳 / 476
Whomping Willow

毒触手 / 476
Venomous Tentacula

毒牙天竺葵 / 476
Fanged Geranium

疙瘩藤 / 476
Snargaluff

叫咬藤 / 477
Screechsnap

米布米宝 / 477
Mimbulus Mimbletonia

魔鬼网 / 477
Devil's Snare

泡泡豆荚 / 478
Puffapod

跳跳球茎 / 478
Bouncing Bulb

雨伞花 / 478
Umbrella Flower

宠物 / 478

埃罗尔 / 478
Errol

海德薇 / 479
Hedwig

赫梅斯 / 479
Hermes

朱薇琼 / 479
Pigwidgeon

阿拉戈克 / 480
Aragog

莫萨格 / 480
Mosag

斑斑 / 480
Scabbers

巴克比克 / 蔫翼 / 480
Buckbeak / Witherwings

福克斯 / 481
Fawkes

莱福 / 481
Trevor

克鲁克山 / 481
Crookshanks

洛丽丝夫人 / 482
Mrs. Norris

纳吉尼 / 482
Nagini

诺贝塔 / 诺伯 / 482
Norberta / Norbert

踢踢 / 483
Mr. Tibbles

牙牙 / 483
Fang

P485

第六章　魔法制品

特殊魔法物品 / 486

厄里斯魔镜 / 486
The Mirror of Erised

分院帽 / 487
Sorting Hat

格兰芬多宝剑 / 492
Gryffindor's Sword

活点地图 / 掠夺者地图 / 492
Marauder's Map

魔法石 / 493
Philosopher's Stone

冥想盆 / 494
Pensieve

时间转换器 / 494
Time-Turner

熄灯器 / 495
Deluminator / Put-Outer

消失柜 / 496
Vanishing Cabinet

韦斯莱魔法把戏坊的产品 / 496

- 防御类产品 -

防咒帽 / 496
Shield Hats

防咒斗篷 / 497
Shield Cloaks

防咒手套 / 497
Shield Gloves

秘鲁隐形烟雾弹 / 秘鲁隐身烟雾弹 / 497
Peruvian Instant Darkness Powder

诱饵炸弹 / 497
Decoy Detonator

- 神奇女巫产品 -

爱情魔药 / 498
Love Potions

白日梦咒 / 498
Patented Daydream Charms

十秒消除脓包特效灵 / 499
Ten-Second Pimple Vanisher

- 笑话产品 -

便秘仁 / 499
U-No-Poo

便携式沼泽 / 499
Portable Swamp

打拳望远镜 / 500
Punching Telescope

肥舌太妃糖 / 500
Ton-Tongue Toffee

机智抢答羽毛笔 / 500
Smart-Answer Quill

金丝雀饼干 / 500
Canary Creams

可反复使用的刽子手 / 501
Reusable Hangman

可食用黑魔标记 / 501
Edible Dark Marks

拼写检查羽毛笔 / 501
Spell-Checking Quills

青肿消除剂 / 501
Bruise Remover

伸缩耳 / 502
Extendable Ears

无头帽 / 502
Headless Hats

戏法魔杖 / 假魔杖 / 502
Fake Wand / Trick Wand

— 速效逃课糖 —

鼻血牛轧糖 / 503
Nosebleed Nougat

发烧糖 / 503
Fever Fudge

昏迷花糖 / 503
Fainting Fancies

吐吐糖 / 503
Puking Pastilles

血崩豆 / 504
Blood Blisterpod

— 烟火产品 —

韦斯莱"嗖嗖—嘭"烟火 / 504
Weasleys' Wildfire "Whiz-Bangs"

教学用品 & 文具 / 504

— 羽毛笔 —

防作弊羽毛笔 / 505
Anti-Cheating Quills

黑魔法羽毛笔 / 吸血羽毛笔 / 惩罚羽毛笔 / 505
The Black Quill / Blood Quill / Punishment Quill

速记羽毛笔 / 505
Quick-Quotes Quill

自动答题羽毛笔 / 505
Auto-Answer Quills

— 墨水 —

自动纠错墨水 / 506
Self-Correcting Ink

永恒墨水 / 506
Everlasting Ink

隐形墨水 / 506
Invisible Ink

— 其他用品 —

茶杯和茶叶 / 506
Teacups and Tea Leaves

耳套 / 507
Ear Muffs

坩埚 / 507
Cauldron

黄铜天平 / 507
Brass Scale

龙皮防护手套 / 507
Dragon-Hide Gloves

魔法胶带 / 508
Spello-Tape

水晶球 / 508
Crystal Ball

塔罗牌 / 508
Tarot Cards

太阳系模型 / 508
Model of the Solar System

月亮图表 / 508
Moon Chart

月球仪 / 509
Globe of the Moon

望远镜 / 509
Telescope

望月镜 / 509
Lunascope

小抄活页袖 / 509
Detachable Cribbing Cuff

小药瓶 / 509
Phials / Vials

显形橡皮 / 510
Revealer

星象图 / 510
Star Chart

羊皮纸 / 510
Parchment

自动搅拌坩埚 / 511
Self-Stirring Cauldron

作业计划簿 / 511
Homework Planner

魂器 / 511

汤姆·里德尔的日记 / 512
(T. M.) Riddle's diary

马沃罗·冈特的戒指 / 513
Marvolo Gaunt's Ring

斯莱特林的挂坠盒 / 513
Salazar Slytherin's Locket

赫奇帕奇的金杯 / 514
Hufflepuff's Goblet

拉文克劳的冠冕 / 515
Ravenclaw's Diadem

哈利·波特（魂器） / 515
Harry Potter

纳吉尼 / 516
Nagini

黑魔法探测器 / 517

诚实探测器 / 517
Probity Probe

窥镜 / 517
Sneakoscope

探密器（控密器） / 517
Secrecy Sensor

袖珍窥镜 / 517
Pocket Sneakoscope

死亡圣器 / 518

隐形衣 / 518
Invisibility Cloak

复活石 / 519
Resurrection Stone

老魔杖 / 519
the Elder Wand

其他 / 520

波特臭大粪徽章 / 520
Potter Stinks Badge

变形蜥蜴皮袋 / 520
Mokeskin Pouch

布莱克家谱图挂毯 / 520
Tapestry of the Black Family Tree

茶色的毛皮钱包 / 521
Furry Brown Wallet

长明蜡烛 / 521
Everlasting Candle

臭弹 / 521
Stink Pellets

大粪弹 / 521
Dungbomb

大脑 / 522
Brain

大泡粉 / 522
Bulbadox Powder

带铁链的椅子 / 522
Chair with the Chains

带牙飞碟 / 狼牙飞碟 / 522
Fanged Frisbee

蛋白石项链 / 523
Opal Necklace

叮当片 / 523
Clankers

防盗蜂音器 / 523
Anti-Burglar Buzzer

防妖眼镜 / 523
Spectrespecs

飞鸣虫 / 呼啸蠕虫 / 524
Whizzing Worms

费比安的手表 / 524
Watch of Fabian Prewett

费力拔烟火 / 费力拔博士的自动点火水开花神奇烟火 / 524
Filibuster Firework / Dr Filibuster's Fabulous Wet-Start / No-Heat Fireworks

废纸篓 / 524
Wastebasket

古卜莱仙火 / 永恒的火 / 524
Gubraithian Fire / Everlasting Fire

霍格沃茨盾牌饰章 / 525
Hogwarts Crest

供收藏的著名队员塑像 / 525
Collectible Figures of Famous Players

光荣之手 / 525
Hand of Glory

广告牌 / 525
Advertising Blackboard

海格的伞 / 526
Umbrella of Rubeus Hagrid

黑魔标记 / 526
Dark Mark

赫敏的串珠小包 / 526
Hermione Granger's Beaded Handbag

吼叫信 / 527
Howler

护身符 / 527
Amulet

活动照片 / 527
Moving Photograph

火弩箭模型 / 527
Model of a Firebolt

火焰杯 / 527
The Goblet of Fire

黄铜望远镜 / 528
Brass Telescope

尖叫悠悠球 / 528
Screaming Yo-yo

记忆球 / 528
Remembrall

级长勋章 / 528
Prefect Badge

假加隆 / 529
Enhanced Coin / Dumbledore's Army Coin

金蛋　/ 529 Golden Egg	全景望远镜　/ 534 Omnioculars
金色气球　/ 530 Golden Balloons / Enchanted Balloons	骚扰虻虹吸管　/ 534 Wrackspurt Siphons
禁用魔法用品登记簿　/ 530 Registry of Proscribed Charmable Objects	锁喉毒气　/ 534 Garrotting Gas
巨怪挂毯　/ 530 Troll Tapestry	施了魔法的窗户　/ 534 Enchanted Window
连击回飞镖　/ 530 Ever-Bashing Boomerang	施了魔法的雪　/ 535 Enchanted Snow
灵光推进器　/ 530 Billywig Propeller	缩身钥匙　/ 535 Shrinking Key
陋居厨房的挂钟　/ 531 The Clock at The Burrow Kitchen	双向镜 / 双面镜　/ 535 Two-way Mirror
麻瓜警戒器　/ 531 Muggle Guard	小天狼星的小刀　/ 536 Sirius's Knife
玫瑰形徽章　/ 531 Luminous Rosette	韦斯莱家的镜子　/ 536 Mirror of Weasley Family
梅林爵士团勋章　/ 531 Order of Merlin	韦斯莱家的钟　/ 536 Weasley Family Clock
珀金斯的魔法帐篷　/ 532 Perkins's Tent	巫师彩包爆竹　/ 536 Wizarding Crackers
魔法灯笼　/ 532 Magic Lantern	咬人的门把手　/ 537 Biting Doorknob
魔术剃须刀　/ 532 Enchanted Razor	银盾　/ 537 Silver Shield
魔法箱子　/ 532 Magical Trunk	永远不化的冰柱　/ 537 Everlasting Icicle
魔眼　/ 533 Magical Eye	预言球　/ 537 Prophecy Record
魔杖测量器　/ 533 Wand Weighing Instrument	踪丝　/ 538 The Trace
穆丽尔姨婆的头冠　/ 533 Muriel's Tiara	钟形水晶玻璃罩　/ 538 Crystal Bell Jar
飘浮的蜡烛　/ 534 Floating Candles	做工粗糙的笛子　/ 538 A Roughly Cut Wooden Flute

混血王子的魔药学教材 / 538
Advanced Potion-Making of Half-Blood Prince

纸飞机 / 539
Paper Aeroplane

P541

第七章　魔法材料

植物类材料 / 542

阿里奥特 / 542
Alihotsy

艾草浸液 / 542
Infusion of Wormwood

巴波块茎脓水 / 542
Bubotuber Pus

白鲜 / 543
Dittany

蓖麻油 / 543
Castor Oil

雏菊 / 543
Daisy

毒堇香精 / 543
Hemlock Essence

毒芹香精 / 544
Cowbane Essence

独活草 / 544
Lovage

飞艇李 / 544
Dirigible Plum

黑根草 / 544
Moly

槲寄生浆果 / 544
Mistletoe Berry

护法树 / 545
Wiggentree

坏血草 / 545
Scurvy Grass

姜 / 姜根 / 545
Ginger / Ginger Root

椒薄荷 / 545
Pepper Mint

瞌睡豆 / 546
Sopophorous Bean

辣根 / 546
Horseradish

香锦葵 / 546
Mallowsweet

两耳草 / 546
Knotgrass

流液草 / 547
Fluxweed

曼德拉草 / 547
Mandrake / Mandragora

玫瑰 / 547
Rose

玫瑰刺 / 547
Rose Thorn

玫瑰花瓣 / 548
Rose Petal

玫瑰精油 / 548
Rose Oil

喷嚏草 / 548
Sneezewort

鳃囊草 / 548
Gillyweed

水仙 / 548
Asphodel

水仙根 / 549
Asphodel Root

水仙花瓣 / 549
Asphodel Petals

缩皱无花果 / 549
Shrivelfig

嚏根草 / 549
Hellebore

嚏根草糖浆 / 550
Syrup of Hellebore

跳动的伞菌 / 550
Leaping Toadstool

委陵菜酊剂 / 550
Tormentil Tincture

乌头 / 舟形乌头 / 狼毒乌头 / 550
Aconite / Monkshood / Wolfsbane

乌头根 / 551
Root of Aconite

缬草 / 551
Valerian

蟹爪兰 / 551
Flitterbloom

嗅幻草 / 551
Niffler's Fancy

薰衣草 / 552
Lavender

荨麻 / 552
Nettle

罂粟果 / 552
Poppy Head

羽衣草 / 552
Lady's Mantle

蜘蛛抱蛋 / 552
Aspidistra Elatior Blume

中国咬人甘蓝 / 553
Chinese Chomping Cabbage

动物类材料 / 553

八眼巨蛛毒汁 / 553
Acromantula Venom

斑地芒分泌物 / 553
Bundimun Secretion

比利威格虫 / 553
Billywig

比利威格虫翅膀 / 554
Billywig Wing

比利威格虫螫针 / 554
Billywig Sting

蝙蝠翅膀 / 554
Bat Wing

蝙蝠脾脏 / 554
Bat Spleen

变色巨螺 / 555
Streeler

草蛉虫 / 555
Lacewing Fly

带触角的鼻涕虫 / 555
Horned Slug

| 毒角兽角 / 555 | 角驼兽角 / 559 |
| Erumpent Horn | Graphorn Horn |

毒角兽尾 / 556
Erumpent Tail

绝音鸟羽毛 / 560
Jobberknoll Feather

毒蛇牙 / 556
Snake Fang

老鼠脾脏 / 耗子胆汁 / 560
Rat Spleen

独角兽角 / 556
Unicorn Horn

老鼠尾巴 / 560
Rat Tail

独角兽尾毛 / 556
Unicorn Tail Hair

龙蛋 / 560
Dragon Egg

独角兽血 / 556
Unicorn Blood

龙肝 / 560
Dragon Liver

非洲树蛇皮 / 557
Boomslang Skin

龙角 / 561
Dragon Horn

粪石 / 557
Bezoar

龙皮 / 561
Dragon Hide

蜂蜜 / 557
Honey

龙血 / 561
Dragon Blood

弗洛伯毛虫黏液 / 557
Flobberworm Mucus

龙爪 / 561
Dragon Claw

豪猪刺 / 558
Porcupine Quill

洛巴虫毒液 / 561
Lobalug Venom

河豚眼睛 / 558
Puffer-fish Eyes

蚂蟥 / 562
Leech

黑色甲虫眼珠 / 558
Black Beetle Eye

鳗鱼眼珠 / 562
Eel's Eyes

狐媚子蛋 / 558
Doxy Egg

毛虫 / 562
Caterpillar

护法树 / 558
Wiggentree

莫特拉鼠触角 / 562
Murtlap Tentacle

火灰蛇卵 / 559
Ashwinder Egg

蜻蜓胸 / 562
Dragonfly Thorax

火蜥蜴血 / 559
Salamander Blood

犰狳胆汁 / 563
Armadillo Bile

霍克拉普汁 / 559
Horklump Juice

肉瘤粉 / 563
Wartcap Powder

如尼纹蛇卵 / 563
Runespoor Egg

伤心虫 / 563
Glumbumble

圣甲虫 / 564
Scarab Beetle

狮子鱼脊粉 / 564
Lionfish Spine

双角兽角 / 564
Bicorn Horn

希拉克鱼鳍刺 / 564
Shrake Spine

仙子翅膀 / 564
Fairy Wing

其他魔法药剂材料 / 565

晨露 / 565
Morning Dew

忘川河水 / 565
Lethe River Water

月长石 / 565
Moonstone

魔杖制作材料 / 566

— 魔杖木材 —

白蜡木 / 梣木 / 566
Ash

白杨木 / 566
Poplar

柏木 / 567
Cypress

冬青木 / 567
Holly

鹅耳枥木 / 567
Hornbeam

黑刺李木 / 567
Blackthorn

黑胡桃木 / 568
Black Walnut

黑檀木 / 568
Ebony

红杉木 / 568
Redwood

红橡木 / 568
Red Oak

胡桃木 / 569
Walnut

桦木 / 569
Birch

接骨木 / 569
Elder

金合欢 / 刺槐 / 569
Acacia

冷杉木 / 570
Fir

梨木 / 570
Pear

栗木 / 570
Chestnut

柳木 / 570
Willow

落叶松木 / 571
Larch

苹果木 / 571
Apple

葡萄藤木 / 571
Vine

桤木 / 571
Alder

— 45 —

槭木 / 572
Maple

山梨木 / 572
Rowan

山毛榉木 / 572
Beech

山杨木 / 572
Aspen

山楂木 / 573
Hawthorn

山茱萸木 / 573
Dogwood

蛇木 / 573
Snakewood

松木 / 573
Pine

桃花心木 / 573
Mahogany

悬铃木 / 574
Sycamore

雪松木 / 574
Cedar

银毛椴木 / 574
Silver lime

英国橡木 / 574
English Oak

樱桃木 / 575
Cherry

榆木 / 575
Elm

月桂木 / 575
Laurel

云杉木 / 575
Spruce

榛木 / 575
Hazel

紫杉木 / 576
Yew

- 杖芯材料 -

独角兽毛 / 576
Unicorn Hair

凤凰羽毛 / 576
Phoenix Feather

怀特河怪背脊刺 / 577
White River Monster Spine

巨怪胡须 / 577
Troll Whisker

雷鸟尾羽 / 577
Thunderbird Tail Feather

龙心弦 / 577
Dragon Heartstring

鹿角兔的鹿角 / 578
Jackalope Antler

马形水怪鬃毛 / 578
Kelpie Hair

猫豹毛发 / 578
Wampus Cat Hair

媚娃的头发 / 578
Veela Hair

山暴龙心弦 / 578
Snallygaster Heartstring

蛇怪角 / 579
Basilisk Horn

湿地狼人毛发 / 579
Rougarou Hair

夜骐尾毛 / 579
Thestral Tail Hair

长角水蛇角 / 579
Horned Serpent Horn

P581 第八章　魔法药剂

爱情魔药 / 582
Love Potions

爱情魔药解药 / 583
Love Potion Antidote

安眠剂 / 催眠药 / 583
Sleeping Draught

巴费醒脑剂 / 583
Baruffio's Brain Elixir

白鲜香精 / 583
Essence of Dittany

补血药 / 583
Blood-Replenishing Potion

长生不老药 / 584
Elixir of Life

永恒药剂 / 584
Everlasting Elixirs

重生药剂 / 584
Regeneration Potion

除草药剂 / 584
Herbicide Potion

大笑药水 / 585
Laughing Potion

返青剂 / 585
Regerminating Potion

防火药剂 / 585
Fire Protection Potion

福灵剂 / 幸运药水 / 585
Felix Felicis / Liquid Luck

复方汤剂 / 586
Polyjuice Potion

复生剂 / 586
Rejuicing Potion

狐媚子灭剂 / 586
Doxycide

欢欣剂 / 587
Elixir to Induce Euphoria

缓和剂 / 587
Draught of Peace

回忆剂 / 587
Memory Potion

活地狱汤剂 / 生死水 / 587
Draught of Living Death

绝望药水 / 翠绿色药水 / 588
Drink of Despair / Emerald Potion

狼毒药剂 / 588
Wolfsbane Potion

唠叨汤 / 588
Babbling Beverage

曼德拉草复活药剂 / 588
Mandrake Restorative Draught

美容药剂 / 美丽药剂 / 588
Beautification Potion

迷惑剂 / 589
Befuddlement Draught

迷乱药 / 589
Confusing Draught

迷情剂 / 589
Amortentia

莫特拉鼠触角汁 / 589
Murtlap Essence

普通解药 / 590
Antidote to Common Poisons

青肿消除剂 / 590
Bruise Removal Paste

清醒剂 / 590
Wideye Potion / Awakening Potion

伤口清洗剂 / 590
Wound-Cleaning Potion

生发魔药 / 590
Hair-Raising Potion

生骨灵 / 催生素 / 591
Skele-Gro

十秒消除脓疱特效灵 / 591
Ten-Second Pimple Vanisher

斯科尔夫人牌万能神奇去污剂 / 591
Mrs. Scower's All-Purpose Magical Mess Remover

速顺滑发剂 / 591
Sleekeazy's Hair Potion

缩身药水 / 592
Shrinking Solution

锁喉毒气 / 592
Garrotting Gas

提神剂 / 592
Pepperup Potion

吐真剂 / 592
Veritaserum

无梦酣睡剂 / 593
Dreamless Sleep Potion

显影药水 / 593
Developing Solution

遗忘药水 / 593
Forgetfulness Potion

永洁灵 / 593
Everklena

原生体药剂 / 593
Rudimentary Body Potion

增龄剂 / 594
Ageing Potion

增强剂 / 594
Strengthening Solution

增智剂 / 594
Wit-Sharpening Potion

憎恨魔药 / 594
Hate Potion

振奋药剂 / 595
Wiggenweld Potion

镇定剂 / 595
Calming Draught

治疗疥疮的药水 / 595
Cure for Boils

肿胀药水 / 595
Swelling Solution

药剂定律 / 596

戈巴洛特第三定律 / 596
Golpalott's Third Law

P597 第九章 魔法课程

课程 / 598

- 必修课 -

变形课 / 598
Transfiguration

草药课 / 599
Herbology

飞行课 / 599
Flying lesson / Broom Flight Class

黑魔法防御术 / 600
Defence Against the Dark Arts

魔法史 / 600
History of Magic

魔药学 / 601
Potions

魔咒学 / 601
Charms

天文学 / 601
Astronomy

- 选修课 -

保护神奇生物 / 602
Care of Magical Creatures

古代如尼文研究 / 古代魔文 / 603
Study of Ancient Runes / Ancient Runes

幻影显形课 / 603
Apparition Lessons

麻瓜研究 / 603
Muggle Studies

算术占卜 / 604
Arithmancy

占卜学 / 604
Divination

炼金术 / 605
Alchemy

- 其他 -

就业咨询 / 605
Careers Advice

魔法入门函授课程 / 快速念咒函授课程 / 605
Correspondence Course in Beginner's Magic / Kwikspell

鸟相学 / 606
Ornithomancy

七字学 / 606
Heptomology

考核 / 606

普通巫师等级考试 / 606
Ordinary Wizarding Level（O.W.L.）

终极巫师考试 / 607
Nastily Exhausting Wizarding Test
（N.E.W.T.）

成绩评定 / 607

- 合格 -

- 不及格 -

P609
第十章　魔法组织

鼻涕虫俱乐部 / 610
Slug Club

波特瞭望站 / 610
Potterwatch

D. A. / 邓布利多军 / 防御协会 / 610
D.A. / Dumbledore's Army / Defence Association

调查行动组 / 611
Inquisitorial Squad

非凡药剂师协会 / 611
Most Extraordinary Society of Potioneers

凤凰社 / 612
Order of the Phoenix

国际巫师联合会 / 612
International Confederation of Wizards

家养小精灵权益促进会 / 613
Society for the Promotion of Elfish Welfare（S.P.E.W）

梅林爵士团 / 614
Order of Merlin

魔法议会 / 614
Council of Magic

魅力俱乐部 / 魔咒俱乐部 / 614
Charms Club

塞勒姆女巫协会 / 615
Salem Witches' Institute

狼人军队 / 615
Werewolf Army

巫师议会 / 615
Wizards' Council

P617

第十一章　魁地奇

比赛用球 / 618

鬼飞球 / 618
Quaffle

游走球 / 619
Bludger

金色飞贼 / 619
Golden Snitch

飞天扫帚 / 620

橡木箭 79 / 620
Oakshaft 79

月之梦 / 620
Moontrimmer

银箭 / 620
Silver Arrow

横扫系列 / 621
Cleansweep Series

彗星系列 / 621
Comet Series

脱弦箭 / 621
Tinderblast

迅捷达 / 621
Swiftstick

流星号 / 622
Shooting Star

光轮系列 / 622
Nimbus Series

火弩箭 / 622
Firebolt

队员组成 / 623

守门员 / 623
Keeper

击球手 / 623
Beater

追球手 / 623
Chaser

找球手 / 624
Seeker

比赛规则 / 624

— 犯规 —

拉扯 / 625
Blagging

冲撞 / 625
Matching

锁定 / 625
Blurting

击出球场 / 625
Bumphing

肘击 / 626
Cobbing

环后击球 / 626
Flacking

握球入环 / 626
Haversacking

破坏鬼飞球 / 626
Quaffle-pocking

触摸飞贼 / 627
Snitchnip

夹杀 / 627
Stooging

战术 / 627

波科夫诱敌术 / 627
Porskoff Ploy

倒传球 / 627
Reverse Pass

反击游走球 / 628
Bludger Backbeat

海星倒挂 / 628
Starfish and Stick

朗斯基假动作 / 628
Wronski Feint

帕金钳式战术 / 628
Parkin's Pincer

普伦顿回抄术 / 628
Plumpton Pass

树懒抱树滚 / 629
Sloth Grip Roll

双"8"形环飞 / 629
Double Eight Loop

双人联击 / 629
Dopplebeater Defence

特兰西瓦尼亚假动作 / 629
Transylvanian Tackle

伍朗贡"之"字形飞行术 / 630
Woollongong Shimmy

鹰头进攻阵形 / 630
Hawkshead Attacking Formation

球队 / 630

— 联盟杯球队 —

阿波比飞箭队 / 630
Appleby Arrows

巴利卡斯蝙蝠队 / 631
Ballycastle Bats

波特里骄子队 / 631
Pride of Portree

查德理火炮队 / 631
Chudley Cannons

法尔茅斯猎鹰队 / 631
Falmouth Falcons

霍利黑德哈比队 / 632
Holyhead Harpies

卡菲利飞弩队 / 632
Caerphilly Catapults

肯梅尔红隼队 / 632
Kenmare Kestrels

蒙特罗斯喜鹊队 / 633
Montrose Magpies

普德米尔联队 / 633
Puddlemere United

塔特希尔龙卷风队 / 633
Tutshill Tornados

威格敦流浪汉队 / 634
Wigtown Wanderers

温布恩黄蜂队 / 634
Wimbourne Wasps

- 国家代表队 -

魁地奇世界杯 / 634
Quidditch World Cup

- 欧洲杯参赛队伍 -

- 其他俱乐部球队 -

相关书刊 / 636

《魁地奇溯源》 / 636
Quidditch Through the Ages

《击打游走球——魁地奇防御战略研究》/636
Beating the Bludgers — A Study of Defensive Strategies in Quidditch

《威格敦流浪汉队传奇》 / 637
The Wonder of Wigtown Wanderers

《他如狂人般飞行》 / 637
He Flew Like a Madman

《击球手的圣经》 / 637
The Beaters' Bible

《和火炮队一起飞翔》 / 637
Flying with the Cannons

《男巫们的高尚运动》 / 637
The Noble Sport of Warlocks

《英国和爱尔兰的魁地奇球队》 / 638
Quidditch Teams of Britain and Ireland

《魁地奇世界杯官方指南》 / 638
The Official Guide to the Quidditch World Cup

《飞天扫帚护理手册》 / 638
Handbook of Do-It-Yourself Broomcare

《飞天扫帚大全》 / 638
Which Broomstick

第十二章　日常生活

巫师法律 / 640

《国际巫师联合会保密法》 / 640
International Statute of Wizarding Secrecy

《对未成年巫师加以合理约束法》 / 641
Decree for the Reasonable Restriction of Underage Sorcery

《国际禁止决斗法》 / 641
the International Ban on Dueling

货币 / 641

加隆 / 641
Galleon

纳特 / 642
Knut

西可 / 642
Sickle

小矮妖金币 / 642
Leprechaun gold

嗅幻草 / 642
Niffler's fancy

卓锅 / 643
Dragot

服装 & 服饰 / 643

— 校服 —

霍格沃茨校服 / 643
Hogwarts Uniform

布斯巴顿校服 / 643
Beauxbatons Uniform

德姆斯特郎校服 / 644
Durmstrang Uniform

伊法魔尼校服 / 644
Ilvermorny Uniform

巴西卡斯特罗布舍制服 / 644
Castelobruxo Uniform

日本魔法所校服 / 644
Mahoutokoro Uniform

— 其他 —

食物 / 646

— 蜂蜜公爵的糖果 —

棒糖羽毛笔 / 646
Sugar Quills

爆炸夹心软糖 / 会爆炸的夹心糖 / 646
Exploding Bonbons

比比多味豆 / 646
Bertie Bott's Every Flavour Beans

冰老鼠 / 冰耗子 / 647
Ice Mice

菠萝蜜饯 / 647
Crystallised Pineapple

薄荷蟾蜍糖 / 蟾蜍薄荷糖 / 647
Peppermint Toad

吹宝超级泡泡糖 / 647
Drooble's Best Blowing Gum

粉色椰子冰糕 / 648
Pink Coconut Ice

甘草魔杖 / 甘草魔棒 / 648
Liquorice Wands

锅形蛋糕 / 坩埚蛋糕 / 648
Cauldron Cakes

果冻鼻涕虫 / 648
Jelly Slug

胡椒小顽童 / 648
Pepper Imps

毛毛牙薄荷糖 / 649
Toothflossing Stringmints

南瓜馅饼 / 649
Pumpkin Pasties

巧克力坩埚 / 649
Chocolate Cauldrons

巧克力球 / 649
Chocoballs

巧克力蛙 / 650
Chocolate Frogs

乳脂软糖苍蝇 / 福吉苍蝇 / 650
Fudge Flies

酸味爆爆糖 / 650
Acid Pops

太妃糖 / 650
Toffees

滋滋蜜蜂糖 / 650
Fizzing Whizzbees

- 其他甜品零食 -

薄荷硬糖 / 651
Peppermint Humbugs / Mint Humbugs

打嗝糖 / 651
Hiccough Sweet

果仁脆糖 / 651
Nut Brittle

酒胶糖 / 651
Wine-gums

酒心巧克力 / 652
Chocolate Liqueur

龙奶奶酪 / 652
Dragon Milk Cheese

生姜蝾螈饼干 / 652
Ginger Newts

糖浆馅饼 / 652
Treacle Tart

糖老鼠 / 652
Sugar Mice

- 海格的黑暗料理 -

巴思果子面包 / 653
Bath Bun

白鼬三明治 / 653
Stoat Sandwich

牛排大杂烩 / 653
Beef Casserole

乳脂软糖 / 653
Treacle Fudge

岩皮饼 / 654
Rock Cake

- 霍格沃茨餐桌上的食物 -

- 饮品 -

橙汁 / 橘子汁 / 655
Orange Juice

纯麦芽威士忌 / 655
Single-malt Whiskey

蛋酒 / 655
Eggnog

杜松子酒 / 655
Gin

蜂蜜酒 / 655
Mead

甘普陈年交际酒 / 656
Gamp's Old Gregarious

戈迪根茶 / 656
Gurdyroot Infusion

黄油啤酒 / 656
Butterbeer

火焰威士忌 / 热火威士忌 / 656
Firewhisky

接骨木花酒 / 657
Elderflower Wine

朗姆酒 / 657
Rum

南瓜汽水 / 657
Pumpkin Fizz

南瓜汁 / 657
Pumpkin Juice

荨麻酒 / 657
Nettle Wine

热巧克力 / 可可茶 / 658
Hot Chocolate

石榴汁 / 658
Pomegranate Juice

峡谷水 / 658
Gillywater

香槟 / 658
Champagne

小精灵酿的酒 / 658
Elf-made Wine

雪利酒 / 659
Sherry

— 麻瓜食物 —

柠檬雪宝 / 659
Sherbet Lemon

火星棒 / 659
Mars Bar

交通 / 660

— 魔法 —

— 船 —

波拿文都号 / 660
Bonaventure

德姆斯特朗大船 / 660
Durmstrang Ship

霍格沃茨的渡船 / 661
Hogwarts Boats

五月花号 / 661
Mayflower

岩洞里的船 / 661
The Cave Boat

— 飞天扫帚 —

— 车 —

布斯巴顿的马车 / 662
Beauxbatons Carriage

会飞的福特安格里亚车 / 662
Flying Ford Anglia

霍格沃茨马车 / 662
Hogwarts Carriages

霍格沃茨特快列车 / 662
Hogwarts Express

骑士公共汽车 / 663
Knight Bus

小天狼星的摩托车 / 664
Sirius Black's Motorbike

— 其他 —

动物 / 664
Animals

飞路粉 & 飞路网 / 664
Floo Powder & The Floo Network

飞毯 / 665
Flying Carpets

古灵阁小推车 / 665
Mine Cart

门钥匙 / 666
Portkeys

消失柜 / 666
Vanishing Cabinet

休闲 & 娱乐 / 667

— 霍格沃茨的宴会与仪式 —

分院仪式 / 667
Sorting Ceremony

开学宴会 / 667
Start-of-Term Feast

万圣节晚宴 / 667
Hallowe'en Feast

圣诞宴会 / 668
Christmas Feast

年终宴会 / 离校宴会 / 告别宴会 / 668
End-of-Term Feast / Leaving Feast

— 巫师的其他休闲娱乐 —

《一锅火热的爱》 / 668
A Cauldron Full of Hot, Strong Love

飞马比赛 / 669
Winged Horse Racing

高布石 / 669
Gobstones

古怪姐妹演唱组 / 古怪姐妹乐队 / 669
Weird Sisters

刽子手游戏 / 669
Hangman

决斗俱乐部 / 670
Duelling Club

马背头戏 / 670
Horseback Head-Juggling

噼啪爆炸牌 / 670
Exploding Snap

十五子棋 / 671
Backgammon

十柱滚木球戏 / 671
Ten-pin Bowling

嗜血舞会 / 671
The Blood Ball

淘气妖精 / 671
The Hobgoblins

头顶球 / 672
Head Polo

巫师棋 / 672
Wizard's Chess

巫师无线联播 / 672
Wizarding Wireless Network

— 组织竞赛 —

魁地奇杯 / 673
Quidditch Cup

全英巫师决斗大赛 / 673
All-England Wizarding Duelling Competition

三强争霸赛 / 673
Triwizard Tournament

学院杯 / 674
House Cup

书籍 & 报刊 / 674

《20世纪的伟大巫师》 / 674
Great Wizards of the Twentieth Century

《阿不思·邓布利多的生平和谎言》 / 675
The Life and Lies of Albus Dumbledore

《阿芒多·迪佩特：大师还是白痴？》 / 675
Armando Dippet: Master or Moron?

《败坏法纪的狼：狼人为何不配生存》 / 675
Lupine Lawlessness: Why Lycanthropes Don't Deserve to Live

《被遗忘的古老魔法和咒语》 / 675
Olde and Forgotten Bewitchments and Charmes

《标准咒语》 / 676
The Standard Book of Spells

《拨开迷雾看未来》 / 676
Unfogging the Future

《查威克的魔力》 / 676
Chadwick's Charms

《唱唱反调》 / 677
The Quibbler

《初学变形指南》 / 677
A Beginner's Guide to Transfiguration

《从孵蛋到涅槃：养龙指南》 / 677
From Egg to Inferno: a Dragon-Keeper's Guide

《邓布利多军：退伍者的阴暗面》 / 677
Dumbledore's Army: The Dark Side of the Demob

《凡尘俗世的哲学：为什么麻瓜们不喜欢刨根问底》 / 678
The Philosophy of the Mundane: Why the Muggles Prefer Not to Know

《疯麻瓜马丁·米格斯历险记》 / 678
The Adventures of Martin Miggs, the Mad Muggle

《高级变形术指南》 / 678
A Guide to Advanced Transfiguration

《高级魔药制作》 / 679
Advanced Potion-Making

《高级如尼文翻译》 / 679
Advanced Rune Translation

《给忙碌烦躁者的基本魔咒》/《对付多动和烦躁动物的基本魔咒》 / 679
Basic Hexes for the Busy and Vexed

《给你的奶酪施上魔法》 / 679
Charm Your Own Cheese

《怪兽及其产地》 / 680
Fantastic Beasts and Where to Find Them

《黑魔法：自卫指南》 / 680
The Dark Forces: A Guide to Self-Protection

《糊弄麻瓜的简单法术》 / 680
Easy Spells to Fool Muggles

《幻影显形常见错误及避免方法》 / 681
Common Apparition Mistakes and How to Avoid Them

《会魔法的我》 / 681
Magical Me

《霍格沃茨，一段校史》 / 681
Hogwarts: A History

《吉德罗·洛哈特教你清除家庭害虫》 / 681
Gilderoy Lockhart's Guide to Household Pests

《尖端黑魔法揭秘》 / 682
Secrets of the Darkest Art

《解梦指南》 / 682
The Dream Oracle

《今日变形术》 / 682
Transfiguration Today

《近代巫术发展研究》 / 682
A Study of Recent Developments in Wizardry

《烤面包的魔法》 / 682
Enchantment in Baking

《疗伤手册》 / 683
The Healer's Helpmate

《毛鼻子，人类心》 / 683
Hairy Snout, Human Heart

《魔法防御理论》 / 683
Defensive Magical Theory

《魔法理论》 / 683
Magical Theory

《魔法名胜古迹》 / 684
Sites of Historical Sorcery

《魔法史》 / 684
A History of Magic

《魔法图符集》 / 684
Magical Hieroglyphs and Logograms

《魔法药剂与药水》／684
Magical Drafts and Potions

《魔法字音表》／685
Spellman's Syllabary

《魔文词典》／685
Rune Dictionary

《千种神奇药草及蕈类》／685
One Thousand Magical Herbs and Fungi

《强力药剂》／685
Moste Potente Potions

《生而高贵：巫师家谱》／686
Nature's Nobility：A Wizarding Genealogy

《诗翁彼豆故事集》／686
The Tales of Beedle the Bard

《实用防御魔法及其对黑魔法的克制》／688
Practical Defensive Magic and Its Use Against the Dark Arts

《实用魔药大师》／688
The Practical Potioneer

《食肉树大全》／688
Flesh-Eating Trees of the World

《斯内普：恶徒还是圣人？》／689
Snape：Scoundrel or Saint？

《死亡预兆：当你知道厄运即将到来时该怎么办》／689
Death Omens：What to Do When You Know the Worst is Coming

《为消遣和盈利而养龙》／689
Dragon Breeding for Pleasure and Profit

《我的麻瓜生活》／689
My Life as a Muggle

《我的哑炮生活》／690
My Life as a Squib

《巫师的十四行诗》／690
Sonnets of a Sorcerer

《巫师周刊》／690
Witch Weekly

《现代魔法的重大发现》／690
Important Modern Magical Discoveries

《小人物，大计划》／691
Little People，Big Plans

《血亲兄弟：我在吸血鬼中生活》／691
Blood Brothers：My Life Amongst the Vampires

《亚洲抗毒大全》／691
Asiatic Anti-Venoms

《妖怪们的妖怪书》／691
The Monster Book of Monsters

《隐形术的隐形书》／691
The Invisible Book of Invisibility

《英国麻瓜的家庭生活和社交习惯》／692
Home Life and Social Habits of British Muggles

《鹰头马身有翼兽心理手册》／692
The Handbook of Hippogriff Psychology

《有所发现的麻瓜们》／692
Muggles Who Notice

《与巨怪同行》／692
Travels with Trolls

《与狼人一起流浪》／693
Wanderings with Werewolves

《与母夜叉一起度假》／693
Holidays with Hags

《与女鬼决裂》／693
Break with a Banshee

《与食尸鬼同游》／693
Gadding with Ghouls

《与雪人在一起的一年》／694
Year with the Yeti

《与吸血鬼同船旅行》／694
Voyages with Vampires

《预言家日报》／694
Daily Prophet

《遭遇无脸妖怪》／695
Confronting the Faceless

《至毒魔法》／695
Magick Moste Evile

《中级变形术》／695
Intermediate Transfiguration

《祝你瓶中狂欢！》／695
Have Yourself a Fiesta in a Bottle！

《诅咒与反诅咒》／696
Curses and Counter-Curses

P697

第十三章　别有深意的语言

格言 ／698

绰号 & 别称 ／700

阿尔 ／700
Al

巴蒂·韦斯莱 ／700
Bardy Weasley

疤头 ／700
Scarhead

笨瓜 ／700
Pinhead

鼻涕精 ／701
Snivellus

臭大粪 ／701
Skingving Sneak Thief

万事通 ／701
Know-it-all

虫尾巴 ／701
Wormtail

D 哥 ／702
Big D

大脚板 ／702
Padfoot

大难不死的男孩儿 ／702
The Boy Who Lived

大头男孩 ／702
Bighead Boy

疯姑娘 ／703
Loony

疯眼汉 ／703
Mad-Eye

赫米 ／703
Hermy

黑魔王 ／703
Dark Lord

浑身抽搐的小白鼬 ／703
Twitchy Little Ferret

混血王子 ／704
Half-Blood Prince

尖头叉子 / 704
Prongs

救世之星 / 704
The Chosen One

老剑 / 704
Rapier

老江 / 705
River

老将 / 705
Romulus

老帅 / 705
Royal

罗罗 / 705
Won-Won

模范珀西 / 705
Perfect Percy

莫丽小颤颤 / 706
Mollywobbles

黏痰 / 706
Phlegm

你的韦崽 / 706
Your Wheezy

蔫翼 / 706
Witherwing

珀涅罗珀·克里尔沃特 / 706
Penelope Clearwater

奇大无比的脑袋 / 707
Humongous Bighead

R.A.B / 707

十全十美小姐 / 707
Miss Perfect

伤风 / 707
Snuffle

神秘人 / 707
You-Kown-Who / He-Who-Must-Not-Be-Named / He who Must Not Be Named

西茜 / 708
Cissy

小罗尼 / 708
Jckle Ronnie / Little Ronnie

韦瑟比 / 708
Weatherby

问题多小姐 / 708
Miss Question-all

一本正经小姐 / 708
Miss Prissy

月亮脸 / 709
Monny

刻字 / 709

过人的聪明才智是人类最大的财富。 / 709
Wit beyond measure is man's greatest treasure.

魔法即强权。 / 709
Magic Is Might.

珍宝在何处，心也在何处。 / 709
Where your treasure is, there will your heart be also.

厄里斯斯特拉厄赫鲁阿伊特乌比卡弗鲁阿伊特昂沃赫斯 / 710
Erised stra ebru oyt ube cafru oyt on wohsi

最后一个要消灭的敌人是死亡。 / 710
The last enemy that shall be destroyed is death.

其他 / 710

霍格沃茨校歌 / 710
Hogwarts School Song

泥巴种 / 711
Mudblood

韦斯莱是我们的王 / 711
Weasley is Our King

P713

第十四章　重要战役

墓地之战 / 714
The Battle of the Graveyard

神秘事务司之战 / 714
The Battle of the Department of Mysteries

天文塔之战（黑魔标记之战） / 715
The Battle of Astronomy Tower

七个波特之战 / 716
The Battle of The Seven Potters

马尔福庄园激战 / 716
The Battle of Malfoy Manor

霍格沃茨之战（最终决战） / 717
The Battle of Hogwarts

P719

历史年表

第一章 人物

主要人物

哈利·波特
Harry Potter

全名：哈利·詹姆·波特 Harry James Potter
绰号：大难不死的男孩/救世之星
出生日期：1980年7月31日
出生地：戈德里克山谷
外貌特征：绿眼睛，额头上有闪电形伤疤
职业/职务：历任傲罗办公室主任、魔法部法律执行司司长
毕业学校：霍格沃茨魔法学校，格兰芬多学院
曾获荣誉：格兰芬多学院魁地奇队队长
魔杖：11英寸[①]、冬青木、凤凰羽毛。

此外，哈利还曾先后短暂地使用过以下魔杖：10¾英寸、葡萄藤木、龙心弦；10英寸、黑刺李木、未知杖芯；10英寸、山楂木、独角兽毛；15英寸、接骨木、夜骐尾毛杖芯。

博格特：摄魂怪（第二次巫师战争后可能发生了改变）
守护神：牡鹿
家人：詹姆·波特（父亲）、莉莉·波特（母亲）、小天狼星·布莱克（教父）、弗农·德思礼（姨夫）、佩妮·德思礼（姨妈）、达力·德思礼（表哥）、金妮·韦斯莱（妻子）、詹姆·小天狼星·波特（大儿子）、阿不思·西弗勒斯·波特（小儿子）、莉莉·卢娜·波特（女儿）

哈利·波特出生于巫师家庭，但被麻瓜抚养长大。

1981年10月31日的晚上，为了避免一个预言应验（生于1980年7月末的一个男孩会击败伏地魔），伏地魔来到戈德里克山谷，试图杀死当时一岁三个月大的哈利。哈利的父母因为保护儿子而死，而他却奇迹般地活了下来。伏地魔试图杀死哈利的杀戮咒被弹回自己身上，并让他第一次被打败，也终结了第一次巫师战争。为了延续母亲的牺牲带来的血缘保护，哈利不得不由唯一与他有血缘关系的亲属——佩妮姨妈抚养长大。他的麻瓜姨夫、姨妈一直对他很刻薄。哈利很长

---

① 1英寸=0.025 4米。

时间都住在德思礼家楼梯下的碗橱里，他只能穿宽大不合体的破旧衣服，还要被表哥达力欺负追打，他甚至还要被送到一所风气混乱的公立学校去上学。

原本对未来已经没有任何期待和憧憬的哈利，在11岁生日前夕收到了一封由猫头鹰送达的神秘来信，可是他还没来得及拆封，就被姨父一把抢走，并随即烧毁。但那以后，寄给他的信越来越多，终于逼得弗农姨父认为他们应该暂时离开女贞路4号。他们搬到了一家旅店暂住，却依然被送信的猫头鹰找到，最终弗农姨父带着哈利以及他的家人搬到了一幢位于海中礁石上的小屋里。

住在礁石小屋的夜晚，伴着窗外轰隆隆的雷声和表哥达力的鼾声，哈利数着达力夜光表上的秒针，默默等待自己11岁生日的到来。当夜光表的秒针停留在"12"上面的时候，巨人海格撞开了礁石小屋破破烂烂的门，来到哈利面前，还送给他一个黏糊糊的巧克力生日蛋糕，并且为他带来了霍格沃茨魔法学校的入学通知书。

通过海格的讲述，哈利才知道，自己的父母原来都是巫师，并且，他们并不是因为车祸而死，而是被一个臭名昭著的黑巫师——伏地魔所谋杀。但当他打算连哈利也杀掉的时候却失败了。之后伏地魔消失，不知所踪，也许是死了，但更有可能的是仍然以一种状态活着，只是失去了他原本强大的法力。

谁也不知道当时发生了什么，所有人只知道，哈利·波特是唯一一个在伏地魔的杀戮咒下存活的人，并且，这个咒语还在他的额头上留下一道永久无法消除的闪电形伤疤。

从海格口中，哈利还了解到，自己原来是一名巫师，而且从他出生起，他的名字就已经被记录在霍格沃茨魔法学校的学生名单之上，除了他现在所在的麻瓜世界之外，还潜藏着一个神奇的魔法世界。

在海格的帮助下，哈利不顾姨夫、姨妈的强烈反对，坚持前往霍格沃茨魔法学校就读。通过伦敦的破釜酒吧，哈利来到了真正的魔法世界。他继承了他的父母给他留下来的大笔遗产，并从中取用了一些钱买到了自己学习所需要用到的魔法材料和各种器具。

去往霍格沃茨魔法学校，需要穿过国王十字车站第九和第十站台的隔墙，前往9¾站台搭乘火车。哈利如期登上了列车，在火车的最后一间包厢里，他正式结识了红头发的罗恩·韦斯莱，并且平生第一次与别人分享自己的美食。通过与罗恩的交谈，他加深了对魔法世界的了解，得知魁地奇是"世界上最好的娱乐"，还拥有了第一张巧克力蛙巫师画片，通过画片知道他们的校长邓布利多是"当代最伟大的巫师"。

除了罗恩以外，哈利还在火车上认识了另一位在他之后的人生中不可或缺的重要人物——赫敏·格兰杰，一开始，她给哈利的印象并不是特别好，哈利和罗恩都觉得她"自高自大、目中无人"。

在对入学新生进行分院时，分院帽告诉哈利，它很难决定把他分到哪一个学院，在哈利自己的强烈要求下，分院帽让哈利进入了格兰芬多（他的父母曾就读于此）。他将在这里开始他长达7年的魔法学习生涯（实际上哈利只读了6年）。

哈利·波特百科全书

霍格沃茨城堡里有着各式各样不可思议的东西，大礼堂的天花板上闪烁着耀眼的星星，半透明的幽灵在学生们的头顶上飘荡，宽大的餐桌上可以凭空出现美味佳肴，会说话的肖像需要学生说出口令才能通行……除此之外，这里还有形形色色的魔法教师，有慈祥和蔼、戴着半月形眼镜的老校长邓布利多教授；严厉正直的副校长，同时也是格兰芬多院长的麦格教授；处处照顾哈利的海格，以及不知为何总是看哈利不顺眼、不断找他茬儿的斯莱特林学院院长、魔药课老师斯内普教授（值得一提的是，哈利在他的人生第一堂魔药课以后发现，原来"斯内普教授不是不喜欢他，而是恨他！"）。不过最让哈利高兴的是，通过一段时间的生活与学习，以及一起经历了一些小意外和小摩擦以后，他与罗恩和赫敏成为很要好的朋友（后来成为"铁三角"）。但他十分讨厌趾高气扬、一心与他作对的、被分进斯莱特林学院的马尔福。

在德思礼家从来没有得到过亲情温暖的哈利在霍格沃茨得到了友爱和关怀，他真正把学校当成了自己的家，把老师和同学当成了亲人。在这里，他开始学习自己以前从来不知道的魔法，他学会了空中飞行，学会了使用基础咒语，还学会了打魁地奇球。在这一年的圣诞节，哈利除了得到韦斯莱夫人送给他的礼物以外，还得到了一件可以让他随时从别人视线中消失的隐形衣，隐形衣可以让他出入任何场合而不被别人发现。

然而，在这一切的背后，还有一种更加神秘的力量始终萦绕在哈利的周围，他额头上那道由杀害他父母的凶手留下的闪电形伤痕比过去十年来的任何时候都更频繁地隐隐作痛，而且一次比一次厉害。哈利和罗恩、赫敏在偶然间发现，黑魔法防御术课教师奇洛的头上总是莫名其妙地围着一条大围巾，还发出令人恶心的味道。经过"铁三角"一系列的调查，他们发现，原来这一切都与一块神秘的魔法石有关，也与那个杀死了哈利的父母、被人称为神秘人的伏地魔有关。哈利怀疑斯内普教授就是学校里想要为神秘人偷走魔法石的人，于是，他与两个伙伴展开行动，在入夜后披上隐形衣赶赴三头犬守护的活板门。在那儿，他们发现活板门已被人突破，于是，他们紧追下去，并在其后各显其能，突破重重障碍，最后，哈利喝下魔药并穿过了黑色火焰。

进入最后一个房间之后，哈利才发现原来他们一直都错怪了斯内普教授，因为站在厄里斯魔镜面前的并不是斯内普，而是面色苍白、看起来非常脆弱且说话结结巴巴的奇洛教授。奇洛告诉哈利，自己是怎样听从伏地魔的命令放出巨怪，又是怎样在魁地奇比赛中给哈利的扫帚施咒，以及自己在被斯内普怀疑后受到警告和要挟的所有事情。

随后，他要求哈利站在厄里斯魔镜前把看到的一切告诉他（只有一心想找到魔法石，但不利用它的人，才有办法得到它）。由于哈利刚好满足了取得魔法石的条件，魔法石悄无声息地落到了哈利的口袋里。在奇洛的逼问下，哈利鼓起勇气胡编乱造了一通，试图蒙混过关。然而奇洛身体里的另一个人却并不那么容易被欺骗，伏地魔洞悉了魔法石在哈利身上的事实，便命令奇洛对哈利施咒并进行抢夺。在危难关头，哈利头痛欲裂，但是他却忍着剧痛死死抓住奇洛的手臂。

随后，哈利吃惊地发现奇洛松开了自己，并且他刚刚被自己触碰过的手指起了水泡，之后两人展开了搏斗，在强烈的眩晕下，哈利听到了伏地魔歇斯底里地向奇洛咆哮"杀死他！杀死他！"，然后他感到奇洛的手臂挣脱了他，他以为一切都完了，接着陷入昏迷状态。

之后在校医院醒来的哈利发现，魔法石原来并没有被奇洛夺走。闻讯而至的邓布利多制服了奇洛，而伏地魔以那副半生半死的状态再次潜逃。最后，邓布利多和他的朋友尼可·勒梅（魔法石的制造者及拥有者）决定将魔法石销毁。另外邓布利多还告诉了哈利关于他的父亲詹姆与斯内普的一段往事，原来詹姆曾救过斯内普的命，所以为了还清这份人情，斯内普整个学期都在想尽办法保护哈利。

在第一学年的年终宴会上，哈利、罗恩、赫敏和纳威因为各自的出色表现而为格兰芬多赢取了一共170分的加分，最终让格兰芬多成功打败斯莱特林，获得了那年的学院杯。所有的一切都在美好中落下帷幕，但唯一美中不足的是，哈利仍要返回德思礼家度过时间漫长的暑假……

1992年暑假中的某一天，家养小精灵多比突然出现在哈利的卧室中，他警告哈利，声称如果哈利回到霍格沃茨上课会处于非常危险的境地，不过哈利并没有理睬这个警告，多比就利用一个悬停咒将布丁扣在了当时正在德思礼家做客的梅森夫人头上。不知情的德思礼一家把哈利当成罪魁祸首，把他锁了起来，试图禁止他再回到魔法世界。直到好友罗恩伙同他的双胞胎哥哥弗雷德和乔治一起开着他们父亲那辆会飞的汽车把他解救出来，带到韦斯莱家。哈利在这里愉快地度过了暑假的最后几天时光。

返校的日子到了，哈利和韦斯莱一家来到车站，但却发现自己和罗恩无论如何都无法穿过国王十字车站第九和第十站台间的隔墙，无奈之下，他们只好驾驶罗恩爸爸那辆会飞的汽车去学校。但他们在路上被一些麻瓜看见，在着陆时还撞上了禁林边上的打人柳，罗恩的魔杖也因此折断损坏。

新学年里，有三个新人引起了哈利的注意：新的黑魔法防御术老师、爱好虚荣的吉德罗·洛哈特；喜欢摄影的新生科林·克里维；罗恩的妹妹、一直仰慕哈利的金妮·韦斯莱。

在1992—1993这一学年中，霍格沃茨的密室被打开，学校里面变得一团糟，袭击事件接连发生，一些学生被石化，而背后的始作俑者却一直无法查明。相传，密室由霍格沃茨的创办人之一——萨拉查·斯莱特林建造，只有他真正的继承人才知道如何开启密室，并把里面恐怖的东西放出来，让它净化学校，清除所有不配学习魔法的人。而在决斗俱乐部上意外被他人发现是一名蛇佬腔的哈利，一时之间成为众矢之的。人们一方面怀疑并用言语攻击哈利，另一方面又害怕遭受他的袭击。与此同时，哈利通过一本50年前的日记认识了汤姆·里德尔，并根据他的记忆发现海格曾经打开过密室。之后，赫敏的遇袭终于令哈利摆脱了嫌疑，但海格被关进阿兹卡班，校长邓布利多被停职，这些都逼迫他与罗恩加快了对密室的调查速度。在根据海格的提示找到八眼巨蛛阿拉戈克以后，哈利和罗

恩确认了海格是无辜的——50年前打开密室的另有其人。哈利通过赫敏被石化前留给他的提示想到了密室里的怪兽是蛇怪。此时，金妮也被抓进了密室，还在学校里面的一面墙上留下了"她的尸骨将永远留在密室"的字样。

当哈利和罗恩发现之前吹嘘自己对付过密室怪兽的洛哈特不过是虚张声势之后，他们二人带着洛哈特一起进入了密室。在地底隧道中，洛哈特试图向哈利和罗恩施放遗忘咒，却阴差阳错的命中了自己。哈利选择让罗恩留下照看洛哈特，独自走进了隧道尽头的房间。他在那里找到了金妮，并见到了汤姆·里德尔的记忆。汤姆·里德尔告诉哈利，打开密室造成袭击的人就是金妮，不过金妮是因为被他控制才而做出这种事情的，而汤姆·马沃罗·里德尔的英文只要调换一下字母顺序就变成了"我是伏地魔"。伏地魔放出了蛇怪对抗哈利，邓布利多的凤凰福克斯及时为哈利送来了分院帽，福克斯啄瞎了蛇怪，使它无法再用眼睛杀害哈利，哈利最后拔出藏在分院帽中的格兰芬多宝剑杀死了蛇怪，并用蛇怪的毒牙毁掉了汤姆·里德尔日记，成功地救出金妮。而这本日记原来是卢修斯·马尔福在开学之前偷偷藏在金妮的变形课本中的，但是哈利没有直接证据。虽然不能指控卢修斯·马尔福，但他却把一只臭袜子夹在残破的日记中交给卢修斯，从而激怒了他，诱使卢修斯把臭袜子给了他的家养小精灵多比，这一举动令多比获得了自由。

在斯普劳特教授培育的曼德拉草终于成熟后，包括赫敏在内的所有被石化的同学和生物都恢复正常，海格也被释放，邓布利多重回学校。哈利在霍格沃茨的第二学年在惊险中度过了。

1993年夏天，哈利无意中听说魔法界有一座由摄魂怪看守的监狱，叫作阿兹卡班，里面关押着一名叫小天狼星·布莱克的重犯。有传言说，小天狼星是伏地魔的忠实信徒和杀人不眨眼的帮凶，曾经接连杀了13个人。传言还说，小天狼星不久前从阿兹卡班逃了出来，苦苦寻找哈利，伺机将他杀害，为他的主人伏地魔报仇，因为12年前，他的主人试图杀害哈利，不但没有成功，反而遭受重创。在登上开往霍格沃茨的列车前，罗恩的父亲韦斯莱先生嘱咐哈利让他不要去找小天狼星。火车在前往霍格沃茨的半路上突然停住，摄魂怪登上列车检查小天狼星是不是在车上。哈利对于摄魂怪的出现产生了强烈的负面反应，而这种反应也伴随着他一年。

开学后，哈利虽然身在魔法学校的城堡内，既有朋友的赤诚帮助，也有老师的悉心呵护，可是校园内此时危机四伏，哈利的生命时时受到威胁：频繁的噩梦让他头痛欲裂；摄魂怪总在他身边游弋徘徊；黑魔法防御术课上他当场昏厥，小天狼星的身影总是在他身边时隐时现。为了摆脱摄魂怪对自己的影响，哈利请求他的新黑魔法防御术教授卢平教他守护神咒。

海格在这一学年成为保护神奇生物课的教授，但在他给哈利上的第一堂课上，鹰头马身有翼兽巴克比克袭击了侮辱它的马尔福，马尔福受伤，他的父亲卢修斯利用他的影响力，使巴克比克被定罪并判了死刑。

霍格沃茨的学生从三年级起可以拜访霍格莫德村，但由于哈利没有父母或监护人的同意表，所以不能去。而在圣诞节前，弗雷德和乔治给了哈利活点地图，哈利借助地图成功溜出了城堡，在霍格莫德的酒吧中，哈利无意中听到魔法部部长康奈利·福吉和霍格沃茨一些老师之间的对话。得知自己的父母当年是被小天狼星所出卖，而这个背叛他们的人甚至还是自己的教父，这给哈利带来了很大的困扰。在圣诞节这一天，哈利从一个匿名者那里收到了火弩箭——一把价格极为昂贵的飞天扫帚。在学年快结束时，哈利骑着火弩箭为格兰芬多赢得了魁地奇杯。

在最后一门占卜学考试结束后，"铁三角"去了海格的小屋。海格找到了罗恩早前不见的宠物老鼠斑斑。在他们三人返回城堡的路上，斑斑突然咬了罗恩，罗恩追着斑斑跑进了打人柳的影子。在那里，他被一条黑色的大狗袭击，并和斑斑一起被拖进了打人柳下的一个洞。哈利和赫敏也跟着进了洞，这个洞一直通到尖叫棚屋。在尖叫棚屋中，小天狼星终于站到了哈利的面前。哈利想要替自己的父母报仇，决心和他舍命相搏。可是出人意料的是，小天狼星一味忍让，并没有向哈利出手。原来小天狼星一直追杀的并非哈利，而是罗恩的宠物斑斑。其实，斑斑是一个未注册的阿尼马格斯，它的真实身份是小矮星彼得，是哈利父母当年的同学和朋友。

12年前，哈利的父母受到伏地魔的追杀，他们本想让小天狼星作赤胆忠心咒的保密人，但当时小天狼星认为彼得不容易引起别人注意，就建议哈利的父母更换了人选。谁知彼得早就暗中倒向伏地魔，出卖了哈利的父母，导致他们双双丧命。小天狼星一方面因为自己的过错导致好朋友的死亡而感到内疚，另一方面对彼得出卖朋友的行为深恶痛绝，决心亲手除掉这个背信弃义的家伙。卢平逼迫彼得现出了人形，皮毛斑驳的小耗子变成了秃顶的彼得，他在哈利面前承认了当年出卖他父母的罪行。哈利、卢平以及小天狼星最终决定把彼得先押回霍格沃茨，然后再转交阿兹卡班。然而，事与愿违，当晚的满月迫使卢平变形成狼人，彼得趁乱变形逃走，小天狼星被斯内普捕获，并即将被摄魂怪执行"摄魂怪之吻"，哈利只能眼睁睁地看着自己的苦心筹划都将付诸东流。关键时刻，赫敏在邓布利多的提醒下利用时间转换器与哈利回到巴克比克行刑前，成功拯救了那头可怜的鹰头马身有翼兽和被冤枉的小天狼星。哈利也顺利召唤出了自己的守护神——一头令人炫目的银色牡鹿，守护神咒驱散了打算吸食小天狼星灵魂的摄魂怪。但是由于可以洗脱小天狼星罪名最有力的人证彼得已然逃脱，最后，哈利不得不目送小天狼星骑着巴克比克消失在苍茫夜空中。

1994年夏天，在四年级开学前的暑假，哈利再次前往他的好朋友罗恩家，并同他的家人以及赫敏一起去看了魁地奇世界杯。一群食死徒在比赛结束后突然出现，攻击了一些麻瓜并释放出了黑魔标记，这使巫师们非常惶恐。回到学校之后，原本已经退休的傲罗阿拉斯托·穆迪成为新学期的黑魔法防御术教授，而很久未曾举办的三强争霸赛也将于这一学年在霍格沃茨魔法学校重新举办。所有想参加的学生（必须年满17岁）须将名字写在羊皮纸上投入火焰杯中，然后火焰杯将会遴选出三所学校（霍格沃茨、布斯巴顿和德姆斯特朗）的代表。哈利当时只

有14岁,他并没有报名,但是火焰杯最后却喷出了哈利的名字。哈利怀疑自己被故意陷害,但好友罗恩却认为他是为了出风头,不仅不相信哈利的解释,还因此与他冷战了很长时间。

海格偷偷向哈利还有布斯巴顿的校长马克西姆夫人透露了三强争霸赛的第一个项目,并带着他们看了火龙。三强争霸赛的第一个项目是要求参赛者避开火龙攻击的同时拾取金蛋。因为德姆斯特朗的校长卡卡洛夫也看见了火龙,所以四位勇士里只有塞德里克·迪戈里毫不知情。哈利认为这不公平,所以将第一个项目内容告诉了塞德里克。在之后的比赛中,哈利虽然抽到了最危险的匈牙利树峰龙,但是在穆迪的提点下,哈利成功利用飞来咒召来自己的火弩箭,成功地完成了第一个项目。这次比赛,让罗恩意识到了比赛的危险,同时也让他与哈利重修旧好。

在这一年的圣诞舞会上,赫敏成为威克多尔·克鲁姆(德姆斯特朗的勇士,也是保加利亚魁地奇国家队大名鼎鼎的球星)的舞伴,而哈利一心想要邀请的秋·张却成了塞德里克的舞伴。之后在塞德里克的提示下,哈利从金蛋中得知了第二个项目是在水下进行,并在多比的帮助下用鳃囊草完成了比赛,还因为多救了一个人质,而受到赞赏得到了比较高的分数。在三强争霸赛的最后一个项目中,参赛的勇士们需要避开迷宫中的种种危险与诱惑,从而到达终点获取奖杯,比赛中途如遇意外可用魔杖发出红色信号寻求救助,但同时也将退出比赛。哈利和塞德里克在经历了重重险阻后同时到达了终点,二人决定一起拿起奖杯,但意外的是,奖杯居然是一个门钥匙,它将哈利和塞德里克带到了伏地魔父亲的坟墓前。他们在那里遇见了伏地魔和小矮星彼得。彼得杀了塞德里克,然后用哈利的血、伏地魔父亲的骨头,还有他自己的右手作为原料,帮助伏地魔复活。

伏地魔复活后召集了食死徒并与哈利决斗,想把哈利杀死,但因为孪生杖芯的原因,伏地魔和哈利的魔杖被一道细细的光束连接,出现了闪回咒。之前被伏地魔那根魔杖残害的人以倒叙的形式一一出现,哈利在闪回咒里出现的幻影的帮助下趁机逃走,他抓住门钥匙,带着塞德里克的尸体回到了霍格沃茨。当他回到城堡之后,黑魔法防御术课老师穆迪很快将他带到自己的办公室,几句对话之后,穆迪阴险的一面终于露了出来,他想杀死哈利,但是在关键时刻,邓布利多、斯内普、麦格三位教授赶到,哈利得救。大家发现,原来眼前的穆迪教授是小巴蒂·克劳奇利用复方汤剂假冒的,而真正的穆迪教授被锁在了自己的箱子中。也是小巴蒂在给火焰杯施了混淆咒后将哈利的名字放入了火焰杯,这一切都是为了伏地魔能够顺利复活的阴谋。

目睹伏地魔复活之后,哈利度过了他生命中最漫长、最孤独的暑假。当然,姨父、姨妈仍然把他当成臭虫般呼来喝去,表哥达力没事就把他当成沙包练拳击。甚至还有两只摄魂怪脱离了魔法部的掌控,来到女贞路上伏击哈利,好在哈利用守护神咒赶走了摄魂怪。但是魔法部却因未成年的哈利在校外使用魔法,打算就此开除哈利。邓布利多的介入,最终让哈利成功摆脱指控。

哈利在去魔法部接受审判前,被"先遣警卫"接到了伦敦的格里莫广场12

号。他后来从罗恩和赫敏的口中得知，这里是凤凰社的总部，而凤凰社是由邓布利多创建并负责管理的、与伏地魔作斗争的一个组织。后来，当哈利发现罗恩和赫敏当选了级长，而自己却没有时，一度让嫉妒影响了他和罗恩之间的友谊，但是当他发现自己的爸爸也没当过级长以后，他的感觉好多了。

在经历了暑假一连串的变故后，哈利终于等来了开学。魔法部高级副部长乌姆里奇成为这一年的黑魔法防御术课的新老师，她是代表魔法部来"整治"霍格沃茨的"不良风气"的。在第一堂课上，哈利就因为说出伏地魔复活的事实而与她起了冲突，最终被罚关禁闭。在赫敏的敦促与建议下，哈利组织成立了D.A.（邓布利多军）。虽然名字是邓布利多军，但邓布利多并没有参与组建这一组织或这个组织的任何活动。成立D.A.的初衷是因为当时的黑魔法防御术教授乌姆里奇拒绝在课上教授除书本理论外的任何内容，所以哈利通过D.A.集会秘密地向同学们教授黑魔法防御术。

在这一学年，情人节第一次对哈利变得有意义，因为他和秋·张约好一起去霍格莫德村。然而，约会的过程却不尽如人意，两人最终不欢而散。

由于内部成员告密，乌姆里奇最终还是发现了哈利在背着她教大家黑魔法防御术。在一次D.A.集会之后，哈利为了保护其他人留下断后而被抓住。乌姆里奇带着他前往邓布利多校长的办公室，在魔法部部长面前，邓布利多为了保护哈利，谎称哈利是得到他的命令才成立了D.A.，他自己则暂时离开了霍格沃茨。

自从伏地魔复活以后，哈利就被越来越多的梦魇所困扰，头上那道伤疤使哈利与伏地魔的思想产生了某种联系。在一场梦境里，哈利目睹罗恩的父亲被蛇咬伤，他及时发出的警告挽救了韦斯莱先生的性命。而伏地魔一直想得到的，是那个隐藏着自己命运的预言球。他侵入哈利的思想，让哈利误以为小天狼星在神秘事务司受折磨。哈利、罗恩、赫敏、纳威、卢娜和金妮一行六人前往魔法部，找到了预言球，并与食死徒展开搏斗，随后凤凰社的成员赶来增援。在这场混战中，小天狼星被贝拉特里克斯杀害，预言球被摔碎。伏地魔与邓布利多在魔法部大厅交手。魔法部众人亲眼看见了伏地魔卷土重来。

在之后的暑假中，鲁弗斯·斯克林杰接替福吉成为新的魔法部部长。哈利和邓布利多成功说服了霍拉斯·斯拉格霍恩重返霍格沃茨，担任魔药学教授，斯内普则如愿以偿，成为黑魔法防御术课的教授。在第一节魔药课上，因为哈利没有教材，斯拉格霍恩教授让哈利从教室的柜橱里拿了一本旧的魔药课课本。哈利发现，这本书上有很多笔记注释，并且在封面底端写着"本书属于混血王子"。哈利靠着这些笔记取得了甚至比赫敏还要优秀的魔药课成绩。而另一方面，哈利的情感也日渐成熟，他在心底对金妮的迷恋越发强烈。

在这一学年中，邓布利多偶尔会单独为哈利授课，他利用冥想盆向哈利展示了一些伏地魔过去的情况，并且认定伏地魔把自己的灵魂分成七份，并且将其中的六份藏入了魂器中。其中的两个魂器已经被摧毁了，一个是哈利在二年级时用蛇怪的毒牙毁掉的汤姆·里德尔的日记，另一个则是由邓布利多亲自毁掉的马沃罗·冈特的戒指。

哈利·波特百科全书

　　邓布利多相信，要杀死伏地魔，彻底阻止伏地魔复活还需要摧毁另外四个魂器，所以，他和哈利前去取回斯莱特林挂坠盒。邓布利多因为喝掉了保护挂坠盒的翠绿色药剂而变得非常虚弱。两人返回霍格沃茨城堡后发现黑魔标记出现在学校上空，在天文塔上，邓布利多用石化咒将哈利定在墙边，哈利披着隐形衣动弹不得，而由于施放该咒语消耗了时间，邓布利多失去了保护自己的机会，他被德拉科·马尔福解除了武器。马尔福表示是他用了一整年时间修好了消失柜并把食死徒带进了学校。后来更多的食死徒赶到现场，邓布利多向斯内普发出了请求，斯内普随即杀了邓布利多。哈利身上的咒语随着邓布利多的死亡而解开，尽管他一路追击斯内普和马尔福，但是他们仍然逃出了学校。

　　麦格教授之后成为霍格沃茨魔法学校的临时校长。哈利发现他和邓布利多辛苦得到的斯莱特林挂坠盒是假的，而真的挂坠盒已被一个署名为R.A.B.的神秘人物取走。在邓布利多的葬礼结束之后，哈利决定不再回学校上七年级，而是去寻找并毁掉伏地魔余下的所有魂器。为了金妮的安全，哈利希望中止他们之间的关系。金妮告诉他自己不在乎因为做他的女朋友而存在危险，但哈利仍然认为他们最好不要再见面。罗恩和赫敏也放弃了自己在霍格沃茨的最后一个学年，他们决定与哈利一起完成这一使命。

　　在这一年的暑假，哈利即将迎来自己17岁的生日，迈向成年。然而，他不得不离开女贞路4号，永远告别这个他曾经生活了16年的地方。

　　凤凰社的成员精心谋划了秘密转移哈利的方法，然而，可怕的意外还是发生了。虽然在穆迪率领下众人用复方汤剂伪造出了六个假哈利用以混淆视听，"七个波特"分组飞出女贞路，但飞出后立刻就被大批的食死徒包围。哈利与海格被伏地魔追击，他们所乘坐的摩托车失控下坠，伏地魔一心想置哈利于死地。哈利的猫头鹰海德薇被一个由食死徒射向他的杀戮咒击中，伤疤的疼痛使哈利睁不开眼睛。当伏地魔追上他们之后，哈利以为自己就这样结束了，但是他的魔杖竟然主动发起了攻击，它摧毁了伏地魔借来的魔杖。哈利和海格在最后的关头进入了防护咒的保护范围，逃离了食死徒和伏地魔的追击。到达陋居后，哈利欣慰地看到赫敏和罗恩都很好，但是乔治在战斗中失去了一只耳朵，而穆迪在战斗中被伏地魔亲手杀死。

　　在哈利17岁生日当晚，魔法部部长斯克林杰到访陋居，并宣布了邓布利多的遗嘱。邓布利多将哈利在魁地奇比赛中抓住的第一个金色飞贼和格兰芬多宝剑留给了他。但斯克林杰声称格兰芬多宝剑是一件重要的历史文物，并不是哈利的个人财产，且宝剑目前已经遗失。除了哈利以外，罗恩得到了邓布利多发明的熄灯器，赫敏则得到了一本《诗翁彼豆故事集》。

　　1997年8月1日，哈利伪装成韦斯莱家的远房堂弟参加了比尔和芙蓉的婚礼。但婚礼被金斯莱·沙克尔的守护神打断，它带来了魔法部垮台，部长已死的消息。婚礼现场顿时变得混乱，客人们开始逃走。哈利和赫敏抽出魔杖，抓着罗恩幻影移形到了托腾汉宫路。在这里，赫敏透露她早有准备，她把必要的东西全都放在了一个施了无痕伸展咒的小包里。三个人进入了附近的一家咖啡馆稍作歇息。在咖啡馆里，罗恩和赫敏开始讨论婚礼上发生的事情，他们提到了伏地魔的名字，打破了食死徒占领魔法部后设在这个名字上的禁忌魔咒。食死徒在接到警报后闯了进来。在一番冲突之后，"铁三角"打败了食死徒，之后前往格里莫广场12号避难。

"铁三角"在住在格里莫广场12号的第一个早晨发现了R.A.B.的真实身份，原来他竟然是小天狼星的弟弟——雷古勒斯。经过一番调查，他们得知斯莱特林挂坠盒已经落到了乌姆里奇手里。三人通过复方汤剂伪装成魔法部的员工混了进去，成功夺得挂坠盒，但赫敏却在他们幻影移形的逃走时被食死徒亚克斯利抓住了手臂，格里莫广场12号的地址因此暴露，"铁三角"不得不放弃这个避难所。赫敏带着罗恩和哈利来到之前举办过魁地奇世界杯的那个树林，并在此之后不断更换宿营地点。

哈利和赫敏在这段时间得知格兰芬多宝剑可以用来摧毁魂器，但是挂坠盒给罗恩带来的消极能量让他近乎爆发。在发现自己现在得到的魂器一时半会还无法摧毁的时候，罗恩和哈利大吵了一架后出走。罗恩的出走让哈利和赫敏情绪消极。在《诗翁彼豆故事集》中发现格林德沃的标志以后，他们决定前往戈德里克山谷。二人用复方汤剂伪装成一对麻瓜夫妻的样子，在圣诞节前夜的时候到达了山谷，他们在教堂墓地里看到了詹姆和莉莉的墓碑，还在一块属于伊格诺图斯·佩弗利尔的破旧墓碑上看到了象征死亡圣器的三角符号（格林德沃的标志）。两个人之后去了哈利父母原来的房子，并在那里见到了巴沙特。二人跟随巴沙特去了她家，以为她会有格兰芬多宝剑，但实际上，伏地魔已经杀死了巴沙特，并将大蛇纳吉尼隐藏在她的身体里。在哈利和她交谈时，蛇从巴沙特的脖子里钻出来攻击哈利，赫敏冲到楼上击退了蛇，救下了哈利。两个人从窗户逃了出去，伏地魔也在此时赶来，在混战中，哈利的魔杖意外地被赫敏的爆炸咒折成了两段。

从伏地魔身边逃走之后，哈利和赫敏来到迪安森林，几天后的一个晚上，当哈利在帐篷外站岗时，他看到一头银色的牝鹿。他在这只守护神的带领下找到一个结冰的池塘，哈利惊讶地发现格兰芬多宝剑就在池塘里。他脱下衣服跳进池塘中，然而就在哈利刚抓住那把剑的时候，挂坠盒的链子却忽然收紧想要勒死他。哈利被赶来的罗恩救出了水面。原来罗恩早就希望回到哈利、赫敏两个人身边，熄灯器帮助他找到了他们住的地方。他们获得了格兰芬多宝剑，并且用宝剑毁掉了挂坠盒。

按照赫敏的建议，"铁三角"来到卢娜的家找到了她的父亲——谢诺菲留斯·洛夫古德。他们向洛夫古德先生询问那个格林德沃的符号。在知道了死亡圣器的传说之后，"铁三角"很快发现洛夫古德先生将他们出卖给了食死徒，因为卢娜被绑架，他只能以"铁三角"的行踪换取女儿的平安。赫敏炸开地板，让食死徒看到哈利在屋子里，同时把罗恩藏在隐形衣底下，因为他现在本应因为患上散花痘而在家里养病。三个人终于从洛夫古德家逃了出来。

复活节前后，"铁三角"刚听完"波特瞭望站"的广播，哈利说他确定伏

哈利·波特百科全书

地魔正在寻找老魔杖，无意中打破了设在伏地魔名字上的禁忌魔咒。狼人芬里尔·格雷伯克带领的搜捕队员抓住了他们，并质疑他们的身份。赫敏用蜇人咒让哈利的脸肿胀起来，试图掩盖他们的真实身份，但是很快格雷伯克就意识到自己抓住了哈利·波特，"铁三角"被带到了马尔福庄园。在那里，贝拉特里克斯发现一名搜捕队员手里拿着本应放在她的古灵阁巫师银行金库里的格兰芬多宝剑，她神色骤变。哈利由此认定另外一个魂器也藏在她的金库里，他在庄园的地牢中说服了同样被抓来的妖精拉环帮助他们，并用双面镜的碎片寻求帮助。一直通过双面镜关注他们的阿不福思派了多比前来解救众人。哈利让多比带着卢娜、奥利凡德先生和迪安去贝壳小屋，他和罗恩去救赫敏。在随后的战斗中，哈利抢走了德拉科·马尔福的魔杖，并在多比的帮助下和罗恩一起救下了赫敏和拉环，逃离了庄园，来到贝壳小屋。多比不幸被贝拉特里克斯掷出的小刀刺中心脏身亡，哈利决定不用魔法，亲手为多比建造一座坟墓，"铁三角"和奥利凡德、拉环等人在贝壳小屋待了一段时间。在这期间，哈利、罗恩和赫敏计划在拉环的帮助下，潜入贝拉特里克斯的金库拿到魂器。卢平来到贝壳小屋，告诉大家自己的儿子泰迪·卢平出生了，并让哈利做了孩子的教父。第二天一早，"铁三角"前往古灵阁。赫敏用复方汤剂把自己伪装成贝拉特里克斯，让古灵阁的妖精以为是真的贝拉特里克斯要去金库。历经重重困难后，哈利拿到了赫奇帕奇金杯（魂器），但拉环却拿着格兰芬多宝剑跑了，并大声喊金库里有盗贼。哈利、罗恩和赫敏向着妖精群中发射咒语，三个人骑着火龙逃离了古灵阁。

透过伏地魔的思想，哈利了解到最后一个魂器就藏在霍格沃茨，"铁三角"幻影移形到霍格莫德，三人在阿不福思的帮助下通过秘密通道进入了有求必应屋。重新组织起来的D.A.成员在那里热情地欢迎他们。哈利问屋子里的人，有谁听说过与拉文克劳有关的遗物。卢娜告诉哈利，传说拉文克劳有一个冠冕。他们二人在去寻找冠冕的中途被躲在公共休息室里的阿莱克托·卡罗发现，她按了手臂上的黑魔标记召唤伏地魔。随后，凤凰社成员、D.A.成员、家养小精灵等学校里的所有生物倾巢出动，伏地魔和他的侵略军也到达校外，最终决战由此爆发。

哈利、罗恩和赫敏来到有求必应屋寻找拉文克劳的冠冕，马尔福、克拉布和高尔也尾随而来，克拉布使用了黑魔法厉火，想把哈利杀死，整个屋子被火团团包围，大到就连克拉布自己也无法控制。哈利设法抓住了困在火里的马尔福，罗恩和赫敏抓住了高尔，而克拉布却被厉火吞噬。厉火同时也摧毁了冠冕。哈利、罗恩和赫敏继续寻找纳吉尼，就在他们四处奔走的时候，弗雷德在他们眼前死去。这一幕激怒了哈利和罗恩，但是赫敏提醒他们，不能忘记他们应当做的事情。只有完成了任务，才能够真正停止战争。

在哈利通过伏地魔的思想看到纳吉尼的位置之后，"铁三角"立即前往尖叫棚屋。他们看到伏地魔正在用纳吉尼杀死斯内普，因为伏地魔相信只有这样才能使他真正成为老魔杖的主人。斯内普临死前将自己的记忆给了哈利。哈利回到霍格沃茨城堡，看到卢平和唐克斯的遗体躺在弗雷德的身边，他一个人来到校长办公室，用邓布利多的冥想盆进入了斯内普的记忆当中。哈利发现，原来自己也是一个伏地魔的魂器，他必须被伏地魔杀死，才能消灭伏地魔，哈利还得知斯内普原来从始至终都爱着自己的母亲莉莉。怀着沉重的心情，哈利勇敢地放下了一切，决定执行这个可怕的任务。

哈利独自进入禁林，拿出金色飞贼，告诉它："我要死了。"飞贼裂成两半，复活石从里面显露了出来。哈利闭上眼睛，把石头在手里转了三次，他的父母、小天狼星和卢平出现了。他们在哈利准备面对伏地魔之前给了他安慰，并帮助他挡住摄魂怪。哈利到达了食死徒的营地，扔掉了复活石。面对着伏地魔，哈利没有反抗就被他的杀戮咒击中了。但是，这种"死亡"并不是永久的，在1995年，伏地魔用哈利的血重塑了自己的身体，这也让哈利能够再一次从伏地魔的咒语下活下来。而哈利的牺牲保护了在霍格沃茨里的人，就像他母亲的牺牲保护了他一样。另外，由于他的体内残存有一片伏地魔的灵魂，所以伏地魔的杀戮咒在不知不觉中摧毁了这片灵魂。哈利进入了一个国王十字车站般的幻境之中，他在那里看见了邓布利多，还有伏地魔已经被摧毁的那一部分灵魂。邓布利多向哈利解释了一切，"不再有秘密瞒着"哈利。

哈利从现实中醒来，但还是继续装死。伏地魔让纳西莎·马尔福来检查哈利的"尸体"。纳西莎护子心切，因为她知道只有一个办法能让她进入霍格沃茨找到儿子，那就是跟着伏地魔的队伍一起进去。她不再关心伏地魔能否胜利，于是向众人宣布哈利死了。伏地魔之后得意扬扬地用钻心咒百般羞辱哈利的"尸体"，并让海格把哈利的身体带回霍格沃茨，向大家宣布哈利的死亡。

起初，城堡里幸存的反抗者伤心欲绝，特别是罗恩、赫敏、金妮和麦格教授。他们愤怒地冲着食死徒尖叫，继续反抗。之后，纳威从分院帽子中抽出格兰芬多宝剑，砍下了纳吉尼的头。哈利在混乱中披上隐形衣，跟着人群进入城堡。他看到韦斯莱夫人独自跟贝拉特里克斯决斗，并杀死了她。伏地魔非常愤怒，他失去了最后的，也是最忠实的助手。麦格教授、斯拉格霍恩和金斯莱都被伏地魔炸到了一边，他直接把魔杖指向韦斯莱夫人，哈利用铁甲咒保护了她，并脱下隐形衣加入了最后的战斗。

伏地魔不知道的是，自己手中拿着的、从邓布利多的坟墓里偷出来的老魔杖，效忠的并不是斯内普，而是德拉科·马尔福。当哈利在马尔福庄园对德拉科成功地使用了缴械咒之后，他就成了老魔杖真正的主人。伏地魔再次对哈利施展杀戮咒，而哈利喊出"除你武器"。老魔杖拒绝杀死自己的主人，于是杀戮咒反弹了，伏地魔最终被自己施出的咒语消灭。

哈利随即被欢呼的人群包围。卢娜用一句话转移走了大家对哈利的注意力，哈利披上隐形衣溜到罗恩和赫敏身边。他们来到校长办公室的邓布利多肖像前，哈利在路上向两个人讲了冥想盆和禁林里发生的一切。哈利为了防止死亡圣器重新汇聚，决定自己保留隐形衣，把复活石留在了禁林里，用老魔杖修复好自己的魔杖之后，将它重新放回了邓布利多的坟墓。

伏地魔摧毁了哈利身上的灵魂碎片之后，哈利失去了蛇佬腔的能力。此外，哈利额头上的伤疤也不再有魔力，再也不会疼了。

战争结束之后,哈利成了魔法部的一名傲罗。新任魔法部部长金斯莱·沙克尔允许参加霍格沃茨之战的人直接申请参加成为傲罗的培训,而无须参加N.E.W.T.考试。在2007年,27岁的哈利成为有史以来傲罗办公室最年轻的主任。

哈利后来与金妮结婚,他们共育有三个孩子:大儿子詹姆·小天狼星·波特,以哈利的父亲和教父的名字命名;二儿子阿不思·西弗勒斯·波特,以邓布利多和斯内普的名字命名;小女儿莉莉·卢娜·波特,以哈利母亲和好友卢娜·洛夫古德的名字命名。此外,哈利充分履行了自己作为教父的义务,悉心照料他的教子泰迪·卢平。

哈利和表哥达力·德思礼还有他的家人之间保持了联系,会给他们寄"圣诞卡片",偶尔还去拜访他和他的孩子们。哈利还和曾经的对手德拉科·马尔福和平相处,他们互相彬彬有礼,但是学生时代的仇恨让他们永远也无法成为朋友。

罗恩·韦斯莱
Ron Weasley

全名:罗纳德·比利尔斯·韦斯莱 Ronald Billius Weasley
出生日期:1980年3月1日
外貌特征:红头发、蓝眼睛
职业/职务:魔法部傲罗办公室副主任
毕业学校:霍格沃茨魔法学校,格兰芬多学院
曾获荣誉:格兰芬多学院级长
魔杖:12英寸、白蜡木、独角兽尾毛;14英寸、柳木、独角兽尾毛
博格特形态:巨型蜘蛛
守护神:杰克·拉塞尔猎狗(有"追逐水獭"之意)
家人:亚瑟·韦斯莱(父亲)、莫丽·韦斯莱(母亲)、比尔·韦斯莱(大哥)、查理·韦斯莱(二哥)、珀西·韦斯莱(三哥)、弗雷德·韦斯莱和乔治·韦斯莱(四哥和五哥,双胞胎)、金妮·韦斯莱(妹妹)、赫敏·格兰杰(妻子)、罗丝·韦斯莱(大女儿)、雨果·韦斯莱(小儿子)

罗恩是亚瑟·韦斯莱和莫丽·韦斯莱的第六个儿子,他成长于德文郡奥特里-圣卡奇波尔村外的陋居。虽然罗恩从小就常常受到五个哥哥的"折磨"(主要是弗雷德),但事实上他长得很健壮,与他的哥哥们一样,拥有一头红发。罗恩在家里经常被拿来与学习优秀或者有魁地奇才能的哥哥们比较,而且他的许多东西都是兄长们用过的,因为和其他的巫师家庭相比,韦斯莱家并不富裕。不

过，韦斯莱家通过爱来弥补这些。罗恩有一个相当快乐的童年，这让在德思礼家长大的哈利对他十分羡慕。

1991年，11岁的罗恩进入霍格沃茨上学。他在9¾站台上与哈利第一次见面，他们坐进了霍格沃茨特快列车的同一个包厢内，罗恩向哈利展示他的宠物老鼠斑斑，并且跟他讲了很多关于魔法世界的事情，而哈利则与罗恩分享了零食，这一简单的行为让两个人建立了终生的友谊。罗恩和哈利在火车上还第一次遇见了赫敏。在之后的分院仪式上，罗恩像其他韦斯莱家的人一样，被分进格兰芬多学院，并和哈利·波特、纳威·隆巴顿、西莫·斐尼甘以及迪安·托马斯共享一间宿舍。

在霍格沃茨学习的第一学年，面对斯莱特林学院爱欺负人的德拉科·马尔福时，哈利总是站在罗恩一边，而罗恩则反过来在魔药课老师斯内普教授为难哈利的时候安慰他，告诉他这并不是他的错。罗恩同意在午夜决斗时作哈利的助手，而这个决斗其实只是德拉科的一个鬼把戏，两个人因此惹上了麻烦。

罗恩一开始并不是很喜欢赫敏。特别是在赫敏"炫耀"（在罗恩看来）自己的魔法知识时，罗恩就感觉很恼火。因此，在她纠正他的悬停咒"羽加迪姆勒维奥萨"的发音时，罗恩显得很不高兴。罗恩在万圣节宴会之前跟哈利讲赫敏的坏话，说她"简直就像一个噩梦"。赫敏听到了罗恩的话，哭着跑进了女厕所。当晚的宴会上，奇洛教授跑进来说有一个巨怪进了学校。在意识到赫敏可能会遇到麻烦之后，罗恩和哈利跑过去救她。三人联手制服了巨怪，在面对麦格教授的质疑时，赫敏向麦格教授说了谎，保护了哈利和罗恩。从此以后，三个人就成了最好的朋友（"铁三角"就此诞生）。

后来，"铁三角"得知魔法石正藏在霍格沃茨，并觉得斯内普教授想去偷它。他们认为这位魔药课教授可能仍旧为伏地魔服务。但实际上，奇洛教授才是那个真正协助伏地魔的人。罗恩很善于下巫师棋，这个技能在三个人面对麦格教授设置的魔法石保护措施时起到了关键作用。在这场真人大小的巫师棋局中，罗恩作为一个棋子决定牺牲自己，让哈利有机会将死国王，从而继续前进。最终，三个人成功地阻止了奇洛，粉碎了伏地魔的阴谋，而校长邓布利多则因罗恩"下赢了许多年来霍格沃茨最精彩的一盘棋"而给格兰芬多学院加了50分。

在1992年的整个暑假里都没有收到哈利的任何消息之后，罗恩伙同自己的哥哥弗雷德和乔治开着经他们父亲改装过的飞车来到女贞路4号，用飞车的力量拽开了哈利卧室的窗户栅栏。罗恩帮助哈利把他的东西放到车里，然后带着他回到了陋居。开学的那一天，罗恩和哈利因为家养小精灵多比施的魔法而错过了霍格沃茨特快列车，于是二人开着飞车去了霍格沃茨。快要到达之际，车子忽然掉了下去，两个人连着车子冲向打人柳，罗恩和哈利几乎被砸死。汽车后来抛弃了两个人进入了禁林，后来也一直待在那里。

罗恩的魔杖在这次事故里断成了两截（如果将魔杖前、后两端接合，魔法则会因为魔杖的缘故反弹予施术者，如果只保留手柄一端，魔法的效果、完整性将会大幅减弱），这给他在接下来的一个学年里带来了许多麻烦。比如，在马尔

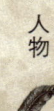

哈利·波特百科全书

福用"泥巴种"称呼赫敏时,罗恩朝他施出的一道咒语发生了回火。马尔福对麻瓜出身巫师的轻蔑,让罗恩、哈利和赫敏开始怀疑他就是那个打开密室,并释放"怪物"来袭击麻瓜出身学生的斯莱特林的继承人。为了验证这一猜想,罗恩通过复方汤剂变身为克拉布,和变身成高尔的哈利一起进入了斯莱特林休息室。通过调查,罗恩和哈利发现马尔福并不是斯莱特林的继承人。赫敏后来也成了怪物袭击的受害者,不过,她留给罗恩和哈利一条线索,让他们推测出袭击学生的怪物是一只蛇怪。

在罗恩和哈利进入禁林找阿拉戈克时,罗恩展现出了难以置信的勇气,因为他非常害怕蜘蛛。在罗恩得知自己的妹妹金妮将要死在密室之后,为了救她,他和哈利跑去向洛哈特教授求助。不过两个人却发现,这个教授只是个骗子,他正准备收拾东西逃跑。罗恩和哈利拿走了洛哈特的魔杖,逼着他跟着他们一起进入密室。就在三个人进入密室后不久,洛哈特企图抹去他们的记忆,不过很不幸的是,洛哈特用的是罗恩的魔杖,他念出的遗忘咒反弹到自己身上,永久地失去了记忆。罗恩留在了洛哈特身边,而哈利在密室中继续前行,并最终打败了蛇怪,把金妮救了出来。罗恩因此获得了对学校特殊贡献奖,并为格兰芬多赢得两百分。

在三年级开学前的暑假里,韦斯莱家赢得了《预言家日报》的年度大奖。罗恩和他的家人把奖金用在去埃及旅游,并拜访他的哥哥比尔上。他们幸运获奖的消息出现在《预言家日报》上,罗恩把这个剪报寄给了哈利,随信还附有一个窥镜,这是他送给哈利的13岁生日礼物。也是在这一年的夏天,阿兹卡班里最著名的囚犯小天狼星·布莱克越狱了。因为这件事,霍格沃茨的安保措施被加强。罗恩和他的朋友注意到,他们乘坐的霍格沃茨特快列车在中途停了下来,摄魂怪上车进行了检查。

三年级一开始,罗恩和哈利都选了占卜学和保护神奇生物学,而赫敏则选修了所有开设的课程,她的行为变得很奇怪,罗恩和哈利谁也捉摸不清楚。在第一堂保护神奇生物课上,马尔福因为侮辱了一头叫巴克比克的鹰头马身有翼兽而被后者攻击,他发誓要进行报复。之后,罗恩因为赫敏新买的宠物猫克鲁克山而和她冷战,两个人的友谊受到了严重的威胁(克鲁克山一直在试图攻击罗恩的耗子斑斑,几周之后斑斑失踪了,罗恩认为这是克鲁克山干的)。在此期间,小天狼星还没有被人发现,一天晚上,他摸进了格兰芬多塔楼。在听到划开床边帷幕的声音后,醒来的罗恩发现面前站着手里拿刀的小天狼星,这件事使霍格沃茨的安全措施又被加强了。

在得知巴克比克将要被执行死刑后,罗恩向赫敏表示"这次你不必一个人做全部工作了,赫敏,我会帮忙的"。二人就此和好。考试临近,"铁三角"开始着手研究并尝试帮助海格准备巴克比克的上诉。在最后一场考试结束后。他们得知巴克比克败诉,它仍将被执行死刑以后,罗恩、哈利和赫敏披上隐形衣在行刑日的傍晚去看望海格。但是海格告诉三个人,如果他们被人看见会有大麻烦。在海格的小屋里,赫敏发现了斑斑。尽管三人还是想打抱不平,但魔法部部长等人的到来使他们不得不赶紧离开。在听到一声类似砍伐的钝响之后,罗恩、哈利和赫敏在震惊中返回霍格沃茨。

就在他们回到城堡之前,斑斑突然挣脱了罗恩的手逃跑了,罗恩追了上去,哈利和赫敏紧随其后。罗恩抓住了斑斑,但是已经跑进了打人柳的阴影。一条黑色的大狗朝罗恩扑了过去,用嘴咬着他的胳膊,把他拖进了打人柳下的洞里。黑狗把罗恩一直拖到尖叫棚屋之后才放开了他,并变回小天狼星——被通缉的阿兹卡班囚犯的模样。看到冲过来的哈利和赫敏,罗恩抓着自己被弄断的一条腿告诉他们这是个陷阱,但一切已经来不及了。

在哈利和赫敏进入罗恩所在的屋子后,小天狼星伏击了他们。两个人的魔杖被小天狼星收走。一看到他,哈利马上和赫敏上前攻击,而受伤严重的罗恩也在一旁尽可能地帮助他们。哈利在制服了小天狼星、能够随意处置他时,却被卢平教授缴了械。原本看到卢平后刚放下心的罗恩却发现卢平和小天狼星像兄弟一样互相问候。卢平要求罗恩交出他的老鼠斑斑。罗恩高声抗议这个要求,赫敏也指出卢平身上的疑点,并告诉罗恩和哈利卢平是一个狼人。小天狼星和卢平决定向他们解释一切,二人向"铁三角"讲述了自己在霍格沃茨的求学时光,告诉他们小矮星彼得到底是怎样一个巫师,怎样背叛了哈利的父母,怎样让别的巫师相信自己已经死亡。由于卢平保证如果斑斑是一只真的老鼠,它不会受到伤害,半信半疑的罗恩交出了斑斑。于是斑斑变回了小矮星彼得,坦白了自己曾经的所作所为,并请求他原来的朋友给予原谅。哈利最终决定先把彼得押回霍格沃茨,然后再转交阿兹卡班。众人一起离开尖叫棚屋返回霍格沃茨。在路上,满月升了起来,卢平变形成为狼人。在混乱中,彼得偷了卢平的魔杖击昏了罗恩和克鲁克山,变成耗子逃走了。几个小时后,在校医院治好断腿的罗恩得知哈利与赫敏已经救了小天狼星和巴克比克的命。作为罗恩损失宠物的补偿,小天狼星后来送给他一头猫头鹰,被金妮命名为"朱薇琼",罗恩叫它"小猪"。

在1994年夏天,罗恩邀请哈利和赫敏跟自己和家人一起去看魁地奇世界杯,这是几十年以来魁地奇世界杯第一次在英国举办。比赛结束当晚,爱尔兰队的支持者仍然在庆祝着胜利,麻烦出现了。食死徒制造了一场骚乱,点火烧掉了许多露营帐篷。韦斯莱先生命令罗恩、哈利、赫敏、弗雷德、乔治和金妮跑到安全的地方,他和韦斯莱家大一点的孩子一起去帮助魔法部维持秩序。跑进树林以后,罗恩、赫敏、哈利很快就跟弗雷德、乔治和金妮走失了,在树林更深处,他们看见一个人变出了黑魔标记,而"铁三角"也因此被赶来的魔法部官员质问。

9月1日,罗恩和他的朋友们乘霍格沃茨特快列车回到学校。马尔福在火车上奚落了罗恩、他的父亲还有他的礼服长袍。在当晚的欢迎宴会上,邓布利多宣布霍格沃茨将要举办三强争霸赛。罗恩开始幻想自己成了三强赛的勇士,在与哈利讨论过如何与火焰杯和年龄界线"斗智斗勇"之后,罗恩惊讶地发现好友的名字最终从火焰杯中飞了出来。出于嫉妒,罗恩拒绝接受哈利并未报名参加三强赛的解释,坚持认为他作了弊。在争吵过后,两个人不再说话,开始冷战。但在亲眼看见了比赛的危险性后,罗恩终于意识到,那个把哈利的名字放进火焰杯的人

第一章 人物

是想要哈利的命。哈利成功完成第一个项目以后,罗恩和赫敏一起祝贺哈利,两个人和好。

第一个项目之后不久,麦格教授告诉格兰芬多的学生,在三强争霸赛期间将会举行传统的圣诞舞会。就在其他四年级以上的学生都在四处奔走结识约会对象时,罗恩和哈利却发现自己很难开口邀请女孩参加舞会。被混血媚娃芙蓉的美丽和魅力所吸引的罗恩错误地邀请她跟自己参加舞会,之后在可怕的尴尬中逃之夭夭。他还因为没有首先邀请赫敏而冒犯了她。罗恩和哈利最终一起邀请了双胞胎佩蒂尔姐妹。罗恩在舞会上表现得很糟糕,而且他非常嫉妒地发现赫敏竟然成为威克多尔·克鲁姆的舞伴。这让他和赫敏在圣诞舞会结束的时候发生了激烈的争吵,但这并没有影响两个人的友谊,这件事也使两人对彼此的爱慕初现端倪,但当时罗恩并未意识到自己对赫敏的感情。

1995年2月24日,罗恩在三强争霸赛的第二个项目里成为哈利要去解救的"最心爱的宝贝"。在发现哈利同时也解救了芙蓉的人质时,罗恩把哈利责备了一顿,不过在看到哈利因为他"高尚的道德风范"而获得了额外的加分以后,他改变了腔调。感动的芙蓉为了谢谢罗恩和哈利救了自己的妹妹,亲了他们两个,这让罗恩对芙蓉产生了明显的好感。

由于伏地魔崛起,邓布利多重新组建了凤凰社。1995年的夏天,凤凰社的总部转移至格里莫广场12号,罗恩也住了进去。五年级开学前,罗恩和赫敏被选为格兰芬多学院的级长,罗恩当选级长几乎出乎所有人的意料,韦斯莱夫人还因此奖励给罗恩一把新"横扫"扫帚,开学后,罗恩还参加了格兰芬多魁地奇球队守门员的选拔,并被选上。1995年10月5日,D.A.成立,罗恩成为其中一员。在之后学年第一场魁地奇比赛之前,罗恩非常紧张。斯莱特林的学生做了一个徽章,上面写着"韦斯莱是我们的王"。为了转移罗恩对斯莱特林学生的注意力,赫敏亲了罗恩的脸颊,祝他好运,罗恩显得有些困惑。罗恩在比赛中发挥得很糟糕,而斯莱特林学生也开始唱起了嘲讽他的歌。赛后,罗恩希望离队,但因为哈利、弗雷德和乔治都被终身禁赛,罗恩还是留在了球队里。在学年最后一场魁地奇比赛中,罗恩发挥出色,格兰芬多赢得魁地奇杯。

在学年末最后一场O.W.L.考试后,罗恩和哈利以及赫敏等人一起去了魔法部,参加了神秘事务司之战,在战斗中,罗恩在太空厅中被食死徒的咒语击中,变得十分古怪,一直在傻笑。混乱的他还在大脑厅用咒语召唤来一个带触手的大脑,被它用触手缠住。神秘事务司之战结束后,罗恩住进了校医院。由于胳膊上被触手缠绕造成的伤口十分严重,罗恩治疗了很长时间。

1996年暑假,罗恩共得到了7张O.W.L.证书。

因为安吉丽娜毕业离校,哈利被任命为新的格兰芬多魁地奇队长。开学后,罗恩在赫敏的帮助下,在与考迈克·麦克拉根的守门员竞争中胜出。对于哈利和赫敏被邀请加入鼻涕虫俱乐部,罗恩有些嫉妒。此外,罗恩开始担心他的妹妹跟男生们之间的关系。在看到金妮和迪安·托马斯接吻时,他发了火。但金妮却指出他缺乏与异性交往的经验。不久之后,罗恩就开始和拉文德·布朗交往,两个人在公共场合如胶似漆。赫敏对罗恩的这种斗气行为感到气愤与伤心。但到了圣诞假期的时候,罗恩就不再对拉文德着迷,因为他觉得拉文德占有欲太强。

1997年3月,罗恩吃了一块以为是他的生日礼物的巧克力,但其实那是罗米达·万尼给哈利的,并且里面掺入了迷情剂。之后,罗恩开始对罗米达疯狂地迷恋,想去找她。哈利带罗恩来到斯拉格霍恩的办公室寻找解药,斯拉格霍恩为罗恩配置完解药后,请罗恩和哈利喝了他本来要送给邓布利多的一瓶蜂蜜酒,却不知道蜂蜜酒事先被下了毒,罗恩差点为此丧命,幸好哈利及时用粪石救了罗恩。赫敏惊慌失措地赶至校医院,似乎忘记了对罗恩的愤怒。罗恩在几天里第一次听到赫敏说话,在昏迷中叫了她的名字,两个人就此和解。但罗恩在拉文德来看望他时,总是假装睡觉。出院后,罗恩也总是回避拉文德,并经常跟赫敏待在一起,这让拉文德很怀疑。在她看到罗恩单独(哈利当时跟着他们,但是穿着隐形衣)和赫敏一起离开男生寝室以后,就和罗恩分手了,这让罗恩感到很轻松。

在天文塔之战当晚,罗恩在哈利的要求下和赫敏、金妮一起喝了福灵剂。哈利和邓布利多离校后,罗恩、赫敏、金妮与响应D.A.召唤的纳威和卢娜会合。在赫敏和卢娜监视斯内普教授办公室的时候,罗恩和其他人监视有求必应屋。由于福灵剂的作用,罗恩在参加战斗时没有受伤。看到自己的大哥比尔被狼人芬里尔·格雷伯克咬得血肉模糊时,他非常震惊。之后不久,罗恩参加了邓布利多的葬礼,他和赫敏在葬礼后告诉哈利,他们决定不再回到学校上七年级,而是跟着他一起寻找并摧毁伏地魔的魂器。

1997年夏天,罗恩早早开始提前计划自己和哈利、赫敏要完成的任务。在他的父亲以及弗雷德和乔治的帮助下,罗恩把家里的食尸鬼变形成像是自己得了散花痘的模样,作为他不去霍格沃茨上七年级的一个托辞。

7月月末,罗恩参加了凤凰社组织的行动,服下复方汤剂变成"七个波特"之一,和尼法朵拉·唐克斯分在一组。在战斗中,他们至少被三名食死徒追击,其中就包括贝拉特里克斯和她的丈夫。罗恩在飞行中用昏迷咒击中了一个食死徒的脑袋。

在哈利的17岁生日那天,罗恩送给哈利一本《迷倒女巫的十二个制胜法宝》。当天晚上,魔法部部长斯克林杰来到陋居宣布邓布利多的遗嘱,罗恩得到了邓布利多的熄灯器。8月1日,比尔和芙蓉的婚礼被魔法部垮台的消息打断,赫敏带着罗恩和哈利幻影移形到托腾汉宫路逃离了危险。他们到达鲁奇诺咖啡馆之后,遭到了食死徒安东宁·多洛霍夫和多尔芬·罗尔的攻击。经过一场激战,他们击昏了两个食死徒并抹去了他们的记忆。之后,三个人来到格里莫广场12号,把这里当成了避难所。

哈利·波特百科全书

在格里莫广场，三个人从克利切那里得知，雷古勒斯·布莱克曾在1979年偷走了伏地魔制作的魂器——斯莱特林挂坠盒，而蒙顿格斯又把它从格里莫广场12号偷走了，挂坠盒最后落在了乌姆里奇手里。于是"铁三角"决定伪装潜入魔法部。罗恩用复方汤剂变成了一位魔法维修保养处员工——雷吉纳尔德·卡特莫尔。之后，他们碰到了魔法法律执行司的新任司长、食死徒亚克斯利，他要求"卡特莫尔"去解决自己办公室下雨的问题。罗恩不得不和自己的伙伴们暂时分开。罗恩没有找到止住下雨的办法，准备去找厄尼。在电梯里，他遇见了并没有认出他身份的韦斯莱先生，并被他提醒想止住下雨可以试试云咒撤回。哈利和赫敏从乌姆里奇那里拿到挂坠盒，并释放了被无辜拘留的麻瓜出身巫师之后，三个人重新会合。他们逃出了魔法部，但由于被亚克斯利看到了格里莫广场12号，"铁三角"被迫放弃了这个避难所，逃向曾举办魁地奇世界杯的那片森林，罗恩在幻影移形时发生了分体，上臂少了一大块肉。

在这之后几个星期，对于魂器的寻找与摧毁没有取得任何进展，再加上挂坠盒带来的消极影响，罗恩在佩戴挂坠盒的时候变得阴沉多疑，抱怨不停。一天晚上，罗恩突然与哈利爆发了争吵。因为他觉得哈利对于整个行程并没有一个真正的计划，也觉得哈利似乎不在乎金妮的安全，因为后者在霍格沃茨被关了禁闭。当罗恩问赫敏是不是要跟着他一起走的时候，赫敏告诉罗恩自己要留下来。罗恩说赫敏选择了哈利而不是自己，之后一个人幻影移形离开了。

一摆脱魂器带来的影响，恢复理性的罗恩就尝试返回。不过他一开始就落在了一群搜捕队员中间，被他们审问。罗恩谎称自己是斯坦·桑帕克，并抓住了一个机会逃走。在幻影移形的时候，他又一次分体了，少了两个指甲。后来他去了比尔和芙蓉的家，在圣诞节的早上，罗恩在广播里听见了赫敏的声音，之后，他跟随熄灯器的指引多次幻影移形，直到来到迪安森林，看到了斯内普的守护神之后，将哈利从池塘救了上来，并捞出了格兰芬多宝剑，之后，罗恩用宝剑毁掉了挂坠盒，与赫敏重逢，还将自己之前从搜捕队得来的魔杖给了哈利。

在谢诺菲留斯·洛夫古德那里，"铁三角"得知了死亡圣器的存在。不过，因为女儿卢娜被食死徒抓走，洛夫古德先生将"铁三角"到来的消息通知了食死徒。赫敏让罗恩穿上隐形衣（避免罗恩不在家里的事情曝光），三人最终成功逃脱。

在1998年的复活节假期期间，"铁三角"被格雷伯克带领的一伙搜捕队员抓住了。他们之后被带到了马尔福庄园，罗恩在多比的帮助下成功地对贝拉特里克斯使用了"缴械咒"，救了赫敏。多比带着众人幻影移形到比尔和芙蓉的贝壳小屋。

为了拿到赫奇帕奇金杯，"铁三角"一起计划潜入古灵阁巫师银行。1998年5月1日一早，赫敏就伪装成贝拉特里克斯，罗恩化作一个叫德拉哥米尔·德斯帕德（名字为虚构）的外国巫师，而哈利则和拉环一起藏在隐形衣下面，在他们前往金库的路上，古灵阁的防盗系统致使罗恩的伪装消失。进入金库以后，他们发现里面的财物都被施加了复制咒和烈火咒。尽管拉环后来背叛了他们，但是三个人还是拿到了赫奇帕奇金杯，并骑在一只火龙的背上逃出了巫师银行。

之后，哈利又看到了伏地魔的思想，他告诉罗恩和赫敏，伏地魔已经知道他们正在寻找魂器，而最后一个魂器正在霍格沃茨。哈利、罗恩和赫敏在隐形衣下幻影移形到霍格莫德，准备进入霍格沃茨。但是，在霍格莫德巡逻的食死徒把他们逼入绝境。罗恩抽出魔杖准备战斗，但是哈利提醒他，攻击会暴露他们的位置。食死徒唤来摄魂怪搜索村子的时候，三个人钻进猪头酒吧躲了起来，酒吧老板阿不福思帮他们将食死徒搪塞了过去。之后，他们利用猪头酒吧里的秘密通道由纳威带着进入了霍格沃茨。"铁三角"来到有求必应屋，发现重新组建的D.A.就藏在那里，罗恩劝说哈利允许别人帮助自己。在哈利寻找拉文克劳的冠冕时，罗恩和赫敏进入了密室寻找蛇怪的毒牙。罗恩模仿哈利在打开挂坠盒时的蛇佬腔发音，成功地进入了密室。赫敏用毒牙摧毁了赫奇帕奇金杯，之后二人与哈利会合。

最终决战爆发后，罗恩想起了厨房中的家养小精灵，觉得应该疏散他们，这让赫敏非常感动。"铁三角"进入有求必应屋寻找拉文克劳的冠冕，但是遭到马尔福、克拉布和高尔的埋伏。克拉布放出了厉火，三人组骑着扫帚逃离。哈利救了德拉科，而罗恩和赫敏救了高尔。他们在后来目睹了弗雷德的死亡，这让罗恩几近崩溃。在赫敏的安慰下，罗恩决定继续寻找并摧毁魂器。"铁三角"来到尖叫棚屋，目睹了纳吉尼在伏地魔的命令下杀死了斯内普。斯内普临死前把自己的记忆留给了哈利。

在休战的一小时中，罗恩来到礼堂，在弗雷德的遗体前，珀西搂住了他的肩膀彼此安慰。哈利则去了邓布利多的办公室，通过斯内普的记忆得知一切，他悄悄溜出了城堡，独自面对伏地魔。哈利被宣布"死亡"后，战争重新爆发，罗恩和纳威一起打败了格雷伯克。罗恩最后亲眼看见了哈利彻底打败伏地魔，并在战斗中活了下来，没有受严重的伤。

战争结束后，罗恩没有回到霍格沃茨上七年级，而是和哈利一起接受培训，成为魔法部的傲罗。在傲罗办公室工作两年之后，罗恩离开魔法部，去帮助他的哥哥乔治经营位于对角巷的韦斯莱魔法把戏坊。罗恩后来与赫敏结了婚，他们育有两个孩子：女儿罗丝和儿子雨果。罗恩还是哈利大儿子的教父（也是舅舅）。在某个时候，罗恩、哈利和赫敏都因为他们的成就登上了巧克力蛙画片，罗恩说这是自己的"光荣时刻"。

2017年9月1日，罗恩和赫敏送他们的女儿去霍格沃茨上一年级。他鼓励罗丝一定要被分进格兰芬多学院，并在分数上超过斯科皮·马尔福。

赫敏·格兰杰
Hermione Granger

全名：赫敏·简·格兰杰 Hermione Jean Granger
出生日期：1979年9月19日

职业/职位：历任神奇动物管理控制司职员、魔法法律执行司副司长、魔法部部长
毕业院校：霍格沃茨魔法学校，格兰芬多学院
曾获荣誉：格兰芬多学院级长
宠物：克鲁克山，一只姜黄色罗圈腿并有一张大饼脸的猫
守护神：水獭
家人：格兰杰夫妇（父母均为麻瓜）、罗恩·韦斯莱（丈夫）、罗丝·韦斯莱（大女儿）、雨果·韦斯莱（小儿子）

赫敏·格兰杰出身于麻瓜家庭，父母都是牙医，她有着一头浓密的棕色长发，有时候她会把它们在脑后编成一根长辫子，她的眼睛也是棕色的。

1991年的夏天，赫敏惊讶地得知自己是一个女巫，并被邀请进入霍格沃茨魔法学校读书。在开学前，她就已经开始学习魔法，牢记书中的咒语，甚至可以成功地使用几个，还购买了几本课本以外的书作为她了解魔法世界的参考。在霍格沃茨特快列车上，赫敏在帮助纳威寻找他的宠物蟾蜍莱福时遇到了哈利·波特和罗恩·韦斯莱。

分院帽曾经考虑把赫敏分进拉文克劳，但是最终还是为她选择了格兰芬多。在学院里，赫敏与拉文德·布朗、帕瓦蒂·佩蒂尔住在同一间寝室。因为与拥有比同龄人更丰富的知识与才能，赫敏很快就成为班上最优秀的学生，她喜爱回答老师的问题，并帮助其他同学学习。但是，这种有些强势的做法让她很难交到朋友。赫敏总是跟随着哈利和罗恩，试图阻止他们违反校规、陷入麻烦。在一堂魔咒课后，赫敏因为罗恩对自己的指责而躲在女生盥洗室里偷偷哭泣，她并不知道有一头巨怪进入了学校。巨怪进入了赫敏所在的盥洗室，哈利和罗恩赶到救了她。当麦格、斯内普和奇洛教授到达现场时，赫敏谎称自己因为读了一些有关巨怪的书，认为有能力独自打败它，而哈利和罗恩只是赶来帮助她逃跑。从那以后，三个人成为最要好的朋友。

在一年级的第一场魁地奇比赛中，赫敏因为发现斯内普对哈利的扫帚施恶咒而点着了他的袍子。在1992年的春天，海格搞到了一颗龙蛋。赫敏、罗恩和哈利一起帮助海格照料这头被海格叫作诺伯的火龙。当小火龙被人发现后，赫敏和哈利帮助他把诺伯送出学校，交给罗恩的哥哥查理。在那天晚上，他们被人发现，并被关了禁闭。

赫敏、罗恩和哈利发现了魔法石的秘密，并猜到了伏地魔会偷窃魔法石。哈利决定抢在伏地魔之前拿到魔法石。当他告诉赫敏自己决定只身前往时，赫敏拒绝了。三个人面对霍格沃茨的教授们为魔法石设置的保护时，赫敏先是帮助罗恩摆脱了魔鬼网，后来又用自己的逻辑推理能力帮助哈利解决了魔药谜题。由于前进的魔药只够一个人服用，赫敏只能返回。在学年结束时的年终宴会上，赫敏凭借"面对烈火，冷静地进行逻辑推理"为格兰芬多获得50分加分。

1992—1993学年，赫敏第一次遇到了对于她血统的偏见与仇恨。因为责备德拉科·马尔福侮辱格兰芬多魁地奇球队，马尔福叫她是"臭烘烘的小泥巴种"。赫敏在这一学年还有些迷恋她的黑魔法防御术教授——吉德罗·洛哈特。在洛哈特给全班准备的"小测验"上，赫敏得了满分。她甚至还在自己的课表上把黑魔法防御术都用心形圈了出来。

1992年的万圣节前夜，赫敏和罗恩、哈利一起参加了"差点没头的尼克"的忌辰晚会。在返回楼上时，赫敏跟着听到神秘声音的哈利寻找声音的来源。他们发现费尔奇的猫被石化，而墙上留下了"密室已经被重新打开"的字迹。在这之后，赫敏把所有的空闲时间都花在去图书馆查阅图书上，希望了解密室的传说，她甚至在魔法史课上打断了宾斯教授的授课，询问他关于密室的问题。

当哈利开始怀疑马尔福是"斯莱特林的继承人"时，赫敏利用洛哈特教授签发的字条从图书馆禁书区借出了《强力药剂》，希望通过复方汤剂变成斯莱特林的学生，套到马尔福的话。赫敏从斯内普教授的私人储藏柜中偷来了魔药原料，在"哭泣的桃金娘"的盥洗室制作魔药，一个月后，复方汤剂完成，不过赫敏却没有伪装成功，因为她早些时候在决斗俱乐部的扭打中从米里森·伯斯德身上拿到的"头发"实际上是一根猫毛。这使她身上长出了毛和尾巴，并在校医院里住了几个星期。

在将哈利听到声音和他是蛇佬腔两者联系起来后，赫敏认为袭击学生的神秘生物一定是蛇怪，她冲到图书馆进行求证。在她离开图书馆时，赫敏遇见了佩内洛·克里瓦特，她建议赫敏在向前走之前先用镜子照照拐弯处。这个建议救了她们两个人的命，她们在镜子中看到了蛇怪的眼睛，并被它石化（如果直视蛇怪的眼睛，会直接死亡），但赫敏把写有蛇怪信息的书页撕了下来，并在边上写了"管子"。哈利发现赫敏留给他的线索之后，和罗恩成功地制止了伏地魔试图通过存放在一本老旧日记中的记忆复活自己的企图。赫敏最终被斯普劳特教授配制的曼德拉草复活药剂治好。

1993年的暑假，赫敏和她的父母一起去法国度假。开学之前，赫敏和哈利以及韦斯莱一家一起逛了对角巷。赫敏买下了一只有猫狸子血统的姜黄色大猫作为宠物，并为它起名克鲁克山。学年开始时，赫敏从麦格教授那里拿到了时间转换器，这样她就能上更多的课程，但她没有把这个秘密跟任何人讲。

当哈利收到了一个匿名者送的飞天扫帚——火弩箭时，赫敏向麦格教授作了报告，因为她认为这把扫帚可能是小天狼星送的，于是哈利的飞天扫帚被拿走接受检查，这让哈利有些生赫敏的气。后来，罗恩的宠物老鼠斑斑又神秘失踪，罗恩坚定地认为是克鲁克山把它吃了，两个男生和赫敏的关系更加紧张。赫敏此后全身心投入为鹰头马身有翼兽巴克比克准备辩护当中，因为巴克比克在保护神奇生物课上攻击了马尔福，处置危险动物委员会要求它接受审判。了解三个人之间的矛盾后，海格认为哈利和罗恩应该把朋友看得比飞天扫帚和老鼠更重要。哈利和罗恩意识到了自己的错误，"铁三角"重归于好，但他们拯救巴克比克的尝试失败了，因为马尔福的父亲卢修斯威胁委员会的委员，让他们判处巴克比克死刑。得知这个消息后，赫敏很难过。在之后看到德拉科·马尔福嘲笑因为巴克比克的命运而情绪低落的海格时，赫敏用尽全力打了他一个耳光。

这一年,赫敏还通过卢平的博格特形态(满月)和他生病请假找斯内普教授代课的时间规律,推断出这位新任的黑魔法防御术老师是个狼人,但因为相信卢平是个好人,赫敏并没有把这个推断告诉其他人。同时,占卜学成为赫敏最不喜欢,也最没有兴趣的课程。在特里劳尼教授说她不具备学习占卜的素质之后,赫敏甚至不再上这门课。她认为占卜学是一种不严谨的魔法。

在巴克比克的行刑日,"铁三角"冒险去安慰海格。赫敏在海格的小屋里发现了罗恩失踪的宠物老鼠斑斑。在行刑人员将要到来时,海格劝他们离开。在返回城堡的路上,斑斑咬了罗恩一口逃走了。在追逐老鼠时,一条黑狗袭击了他们,并把罗恩拖进打人柳下方的洞口。赫敏和哈利跟在后面进了洞,并沿着通道进入了尖叫棚屋。赫敏见到了从黑狗变回人形的小天狼星,以及匆匆赶到的卢平。赫敏告诉哈利和罗恩卢平是个狼人的秘密。卢平承认并进行了一番解释后,"铁三角"发现小天狼星是无辜的,真正背叛哈利父母的人是小矮星彼得。斯内普在中途冲进房间,试图将卢平和小天狼星带走时,赫敏对他使用了缴械咒,她在斯内普昏倒后被自己的行为吓坏了。

在决定把彼得移交阿兹卡班之后,他们离开了尖叫棚屋,但是,卢平因为没有按时服用狼毒药剂而变形为狼人。彼得趁此机会变成老鼠逃跑,而小天狼星则变成黑狗与狼人周旋,赫敏和哈利在听到黑狗的哀号后冲向小天狼星,但是上百只摄魂怪出现,哈利召唤出无实体形态的守护神,可是这无法完全抵抗摄魂怪。就在摄魂怪准备吻向哈利、赫敏和小天狼星时,一个神秘的人物召唤出守护神赶走了摄魂怪。赫敏、哈利和小天狼星都昏了过去,哈利和赫敏后来被斯内普救起,送进校医院。在邓布利多的提示下,赫敏用她的时间转换器将自己和哈利带回到几个小时之前。他们成功救出了小天狼星和巴克比克。在学年结束的时候,赫敏上交了自己的时间转换器,决定在新学年拥有一张正常的课表。

1994年暑假,赫敏在陋居和哈利、罗恩一起度过了一段暑假时光,之后又在8月份和韦斯莱家的其他人一起去观看了魁地奇世界杯决赛。比赛结束后,公共露营地爆发了一场由食死徒引发的骚乱。赫敏、哈利和罗恩跑进树林,听见有人喊出了"尸骨再现",他们在混乱中被那些寻找施咒者的巫师团团围住。赫敏为哈利辩护,同时反对那些巫师对同样在现场的家养小精灵闪闪所采取的恶劣态度。

开学后,赫敏就开始为家养小精灵获得自由而努力,并成立了家养小精灵权益促进会,她任命哈利为秘书,罗恩为财务总管。哈利、罗恩和纳威虽然都不情愿地加入了促进会,但这只是为了不让赫敏再在他们身边喋喋不休。而海格、弗雷德和乔治都选择直接拒绝,因为他们觉得这会让家养小精灵感到悲哀。弗雷德把进入霍格沃茨厨房的方法告诉了赫敏。赫敏在那里见到了多比和闪闪,并认为多比就是一个很好的自由小精灵的例子,但闪闪和其他家养小精灵都不喜欢她的宣传,因为赫敏说家养小精灵应该有工资和假期。

万圣节晚宴上,当哈利的名字从火焰杯中飞出来后,赫敏是当时唯一一个相信哈利是无辜的人,她"毫无保留地接受了他的说法"。赫敏帮哈利准备三强争霸赛,教他一些有用的咒语,同时,赫敏还试图让哈利和罗恩重新和好。

在这段时间里,赫敏在不知不觉中引起了威克多尔·克鲁姆的注意。克鲁姆认为赫敏很聪明,具有一种不寻常的美感,他开始跟着赫敏一起去图书馆和霍格沃茨的其他地方,甚至还问哈利自己追求赫敏有没有问题。赫敏最终答应了克鲁姆的邀请,作为他的舞伴一起出席圣诞舞会。

舞会那晚,赫敏穿着一条"浅紫光蓝色的面料做成的长袍",头发"在脑后挽成一个高雅的发髻"。她的外表变得不同寻常,也因此获得了许多赞美。在看到赫敏和克鲁姆在一起时,罗恩极为嫉妒。两个人在公共休息室中爆发了争吵,赫敏说罗恩应该一开始就邀请她,而不是等到没办法了才想到她,但是罗恩那时并没有理解这句话的意思。

在第二个项目中,赫敏成为克鲁姆"最心爱的宝贝",因此被带进大湖底部,等待克鲁姆前来解救。克鲁姆用变形术把自己的头变成了鲨鱼的样子,并把赫敏带回了水面。他后来告诉赫敏,他"从未对其他女孩有过这种感觉",并邀请赫敏在暑假去保加利亚。

丽塔·斯基特是《预言家日报》的记者,也是个未登记的阿尼马格斯。她变成甲虫藏在赫敏的头发里,偷听到了她和克鲁姆的对话。赫敏之前指责丽塔造哈利和海格的谣,于是丽塔在后来写了一篇措辞严厉的文章,指责"狡猾的格兰杰小姐"玩弄哈利和克鲁姆的感情,而且可能在制作爱情魔药。用罗恩的话说,丽塔把赫敏丑化成了"荡妇"。尽管赫敏觉得这些谎言很滑稽,但还是有一些人相信了丽塔的说法,并开始给赫敏寄恶意信件,就连韦斯莱夫人也对她冷淡了些,直到哈利把真实情况告诉了她。赫敏十分恼火,发誓要让丽塔为她的诽谤付出代价。

赫敏后来发现了丽塔是个未登记的阿尼马格斯,她把丽塔捉住并将她关在了一个罐子里,并且威胁她一年之内不得动笔写东西,否则就要把她的秘密透露出去。

1995—1996学年开始前,赫敏和罗恩得知自己当上了格兰芬多的级长,并收到了级长徽章。她对自己的新职位非常重视。回到霍格沃茨后,赫敏开始为家养小精灵学习编织袜子和帽子,并把它们藏在格兰芬多塔楼的各个角落里,但是家养小精灵们觉得这是侮辱,于是干脆不再打扫格兰芬多塔楼。已经是自由小精灵的多比,拿走了赫敏编织的所有东西,并独自一人打扫塔楼,而赫敏并不知道这些。

乌姆里奇在新学年开学典礼上的致辞,让赫敏意识到魔法部已经决定要对霍格沃茨进行干涉。乌姆里奇被魔法部任命为黑魔法防御术教授。她拒绝向学生们

第一章 人物

教授实用的防御手段,只是教给他们理论知识。在这样的情况下,赫敏意识到同学们需要一个真正的黑魔法防御术老师,而不是纸上谈兵。于是她和哈利、罗恩一起成立了D.A.,一个能让学生在课后学习实用黑魔法防御术的秘密组织。赫敏建议哈利作他们的老师。哈利一开始觉得这个想法很好笑,但是他还是同意了。1995年10月5日,D.A.在猪头酒吧成立,赫敏对所有成员签了字的名单施了恶咒,使告密者的脸上会长出可怕的皮疹,并拼成"告密生"的字样。后来她还运用变化咒制作了魔法硬币(假加隆),用来在D.A.成员之间进行通信。赫敏还成了仅有的几个敢于说出伏地魔名字的人,她也掌握了守护神咒,她的守护神是一只水獭。

之后,为了对抗那些有关哈利的谎言,赫敏找到丽塔,用其未注册的阿尼马格斯身份为要挟,要她将哈利讲述的故事刊登在了《唱唱反调》上。

赫敏在五年级一共参加了10门O.W.L.考试,在最后一门O.W.L.魔法史的考试中,哈利在脑中看到伏地魔正在神秘事务司中折磨他的教父。赫敏担心这是一个圈套,她说服哈利在做出行动前先尝试和小天狼星联系。在哈利潜入乌姆里奇的办公室使用飞路网时,赫敏、罗恩、金妮和卢娜一起在外面帮助他打掩护,但他们还是被抓住了。当乌姆里奇在审问期间威胁要对哈利使用钻心咒时,赫敏站出来为他求情,谎称她和D.A.的其他成员在帮助邓布利多制造一件秘密武器。

赫敏成功地把乌姆里奇引诱进禁林,使乌姆里奇被一群愤怒的马人带走,但当赫敏承认自己希望马人帮助自己摆脱乌姆里奇时,马人觉得人类利用了他们,认为这是一种侮辱。就在马人讨论把赫敏和哈利也抓走时,格洛普出现,赫敏和哈利趁乱逃出了禁林。他们在外面碰到了赶来的罗恩、金妮、卢娜和纳威,六个人骑着夜骐飞到魔法部,试图营救小天狼星。

神秘事务司之战中,当诺特抓住哈利的肩膀时,赫敏击昏了他。她后来又击昏了另一个食死徒,并在安东宁·多洛霍夫还没来得及告诉其他食死徒他们的位置时,用无声无息咒让他发不出声音来。赫敏后来被多洛霍夫的一个诅咒击中,昏了过去,不过她没有受到很严重的伤害。战后,赫敏在医院住了一段时间。

1996年暑假,赫敏共获得了10张O.W.L.证书,除了黑魔法防御术的成绩为"良好"以外,赫敏在其他科目上的成绩都是"优秀"。

开学后,赫敏和罗恩的关系大起大落,因为赫敏和哈利一起成为斯拉格霍恩教授的鼻涕虫俱乐部的成员,致使罗恩感觉自己被忽略。当赫敏透露自己曾想邀请罗恩一同参加斯拉格霍恩的圣诞舞会时,罗恩没有说话。两个人的恋情初现端倪。

不过,在罗恩和他妹妹的争吵当中,金妮嘲讽罗恩没有和异性约会的经验,并告诉他赫敏以前在和克鲁姆约会时亲热过。罗恩因此对赫敏冷淡起来,这让赫敏十分困惑。这件事也让罗恩情绪低落,在魁地奇中表现不佳,甚至还提出要离队。为了增加他的信心,哈利假装在罗恩早餐的南瓜汁里加了福灵剂,甚至故意让赫敏看到药瓶,因为她会反对作弊。这让罗恩重拾信心,在比赛中发挥出色。不过,当哈利在赛后告诉他们这只是个诡计时,罗恩反过来指责赫敏对自己没有信心，两个人之间的关系更僵了。

此后，罗恩开始和拉文德·布朗交往，赫敏的情绪变得很低落。赫敏出于报复心理，和考迈克·麦克拉根一起去了圣诞舞会，而没有叫罗恩。在罗恩因为喝了蜂蜜酒而意外中毒后，赫敏非常震惊，罗恩住在校医院的时候，在睡梦中叫了赫敏的名字，两个人终于和好。

康复出院的罗恩开始躲着拉文德，在拉文德看到罗恩和赫敏一同走出男生宿舍以后（哈利当时穿着隐形衣），她和罗恩分手了。哈利发誓自己在当时曾看到赫敏"脸上掠过一丝令人不解的笑意"。赫敏后来率先通过了幻影显形考试，同时在这一学年里掌握了无声咒。

在这个学年里，赫敏一直反对哈利使用"混血王子"的课本，因为这样会让魔药课变得不公平，但她也从未告发哈利。学年快要结束的时候，马尔福利用消失柜让食死徒进入了学校，天文塔之战随即爆发。在哈利留给赫敏、罗恩和金妮的福灵剂的作用下，他们在战斗中都毫发未伤。而哈利在每次和邓布利多上完课后，都会把邓布利多告诉他的信息跟赫敏和罗恩讲。因此，赫敏和罗恩也知道了伏地魔的魂器。

在邓布利多的葬礼之后，哈利告诉赫敏和罗恩自己决定离开霍格沃茨寻找魂器。赫敏和罗恩也决定放弃他们的七年级学业来帮助哈利。离开学校之前，赫敏用飞来咒从邓布利多的办公室中召唤到了与魂器有关的书。

在和哈利与罗恩出发去找魂器前，赫敏担心自己家人的安全，所以修改了她父母的记忆，让他们相信自己实际上叫温德尔和莫尼卡·威尔金斯，平生最大的愿望是移居澳大利亚。赫敏还把自己在建房互助会账户中的全部存款都取了出来，以便于他们在途中可能会需要麻瓜货币。

为了保证哈利的安全，凤凰社决定在哈利年满17岁前就将他从女贞路4号转移。赫敏参加了这次转移行动，并服用复方汤剂变成了"七个波特"之一，她与金斯莱·沙克尔一组，乘坐夜骐。尽管两个人在路上遇到了食死徒追击，但他们还是按时到了陋居。

哈利17岁生日那天，魔法部部长斯克林杰来到陋居，宣布了邓布利多的遗嘱。赫敏得到了一本《诗翁彼豆故事集》，这是一本用如尼文写成的童话故事集。尽管赫敏当时并不知道这本书的意义，但她还是因为邓布利多的举动而感动得热泪盈眶。在此期间，赫敏还提到"飞贼有肉体记忆"，这让一直以来都认为赫敏对魁地奇一无所知的哈利和罗恩非常惊讶。

在第二天比尔和芙蓉的婚礼上，金斯莱通过守护神告诉众人魔法部已经垮台。赫敏带着哈利和罗恩幻影移形到了托腾汉宫路。赫敏在此前对自己的串珠小包施了一个无痕伸展咒，并早早就收拾好了在外寻找魂器时所需要的一切东西，包括衣服、帐篷、药品、哈利的隐形衣和一些有用的书。三人来到一间咖啡馆，赫敏在与哈利和罗恩讨论时无意中打破了禁忌——她说出了伏地魔的名字，食死徒突然在咖啡馆出现。在短暂的激战之后，"铁三角"将食死徒制服，赫敏抹去了他们的记忆。

哈利·波特百科全书

在从蒙顿格斯那里得知斯莱特林挂坠盒已经为乌姆里奇所有之后，"铁三角"开始策划潜入魔法部拿回挂坠盒。赫敏通过复方汤剂伪装成马法尔达·霍普柯克的样子，她在魔法部里很快就遇到了乌姆里奇，并和她、食死徒亚克斯利一起审讯无辜的麻瓜出身者阿尔德顿和玛丽·卡特莫尔。当哈利在愤怒中袭击了乌姆里奇之后，他们的伪装暴露了，但是她和哈利还是设法救出了被关押的麻瓜出身者，赫敏从乌姆里奇的脖子上取下了挂坠盒，并复制出一个赝品放回去。他们与罗恩会合，逃离了魔法部。亚克斯利在他们幻影移形时抓住了赫敏的胳膊。赫敏用抽离咒迫使他放手，但是亚克斯利已经进入了赤胆忠心咒的保护范围。赫敏不得不重新带着哈利和罗恩来到三年前举办魁地奇世界杯的森林中躲藏。

挂坠盒产生的负能量让罗恩开始指责哈利领导不力。他们爆发了争吵，赫敏在两个人开始用咒语互相攻击之前阻止了他们。在罗恩问赫敏是跟他一起走还是留下的时候，赫敏选择了哈利，罗恩最终出走。

赫敏后来为罗恩的出走哭了一个多星期，但她还是尽可能地帮助哈利搜寻魂器的线索，因为觉得格兰芬多宝剑可能在历史学家巴希达·巴沙特手里，赫敏和哈利一起前往戈德里克山谷，他们用复方汤剂变成麻瓜的模样，在哈利父母的墓前，赫敏举起魔杖变出一束圣诞玫瑰花环，让哈利放在墓前。

两个人后来去了巴希达的家，但他们并没发现巴希达其实已死，她的身体里藏着的是大蛇纳吉尼。哈利被大蛇袭击，赫敏冲上楼救了哈利，二人终于赶在伏地魔到来前逃走，但赫敏对纳吉尼使用的爆炸咒弄断了哈利的魔杖。

赫敏幻影显形到迪安森林，哈利仍处于昏迷状态，赫敏使用切割咒从哈利身上取下了挂坠盒，并用白鲜治好了哈利的咬伤。罗恩自从在邓布利多留给他的熄灯器里听见哈利和赫敏说话后，就一直试图回到他们身边，他们终于在迪安森林重聚。罗恩从池塘里救了哈利，捞出了格兰芬多宝剑并用宝剑摧毁了挂坠盒。在看到罗恩返回后，赫敏冲着罗恩尖叫，并捶打罗恩，直到哈利用赫敏的魔杖在两个人之前施了一个铁甲咒。

"铁三角"之后一起去了谢诺菲留斯·洛夫古德的家，希望向他咨询《诗翁彼豆故事集》上面的奇怪符号。他们因此知道了关于死亡圣器的传说。不过三个人随后很快意识到卢娜并不像她父亲说的那样在家里过圣诞节。原来卢娜已经成了食死徒的人质，而谢诺菲留斯将三人的行踪出卖给了食死徒。

但为了卢娜的安全，赫敏决定在食死徒看到哈利之后再逃跑，这样他们就会相信谢诺菲留斯并没有说谎。她又让罗恩穿上隐形衣，因为这时候的他还应该在家养病。

1998年春天，哈利在无意中触发了禁忌。赫敏、哈利和罗恩被一队搜捕队员抓住并被带到了马尔福庄园，交给贝拉特里克斯。贝拉特里克斯一看到格兰芬多宝剑，马上就变得惊慌失措，她以为三个人闯进了她在古灵阁的金库，于是把赫敏一个人留在外面，反复用钻心咒折磨她，审问她从哪里拿到的宝剑，但赫敏并没有崩溃，她向贝拉特里克斯撒了谎，说这把剑只是个复制品，而哈利也在地牢中劝说同样被关押的妖精拉环帮她圆谎。

哈利利用小天狼星留下的镜子求助，多比出现，救走了被关在地牢里的人。哈利和罗恩在制服小矮星彼得之后前去救赫敏和拉环。

贝拉特里克斯用一把小刀指着赫敏的喉咙，哈利和罗恩不得不丢下魔杖。返回的多比把水晶枝形吊灯摔在了地上，哈利和罗恩捡起魔杖救出了赫敏和拉环，之后多比带着他们一起幻影移形到了比尔和芙蓉在婚后居住的贝壳小屋。赫敏、哈利和罗恩在贝壳小屋里住了一段时间，芙蓉帮助赫敏从她的精神创伤中恢复过来。三人组制订了一个潜入古灵阁莱斯特兰奇金库拿到魂器赫奇帕奇金杯的计划，但需要拉环协助。拉环看到赫敏和哈利对待家养小精灵的态度和其他巫师不同，感到很惊奇，但他还是只同意用格兰芬多宝剑作为交换。虽然不愿意失去它，但是赫敏仍然反对欺骗拉环，三个人最终勉强答应了拉环开出的条件。

赫敏使用复方汤剂变成了贝拉特里克斯。他们成功地进入了金库。在经历层层挑战之后，拉环突然叛变，因为他觉得他们也不会遵守之前达成的协议。赫敏、罗恩和哈利骑到了守护金库的火龙背上，带着金杯逃出了古灵阁。

在阿不福思的帮助下，"铁三角"最终返回了霍格沃茨。他们在有求必应屋中见到了朋友们和重新组建的D.A.。当哈利和卢娜前往拉文克劳塔楼的时候，赫敏和罗恩为了摧毁魂器，进入密室寻找蛇怪的毒牙。罗恩把摧毁赫奇帕奇金杯的机会留给了赫敏。

就在和哈利重新会合后不久，罗恩表示出对霍格沃茨厨房中家养小精灵的担忧，赫敏吻了他。三人随后进入有求必应屋寻找拉文克劳的冠冕，但是马尔福、高尔和克拉布已经提前埋伏在里面。赫敏躲过了克拉布发射的杀戮咒，又朝高尔发射了昏迷咒。在克拉布放出厉火之后，她和罗恩把高尔救上了扫帚。魂器拉文克劳的冠冕被厉火摧毁。他们随后目睹了弗雷德的死亡，三个人一时间因为悲痛而无法施展出守护神咒。之后，"铁三角"继续寻找另一个魂器纳吉尼。在去往尖叫棚屋的路上，赫敏击昏了两个追赶他们的食死徒，又击退了趴在拉文德·布朗身上的芬里尔·格雷伯克。

在战斗短暂的间歇中，伏地魔发出了对哈利的最后通牒。赫敏在礼堂中安慰伤心的金妮。当看到伏地魔和他的军队带着哈利的"尸体"来到城堡外时，赫敏发出了惊恐而凄厉的尖叫。

战斗再次打响，赫敏和金妮、卢娜一起与贝拉特里克斯战斗。在看到贝拉特里克斯差点杀死金妮之后，韦斯莱夫人冲过来杀死了贝拉。赫敏看到了哈利和伏地魔的最后对决。伏地魔死后，罗恩和赫敏首先冲到哈利身边，紧紧抱住了他。赫敏在战斗中没有受到严重的伤害。

1998年，赫敏返回霍格沃茨考取了N.E.W.T.证书，她也是"铁三角"里面唯一这么做的。赫敏之后与罗恩结婚，并育有两个孩子：罗丝和雨果。这两个孩子的姓氏是格兰杰-韦斯莱，赫敏还是哈利和金妮的大儿子詹姆的教母。

在考取了N.E.W.T.证书后，赫敏一开始在神奇动物管理控制司工作，为家养小精灵和其他非人类生物争取权益，后来被调往魔法法律执行司，帮助魔法部部长金斯莱废除那些对纯血巫师有利的旧法律，并在后来升任副司长。在《被诅

咒的孩子》一书中，赫敏已是魔法部部长。在某个时候，赫敏登上了巧克力蛙画片。

在这段时间里，赫敏将邓布利多在1997年的遗嘱中留给她的如尼文版《诗翁彼豆故事集》翻译成了英文。她翻译出来的童话连带着邓布利多在过去做的笔记被出版成书。这些笔记是麦格教授借给她的。

纳威·隆巴顿
Neville Longbottom

出生日期：1980年7月30日
职业/职务：傲罗、霍格沃茨草药学教授
毕业院校：霍格沃茨魔法学校，格兰芬多学院
魔杖：父亲的魔杖（原魔杖）、13英寸、樱桃木、独角兽毛
博格特：斯内普教授
家人：奥古斯塔·隆巴顿（奶奶）、弗兰克·隆巴顿（父亲）、艾丽斯·隆巴顿（母亲）、汉娜·艾博（妻子）

隆巴顿家族是神圣28纯血之一，纳威是弗兰克·隆巴顿和爱丽丝·隆巴顿的独生子。他长着一副圆圆的面孔，体型稍胖。在纳威出生16个月后，他的父母被4个食死徒使用钻心咒折磨至疯，随后入住圣芒戈魔法伤病医院的杰纳斯·西奇病房，因此，纳威由他的奶奶抚养长大。

纳威在小时候有很长一段时间被认为是哑炮。他的叔祖父阿尔吉为了逼迫他显现出魔法潜能，把他从黑湖码头上推了下去，差点淹死他，然而什么都没有发生。直到纳威八岁时，他的叔祖父阿尔吉抓着他的脚脖子将他倒吊在楼上窗外，却在转头接蛋糕时不小心松了抓住纳威脚踝的手。纳威从地上弹了起来，飞过花园摔倒了马路上。这让一直以为纳威是哑炮的亲人喜极而泣。阿尔吉叔祖父一时高兴，买了一只蟾蜍送给纳威。

纳威贫乏的魔法天赋致使家族中许多成员认为他没资格到霍格沃茨上学。在1991年分院的时候，纳威遭遇了"帽窘"，他觉得自己不够有勇气，想去赫奇帕奇，和分院帽拉锯了好一会儿，不过最后还是分院帽获得了胜利。

纳威十分健忘，在施展魔法时经常出错，然而，他在草药学上成绩优异。他似乎不太符合格兰芬多人一贯的勇敢无畏的形象，但是纳威有着他自己勇敢的一面：第一学年他曾因"在朋友面前坚持自己的立场"而获得邓布利多十分的加分；他也曾坚守自己的立场，勇敢地抵抗斯莱特林的恶势力；还曾攻击克拉布和高尔，虽然明知不是敌手。格兰芬多的同学们一向对他平等尊重，且时常维护他，尤其是赫敏，经常帮他渡过一些难关。斯内普总是对他无情地挑剔，但他不

顾其讽刺挖苦，顽强地坚持修完他的课程，这就是他拥有勇敢内在的标志。纳威的宠物是一只叫莱福的蟾蜍，经常跑丢。

据分析，纳威的健忘很可能是他小时候被施过遗忘咒来忘记目睹父母受到折磨的情形而造成的。遗忘咒会损害人的心智，伯莎·乔金斯就是其中一例。

纳威唯一擅长的是草药课。他的魔药学十分糟糕，他还常常被斯内普教授冷嘲热讽。当黑魔法防御术教授卢平问他最害怕什么的时候，他低声说是斯内普教授。

尽管纳威外表反应迟钝，但内心刚强，随着他逐渐长大，这一点也越发明显。1995年，纳威加入了D.A.，在哈利的指导下他进步很快，也参加了神秘事务司之战。而在1997年的天文塔之战中，当赫敏召唤D.A.成员共同抵抗潜入霍格沃茨的食死徒时，只有纳威跟卢娜作出反应。纳威在战斗中又一次展示了自己的勇气，就像在神秘事务司一样，纳威在带伤的情况下依然跟食死徒英勇作战。

1997—1998学年，当"铁三角"因在外寻找魂器而没再回霍格沃茨上七年级时，纳威和金妮及卢娜领导起了D.A.。他们还试图闯入斯内普的办公室，拿走格兰芬多宝剑。纳威在这一学年对受到的折磨表现出相当强的忍耐性。1998年5月1日，当哈利在猪头酒吧中见到纳威时，他的模样惨不忍睹：一只眼睛肿了，又青又紫，脸上有许多深深的弧形伤口，整个人蓬头垢面，不过，他伤痕累累的脸上洋溢着喜悦。纳威用无所谓的口吻解释说这些只是在反抗卡罗兄妹时留下的，随后，他用假加隆通知了所有D.A.成员，并通过密道将"铁三角"带入霍格沃茨的有求必应屋。

当伏地魔带着哈利的"尸体"回到霍格沃茨城堡时，纳威挣脱人群朝伏地魔冲了过来。在伏地魔试图招募他成为食死徒的时候，纳威说"除非地狱结冰我才会跟你走"。愤怒的伏地魔召唤来了分院帽，将它戴在了纳威头上，随即将它点燃，纳威全身着火，被钉在原地，动弹不得。之后，纳威挣脱了全身束缚咒，并从分院帽中抽出了格兰芬多宝剑，砍掉了大蛇纳吉尼的头，摧毁了伏地魔的最后一个魂器。

在第二次巫师战争后，纳威曾短暂任职傲罗，后来他成为霍格沃茨魔法学校草药学教授，并迎娶了曾就读于赫奇帕奇学院的汉娜·艾博。

德拉科·马尔福
Draco Malfoy

出生日期：1980年6月5日
毕业院校：霍格沃茨魔法学校，斯莱特林学院
曾获荣誉：斯莱特林学院级长
魔杖：10英寸、山楂木、独角兽毛（曾经）；老魔杖（曾在1997—1998年间成为其主人）
家人：卢修斯·马尔福（父亲）、纳西莎·马尔福（母亲）、阿斯托利亚·马尔福（妻子）、斯科皮·马尔福（独子）

  德拉科·马尔福有着淡金色的头发和苍白的瓜子脸。身为家中独子，他在马尔福庄园长大。他从小就受到"遗憾黑魔王没能成功统治巫师界"的想法的熏陶。在童年时期，德拉科的玩伴主要是他父亲的纯血统密友家的孩子们，因此他在入学前已经有了一小群朋友，包括西奥多·诺特和文森特·克拉布。

  德拉科的父亲曾希望他去德姆斯特朗学院读书。这所学校位于北欧，对黑魔法的使用非常宽容，并且不接纳麻瓜出身的男女巫师入学，但是他的母亲不愿意他到那么远的地方上学，于是他们选择了霍格沃茨。

  1991年7月31日，在对角巷的摩金夫人长袍店，德拉科第一次遇见哈利，德拉科的傲慢态度令哈利联想到了达力。这使后来在火车上，德拉科试图用自己的血统及身份拉拢哈利时，后者几乎立即拒绝了他的好意，这让德拉科瞬间变成哈利的对头。

  德拉科在学校的许多行为都是在效仿他的父亲。他在去学校的火车上将格雷戈里·高尔征收为自己的另一个跟班。在之后的六年校园生活中，德拉科一直把克拉布和高尔当作自己的随从和保镖呼来唤去。

  1991年9月1日，德拉科进入霍格沃茨魔法学校就读，被分入斯莱特林学院。

  一年级时，德拉科想戏弄纳威，却激发了哈利的魁地奇天赋，让哈利成为格兰芬多的找球手。

  二年级时，德拉科让他父亲慷慨地为斯莱特林魁地奇队捐献了7把光轮2001型飞天扫帚，德拉科也成为球队的找球手。他在第一周魁地奇训练时称呼赫敏是"泥巴种"，因为他这种对麻瓜以及麻瓜出身的巫师极端厌恶，让哈利等人一度认为他就是斯莱特林的继承人。在决斗俱乐部中，德拉科用乌龙出洞的咒语来恐吓哈利，却意外让众人发现哈利是蛇佬腔的事实。

  三年级时，在海格的一节保护神奇动物课上，德拉科因为无视海格之前的警告而被一头鹰头马身有翼兽（巴克比克）弄伤，他利用自己家族的权势使巴克比克被处以死刑（最后巴克比克在哈利等人的帮助下逃脱）。之后，虽然伤势早已痊愈，但德拉科以受伤为借口而将要在恶劣天气下举行的斯莱特林和格兰芬多的魁地奇比赛推后。而在格兰芬多对拉文克劳的魁地奇比赛中，德拉科与克拉布、高尔、弗林特假扮摄魂怪想要吓坏哈利，却反被哈利的守护神咒吓得不轻，并让麦格教授因此扣了斯莱特林50分。

1994年夏天，德拉科和他的父亲在魁地奇世界杯上享受了顶级包厢。在之后的学年中，因为哈利被选为三强争霸赛勇士，德拉科带着有"波特臭大粪"字样的徽章挑衅哈利，并向哈利使用咒语"门牙赛大棒"攻击他，不过咒语最后击中了赫敏。在之后又一次挑衅哈利的时候，德拉科被小克劳奇（假穆迪）变成了白鼬。

伏地魔的复活，激起德拉科对哈利更深的愤怒和妒忌，因为此时的德拉科还被来他家聚会的食死徒当成学生对待，但哈利却已经是他们言谈中的一位需要严肃对待的敌人了。

德拉科的校园生活在五年级时发生了好转。他成为一名级长，而新任黑魔法防御术教师乌姆里奇看上去和他一样厌恶哈利。德拉科成为乌姆里奇调查行动组的一员，专心追踪哈利和D.A.的行动。然而，在他以为自己把哈利和其同党们逼到无路可退的时候，哈利却成功逃脱，并且在之后的神秘事务司之战中粉碎了卢修斯·马尔福夺得预言球的计划，令卢修斯被抓进阿兹卡班。

德拉科的世界从此崩塌，他和他的父亲一直认为他们是身处权力顶端的存在，而现在的他与母亲却成了食死徒眼中的笑话，在愤怒的伏地魔看来，未能完成任务的卢修斯就是个名誉扫地的失败者。为了进一步惩罚卢修斯追捕哈利的惨败，伏地魔命令德拉科去谋杀邓布利多——一件在伏地魔看来注定会失败，并让德拉科赔上性命的任务。德拉科正式成为食死徒。

德拉科为了杀死邓布利多进行了多次尝试，他将一串带有诅咒的蛋白石项链交给凯蒂·贝尔，希望她能将项链转交给邓布利多，但凯蒂在半路上打开了包裹并被咒语所伤。之后，德拉科又在斯拉格霍恩准备送给邓布利多的蜂蜜酒中下毒，但酒被罗恩误服。之后，德拉科被哈利用神锋无影咒重伤，幸得斯内普及时赶到，并救了他。这一学年中，德拉科还经常躲在有求必应屋中修理消失柜，最终，他成功利用有求必应屋与博金-博克店里的一对消失柜将一队食死徒偷偷运入了霍格沃茨，并通过对罗斯塔莫夫人使用夺魂咒从而掌握了天文塔之战那天邓布利多的行踪。

在天文塔上，德拉科成功地对邓布利多使用了缴械咒，但面对已经失去魔

杖并且虚弱不堪的邓布利多，德拉科发现自己始终无法下手给他致命一击，因为他已经被邓布利多的仁慈和对眼前凶手的同情触动。斯内普后来掩护了德拉科，他杀死了邓布利多，并对伏地魔隐瞒了德拉科在他抵达天文塔之前已经放弃杀死邓布利多的情况。德拉科当时并未意识到，对邓布利多成功地使用了缴械咒的自己已经成为老魔杖的新主人。

卢修斯不久之后就被伏地魔设法从阿兹卡班救出，他们一家被允许重新回到马尔福庄园，但马尔福庄园已彻底沦为食死徒活动基地。1997—1998学年，德拉科选择留在学校。当"铁三角"在森林中被捕，被送到马尔福庄园后，卢修斯让德拉科辨认三人，但他却没有指认哈利。在伏地魔进攻霍格沃茨时，德拉科与高尔、克拉布藏在有求必应屋里，想抓住哈利献给伏地魔。"铁三角"到有求必应屋寻找拉文克劳的冠冕时遇到了他们，克拉布使用了黑魔法厉火，却令自己葬身火海，并毁掉了作为魂器的拉文克劳冠冕，哈利、罗恩和赫敏用房间里的飞天扫帚逃离，并从火里救出了德拉科和高尔。

霍格沃茨之战结束后，德拉科与自己的父母团聚，他的父亲因为揭露了针对其他食死徒的证据线索，并且协助追捕了许多藏匿起来的伏地魔的追随者，得以逃脱牢狱之灾。

德拉科后来与一位斯莱特林同学的妹妹阿斯托利亚·格林格拉斯结了婚。他们有了一个儿子——斯科皮·马尔福。

弗农·德思礼
Vernon Dursley

职业/职务： 格朗宁公司主管
家庭住址： 小惠金区女贞路4号
家人： 佩妮·德思礼（妻子）、达力·德思礼（儿子）、玛姬·德思礼（姐姐）、哈利·波特（外甥）

弗农·德思礼是个事业成功的大胖子，高大魁梧，面色发红，胖得连脖子也没有，却蓄着一脸大胡子，看上去就像一只用超强力胶水粘满胡子的阿富汗猎犬，最擅长对人大喊大叫。他讨厌巫师（金斯莱除外）和巫师世界的任何事。

弗农和妻子佩妮都喜欢过平常的生活，他们无法容忍任何看起来与众不同的东西。弗农知道佩妮的妹妹是个女巫，但他总是保持沉默。1980年6月23日，弗农和佩妮有了一个儿子——达力·德思礼。1981年，弗农不情愿地收养了妻子的外甥——哈利·波特。在哈利小的时候，弗农对他非常冷漠。他让哈利住在楼梯下的储物间里，不停地虐待他，而对自己的儿子达力则百般溺爱。弗农总是竭尽全力地避免哈利知道任何关于魔法世界的信息，他只告诉哈利，他的父母死于车祸。当哈利跟弗农说他曾梦见自己骑着会飞的摩托车时，弗农只是对他大喊大叫，告诉他摩托车不会飞。

1991年，从哈利收到第一封霍格沃茨录取通知书起，弗农就开始绞尽脑汁地寻找阻止哈利收到这种信的办法，比如让哈利从储物间中搬到家里最小的卧室去。但是，信件还是接二连三地寄来。后来，他带着全家来到海上的一座礁石上的小屋里，但他们仍然被海格发现。当海格告诉哈利他的父母真正的死因时，弗农冷嘲热讽地回应道，哈利父母的死是活该，因为"他们都是怪物"，弗农还说，"这世界上没有他们会更好"。当海格用自己的伞指着弗农时，他立马不作声了，而当海格说哈利将会成为一个优秀的巫师时，弗农表示"决不花钱让一个疯老头子、一个大傻瓜去教他变戏法"。

在这以后，弗农开始比以前更躲着哈利。不过当哈利请求弗农姨父开车送他去国王十字车站时，弗农答应了，因为他那天也要到伦敦去，在开学前把达力身上的猪尾巴割掉。

1992年，弗农曾邀请梅森夫妇到家里来吃完饭，顺便争取和梅森先生签一个钻机订单，他让哈利在客人来访期间待在他自己的屋子里，假装不存在。

弗农还有一个姐姐玛姬·德思礼，她和哈利并没有真正的血缘关系，但哈利从小被迫和达力一起叫她姑姑。1993年，玛姬来到女贞路4号住了一段时间。为了让弗农姨父在自己的霍格莫德许可表上签字，哈利忍受了玛姬姑妈几个星期的羞辱。可是就在玛姬离开前的那一天晚上，当玛姬开始侮辱哈利的父母时，哈利没能控制住自己的魔力，将她像气球一样吹了起来，弗农要哈利把她恢复原状，但哈利拒绝了。

1994年，在韦斯莱夫人给德思礼一家写了封邀请信之后，弗农拿着信找到哈利询问情况。哈利向他作了解释，但他还是朝着哈利大喊大叫。不过，弗农最终还是同意哈利到陋居去住。当韦斯莱一家通过飞路网来到女贞路4号，准备接走哈利的时候，他们的行为激怒了弗农。由于德思礼家的壁炉被封住了，所以为了从壁炉中出来，韦斯莱先生不得不把客厅的半面墙炸掉。之后，韦斯莱先生又跟弗农讨论麻瓜物品，这让弗农觉得他疯了。当达力因为偷吃了一块肥舌太妃糖，舌头突然肿到了四英尺①多长时，弗农姨父终于失去了控制，拿起家中的各种装饰品朝韦斯莱先生砸去。韦斯莱先生费了很大的劲，才让德思礼一家平静下

---

① 1英尺=0.304 8米。

来，并请他们允许自己把达力的舌头和客厅的壁炉恢复原状。

1995年暑假，达力被摄魂怪袭击。弗农觉得哈利给他们一家人带来了太多麻烦，想把他轰走，但被收到了吼叫信的佩妮拦了下来。不过，他还是把哈利锁进了屋子里，后来唐克斯通过麻瓜邮政给德思礼一家写了封信，假装他们获得了英格兰最佳近郊草坪大奖赛的奖项，把他们引出了家门。之后，哈利在凤凰社派出的先遣警卫的护送下，去了格里莫广场12号。

1997年夏天，弗农、佩妮和达力一家人在凤凰社成员的护送下转移到了更安全的地方，以避免伏地魔和食死徒向他们逼问哈利的下落。但就在准备撤离的当天，弗农再次改变主意，"决定一个字也不相信。我们不走，哪儿也不去"。他觉得，让他和家人撤离，只是哈利想霸占房子的阴谋。在哈利进行了解释之后，弗农姨父终于决定"接受这种保护"。在离开之前，弗农曾想和哈利握手，向他告别，但在最后一刻却又似乎无法面对，便把手握成拳头，像节拍器一样前后摆动着。

弗农喜欢的只有几件事：生活正常、事业成功、对他不喜欢的人大喊大叫。哈利就是少数不害怕他大叫的人之一，所以这弄得他很生气。当他生气的时候脸会变成紫色，声音比正常的时候大很多。

弗农和他的妻子将全部精力投入到自己的儿子达力身上。他喜欢看着自己的儿子吃得越多越好，吃得越开心越好，想要他长得跟自己一样，与之形成鲜明对比的就是他对哈利的忽视和虐待。弗农试图尽可能地远离哈利和他的魔法，除了源于佩妮对哈利母亲的妒忌外，他只是想在邻居面前显示出自己是个多么正统的人。

佩妮·德思礼 / 佩妮·伊万斯
Petunia Dursley / Petunia Evans

职业/职务：家庭主妇

家庭住址：小惠金区女贞路4号

家人：弗农·德思礼（丈夫）、达力·德思礼（儿子）、莉莉·伊万斯（妹妹）、哈利·波特（外甥）

佩妮·德思礼是一个瘦削的金发女人，长着一双颜色很浅的眼睛。她的脖子"几乎比正常人长一倍"，还长了一张马脸，骨节粗大。

佩妮是一个麻瓜，是伊万斯夫妇的大女儿，也是莉莉的姐姐。然而，莉莉不仅相貌与佩妮不相像，还有许多不寻常的能力，比如可以在不接触的情况下，让一朵花的花瓣在手心中一开一合。这让佩妮心中五味杂陈，既嫉妒，又不以为然。在1969—1970年，佩妮认识了斯内普，他有着和莉莉类似的能力，佩妮和斯内普从一见面起就看不起对方。在听说莉莉收到了来自霍格沃茨的信，得知自己是个女巫之后,佩妮也给邓布利多写了一封信,询问自己是不是也可以到那里去上学。邓布利多委婉地拒绝了她,佩妮觉得自己被冷落,感觉受到了伤害。因为莉莉的能力可以让父母感到骄傲,而她却不能。出于嫉妒心理,从这以后,佩妮决定和魔法世界一刀两断,并经常把莉莉说成"怪胎"。

佩妮后来和弗农结婚,两个人住在萨里郡小惠金区女贞路4号。他们的独生子达力出生于1980年6月23日。德思礼夫妇对自己是一个"普通"家庭非常自豪。

1981年,佩妮在自家门口发现了一周岁的哈利和邓布利多的信。这封信中提到哈利的父母莉莉和詹姆已经遇害,希望德思礼夫妇能够收养他。邓布利多还解释道,因为莉莉牺牲自己的生命保护了儿子,所以只要哈利还生活在有她血脉存在的、能够称得上是家的地方,就能够免受伏地魔和食死徒的伤害。由于佩妮是莉莉在世的唯一血亲,所以女贞路4号是哈利唯一的庇护所。佩妮只能将哈利收养,让他和自己的宝贵儿子达力一起长大。她是很不情愿的,所以在哈利的童年,她一直在为自己的选择而不停地惩罚哈利,甚至让他在童年的大部分时间都住在楼梯下的储物间中。佩妮给自己的儿子达力送大量礼物,却从来不会想到哈利,她还让哈利在家里做各种杂务,而达力却可以做自己想做的任何事情。

佩妮告诉哈利,他的父母死于车祸,而他额头上的伤疤也是在车祸中留下的,她不允许哈利问任何有关他家人的问题,也不允许他问与此有关的任何问题。

1991年,当哈利收到来自霍格沃茨的信时,佩妮和自己的丈夫决定继续向哈利隐瞒真相。他们不停地烧毁或者撕毁信件,却发现有更多的信源源不断地寄给哈利。于是,佩妮和全家人一起搬了出去,希望能够摆脱来自魔法世界的信件,但不管他们怎样躲藏,海格还是找到了他们。当海格发现哈利不知道自己的身世,甚至不知道魔法世界时责问了他们,佩妮终于控制不住自己的情绪,说出了她对莉莉的各种怨恨。在之后的几年里,佩妮仍然勉强允许哈利留在她的家里度过暑假,延长血缘带给哈利和她家人的保护。

在1995年夏天,达力和哈利在小惠金区遭到了摄魂怪的袭击。哈利被迫使用了魔法,才将达力救了下来。佩妮在之后向弗农解释什么是摄魂怪,无意中透露出自己对魔法世界的了解。当弗农命令哈利离开房子的时候,佩妮收到了一封来自邓布利多的吼叫信,告诉她要"记住我最后的"。在此之后,佩妮告诉弗农哈利必须留在家里,而且掩饰说,如果哈利离开,"邻居们会说闲话的"。

1997年的夏天,哈利即将年满17岁,莉莉牺牲带来的保护即将消失。为了

保护佩妮一家人的安全,凤凰社成员将他们从女贞路护送到了更安全的地方。

就在他们离开女贞路之前,佩妮第一次看到自己的儿子吐露出接受哈利的话,她贴着达力的胸脯哭起来。临出门的时候,佩妮突然停住脚步,朝哈利回过头,她迟疑着想说话,但最终还是什么都没有说便离开了。

达力·德思礼
Dudley Dursley

绰号:D哥、达达小心肝
出生日期:1980年6月23日
家庭住址:小惠金区女贞路4号
家人:弗农·德思礼(父亲)、佩妮·德思礼(母亲)、玛姬·德思礼(姑妈)、哈利·波特(表弟)

达力是弗农和佩妮的儿子、哈利的表哥。达力小的时候,是一副胖圆的样子,有着金色的卷发。他会尖叫着要糖吃,会发脾气把早餐的麦片扔到墙上,他看起来好像一只戴着五颜六色婴儿帽的粉红色的大海滩气球。

1991年,达力曾在和哈利一起去动物园的时候,被哈利无意中使出的魔法关进了蟒蛇馆中。在海格找到哈利并送给他霍格沃茨录取通知书的那晚,因为弗农对邓布利多出言不逊,海格给达力变出了一条猪尾巴。

达力在斯梅廷中学——他父亲的母校上学。学校的老师指出他欺凌弱小的坏毛病,而他的父母一直坚持认为是老师不理解他。达力在在斯梅廷中学上学的第三年,学校的护士小心翼翼地提醒德思礼夫妇说达力该节食了,因为学校已经没有他能穿得进的制服了。

1994年夏天,韦斯莱一家来到女贞路4号,接哈利去看魁地奇世界杯。弗雷德在离开德思礼家前"不小心"把一些肥舌太妃糖掉在了地上。达力偷偷捡了一颗吃,结果舌头长到了四英尺多长。

1995年8月2日的傍晚,达力在紫藤路和木兰花新月街之间的小巷遭到了摄魂怪的袭击,那里离他的家大概有两条街的距离。这个事件对达力情绪的影响显而易见:他想呕吐,感到彻骨冰冷。在罗琳之后公布的细节中透露,达力在摄魂怪的影响下看到的

"最害怕的东西"是他自己。他第一次看清楚自己是什么样的人。

1997年，当哈利再次返回女贞路的时候，达力曾经试图与哈利和好。为了表达善意，他在哈利房间外的地面上放了一杯茶。不过，哈利却把它误解为是达力的恶作剧，因为他在出门时没有注意到，将茶杯踩碎了。当哈利和德思礼一家告别时，达力是唯一一个与哈利告别的人。

第二次巫师战争结束后，达力成了家，并有了两个孩子。他和哈利在圣诞节的时候会互寄贺卡，而哈利有时候也会带着自己的孩子去看望他。

阿不思·邓布利多
Albus Dumbledore

全名：阿不思·珀西瓦尔·伍尔弗里克·布赖恩·邓布利多
　　　Albus Percival Wulfric Brian Dumbledore
出生日期：1881年
逝世日期：1997年6月30日
职位/职务：历任霍格沃茨魔法学校变形课教师、校长；国际魔法师联合会主席；威森加摩首席法师
毕业院校：霍格沃茨魔法学校，格兰芬多学院
出生地：沃土原
居住地：戈德里克山谷
爱好：室内乐、十柱滚木球戏
专长：变形术、黑魔法防御术
宠物：凤凰福克斯
守护神：凤凰
博格特：死去的阿利安娜
家人：珀西瓦尔·邓布利多（父亲）、坎德拉·邓布利多（母亲）、阿不福思·邓布利多（弟弟）、阿利安娜·邓布利多（妹妹）

阿不思·邓布利多又高又瘦，巫师气质突出，有飘逸的银白色（年轻时是赤褐色）长发和胡子，长长的鹰钩鼻，半月形眼镜后的湛蓝色眼睛锐利而明亮，极具穿透性。他的左膝盖上有一块疤痕，是一幅完整的伦敦地铁图。

邓布利多是霍格沃茨魔法学校校长，被公认为当代最伟大的巫师，他是一级梅林勋章获得者、凤凰社创始人和保密人、国际魔法师联合会主席、威森加摩首席魔法师。他的主要成就有：1945年战胜黑巫师格林德沃；发现火龙血的12种用途；与好友尼可·勒梅在炼金术领域成绩卓越。

邓布利多可以与人鱼交流，能听懂蛇佬腔，喜欢室内乐和十柱滚木球戏，也

十分爱吃甜食（如柠檬雪宝、蟑螂串、酷酸果、覆盆子果酱等）。邓布利多最讨厌吃的则是比比多味豆，因为他老是吃到很恶心的口味。邓布利多还养有一只名叫福克斯的凤凰。

1881年，邓布利多出生在沃土原，之后他又有了一个弟弟阿不福思和一个妹妹阿利安娜。阿利安娜六岁的时候，被三个看到她展现魔法能力的麻瓜男孩袭击，这次袭击使阿利安娜的精神变得非常不稳定，无法控制自己的魔法，邓布利多的父亲珀西瓦尔为了报复而对那些麻瓜男孩施了咒语，并因此被捕。他并未向魔法部陈述他袭击麻瓜的原因，因为这样会导致阿利安娜被终身囚禁在圣芒戈魔法伤病医院里。珀西瓦尔最终被送进了阿兹卡班，并在后来死在了监狱里，而邓布利多的母亲坎德拉则带着三个孩子搬到了戈德里克山谷。

1892年，邓布利多进入霍格沃茨魔法学校格兰芬多学院就读，并在这里结识了他的好友埃非亚斯·多吉。读书期间，邓布利多不仅赢得了学校颁发的各种重要奖项，而且很快就和当时最有名的魔法大师保持频繁的通信联系，其中包括著名炼金术士尼克·勒梅、知名历史学家巴希达·巴沙特，以及魔法理论家阿德贝·沃夫林。他的几篇论文刊登在《今日变形术》《魔咒创新》和《实用魔药大师》等学术刊物上。1899年，邓布利多和多吉原打算一毕业就去环游世界。根据丽塔所说，他们已经在对角巷准备出发去希腊了，但邓布利多的母亲坎德拉的死讯却在这时传来，邓布利多随即放弃环游世界的计划，返回家里照顾妹妹。之后多吉一人踏上了环游世界的旅程，并不时给邓布利多写信，和他描述旅途之事。同年，格林德沃因过分地实验黑魔法而被德姆斯特朗开除，他在到戈德里克山谷看望自己的姑婆巴希达并寻找死亡圣器时认识了邓布利多，两个天才少年为了"更伟大的利益"而计划着统治世界。之后，阿不福思因为哥哥疏于对妹妹阿利安娜照顾而与邓布利多发生了一场冲突，格林德沃也拔出了魔杖，三个人的混战无意中致使阿利安娜死亡，格林德沃逃走。

之后的某一时刻，邓布利多成为霍格沃茨魔法学校的教师，教授变形学。

1938年夏，邓布利多在伦敦伍尔孤儿院第一次见到了汤姆·里德尔，并给了他霍格沃茨的录取通知书。

1943年，汤姆·里德尔打开了密室，这导致了哭泣的桃金娘的死亡，在学校面临关闭的情况下，汤姆·里德尔将此事嫁祸给海格，致使海格被开除，在邓布利多的帮助下，海格留在霍格沃茨做了狩猎场看守。

1945年，在格林德沃造成的混乱进行到白热化阶段时，邓布利多在世人的期盼下出面，战胜了格林德沃，并把这位昔日好友关进纽蒙迦德监狱最高层。

1955年，邓布利多成为霍格沃茨校长。1956年，他拒绝了汤姆·里德尔的黑魔法防御术教职申请。

20世纪70年代，伏地魔兴起时期，邓布利多组织了凤凰社，一个专门打击伏地魔力量的新生组织。作为"伏地魔唯一惧怕的人"，邓布利多领导正义巫师抵抗食死徒阵营。因为他的存在，即使在伏地魔最强大的时期，伏地魔也不敢侵入霍格沃茨。

1980年年初，邓布利多在猪头酒吧对前来应征霍格沃茨占卜学教授一职的特里劳尼进行面试谈话。在谈话中，特里劳尼作出了一个预言：一个在7月月末出生的孩子会最终打败伏地魔。当邓布利多意识到这个预言所指的人可能是哈利·波特以后，他立即找到詹姆和莉莉，并建议他们使用赤胆忠心咒保护自己。邓布利多本想自己亲自作波特夫妇的保密人，但波特夫妇后来选择了自己的朋友。最终，波特一家被小矮星彼得出卖，伏地魔杀死了波特夫妇，但哈利由于莉莉的保护幸免于难。1981年10月31日，邓布利多派海格将哈利带到女贞路，将一岁零三个月的哈利和一封说明事情缘由的信一同留在女贞路4号德思礼家门口的台阶上，并暗中让费格太太留意哈利。

　　1991年，哈利年满11岁，邓布利多派海格将霍格沃茨录取通知书交给哈利，并请海格帮助对魔法世界尚且一无所知的哈利准备所有必备物品。同时为了保护魔法石，邓布利多命海格将其从713号金库取出，存放在霍格沃茨的地下室中，并布置了海格的三头犬路威、斯普劳特教授的魔鬼网、弗立维的会飞的钥匙、麦格的巨型巫师棋、奇洛的巨怪、斯内普的魔药谜题，以及厄里斯魔镜多重障碍严加保护。在这一年圣诞节时，邓布利多将詹姆留下的隐形衣作为礼物送还给哈利，让他"好好使用"。当他发现哈利沉迷于厄里斯魔镜幻象的时候，邓布利多适时出现，并且给予哈利忠告"沉湎于虚幻的梦想，而忘记现实的生活，是毫无益处的"。伏地魔为了夺取魔法石，让奇洛伪造了一封给邓布利多的信，将他骗出学校，但奇洛在伏地魔的指挥下想要伤害哈利的时候，邓布利多及时返回。之后，邓布利多在校医院向哈利说明了伏地魔不能伤害他的原因。他称"死亡不过是另一场伟大的冒险"，认为人类梦想获得的财富和寿命是最无益追求的东西。

　　1992年开学时，哈利和罗恩乘飞车抵达学校，邓布利多给他们的家长写信，告诫他们不可再违反校规，但并没有开除，甚至处罚他们。这一学年发生石化事件后，在卢修斯·马尔福的施压下，邓布利多被校董会解职，并在离开学校前告诉躲在隐形衣下的"铁三角""只有霍格沃茨所有人都背叛他时他才算真正离开学校""在霍格沃茨请求帮助的人总是能得到帮助"。当哈利在密室被蛇怪袭击时，邓布利多的凤凰福克斯为哈利送来了藏着格兰芬多宝剑的分院帽。福克斯啄瞎了蛇怪的眼睛，并用眼泪医好哈利胳膊上毒牙导致的咬伤，又将里德尔的日记本衔给哈利，哈利也是从它送去的分院帽中抽出格兰芬多之剑杀死蛇怪，用毒牙插进日记本（魂器）的中心毁了里德尔的一份灵魂碎片。

　　之后在麦格教授的办公室，当哈利提出对自己分院的疑惑时，邓布利多点明了哈利与里德尔最大的不同，他认为选择远比能力重要。

　　1993的夏天，小天狼星从阿兹卡班越狱。邓布利多加强了霍格沃茨的安保措施。同时，他邀请了狼人卢平担任黑魔法防御术课的教师。在原保护神奇生物课教授退休后，邓布利多让有着巨人血统的海格接任了这一职位。邓布利多同意魔法部派来的摄魂怪驻防霍格沃茨所有入口处，却禁止它们进入学校。当失控的摄魂怪在魁地奇比赛中包围哈利时，邓布利多奔到球场，用守护神咒驱散摄魂怪，施魔法减缓哈利高空坠落的速度，并用魔法把哈利放到担架上，一路随行到

校医院,卢平事后说过"我们谁也没有见过邓布利多教授那样发怒"。在小天狼星侵入学校损坏胖夫人画像后,他冷静地把学生集中到礼堂,变出睡袋,吩咐学生集中就寝,为确保安全,他亲自带领教员搜查学校。

在斯内普"胜利地"将小天狼星捉住后,邓布利多没有将小天狼星直接交给魔法部,而是与他进行了长谈。在波特夫妇遇害13年后,邓布利多终于从小天狼星口中得知那场悲剧的真相,了解到他的清白以及彼得的背叛。他随后在校医院暗示赫敏"现在需要的是更多的时间""今晚可以拯救不止一条无辜的生命"。聪明的赫敏立刻领悟了校长的用意,她使用时间转换器带着哈利回到几小时之前,救了巴克比克和小天狼星。

但是最后小天狼星仍需要背负着冤屈逃亡,彼得却成功逃脱。这使哈利觉得"没有什么两样",邓布利多安慰哈利,说他"协助发现了真相,救了一个无辜的人使他免于可怕的命运",应该为自己感到非常自豪。在邓布利多看来,挽救小矮星彼得的命对哈利而言是件高尚的事情,冥冥中将二人联系起来,使彼得带着哈利的恩情投奔伏地魔,"有朝一日你会因为救过小矮星彼得的命而非常高兴的"。

1994—1995学年,霍格沃茨将要举办三强争霸赛,邓布利多在察觉到伏地魔的力量越发强大后,决定起用经验丰富的退休傲罗阿拉斯托·穆迪担任黑魔法防御术课教授。

万圣节晚宴上,当哈利的名字从火焰杯中蹿出时,邓布利多迟疑了片刻后还是用他那如雷贯耳的声音念出哈利的名字,尽管无法解释出现四名勇士的情况,他仍然坚持依据规则,哈利也要作为勇士参赛。三强争霸赛的举行,再次将哈利推上风口浪尖,也让《预言家日报》的女记者丽塔·斯基特对霍格沃茨里的一切津津乐道。

邓布利多颇有讽刺意味地恭维她"我特别爱读你把我描写成一个僵化的老疯子的那一段""很愿意听到你坦率的推理",但他禁止丽塔再踏进学校半步,以免她捕风捉影编造各种谣言中伤学生和教员。当哈利三人赶去安慰被丽塔称为"半人半妖"并因此深受侮辱一蹶不振的海格时,邓布利多也来到了海格的小木屋,他的话打消了海格作为混血巨人的自卑。邓布利多态度坚决地拒绝了海格的辞职报告,并且不许他"找理由推托",成功化解了海格积压已久的心结。

在赫敏轰轰烈烈地开展"家养小精灵福利促进协会"时,邓布利多并没有给予公开支持或称赞,但他收留了被克劳奇解雇的闪闪。多比在经历了两年四处面壁、居无定所的漂流生活后,也得到了邓布利多为其提供了一份享有周末假期和每星期十加隆报酬的工作（最后多比自己要求每周休息一天，每星期一加隆报酬，因为家养小精灵不习惯获得太多）。对多比而言，除了哈利之外，邓布利多是对他最好的人，多比自愿替他保守秘密和保持沉默并以此为自豪。

克劳奇的神秘失踪让邓布利多意识到了事态的严重，他当机立断，派人将此事通知魔法部。第三个项目后，哈利从小汉格顿教堂墓地死里逃生，在回到霍格沃茨场地后被小克劳奇（假穆迪）带走，邓布利多发觉后立即带着麦格和斯内普教授及时赶到并制服了小克劳奇（假穆迪）。当哈利看到站在最前面、举着魔杖的邓布利多时，他"第一次完全理解了为什么人们说邓布利多是伏地魔唯一害怕的巫师"，邓布利多的脸色非常可怕，时常露出的慈祥微笑和眼中愉快的火花都消失不见了，取而代之的是"冰冷的愤怒"。他周身辐射出一种力量，好像整个身体都像在燃烧。

虽然哈利在伏地魔复活当晚经历了太多，但邓布利多没有让麦格教授带走哈利，也没有听从小天狼星的建议让他休息。他认为"理解是接受的第一步，只有接受才能够康复""暂时使疼痛变得麻木，只会使你最后感觉疼痛时疼得更厉害"。哈利坚持要留下弄清这一年来隐藏在霍格沃茨的阴谋。邓布利多先是赞扬哈利的英勇表现，然后要求他讲述在小汉格顿教堂墓地发生的事情，化解哈利内心积压的紧张和压力，然后将需要"睡眠、清静和安宁"的哈利送到校医院服用安眠药剂，让小天狼星守护他入睡，不许其他人再提问。

在魔法部拒绝承认伏地魔复活的事实后，邓布利多重新召集了曾经的凤凰社成员，并号召大家团结一致，共同对抗伏地魔。在学年结束时，邓布利多在众人交头接耳质疑哈利的时候说出伏地魔即将卷土重来的事实，并向全校学生公布了塞德里克死亡的真相。但在随后的暑假中，因为福吉认为邓布利多在密谋推翻他，于是魔法部和《预言家日报》不遗余力地诋毁邓布利多的声誉，制造邓布利多散布伏地魔复活的消息是故意制造事端的舆论，使魔法部投票罢免了邓布利多国际魔法师联合会主席和威森加摩首席魔法师的职位。同时，福吉利用自己魔法部长的权力禁止魔法部员工同邓布利多接触，还利用《预言家日报》将哈利描述成一个为出人头地而编造谎言的狂妄男孩。

但邓布利多对此并未在意，他希望尽可能将真相传播出去，为凤凰社吸收新鲜血液，最好还能有外国巫师。他领导着凤凰社进行紧张有序的活动，派海格去联络巨人，派卢平去联络狼人，希望能在伏地魔拉拢他们之前争取到他们的支持；安排斯内普作为卧底打入食死徒内部，密切注意他们的一举一动，并希望斯内普和小天狼星能放弃昔日的分歧而互相信任；要求凤凰社社员为保护哈利而轮流站岗放哨。

当哈利因为与表哥达力在女贞路一起遇见了摄魂怪而被迫施展守护神咒语后，邓布利多第一时间赶到魔法部调查整个事件，提醒福吉魔法部无权开除霍格沃茨的学生，即使指控成立也无权没哈利的魔杖。魔法部随即更改了立即销毁哈利的魔杖和开除哈利学籍的决定。邓布利多立即让韦斯莱先生送信给哈利，告

诚他不得离开德思礼家、不要再施魔法、不要交出魔杖。同时，寄给佩妮一封吼叫信，提醒她"记住他最后的"，因为他担心德思礼一家会将哈利扫地出门，使莉莉留给哈利的保护不复存在。之后，考虑到哈利的安全，邓布利多又派出几位凤凰社成员组成"先遣警卫"，将哈利从女贞路4号护送至凤凰社总部。在哈利前往魔法部接受审判时，邓布利多提前三个小时来到魔法部。他还请来费格太太为哈利作证，成功洗清了哈利的罪名。

在从五年级学生当中挑选新级长的时候，邓布利多原本考虑了哈利，但他随后认为他已经有太多的责任需要承担，所以决定把名额留给罗恩。

同时，由于邓布利多开始担心哈利和伏地魔的思想之间有某种联系，因此一直在避免和他接触。当这种联系开始变得越来越明显时，邓布利多让斯内普教哈利大脑封闭术。他并没有选择亲自教哈利，因为他害怕伏地魔会通过哈利在暗中监视自己。

新学年开学时，魔法部开始对霍格沃茨进行干预，将高级副部长多洛雷斯·乌姆里奇任命为黑魔法防御术教授。在黑魔法防御术课上，乌姆里奇拒绝教学生使用防御性魔法，因此哈利、罗恩和赫敏在私下成立了一个秘密组织，让学生在暗中练习抵御黑魔法的魔法。

在魔法部和乌姆里奇发现这个非法组织后，邓布利多自愿承担了全部责任。他指出，这个组织叫"邓布利多军"，不是"波特军"。当福吉下令逮捕他时，邓布利多轻松地制服了所有人。他决定离开学校，在暗中为凤凰社做工作。

正如邓布利多所担心的那样，伏地魔利用摄神取念术，在哈利的头脑中制造了一个假的景象，让他错误地以为自己的教父已经被抓获，而伏地魔正在神秘事务司里亲自审问他。"铁三角"和金妮、卢娜、纳威一起，赶到魔法部解救小天狼星。在他们到达后，六个人立即被一群食死徒包围。他们让哈利交出手中的预言球，借他的手帮助伏地魔获得预言球。幸运的是，斯内普及时将这件事报告给凤凰社的其他成员，小天狼星、唐克斯、穆迪、卢平和金斯莱也赶到魔法部与食死徒作战。战争即将结束的时候，邓布利多本人也加入了战斗，他制服了大量食死徒，并与伏地魔展开正面较量。

当魔法部官员赶到的时候，伏地魔正带着贝拉特里克斯逃出魔法部。当邓布利多的话被再一次证明是正确的时候，福吉终于承认自己失败了。邓布利多要求福吉发一道命令，让乌姆里奇离开霍格沃茨，同时要求魔法部的傲罗停止调查海格，让他重新回来工作。而邓布利多也在这之后恢复了霍格沃茨校长的职位。一回到学校，邓布利多就和哈利进行了一次长时间的谈话。他终于向哈利解释了他和伏地魔之间的那种联系的意义，并解释了预言所表达的意思。

1996年的夏天，邓布利多来到冈特老宅，并在那里发现了伏地魔的一个魂器。这是一枚曾经属于马沃罗·冈特的戒指，他发现戒指上的石头正是死亡圣器之一的复活石。邓布利多对于家人的渴望战胜了他的理性，他将戒指戴在了自己的手指上，戒指上面带有伏地魔的诅咒。诅咒很快就开始蔓延，斯内普将毒素暂时封闭在邓布利多的右手上，但毒素仍会慢慢扩散，邓布利多仅剩一年左右的生命。

暑假中，邓布利多找到哈利，和他一起前往斯拉格霍恩的住处，成功地邀请斯拉格霍恩教授再度出任霍格沃茨魔法学校的魔药学教师。新学年开始后，邓布利多开始给哈利单独授课，带他通过自己搜集到的记忆了解过去的伏地魔以及魂器。学年快结束时，邓布利多找到了另外一个魂器的存放处，并与哈利一同前往摧毁，但真正的魂器早在多年以前就被R.A.B掉包，邓布利多因喝下了伏地魔留下的翠绿色药剂致使身体极为虚弱。返回霍格沃茨后，在学校天文塔塔楼上，邓布利多为保护哈利，对他使用了定身咒，随即被马尔福使用了"除你武器"。之后，斯内普赶到，根据事先的计划，邓布利多被斯内普用杀戮咒杀死。

邓布利多在自己的遗嘱中，将自己发明的熄灯器留给了罗恩，将《诗翁彼豆故事集》留给了赫敏，将复活石藏在金色飞贼里和格兰芬多宝剑一起留给了哈利。

在哈利在遭受了伏地魔的杀戮咒之后，邓布利多在哈利脑海里的国王十字车站向他解释了这一切，获得了哈利的谅解，哈利也回到了现实世界并最终彻底杀死了伏地魔。

邓布利多一手策划了自己的死亡，他既保护了马尔福的灵魂，又保全了双面间谍斯内普的身份，他原本还希望通过自己的不败而死，让老魔杖的力量消亡。并且，在知道自己将不久于人世以后，邓布利多就在自己的校长办公室布置了自己的肖像画，并与之交流，使这幅肖像画中的邓布利多之后可以在一定程度上指示斯内普行动，比如让斯内普将格兰芬多宝剑交给哈利。

哈利为了纪念邓布利多，将自己的小儿子起名为阿不思·西弗勒斯·波特。

伏地魔 / 汤姆·里德尔
Lord Voldemort / Tom Riddle

原名：汤姆·马沃罗·里德尔 Tom Marvolo Riddle
别称：那个连名字都不能提的人、神秘人、黑魔头、黑魔王
出生日期：1926年12月31日
死亡日期：1998年5月2日（72岁）
出生地：伦敦伍氏孤儿院
毕业院校：霍格沃茨魔法学校，斯莱特林学院
魔杖：13½英寸、紫杉木、凤凰尾羽；18英寸、榆木、龙心弦（暂时）；15英寸、接骨木、夜骐尾毛
博格特：自己的尸体
宠物：大蛇纳吉尼
家人：老汤姆·里德尔（父亲）、梅洛普·冈特（母亲）、托马斯·里德尔（祖父）、玛丽·里德尔（祖母）、马沃罗·冈特（外祖父）、莫芬·冈特（舅舅）、戴尔菲（女儿）

哈利·波特百科全书

1926年12月31日，萨拉查·斯莱特林的直系后裔梅洛普·冈特在伦敦的伍氏孤儿院生下汤姆·里德尔，但在儿子出生大约一小时后，梅洛普就去世了。她让儿子随了父亲的名字，而中间名则随她自己的父亲马沃罗·冈特。

汤姆·里德尔在孤儿院中长大，完全不知道自己的魔法身世。但他却注意到自己具有一些其他同龄孩子所没有的特殊能力，并且能够很好地控制这种能力。他可以用意念移动物体，让它们飘浮到任意的位置，可以让动物和生物听从他的吩咐，可以说蛇佬腔，还可以用自己的能力让其他的孤儿受伤。

汤姆11岁时，当时还是霍格沃茨变形学教授的邓布利多来到伍氏孤儿院，并告知当时孤儿院的负责人科尔夫人，汤姆已被霍格沃茨录取。当邓布利多见到汤姆时，汤姆一开始认为邓布利多是个从疯人院来的"医生"，在邓布利多解释了霍格沃茨并告诉汤姆他的能力是魔法后，汤姆盛气凌人地要求邓布利多证明他是个巫师。直到邓布利多在汤姆的衣柜上使用了凝火咒，汤姆才终于相信了他。

在二人随后的交流中，汤姆还表现出对自己的名字的厌恶，因为这个名字十分常见。他蔑视任何把他跟别人拴在一起的东西，蔑视任何使他显得平凡无奇的东西。他孤傲独立，希望自己与众不同，声名远扬。

汤姆后来在对角巷为自己购买了二手长袍和书籍，还在奥利凡德魔杖商店中购买了自己的魔杖——13½英寸、紫杉木、凤凰尾羽（邓布利多的凤凰福克斯的羽毛）杖芯。奥利凡德先生后来提到，这根魔杖的力量很强。

汤姆在1938年进入霍格沃茨，被分入斯莱特林学院。在别人眼中，那时的汤姆"出身贫寒，但聪明过人，父母双亡，但智勇双全，是学校里的级长、模范学生"。但邓布利多一直怀疑汤姆的本质，而汤姆也蔑视和畏惧邓布利多。汤姆在学校里为自己拉拢了一伙斯莱特林学生，这些人成分复杂，"弱者为寻求庇护，野心家想沾些威风，还有生性残忍者，被一个能教他们更高形式残忍的领袖所吸引"。他们中的很多人后来成为伏地魔的第一批食死徒。

同时，汤姆开始研究自己的身世。在得知自己是斯莱特林的后代之后，他又找到了霍格沃茨下面的密室入口，还驯服了生活在里面的蛇怪。汤姆最终开启了密室，用里面的蛇怪"净化学校，清除所有不配学习魔法的人"。

1943年，蛇怪袭击了霍格沃茨的许多学生，最后一个受害者是桃金娘。当时人们在考虑是否要关闭霍格沃茨，而汤姆并不想回到孤儿院。为了不让学校关闭，汤姆陷害了海格，说海格的宠物八眼巨蛛阿拉戈克才是制造袭击的真凶。当时的校长阿芒多·迪佩特相信了汤姆的说法，海格被学校开除，而汤姆获得了对学校特殊贡献奖。邓布利多帮助海格留在了霍格沃茨，并且自那以后开始密切关注汤姆。

在调查自己身世的时候，里德尔把重点放在了调查自己的父亲上。但他查遍了霍格沃茨的级长名单和巫师记录，却没有发现任何能证明自己父亲上过霍格沃茨的信息。他最终被迫让自己相信，他的父亲是一个麻瓜，而他的母亲才是那个给他巫师血统的人。正是在那时候，汤姆·马沃罗·里德尔为自己想了一个新的名字——"伏地魔"（Tom Marvolo Riddle 的字母重新排列是 I am Lord Voldemort），从此与"肮脏的麻瓜父亲"划清界限。

通过他的中间名马沃罗，里德尔发现了自己母亲的出身。1943年的夏天，汤姆到小汉格顿了解他母亲的家庭。他在那里遇见了自己的舅舅莫芬·冈特，莫芬把汤姆的麻瓜父亲的故事告诉了他，这激怒了汤姆，他来到里德尔府，用杀戮咒杀死了他的父亲、祖父和祖母。之后汤姆又修改了莫芬的记忆，让他以为自己就是杀手。当魔法部对这一案件进行调查时，莫芬对自己的"罪行"供认不讳，被关入阿兹卡班。汤姆从莫芬那里拿走了刻着冈特家族纹饰的戒指。

1944—1945学年，汤姆在霍格沃茨的最后一学年中，他当上了男生学生会主席，还获得了优秀品德奖章。在这段时间里，汤姆向斯拉格霍恩教授询问了魂器的制作方法。在邓布利多因为密室事件密切关注汤姆以后，再次打开密室可能会有风险，于是汤姆留下一本日记，并在里面存入了一部分自己的灵魂，让他成为自己的第一个魂器，希望有朝一日可以引导另一个人"完成萨拉查·斯莱特林高贵的事业"。

在毕业之前，汤姆迷住了拉文克劳学院的幽灵格雷女士——曾经的海莲娜·拉文克劳。他从海莲娜那里得知了拉文克劳冠冕的藏匿地点。

毕业后，汤姆马上去找了当时的校长阿芒多·迪佩特，询问他是否可以留校担任黑魔法防御术教师。迪佩特拒绝了，他认为汤姆还过于年轻，不过，他欢迎汤姆过几年再来申请，如果到那时他还想教书的话。根据推测，他之后去了海莲娜告诉他的那个位于阿尔巴尼亚的遥远森林，并在那里找到了拉文克劳的冠冕。他杀死了一个阿尔巴尼亚人，把冠冕制成了魂器。回到英国以后，魔法部为汤姆提供了不少职位，但他一概予以拒绝。他最终去了博金－博克商店，去说服他人将宝物交给店里出售。

在博金－博克工作期间，汤姆和一个年纪很大、非常富有的女巫赫普兹巴·史密斯成了朋友。赫普兹巴给汤姆看了两件她最有价值的宝物：斯莱特林挂坠盒和赫奇帕奇金杯。为了拿到这两件宝物，汤姆杀死了赫普兹巴，并修改了其家养小精灵郝琪的记忆，令郝琪承认自己不小心把毒药放进了赫普兹巴的可可茶。金杯和挂坠盒得手后，汤姆辞去了博金－博克的职位。后来，汤姆用赫普兹巴和另一个身份不明的麻瓜流浪汉的死将金杯和挂坠盒变成了自己的魂器。

从此，汤姆销声匿迹了很多年。他周游四方，结交各类黑巫师，进一步研究黑魔法。因为制作魂器和进行多次危险的魔法变形，他的面容变得越来越扭曲，并最终以"伏地魔"的形象重新出现。十年之后，汤姆又回到霍格沃茨申请黑魔

哈利·波特百科全书

法防御术教授的职位，此时，霍格沃茨的校长已经变成了邓布利多。伏地魔希望了解霍格沃茨更多的秘密，同时为自己招兵买马。邓布利多因为怀疑他的用心，拒绝了汤姆的请求。从此，这个职位就被伏地魔下了诅咒，没有一个黑魔法防御术教师能教到一年以上。汤姆造访霍格沃茨时趁机将拉文克劳的冠冕藏进了有求必应屋。

之后的14年中，伏地魔为自己拉拢了一批男女巫师，他们自称食死徒。他们之中有些人支持伏地魔成为世界的主宰，有些人希望从他那里获得权力，还有些人只是出于对他的畏惧。他们随意使用不可饶恕咒，并且滥杀无辜。但伏地魔并不把他们看作自己的朋友或者家人，而是把他们当成仆人。

伏地魔还招募了巨人和狼人，前者在许多年前被巫师们赶进了深山，而后者则受到了大量的歧视与迫害。为了应对这种情况，魔法部不得不允许傲罗们可以在不经过警告的情况下对食死徒使用不可饶恕咒，犯罪嫌疑人有时也会在不经过威森加摩审判的情况下被直接送交摄魂怪。直到许多年以后，人们仍然害怕说出伏地魔的名字，一般只把他称为"神秘人"或"那个连名字都不能提的魔头"。

在邓布利多的保障之下，霍格沃茨仍然是一处安全的学习场所。同时，邓布利多也成立了凤凰社，与伏地魔进行战斗。1979年，西比尔·特里劳尼向邓布利多作了一个预言，预言黑魔头将被打败。

这个预言被当时的食死徒斯内普听到。按照邓布利多的说法，斯内普只听到了预言的前半部分，之后就被酒吧招待阿不福思扔了出去。斯内普将自己所听到的内容告诉了伏地魔，伏地魔感受到了威胁，并立即采取行动。

在那时，符合预言的人共有两个：哈利·波特和纳威·隆巴顿。前者是詹姆和莉莉·波特的儿子，而后者是艾丽斯和弗兰克·隆巴顿的儿子，两个家庭都是凤凰社的成员，并且都曾三次对抗伏地魔而生还，同时这两个孩子都出生在七月末。但伏地魔选择了哈利而非纳威作为自己的目标。伏地魔来到了戈德里克山谷，杀死了詹姆和莉莉，但当他试图用杀戮咒杀死哈利时，因为莉莉牺牲自己的生命保护了哈利，为他提供了一种保护，咒语发生了反弹，摧毁了伏地魔的身体，并且伏地魔并未意识到，自己的一个灵魂碎片因此留在了哈利体内。

伏地魔失去了肉身，虚弱无力，但是仍然活着。他所制作的魂器使得他的灵魂仍然存在于这个世界上。他逃到了阿尔巴尼亚的森林里，希望能有忠实的食死徒前来找到他，但是那些活着的食死徒们不是认为他已经死了，就是被关进了阿兹卡班。此时的伏地魔只能附在别的生物身上。他有时不得不附在动物的身上，但动物的身体不适合施展魔法，而且附身会缩短它们的寿命。

1991年，当奇洛教授远行到阿尔巴尼亚时，受到了伏地魔的蛊惑。伏地魔依附到奇洛的身体上，和他一起回到了霍格沃茨。为了获得力量，伏地魔命令奇洛到禁林里去喝独角兽的血。在之前的早些时候，伏地魔得知了魔法石，并知道它可以使自己恢复肉身。他命令奇洛到古灵阁去偷魔法石，但魔法石已经被海格取走。他后来调查得知魔法石已经被藏在了霍格沃茨的城堡里。伏地魔决定到霍格沃茨偷取魔法石，同年，哈利成为霍格沃茨的一年级新生。

保护魔法石的屏障有许多道。为了通过他们，奇洛在酒吧里通过一枚火龙蛋成功引诱海格告诉了他通过三头犬路威的方法。随后伏地魔又让奇洛寄给邓布利多一封伪造的信件，让他离开学校去魔法部。伏地魔穿过重重防卫来到厄里斯魔镜前。但后来哈利赶到，并得到了魔法石，伏地魔命令奇洛攻击哈利并抢夺魔法石，莉莉留在哈利身上的魔法使奇洛触碰哈利时被灼伤，邓布利多随后赶来，伏地魔及时逃离。伏地魔回到了阿尔巴尼亚的森林，比之前更加虚弱，他不得不再次等待别人来帮助他。

在1992年之前的某个时间，卢修斯·马尔福得到了汤姆·里德尔的日记。1992年的暑假，卢修斯偷偷地把这本日记塞给了金妮。金妮后来把这本日记带到了霍格沃茨，并开始在上面写字。日记本中16岁的汤姆·里德尔通过花言巧语逐步取得金妮的信任，并从她身上获取生命和力量，强大自身。在汤姆·里德尔的操纵下，金妮重新开启了密室，并放出蛇怪石化了多个学生，还杀死了海格所有的公鸡（公鸡的叫声对蛇怪来说是致命的）。后来，哈利和罗恩偶然得到了日记，哈利开始和日记交流。当金妮发现哈利拿到了日记后，因为害怕哈利知道自己的所作所为，她把日记偷了回来。当日记中伏地魔的灵魂变得足够强大，可以离开日记本时，他将金妮引进了密室。后来哈利及时找到了金妮，并用格兰芬多宝剑杀死了蛇怪。汤姆·里德尔把伏地魔作为"汤姆·马沃罗·里德尔"的过去告诉了哈利。哈利用蛇怪的毒牙刺进日记本，伏地魔的一个魂器就这样在哈利毫不知情的情况下被摧毁了。

1994年，小矮星彼得回到了伏地魔的身边。"虫尾巴"成为伏地魔的仆人，伏地魔在他的帮助下初步获得一个软弱的肉身。为了恢复自己原来的身体和力量，伏地魔决定使用一个古老的黑魔法。他需要得到父亲的骨、仆人的肉，还有仇敌的血。虫尾巴后来又将魔法部官员伯莎·乔金斯骗到了伏地魔在阿尔巴尼亚森林的藏身地。伏地魔从乔金斯那里得知了三强争霸赛的事，并在杀死她之前，因为发现她的身上被人用过遗忘咒，从而找到了小巴蒂·克劳奇。伏地魔杀死乔金斯，把自己身边的大蛇纳吉尼变成了魂器。

之后，伏地魔与"虫尾巴"返回英国，伏地魔在里德尔府杀死了园丁弗兰克·布莱斯。之后，他们又在一天夜里去了克劳奇庄园。伏地魔给老克劳奇施了夺魂咒，并让小克劳奇重获自由。

伏地魔计划在霍格沃茨安插一名亲信。此人要在三强争霸赛中指导哈利，保证他先拿到奖杯，并提前把奖杯偷换成门钥匙。小巴蒂和"虫尾巴"抓住霍格沃茨的新黑魔法防御术教授阿拉斯托·穆迪。小巴蒂用复方汤剂变成了穆迪的模样，在霍格沃茨教了整整一年课。在三强争霸赛的第三个项目中，哈利出于体育精神，决定和塞德里克共同举起奖杯。当两个人同时触碰到门钥匙的时候，他们被一起传送到了小汉格顿的墓地。"虫尾巴"用杀戮咒杀害了塞德里克，并把哈利绑到了里德尔家的墓碑上。在此之后，"虫尾巴"完成了令伏地魔恢复肉身的魔药。伏地魔复活后，将手按到"虫尾巴"纹有黑魔标记的胳膊上，召唤出其他食死徒，向他们讲述过去13年来发生的一切。之后，他把注意力转移到了哈利身

哈利·波特百科全书

上,嘲弄并羞辱他。他给哈利松了绑,强迫他与自己进行决斗。在伏地魔使用杀戮咒时候,哈利同时使用了缴械咒,两个人的魔杖因为孪生杖芯的原因触发了闪回咒。

那些被伏地魔的魔杖杀死的人开始以烟雾的形态从魔杖尖冒出来。他们帮助哈利分散伏地魔的注意力。哈利得到了足够的逃跑时间,他抓住三强杯,带着塞德里克的尸体回到霍格沃茨。

为了得到特里劳尼当年的预言记录,1996年6月,伏地魔通过卢修斯·马尔福带领十一名食死徒潜入神秘事务司,并误导哈利等人到场,企图假借他的手偷取预言球。在战斗中,预言球被摔碎。伏地魔随即亲自来到魔法部,在发现预言球真的被摧毁后,他决定杀死哈利。邓布利多随即与伏地魔进行了一场世纪对决。在决斗的最后,伏地魔附到了哈利的身上,希望邓布利多为了杀死自己而杀掉哈利,但是哈利的心中充满了失去教父小天狼星的悲痛,伏地魔被迫离开他的大脑逃走。这一幕被赶到的魔法部部长康奈利·福吉和其他的魔法部官员看到,魔法部终于承认伏地魔卷土重来的事实。

而伏地魔也不再保持沉默,第二次巫师战争正式打响。摄魂怪离开了阿兹卡班,为伏地魔所用。食死徒四处肆虐,大量的麻瓜被杀害。伏地魔还亲自与魔法法律执行司司长阿米莉亚·博恩斯决斗,并杀害了她。

1996年夏天,德拉科·马尔福加入了食死徒,伏地魔为了惩罚卢修斯·马尔福过去的失败,命令德拉科去刺杀邓布利多,如果失败,马尔福一家将会面临十分可怕的后果。不过,德拉科成功地利用博金–博克商店和有求必应屋之间的消失柜,帮助一群食死徒潜入了霍格沃茨,引发了天文塔之战。斯内普用杀戮咒杀死邓布利多之后,伏地魔的计划得以继续进行。

1997年夏天,他抓住了霍格沃茨的麻瓜研究课教授凯瑞迪·布巴吉,在马尔福庄园会议上当着食死徒的面杀死了她,并把她的遗体喂给纳吉尼。在这段时间里,他还囚禁并审问了魔杖制作人奥利凡德,希望了解自己的魔杖为什么无法和哈利的魔杖进行决斗。奥利凡德告诉伏地魔,他只需要一根别人的魔杖就能解决问题。于是,伏地魔拿走了卢修斯·马尔福的魔杖。

当哈利因即将因年满17岁而离开女贞路时,伏地魔和食死徒飞到现场对哈利及凤凰社的护送人员围追堵截。在战斗中,伏地魔杀死了穆迪。当他试图攻击哈利时,哈利的魔杖发生了奇怪的反应,一道金色的火焰喷射出来,摧毁了卢修斯的魔杖。哈利趁机进入安全范围,伏地魔被迫撤退。回到马尔福庄园后,伏地魔用钻心咒折磨奥利凡德。奥利凡德如实告诉他,他并没有听说过两根魔杖之间会发生这样的事情,伏地魔命令奥利凡德告诉自己一切他所知道的关于老魔杖的传说。

在这之后不久,魔法部就被食死徒攻破,斯克林杰被伏地魔杀死。伏地魔建立了一个极权政权,并让中了夺魂咒的皮尔斯·辛克尼斯担任傀儡部长,食死徒亚克斯利担任魔法法律执行司司长。魔法部还成立了麻瓜出身登记委员会,将麻瓜出身者逮捕并送进阿兹卡班。斯内普任命为霍格沃茨的新校长,食死徒卡罗兄妹被任命为霍格沃茨的副校长，并分别担任黑魔法防御术和麻瓜研究的教师。伏地魔还在自己的名字上施了一个禁忌咒，这样当有人大声将它说出来时，食死徒就可以知道他们的位置。

之后，为了寻找老魔杖，伏地魔到德国寻找魔杖制作人格里戈维奇，但老魔杖已被偷走了，而且格里戈维奇并不认识偷走老魔杖的金发年轻人，愤怒的伏地魔杀死了格里戈维奇。

1997年圣诞节前夕，伏地魔杀死了巴希达·巴沙特，并将纳吉尼藏进她的身体。之后哈利和赫敏到巴沙特家调查时，纳吉尼现身，并召唤了伏地魔。伏地魔赶到时，哈利和赫敏侥幸逃脱，但他意外地在巴沙特家里发现偷走老魔杖的金发男孩就是1945年被邓布利多打败的黑巫师盖勒特·格林德沃。

伏地魔闯进关押格林德沃的纽蒙迦德监狱，向他询问老魔杖的下落。格林德沃显得毫不畏惧，告诉伏地魔自己欢迎死亡。伏地魔在盛怒中杀死了格林德沃，但他推测，邓布利多在打败格林德沃之后，赢得了老魔杖。于是伏地魔回到霍格沃茨，将老魔杖从邓布利多的坟墓中偷了出来。

紧接着，伏地魔知道了哈利等人混进了贝拉特里克斯的金库。当他得知赫奇帕奇金杯被他们偷走的时候，伏地魔意识到哈利正在寻找他的魂器，他在脑子里回忆了所有魂器藏匿的位置，却无意中向哈利透露出有一个魂器在霍格沃茨的信息。

为了确保万无一失，伏地魔返回每一个魂器的隐藏地点，在冈特老宅和岩洞里，伏地魔惊恐地发现存放在那里的魂器不翼而飞。之后，伏地魔起身前往霍格沃茨，他集合了所有的食死徒、搜捕队员、狼人、巨人、摄魂怪和八眼巨蛛，命令他的军队开始向城堡中的傲罗、教师和学生展开攻击，霍格沃茨之战爆发。但伏地魔本人一开始并没有参加战斗，他认为，只有成为老魔杖的主人，才能真正驾驭它，于是命令纳吉尼杀死了斯内普。

之后，伏地魔宣布停火一小时，要求哈利主动投降，否则就会继续攻击。随后，哈利独自来到禁林，伏地魔马上对哈利使用了杀戮咒，但这仅仅摧毁了哈利体内属于伏地魔自己的那一片灵魂，所以，这种"死亡"并不是永久的，哈利再次从伏地魔的咒语下幸存。经历了"国王十字车站"的幻境，回到现实的哈利继续假装死亡。

伏地魔命令纳西莎·马尔福去检查哈利的身体。纳西莎为了自己的儿子，向众人谎称哈利已死。食死徒们兴奋地开始庆祝。伏地魔用钻心咒反复羞辱哈利的"尸体"，之后让海格抱着哈利回到霍格沃茨城堡。

伏地魔和他的军队来到霍格沃茨城堡前，宣布哈利已死，自己取得了胜利。在纳威独自站出来时，伏地魔曾因他的纯血统而试图招募他，纳威断然拒绝，伏地魔对他施了全身束缚咒，并把分院帽扣在了他的头上，放火点燃了帽子。伏地魔宣布霍格沃茨以后不需要再进行分院，"萨拉查·斯莱特林的徽章、盾牌和旗帜，对大家来说就已足够了"。但就在这时，霍格沃茨守卫者的援军抵达。纳威摆脱了束缚咒，从分院帽中抽出格兰芬多宝剑，砍下了纳吉尼的头。伏地魔的最

第一章 人物

后一个魂器被摧毁了。

在大礼堂的最后决战中,伏地魔的手下相继被制服,伏地魔本人和斯拉格霍恩、麦格教授和金斯莱三个人同时战斗。当伏地魔的最后一个,也是最好的一个手下贝拉特里克斯被韦斯莱夫人杀死后,伏地魔将自己的魔杖对准了她。这时,哈利脱掉了隐形衣,在两个人之间施了一道铁甲咒保护韦斯莱夫人。

哈利告诉伏地魔,自己自愿选择牺牲,保护霍格沃茨里他爱的每一个人,就像他的母亲当年保护他一样。哈利还告诉他斯内普早就开始忠于邓布利多。邓布利多的死亡是他们两个人计划好的,因此老魔杖的主人不是斯内普,而是德拉科·马尔福。

伏地魔的脸上显现出茫然和惊愕,但转瞬即逝。他认为,哈利手中拿着的并不是自己原来的魔杖,因此可以先把他杀死,然后再去对付德拉科。但哈利告诉他,自己手中的魔杖是几星期前从德拉科手里夺来的,因此他现在才是老魔杖的主人。伏地魔不愿意相信,朝哈利发射了杀戮咒,哈利也同时使用了缴械咒,老魔杖拒绝杀死他真正的主人,因此咒语被弹回到伏地魔的身上。伏地魔倒在地上,像凡人一样死去。

之后,伏地魔的尸体被搬到礼堂外的一个房间里,而他破碎的灵魂则永远困在了幻境中,既不能走向死亡,又无法成为幽灵。

西弗勒斯·斯内普
Severus Snape

别称:混血王子、油腻腻的老蝙蝠、鼻涕精
出生日期:1960年1月9日
逝世日期:1998年5月2日
毕业院校:霍格沃茨魔法学校,斯莱特林学院
职业/职务:历任霍格沃茨魔法学校魔药课教授、黑魔法防御术教授、斯莱特林学院院长(有史以来最年轻的院长)、校长(有史以来最年轻的校长)
童年住址:蜘蛛尾巷
守护神:牝鹿(和莉莉·波特的一样)
家人:托比亚·斯内普(父亲)、艾琳·普林斯(母亲)

西弗勒斯·斯内普是一个瘦削的男人,皮肤蜡黄,有一个很大的鹰钩鼻和不整齐的牙齿。他通常穿着一条飘动的黑色长袍,看起来"像一只巨型的大蝙蝠"。他有一头齐肩长的、油腻腻的黑发,像窗帘一样贴着脸。他嘴唇上翘,深邃的黑眼睛好像能够看透人心。

斯内普的母亲是艾琳·普林斯，一个纯血的女巫，而他的父亲托比亚·斯内普则是一个麻瓜，这就让他成为一个混血巫师。斯内普曾用母亲的姓氏（Prince）将自己称为"混血王子"。他在科克沃斯市郊的蜘蛛尾巷长大，这里满是残破失修的房子、废弃的工厂和损坏的路灯。

莉莉·伊万斯童年的家离蜘蛛尾巷不远。在观察了莉莉一些时间之后，斯内普注意到莉莉有魔法能力，并开始跟她做朋友。两人就此结下友谊。

斯内普在1971—1978年就读于霍格沃茨魔法学校斯莱特林学院。在第一年去霍格沃茨的火车上，斯内普坐在莉莉的身边。他们遇到了詹姆和小天狼星，但那第一次不愉快的见面为今后三人之间的关系定下了基调。

詹姆和他的一帮朋友在学校里一直不断地给斯内普找麻烦。哈利曾在上大脑封闭课时无意中进入了斯内普的记忆，他曾看到这样的一幕：詹姆欺负斯内普，把他倒挂起来，并在许多学生的面前脱下了他的裤子。莉莉赶来为斯内普辩护，为了试图挽回一些颜面，斯内普在不经意间叫了莉莉"泥巴种"。莉莉从此拒绝原谅他。

斯内普在上学期间注意到卢平每到月圆时就会消失。有一次，他决定跟踪他进入打人柳（小天狼星曾向他指点过应当怎么做）以证实自己的猜疑，但詹姆及时出手相救，避免斯内普被处于狼人变身期间的卢平袭击。斯内普因此知道了卢平的狼人身份，且不承认詹姆救了自己，认为他只是担心被学校开除。

按照小天狼星所说，斯内普从小就精通黑魔法。在11岁的时候，他所了解的诅咒和恶咒就比大部分七年级的学生知道得多。斯内普发明了许多风靡一时的咒语，比如倒挂金钟、金钟落地、闭耳塞听、锁舌封喉、脚趾甲生长咒这样的诅咒，还有神锋无影。斯内普在魔药学上也有极高天分，他在自己的魔药课本上进行了很多批注，这本书后来在1996年被哈利拿到。哈利凭借批注的各种小窍门获得了魔药课教师斯拉格霍恩教授的高度赞扬。

毕业后的斯内普最终加入了伏地魔的食死徒阵营，并成为伏地魔的间谍。1980年初，斯内普在猪头酒吧偷听了特里劳尼和邓布利多之间的面试谈话。特里劳尼预言一个7月月末出生的孩子会最终打败伏地魔。斯内普只听到了预言的前半部分，之后就被猪头酒吧的招待阿不福思发现并扔了出去，他将听到的预言告诉了伏地魔。在那个时候，这个预言所指代的人并不明确，哈利和纳威都符合条件。

当斯内普发现伏地魔计划把波特一

哈利·波特百科全书

家定为目标之后，斯内普恳求伏地魔放过莉莉，拿她的丈夫和孩子作为交换。他后来还找到邓布利多，请求他尽全力保护莉莉，如果必要的话，就连她的家人也一起保护起来。邓布利多同意了，但是要求斯内普为自己服务，让他成为食死徒中间的间谍。事实上，正是因为斯内普的请求，伏地魔才在一开始放过莉莉，莉莉才因此有机会用自己的生命保护哈利活下来。莉莉死后，斯内普极度消沉，但是邓布利多希望他能保护哈利的安全。斯内普认为伏地魔已经消失，哈利不会再有危险，但邓布利多告诉他伏地魔迟早会卷土重来，到时哈利还是会有危险，于是斯内普同意了，但他要求邓布利多不将此事告诉任何人，尤其是哈利。邓布利多在卡卡洛夫指认斯内普是食死徒时作了担保，斯内普因此免于牢狱之灾。

1981年，斯内普开始在霍格沃茨教书。他最初申请的职位是黑魔法防御术，但是邓布利多坚持给了他魔药课教授和斯莱特林学院院长的职位，让他接替退休的斯拉格霍恩。作为一名教师，斯内普是个无情的严格纪律奉行者，并且对愚蠢的人毫无耐心，但是他对于本职工作极为认真负责，受到了其他教授的尊重。他精通魔药制作，并且是制作狼毒药剂的专家。

在哈利入学后，斯内普以最大限度的冷漠对待哈利，并且不放过任何一个可以羞辱他或者给他造成麻烦的机会，但暗地里保护了哈利很多次。

在1991—1992学年的一场魁地奇比赛上，哈利的飞天扫帚被奇洛施了恶咒，斯内普立即用了一个反咒来防止他从扫帚上被扔下去。下一场格兰芬多比赛的时候，斯内普坚持担任裁判，以确保这样的事情不再发生。斯内普还在这一学年中尽力阻止奇洛获得魔法石。

1993—1994学年，斯内普一直为卢平制作复杂的狼毒药剂，学年快结束时的一个满月的夜晚，斯内普在给卢平送狼毒药剂时发现了他办公桌上的活点地图，并根据地图沿着密道到了尖叫棚屋，想要抓住小天狼星。在哈利帮助小天狼星逃跑后，斯内普愤怒至极。在学期的最后一天，他告诉自己的学生卢平是一个狼人，这让卢平从霍格沃茨辞了职。

1994—1995学年，斯内普一直认为哈利是故意参加的三强争霸赛，并认定是哈利闯进了自己的办公室，偷走了腮囊草和非洲树蛇皮。斯内普感觉到了伏地魔的标记在这一年里变得越来越明显。第三个项目后，当哈利被小巴蒂·克劳奇（假穆迪）带去办公室后，斯内普带着吐真剂与邓布利多和麦格教授一起赶到。

在伏地魔重生之后，斯内普又在邓布利多的派遣下重新回归伏地魔身边，再次成为双面间谍。

1995年夏天，哈利看到斯内普在格里莫广场12号给凤凰社的成员念一份报告。斯内普经常嘲笑小天狼星，因为后者因逃犯的身份而不能在凤凰社里发挥积极作用。开学后，邓布利多让斯内普教哈利学习大脑封闭术，但是，两个人之间的相互敌视使得这次教学"完全失败"。到学年快结束时，乌姆里奇抓住哈利并逼问他邓布利多的下落。她叫来斯内普，让他提供吐真剂。斯内普却说自己的吐真剂储备在之前都被她用光了，并且在哈利隐晦地告诉他小天狼星被捕的消息之后，迅速把这个消息通知了凤凰社的其他成员。在斯内普发现哈利进入禁林而没有出来之后，他推测出哈利去了神秘事务司。

1996年夏天，纳西莎和贝拉特里克斯来到斯内普位于蜘蛛尾巷的家。因为伏地魔命令德拉科·马尔福杀死邓布利多，纳西莎认为这是不可能完成的任务，为了儿子的安全，她求助于斯内普，二人在贝拉的见证下订立了牢不可破的誓言，斯内普承诺会保护马尔福，并协助他完成伏地魔的任务。

新学年开始后，斯内普被邓布利多任命为黑魔法防御术教授，已退休的斯拉格霍恩重回霍格沃茨教授魔药学。他借了哈利一本原本属于斯内普的魔药课本。哈利在这本书的帮助下，很快成了魔药课上最优秀，也是斯拉格霍恩最喜欢的学生。斯内普听说此事表示怀疑，坚持说他"从没觉得（他）教会过波特任何东西"。

后来哈利在与马尔福争执时，对他用了神锋无影。斯内普冲到现场治好了马尔福的伤，并质问哈利咒语的来源。斯内普要求哈利把自己所有的书都拿来。哈利藏起了混血王子的课本，将罗恩的魔药课本给了斯内普。斯内普惩罚哈利在接下来的每周六都关禁闭。

天文塔之战中，邓布利多在和哈利回到霍格沃茨后让哈利去叫斯内普。就在哈利准备离开前，马尔福冲了过来，并对邓布利多使用了缴械咒，但他始终无法下杀手。最终，斯内普赶到天文塔并亲自杀死了校长。

在隐形衣里目睹了谋杀的哈利（他当时被邓布利多使了定身咒而无法动弹，随着邓布利多的死亡，咒语失效）在斯内普、德拉科和其他食死徒逃出城堡后追上了他们。斯内普轻易地挡住了哈利的进攻，在两人对峙时，斯内普告诉哈利自己就是"混血王子"，之后幻影移形离开。

1997年的夏天，斯内普告诉伏地魔哈利将在他17岁生日的四天前（7月27日）离开他亲属的房子。在邓布利多的嘱咐之下，斯内普告诉了食死徒正确的日期，以便让伏地魔继续信任他。同时，斯内普给蒙顿格斯灌输了一个"七个波特"的想法，这样在食死徒到达时，他们就不会知道哪一个才是真的。为了继续保持自己食死徒的身份，斯内普同时用了混淆咒，让蒙顿格斯不记得这个设想是自己告诉他的。凤凰社转移哈利的当晚，斯内普也参与了食死徒的攻击，在战斗中，他本来想对另一个食死徒使用的神锋无影咒不小心切掉了乔治的耳朵。

在魔法部被伏地魔接管后，1997—1998学年，斯内普被任命为霍格沃茨校长，而食死徒卡罗兄妹被任命为副校长。斯内普利用他校长的职位暗中保护学生，并限制卡罗兄妹的行为。例如在纳威、卢娜和金妮试图闯入他的办公室偷格兰芬多宝剑失败后，斯内普罚他们去海格那里关禁闭，而不是把他们交给卡罗兄妹。

在做校长的这段时间里，斯内普还一直接受着校长室内邓布利多画像的指令。他将假的格兰芬多宝剑给了贝拉特里克斯。在得知哈利的行踪之后，邓布利多的画像让斯内普把真的宝剑交给哈利，但是不能让他知道，于是斯内普将宝剑藏在了一个离哈利帐篷很近的结冰的池塘里，然后用自己的守护神指引哈利找到它。

哈利、罗恩和赫敏回到霍格沃茨城堡寻找拉文克劳的冠冕，麦格教授发现哈利后，接纳了他安排低年级学生撤离的建议，并召集其他学院院长来保护学校抵抗伏地魔进攻。斯内普这时出现在麦格面前，并询问她是否知道哈利的行踪。两个人开始战斗。斯内普很轻易地化解了麦格的攻击，但其他院长纷纷赶到。斯内普寡不敌众，他从一间教室的窗户跳了出去，逃出城堡。

夜幕降临后，斯内普被伏地魔叫到尖叫棚屋。因为伏地魔认定斯内普是老魔杖的主人，于是，他命令纳吉尼咬死了斯内普。哈利躲藏在角落里目睹了这一切。临死前，斯内普将自己的记忆留给了哈利。哈利利用校长办公室的冥想盆第一次真正了解了斯内普。斯内普几乎爱了莉莉一辈子，甚至他的守护神也是牝鹿。哈利最终战胜伏地魔，伏地魔死亡，第二次巫师战争结束。

哈利的第二个儿子阿不思·西弗勒斯·波特是唯一一个继承了莉莉翠绿色、杏仁状眼睛的孩子。哈利用斯内普的名字给他起了名。当小阿不思担心自己可能会被分进斯莱特林时，哈利告诉阿不思，他的名字中含有霍格沃茨两位校长的名字，其中一位就是斯莱特林的，而他"可能是我见过的最勇敢的人"。

米勒娃·麦格
Minerva McGonagall

出生日期：1935年10月4日
出生地：苏格兰凯思内斯郡
职业/职务：历任魔法法律执行司雇员、霍格沃茨魔法学校变形课教授、格兰芬多学院院长、副校长、校长
阿尼马格斯：猫（已登记）
魔杖：9½英寸、冷杉木、龙心弦
守护神：猫
家人：老罗伯特·麦格（父亲）、伊泽贝尔·罗斯（母亲）、埃尔芬斯通·埃尔科特（丈夫）、马尔科姆·麦格（弟弟）、小罗伯特·麦格（弟弟）

米勒娃·麦格是一个高个子、神情严肃的女人。她经常穿着翠绿色的或者格子图案的长袍。她还戴着一顶歪向一边的尖帽，显出一种非常古板的表情。她很少会让自己的长头发散下来，而是将它们梳到后面盘成一个发髻。米勒娃很喜欢格子花纹，她的睡衣、旅行袋和手帕都是格子花边的。麦格教授阿尼马格斯形态的花斑猫眼睛周围的纹路跟她戴着的一副方形眼镜一模一样。

根据罗琳后来的补充，我们了解到麦格教授早期的一些情况。

米勒娃出生于苏格兰高地凯思内斯郡的郊外。她的父亲罗伯特·麦格是一个麻瓜长老教会牧师，母亲伊泽贝尔·罗斯则是一个女巫。米勒娃是麦格夫妇的第

一个孩子。她的母亲用自己祖母的名字为她起了名，因为她是一个非常有天赋的女巫。米勒娃的出生既带来了喜悦，又带来了危机：因为深爱着罗伯特，伊泽贝尔已经放弃使用她的魔法。由于害怕影响到两个人的婚姻幸福，她从未告诉丈夫自己有魔法能力。不过，米勒娃在出生后没多久就显示出了魔法的迹象。作为婴儿的米勒娃无法控制自己的魔力，如她会在无意中把放在架子上层的玩具召唤到自己的婴儿床里、让家里的猫听从自己的命令等。于是，伊泽贝尔向罗伯特解释了一切，并告诉他，由于《国际保密法》的缘故，他们必须一起隐瞒魔法。尽管罗伯特十分震惊，但他和伊泽贝尔还是继续生活在一起，并又有了两个孩子：马尔科姆和小罗伯特。由于母亲的缘故，这两个男孩也都具有魔法能力。

1946年10月4日，米勒娃11岁生日的这一天，她收到了来自霍格沃茨魔法学校的录取通知书。看到自己的女儿可以离开家施展自己的才华，既骄傲又嫉妒的伊泽贝尔在那一天泣不成声。1947年9月1日，米勒娃进入了霍格沃茨魔法学校学习。在进行分院的时候，分院帽花了五分半钟的时间，才最终决定把她分入格兰芬多，而不是拉文克劳。

米勒娃是同级生中最出色的学生，她尤其擅长变形术。当时霍格沃茨的变形术教师正是邓布利多，米勒娃后来成为一名登记在册的阿尼马格斯。她在O.W.L.考试和N.E.W.T.考试中都获得了最高的分数，并被选为级长和女学生会主席，还获得了《今日变形术》最具潜力新人奖。从霍格沃茨毕业后，米勒娃在魔法部魔法法律执行司得到了一份工作。她回到家，准备在那里度过最后一个暑假，之后搬到伦敦生活。

在这几个月里，18岁的米勒娃遇到了当地一个名叫杜戈尔·麦格雷格的麻瓜。他是当地一个农户的儿子，英俊、聪明，而且风趣，米勒娃爱上了他。两个人慢慢相互了解后，杜戈尔在一片刚耕过的田里向米勒娃求婚。米勒娃答应了。但当晚，她发现自己无法将这个婚约告诉父母，米勒娃思考着自己的未来。她意识到，嫁给一个麻瓜意味着她将要走和母亲一样的道路，锁起魔杖，与她所有的理想告别。于是第二天一早，米勒娃找到杜戈尔，告诉他自己改变了主意，不能与他结婚。她无法向杜戈尔解释理由，因为如果违反了《国际保密法》，自己就会失去在魔法部的工作。三天后，她离开了伤心的杜戈尔，只身去了伦敦。

米勒娃在魔法法律执行司工作了两年，但她对工作的看法受到了自己之前分手的影响。米勒娃并不喜欢她的工作环境，因为一些同事对麻瓜带着强烈的歧视与偏见。米勒娃很爱自己的麻瓜父亲，也仍然爱着杜戈尔。她在伦敦过得不快乐。作为部门里最有效率、最有天赋的雇员，米勒娃得到了一个很棒的升职机会，但她拒绝了。她给霍格沃茨写了一封信，询问自己能否得到一个教职。几个小时之后猫头鹰就送来了邓布利多的回信，米勒娃得到了一个变形学教授的职位。

1956年12月，米勒娃回到了霍格沃茨魔法学校，全身心投入到教学工作中。她认为把杜戈尔的来信锁进盒子、放到床下，总比把自己的魔杖锁进那里强。不过，当母亲伊泽贝尔无意间在一封介绍家乡情况的信中向她透露，杜戈尔已经娶了另一个农户的女儿时，米勒娃还是感到非常震惊。一天晚上，邓布利多发现米勒娃在自己的教室中哭泣，米勒娃把整个故事都告诉了他。邓布利多安慰了米勒娃，并跟她讲了自己家里的故事。那晚的谈话使这两个拘谨的、不喜欢谈论私事的人建立起了相互信任的关系，也为他们长久的相互尊重和友谊奠定了基础。后来，米勒娃被任命为格兰芬多学院的院长，邓布利多升任校长后，还让她担任了学校的副校长，并请她在自己不在时暂行校长职务。

伏地魔第一次崛起后，米勒娃就加入了由邓布利多领导的凤凰社。她在反击伏地魔和食死徒的斗争中起到了至关重要的作用。

1981年，詹姆和莉莉不幸遇害，哈利幸免。伏地魔失去力量后，第一次巫师战争也随即结束。11月1日，米勒娃变身成猫来到萨里郡暗中观察德思礼一家人，考察他们是否适合收养哈利。在观察了整整一天之后，米勒娃认为再也"找不到比他们更不像你我这样的人了"。因此，她一开始很反对邓布利多让哈利在这里生活。不过在邓布利多的一番解释之后，她还是接受了邓布利多的决定。

从在霍格沃茨工作开始，米勒娃就和自己之前的上司埃尔芬斯通·埃尔科特一直保持着亲密的朋友关系。在一次两人在帕笛芙夫人茶馆见面时，埃尔芬斯通向米勒娃求了婚。米勒娃感到既惊讶又尴尬。因为她那时还爱着杜戈尔，所以她拒绝了他。不过，埃尔芬斯通并没有停止爱她，时不时会再次求婚，但每次都被米勒娃拒绝。

1982年的夏天，埃尔芬斯通在和米勒娃绕着大湖散步时，再次向她求婚。在此之前，米勒娃已经得知了杜戈尔的死讯。这个消息使她得到某种情感上的解放。因此这一次，米勒娃终于接受求婚，这让埃尔芬斯通高兴得不得了。已经退休的埃尔芬斯通在霍格莫德买了一间小屋，这样米勒娃就可以每天很方便地去学校工作。尽管他们两个人没有自己的孩子，但对于米勒娃来说，他们的婚姻非常幸福。

但是，仅仅在他们结婚三年后，埃尔芬斯通就因为被毒触手咬伤而意外逝世。米勒娃无法忍受独自一人待在小屋里的感觉，因此在丈夫的葬礼之后，她收拾好东西搬回到霍格沃茨城堡二楼自己的书房里。

1991年，邓布利多的朋友尼可·勒梅为了魔法石的安全，先将其存放在古灵阁，之后又转移到霍格沃茨。作为魔法石的保护措施之一，麦格教授制作了真人大小的巫师棋。同年，哈利进入了霍格沃茨魔法学校并被分进了麦格教授担任院长的学院——格兰芬多。

尽管麦格教授[1]对哈利总是很严格，但当她发现哈利在没有老师监督的情况下私自使用飞天扫帚时，不但没有将他开除，反而将他推荐给当时担任格兰芬多魁地奇球队队长的奥利弗·伍德，使哈利成为一个世纪以来最年轻的找球手。

1992年开学前，因为多比封住了国王十字车站的隔墙，哈利和罗恩没能赶上火车。他们开着韦斯莱先生的飞车来到学校，撞上了打人柳。这一行为差点让麻瓜发现了魔法世界，但麦格教授并没有像斯内普那样要开除他们，而是把他们关了禁闭，并给他们的监护人写信。她也没有给自己的学院扣分，因为哈利指出当时学校还没有开学。之后，由于密室引发的一系列事件，在卢修斯·马尔福的影响下，学校董事会决定让邓布利多离职，因此在学年的最后几个星期里，麦格教授成了学校的代理校长。当赫敏也被石化之后，麦格教授在发现哈利和罗恩没有去上魔法史课时，不但没有大发雷霆，反而眼里闪着泪花。当罗恩为了掩盖他们调查密室而找借口说想去医院看赫敏，她甚至表示要帮他们跟宾斯教授请假。

1993年，在开学之前，麦格教授帮助赫敏向魔法部申请到了时间转换器，使她能够参加所有选修课程。

在这一学年里，因为小天狼星从阿兹卡班越狱，麦格教授一直在协助守卫学校，当得知小天狼星袭击了胖夫人之后，麦格教授本想告诉哈利，小天狼星正在寻找的人就是他，但哈利说韦斯莱先生之前已经告诉自己了。圣诞节时，哈利收到了一把火弩箭，但麦格教授没收了这把扫帚，因为她认为这可能是小天狼星送来的，上面可能带有诅咒。在对火弩箭进行检查后，麦格教授将它还给了哈利，并希望哈利能骑着这把扫帚努力打赢接下来的比赛。

在格兰芬多对阵拉文克劳的魁地奇比赛中，麦格教授发现马尔福、高尔、克拉布和弗林特试图假扮摄魂怪，让哈利从扫帚上摔下去。她非常生气，说这是"卑鄙的诡计"，并给斯莱特林学院扣了50分，还让四个人都关禁闭。1994年的春天，格兰芬多队赢得了魁地奇杯，这还是查理·韦斯莱离开球队以后的第一次。麦格教授哭得比奥利弗·伍德还厉害，用一面巨大的格兰芬多旗帜擦着眼泪。

1994年新学年开学后，霍格沃茨将举办三强争霸赛，麦格教授多次提醒自己的学生，要给城堡中的客人留下一个好印象。在第二个项目前，她给哈利写了字条，让他可以到图书馆的禁书区借书，寻找在水下呼吸的办法。在第三个项目开始前，麦格教授总是撞见哈利、赫敏和罗恩在学校里到处练习，因此，她允许三人在午餐时间使用变形课教室。第三个项目结束后，哈利被小巴蒂·克劳奇（假穆迪）带走。麦格教授和邓布利多、斯内普一起赶了过去，救下了正要被小巴蒂攻击的哈利。邓布利多击昏小巴蒂以后，麦格教授本想带哈利去校医院休养，但被邓布利多阻止。她在邓布利多的要求下来到海格小屋附近的南瓜地中寻找一条黑色的大狗（小天狼星），并带它去校长办公室中等候。

---

[1] 根据小说故事的发展，此后称米勒娃·麦格为"麦格教授"。

哈利·波特百科全书

　　小巴蒂在吐真剂的作用下交代了伏地魔重新获得力量的计划。在这之后，麦格教授一人留下守卫小巴蒂。不过，她无法阻止魔法部部长福吉带来的摄魂怪吸走这个食死徒的灵魂。她对于福吉犯的这个错误感到非常愤怒，所以，当福吉拒绝相信邓布利多和哈利的话，拒绝承认伏地魔已经回来时，她还是坚定地站在邓布利多和哈利一边。

　　第二次巫师战争爆发后，麦格教授重新加入了凤凰社。她在1995年的夏天非常忙碌，来去匆匆，为凤凰社做了许多事情。

　　1995—1996学年，在邓布利多找到新的黑魔法防御术教授之前，魔法部将高级副部长乌姆里奇派到了学校。当哈利在第一堂课上站出来反对乌姆里奇的说法，而被乌姆里奇关禁闭后，麦格教授对他非常同情，但她还是善意地警告哈利，他在乌姆里奇面前必须低着头做人，尽量不招惹麻烦。麦格教授尽力回避乌姆里奇的权威，但她并不尊重乌姆里奇，甚至偷偷告诉皮皮鬼如何拧下枝形吊灯，给乌姆里奇添麻烦。当特里劳尼教授受到乌姆里奇的迫害时，麦格教授把自己对于特里劳尼的不满放到一边，设法让她留在霍格沃茨。当乌姆里奇开除特里劳尼之后，麦格教授将她领回了城堡。

　　在邓布利多被驱逐之后，乌姆里奇被任命为新的校长。当她开始插手五年级学生的就业指导面谈时，麦格教授终于发了脾气。当乌姆里奇声称哈利永远也不可能在魔法部当傲罗时，麦格教授向哈利保证，她会帮助哈利成为一个傲罗，哪怕这是她能做的最后一件事。

　　在五年级学生参加天文学实践考试的那天晚上，乌姆里奇和几个傲罗来到霍格沃茨的场地上驱逐海格。麦格教授听到动静后前来阻止。不过，她还没来得及举起魔杖，就被四道昏迷咒击中胸口。昏迷的她被送进霍格沃茨校医院，并很快转到圣芒戈接受进一步的治疗。神秘事务司之战后，麦格教授才从圣芒戈出院返回霍格沃茨。她为参加神秘事务司之战的六个学生每人加了50分。

　　1996年，凯蒂·贝尔在霍格莫德中了蛋白石项链上的诅咒后，得到消息的麦格正好遇到了刚刚返回城堡的哈利、罗恩、赫敏和利妮。她接过哈利手中用围巾包住的项链，并让费尔奇拿去交给斯内普教授。之后，麦格教授向四个人询问了事情的经过。这一学年快结束时，马尔福设法让食死徒通过消失柜从有求必应屋潜入学校。麦格教授也参加了随之爆发的天文塔之战。由于存在一道只有食死徒才能穿过的屏障，她没办法去塔楼顶，只能看着斯内普一个人冲了上去。战后，她悲痛地得知邓布利多被斯内普杀害。麦格教授在学年的最后一天举办了邓布利多的葬礼。她成为霍格沃茨的代理校长，直到伏地魔任命斯内普为新的校长。

　　1998年5月2日午夜，"铁三角"回到了霍格沃茨。就在哈利寻找拉文克劳的冠冕时，麦格教授赶到了拉文克劳公共休息室。她见到了哈利和卢娜，哈利告诉麦格教授，邓布利多留给了自己一个任务，并告诉她可以通过通向猪头酒吧的那条通道将无辜者转移出学校。随后麦格教授对阿米库斯使用了夺魂咒，变出绳子捆住了卡罗兄妹，并把他们吊在了空中。之后，她利用守护神通知了弗立维、斯普劳特和斯拉格霍恩，三个院长合力将西弗勒斯赶出了霍格沃茨。麦格教授决定全力抵挡伏地魔和他的大军，为哈利完成任务争取时间。她对城堡中的盔甲和雕像都施了魔法，让它们全部活起来，帮助自己抵挡入侵。

在战斗的第一阶段，麦格教授平静地应对着一切进攻。伏地魔进入霍格沃茨场地之后，她和许多学生站在一起，面对着他。在看见海格抱着的哈利的"尸体"时，她发出了一声可怕的尖叫，但当马人开始袭击伏地魔和食死徒，战斗再次打响之后，麦格教授还是加入了战斗。在战斗的最后，她和斯拉格霍恩、金斯莱一起与伏地魔战斗，直到贝拉特里克斯被韦斯莱夫人杀死后，他们被愤怒的伏地魔炸到一边。当伏地魔被哈利打败以后，麦格教授和其他人一样，激动地拥抱哈利。她把学院桌放回了原处，所有人不分学院、不分种族，在一起庆祝胜利。

战后，麦格教授成为霍格沃茨校长。2017年，当哈利的小儿子阿不思来到霍格沃茨上学时，麦格教授已经退休。

鲁伯·海格
Rubeus Hagrid

出生日期：1928年12月6日
出生地：英国迪安森林
毕业院校：霍格沃茨魔法学校，格兰芬多学院
职位/职务：霍格沃茨魔法学校狩猎场看守、钥匙保管员、保护神奇生物课教师
魔杖：16英寸、橡木，二年级时被折断后藏在了一把粉红色雨伞里
家人：海格先生（父亲）、弗里德瓦法（母亲）、格洛普（弟弟）

海格是一名混血巨人，母亲是个巨人，父亲是个巫师。海格三岁时，他的母亲离开了他和他的父亲回到了巨人部落，海格于1940年被霍格沃茨录取，在他上二年级时，他的父亲去世，三年级时他因里德尔的陷害而被开除，在邓布利多帮助下成为霍格沃茨的狩猎场看守和钥匙保管员，在1993年成为保护神奇生物课教师。

1942年，霍格沃茨内的密室被汤姆·里德尔打开，但他将此事嫁祸于低年级的同学海格（汤姆当年五年级），说海格养的蜘蛛阿拉戈克杀了桃金娘，海格因此被开除，但邓布利多相信海格，并帮助他留在了学校。

1981年，海格骑着小天狼星借给他的摩托车将哈利送到了女贞路。1991年，海格受邓布利多的委托找到哈利，将霍格沃茨的录取通知书交给他，带他来到了对角巷，进入古灵阁取走了魔法石，并买了一只猫头鹰（海德薇）送给

哈利。之后为了保护魔法石,海格找来三头大狗路威来看守它。海格一直很喜欢龙,他曾在酒吧里用赌博的方式得到一颗龙蛋,但事实上对方(奇洛教授)只是想向他套取通过三头狗路威的方法。1992—1993学年,海格因密室事件被带走调查,哈利和他的朋友们经过努力为海格洗清了罪名。在罪名洗清前,海格被禁止使用魔法,不过他的魔杖似乎藏在一把粉红色的雨伞里。海格在1993—1994学年成为保护神奇生物课教师。马尔福在海格的课上被巴克比克所伤,巴克比克被判处死刑,但依靠哈利、赫敏的秘密帮助,巴克比克最后成功得救。1995年夏天,为了让巨人们不与伏地魔为伍,海格受校长邓布利多的委托担任巫师与巨人间的信使。

海格近乎疯狂地热衷于神奇生物,他曾经养过猎狗牙牙、三头犬路威、小龙诺伯(诺贝塔)、八眼蜘蛛阿拉戈克、鹰头马身有翼兽巴克比克(后改叫"鸢翼")、护树罗锅、炸尾螺等,他还把自己的巨人弟弟格洛普带到禁林。海格的长相有点恐怖,但他心地善良。

海格的料理水平堪称灾难。哈利和罗恩吃了海格的岩皮饼,差点被咯碎牙齿;海格用白鼬三明治招待"铁三角",他们就算饿着肚子也不敢吃;《密室》一书中,海格做的乳脂软糖具有黏住嘴巴的功效,哈利不得不使劲张嘴才能说话。后来哈利甚至还用它黏住牙牙的嘴。《阿兹卡班的囚徒》一书中,面对海格做的巴斯果子面包,哈利和罗恩明智地选择不动。海格在《火焰杯》一书中为"铁三角"端上的牛排大杂烩,赫敏那一份里有一个大爪子,结果弄得赫敏、罗恩和哈利食欲全无。

海格很爱喝蜂蜜酒,尤其是罗斯默塔夫人的蜂蜜酒,并且在阿拉戈克的葬礼上喝醉过。

奎里纳斯·奇洛
Quirinus Quirrell

出生日期: 9月26日(年份不明)
去世年份: 1992年
毕业院校: 霍格沃茨魔法学校,拉文克劳学院
职业/职务: 霍格沃茨魔法学校黑魔法防御术课教授
魔杖: 9英寸长、桤木(赤杨木)、独角兽毛

哈利的第一位黑魔法防御术老师奇洛是个非常有才华的年轻巫师,奇洛在来霍格沃茨任教前曾经环游世界。当哈利第一次见到他时,他就养成了每天都戴着一条头巾的习惯。奇洛说话结结巴巴,并且宣称这个头巾在大蒜汁里泡过,有助于驱赶吸血鬼,这使他显得很神经质。

奇洛是个有天赋却又腼腆的男孩,他的腼腆和神经紧张使他在学校的时候总

是被人戏弄。感觉到自身的不足并为了让自己更强大，他转而研究黑魔法（最初仅限于理论层面）。正如大多数渴望受到重视和尊敬的人一样，奇洛希望通过这个方法让自己变得更加引人注目。奇洛开始探索黑魔法一方面是由于好奇，一方面是因为想要获得更强大的力量。奇洛幻想着他至少可以成为那个追踪到伏地魔的人，不过能从伏地魔那里学到更多的魔法技巧就更好了，这样他就永远不会再被人嘲笑。

虽然奇洛并没有失去他的灵魂，但他已经完全被伏地魔所控制，这令奇洛的身体发生了很可怕的突变：伏地魔通过他的后脑勺监视外界的动静，支配他的行动，甚至强迫他去进行谋杀。奇洛有时候会尝试进行很脆弱的抵抗，但是伏地魔对于他来说实在太强大。奇洛实际上已经变成伏地魔的一个临时魂器。因为同体内那比自己强大得多的邪恶灵魂搏斗，他的身体受到了极大的损耗。奇洛和哈利对抗的时候，因为哈利的母亲为救他而死的时候在哈利身上留下了保护力量，这使奇洛的身体上被哈利触碰到的地方出现灼伤和水泡，之后伏地魔及时逃跑了，留下虚弱受损的奇洛衰竭并死去。

吉德罗·洛哈特
Gilderoy Lockhart

出生日期：1964年1月26日
职业：霍格沃茨黑魔法防御术课教师
毕业院校：霍格沃茨魔法学校，拉文克劳学院
外貌特征：金色头发、波浪式卷曲、勿忘草蓝色眼睛
职业/职务：霍格沃茨魔法学校黑魔法防御术课教授、作家
主要成就：知名人士、梅林爵士团三级勋章获得者、反黑魔法联盟荣誉会员
魔杖：9英寸、樱桃木、龙心弦
喜欢的颜色：丁香色
专长：遗忘咒

吉德罗·洛哈特是一个穿着浮华、英俊帅气的巫师，他有着金色波浪形的卷

哈利·波特百科全书

发和晶亮的牙齿，通常会穿着五颜六色的华丽长袍。

洛哈特出生于一个混血家庭：母亲是女巫，父亲是麻瓜，还有两个姐姐。他是家中唯一一个展现出魔法天赋的孩子，他还是个聪明的、漂亮的小男孩，因而得到了母亲毫无顾忌的偏爱。

1975年，洛哈特被霍格沃茨魔法学校录取了，但事情并不像他和他的母亲此前预期的那样完美。洛哈特曾经以为自己会成为众人讨论与关注的对象，因为在他看来，自己已经是一个不折不扣的、法力强大的天才，然而事实却让他感到失望：这里有更多更有才华的孩子，天生的卷发甚至没给别人留下深刻印象。事实上，他的老师认为他的智慧和能力都高于平均水平，只要辛勤工作，完全可以成就一番事业，但他天性中那份"要么做到最好，要么不做"的骄傲一直令他纠结，使他对自己越来越不满意。渐渐地，他把自己的才华用在了走捷径和躲懒上。他勤奋学习并不是为了提高自己，而是为了给自己赚取注意的目光，他渴望各种奖项。

洛哈特游说校长创办校报，因为没有比看到自己的名字和照片被印刷出来更让他开心的了。他并不是很受欢迎，但他仍然通过一些反复的、引人注目的"丰功伟绩"，实现了他的初级目标：让学校所有人都认识他。

毕业后，洛哈特变成了一个小有成就的作家，到世界上各种有异国情调的地方旅行，在熟练掌握了遗忘咒之后，他欺骗那些有成就的巫师透露他们最伟大的事迹，并在之后抹掉他们的记忆。每当他返回英国时就会写一本书，将本属于他人的英雄事迹安在自己身上。被洛哈特抹除记忆的人包括一个亚美尼亚老巫师和一个豁嘴巫婆。

凭借一系列自传体书籍，洛哈特成为畅销作家，享有世界级黑魔法防御大师的声誉，还获得了梅林爵士团三等勋章，成为反黑魔法联盟荣誉会员，并五次荣获《巫师周刊》最迷人微笑奖。

邓布利多在洛哈特上学时正是学校的校长，而他碰巧知道那两个被洛哈特抹去记忆的巫师，因此他知道到底发生了什么。他相信，只要把洛哈特放进平常的学校生活中，他的骗局就会被拆穿。1992年6月，霍格沃茨的黑魔法防御术职位空缺。邓布利多找到洛哈特，给他提供了一份在霍格沃茨的工作，并暗示他可以教当时还是二年级学生的哈利，而作为"著名哈利"的老师能让他获得比做其他事情更高的人气。洛哈特最后接受了这份工作。

回校任教时，洛哈特在他的第一堂课

上，给二年级的学生搞了一个"小测验"。这个测试和防御性魔法没有任何关系，他只是想了解学生们读自己的书读得怎么样。尽管他说这个测验很"小"，但是题目却有整整三面纸，共计54道。在测验中，只有赫敏得了满分。之后，他把一笼子康沃尔郡小精灵放了出来，使教室里一片混乱。他命令哈利、罗恩和赫敏收拾烂摊子，自己却躲回了办公室。

洛哈特还经常主动给其他教师一些本属于他们专业的"忠告"。在发生了那次小精灵的灾难事件后，洛哈特再也不把活的生物带进课堂了。他把书中的大段内容念给学生们听，有时候还会把哈利拉到讲台前，帮助自己再现那些"成就"。哈利答应协助他的唯一原因是自己、罗恩和赫敏为了制作复方汤剂想从图书馆的禁书区借一本书，因此需要拿到洛哈特签名的字条。洛哈特爽快地答应了他们的请求，甚至没有看他们想要的是什么书。

在那一学年的大部分时间里，洛哈特一直都在烦扰哈利，试图利用他来提升自己的名气。在哈利到他那里关禁闭时，他要求哈利帮助他回复崇拜者的信件。在格兰芬多对斯莱特林的魁地奇比赛中，哈利被失控的游走球打断了胳膊。洛哈特在赛后无视哈利的拒绝，主动要求帮助他修复胳膊，但是最终却把他受伤的那条胳膊中的所有骨头都变没了。洛哈特曾创办了决斗俱乐部，但他一开始就出了丑，在决斗演示时被斯内普缴了械。为了挽回面子，他说是自己让斯内普这么做的。后来，他想让马尔福变出的蛇消失，但是蛇却蹿到空中，并且被激怒，想要攻击贾斯廷·芬列里。当赫敏因为喝了加有猫毛的复方汤剂而住进校医院时，洛哈特送给她一张问候卡，上面写了相当长的一段自我介绍，外加一个签名。

密室被打开时，洛哈特谎称自己一直都知道密室的位置，也有把握知道那里面的怪兽是什么。他甚至还在魔法部部长带走海格之后说自己早前就知道海格有罪。当所有其他的老师都因为攻击事件而严肃紧张的时候，洛哈特仍然显得十分轻松，对各种安全措施漠不关心。1993年5月29日，金妮被带进密室。其他教师都让洛哈特进入密室对付怪物，因为他一直声称自己知道怎么解决这个问题，但当哈利和罗恩到洛哈特的办公室想要告诉他一些关于密室的信息时，却发现他并不准备去救金妮，而是想逃跑。洛哈特不小心透露出自己的经历都是骗人的。哈利和罗恩强迫洛哈特跟他们一起进入了密室。

进入密室后，洛哈特抢到罗恩断掉的魔杖，希望彻底清除哈利和罗恩的记忆，并计划带着一块蛇怪的皮回到地面，告诉其他人自己去的太晚了，没能救出金妮。而哈利和罗恩在看见她血肉模糊的尸体后，就"令人痛心地丧失了理智"。但是，魔杖发生了回火，遗忘咒击中了洛哈特自己。他失去了自己的所有记忆，最终成为圣芒戈魔法伤病医院的永久病人。

1995年的圣诞节，哈利在圣芒戈医院的杰纳斯·西奇病房中再次见到洛哈特。这个时候，洛哈特已经恢复了一定的记忆，到了可以写连笔字（"笔画幼稚"）的程度，而且仍旧喜欢给别人签名。看护洛哈特的治疗师梅莲姆·斯特劳说，从来没有人来看望他，不过，洛哈特仍会收到崇拜者的来信。

莱姆斯·卢平
Remus Lupin

全名：莱姆斯·约翰·卢平 Remus John Lupin
绰号：月亮脸、老将
出生日期：1960年3月10日
逝世日期：1998年5月2日
职业/职务：霍格沃茨魔法学校黑魔法防御术课教授
毕业院校：霍格沃茨魔法学校，格兰芬多学院
曾获荣誉：级长、梅林爵士团一级勋章（死后颁发）
主要成就：创作活点地图
博格特：满月
魔杖：10¼英寸、柏木、独角兽毛
守护神：狼
家人：莱尔·卢平（父亲）、霍普·卢平（母亲）、尼法朵拉·唐克斯（妻子）、泰迪·卢平（儿子）、安多米达·唐克斯（岳母）、泰德·唐克斯（岳父）

　　莱姆斯·卢平是巫师莱尔·卢平和麻瓜霍普·豪厄尔的独生子。
　　莱尔·卢平是个非常聪明，但特别腼腆的年轻人。他在30岁时，已经成为世界著名的非人类灵异现象方面的权威。
　　在一次前往威尔士一座茂密的森林考察时，莱尔遇到了他未来的妻子。霍普·豪厄尔是个美丽的麻瓜姑娘。莱尔和霍普的独生子莱姆斯·卢平在他们结婚一年后诞生了。他是个健康快乐的小家伙，显出了会魔法的早期征兆，莱尔和霍普都觉得他将来会去霍格沃茨魔法学校上学。
　　莱姆斯·卢平四岁时，英国境内的黑魔法活动日益猖獗。尽管越来越多攻击和目击事件背后的真相鲜为人知，但事实上伏地魔的第一次崛起正在酝酿之中，食死徒们也在招募各种黑魔法生物和他们一起推翻魔法部。魔法部召集了许多黑魔法生物专家来协助理清和遏制这场危机。不少人应邀加入了神奇动物管理控制司，莱尔·卢平就是其中之一。正是在那儿，莱尔面对面遭遇了一个名叫芬里尔·格雷伯克的狼人，他因为两个麻瓜儿童的死亡被带进来审问。
　　魔法部并不知道格雷伯克是狼人，他自称自己不过是个麻瓜流浪汉，发现自己在一间全是巫师的屋子里惊讶极了，听说那两个可怜的孩子死了他都吓坏了。格雷伯克脏兮兮的衣服加之他没有魔杖的事实，都足以让两位超负荷工作而且无知的审问委员会成员相信他说的是实话，但是莱尔·卢平却没那么容易被骗。他注意到格雷伯克外貌和行为上的特征，于是告诉委员会成员格雷伯克应当被关禁闭直到下一次满月结束，也就是仅仅二十四小时之后。当莱尔被委员会的同事们嘲笑时,格雷伯克静静地坐着。莱尔平时举止温和,这时却生起气来。他说狼人是"没有灵魂、邪恶的,只配去死"。委员会勒令莱尔离开那间屋子,委员会的主席则向麻瓜流浪汉道歉,于是格雷伯克被释放了。

护送格雷伯克离开问询室的巫师本想对他施一个遗忘咒,好让他忘记他到过魔法部。可他还没来得及行动就被格雷伯克和他埋伏在入口处的两个同伙制服了,三个狼人就这样逃跑了。

格雷伯克忙不迭地和两个朋友复述莱尔·卢平对狼人的看法。对于这位认为狼人只配去死的巫师,他们的报复将是迅速而可怕的。

就在莱姆斯·卢平五岁生日前夕的某一天,他正躺在床上熟睡,芬里尔·格雷伯克砸开窗户袭击了他。幸好莱尔及时赶到卧室救了儿子一命,并用一堆强大的恶咒把格雷伯克赶出了屋子,可是从此以后莱姆斯变成了一个完完全全的狼人。

莱尔无法原谅自己在审问时当着格雷伯克的面所说的话,他只是盲目重复了周围人对狼人的普遍看法,但他的儿子却会在可怕的满月时分遭受极度痛苦的变形,对周围人构成威胁。很多年来,莱尔都没有告诉儿子攻击事件的真相以及攻击者的身份,因为他害怕莱姆斯会因此责怪他。他尽了全力寻找治疗方法,可不论魔药还是魔咒都帮不了儿子。从那以后,卢平全家就把隐瞒儿子的病情当作头等大事。他们从村子搬到小镇,每当有关莱姆斯古怪行为的传言开始散播时,他们就立马搬走。周围的巫师们都注意到满月来临时莱姆斯会变得多么憔悴,更别提他每个月都会失踪一次。莱姆斯被禁止和其他孩子一起玩耍,以防他不小心说漏了嘴。所以,尽管他的父母都非常喜爱他,但莱姆斯是个非常孤独的孩子。

莱姆斯还小的时候,在他变形时要控制住他还不是很难,一间上锁的屋子和许多消音咒就足够了。可是,随着他的成长,到了十岁时,他已经有能力撞倒大门、敲碎窗户了。为了控制住他需要更强大的魔咒,霍普和莱尔两人都对此感到担忧害怕,日渐消瘦。他们一度对儿子怀有的希望也破灭了。莱尔自己在家里教莱姆斯,他肯定自己的儿子永远没法去学校上学。

但就在莱姆斯11岁生日后不久,霍格沃茨的校长邓布利多不请自来,出现在卢平家门口。他告诉卢平一家,他找不到什么理由不让莱姆斯上学读书,并描述了他为莱姆斯可提供的安排:鉴于人们对狼人普遍的成见,邓布利多同意为了莱姆斯自身着想,不对外公开他的病情,并会安排莱姆斯每个月前往霍格莫德村一栋安全而且舒适的屋子,由无数魔咒保护着,只有一条从霍格沃茨场地开端的地下密道通往那里,好让他安静地变形。

分进格兰芬多学院后,莱姆斯·卢平很快就和两个快乐、自信,又叛逆的男生——詹姆和小天狼星结为好友。两人被卢平冷冷的幽默和善良所吸引,他们看重善良,尽管他们自己并非一贯具有这种品质。卢平向来是弱者的朋友,他对矮小而又特别迟钝的小矮星彼得十分友好。彼得也是格兰芬多的学生,要是没有卢平的劝说,詹姆和小天狼星可能都会觉得彼得不值得注意。很快,四个人变得形影不离。

第一章 人物

哈利·波特百科全书

卢平在四人组里经常问心有愧。他不赞成他们没完没了欺负斯内普的做法，可他实在太喜欢詹姆和小天狼星了，对他们接纳自己很是感激，所以虽然他清楚自己该出面阻止，但并不是每次都能鼓起勇气反对他们。

不可避免的，卢平的三个好朋友不久就很好奇为什么他每个月都会消失一次。卢平孤独的童年让他确信，假如他们知道他是个狼人就不会再和他来往了，所以更为精心地编造了一个个谎言来解释他为什么失踪。但詹姆和小天狼星在两年级时就猜到了真相。令卢平惊讶和感动的是，他们不但仍然把他看作朋友，而且还想出了个绝妙的法子来减轻他每个月都要被隔离的痛苦，还因此给他起了个伴随他度过学习生涯的绰号——"月亮脸"。莱姆斯作为一个级长完成了学业。

当卢平他们毕业的时候，伏地魔的势力已经颇具规模。实质性的抵抗力量主要集中在一个名为凤凰社的地下组织里，四名年轻人都加入了这个组织。

詹姆和他的妻子莉莉被伏地魔杀害一事，可谓卢平原本就充满坎坷的生命中最难以磨灭的伤痛之一。听说这个可怕的消息时，卢平正在英国北部执行凤凰社的任务。朋友对他而言比其他任何人都重要，因为他早就接受了多数人会觉得他不可接近、他也不可能结婚育子的事实。伏地魔的倒台在巫师界可谓令人欢欣鼓舞的乐事，但却标志了卢平很长一段时间里孤独和悲伤的开始。他失去了三个亲密的朋友（詹姆和彼得被害，小天狼星进了阿兹卡班），凤凰社也解散了，原来的战友们都和家人一起重新过上了忙碌的日子。卢平的母亲那时已经过世，尽管父亲莱尔总是很乐意见到自己的儿子，但他却不愿回去破坏父亲平静的生活。

那时的卢平勉强糊口度日，做着要求远远低于他的能力的工作，他知道一旦同事们觉察到他每月到了满月时分都会变得虚弱的规律，他就不得不转身离开。

巫师界的一大进步给了卢平希望：狼毒药剂被发明了。虽然它并不能阻止狼人每月一次的变形，它却可以对其加以限制，让他变成一匹普通的、无精打采的狼。卢平一直以来最害怕的就是他会在失去理智的时候杀人。然而，狼毒药剂的制作过程很复杂，原材料也十分昂贵。卢平不承认自己的身份就不可能试服狼毒药剂，所以他继续过着孤独而颠沛流离的生活。

彼时，又是邓布利多找到了卢平，再一次改变了他的人生。卢平很高兴见到校长，而当邓布利多邀请他担任黑魔法防御术课教师时，卢平十分惊讶。邓布利多向他解释说，承蒙魔药课教师斯内普的好意，他将享有无限量狼毒药剂的供应，卢平这才答应接受邀请。

在霍格沃茨，卢平在自己课程中体现的可贵才能，以及他对学生们深刻的理解，都令他成为一名颇具才华的教师。他也一如既往地和弱势人群走得更近，纳威和哈利都从他的智慧和善良中获益匪浅。

一系列事件接踵而至，不幸地让卢平在学校场地上经受了一次彻底的狼人变形。而斯内普的怨恨一直没被卢平后来对他充满敬意的礼貌平息过，所以他确保众人都知道了黑魔法防御术课教师的真实身份，使卢平不得不辞去教职，又一次离开了霍格沃茨。

伏地魔再一次崛起时，原来的抵抗力量也重新聚集起来，卢平又成了凤凰社的一员。这一回,凤凰社吸纳了一名之前成立时还太年轻的傲罗——尼法朵拉·唐克斯。她聪明、勇敢又风趣,是"疯眼汉"穆迪的门生。

常常忧郁孤独的卢平一开始觉得这个年轻的女巫很有趣,后来对她刮目相看,再后来深深地爱上了她。卢平从没想到唐克斯会回应他的感情,因为他总觉得自己不干净,也不配。一年的磨合让他们的友谊渐渐升温,有天晚上他们一起躲在一个知名的食死徒家屋外,唐克斯随口议论了两句凤凰社的一名同事("就算在阿兹卡班呆过,他还是很帅,不是吗?"),卢平没来得及住口就幽幽地说"他总是很有女人缘",他料想唐克斯喜欢上了他的老朋友小天狼星。听了这话,唐克斯突然非常生气,说道:"要是你没那么忙,只顾自责注意不到,你就很清楚我喜欢的是谁。"

卢平的第一反应是感到前所未有的幸福,可幸福感几乎立马就被沉重的责任感浇灭了。他一直认为自己不能结婚,也不能冒险把自己痛苦而可耻的病传给下一代,所以他假装没懂唐克斯的意思,可那根本就骗不了她。唐克斯比卢平聪明,她可以肯定卢平喜欢她,可是出于某些高尚但错误的原因却拒绝承认。尽管如此,他逃避不再和她一起出行,也几乎不和她说话,并开始自告奋勇执行最危险的任务。唐克斯难过极了,她确信她爱的人再也不会乐意和自己在一起,甚至宁死也不愿承认自己的感情。

1996年,卢平和唐克斯两人都在神秘事务司里参与了抗击伏地魔和食死徒的战斗,这场战斗令伏地魔的回归大白于天下。战斗中,卢平失去了他最后一个同窗好友,可那一点也没缓和他越来越严重的自毁倾向。唐克斯只能绝望地看着他自愿为凤凰社当眼线,去和狼人住在一起,试图说服他们投靠邓布利多的阵营。这样做会使他置于被狼人报复的危险之中,那个狼人正是改变他人生的芬里尔·格雷伯克。

仅仅一年后,凤凰社在城堡里和食死徒交战时,卢平在霍格沃茨面对面遭遇了格雷伯克和唐克斯。这次战斗中,卢平又失去了一位他所敬爱的人:阿不思·邓布利多。邓布利多受到每个凤凰社成员的爱戴,但对于卢平而言,他代表了善良、宽容和理解。除了邓布利多,卢平只在他的父母和三个最好的朋友那里感受过这种关爱,而且邓布利多也是唯一一个在正常巫师社会里提供给他工作岗位的人。

那场血腥的战斗过后,比尔被格雷伯克严重咬伤,但芙蓉仍表明了她不渝的爱,唐克斯受到启发也勇敢地公开表达了她对卢平的感情,卢平被迫承认了

自己对她的爱有多深。尽管仍有重重疑虑,觉得自己十分自私,卢平还是悄悄地在苏格兰北部和唐克斯结婚了,由当地一家巫师小酒店里的人作见证。他依旧害怕自己的烙印会影响到他的妻子,不希望他们的结合让太多人知道。他常常在欣喜和恐惧间摇摆,喜的是他娶了自己的梦中人,惧的是他可能给他们两人带来的后果。

婚后没几个星期,卢平就发现唐克斯怀孕了,他所有的恐惧又重新冒了出来。他肯定自己把病遗传给了一个无辜的孩子,还让唐克斯注定过上和他母亲一样的生活——为了把越来越暴力的孩子藏起来,她得不停地搬家,没法安家落户。卢平带着深深的悔恨和自责逃走了,留下怀孕的唐克斯,他找到哈利,表示不论眼前的冒险有多艰险都愿意陪伴他同行。

令卢平震惊的是,17岁的哈利不但拒绝了他的提议,而且变得十分生气,对他出言不逊。哈利告诉他过去的老师,说他表现得非常自私而且不负责任。卢平反常地用暴力回击了他,愤怒地冲出了屋子,逃到破釜酒吧的角落里喝着酒生闷气。

可是,几个小时的反省让卢平不得不承认,他过去的学生刚刚给他上了宝贵的一课。他想起詹姆和莉莉至死都和哈利在一起。他自己的父母莱尔和霍普也牺牲了自己的平静和安全,保持家庭的完整。卢平羞愧不已,离开了旅馆回到妻子身旁乞求她的原谅,并向她保证不论发生什么,自己再也不会离开她了。在唐克斯怀孕期间,卢平回避了凤凰社的任务,把保护他的妻子和未出世的孩子放在第一位。

卢平与唐克斯的儿子泰迪·卢平以唐克斯最近去世的父亲的名字命名。令卢平夫妇宽慰和高兴的是,他出生时没有显现出狼人的迹象,而是继承了母亲随意改变容貌的能力。泰迪出生当晚,卢平离开唐克斯和儿子片刻,把他们留给他的岳母照料,这样他就能去找哈利,自从上次他们愤怒的对峙以来这是他们第一次见面。他请求哈利当泰迪的教父,对这个把他打发回家,让他回到带给他幸福的家庭的人,他唯有原谅和感激。

1998年5月2日,卢平和唐克斯都回到了霍格沃茨参加对抗伏地魔的最后一战,把他们幼小的儿子留给他的外祖母照料,因为二人知道如果伏地魔赢得了这场战斗,他们的家庭必会遭到灭顶之灾:两人都是凤凰社成员,而且他们的儿子也和纯血统出身的人完全相反,他有许多麻瓜亲戚,还有狼人血统。

虽然卢平曾经无数次在和食死徒的遭遇中幸存下来,并且灵巧而勇敢地多次逃离险境,他还是在安东尼·多洛霍夫手里迎来了死亡,多洛霍夫是伏地魔的食死徒中效力时间最长、最忠心,也最凶残的一个。卢平赶去参加战斗时已不在最佳状态。他休息了几个月,施的咒语大多都是隐藏和保护咒,这也削弱了他的决斗能力,而多洛霍夫则经过了几个月残杀战斗的打磨,当面对像多洛霍夫那样老到的决斗对手时,卢平的反应太慢了。

卢平死后被追加梅林爵士团一级勋章,他是第一个获得该项荣誉的狼人。他的生平和死亡为抹去狼人身上的烙印起了很大作用。没有一个认识他的人会忘记他：他是个勇敢、善良的人，在困境中尽了最大的努力，还帮助了许多人，比他意识到的还多得多。

小天狼星·布莱克（三世）
Sirius Black Ⅲ

全名：小天狼星·奥莱恩·布莱克 Sirius Orion Black
绰号：大脚板、伤风
出生地：英国伦敦
出生日期：1959年11月3日
逝世日期：1996年6月18日
毕业院校：霍格沃茨魔法学校，格兰芬多学院
主要成就：自主学习成为阿尼马格斯，创作活点地图
阿尼马格斯：大黑狗（未登记）
家人：奥赖恩·布莱克（父亲）、沃尔布加·布莱克（母亲）、雷古勒斯·布莱克（弟弟）、贝拉特里克斯·莱斯特兰奇（表姐）、安多米达·唐克斯（表姐）、纳西莎·马尔福（表姐）

小天狼星高个子，黑头发，年轻时是个英俊的男巫，然而，常年的阿兹卡班监禁和后来的逃亡生活令他看上去十分憔悴。

小天狼星是布莱克家族的最后一代继承人。布莱克家族坚信纯血统优越，并拒绝与麻瓜、麻瓜出身的巫师、哑炮和血统叛徒通婚。他们甚至不承认哑炮成员，还对黑魔法抱有敬畏之情。

但小天狼星并不同意上述观点，这导致了他与家人的冲突，他度过了一个不愉快的童年。1971年，小天狼星进入霍格沃茨，并被分入格兰芬多学院，而布莱克家族的绝大部分人都毕业于斯莱特林，这表明他在霍格沃茨就读前就与家族的其他亲戚有着不同的观念。小天狼星还在格里莫广场12号自己的房间里大肆悬挂格兰芬多的横幅，还张贴了几张麻瓜女孩的比基尼照片，这些都激怒了他的母亲。

在霍格沃茨就读期间（1971—1978年），小天狼星与家族的关系继续恶化，不过他与詹姆、卢平、小矮星彼得结成了很好的朋友。他在二年级的时候猜测出卢平的狼人身份，并开始研究阿尼马格斯变形。五年级时，小天狼星成功地自学成为阿尼马格斯，可变形成一只像熊一样大的大黑狗，并因此得到绰号"大脚板"。1976年夏天，小天狼星离家出走，来到了詹姆的家中。詹姆的父母收留了他，并把他当亲儿子一样看待。但小天狼星因此被家族除名，他的名字被他的母亲从家谱挂毯上用魔法销毁（变成挂毯上一个焦黑的小圆洞）。六年级时，

哈利·波特百科全书

小天狼星与詹姆、卢平和彼得合作，一起成功绘制"活点地图"，也是在那一学年，小天狼星对斯内普开玩笑，致使斯内普险些被变身时的卢平所杀，而斯内普也因此知道了卢平的狼人身份。

毕业后，小天狼星与詹姆等人一起加入凤凰社，对抗伏地魔的势力。詹姆和莉莉结婚时，小天狼星担任了伴郎，后来还成为他们的儿子哈利的教父。哈利出生后不久，邓布利多就告诉波特夫妇伏地魔想要杀死哈利，保护他们不被伏地魔找到的最好方法是使用赤胆忠心咒。波特夫妇本来希望小天狼星作他们的保密人，但小天狼星认为彼得不引人注意，于是他说服詹姆和莉莉，让彼得成为保密人，而自己仅作为一个诱饵。后来彼得向伏地魔出卖了波特一家，詹姆与莉莉被杀，哈利意外生还。小天狼星将会飞的摩托车借给海格（哈利就是坐这辆摩托车来到德思礼家的，这也是哈利小时候经常梦到一辆"会飞的摩托车"的原因）。当小天狼星试图抓住彼得为波特夫妇复仇时，彼得陷害了小天狼星，让所有人都以为是小天狼星背叛了波特一家，并杀死了自己和12个麻瓜。小天狼星被随后赶到现场的魔法法律执行队逮捕，未经审判就被投入阿兹卡班。

之后，小天狼星在阿兹卡班里度过整整12年。他没有丧失理智的原因是因为他知道自己是无辜的。这不是什么愉快的念头，所以那些摄魂怪没有把它从小天狼星的脑子里吸出去，他得以保持头脑清楚，而且知道自己是什么人，得以保存法力。在周围的情况让他忍受不下去的时候，他可以在囚室里变形成一条狗，而摄魂怪看不见。

1993年，福吉到阿兹卡班视察的时候，给了小天狼星一份《预言家日报》，小天狼星在上面看到了韦斯莱一家在埃及旅游的照片，他认出了罗恩肩头的老鼠斑斑正是彼得。因为他是唯一知道彼得还活着的人，于是他决定立即采取行动。同年8月，他成功地从阿兹卡班越狱。那之后小天狼星主要以黑狗的形态活动，他到过女贞路，并在哈利从德思礼家离开时被他看见。后来小天狼星进入霍格沃茨，袭击了胖夫人，之后又利用纳威写了口令的纸条成功进入格兰芬多的寝室，小天狼星在半夜里持刀站在罗恩的床边，想杀掉彼得，但罗恩却突然醒来，并在看到他后尖叫，小天狼星不得不逃走。在学年快结束的时候，小天狼星终于在克鲁克山的帮助下找到机会，他变身为黑狗，咬着罗恩的胳膊将他以及斑斑（彼得）拖入尖叫棚屋，随后与卢平一起在"铁三角"面前揭露了彼得的真面目，但斯内普后来也来到了尖叫棚屋，而卢平再次遭遇了满月变身，彼得趁机逃脱。哈利和赫敏击昏了斯内普，摄魂怪到来，众人因摄魂怪的袭击而陷入昏迷。斯内普率先醒来后将小天狼星捆了起来，塞住他的嘴，用魔法召来了担架，把他们直接带回城堡。

之后，在邓布利多的授意下，哈利和赫敏利用时间转换器回到了过去，他们救了巴克比克和小天狼星，小天狼星骑着巴克比克离开。在他找到藏身之处后给哈利写了一封信，告诉哈利火弩箭是自己送给他的13岁生日礼物，并随信附上了哈利可以去霍格莫德的许可表，还把送信的猫头鹰送给了罗恩，以补偿他失去了宠物。

在1994年6月—1995年6月，小天狼星一直持续着逃亡的生活，哈利猜测他有一段时间曾藏身在热带地区，因为小天狼星给他的信是由色彩斑斓的热带大鸟送来的。在哈利被选为三强争霸赛勇士以后，小天狼星曾通过格兰芬多公共休息室的炉火与他取得联系，告诉哈利卡卡洛夫过去也是食死徒，还提到了失踪的伯莎·乔金斯，提醒他注意安全。之后，小天狼星回到英国，藏身在霍格莫德，变身成黑狗，靠吃老鼠过日子。为了履行自己的教父职责，他趁着铁三角到霍格莫德的时候与他们约谈，并让他们称呼自己为"伤风"。

作为布莱克家族在世的最后一名成员（当时贝拉特里克斯仍在阿兹卡班），小天狼星继承了家族的房子——格里莫广场12号。1995年夏天，凤凰社重组，小天狼星将自己的家提供给邓布利多作为凤凰社的总指挥部，他和卢平后来就住在那里。1995年9月，霍格沃茨开学时，小天狼星变成大黑狗在9¾站台送别哈利时被卢修斯·马尔福发现。

因为家养小精灵克利切向食死徒透露哈利将小天狼星当成父亲，致使伏地魔成功将哈利与同伴骗至神秘事务司，小天狼星与凤凰社成员前去相救，在战斗中他被贝拉特里克斯杀害。后来魔法部撤销了小天狼星的所有罪名。

小天狼星将所有的东西都留给了哈利，包括格里莫广场12号以及家养小精灵克利切。

1998年5月，小天狼星通过复活石再次出现在哈利眼前，一起出现的还有莉莉、詹姆和卢平。

第二次巫师战争结束后，哈利和金妮结婚，为了纪念自己的教父，哈利为自己的大儿子起名为詹姆·小天狼星·波特。

詹姆·波特
James Potter

绰号：尖头叉子
出生日期：1960年3月27日

哈利·波特百科全书

逝世日期： 1981年10月31日
毕业院校： 霍格沃茨魔法学校，格兰芬多学院
曾获荣誉： 霍格沃茨魔法学校男学生会主席
主要成就： 自主学习成为阿尼马格斯，创作活点地图
阿尼马格斯： 牡鹿（未登记）
魔杖： 11英寸、桃花心木、杖芯未知
守护神： 牡鹿
家人： 弗利蒙·波特（父亲）、尤菲米娅·波特（母亲）、莉莉·伊万斯（妻子）、哈利·波特（儿子）

詹姆高高瘦瘦的，黑头发，鼻子比哈利的略长些，眼睛是浅褐色的，戴着眼镜。哈利继承了父亲詹姆消瘦的脸、嘴巴、眉毛和乱蓬蓬的头发。

詹姆·波特出生在一个比较富有的纯血统巫师家庭。他的父母弗利蒙和尤菲米娅当时的年纪已经很大，由于是老来得子，而且詹姆又是他们唯一的子女，因此波特夫妇对他十分宠爱。詹姆有些傲慢自大，但本质上是个善良的人。他的父母都在哈利出生前因患龙痘疮逝世。

1971年，詹姆进入霍格沃茨魔法学校上学，并被分到格兰芬多学院。他与小天狼星、卢平和彼得成了好朋友。詹姆非常聪明，他后来成了格兰芬多学院魁地奇球队的追球手，并意识到了自己的天赋。在学校的大多数时间里，詹姆都是个有点令人讨厌的男孩，喜爱炫耀自己的出色表现，而过分的自信又使他显得有些嚣张。

在霍格沃茨期间，詹姆和斯内普一直在互相较劲。卢平和小天狼星后来向哈利解释说，这可能是由于斯内普嫉妒詹姆在魁地奇和人际交往方面的天赋，而詹姆又厌恶西弗勒斯在黑魔法上的兴趣。詹姆经常会给斯内普施毒咒。与此同时，詹姆一直都在追求同为格兰芬多学院的女生莉莉·伊万斯。但莉莉觉得詹姆骄傲自大、惹人厌烦，并没有被他打动。她曾要求詹姆不要再给斯内普施咒，而詹姆则把请莉莉跟他一起出去玩作为放了斯内普的条件。在詹姆撤下咒语后，斯内普愤怒地说莉莉是"臭烘烘的小泥巴种"。詹姆让斯内普道歉，但莉莉表示他和斯内普一样令人讨厌，哪怕是在他和巨乌贼之间选一个，也不会和他一起出去玩。斯内普与莉莉的友谊可能加深了詹姆对斯内普的敌意。

二年级的时候，詹姆、小天狼星和彼得发现了卢平是个狼人，但他们并没有远离卢平，詹姆甚至还认为每月变形一次并不代表卢平是不正常的人。为了在满月的时候陪伴卢平，他们花费了三年时间练成了阿尼马格斯。五年级的时候，詹姆成功让自己变成了一头牡鹿，并从此获得"尖头叉子"的外号。

斯内普一度对卢平每个月消失去了哪里感到十分好奇。他看到庞弗雷夫人和卢平通过打人柳下方的秘密通道进入了尖叫棚屋。小天狼星告诉斯内普，只要按住打人柳的结疤就可以让它停止攻击，从而进入秘密通道。斯内普信了他的话，但在接近尖叫棚屋的时候被詹姆拉了回去。詹姆冒着生命危险，从狼人的爪子下救了斯内普一命。不过，斯内普坚决否认詹姆这样做是为了救他的命，认为他只是害怕自己被学校开除。

小天狼星在16岁时无法继续忍受自己的家人，选择离家出走。詹姆的父母收留了他，并把他当亲儿子一样看待。七年级时，詹姆已经不再那么傲慢自大，也不再以捉弄别人取乐。不过，他和斯内普仍不会放过任何诅咒对方的机会。尽管从来没有当过级长，但詹姆仍旧成为学生会主席。他也终于开始跟莉莉约会。

从霍格沃茨毕业后，18岁的詹姆与莉莉举行婚礼，小天狼星是伴郎。同时他们和卢平、彼得都加入了凤凰社，致力于对抗伏地魔与食死徒。

在1977—1979这三年中，波特夫妇三次抵抗伏地魔，而第一次就发生在伏地魔想要拉拢他们，但他们拒绝的时候。

由于詹姆继承了他双亲的大笔财产，因此他无须找其他工作挣钱就能养家，所以，佩妮·德思礼说詹姆无业显然也是个事实，尽管他并不是个酒鬼。詹姆也在经济上支援卢平，因为身为狼人的他很难找到工作。

1980年7月31日，莉莉生下了哈利，但随后邓布利多就告诉他们伏地魔想要杀死哈利。斯内普偷听到了这个预言，并向伏地魔作了报告。当斯内普得知他的主人认定莉莉的儿子就是预言所指的人时，他恳请伏地魔放过莉莉，只对付詹姆和他的儿子。

1981年，邓布利多告诉波特一家，保护他们不被伏地魔找到的最好方法是使用赤胆忠心咒。虽然邓布利多提出自己可以作他们的保密人，但詹姆坚持选择小天狼星。不过，小天狼星却有另一个计划。他说服詹姆和莉莉，让彼得成为保密人，而自己仅作为一个诱饵。他们同意共同保守这个秘密，知道保密人被更换这件事的人只有詹姆、莉莉、小天狼星和彼得，就连邓布利多和卢平也毫不知情，但仅仅不到一个星期后，彼得就向伏地魔出卖了詹姆和莉莉。

1981年10月31日晚，伏地魔来到戈德里克山谷，詹姆让莉莉带着哈利逃走，自己独自面对这个有史以来最强大的黑巫师。伏地魔用杀戮咒毫不费力地杀害了詹姆。伏地魔来到楼上，找到了躲在屋里的莉莉和婴儿哈利。伏地魔杀死了试图保护哈利的莉莉，但她的牺牲让伏地魔射向哈利的杀戮咒反弹，摧毁了黑魔头自己的身体。哈利的额头上留下了一道闪电形的伤疤，成为"大难不死的男孩"。詹姆和莉莉遇害后，他们的儿子由莉莉的麻瓜姐姐佩妮和姐夫弗农收养，并跟他们的儿子达力一起生活。

1991年，哈利在厄里斯魔镜里看到了自己的父母。1995年，哈利与伏地魔在小汉格顿教堂墓地战斗时，产生了一个闪回咒。许多被伏地魔杀死的人的影像再次出现，其中就包括詹姆和莉莉。1996年，哈利在向斯内普学习大脑封闭术的时候无意间进入了斯内普的记忆，当他看到学生时期的父亲曾喜欢和小天狼星一起羞辱斯内普的时候，他对自己父亲的看法有了一些变化。1998年，哈利发现自己是伏地魔的一个魂器。为了消灭伏地魔，他走向禁林，决定牺牲自己，迎接死亡。在这之前，他用复活石召唤出了詹姆、莉莉、小天狼星和卢平的影子。詹姆和莉莉告诉哈利，他们感到十分骄傲，为他的勇气和力量感到自豪，同时，

他们还向哈利保证,会一直陪伴在他的身边直到最后。

第二次巫师战争结束后,哈利和金妮结婚,为了纪念自己的父亲,哈利为自己的大儿子起名为詹姆·小天狼星·波特。

彼得·佩鲁姆
Peter Pettigrew

绰号: 小矮星彼得、虫尾巴
死亡日期: 1998年3月
魔杖: 9¼英寸、栗木、龙心弦
毕业院校: 霍格沃茨魔法学校,格兰芬多学院

彼得有一双长得无精打采的淡淡的眼睛、尖鼻子,有点秃顶还夹杂着些白头发,身材矮小。他1971年进入霍格沃茨魔法学校就读,被分入格兰芬多学院,但当时分院帽在格兰芬多和斯莱特林之间纠结了许久。

在霍格沃茨求学期间,彼得与詹姆、卢平和小天狼星成为好朋友。彼得因为觉得自己不像他的朋友们那样出色,所以总是跟在他们身后。二年级的时候,彼得和詹姆、小天狼星发现了卢平是个狼人。为了在满月的时候陪伴卢平,他们花费了三年时间练成了阿尼马格斯。五年级的时候,彼得成功地让自己变成了一只老鼠,并从此获得"虫尾巴"的外号。因为老鼠体型小巧,所以每个月陪伴卢平去尖叫棚屋的时候,都是由彼得去按下打人柳上的结痂让它停止攻击。

毕业后,彼得与他的三个好朋友一同加入凤凰社。詹姆和莉莉结婚后,他们的儿子哈利在1980年出生。邓布利多告诉他们伏地魔想要杀死哈利,并告诉他们保护他们不被伏地魔找到的最好方法是使用赤胆忠心咒。为使波特夫妇能得到更安全的保护,小天狼星说服了波特夫妇在最后一刻把赤胆忠心咒的保密人换成了彼得。小天狼星为引开伏地魔继续逃亡,然而,他根本没料到彼得早就投靠了伏地魔,并一直秘密地为食死徒传递情报。当彼得成为保密人后,他向伏地魔泄露了波特夫妇的住所,詹姆与莉莉因此遇害,只有哈利在母亲的保护下幸存下来。

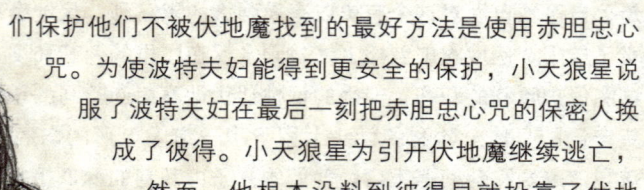

彼得知道小天狼星会指出他出卖了波特一家,因为小天狼星是唯一一个知道他才是波特家所在地的

人。所以彼得制订了一个计划,当小天狼星把他困在一个拥挤的街角时,彼得用魔杖制造了一场爆炸,断掉自己的一根右手指并且变成了老鼠逃进下水道,把所有罪名都推到了无辜的小天狼星身上。小天狼星被捕,彼得却作为死者得到了一枚勋章。他的妈妈收到的他的"遗体"只有一根手指。

在那以后,彼得以老鼠斑斑的身份躲在韦斯莱家中12年,先后成为珀西与罗恩的宠物。这样既掩人耳目,又可以和魔法世界保持联系。他总是留心听着关于伏地魔动向的新闻。后来由于他是罗恩的宠物,得以在霍格沃茨与哈利住在同一间宿舍,但由于他自身的胆怯和懦弱,在没有确认伏地魔卷土重来前,他什么都没有做。

罗恩非常喜欢斑斑,但是赫敏的猫克鲁克山因为继承了部分猫狸子的血统,它能感觉到人是否口是心非。它看破了彼得的伪装,一有机会就攻击它。

彼得以老鼠的样子生活了许多年。他在1993年8月陪着韦斯莱一家到埃及旅行。他们一家人与斑斑的照片被刊登在《预言家日报》上。被关在阿兹卡班的小天狼星恰巧看到了那份报纸,并且马上认出了那只老鼠就是他的"老朋友",于是他决定马上逃出监狱亲自跟踪这个背叛者。在1993—1994学年快结束时,小天狼星和卢平在尖叫棚屋中向"铁三角"揭露了斑斑的真实身份。小天狼星和卢平已经做好准备立即处死他,但是哈利插手阻止,并希望把他送到阿兹卡班巫师监狱。后来卢平变身为狼人,彼得再次变身为老鼠趁乱逃走了。

特里劳尼曾在那天早些时候预言过黑魔王的一个仆人要重新回到他的身边并帮助他崛起,彼得正是在那天晚上逃跑。他又变成了老鼠,通过和路上的老鼠以及其他动物谈话得知,有一种黑暗的、无形的生物隐藏在阿尔巴尼亚的森林中。彼得前往那里寻找伏地魔,在途中的一个路边旅馆,他遇到了在魔法部工作的、正在休假的伯莎·乔金斯。彼得说服她与自己一同来到森林,伯莎最终落到了伏地魔的手中。伏地魔从伯莎口中得到不少信息,并策划了一个阴谋,一场贯穿整个三强争霸赛的阴谋最终把哈利带到了伏地魔的身边。

彼得在回到伏地魔身边后成为他的助手,按照伏地魔的指令,彼得喂养大蛇纳吉尼,用它的毒液调制药水。他在回伦敦的路上为伏地魔制造了一个软弱的肉身,他们临时住在小汉格顿村外的里德尔府。在哈利被门钥匙奖杯带到墓地后,彼得杀害了塞德里克,绑住哈利,支起坩埚,取了哈利的血,又砍断自己的右手加了进去。伏地魔在这可怕的药剂中重生了,他使用咒语让彼得拥有了一只强壮的、闪光的新手。

1998年,哈利等人被囚禁于马尔福庄园的地牢中,家养小精灵多比奉阿不福思之命前去营救众人。当彼得打开地牢灯时,发现狱中几乎空无一人,哈利与罗恩向他发起攻击,彼得用银手掐住了哈利的喉咙。当哈利说出"你想要杀我?在我救了你的命之后?你欠我的,虫尾巴"后,他松开了银手,继而,那只被他视为荣耀的银手转向掐住了他自己。正是因为彼得心底残存了一丝仁慈,他最终被伏地魔赐予的银手杀死。

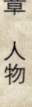

塞德里克·迪戈里
Cedric Diggory

出生日期： 1977年9月或10月
逝世日期： 1995年6月24日
就读院校： 霍格沃茨魔法学校，赫奇帕奇学院
曾获荣誉： 级长、魁地奇球队队长兼找球手
魔杖： 12¼英寸、白蜡木、独角兽尾毛
外貌： 挺直的鼻子、乌黑的头发、灰色的眼睛、英俊过人
家人： 阿莫斯·迪戈里（父亲）、迪戈里夫人（母亲）

　　塞德里克在英格兰德文郡的奥特里－圣卡奇波尔村附近长大，于1989年进入霍格沃茨魔法学校学习，被分入赫奇帕奇学院，他在学术和体育运动方面都很优秀，后来成为赫奇帕奇学院的级长、魁地奇球队的找球手以及队长。

　　塞德里克的个子很高，长得也非常英俊。他长着黑色的头发，眼睛是明亮的灰色。虽然是个找球手，但他身材魁梧，并不符合这个位置通常由体型较小的球员担任的特点。

　　1993年，塞德里克代表赫奇帕奇与格兰芬多球队进行了魁地奇比赛。在比赛中，塞德里克和哈利一同追赶着金色飞贼。就在这时，哈利受到闯入学校场地的摄魂怪的影响，摔下了扫帚。塞德里克最终抓到了金色飞贼，但在意识到哈利昏迷后，他马上申请重新进行比赛。当时的格兰芬多队长奥利弗·伍德谢绝了这一提议，因为他觉得赫奇帕奇队赢得公平。

　　1994年夏天，塞德里克和他的父亲一起前去观看魁地奇世界杯的决赛。他们和韦斯莱一家人以及哈利、赫敏一起前往比赛场地。

　　同年，新学年开学后，塞德里克成为六年级的学生。三强争霸赛在这一年恢复举办，塞德里克把自己的名字投进了火焰杯，并最终被选为代表霍格沃茨的勇士。

　　在第一个项目开始前，哈利找到塞德里克，告诉他第一项目是火龙。因为塞德里克在当时是唯一对此毫不知情的勇士，哈利觉得只有这样，大家在一起比赛才算公平。塞德里克后来在第一个项目中抽到了瑞典短鼻龙，并且第一个出场。他给地上的一块岩石施了变形咒，把它变成一条狗，想借此转移火龙的注意力。就在火龙去追狗的时候，塞德里克拿到了金蛋，但是火龙中途改变了主意，塞德里克还是被烧伤了。在第二个项目开始前的某一天，小巴蒂·克劳奇（假穆迪）让塞德里克带着金蛋去洗个澡，在水下把它打开。于是塞德里克在级长盥洗室的浴池水下打开了金蛋，并听到了里面的歌声。不过，他花了好长时间才解出歌声中关于人鱼的线索。

　　圣诞节时，根据三强争霸赛的传统，学校举办了圣诞舞会。作为勇士的塞德里克要在舞池中领舞。塞德里克的英俊在学校引起了很多女孩的注意,就连芙蓉都希望用自己的媚娃血统吸引他,让他作为自己的舞伴,一起参加圣诞舞会。但塞德里克拒绝了芙蓉,因为他已经成功地邀请到了秋·张作为自己的舞伴。舞会结束后,塞德里克找到了哈利,为了感谢哈利告诉自己关于火龙的线索,他也将金蛋的线索告知哈利,并让他使用了级长专用的盥洗室。

1995年2月24日,三强争霸赛的第二个项目举行。塞德里克使用了泡头咒,成功解救了秋·张,并警告正在关心其他"人质"的哈利要快一点之后便向水面游去。塞德里克最后比规定的一小时额外超出了一分钟浮出水面,拿到了47分(满分50分)。在两个项目结束后,他和哈利并列排名第一。

6月24日,塞德里克的父母来到霍格沃茨,受邀观看三强争霸赛的第三个项目。比赛开始之前,他们见到了自己的儿子。塞德里克的父亲找到哈利,并开始嘲讽他,因为之前的新闻报道中对塞德里克只字未提,反而把哈利写成了代表霍格沃茨的勇士。塞德里克只好在一边皱起眉头,不停地向哈利道歉。

由于塞德里克和哈利并列第一名,因此两人一起走进了迷宫。他们在一个岔口分开,很快,塞德里克在迷宫里遇到了炸尾螺,费了很大劲才得以逃脱。在这之后,塞德里克又遇见了克鲁姆。当时克鲁姆已经中了夺魂咒,他向塞德里克念出了钻心咒。听到动静赶来的哈利击昏了克鲁姆,救下了塞德里克。塞德里克用魔杖发射了红色火花,报告克鲁姆的位置。很快,塞德里克就和哈利再次分开。

终于,塞德里克看到了奖杯。他用自己最快的速度朝着它冲了过去,但一旁有一只八眼巨蛛正准备冲上去攻击他。塞德里克身后的哈利看到了这一幕,朝他大喊提醒,但已经来不及了。塞德里克在躲避的时候摔倒了,魔杖也从手中飞了出去。哈利开始朝蜘蛛发射咒语,分散蜘蛛的注意力,塞德里克也得以借着机会重新捡回魔杖。最后,哈利和塞德里克同时发射的昏迷咒击昏了八眼巨蛛。

尽管奖杯就在眼前,但塞德里克并没有去拿,因为他觉得哈利在迷宫里救了自己两次,比自己更值得赢得冠军。二人互相谦让,最终哈利决定两人一起拿,共同代表霍格沃茨取得了胜利。塞德里克接受了这一提议,扶着哈利走到奖杯前面,一起举起了奖杯。但他们不知道的是,这个奖杯已经变成了一把门钥匙,两人立刻被传送到了小汉格顿教堂墓地。塞德里克感到十分困惑,也有些紧张。他让哈利举起魔杖,在必要的时候保护自己。很快,小矮星彼得从黑暗中走了出来,手上还抱着婴儿一样大小的伏地魔。伏地魔命令彼得"干掉碍事的",于是

彼得用伏地魔的魔杖杀死了塞德里克。

伏地魔复活后，他要求哈利和自己进行一场决斗。由于两人的魔杖杖芯来自同一只凤凰，因此触发了闪回咒。伏地魔的魔杖开始以倒叙的方式重复它施过的魔咒。由烟气组成的塞德里克的身体从伏地魔的魔杖尖冒了出来，他让哈利坚持住，并希望哈利能够将自己的身体带回去，带给自己的父母。哈利同意了。哈利断开魔杖的连接后，迅速抓住塞德里克的遗体，用飞来咒唤来奖杯，回到了霍格沃茨。

因为塞德里克的死，哈利开始能够看到夜骐（哈利母亲遇害的时候，因为当时的年龄太小，哈利并没有记得这件事，而在1992年奇洛死的时候，哈利已经昏迷了过去）。

塞德里克的死让全校师生都感到十分悲伤。那一学年年终宴会的主题也变成了纪念塞德里克·迪戈里。在往常的年终宴会上，礼堂都会用获胜学院的色彩装饰一新，而在这一晚，教工桌子后面的墙壁上悬挂起了黑色帷幕。邓布利多在讲话中向塞德里克表示了敬意：

> 塞德里克充分体现了赫奇帕奇学院特有的品质；他是一位善良、忠诚的朋友，一位勤奋刻苦的学生，他崇尚公平竞争。他的死使你们大家受到了震撼，不管你们是否认识他。因此，我认为你们有权了解究竟是怎么回事。塞德里克·迪戈里是被伏地魔杀死的。魔法部不希望我告诉你们这些。有些同学的家长可能会对我的做法感到震惊——这或者是因为他们不能相信伏地魔真的回来了，或者是因为他们认为我不应该把这件事告诉你们，毕竟你们年纪还小。然而我相信，说真话永远比撒谎要好，如果我们试图把塞德里克的死说成是一场意外事故，或归咎于他自己的粗心大意，那都是对他形象的一种侮辱。

邓布利多的话给霍格沃茨的许多学生都带来了极大的震撼。塞德里克的死让那些原本不喜欢哈利的人也开始相信，伏地魔真的复活了。

后来，哈利自己留下了一枚"支持塞德里克·迪戈里"的徽章，以示对他的纪念。

威克多尔·克鲁姆
Viktor Krum

出生年份：1976年
国籍：保加利亚
毕业院校：德姆斯特朗

魔杖： 10¼英寸、鹅耳枥木、龙心弦（格里戈维奇退休前最后一批制造的魔杖之一）

克鲁姆是德姆斯特朗魔法学院学生，他皮肤灰黄，眉毛又粗又黑，还长着一个大鹰钩鼻子，看上去就像一只身材十分巨大的老鹰。在1994年英国举办的魁地奇世界杯上，18岁的克鲁姆担任保加利亚国家魁地奇球队的找球手，在决赛中，克鲁姆抓住了金色飞贼，但爱尔兰队仍获得了冠军。

同年10月末，克鲁姆随德姆斯特朗的其他师生来到霍格沃茨，并成为三强争霸赛勇士之一。他在霍格沃茨参赛期间喜欢上了赫敏，对她说"我从未对其他女孩有过这种感觉。"圣诞舞会上，克鲁姆邀请赫敏作为他的舞伴。克鲁姆甚至因为丽塔胡编乱造的文章而特意向哈利求证他和赫敏的关系。在哈利非常肯定地告诉他自己和赫敏只是朋友之后，克鲁姆"显得开心一些了"。随后，他们二人在禁林中遇见了突破夺魂咒，看起来后有些疯疯癫癫的克劳奇先生。哈利请克鲁姆看住他，自己赶回霍格沃茨城堡找邓布利多。当哈利和邓布利多来到禁林的时候，发现克鲁姆中了昏迷咒倒在地上，周围已没了克劳奇先生的影子。邓布利多对克鲁姆用了"快快复苏"咒语，克鲁姆醒来后，激动地告诉他们，他正在张望哈利去了哪里的时候，克劳奇先生从后面对他下了手（实际上是小巴蒂·克劳奇披着隐形衣对克鲁姆使了昏迷咒）。

在三强争霸赛的第三个项目中，被小巴蒂（假穆迪）施了夺魂咒的克鲁姆向塞德里克施加钻心咒时被哈利击晕。在争霸赛结束离开霍格沃茨时，克鲁姆曾特意来和赫敏道别，还告诉哈利"我一直很喜欢迪戈里，他总是对我很有礼貌"，并且应罗恩的要求帮他签了名。离开霍格沃茨后，克鲁姆一直和赫敏保持着书信联系。

1997年，克鲁姆参加了比尔和芙蓉的婚礼，婚礼上，他看到了卢娜的父亲戴的死亡圣器标志，认为那是格林德沃的标志，并将他祖父死于格林德沃之手的事告诉了哈利。

2002年的魁地奇世界杯的决赛上，埃及找球手劳雅·扎格卢勒险胜克鲁姆，抢先抓住了金色飞贼。26岁的克鲁姆在赛后含泪宣布自己退役。2014年，38岁的克鲁姆复出参赛，最终助保加利亚队夺冠。

芙蓉·德拉库尔
Fleur Delacour

全名：芙蓉·伊萨贝尔·德拉库尔 Fleur Isabelle Delacour
出生年份：1977年
国籍：法国
毕业院校：布斯巴顿
血统：1/4的媚娃血统
魔杖：9英寸半、蔷薇木、媚娃头发（芙蓉外祖母的头发）杖芯
家人：德拉库尔先生（父亲）、阿波琳·德拉库尔（母亲）、比尔·韦斯莱（丈夫）、加布丽·德拉库尔（妹妹）、维克多娃（女儿）、多米妮卡（女儿）、路易斯（儿子）

芙蓉·德拉库尔是法国布斯巴顿魔法学校的学生，比哈利高三个年级。她有一双湛蓝色的眼睛、一头长长的瀑布似的银亮头发、一口非常整齐洁白的牙齿。她喉音"沙哑"，说英语时会带有一点法语口音。

1994年，在布斯巴顿校长马克西姆夫人的带领下，芙蓉和其他十几名布斯巴顿的学生来到霍格沃茨魔法学校参加三强争霸赛。在万圣节晚宴后，芙蓉被选为代表布斯巴顿的勇士。她在礼堂边的小房间里等待进一步的说明时，得知火焰杯选出了哈利作为第四个勇士，她对于让一个"小男孩"参加三强争霸赛感到既惊讶又愤怒。

三强争霸赛的第一个项目中，芙蓉从马克西姆夫人处得知该项目涉及火龙。比赛当天，她抽到了普通威尔士绿龙，顺序是第二位。她试图让火龙陷入昏睡，但沉睡的火龙打起了呼噜，喷出的火焰点着了她的裙子。芙蓉不得不用魔杖变出水灭火，并设法拿到金蛋。

1995年2月24日，芙蓉在第二个项目中成功地使用了泡头咒，但她在水下受到了格林迪洛的袭击，未能解救人质。她发现哈利并没有只营救他自己的人质，而是带着罗恩和她的妹妹加布丽一起回到了水面。她感谢了两个人，并在哈利和罗恩的面颊上都亲了几口。在此之后，芙蓉对他们的态度有了很大的转变。在得知自己得到了25分（这个项目满分50分）时，芙蓉摇了摇头，说自己没能解救人质，本应该得零分。

在第三个项目开始之前，芙蓉和其他勇士一起到霍格沃茨原来的魁地奇球场查看第三个项目的比赛场地——迷宫。举行第三个项目的当天早晨，芙蓉的母亲和妹妹加布丽前来看望她，而她们也受到邀请，将前去观看三强争霸赛的最后一部分。在这个早晨，芙蓉还第一次见到了来看哈利比赛的比尔，并对他产生了兴趣。

由于在前两个项目结束后分数垫底，芙蓉排在哈利、塞德里克和克鲁姆之后最后一个进入迷宫。不过，由于伪装成穆迪的小巴蒂·克劳奇在暗中做了手脚，芙蓉并没能坚持多长时间。为了把哈利送到伏地魔的身边，小巴蒂必须保证哈利接触到三强杯。因此，他利用穆迪的魔眼在迷宫中找到了芙蓉，并击昏了她。三强争霸赛结束后，塞德里克遇害。芙蓉参加了霍格沃茨的离校宴会，为塞德里克默哀。一天后，她离开霍格沃茨，跟哈利告了别，告诉他希望能够再见，并表示想在英国找一份工作，提高一下她的英语。

1995年的夏天，芙蓉在古灵阁找到了一份工作，而比尔为了更方便替凤凰社做事，也从埃及回到英国古灵阁总部，转为从事文书工作。在这段时间里，两人开始约会。一年之后，比尔和芙蓉订婚。1996年的夏天，比尔把芙蓉带到陋居，以便芙蓉和他的家人增进了解。芙蓉高兴地得知，哈利将在韦斯莱家度过暑假的剩余时光。不过，直率的性格和批判的态度使芙蓉和韦斯莱家的女性们相处得并不融洽。韦斯莱夫人并不关心她，金妮甚至私下给她起了"黏痰"这个外号。那年圣诞节的时候，芙蓉也住在陋居，当她表现出对塞蒂娜·沃贝克的歌曲的厌烦的时候，韦斯莱夫人很生气，因为这是她最喜欢的歌手。

在1997年6月的天文塔之战中，比尔被狼人芬里尔·格雷伯克咬伤。由于当时格雷伯克没有变形，因此比尔没有成为真正的狼人。不过，比尔还是出现了一些狼人的特征。芙蓉和韦斯莱夫妇一起赶到霍格沃茨，看到了比尔血肉模糊、伤痕累累的脸。韦斯莱夫人以为芙蓉不会再想嫁给比尔，因为比尔已经不再英俊，但芙蓉却说"一个狼人是阻止不了比尔爱我的！""你以为我会不想和他结婚？或者你希望我不想和他结婚？""我只是在乎他的长相吗？……所有这些伤疤说明我的丈夫是勇敢的！"这使韦斯莱夫人终于接受了她，并表示要让芙蓉在婚礼当天戴上穆丽尔姨婆的那顶妖精制作的头饰。在接下来的日子里，芙蓉一直照顾着比尔，直到他的伤势恢复。她也参加了邓布利多的葬礼。

之后的夏天，就在哈利即将年满17岁时，为了将哈利安全地从女贞路4号转移到陋居，凤凰社决定让六个人伪装成哈利的样子，连同哈利本人一起兵分七路分别出发。芙蓉也是参加这次计划的其中一个成员。她使用复方汤剂变成哈利之后，和比尔一起骑着夜骐向北飞行。出发后，他们很快就被食死徒围攻。食死徒们断定真正的哈利会跟随最强大的巫师，于是赶去攻击穆迪。在一旁飞行的芙蓉和比尔目睹了穆迪的死，却对此毫无办法，因为他们当时也在被六七个食死徒追赶。他们在返回陋居之后向其他人通报这一消息。芙蓉对穆迪的死非常难过，认为有人背叛了他们，因为食死徒知道他们转移哈利的时间。

8月1日，比尔和芙蓉在陋居举办婚礼。婚礼上，金妮和加布丽担任伴娘。芙蓉穿了一件非常简单的白色连衣裙，头上戴着穆丽尔姨婆的头饰。她非常漂

亮,"平常,光彩照人的她总是把别人比得黯然失色,但今天这银光却把每个人照得更加美丽",以至于当她走到比尔面前时,"比尔看上去就像从未遭过芬里尔·格雷伯克的毒手似的"。不过婚礼进行后不久,金斯莱便用守护神发来魔法部部长斯克林杰遇害和魔法部垮台的消息。有了魔法部撑腰的食死徒纷纷赶到陋居,原先布置的保护魔咒不复存在。许多宾客幻影移形,向四面八方逃窜。芙蓉和韦斯莱一家人被食死徒审问了几小时,但食死徒最终什么有用的信息都没有得到。

婚后,芙蓉和比尔搬到了位于的丁沃斯郊区的贝壳小屋,他们在那里度过了婚后的第一个圣诞节。当时罗恩已经离开哈利和赫敏,也到了这里和他们住在一起。之后,"铁三角"等人从马尔福庄园逃出,他们一行人来到了贝壳小屋。芙蓉帮助他们照料那些被食死徒关押的人:迪安、卢娜、奥利凡德先生和妖精拉环。当奥利凡德先生的身体恢复到能够前往穆丽尔姨婆家之后,芙蓉请他帮助自己归还穆丽尔的头饰,因为她在婚礼之后一直没有机会亲自归还。当哈利表示自己决定离开贝壳小屋时,芙蓉有些担心,认为他们住在贝壳小屋是安全的。

霍格沃茨之战中,芙蓉、比尔和韦斯莱一家人一起响应了纳威的召唤,来到霍格沃茨魔法学校抵抗伏地魔和食死徒的进攻。就在珀西和家人再次团聚时,场面显得有些尴尬。芙蓉及时打破了僵局,向卢平询问关于他儿子的事情。比尔和芙蓉在战斗中活了下来。

战争结束后,芙蓉和比尔有了三个孩子:两个女儿维克托娃、多米妮卡和儿子路易斯。同时,英国和法国魔法部还向她颁发了英勇勋章,以表彰她在霍格沃茨之战中作出的贡献。

阿拉斯托·穆迪
Alastor Moody

绰号: 疯眼汉 Mad-Eye
出生时间: 早于1961年
逝世日期: 1997年7月27日
职业/职务: 傲罗、霍格沃茨魔法学校黑魔法防御术课教师
毕业院校: 霍格沃茨魔法学校,格兰芬多学院

穆迪的装备:

  魔眼: 穆迪最引人注目的就是他的魔眼,正是这个亮蓝色的眼睛让他获得了"疯眼汉"这个绰号。这只眼睛赋予了穆迪看穿一切物体的能力,包括隐形衣(包括哈利拥有的那件死亡圣器中的隐形衣)。同时,他还拥有无死角的视野。不过,自从它被小巴蒂·克劳奇戴过之后,魔眼就经常会卡在眼窝中无法动弹。

隐形衣：穆迪有两件隐形衣，他曾把其中一件借给了斯多吉·波德摩，但斯多吉再也没有归还。

箱子：穆迪拥有一个魔法箱子，上面有七把锁，对应着七个不同的隔间。穆迪被绑架时，小巴蒂就把他藏在了其中一个隔间里。

照妖镜：穆迪拥有一面照妖镜，当他的敌人靠近时，镜子中就会显现出敌人的样子。

窥镜：穆迪的窥镜很大，但小巴蒂（假穆迪）不得不将它弄坏，他借口"到处都有学生为自己没做家庭作业编造谎话"导致窥镜一直嗡嗡叫个不停，实际是为了掩盖自己的身份。

探密器：穆迪的探密器可以用来探测秘密和谎言。

弧形酒瓶：由于穆迪认为他的敌人有可能会在食物或者饮料中下毒，因此他只从这个随身携带的弧形酒瓶中喝东西。小巴蒂伪装成穆迪的样子时，他曾将酒瓶中装满复方汤剂，这样就不会引起别人的怀疑。

木腿：由于穆迪失去了一条腿，因此他装上了一条木腿。

阿拉斯托·穆迪是一个强悍、勇敢、久经死亡考验的人。他的性格有一些粗鲁、粗暴，并且经常对人喊出自己的口头禅"时刻保持警惕"。在职业生涯中经历了大量的危险之后，穆迪开始有些偏执，甚至过度妄想，但他仍是一个伟大的巫师。他曾是魔法部历史上最出色的、专抓黑魔巫师的高手。阿兹卡班的一半牢房都是被他逮捕的人填满的。穆迪是邓布利多的一个忠实的朋友和坚定的支持者，也是凤凰社里最强大、最可靠的盟友之一。

穆迪的声音显得粗壮而低沉，他的样子看起来就像是在一块腐朽的木头上雕刻出来的。由于多年担任傲罗的缘故，他脸上的每一寸皮肤似乎都伤痕累累，嘴巴像一个歪斜的大口子，鼻子应该隆起的地方却不见了，他有花白的长头发，还有一条木腿。因为带着一只可以360度旋转的亮蓝色魔眼，穆迪也被人称为"疯眼汉"。这只眼睛能够看透包括隐形衣在内的一切物体。

穆迪毕业于霍格沃茨魔法学校，第一次巫师战争期间，他已经是一个傲罗，为魔法部工作，与伏地魔和食死徒战斗，并在那时加入了凤凰社，成为一名重要成员。他在战斗中击败了众多臭名昭著的黑巫师，在战争期间，为了围捕食死徒，魔法部授予傲罗使用不可饶恕咒的权力。因此，穆迪杀死过一些食死徒，如埃文·罗齐尔。不过，只要可以避免，穆迪就不会选择杀人。穆迪退休时，他已

经被公认为当时最优秀的傲罗。

1994年,邓布利多说服穆迪出山,担任霍格沃茨魔法学校新一学年黑魔法防御术课教师。但就在学年开始前,在伏地魔的指令下,小巴蒂和小矮星彼得袭击了穆迪的家。穆迪被二人制服,并被囚禁在自己的魔法箱子里。作为伏地魔复活计划的一部分,小巴蒂用复方汤剂变成了穆迪的样子,冒充他到霍格沃茨教课。小巴蒂定期用真穆迪的弧形酒瓶喝复方汤剂,模仿穆迪的样子,甚至模仿他的一些古怪习惯。这让他成功地蒙骗过学校的所有师生。小巴蒂(假穆迪)为了制作复方汤剂,并了解穆迪的过去和习惯,一直把真穆迪留在身边,并对他使用了夺魂咒。复方汤剂失效后,小巴蒂现出了原形。穆迪则从箱子中被救了出来,送进校医院休养,并在之后恢复了健康。

1995年,穆迪加入了重新组建的凤凰社。为了将哈利从女贞路4号护送到凤凰社的指挥部格里莫广场12号,凤凰社成立了先遣警卫,由穆迪带领。后来,他参加了韦斯莱夫人举办的庆祝罗恩和赫敏担任级长的庆祝会,并向罗恩表示,邓布利多"一定认为你能够抵抗大多数厉害的恶咒,不然他不会选中你的"。他也用魔眼帮助韦斯莱夫人确认,写字台里面藏着的就是一个博格特。穆迪还给哈利看了一张由最初的凤凰社成员拍的合影,并向哈利一一介绍了照片中的人。

1996年,穆迪参加了神秘事务司之战。

1997年,食死徒侵入了霍格沃茨,企图暗杀邓布利多,但他们在城堡中遭到了D.A.和凤凰社成员的激烈抵抗。斯内普按计划杀死邓布利多之后,其他凤凰社成员对其中细节并不知情,认为他是一个叛徒。为了防止斯内普和其他食死徒进入格里莫广场12号,穆迪亲自增添了一些防御措施。

在哈利年满17岁之前的几天,穆迪带着凤凰社的一批人来到女贞路4号,将哈利转移到陋居。在行动中,穆迪与蒙顿格斯分为一组。出发后不久,各组人马就先后被食死徒包围。伏地魔用自己的飞行能力去追穆迪一组人,因为他相信哈利会跟着能力最强的守卫。蒙顿格斯慌了神,高声大叫,穆迪想让他住嘴,但蒙顿格斯幻影移形了,留下穆迪一个人应对攻击。蒙顿格斯逃走时,伏地魔刚好发射了一道杀戮咒,正击中穆迪的脸。穆迪手中的魔杖被咒语炸飞,而自己则朝后一倒,从扫帚上摔了下去。由于有六七个食死徒一直在追逐比尔和芙蓉,因此目睹一切的他们什么都不能做。

穆迪残破的遗体在食死徒打扫战场时被带走。比尔和卢平去寻找的时候,什么也没有找到。在激烈的战斗中,很难判断穆迪到底是从哪里摔下去的。因此,凤凰社没能给穆迪举办一场葬礼。

魔法部垮台之后,穆迪的魔眼落到了乌姆里奇的手中。为了在暗中监视自己的下属,乌姆里奇将魔眼安装在了自己办公室的木门上。当哈利、赫敏和罗恩潜入魔法部寻找挂坠盒魂器的时候,哈利发现了这个魔眼。在溜进乌姆里奇办公室的时候,哈利将魔眼偷走。逃出魔法部之后,"铁三角"幻影移形到了三年前举办过魁地奇世界杯的森林中,第二天一早,哈利率先醒来,他离开了帐篷,在树林里找到了一棵最苍老虬曲、看上去最坚韧的大树,把穆迪的魔眼埋在了树荫下，并用魔杖在树皮上刻了个小十字作为记号。

巴蒂·克劳奇
Bartemius (Barty) Crouch Senior

死亡日期：1995年5月27日
国籍：英国
职业/职务：历任魔法法律执行司司长、国际魔法交流合作司司长

  巴蒂·克劳奇为人一板一眼，有一头梳得一丝不乱的短灰发，他是珀西极端崇拜的上司。克劳奇先生为人严肃正经，精通多国语言，曾是魔法法律执行司的司长，在伏地魔率领食死徒时因为倡议使用强硬手段对付，获得魔法世界多数人民的信赖，甚至未经审判便将小天狼星关入阿兹卡班监狱，许多人都看好他登上魔法部部长的职位。不料他的儿子小巴蒂·克劳奇竟也是食死徒，小巴蒂被指控与贝拉特里克斯等人一起将隆巴顿夫妇折磨致疯，尽管小巴蒂在审判现场否认了这项指控，并恳求他的父亲相信他，但克劳奇先生不为所动，小巴蒂最终被判有罪。在此事被揭发后，克劳奇先生声势惨跌，最后转调至国际魔法交流合作部，康奈利·福吉上任担当部长。克劳奇先生后来在妻子的恳求下进入阿兹卡班，并利用复方汤剂让重病的爱妻与小巴蒂交换身份代死，在将儿子救出阿兹卡班后，克劳奇先生利用夺魂咒控制他的举止，用隐形斗篷长年掩盖他的形迹，还命令家养小精灵闪闪寸步不离地监视看管，甚至不惜对发现真相的伯莎·乔金斯施展强力的遗忘咒。

  《火焰杯》一书中，克劳奇先生和卢多·巴格曼一起负责魁地奇世界杯及三强争霸赛的举办，由于闪闪的恳求，他同意让儿子去观看魁地奇世界杯，结果竟让小巴蒂趁机发射黑魔标记，他愤而将家养小精灵闪闪解职，不料反而给了伏地魔一个好时机。伏地魔协同小矮星彼得到克劳奇家，用夺魂咒将克劳奇先生控制住，逼他称病在家，把所有事务交给珀西。期间，克劳奇先生努力用自己的心志突破了夺魂咒的控制，在三强争霸赛的第二个比赛结束后，成功前往霍格沃茨要哈利向邓布利多警告伏地魔跟自己儿子的阴谋，随后于禁林被小巴蒂杀害。

卢多·巴格曼
Ludo Bagman

国籍：英国
职业/职务：20世纪80年代效力于温布恩黄蜂队的击球手、魔法部体育运动司司长

家人：奥托·巴格曼（弟弟）

　　卢多·巴格曼年轻时曾是温布恩黄蜂队中的一位极受欢迎的击球手。作为一个国际级的击球手，巴格曼高大健壮，甚至到了20世纪90年代，他的那双圆溜溜的蓝眼睛、短短的金黄色头发，和那红扑扑的脸色，都使他看起来像个块头过大的男孩。

　　伏地魔消失后，巴格曼曾被指控向食死徒奥古斯特·卢克伍德传递消息而被审判，但他申辩说卢克伍德是他父亲的朋友。就在巴格曼受审的前一个周六，他还在对土耳其的魁地奇比赛中表现出色，为英国队争了光。巴蒂·克劳奇在那场审判中试图把巴格曼送进阿兹卡班，但许多陪审团的巫师对此表示强烈抗议。最终，对巴格曼的指控被撤销。在此之后，他再也没有被指控参与任何黑魔法的活动。

　　尽管克劳奇先生并不喜欢巴格曼，但巴格曼最终还是成为魔法体育运动司司长。1994年，巴格曼参与了魁地奇世界杯的组织工作。在决赛中，他担任比赛的解说员。

　　巴格曼在魔法部的职位让他更热衷于赌博和下注。比如在魁地奇世界杯决赛开始之前，他让弗雷德和乔治压上他们所有的积蓄投了一注，一共37加隆、15西可、3纳特，外加一根假魔杖。李·乔丹的父亲也在他那里下了注。结果世界杯结束后，巴格曼输得精光，他开始用小矮妖的金币还钱。

　　世界杯结束后，巴格曼在体育场附近的林子里被一群妖精围住，因为他之前从妖精那里借了一大堆金币，却没有归还。妖精们在树林里抢走了他身上所有的金币，但仍然不够还清他的债务。他在林子里转来转去，对于营地被食死徒袭击的事情全然不知。

　　在霍格沃茨组织三强争霸赛的时候，妖精们找到了巴格曼，让他还剩下的钱，但巴格曼已经没有钱还欠款，因为他在之前的赌博中已经输掉了大部分财富。

　　与此同时，弗雷德和乔治还以为巴格曼只是不小心犯了个错，用小矮妖的金币支付了他们的赌注，所以一直礼貌地催促他还钱，但巴格曼无视了他们的信件，并编造各种各样不还钱的理由。

　　当哈利的名字从火焰杯中飞出来之后，巴格曼非常高兴，第一个把哈利被选中的事情告诉了其他三个勇士。巴格曼决定再跟妖精下一个注，赌哈利会在比赛中大获全胜，用来偿还之前的债务。于是在这以后，他一直尽力帮助哈利赢得比赛，在第一个项目之前，巴格曼曾把哈利拉到一边，问他想不想要能帮助他通过匈牙利树蜂的"几个点子"。不过，哈利拒绝了他的帮助。在比赛中，巴格曼再次担任解说，并对哈利的飞行技巧非常满意。虽然哈利在比赛中受了伤，巴格曼还是给他打了满分十分，并对卡卡洛夫的低分非常不满。

　　1995年1月，巴格曼在霍格莫德的三把扫帚里再次被一群看起来气势汹汹的妖精围住。在看到哈利也在这里之后，他再次提出在比赛中给哈利提供帮助，但哈利也再次拒绝了他,并问巴格曼那些妖精想要什么。巴格曼显得有些紧张,谎称妖精是在寻找克劳奇先生。

在三强争霸赛的最后一个项目之前,巴格曼带着所有勇士前去观看了正在改建成比赛场地的魁地奇球场,因为克劳奇先生当时已经病得不轻。他第三次提出给哈利帮助,但被克鲁姆打断。

三强争霸赛最终以哈利和塞德里克·迪戈里的共同胜利而结束,但塞德里克在拿到奖杯后不久就被杀害。妖精们拒绝承认巴格曼赢得赌注,因为哈利并没有"大获全胜",于是在比赛结束后不久,巴格曼就慌忙逃离了学校。

在此之后,巴格曼的行踪便不得而知。不过,比尔曾提到巴格曼的事情仍让妖精们"气得要命",所以凤凰社很难赢得他们的信任。逃亡期间,巴格曼很可能既失去了信誉,又失去了在魔法部的职位。

巴格曼有一位弟弟叫作奥托·巴格曼,他曾因为对麻瓜物品割草机施了魔法而遇到了一些麻烦。韦斯莱先生帮助他将整个事情摆平,所以奥托的哥哥巴格曼作为感谢,为韦斯莱先生弄到了1994年魁地奇世界杯决赛的门票。

丽塔·斯基特
Rita Skeeter

职业/职务:《预言家日报》记者
阿尼马格斯:甲虫(未登记)

丽塔·斯基特是《预言家日报》的一名记者,是一个非法的阿尼马格斯,会变成一只甲虫,甲虫眼睛周围的图案与她那副难看的眼镜一模一样。丽塔变身为甲虫时到处飞来飞去,捕捉一切可以让她胡说一通的东西。她还拥有一支深绿色的"速记羽毛笔",可以把采访中的普通语句转化成不切实际的、天花乱坠的句子自动记录在纸上。

她第一次出场时的外貌是这样的:"她的头发被弄成精致、僵硬、怪里怪气的大卷儿,和她那张大下巴的脸配在一起,看上去特别别扭。她戴着一副镶嵌着珠宝的眼镜,粗肥的手指抓着鳄鱼皮手袋,指甲有两寸来长,涂得红红的。"

三强争霸赛期间,丽塔锁定哈利为采访重点,自己编写了一大篇形容哈利心理状态的文章,因此被邓布利多禁止进入霍格沃茨,但她利用变身成甲虫的魔

法藏在赫敏身上窃听,编造出哈利、克鲁姆与赫敏的三角关系并且大幅报道,在招惹到赫敏后,被细心的赫敏发现她是非法阿尼马格斯的真相,趁机把她锁进一个玻璃瓶里。

《凤凰社》一书中,为了使哈利在舆论上不受魔法部一路打压,赫敏利用丽塔是非法阿尼马格斯一事要挟她配合卢娜和她的父亲在《唱唱反调》上公布伏地魔重现的消息,替哈利和邓布利多正名。

在《死亡圣器》一书中,丽塔在邓布利多死后撰写其相关传记——《阿不思·邓布利多的生平和谎言》。这本多达900页的传记在邓布利多去世后仅四个星期就已出版。书中披露邓布利多与黑巫师格林德沃是好友的真相,并在《预言家日报》被伏地魔控制后,刻意模棱两可地说哈利在邓布利多被杀的现场匆匆逃离,为食死徒和魔法部提供了捉拿哈利的好理由。

多洛雷斯·乌姆里奇
Dolores Umbridge

全名:多洛雷斯·简·乌姆里奇 Dolores Jane Umbridge
生日:8月26日
毕业院校:霍格沃茨魔法学校,斯莱特林学院
职务/职位:魔法部禁止滥用魔法办公室实习生、主管,霍格沃茨黑魔法防御术课教师,霍格沃茨高级调查官,霍格沃茨魔法学校校长,魔法部高级副部长,麻瓜出身登记委员会主任
魔杖:8英寸、桦木、龙心弦
守护神:波斯猫
家人:奥尔福德·乌姆里奇(父亲)、艾伦·克拉克内尔(母亲)

乌姆里奇又矮又胖,长着一张宽大的、皮肉松弛的脸,像一只苍白的大癞蛤蟆。她像弗农一样看不见脖子,一张大嘴向下耷拉着,眼睛又大又圆,微微向外凸起。她留着一头拳曲的灰褐色短发,喜欢在卷发上戴蝴蝶结。她是奥尔福德·乌姆里奇和艾伦·克拉内尔的长女,也是家里唯一的女儿。她的父亲是个巫师,母亲是个麻瓜,夫妻俩还有一个哑炮儿子。乌姆里奇夫妇并不是自愿结婚的,乌姆里奇在心里暗暗地轻视着她的父母:因为奥尔福德是个缺乏进取心

的人（他在魔法部的魔法维修部门任职，从来没有被提拔过），而她的母亲艾伦既轻浮又邋遢，而且是个麻瓜。奥尔福德和女儿乌姆里奇都因为艾伦没能让儿子具备巫师的能力而怪罪她。这样的结果是，在乌姆里奇15岁的时候，这个家庭分裂成为两部分：乌姆里奇和奥尔福德在一起生活，艾伦和她的儿子就此隐匿于麻瓜世界中。从那以后，乌姆里奇就再也没有见过她的母亲和弟弟，从未和他们讲过话，并且在所有她见过的人面前都装作自己是个纯血统的巫师。

乌姆里奇17岁时成为禁止滥用魔法办公室的一名低级实习生。她喜欢对人评头论足，偏见待人且残酷成性，然而她认真的工作态度、对待上级的谄媚，以及她把别人的功劳据为己有的无情和无耻行径，使她很快就得到提拔。

在还不到30岁的时候，乌姆里奇就一路升职，成为办公室的主管，而那距她成为魔法法律执行司的高级官员只有一步之遥。那时，她已经说服她的父亲提前退休，通过给他一小笔津贴，确保了他能悄悄销声匿迹。每当她被问及"你和从前那个打扫卫生的乌姆里奇是否有血缘关系"的时候，她就会露出甜美的笑容，笑着否认他们之间有任何联系，说她的父亲生前是威森加摩的杰出人物。《死亡圣器》一书中，乌姆里奇还宣称自己与神圣28纯血家族之一的塞尔温家族有亲戚关系。

随着年龄的增长，乌姆里奇愈发苛刻，在魔法部的地位也逐步提升。她的审美开始愈发明显地趋向少女化：办公室里布满了装饰花边，喜欢用猫咪装饰的物件。当魔法部部长福吉以为邓布利多要取代他的职位而变得越来越焦虑和偏执时，乌姆里奇通过煽动他的虚荣和恐惧之心攀到了权力的中心，同时让他相信，自己是他为数不多的可以信任的人之一。被委派成"霍格沃茨高级调查官"，是乌姆里奇人生中第一次被给予了全面施展她的偏执和残忍的机会。乌姆里奇对非纯人类抱有恐惧憎恶之心。她对半巨人海格的厌恶、对马人的惧怕，都说明了她对未知的恐惧。她是个控制欲极强的人，在她看来，一切挑战她的权威与世界观的人都必须受到惩罚。她极其热衷于征服和羞辱他人，除了效忠对象不同，她和贝拉特里克斯极为相似。

乌姆里奇在霍格沃茨期间促使魔法部颁布了多项教育令，以废止或禁止魔法部所不能容忍的行为，若有学生违反，则可能被立即开除。但事实上，这些教育令仅仅是剥夺邓布利多对学校的领导权，并放权给乌姆里奇的借口。乌姆里奇在学校里成立特别调查行动组，用惩罚羽毛笔体罚学生（乌姆里奇是除了伏地魔以外，唯一一个在哈利身上留下永久性伤疤的人，因为她曾经在关禁闭时让他把"我不可以说谎"刻在了手背上）。但她在霍格沃茨的时光以灾难的方式结束，因为她越过了福吉授予她的权力的界限，狂热地企图达到自己的目的。后来她离开了霍格沃茨，不再在霍格沃茨担任任何职务，但是她仍然在魔法部工作。

随着福吉被迫辞职的政权变更，乌姆里奇得以恢复魔法部原职。新任魔法部部长斯克林杰面临许多比乌姆里奇棘手得多的问题。斯克林杰随后因为自己的这一疏忽得到了教训。在哈利看来，魔法部从未因乌姆里奇滥用权力而对她进行惩罚的事实反映了魔法部的自满和疏忽。哈利认为，乌姆里奇能继续在魔法部任

职,且她在霍格沃茨的所作所为没能引起多少反响,这是魔法部内部有严重问题的表现,于是拒绝与新任魔法部部长合作。

斯克林杰被杀后,乌姆里奇就前所未有地享受起了在魔法部的时光。当魔法部被傀儡部长皮尔斯·辛尼克斯接管,并渗透进伏地魔的追随者时,她不仅保留了职位,还有了更大的权力,成为麻瓜出身注册委员会的领导,以"窃取"了魔杖和魔法能力为罪名,私设法庭并关押了所有麻瓜出身的巫师。

哈利最终在魔法部正中袭击乌姆里奇,并偷走她佩戴的魂器的时候,她正坐在法庭上审判另一个无辜的女人。

随着伏地魔势力的倒台,乌姆里奇因为积极配合伏地魔的统治,拷问、关押并杀死多人(有些无辜获罪,被送进阿兹卡班的麻瓜出身的巫师没能在折磨中活下来)而受到了审判。

霍拉斯·斯拉格霍恩
Horace Slughorn

全名: 霍拉斯·E·F·斯拉格霍恩
生日: 4月28日,1882—1921年之间出生,具体年份不详
职业/职务: 霍格沃茨魔法学校魔药学教授(两度任教)、斯莱特林学院院长
毕业院校: 霍格沃茨魔法学校,斯莱特林学院
外貌特征: 秃顶的胖老头儿,有海象般的银白色胡须和浅绿色的眼睛
魔杖: 10¼英寸、雪松木、龙心弦

霍拉斯·斯拉格霍恩是一个极为有趣的老头,圆圆的光头、海象般的胡须和他挺挺的大肚子让这个贪图享受的老头跃然纸上。

斯拉格霍恩也是个激情四射的老头,他曾经是邓布利多的老同事。在汤姆·里德尔时期担任过霍格沃茨斯莱特林学院的院长,但在伏地魔得势之后,斯拉格霍恩便四处躲藏了起来,直到邓布利多重新邀请他出山,重回霍格沃茨教授魔药学。他喜欢和名人、成功人士、重要人士来往,非常享受能影响这些人的感觉,爱慕虚荣。他总能注意到那些具备特殊才能的学生,为他欣赏的人进行交流提供一个平台,他集合起来的学生圈子被戏称为"鼻涕虫俱乐部"。他特别喜欢物质

享受，最喜欢橡木陈酿的蜂蜜酒、菠萝蜜饯和天鹅绒的吸烟衫。

斯拉格霍恩的年龄与邓布利多相近。不得不说，斯拉格霍恩确实具有识人之明，他选中的人后来几乎都在各行各业中有所建树。他虽然曾任斯莱特林学院院长，但并不重视学院及血统之分，只是欣赏那些在各方面表现出色的学生。他曾教过哈利的母亲——莉莉·伊万斯，并十分欣赏莉莉的魔药才华。那时他是斯莱特林学院的院长，知道魂器的秘密并将深层次知识告诉了当时的学生汤姆·里德尔（后来的伏地魔），造成了难以挽回的错误，后来他对此十分后悔，并一直试图掩饰他所犯过的错误，但最后哈利还是在阿拉戈克葬礼的当晚用福灵剂套出了他的真实记忆。

在霍格沃茨之战中，斯拉格霍恩站在反伏地魔阵营的一边，与麦格教授、金斯莱一同夹击伏地魔，但三人均被伏地魔击飞。与其他斯莱特林的学生和斯内普不同，他特别喜欢哈利，当哈利因为用了斯内普的课本而在魔药课上大放异彩时，斯拉格霍恩以为是哈利得到了他母亲的天赋遗传。

鲁弗斯·斯克林杰
Rufus Scrimgeour

逝世日期：1997年8月1日
职位/职务：历任魔法部傲罗办公室主任、魔法部部长

斯克林杰的腿有点瘸，他有时候会拄着拐杖，但走起路来却大步流星。他的头发和浓密的眉毛是茶褐色的，里面又夹杂着缕缕灰色，一双锐利的黄眼睛藏在金丝边眼镜后面，看起来像一头老狮子。在担任英国魔法部部长一年之后，各方面的压力让斯克林杰变得苍老了许多，这让他看起来更加消瘦憔悴、神色严峻。

斯克林杰出生在一个巫师家庭，毕业于霍格沃茨魔法学校，年满17岁后的某个时间，斯克林杰进入了魔法部，并在通过了一系列严格的性格和智能测验之后进入傲罗办公室工作。在与黑巫师进行了许多年的斗争以后，斯克林杰升任傲罗办公室主任。

1996年6月，在神秘事务司之战结束、魔法部被迫承认伏地魔已经复活的两周之后，时任部长的康奈利·福吉黯然下台。他的职位被表面上显得更加积极主动的斯克林杰替代。

尽管斯克林杰看起来比福吉能力更强，但他仅仅是从表面上摆出了与伏地魔作斗争的姿态。显然，斯克林杰和福吉一样并不信任邓布利多，因为他派傲罗德力士跟踪邓布利多，希望了解他经常离开霍格沃茨做些什么。他还下令逮捕骑士公共汽车的售票员斯坦·桑帕克，给公众一种魔法部正在寻找并逮捕食死徒的印象。斯克林杰曾希望让"救世之星"哈利来当魔法部的福神，从而提升士气。他

还为此与邓布利多吵了一架。

1996年圣诞节时,哈利在陋居度过假期。斯克林杰过来看望他,并试图向哈利了解邓布利多正在做些什么,还向哈利承诺,如果哈利能跟魔法部合作,帮助他们重拾公众对魔法部的信心,那么魔法部将会非常感激。哈利看到了魔法部的虚伪,并对此感到厌恶,因此拒绝了斯克林杰的请求。哈利觉得,新魔法部和旧的一样糟糕,只是方式不同而已。

1997年夏天,邓布利多在天文塔上被杀之后,斯克林杰和魔法部官员组成的代表团在霍格沃茨城堡逗留了一段时间,参加邓布利多的葬礼。葬礼过后,斯克林杰再次找到哈利,希望说服哈利公开支持魔法部的做法,但哈利再一次拒绝了他。

7月31日,邓布利多逝世一个月以后,斯克林杰再次来到陋居,打断了哈利的生日聚会,向哈利、罗恩和赫敏宣读了邓布利多的遗嘱。斯克林杰依照《正当没收物资法》将邓布利多的个人财务扣押了31天,以检查这些物品。斯克林杰不停地问三个人问题,试图了解邓布利多的意图,同时对邓布利多留给他们的物品感到十分好奇,并以格兰芬多宝剑是一件历史文物和公有财产的理由拒绝将其交给哈利。

斯克林杰担任魔法部部长期间,他对伏地魔和食死徒采取了看上去更为强硬的立场,但他犯了和前任一样的错误:只是维持了表面上的安全与和平,而在事实上,斯克林杰的付出并没有从根本上产生什么效果。这种安全的假象最终让他丢掉了性命。

1997年8月1日,也就是斯克林杰拜访陋居后的第二天,食死徒在魔法部成功发动了一场政变,因为他们已经成功地控制了斯克林杰周围的所有人。魔法法律执行司司长皮尔斯·辛克尼斯和其他一些魔法部高级官员都中了夺魂咒,按照食死徒的意志行事。政变后,斯克林杰被食死徒抓住。为了逼问出哈利的下落,伏地魔对他用了刑。斯克林杰没有出卖哈利,最终被杀。魔法部官方宣布斯克林杰仅仅是辞职,皮尔斯·辛克尼斯被任命为傀儡部长。

在得知斯克林杰临死前的行为后,哈利、罗恩和赫敏感到既震惊又感激。

谢诺菲留斯·洛夫古德
Xenophilius Lovegood

昵称: 谢诺 Xeno
职业/职务: 《唱唱反调》主编
家人: 潘多拉·洛夫古德(妻子)、卢娜·洛夫古德(女儿)

谢诺菲留斯·洛夫古德是卢娜·洛夫古德的父亲,《唱唱反调》杂志的主编。

谢诺菲留斯有点对眼儿，棉花糖一般的白发蓬在肩头，看起来疯疯癫癫，他第一次亮相是在比尔和芙蓉的婚礼上，脖子上戴着一根金链子，上面闪着死亡圣器的标志。后来，逃亡中的哈利一行人为了寻找魂器的下落而来到谢诺菲留斯家中。那时他因为在《唱唱反调》上公开支持哈利，触怒了食死徒，导致卢娜被抓。他为了救回女儿，拖住"铁三角"等食死徒到来。在这过程中哈利知道了死亡圣器的故事，后来食死徒赶来，赫敏对谢诺菲留斯使用了遗忘咒，并故意让食死徒看到了哈利，希望食死徒不会因此杀害谢诺菲留斯。不过在双方的交战中，谢诺菲留斯的家被炸毁，他本人后来也受到食死徒塞尔温的折磨。

尼法朵拉·唐克斯
Nymphadora Tonks

出生日期：1973年6月10日
逝世日期：1998年5月2日
外貌特征：因为是天生的易容马格斯，所以唐克斯可以随意改变自己的外貌。她喜欢把头发变成泡泡糖粉色，但原发色是棕色的。
职业/职务：魔法部傲罗
毕业院校：霍格沃茨魔法学校，赫奇帕奇学院
特殊技能：易容马格斯
守护神：野兔、狼
家人：泰德·唐克斯（父亲）、安多米达·唐克斯（母亲）、莱姆斯·卢平（丈夫）、泰德·卢平（儿子）

尼法朵拉，她自己更愿意被人叫唐克斯。她是一个傲罗（1994年正式取得资格），在傲罗培训时，因为她是一个易容马格斯，所以隐藏和伪装根本不用学就能得到最高分，但潜行和跟踪这门课差点儿不及格。唐克斯也是凤凰社的成员。

《凤凰社》一书中，唐克斯在陋居中同众人聊天时曾透露自己在霍格沃茨上学期间没能当上级长，因为她当时学院的院长说她缺乏某些必要的素质，比如不能够循规蹈矩。

1995年夏天，唐克斯作为"先遣警卫"的一员，参与护送哈利从德思礼家去格里莫广场12号。

1995—1996年期间，唐克斯爱上了莱姆斯·卢平。1996年6月18日，她参加了神秘事务司之战。

1996年开学时，唐克斯与傲罗普劳特、塞维奇、德力士一起守卫霍格沃茨。在霍格沃茨特快上，哈利在隐形衣下被马尔福石化，唐克斯解救了他。因为

受到卢平的拒绝，此时的唐克斯的头发呈现灰褐色，面容憔悴。

1997年4月初，哈利在有求必应室外面，想进去弄清楚马尔福的阴谋，却遇到了来找邓布利多的唐克斯，之后哈利和罗恩、赫敏讨论了唐克斯喜欢上小天狼星的可能性。6月30日，唐克斯参与了天文塔之战。在这场战争中，比尔被狼人芬里尔·格雷伯克袭击，但芙蓉仍要和他结婚。唐克斯趁机公开向卢平示爱，表明她不在乎他狼人的身份。在之后邓布利多的葬礼上，哈利看到唐克斯与卢平手拉着手，头发又奇迹般地变成了耀眼的粉红色。

1997年7月27日，唐克斯参与了"七个波特"之战。战役之前，她宣布了自己与卢平的婚讯。之后，她负责保护变成了哈利的罗恩，他们在空中遇到了贝拉特里克斯。贝拉千方百计想要唐克斯的命，之后罗恩击晕了贝拉的丈夫罗道夫斯，两个人得以平安到达罗恩的穆丽尔姨婆家，但他们错过了门钥匙，因此到达陋居较晚，这令卢平担心不已。之后，大家得知穆迪的死讯，唐克斯用手帕捂着脸默默哭泣。她跟穆迪一直很亲密，跟随穆迪学习了很多，是穆迪在魔法部里最好的朋友，深受他的关照。

1997年7月31日—8月1日，唐克斯参加了哈利的生日宴会和比尔、芙蓉的婚礼，并遭遇了婚礼上食死徒的突袭。

1998年3月，"波特瞭望站"宣布了泰德·唐克斯的死讯。4月，唐克斯产下一个男婴，并以泰德（昵称泰迪）的名字给孩子命名。泰迪出生当晚，卢平找到哈利，请求哈利当泰迪的教父。

唐克斯和卢平都参与了霍格沃茨之战，唐克斯死在贝拉特里克斯手里，卢平则死在多洛霍夫手里。

皮尔斯·辛克尼斯
Pius Thicknesse

皮尔斯·辛克尼斯是原魔法部魔法法律执行司司长，后被亚克斯利的夺魂咒所控制，成为食死徒，后成为魔法部部长，但在大多数官方记录中被删去，因为他在整个任期中都受到夺魂咒控制，对于自己所做的一切毫不知情。

1996年，前法律执行司司长阿米莉亚·博恩斯被伏地魔杀害后，皮尔斯·辛克尼斯接替了她的位子。1997年暑假，食死徒亚克斯利给他施了夺魂咒，1997年8月1日，魔法部被攻陷，皮尔斯·辛克尼斯在夺魂咒的作用下成为傀儡魔法部部长，亚克斯利则接替他成为法律执行司司长。

阿米库斯·卡罗
Amycus Carrow

职业/职务：霍格沃茨魔法学校副校长、黑魔法防御术课教师

阿米库斯是食死徒，阿莱克托·卡罗的哥哥。他是一个身材粗壮、脸上带着古怪狞笑的歪嘴男人，和他妹妹一样，是个驼背，长着一张苍白的、如面团般的脸和一双小绿豆眼。卡罗家族是神圣28纯血之一。兄妹俩生卒年不详，他们参加了第一次巫师战争，但在伏地魔失势后，设法逃脱了阿兹卡班监禁。在伏地魔复活后，兄妹俩又参加了第二次巫师战争。天文塔之战中，他们一起逼迫德拉科·马尔福杀掉邓布利多，然后和斯内普一起逃走。

在魔法部被伏地魔控制之后，兄妹俩成了霍格沃茨的教授兼副校长。阿米库斯教黑魔法，在课堂上要求学生们在那些被关禁闭的人身上练习钻心咒。卡罗兄妹还一直想知道D.A.是靠什么方式联系的，但并没能成功。

1998年5月1日，"铁三角"闯入古灵阁，消息传到霍格沃茨，拉文克劳的学生泰瑞·布特因为在吃饭时在礼堂里大声嚷嚷这件事儿，被卡罗兄妹打了一顿。同日，伏地魔得知"铁三角"在正寻找并摧毁魂器，于是通知卡罗兄妹哈利有可能闯入拉文克劳塔楼。拉文克劳的院长弗立维教授在兄妹二人的命令下放阿莱克托进入拉文克劳休息室。阿莱克托守株待兔，等到了前来看冠冕样子的哈利和卢娜，并按下了黑魔标记通知伏地魔，但旋即被卢娜击昏。阿米库斯感受到黑魔标记的灼热，连忙赶往拉文克劳塔楼，要求闻讯赶来的麦格教授带他进去。

阿米库斯见到昏迷不醒的妹妹，却不见躲在隐形衣下的哈利，怕伏地魔迁怒，便想把责任推到学生身上。但是麦格教授坚决反对，于是阿米库斯朝麦格教授脸上啐了一口。哈利在愤怒之下掀开隐形衣，对阿米库斯施展了钻心咒，之后麦格教授用凭空变出的绳子将卡罗兄妹捆在了一起，并将他们用网兜起来吊到了半空。也因为如此，卡罗兄妹并没有参加之后的霍格沃茨大决战。

关于阿米库斯·卡罗（Amycus Carrow）名字的释义："Amycus"是希腊神话中海神波塞冬之子、帕布律克亚王，性格凶残好斗，每当有外客经过，都要挑战斗拳，后被波律丢克斯打碎头骨而死。

阿莱克托·卡罗
Alecto Carrow

职业/职务：霍格沃茨魔法学校副校长、麻瓜研究学教师

阿莱克托是食死徒，是阿米库斯·卡罗的妹妹。她是一个壮实的小个子女

哈利·波特百科全书

人，削肩膀，驼背。卡罗家族是神圣28纯血之一。阿莱克托参加了第一次巫师战争，但在伏地魔失势后，设法逃脱了阿兹卡班监禁。在伏地魔复活后，阿莱克托和她的哥哥又参加了第二次巫师战争。天文塔之战中，他们一起逼迫德拉科·马尔福杀掉邓布利多，然后和斯内普一起逃走。

在魔法部被伏地魔控制之后，兄妹俩成了霍格沃茨的教授兼副校长。阿莱克托顶替被杀害的布巴吉教授教麻瓜研究，那门课成了每个学生的必修课，学生们必须要听她讲麻瓜就像动物一样，又脏又蠢，对巫师凶恶残暴，逼得巫师四处躲藏。阿莱克托还说现在正常秩序得到了重新建立，在纳威问阿莱克托她和她的哥哥手上沾了多少麻瓜的鲜血时，她攻击了纳威，在纳威脸上留下了一道口子。卡罗兄妹一直想知道D.A.是靠什么方式联系的，但并没能成功。此外，阿莱克托被派遣驻守在霍格沃茨的重要任务是看守伏地魔的魂器之一——拉文克劳的冠冕。

1998年5月1日，"铁三角"闯入古灵阁，消息传到霍格沃茨，拉文克劳的学生泰瑞·布特因为在吃饭时在礼堂里大声嚷嚷这件事儿，被卡罗兄妹打了一顿。同日，伏地魔得知"铁三角"在正寻找并摧毁魂器，于是通知卡罗兄妹哈利有可能闯入拉文克劳塔楼。拉文克劳的院长弗立维教授在兄妹二人的命令下放阿莱克托进入了拉文克劳休息室。阿莱克托守株待兔，等到了前来看冠冕样子的哈利和卢娜，并用黑魔标记通知伏地魔，但随即被卢娜击昏。阿米库斯感受到黑魔标记的灼热，急忙赶往拉文克劳塔楼，要求闻讯赶来的麦格教授带他进去。

之后麦格教授用凭空变出的绳子将卡罗兄妹捆在了一起，并将他们用网兜起来吊到了半空。也因为如此，卡罗兄妹并没有参加之后的霍格沃茨大决战。

关于阿莱克托·卡罗（Alecto Carrow）名字的释义："Alecto"也可译作"阿勒克托"，是希腊神话中复仇三女神之一的不安女神，专司瘟疫、战争及复仇，以用残忍和嗜血的方式对待作恶者而著称。

※主要人物排序依据为《哈利·波特》系列小说的主要人物表。

霍格沃茨

- 教职员工 -
- 创办者 -

戈德里克·格兰芬多
Godric Gryffindor

戈德里克·格兰芬多一千多年前出生于英格兰西部地区的某个荒原，此荒原后来以他的名字命名——戈德里克山谷。他是霍格沃茨的创办者之一，格兰芬多的创始人。格兰芬多宝剑和分院帽是目前已知的格兰芬多的两件遗物。

就如同分院帽歌唱的一样："勇敢的格兰芬多，来自荒芜的沼泽，格兰芬多学院欢迎你们。"格兰芬多确信，任何表现出魔法天赋的人，无论他的出身如何，都应该有资格在霍格沃茨学习的权利，在此基础上他会仔细挑选勇敢、有胆识和气魄的学生进入格兰芬多学院。

格兰芬多与萨拉查·斯莱特林曾是密友，但随着时间的推移，斯莱特林不信任麻瓜出身的人，只有纯血统巫师才应该进入学院的想法日益浓厚。格兰芬多与他吵了一架，两人的关系因此变得冷淡。最终，斯莱特林离开了霍格沃茨。

戈德里克·格兰芬多被誉为当时最出色的决斗家。他非常尊重对手，崇尚公平——对于巫师，他以魔杖进行对决；对于麻瓜，他的剑术也毫不逊色。

赫尔加·赫奇帕奇
Helga Hufflepuff

赫奇帕奇是霍格沃茨的创办者之一，赫奇帕奇学院的创始人。赫奇帕奇与其他三位霍格沃茨的创始人会精心挑选学生不同，赫奇帕奇性格温和善良，更赞成不挑选学生，一视同仁地对待所有的学生，不过她更加青睐具有勤奋、努力、忠诚和公平等特质的学生。

赫奇帕奇来自拥有开阔谷地的威尔士。她特别以擅长与食物有关的魔咒而闻名。许多霍格沃茨宴会上的传统菜肴就源于赫奇帕奇。她还同其他两位创始人

（格兰芬多、拉文克劳）支持麻瓜出身的巫师孩子进入学校学习，这导致萨拉查·斯莱特林的永久离开。赫奇帕奇极富同情心，正是她的存在使许多家养小精灵可以在霍格沃茨的厨房有一份安全、和平的工作。

赫奇帕奇金杯是目前已知的赫奇帕奇的遗物，后被伏地魔做成了魂器。

罗伊纳·拉文克劳
Rowena Ravenclaw

拉文克劳是霍格沃茨的创办者之一，拉文克劳学院的创始人。她生活在中世纪早期，有着很高的智慧和创造力，被认为是当时最伟大的巫师之一。也有人说拉文克劳"美丽，却有些令人生畏"。她认为"我们所教的学生，他们的智力必须高人一等"。因此，拉文克劳学院只录取聪明的，智慧的学生。

拉文克劳在11世纪死于重病。有传说认为这是由伤心造成的，因为她的女儿海莲娜偷走了她的冠冕。她因在意自己和家族的声誉，没有向任何人（包括霍格沃茨的其他创办者）透露冠冕失窃的事，只在临终前请女儿的追求者巴罗去寻回女儿。

分院帽称她来自宁静的河畔（英文单词使用的是"glen"，1984年出版的《自然地理学大词典》中将其定义为"高原河谷的苏格兰称谓"，这说明她很可能来自苏格兰），只选择有智慧的学生。

拉文克劳的冠冕是目前已知的拉文克劳的遗物，冠冕可使人更加聪明，却被伏地魔制造成了魂器。

值得一提的是，霍格沃茨的选址和名字都是拉文克劳提出的，并得到了其他人的赞同。选址和名字来源于她的一个梦：一只疣猪把她带到了湖边的一处悬崖上，后来的霍格沃茨就建在了这个悬崖上。霍格沃茨千变万化的楼梯也是她提出的建议，并亲自设计的。

萨拉查·斯莱特林
Salazar Slytherin

斯莱特林是霍格沃茨的创办者之一，斯莱特林学院的创始人，同时是最早有文字记载的蛇佬腔之一。在《密室》一书中，斯莱特林的雕像被描述为"老态龙钟的、猴子般的，一把稀稀拉拉的长胡须几乎一直拖到袍子的下摆"。

斯莱特林与几位好友一起创立了霍格沃茨魔法学校，但他罕见地反对麻瓜出身的小巫师进入霍格沃茨（当时麻瓜出身的巫师被认为有着无与伦比的天赋，因此斯莱特林的纯血论在当时看来是匪夷所思的），但他依然是一个对学生负责、有正义感的人。四位创始人就招收学生的问题上出现了分歧，这使他们爆发了一次小争吵，最终他们决定创立各自的学院，招收自己想要的学生。但在招收麻瓜出身学生的问题上，斯莱特林与其他人的分歧越来越大，于是在霍格沃茨创立几年之后，斯莱特林在学校里修建了密室，并在离开学校前封闭了密室，直到他真正的继承人来到学校才能够开启密室，把里面的恐怖东西放出来，让它净化学校，清除所有不配学习魔法的人。

分院帽歌唱着："精明的斯莱特林，来自那一片泥潭，而渴望权力的斯莱特林，最喜欢那些有野心的少年。有哪对挚友，能比斯莱特林和格兰芬多更好？除非你算上另一对挚友——赫奇帕奇和拉文克劳。"斯莱特林说："我们所教的学生，他们的血统必须最最纯正。"

斯莱特林的挂坠盒是目前已知的斯莱特林的遗物，这个挂坠盒后来在冈特家族代代相传，之后被伏地魔制作成魂器。

— 历任校长 —

阿不思·邓布利多
Albus Dumbledore

任期：1965年3月—1971年3月期间（具体就任日期不明确）至1996年3月，1996年6月—1997年6月

邓布利多在1993年和1996年曾两度被撤销霍格沃茨校长职位。1993年，他被身为学校董事会成员之一的卢修斯·马尔福赶走，但随后不久即被另外11位霍格沃茨董事会成员请回。1996年，邓布利多因维护D.A.组织的集会行为而再度离开学校，魔法部撤销了他的校长职位。后来他在神秘事务司之战时及时赶到现场救下哈利一行人，使康奈利·福吉不得不公开承认伏地魔的回归并引咎辞职。

其他信息请详见前文主要人物中的介绍。

阿芒多·迪佩特
Armando Dippet

任期：1925年（就任时间）至1965年3月—1971年3月期间（具体卸任日期不

明确）

阿芒多·迪佩特在位期间，因为拒绝让汤姆·里德尔在暑假期间停留在学校，致使其打开了霍格沃茨的密室，这导致了一名女学生（桃金娘）死亡。

哈利通过汤姆·里德尔的日记看见了这些记忆。阿芒多·迪佩特在1965年3月—1971年3月期间离职。迪佩特去世后，他的画像被放入校长办公室中，与其他前校长画像一同讨论事情。其校长职位由变形学教授阿不思·邓布利多接任。

埃弗拉
Everard

埃弗拉是一个长着苍白的面孔，留着短短的黑色刘海儿的巫师。因为他本人有着很高的声誉，他的肖像画不仅挂在霍格沃茨校长室，还被挂在其他重要的巫师机构当中。

当韦斯莱先生在神秘事务司被纳吉尼袭击之后，埃弗拉受邓布利多所托前往他在魔法部八楼自己的肖像里，并大声叫喊，直到吸引了一个职员的注意，使得受伤的韦斯莱先生被发现，并及时送往圣芒戈魔法伤病医院治疗。

戴丽丝·德文特
Dilys Derwent

任期：1741—1768年

戴丽丝·德文特在成为霍格沃茨魔法学校校长之前曾是圣芒戈魔法伤病医院的治疗师（1722—1741年）。

1741年，德文特离开医院，并在同一年成为霍格沃茨魔法学校的校长。她深受学生和老师们的欢迎，因此，她和邓布利多、埃弗拉都是霍格沃茨"鼎鼎有名的校长"。1768年，德文特在任上逝世。她的画像不仅悬挂在校长办公室里，还悬挂在圣芒戈魔法伤病医院候诊室的墙上。1995年年末时，当韦斯莱先生在神秘事务司被纳吉尼袭击后，邓布利多曾让德文特到她在圣芒戈魔法伤病医院的画像中去，以便了解关于韦斯莱先生的最新消息。

霍格沃茨大战后，因为伏地魔死亡，德文特在画像中喜极而泣。

德克斯特·福斯科
Dexter Fortescue

德克斯特·福斯科是一位"红鼻子的大胖男巫",弗洛林冷饮店老板弗洛林·福斯科是这位校长的后代。在得知乌姆里奇通过与违法者进行交易来获取信息时,德克斯特·福斯科在画像里生气地大吼:"在我那个时代,魔法部从不和卑鄙的罪犯做交易,绝对不会,他们从不这么做!"

菲尼亚斯·奈杰勒斯·布莱克
Phineas Nigellus Black

菲尼亚斯是霍格沃茨第一位毕业于斯莱特林的校长,他是小天狼星的曾曾祖父,对斯莱特林及斯内普有强烈的自豪感。他是一个封建、顽固,又略有些狡黠的老头子,讨厌自以为是的年轻人,对哈利的心态看得很透,但在邓布利多面前就显得没那么智慧了。1996年,他在听闻玄孙小天狼星的死讯,得知高贵的布莱克家族后继无人后失去控制。

菲尼亚斯在格里莫广场和霍格沃茨校长办公室等地都有画像,可在画像内自由走动。他被认为是霍格沃茨历史上最不受欢迎的校长。

※米勒娃·麦格教授担任校长的时间为1997年6—9月(代理)、1998年6月—2017年9月以前,西弗勒斯·斯内普担任校长的时间为1997年9月—1998年6月。两人的其他信息详见前文主要人物中的介绍。

—教师—

奥罗拉·辛尼斯塔
Aurora Sinistra

辛尼斯塔是天文学教授,辛尼斯塔教授在故事中出现较少,她似乎与草药课教师斯普劳特教授很要好。她在为数不多的几次出场中有两次都是在与斯普劳特教授交谈。

芭丝茜达·芭布玲
Bathsheda Babbling

芭布玲是古代魔文课教师,芭布玲教授的名字仅出现在罗琳官方网站的霍格沃茨教授列表上。

波莫娜·斯普劳特
Pomona Sprout

斯普劳特教授是霍格沃茨草药课教师,同时也是赫奇帕奇学院的院长,是个乐观而有同情心的人。她的个子矮矮的,有着一头飘逸灰发,通常戴着一顶满是补丁的厚帽子,满身泥土,因为她总是待在温室里摆弄花草。她很早就和开始和麦格、弗立维、斯拉格霍恩教授共事。

斯普劳特教授是个仁慈乐观的人,但她也毫不掩饰地偏爱自己学院的学生。《火焰杯》一书中,当哈利成为霍格沃茨的勇士之一时,赫奇帕奇的学生们觉得他盗走了他们学院勇士的荣誉,斯普劳特教授明显对他冷淡了起来。

斯普劳特教授总是以有同情心也较为公正的女巫形象出现。她关注纳威,并鼓励他尽力做到最好,使他慢慢有了自信。当乌姆里奇成为霍格沃茨高级调查官并颁布了一大堆教育令,限制教师与学生交流与课程无关的信息的时候,斯普劳特教授因哈利的勇敢(在《唱唱反调》中说出实情)而以哈利给她递过一只水壶为名给格兰芬多加了20分。当邓布利多校长被杀,麦格教授暗示霍格沃茨将被关闭的时候,斯普劳特教授表示反对:"我想邓布利多希望学校继续运作。我觉得只要有一个学生想来上课我们也应该为那唯一的一个学生开放。"邓布利多死后,斯普劳特教授坚持将邓布利多的遗体安葬在霍格沃茨,并允许学生留下跟他做最后的告别。在邓布利多的葬礼上,斯普劳特教授第一次,也是唯一一次穿着干净整齐、没有一块补丁的衣帽出现。她带领着赫奇帕奇的学生走向场地跟他们的校长作最后道别。她是一位真正的赫奇帕奇人,也是一位深爱自己课程和学生的教师。

1997—1998年,斯内普担任霍格沃茨校长时期,斯普劳特教授留下保护赫奇帕奇的学生们,也协助麦格、弗立维和斯拉格霍恩教授带领格兰芬多和拉文克劳的学生反抗斯内普和卡罗兄妹的高压统治。

最终决战前,斯普特劳和弗立维、麦格一起赶走了校长斯内普,并在最终决战中带领赫奇帕奇的学生和以纳威为首的草药课学生团体一起用魔鬼网对付食死徒。

菲利乌斯·弗立维
Filius Flitwick

作为魔咒课教师，弗立维教授感情丰富，当金妮被带进密室时，他难过得流出了眼泪。在魔咒课上，当纳威摸索着尝试一个魔咒时，将弗立维击到教室的天花板上，他平静地接受了这一事实，没有发脾气，但他也曾责罚西莫抄写句子"我是个巫师，不是乱挥棍子的狒狒"。

弗立维教授由于个子矮小，讲课时不得不站在一堆书本上才能够得到桌子。虽然他的声音尖细，但念起咒语来却毫不含糊。他最得意的门生是赫敏，赫敏很多时候都能从弗立维教授那里获取考试的第一手信息，甚至是独家爆料。魔咒课是学生们最喜欢的科目之一，因为弗立维教授对学生们的要求不严格，大家在课上可以自由活动，甚至和他开玩笑。

虽然弗立维天性敏感、个头矮小，却令人尊敬。当他遇到哈利和马尔福在楼梯上讨论哈利的新的光轮2000扫帚时，马尔福就像对待其他教师一样对待弗立维，而不像对待卢平那样讽刺挖苦。

除了教学这些本职工作外，弗立维教授还在圣诞节帮忙布置学校，他还喜欢跟朋友到"三把扫帚"去喝酒。

弗立维教授一般都赞成麦格教授的意见，非常佩服邓布利多，在乌姆里奇得势的那一年里，作为拉文克劳学院院长的他从内心里是支持邓布利多的，当哈利勇敢地对记者讲出真相，替老师们出了一口恶气之后，弗利维教授在魔咒课结束后笑眯眯地塞给哈利一盒会尖叫的糖耗子。

《死亡圣器》一书中，弗立维教授留下来保护拉文克劳的学生，协助麦格、斯普劳特教授抵抗斯内普和卡罗兄妹的高压统治。在哈利潜入学校后，他又和麦格、斯普劳特教授一起赶走了斯内普，带领拉文克劳学生抗击伏地魔，并打倒了多洛霍夫。

在霍格沃茨的五位院长（斯拉格霍恩、斯内普、麦格、弗立维、斯普劳特）中，麦格的决斗水平因年龄增长而有所下滑，斯内普是公认的最强者。但在《死亡圣器》一书中，弗立维轻松地就将斯内普用来防御的铠甲变活，砍向斯内普，将其赶走。

在乌姆里奇得势的那一年里，所有的恶作剧在乌姆里奇和费尔奇无法解决的时候，学生们都认为弗立维教授其实能够解决。面对乌姆里奇和费尔奇用了几百种方法仍无法解决的便携性沼泽，他用三秒钟就清除了（但他留下了一小块用绳子圈了起来，用来纪念弗雷德和乔治）。

在霍格沃茨之战爆发后，弗立维在门厅和亚克斯利对抗，没有分出胜负。后来他打倒了罪大恶极的食死徒安东宁·多洛霍夫。

费伦泽
Firenze

费伦泽是占卜课教师,他有着白金色头发,长着一副银鬃马的身体,眼睛蓝得惊人,像淡淡的蓝宝石。

他是一个生活在禁林中的马人,在看到伏地魔附在奇洛身上潜入禁林的时候大胆地决定和人类结盟对抗邪恶。他与一般马人同样对天命十分敬畏且感觉到生命的无常,充满智慧但却常处旁观心态,但比起其他马人对巫师的厌恶,他对人类没有那么大排斥心,并不吝伸出援手。对于认为马人的责任在于做个中立的旁观者的贝恩和罗南等其他马人,费伦泽成了另类。

马人是天生的占卜家,在特里劳尼被乌姆里奇罢职后,邓布利多邀请费伦泽担当占卜课的老师,但马人族群认为这是来自人类的羞辱,差点儿杀死并驱逐费伦泽。1996—1997学年,费伦泽和特里劳尼共同担任占卜课教授。

在霍格沃茨之战中,费伦泽加入了战斗,并受了重伤,哈利看到他的一侧身体大量出血,已经站立不住,躺在那里瑟瑟发抖。

战争结束后,费伦泽被他的族群重新接纳,战争迫使他们明白,费伦泽的行为并不可耻,而是值得骄傲的。

赫伯特·比尔利
Herbert Beery

比尔利是草药学教师,曾在邓布利多还是变形学教授的时候任霍格沃茨草药学教授,教过汤姆·里德尔。

阿芒多·迪佩特担任霍格沃茨校长时,《好运泉》这个故事在霍格沃茨的节日庆祝活动中被排成了一部圣诞节的哑剧。当时的草药课教师赫伯特·比尔利教授是一位十分热心的戏剧爱好者,他提出要把这个深受孩子们喜爱的故事改编成一个圣诞节的演出节目,供师生们欣赏。然而不幸的是,这场演出引发了一场火灾以及两个女孩儿之间的决斗。比尔利教授后来离开霍格沃茨到魔法戏剧学院任教,他曾向邓布利多坦言,他始终反对将这个故事再搬上舞台,因为它不吉利。

斯普劳特教授在他离开霍格沃茨后接任了他的教职。

加拉提亚·梅乐思
Galatea Merrythought

加拉提亚·梅乐思任职黑魔法防御术教授职位近50年，曾教导过邓布利多和斯拉格霍恩，并在他们获得教职后与他们一起在霍格沃茨共事。汤姆·里德尔曾在梅乐思退休后申请过黑魔法防御术的教职，在他的申请被拒绝后，霍格沃茨的黑魔法防御术教师职位就再没有人能任职超过一年。

卡思伯特·宾斯
Cuthbert Binns

宾斯教授在霍格沃茨魔法学校建校时就很老了，但他博闻强识，思维敏捷，思路清晰，所以被请来作霍格沃茨魔法学校的魔法史教授，直到有一天他在教师休息室小憩后，起身去上课时忘了带上自己的身体。但死亡并没有阻止他继续教学事业，宾斯教授成为霍格沃茨魔法学校的唯一一位幽灵教授。关于他到底有没有意识到自己死了这一事实有一些争论。虽然他直接穿过黑板进入教室也许会让第一次看到这一场景的学生有些惊喜，但他并不是一位趣味盎然的教师。宾斯教授作为一个幽灵，看起来有些古老而干瘪，他戴着一副小而厚实的眼镜，讲课的声音听起来很像旧式吸尘器，一直嗡嗡作响。宾斯教授的名言："我这门课是魔法史，我研究事实，而不是神话和传说。"

凯瑞迪·布巴吉
Charity Burbage

布巴吉在1997年之前任麻瓜研究学教授，何时来霍格沃茨时间不详。

因为在《预言家日报》上发表文章，说纯种巫师人数的减少是一种极为可喜的现象，希望巫师与麻瓜还有狼人通婚，而惹怒伏地魔。1997年夏天她被食死徒抓走，备受折磨。1997年7月的一天夜晚，在马尔福庄园，伏地魔把昏迷不醒的布巴吉教授倒吊在大厅内，并召集了食死徒会议。会议结束后，布巴吉教授被伏地魔杀害，尸体被纳吉尼吞食。接任她教师职位的人是伏地魔手下的食死徒阿莱克托·卡罗。

罗兰达·霍琦
Rolanda Hooch

　　大家一般称呼她为霍琦夫人。除了教飞行课外,霍琦夫人还担任霍格沃茨魁地奇比赛的裁判。霍琦夫人留着一头短短的灰发,眼睛是黄色的,像老鹰的眼睛一样。

　　她是一位严格但公平公正的女巫。她希望看到公平的比赛、高尚的运动精神,她爱魁地奇比赛就像爱她的学生一样。

塞蒂玛·维克多
Septima Vector

　　维克多是算数占卜课教师,霍格沃茨魔法学校的学生从三年级开始可以选修算数占卜这一课程。赫敏认为这门学问实际上"很奇妙"。维克多教授似乎不常留很多作业。

西比尔·特里劳尼
Sybill Trelawney

教授课程: 占卜学
外貌特征: 棕色头发、深绿色眼睛
生日: 3月9日
魔杖: 9½英寸、榛木与独角兽毛,十分柔韧
霍格沃茨学院: 拉文克劳
特殊能力: 一位先知,不过能力时好时坏且本人对此毫无察觉
出身: 麻瓜母亲,巫师父亲
家庭: 其婚姻刚开始便意外宣告破裂,因为她拒绝冠夫姓,没有孩子。
爱好: 在镜子前练习昭示死亡的预言、喝雪利酒
办公室: 霍格沃茨北塔楼

　　西比尔是卡珊德拉·特里劳尼(一个天分很高的先知)的玄孙女。卡珊德拉的天赋经过数辈人的遗传后已被大大稀释,不过西比尔还是继承了比她本人知道的多得多的才能。尽管对自己拥有所谓极高天赋的谎话半信半疑,但西比尔已养成了夸张做作的行为方式,并享受着用关于死亡与灾难的预言使那些易上当的学

生们成为她的崇拜者的感觉。西比尔连珠炮般的预言偶尔会正中目标，但大多数情况下她只是夸夸其谈而且妄自尊大罢了。

虽然如此，西比尔在极少数情况下也会突然获得名副其实的预言能力，且事后都对此一无所知。她之所以得到霍格沃茨的职位，是因为她在接受邓布利多的面试时的表现表明她是一个无意识的重要信息预言者。邓布利多在学校中给她庇护，一方面是为了保护她，另一方面是希望更多真正的预言能唾手可得。

因注意到自己在（几乎都比她有才的）雇员中地位低下，西比尔长时间远离她的同事，窝在她闷热而拥挤的塔楼中。

特里劳尼教授在来霍格沃茨之前曾在整个巫师世界游荡，试图利用她祖先的名声找到工作，但对那些不肯提供她所认为的一个先知应得待遇的人嗤之以鼻。

最终决战中，特里劳尼教授把水晶球扔到敌人的头上，成功击晕了当时正在袭击拉文德·布朗的狼人芬里尔·格雷伯克。特里劳尼从霍格沃茨之战中幸存下来，一直到2010年还继续执教，并延续着她为学生预测死亡的传统。

西尔瓦努斯·凯特尔伯恩
Silvanus Kettleburn

教授课程：保护神奇生物学
生日：11月22日
魔杖：11½英尺、梨木和凤凰羽毛，柔韧有弹性
学院：赫奇帕奇
特殊技能：对于魔法生物的广博知识、勇敢无畏
出身：巫师父母
爱好：和危险的生物打交道

西尔瓦努斯·凯特尔伯恩曾是霍格沃茨的保护神奇生物课的老师，具体任职期未知，不过至少是在1956年阿芒多·迪佩特去世之前。

凯特尔伯恩是一个非常热情的人，但有时也有些鲁莽和粗心大意。他对于他研究和照看的危险生物的热爱使得他多次受重伤，有时甚至伤及他人。这使他在校任职期间曾经历不下62次留任查看（这个纪录至今无人可破）。和继任的海格一样，他在照看类似鸟蛇、格林迪洛和火蜥蜴这样的生物时总是低估其可能产生的危险。他有一次给火灰蛇施魔法让它在"好运泉"里演一条蚯蚓，结果使整个大厅都着火了，这件事广为人知。

1992年，凯特尔伯恩退休，海格接替了他的职位。

※除了上述几人，霍格沃茨还有以下几位教师：阿不思·邓布利多教授变形学，阿莱

克托·卡罗教授麻瓜研究，阿米库斯·卡罗教授黑魔法防御术，多洛雷斯·乌姆里奇教授黑魔法防御术，霍拉斯·斯拉格霍恩教授魔药学，吉德罗·洛哈特教授黑魔法防御术，奎里纳斯·奇洛教授黑魔法防御术，莱姆斯·卢平教授黑魔法防御术，鲁伯·海格教授保护神奇生物学，西弗勒斯·斯内普教授魔药学、黑魔法防御术。这些教师的其他信息在前文的主要人物中已有介绍，此处不再赘述。

— 其他 —

阿波里昂·普林格
Apollyon Pringle

阿波里昂于20世纪60年代曾在霍格沃茨魔法学校当管理员。韦斯莱先生在霍格沃茨上学时曾在凌晨4点和韦斯莱夫人散步之后被阿波里昂抓住，并被体罚。据韦斯莱夫人说，韦斯莱先生身上一直带着当时体罚后的印记。

阿格斯·费尔奇
Argus Filch

霍格沃茨之战（1998年）之前，麦格教授说费尔奇抱怨皮皮鬼抱怨了四分之一个世纪，这意味着，他大概是在1973年左右开始任职，但不知他是否从普林格手中接任了这个职位。

费尔奇是霍格沃茨的管理员，是一个脾气很坏、令人讨厌的人，他的爱好就是与学生作对。费尔奇养了一只名叫"洛丽丝夫人"的猫，它几乎是他全部的精神寄托。和费尔奇一样，洛丽丝夫人也成天在城堡中的各个走道里徘徊着，只要它发现有学生弄出了一丁点的乱子，费尔奇就会迅速赶到事发现场。除了弗雷德和乔治（现在由于活点地图的关系，哈利也应该包括在内了），霍格沃茨里的密道和暗门他比任何人都知道得多。

费尔奇是个哑炮，他出身于巫师家庭但不会魔法。这种情况也在一定程度上造成了他糟透了的为人和对小巫师们的仇恨态度。他的办公室的天花板上吊着的都是被他擦得锃亮的铁链和手铐，以备他一旦得到允许，就可以用这些来惩罚违纪学生，这是他最想干的事情。

爱尔玛·平斯夫人
Madam Irma Pince

平斯夫人是个消瘦年迈的女人，看上去像只营养不良的秃鹰。她也是个易怒的女巫，特别是当她发现有人试图破坏她那些珍爱的书籍的时候。

平斯夫人是霍格沃茨图书管理员，在她的管理下，图书馆倒像是一个极权主义国家，而不是学习场所了。她一直没显露出什么魔法天赋，但她倒是有种特殊本事，能马上找出并惩罚那些损坏书籍的学生。她严厉谨慎，对自己看管的图书异常热爱，也对图书馆里的纪律严格管理。她终日一副愤怒的表情，丝毫没有和蔼可亲的样子。

奥格
Ogg

奥格是韦斯莱夫妇在校期间的猎场看守，在奥格任职期间，海格很有可能是他的助手。

波皮·庞弗雷
Poppy Pomfrey

庞弗雷夫人在詹姆等人在霍格沃茨上学时就已经是校医院的护士了，因为她曾带卢平去打人柳后面的尖叫棚屋完成满月时的变身。

霍格沃茨之战时，她和费尔奇一起负责疏散学生的工作，在战争中和战后，她负责治疗伤者。

兰科勒斯·卡普
Rancorous Carpe

兰科勒斯在19世纪后期任霍格沃茨管理员，他曾在1876年试图将皮皮鬼赶走，但以失败告终。

※鲁伯·海格除保护神奇生物学教师之职，也曾担任霍格沃茨的猎场看守，其他信息

请详见前文主要人物介绍。

学生
格兰芬多

艾丽娅·斯平内特
Alicia Spinnet

1989年入学,被分入格兰芬多学院。

1995年10月5日,七年级的艾丽娅在猪头酒吧成为D.A.的一员。

1998年5月2日,艾丽娅参加了霍格沃茨之战,并在战争中活了下来。

爱洛伊丝·米德根
Eloise Midgen

爱洛伊丝·米德根以严重的痤疮而闻名。《火焰杯》一书中,斯普劳特教授在授课中讲到巴波块茎的脓水可以治疗顽固性粉刺的时候,汉娜·艾博说:"像可怜的爱洛伊丝·米德根,她想用咒语把青春痘去掉,结果把鼻子弄掉了,不过校医院的庞弗雷夫人替她把鼻子安了回去。"《混血王子》一书中,赫敏与罗恩、哈利讨论当时的情况时,说到爱洛伊丝·米德根已经退学。

安德鲁·柯克
Andrew Kirke

《凤凰社》一书中,乌姆里奇将哈利、弗雷德和乔治禁赛,这期间安德鲁·柯克和杰克·斯劳珀代替双胞胎担任格兰芬多魁地奇球队击球手,不过和双胞胎比起来,他们的水平差很多。

安吉丽娜·约翰逊
Angelina Johnson

1977年10月末出生。

1989年进入霍格沃茨魔法学校，被分入格兰芬多学院。

在三年级或之前成为格兰芬多魁地奇球队的追球手。

1994年10月31日，刚满17岁仅一周的安吉丽娜将自己的名字投入火焰杯中。

1995年，七年级的安吉丽娜成为格兰芬多魁地奇球队队长。同年10月5日，她在猪头酒吧成为D.A.的一员。

1995年11月7日，在斯莱特林对阵格兰芬多的魁地奇比赛后，哈利、弗雷德和乔治被乌姆里奇终身禁赛。安吉丽娜不得已找人代替他们，但坚决不许罗恩离队，因为她认为他有潜力。

安吉丽娜后来与乔治结婚，婚后他们育有一子一女：弗雷德、罗克珊。

奥利弗·伍德
Oliver Wood

1987年，伍德进入霍格沃茨魔法学校就读并被分入格兰芬多学院。

1991年，哈利入学时，五年级的伍德是格兰芬多魁地奇球队的队长。这一学年，由于哈利在期末对抗伏地魔与奇洛而住院，球队后来被迫以六名球员的阵容出战而惨败。

1992—1993学年，魁地奇的后几场比赛由于蛇怪石化事件而取消。

1993年，伍德上七年级，这是他离开学校之前最后一次赢得魁地奇杯的机会。在格兰芬多对赫奇帕奇的比赛中，哈利因摄魂怪的影响从扫帚上摔了下去，结果赫奇帕奇的找球手塞德里克抓住了飞贼。塞德里克马上就要求重新比赛，但伍德拒绝了，因为他知道塞德里克赢得公平，并且没有因为哈利失败而责备他。

在对阵斯莱特林的比赛中，两只游走球先后击中了伍德的肚子，但哈利还是成功地在格兰芬多队领先60分的时候抓住了飞贼，帮助格兰芬多赢得魁地奇杯。伍德喜极而泣。

毕业后的伍德成为普德米尔联队预备队的一个魁地奇球员。1994年夏天，他前去观看了魁地奇世界杯，并再次碰到了哈利。伍德把哈利介绍给了自己的父母，并兴奋地跟哈利说自己的新事业。

1998年5月2日，伍德参加了霍格沃茨之战。在休战的一个小时中，他和纳威一起将科林·克里维等阵亡者的遗体搬运进大礼堂。

比尔·韦斯莱
Bill Weasley

全名：威廉姆·亚瑟·韦斯莱（William Arthur Weasley），比尔是威廉姆的简称。

生日：1970年11月29日

头衔：级长、学生会主席（曾得了12个O.W.L.证书）

职业：古灵阁解咒员

外貌：红头发、蓝眼睛，一副很酷的样子，个子高高的，长长的头发在脑后扎成一个马尾巴，耳朵上还戴着一只耳环，上面悬着一个小扇子似的东西。

妻子：芙蓉·德拉库尔

儿女：长女维克托娃、次女多米妮卡、唯一的儿子路易斯

比尔是韦斯莱家最年长，也是最酷的孩子，他受到家里其他弟弟妹妹的尊重（珀西除外）。他在1982—1989年间在霍格沃茨读书，是一名十分优秀的学生，在O.W.L.考试中拿到了12个"优秀"（甚至连赫敏都没有拿到12个），并在1988—1989学年担任学校男生学生会主席。

比尔毕业后在埃及为古灵阁银行作解咒员，虽然韦斯莱夫妇尽可能去看他，而比尔也经常回来，但这份工作还是使他跟家人分离了6年。与珀西的傲慢自私不同，比尔待人诚恳热情，很有幽默感，喜欢开玩笑。比尔还有很强的责任感，在1995年伏地魔复活后他成了凤凰社的一员，虽然他很想念埃及的那些古墓，但他还是申请了一份办公室工作以便留在英国为凤凰社做事。不过这也让他有机会接触到了当时刚从布斯巴顿魔法学校毕业在古灵阁工作的芙蓉，并为她作英语单独辅导。比尔跟芙蓉是在三强争霸赛举办之际认识的，当时魔法部在第三个项目开始前安排参赛勇士和家属见面，比尔和他的母亲韦斯莱夫人以哈利亲属的身份参加，帅气的比尔当时就引起了芙蓉的关注。之后他开始了办公室工作，他们之间的关系渐渐亲密起来，虽然他们之间的年龄有7岁的差距，但这并没有影响他们的感情。

在天文塔之战中，比尔被狼人芬里尔·格雷伯克咬成重伤。尽管他并没有变成狼人，但他具有了一些狼人的特征，比如突然酷爱吃煎得很嫩的牛肉。1997年8月1日，比尔与芙蓉举行了婚礼，但他们的婚礼被魔

法部垮台的消息和赶来的食死徒打断。比尔和芙蓉婚后搬到了贝壳小屋,铁三角等人在逃离马尔福庄园后,来到贝壳小屋,比尔和芙蓉在那里照顾了他们一段时间。比尔和凤凰社的其他成员参加了霍格沃茨之战,并在战争中活了下来。

查理·韦斯莱
Charles Weasley

全名: 查勒斯·韦斯莱,查理是查勒斯的简称。
生日: 1972年12月12日
头衔: 级长、找球手、魁地奇队队长(支持查德里火炮队)
职业: 罗马尼亚驯龙师
外貌: 查理的身材和双胞胎差不多,比豆芽菜一般的珀西和罗恩要矮、胖、结实一些。他长着一副好好先生似的阔脸,饱经风霜,脸上雀斑密布,看上去几乎成了棕黑色。他的手臂肌肉结实,一只手臂上有一道被火灼伤的、发亮的大伤疤。
魔杖: 12英寸、白蜡木、独角兽尾毛

　　查理是韦斯莱家第二个到霍格沃茨念书的孩子,他于1984年进入霍格沃茨魔法学校并被分入格兰芬多学院。虽然查理在成绩上没有比尔和珀西好,但他在魁地奇方面有极高的天赋,20世纪80年代中期,查理一直是格兰芬多队的追球手,并在20世纪80年代后期成为格兰芬多队的队长,查理曾带领球队赢得过魁地奇杯。奥利弗·伍德曾说:"如果他不是去研究龙的话,一定会代表英国队参赛的。"虽然日后查理并没有从事魁地奇的工作,但他对魁地奇有着非同寻常的热情,1994年,查理和他的家人一起去观看了魁地奇世界杯。

　　毕业后,查理就去了罗马尼亚研究火龙。这份工作带给了他饱经风霜的外表、结实的肌肉和手臂上灼伤的大伤疤。查理将自己的一切都献给了火龙的研究事业,他也很愿意帮助家人解决困难。1992年,查理帮助海格将他的宠物挪威脊背龙诺伯送走。1995年,伏地魔重生后,查理参加了凤凰社。与家里其他人不同,他没有回到英国,而是选择留在罗马尼亚为凤凰社结交更多外国巫师。

　　查理在1998年参与了霍格沃茨之战,并在战争中活了下来。

丹尼斯·克里维
Dennis Creevey

丹尼斯是科林·克里维的弟弟，麻瓜家庭出身，比哈利小三届。1995年，丹尼斯和科林一起加入了D.A.。

迪安·托马斯
Dean Thomas

血统： 混血（以为自己是麻瓜家庭出身，其实母亲是麻瓜，生父是巫师）
爱好： 绘画，是西哈姆足球队的球迷

1991年，迪安被分院帽分到了格兰芬多，和哈利、罗恩、纳威还有西莫一个宿舍。之后迪安和西莫成了十分要好的朋友。

1995—1996学年，西莫为哈利是否撒谎之事与他吵了起来。迪安虽然相信哈利，但并没有当着西莫的面表态。第二天一早，西莫飞快地穿好衣服，没等哈利穿上袜子就离开了宿舍，迪安安慰哈利"别把这事放在心上"。1995年10月5日，迪安在猪头酒吧成为D.A.的一员。五年级结束返家的那天，金妮告诉大家她在和迪安谈恋爱。

1996—1997学年，当哈利确信凯蒂无法参加下一场魁地奇比赛时，他找了迪安代替她打追球手的位置。之后，金妮和迪安分手。

1997—1998年时，虽然是混血，但迪安没有证据证明他的生父是巫师，因此踏上了逃亡之路，并在路上遇到了泰德·唐克斯等人。交谈中，迪安说他认识哈利，并认为他是真正的救世之星。

1998年3月，因为哈利说出了伏地魔的名字，引来了搜捕队的人，"铁三角"被抓后遇到了同样被捕的迪安，还有妖精拉环。到达贝壳小屋后，迪安把受伤的拉环抱进了屋里。埋葬多比之前，迪安拿出一顶羊毛帽子，哈利小心地把它戴在多比的头上，包住了那对蝙蝠般的耳朵。5月1日，"铁三角"返回霍格沃茨，纳威用假加隆通知了D.A.成员，当迪安和卢娜赶到时，西莫欣喜若狂地大喊一声，冲过去拥抱他最好的朋友。之后迪安参加了霍格沃茨之战，他为自己赢得了一根魔杖，和多洛霍夫拼杀，并趁一个蒙面食死徒分神的一刹那用一个昏迷咒把他击倒了。多洛霍夫试图报复，帕瓦蒂给了他一个全身束缚咒。

弗雷德·韦斯莱
Fred Weasley

生日： 1978年4月1日
逝世： 1998年5月2日（20岁）
头衔： 格兰芬多魁地奇球队的击球手
职业： 韦斯莱魔法把戏坊店长
家人： 亚瑟·韦斯莱（父亲）、莫丽·韦斯莱（母亲）、比尔·韦斯莱（大哥）、查理·韦斯莱（二哥）、珀西·韦斯莱（三哥）、乔治·韦斯莱（双胞胎弟弟）、罗恩·韦斯莱（弟弟）、金妮·韦斯莱（妹妹）

乔治和弗雷德因他们在毕业前的伟大事迹，而成为霍格沃茨传奇的一部分。在霍格沃茨员工费尔奇的回忆中，这两个人似乎比神秘人还要可怕。费尔奇对这两个人的评价，充满了恶毒的诅咒与中伤，就差摄魂怪的一个吻了。当提及他们毕业前的伟大事迹时，他十分沮丧地说那是他一生中最大的错误。霍格沃茨校长邓布利多却不以为然，他认为曾经能拥有像弗雷德和乔治这样的学生是他的荣幸，对于韦斯莱兄弟未能顺利毕业他深表遗憾，认为"这是霍格沃茨的一大损失"。

在学生中，弗雷德和乔治的口碑非常好。在霍格沃茨最黑暗的日子里，弗雷德和乔治的发明曾帮助很多学生摆脱了乌姆里奇的压迫。直到现在学生们仍然很愿意为二人在对角巷开办的商店掏空自己的腰包。很多想成为霍格沃茨恶作剧大王的学生以弗雷德和乔治的行为作为准则，因为他俩甚至可以让霍格沃茨最富有恶作剧天赋的皮皮鬼听命于他们。

韦斯莱夫妇俩很长时间以来都对两兄弟的恶作剧天赋表示担忧，但是自从韦斯莱兄弟魔法把戏坊成功开张以后，韦斯莱夫妇渐渐对他们的经商天赋表现出欣赏的态度。

《火焰杯》一书中，哈利把三强争霸赛中赢得的1 000金加隆送给了弗雷德和乔治，他们用这笔钱在对角巷93号开了一家"韦斯莱魔法把戏坊"，专卖兄弟俩发明的搞笑物品。在三强争霸赛圣诞舞会上，弗雷德邀请了安吉丽娜为自己的舞伴，安吉丽娜爽快地答应了，在之后的学校生活中两人保持着浪漫的关系，但离开学校之后两人的关系并不明朗，因为在比尔的婚礼上安吉丽娜并没有作为弗雷德的伴侣出席，而是专注与新娘的表姐妹们调笑。

弗雷德在霍格沃茨之战中与哥哥珀西并肩战斗，于1998年5月2日在奥古斯特·卢克伍德的魔咒所制造的爆炸中牺牲。

在弗雷德去世后，乔治娶了安吉丽娜，为了纪念他的孪生兄弟，两人的儿子取名为弗雷德。

吉米·珀克斯
Jimmy Peakes

吉米是一个男巫，是哈利担任魁地奇队长时选中的击球手。他是一位宽胸膛、矮个子的同学（比哈利小三届），魁地奇选拔时，他大力击出的游走球将哈利的后脑勺撞出了一个鸡蛋那么大的鼓包。

杰克·斯帕劳
Jack Sloper

杰克是一个男巫。《凤凰社》一书中，乌姆里奇将哈利、弗雷德和乔治禁赛，这期间他与安德鲁·柯克代替双胞胎担任格兰芬多魁地奇球队的击球手，不过和双胞胎比起来，他们的水平差很多。

金妮·韦斯莱
Ginny Weasley

全名：金妮芙拉·莫丽·韦斯莱（Ginevra Molly Weasley）
生日：1981年8月11日
头衔：魁地奇追球手、替补找球手
职业：霍利黑德哈比队魁地奇球员、《预言家日报》魁地奇资深记者
外貌：红头发、褐色眼睛
前男友：迈克尔·科纳、迪安·托马斯
丈夫：哈利·波特
子女：詹姆、小天狼星·波特、阿不思·西弗勒斯·波特、莉莉·卢娜·波特
最擅长的咒语：蝙蝠精魔咒（被施咒者脸上会扑满巨大的蝙蝠），曾借此逃脱乌姆里奇的办公室，被斯拉格霍恩教授请去参加聚会。

守护神：马

小时候，金妮的哥哥们不让她和他们一起打魁地奇，但她从6岁起就趁哥哥们不注意闯入家庭扫帚棚偷了他们的飞天扫帚练习。她在14岁进入格兰芬多魁地奇队以前，从没有让对这件事感到吃惊的弗雷德、乔治或罗恩抓到。金妮是霍利黑德哈比队的粉丝。

因为金妮，卢娜成为哈利的一个特别可靠的伙伴。

纳威是金妮的一个朋友，1994年圣诞节前，他在遭到赫敏的拒绝后邀请金妮参加圣诞舞会。金妮接受他的邀请并不是因为喜欢他，仅仅是三年级学生要参加舞会别无他法，但是出于信用，当罗恩试图让她和哈利去舞会时，她没有想到放弃纳威作为她的伴舞——尽管她第一次遇见哈利就十分迷恋他。

据赫敏所说，金妮在五年级时"放弃"了哈利，在那之前，金妮与哈利面对面时总会害羞，虽然我们相信她在一年级时匿名给哈利送了一张会唱歌的情人节卡片。自从在哈利面前不再紧张地结巴，金妮就成为他的朋友中引人注目的一个。当她认为哈利状态不好时，也开始有勇气面对他，因为她知道哈利深处压力之中，想尽可能逃离别人的操控。她断然拒绝了在神秘事务司的那场夜晚会战中留在霍格沃茨后方或仅仅当一个看守，而是选择参与战斗。

金妮从1995年开始与拉文克劳的迈克尔·科纳约会，并小心不被她的哥哥们，特别是罗恩知道，怕他们对她唠叨。因为金妮，迈克尔和他的朋友才会加入D.A.。如果没有她，D.A.就会少很多拉文克劳的成员。金妮曾对迈克尔感觉不错，但由于迈克尔更加注重拉文克劳的声誉（格兰芬多在魁地奇比赛中击败拉文克劳），最终金妮与他分手。弗雷德和乔治因为拉扎赖斯·史密斯在D.A.集会上对哈利的粗鲁而侵犯他，但却没理睬迈克尔。金妮在1995—1996学年格兰芬多赢了拉文克劳的魁地奇比赛之后甩了科纳，因为他对比赛结果不高兴，还跑去安慰秋·张。金妮参与了神秘事务司之战，在与食死徒的搏斗中她被扭断了左脚，在救护罗恩时被食死徒击昏。

1996年夏天，哈利在暑假时开始和金妮长时间相处，逐渐喜欢上了她，并且满脑子

都是她,但这个时候金妮正在和迪安约会。那段时间,哈利心里一直有一头可怕的怪兽,想让他杀掉迪安,和金妮约会。

金妮最开始并不喜欢比尔的女朋友芙蓉,觉得芙蓉把她当成三岁小孩,她回敬芙蓉"黏痰"这个称呼。在开学前要买书时,她非常庆幸比尔要留在家里陪芙蓉。那天早餐,她躲在背后对着碗里的麦片作呕,但是后来在婚礼上她成为芙蓉的伴娘——不过她不喜欢芙蓉的妹妹加布丽对哈利放电。

魁地奇夺冠(哈利被禁赛)时,金妮才成为哈利的女朋友并和他接吻、约会。她其实一直都很喜欢哈利,并没有放弃。作为哈利的女友金妮当之无愧,她和哈利间有独特的默契,并且互相了解。在邓布利多的葬礼上,哈利向她提出分手,因为太危险了,金妮没有同意,也没有反对,但她一直无条件地支持哈利,让他去做他应该做的事。两人在1997年夏天暑假时在陋居接吻,被罗恩撞破。

1997—1998学年,金妮回到学校以后,和纳威、卢娜一起重新组织起D.A.,并和学生们一起抵抗斯内普和卡罗兄妹,甚至曾经试图盗窃格兰芬多宝剑。霍格沃茨之战中,金妮在一小时休战期间看到哈利的"尸体"时,几乎崩溃并发狂,这也让她后来与赫敏、卢娜对抗贝拉特里克斯时,几乎不要命地狂攻,但她的妈妈保护了她。后来,她见证了哈利的归来和胜利。

金妮的房间在陋居三楼平台上,和弗雷德和乔治一层。赫敏在陋居留宿时就和金妮一起睡。不过战后,那间房子就变成了哈利和金妮的卧室——当然,赫敏也搬到顶楼和罗恩一起住了。

在哈利逃亡的那段时间,金妮和他两个人一直互相思念,甚至在哈利被伏地魔的杀戮咒击中之前,他的最后一件事就是想她。当然,哈利最后还是战胜了伏地魔,回到了她身边。

在《死亡圣器》一书的尾声中,金妮与哈利结婚,并有了三个孩子。

金妮在毕业后加入了霍利黑德哈比队担任追球手,后来退役,担任《预言家日报》体育专栏记者。

凯蒂·贝尔
Katie Bell

1990年入学,被分入格兰芬多。

1991年,二年级的凯蒂成为格兰芬多魁地奇球队的追球手。

1995年10月5日,凯蒂在猪头酒吧成为D.A.的一员。

1996—1997学年,哈利成为格兰芬多魁地奇队队长。七年级的凯蒂是哈利一年级时加入的那支球队里仅剩的一名队员。

1996年10月12日,凯蒂中了德拉科的夺魂咒,差点儿因蛋白石项链上的诅咒而死。出事后的第二天,凯蒂被转到圣芒戈医院,在那儿住了大约6个月才康复。在此期间，迪安暂代她作追球手。

1997年4月22日，凯蒂回归，但记不得究竟是谁给她施了夺魂咒。

1998年5月2日，凯蒂参加了霍格沃茨之战。

考迈克·麦克拉根
Cormac McLaggen

考迈克·麦克拉根出身麦克拉根家族，与魔法部关系良好，他的叔叔是魔法部的官员。考迈克的身材高大，很适合作守门员。他的性格较为激进、暴躁，集中而刻板地体现了格兰芬多的负面特征——虽然勇敢，但不具备自我牺牲精神；有责任感，但势利且喜欢享受权利带来的快感。

1990年入学，被分入格兰芬多。

1996—1997学年，他因为家庭关系而被邀请成为鼻涕虫俱乐部的成员，并和赫敏·格兰杰一起参加了俱乐部的圣诞派对。由于罗恩住院，考迈克得以在格兰芬多对赫奇帕奇的比赛中作为替补守门员出战。在比赛中他出现重大失误，把游走球击飞，正好击中哈利的头，使哈利被撞裂头骨并摔下扫帚，最终导致格兰芬多以60比320的比分惨败。

因为某种未知的原因，考迈克留了一级，他最后加入了重组的D.A.，参加了霍格沃茨之战，并生还。

科林·克里维
Colin Creevey

出生年份：1981年
逝世：1998年5月2日
外貌：非常瘦小的灰头发小男孩
家人：父母都是麻瓜，父亲是送牛奶的，弟弟是丹尼斯·克里维
爱好：照相

1992年，科林进入霍格沃茨并被分到格兰芬多，在开学第二天午饭后，他主动结识了哈利。11月8日，格兰芬多和斯莱特林赛季首场魁地奇比赛的第二天，科林因为通过相机镜头看到了蛇怪的眼睛而被石化，后被由曼德拉草制造的药剂治愈。

1994年，科林三年级时，他的弟弟丹尼斯入学，同样被分在格兰芬多。

1995年,科林四年级,10月5日,他与弟弟丹尼斯一起成为D.A.的成员。

1997年,作为麻瓜出身巫师的科林与丹尼斯被剥夺了上霍格沃茨的权利。在最终决战时他选择留在霍格沃茨,尽管还没成年,但他参与了战斗,并于午夜休战前牺牲。

拉文德·布朗
Lavender Brown

1991年,拉文德成为格兰芬多的第一位新生,之后与赫敏、帕瓦蒂·佩蒂尔成为室友。

1993—1994学年,在三年级的占卜课上,特里劳尼对拉文德预言,她最害怕的那件事情会在10月16日星期五发生。1993年10月16日,拉文德接到家里的一封信,说她的兔子宾基被狐狸咬死了,她觉得这验证了特里劳尼教授的预言,之后对特里劳尼更加崇拜。

1995—1996学年,拉文德在假期里相信了《预言家日报》对哈利的诽谤,开学晚宴上,她和帕瓦蒂悄悄议论哈利,赫敏因此对她很不满。1995年10月5日,拉文德在猪头酒吧成为D.A.的一员。

1996—1997学年,拉文德对罗恩产生好感。在10月份对战斯莱特林的魁地奇比赛上,罗恩因以为自己服用了福灵剂而状态奇佳,赢得了比赛,比赛结束后的庆祝会上,两人正式在一起。假期过后,罗恩对拉文德的热情减淡。1997年3月1日,罗恩中毒,之后他开始避着拉文德,在她去看自己的时候装睡。拉文德转而缠着哈利讨论罗恩,令哈利不胜其烦。罗恩出院后,多次暗示拉文德分手,但越是这样,拉文德就越缠得厉害。4月21日,"铁三角"一起走出男生宿舍,但拉文德没有看到隐形衣下的哈利,以为罗恩和赫敏单独在一起,两人终于分手。

1998年"铁三角"重返霍格沃茨时,在有求必应屋里看到了拉文德。霍格沃茨大战,拉文德被狼人格雷伯克袭击,赫敏看到后将格雷伯克击退。

莉莉·卢娜·波特
Lily Luna Potter

哈利和金妮的小女儿,她的头发是红色的。莉莉在阿不思·西弗勒斯·波特三年级时进入霍格沃茨,和她的大哥詹姆·小天狼星·波特一样,成为一名格兰芬多学院的学生。

李·乔丹
Lee Jordan

头衔：魁地奇解说员
外貌：留着骇人的长发绺

  1989年，李进入霍格沃茨，并与弗雷德和乔治成为好友。
  1992—1993学年，学校里发生石化事件。赫敏和佩内洛被石化后，当时四年级的李指出，只有斯莱特林的学生没有被石化过。
  1995—1996学年，七年级的弗雷德、乔治和李都在为笑话商店做准备，并付钱请学生为新产品做实验，赫敏对此极为不满。李在猪头酒吧成为D.A.的一员。弗雷德和乔治震撼出走后，李留在霍格沃茨继续反抗乌姆里奇。他把几只嗅嗅放到了乌姆里奇的办公室，它们立刻把办公室弄得一团糟。
  毕业后，1997年8月1日，李参加了比尔和芙蓉的婚礼，并和金妮一起跳舞。在之后的一年里，李成为"波特瞭望站"的主持，代号"老江"。李参加了霍格沃茨之战。他和双胞胎、汉娜等人一起看守密道。哈利死而复活后，李和乔治合力将食死徒亚克斯利击倒在地。

里切·古特
Ritchie Coote

  里切是一个男巫，是哈利担任魁地奇队队长时选中的击球手。他看上去弱不禁风，但瞄得很准。

罗米达·万尼
Romilda Vane

  罗米达长着一双黑黑的大眼睛，有突出的下巴和一头乌黑的长发。
  罗米达在1993年进入格兰芬多。
  1996—1997学年，四年级的罗米达开始迷恋哈利。在霍格沃茨特快上，她和一群四年级女生在哈利所在包厢的玻璃窗外窃窃私语，叽叽喳喳地傻笑，最后自告奋勇邀请哈利去和她们坐在一起，告诉哈利犯不着与卢娜和纳威这样的人坐在一起，引起哈利不满。开学后，她参加了格兰芬多魁地奇球队的选拔，她和同组的几个女生一样，当哈利吹哨子让她们绕着球场飞一圈时，叽叽咕咕地笑得

直不起腰。当哈利叫她们离开球场时,她们高高兴兴地走了,然后坐在看台上七嘴八舌地互相指责。圣诞节前,罗米达强烈暗示哈利带她去斯拉格霍恩的圣诞晚会,被哈利甩掉后又塞给哈利一盒里面带有爱情魔药的巧克力坩埚,结果这盒巧克力却被罗恩在他生日那天误食。

罗丝·格兰杰-韦斯莱
Rose Granger-Weasley

罗丝在2005年9月至2006年8月之间出生。她有红头发,继承了赫敏的脑子。

2017年,她与小阿不思和斯科皮·马尔福一同进入霍格沃茨魔法学校。在前往霍格沃茨的火车上,她提醒小阿不思要谨慎选择车厢,因为他们的父母就是在霍格沃茨特快列车上遇到了伴随终身的朋友。

在第一次飞行课程中,罗丝表现出了惊人的飞行天赋。由于小阿不思被分到了斯莱特林,罗丝有很长一段时间只是在家长面前维持与小阿不思的"友谊",最终他们的关系缓和了。

斯科皮喜欢罗丝,虽然罗丝一开始并不领情,但后来还是答应了斯科皮约会的邀请。

纳塔丽·麦克唐纳
Natalie McDonald

纳塔丽与丹尼斯同为1994年入学的格兰芬多学生,是《哈利·波特》系列故事中唯一一个在现实社会中确有其人的人物。现实中,她是加拿大一名九岁的女孩儿,患有白血病。她患病期间曾给罗琳写信询问小说的情节,因为她觉得自己也许等不到读完小说了。罗琳当时正在度假,看到信后回复了她一封电子邮件(邮件中将一年后才会出版的图书中的情节告诉了她),但是女孩儿却在收到回复的前一天去世。为了纪念这位读者,罗琳在《火焰杯》一书中把她写成一年级新生,并将她分到格兰芬多学院。罗琳在加拿大宣传新书期间,还曾到麦克唐纳家中拜访。纳塔丽的母亲一直将信件的内容保密,直到她的另外两个孩子读完《死亡圣器》后才公布。

帕瓦蒂·佩蒂尔
Parvati Patil

亲人： 帕瓦蒂有一个孪生姐妹帕德玛·佩蒂尔，被分到拉文克劳。
外貌： 哈利的室友迪安称姐妹俩是全年级最漂亮的女生。

　　1991年，帕瓦蒂被分到格兰芬多，与赫敏、拉文德一个寝室，她之后与拉文德成为好友。
　　1993—1994学年，拉文德和特里劳尼建立了很好的关系。占卜课考试后，帕瓦蒂得意地告诉哈利和罗恩，特里劳尼说她"具备成为真正预见者的全部素质"。
　　1995年，帕瓦蒂在猪头酒吧成为D.A.的一员。
　　1996年，开学后没多久，佩蒂尔姐妹的父母就要把她们接回家，但她们最终还是留了下来。
　　1998年"铁三角"重返霍格沃茨时，在有求必应屋里看到了佩蒂尔姐妹。霍格沃茨大战，帕瓦蒂曾对付特拉弗斯，并帮助迪安给多洛霍夫施了一个全身束缚咒。

珀西·韦斯莱
Percy Weasley

全名： 珀西·伊格纳修斯·韦斯莱（Percy Ignatius Weasley）
生日： 1976年8月22日
头衔： 级长、学生会主席（曾得了12个O.W.L.证书）
职业： 战后任魔法部交通司司长
外貌： 又高又瘦，戴着一副角质边的眼镜
妻子： 奥黛丽
前女友： 佩内洛·克里瓦特
子女： 莫丽、露西

　　珀西·韦斯莱拥有韦斯莱家族典型的红头发，戴一副眼镜。他循规蹈矩，不知变通，喜欢对违反规定的人大喊大叫，在校时是个学习狂，毕业后是个工作狂。与韦斯莱家其他人不同，珀西极度缺乏幽默感，罗恩认为，"一个笑话哪怕只穿着多比的茶壶保暖套，几乎光着身子在他面前跳舞，他也认不出来"。珀西因其死板和野心勃勃的言行常受到弟弟们的挖苦嘲笑，罗恩、弗雷德、乔治一直认为他是"世界上最大的傻瓜"。

哈利·波特百科全书

珀西在霍格沃茨期间成绩优异，他在五年级时被选为格兰芬多级长，在七年级时被任命为男生学生会主席，与他的大哥比尔一样拿到了12个O.W.L.s（普通巫师等级考试）证书。

珀西是一个高贵的野心家，他从16岁起就开始阅读《级长怎样获得权力》这种书。

1994年，珀西从霍格沃茨毕业后进入魔法部国际魔法合作司工作，不久便被提升为巴蒂·克劳奇的私人助理，他马上用"刚被选为宇宙的最高统治者"的语气把这一消息传递给哈利。

在《火焰杯》一书中，珀西将自己的上司巴蒂·克劳奇视为自己一言一行的榜样，总是以鞠躬的姿势出现在他那位上司面前，但巴蒂·克劳奇其实连珀西的名字都记不住。在魁地奇决赛后的黑魔标记暴乱中，因为对于家养小精灵闪闪的态度与观念不同，似乎就此与赫敏翻脸（实际上赫敏和珀西的关系一直是很好的，甚至比其他人都好）。在巴蒂·克劳奇失踪后，罗恩和魔法部都曾一度认为是珀西为了自己能成为国际魔法合作司的司长，而对巴蒂·克劳奇使用了某些手段。在证实克劳奇已经"疯了"一段时日，但珀西却始终没有发现后，珀西不得不就接受魔法部的调查。

尽管经历过这样的失败，但珀西的野心却变本加厉，在《凤凰社》一书中，在邓布利多遭到诽谤时，珀西为了自己在魔法部的前途而主动与韦斯莱家断绝关系。而福吉将珀西提升为魔法部部长助理，只是想利用他监视韦斯莱一家。罗恩告诉哈利："他（珀西）说自从他进了部里，就一直不得不拼命挣扎，摆脱爸爸的坏名声；他还说爸爸没有一点抱负，害得我们一直过得——你知道的——我（罗恩）指的是一直没有多少钱——"。随后，珀西为了彰显自己"忠于魔法部"而搬到伦敦，扬言"如果妈妈和爸爸硬要背叛魔法部，他就要让每一个人知道他已经不再属于我们这个家了"。珀西的翻脸无情伤透了韦斯莱太太的心，面对上门要求拜访的母亲他甚至采取"当着她的面把门重重关上了"的态度。在那年圣诞节前夕，韦斯莱先生因在神秘事务司受到纳吉尼袭击而身受重伤，而珀西不但没有前去探望，还把韦斯莱夫人送给他的圣诞毛衣寄了回去。

虽然珀西过于迷恋权势，致使他缺乏是非判断并盲目地相信现有的权力，但值得欣慰的是，他终究不像罗恩认为的那样"会把全家人甩给摄魂怪"。当他得知罗恩被选为级长时，为了避免罗恩"遭到令人尴尬的提问"，他连夜写了一封祝贺信给罗恩，并提醒他如果继续与哈利来往之后可能遭遇到更多麻烦。尽管他的措辞仍然令人不喜，但从另一个方面也不难发现珀西对家人并非他表现出来的那样无情无义。

在《混血王子》一书中，福吉在亲眼看见伏地魔归来后的两周后辞职，斯克林杰成为新任魔法部部长，珀西又成了他的忠实随从。为了笼络哈利，斯克林杰在这一年圣诞节假期时带着珀西来到陋居，这是珀西与家人断绝关系后第一次重回陋居，他对韦斯莱夫人生硬地说了一句"圣诞快乐，妈妈"，使得双方的关系有所缓和，但随后，珀西由于眼镜上被泼了防风草根酱（弗雷德、乔治和金妮的恶作剧）冲出家门，之后他选择在伦敦独居，甚至没有出席次年夏天哥哥比尔的婚礼。

在《死亡圣器》一书中，斯克林杰被伏地魔残忍地杀害，魔法部随即被伏地魔接手。珀西终于醒悟，在最终的霍格沃茨之战中，珀西回到了他的家人身边，并与他们一起并肩战斗。他对自己的家人和朋友承认："我是个傻瓜！我是个白痴，我是个爱虚荣的笨蛋"，甚至弗雷德说他"是个只爱魔法部、跟亲人脱离关系、野心勃勃的混蛋"时也不曾反驳。韦斯莱夫妇拥抱了自己的三儿子，其他兄弟姐妹也对他表示了原谅。

珀西在后来战斗中，冲着作为食死徒攻入霍格沃茨城堡的魔法部部长辛克尼斯干脆利落地发了个恶咒。甚至还当面向他提出辞职。弗雷德正在为他的哥哥感到高兴时，爆炸却发生了，弗雷德牺牲，当又一批咒语从夜空飞来时，珀西伏在弗雷德的遗体上，挡住弟弟不让他再受伤害。其实，珀西对家人的爱并不比任何一个韦斯莱家族中的人少。

珀西的宠物是猫头鹰赫梅斯，是韦斯莱夫妇祝贺他当选级长的礼物。他学生时代的女朋友叫佩内洛·克里瓦特，毕业后他们之间的关系不详。在罗琳绘制的家谱中，珀西和奥黛丽结婚。他们有两个女儿，分别叫莫丽和露西。

乔治·韦斯莱
George Weasley

生日： 1978年4月1日
头衔： 格兰芬多魁地奇球队的击球手
职业： 韦斯莱魔法把戏坊店长
妻子： 安吉丽娜·约翰逊
子女： 长子弗雷德、次女罗克珊

从1992年起，乔治和弗雷德就开始帮助哈利，在那年开学前的暑假他俩开着韦斯莱先生的车子来接哈利去了陋居。1992—1993学年，他们不仅在魁地奇比赛中保护哈利，还在密室传闻时期开始开哈利的玩笑。学年结束后的暑假，韦斯莱一家去埃及游玩，乔治和弗雷德曾想一起把珀西关进金字塔，可惜被妈妈发现了。他对于级长这种事非常不上心，觉得做了级长会变得和珀西一样无聊。

1993—1994学年，乔治和弗雷德与哈利一起夺取了魁地奇杯。乔治只取得了3个O.W.L.证书。他和弗雷德一起将活点地图交给哈利。在学年之后的暑假中，他伪装成外地客商给珀西寄龙粪。他在看世界杯时和巴格曼打赌被赖账。

1994—1995学年，乔治和弗雷德为了参加三强争霸赛，自行制作了"增龄剂"，却让自己长出了大胡子。同时，他们花了很多精力向巴格曼讨债。在考取

幻影显形资格后，在格里莫广场，两兄弟每走几步路就幻影显形一次，声音非常大，搞得赫敏和韦斯莱夫人非常恼火。

1995—1996学年，乔治因为和哈利一起殴打马尔福，导致弗雷德陪着他们一起被禁赛。1995年10月5日，乔治和弗雷德一起加入D.A.，坚决抵抗乌姆里奇，最后兄弟俩骑上扫帚，飞向自由。后来，乔治和弗雷德开了一家笑话商店。该笑话商店的启动资金是哈利·波特在三强争霸赛上的奖金。

1997年，乔治在"七个波特"之战中失去一只耳朵（被斯内普的神锋无影咒误伤，本来是瞄准食死徒的魔咒，结果却打到了乔治）。乔治在"铁三角"逃亡期间成为凤凰社正式成员，并和弗雷德、李·乔丹一起运作地下电台"波特瞭望站"，关注哈利。

在霍格沃茨之战中，因为失去弗雷德的悲痛，乔治和好友李·乔丹一起击倒了亚克斯利。战后，乔治娶了安吉丽娜，他的两个孩子分别取名为弗雷德和罗克珊。

乔治的守护神和弗雷德一样是浣熊，但是他在失去弗雷德以后，就再也没能变出守护神。

维基·弗罗比舍
Vicky Frobisher

维基在1995年在哈利担任魁地奇队队长时参加了守门员选拔，但她自己承认，如果魁地奇训练与她的"魅力俱乐部"（或译为"魔咒俱乐部"）冲突，她会把俱乐部活动放在第一位，所以她最后落选了。

西莫·斐尼甘
Seamus Finnigan

外貌： 浅茶色头发、蓝眼睛

亲人： 父亲是个麻瓜，母亲是个女巫。斐尼甘夫人在婚后才告诉自己的丈夫她是个女巫，斐尼甘先生被"吓得不轻"。西莫还有一个名叫菲戈的表哥，他经常在西莫的面前幻影显形，故意用这招来气西莫。

1995年，五年级开学后的第一个晚上，因为西莫和他的妈妈相信《预言家日报》对哈利和邓布利多的诽谤，西莫和哈利、罗恩因此发生了冲突。他是整个寝室里唯一不相信哈利的人。直到《唱唱反调》上发表了丽塔对哈利的采访，西莫来找哈利，告诉他："我相信你。我寄了一份杂志给我妈妈。"

1996—1997学年，邓布利多死亡后，西莫拒绝跟他的母亲一起回家，他们在门厅里扯着嗓子吵了一架，最后他的母亲不得不同意他留下来参加葬礼。

1998年5月1日，"铁三角"返回霍格沃茨，在有求必应屋中看到了"脸肿了，伤痕累累"的西莫，差点没认出他。西莫告诉"铁三角"，他们在这里躲了将近两个星期。当西莫最好的朋友——麻瓜家庭出身的迪安接到消息赶到时，西莫欣喜若狂地大喊一声冲过去拥抱他。5月2日，霍格沃茨之战中，西莫和卢娜、厄尼召唤出自己的守护神（西莫的守护神是狐狸），协助"铁三角"驱赶摄魂怪。在哈利"假死"后的战斗中，西莫和汉娜险些被伏地魔的咒语击中，但被哈利的铁甲咒所救。

雨果·格兰杰-韦斯莱
Hugo Granger-Weasley

雨果是罗恩和赫敏的儿子，罗丝的弟弟，比罗丝小两岁。雨果继承了他父亲的蓝色眼睛，和母亲乱糟糟的棕色头发。

詹姆·天狼星·波特
James Sirius Potter

詹姆是哈利和金妮的大儿子，阿不思和莉莉的长兄。詹姆很像韦斯莱家的人，尤其继承了两个舅舅弗雷德和乔治的幽默感和恶作剧天赋。

2015年，詹姆被分入格兰芬多，这使来自赫奇帕奇的学生会主席泰迪·卢平有些失望。

在某个时间，詹姆从他父亲的桌子抽屉里偷走了活点地图。詹姆还继承了父亲哈利的隐形衣。

※哈利·波特、罗恩·韦斯莱、赫敏·格兰杰和纳威·隆巴顿的相关信息详见前文主要人物介绍。

— 斯莱特林 —

阿不思·西弗勒斯·波特
Albus Severus Potter

阿不思是哈利和金妮的次子。阿不思几乎是哈利的翻版，且在哈利的三个子女中，只有阿不思继承了莉莉的眼睛。

2017年，阿不思进入霍格沃茨学习，他被分入斯莱特林的消息震惊了许多人。阿不思从小活在父亲是"救世主"的影响之下，自己倍感压力和不适，在没有理解哈利及他所经历的那些事情之前，他甚至希望自己不是哈利的儿子。父子俩因此争吵不断。阿不思在霍格沃茨里也一直不善与人交流，他最好的，甚至可以说唯一的朋友是德拉科·马尔福的儿子——斯科皮·马尔福。因为种种意外，两人得到了时间转换器，并不断通过它回到过去，在亲眼看见了种种恐怖的意外之后，阿不思终于理解了他的父亲，理解了家人的意义。在他们终于回到属于自己正常时间的世界之后，哈利带着阿不思来到了塞德里克·迪戈里的墓前，与他展开了一场开诚布公的谈话，父子二人最终冰释前嫌。

阿斯托利亚·马尔福
Astoria Malfoy

丈夫：德拉科·马尔福
儿子：斯科皮·马尔福

阿斯托利亚只在《死亡圣器》的尾声中出现过，而且连名字都未出现。罗琳后来在访谈里提起这位马尔福太太的名字，且说明她是达芙妮·格林格拉斯的妹妹，比德拉科和达芙妮小两届。

在《被诅咒的孩子》一书中，阿斯托利亚于斯科皮三年级开学前（2019年夏天）去世。

波利·查普曼
Polly Chapman

在《被诅咒的孩子》一书中,波利与斯科皮同为斯莱特林学生。她暗恋斯科皮,曾邀请他作自己参加嗜血舞会的舞伴,但被斯科皮拒绝。

布雷司·沙比尼
Blaise Zabini

布雷司是一个男巫,他的母亲是一位很有名气的漂亮女巫,她曾有过七段婚姻,每一位丈夫都死得很蹊跷,并给她留下了大笔遗产。

1996年开学时,布雷司在火车上被斯拉格霍恩邀请参加聚会。当斯拉格霍恩向他介绍哈利、纳威,布雷司既没有表示出认识他们,也没有打招呼。虽然看起来对斯拉格霍恩的聚会有些不屑,不过布雷司还是参加了后来的聚会。

达芙妮·格林格拉斯
Daphne Greengrass

达芙妮是女巫、纯血。

在五年级的O.W.L.魔咒实践考试中,因为拥有G开头的姓氏,她和赫敏一起进入考场。

霍格沃茨之战后她的妹妹阿斯托利亚嫁给了德拉科·马尔福。

厄克特
Urquhart

厄克特是男巫,斯莱特林魁地奇球队的追球手,1996—1997学年的魁地奇球队队长。

格拉哈姆·蒙太
Graham Montague

格拉哈姆于1989年入学,被分入斯莱特林,是一个男巫,也是斯莱特林魁地奇球队的追球手、魁地奇队队长、调查行动小组成员。他有着如同达力一样的身材。1995—1996学年,他成为行动调查组的成员,本打算给格兰芬多扣分,却被弗雷德把头塞进了消失柜。

格雷戈里·高尔
Gregory Goyle

高尔是与哈利同届的斯莱特林学生、食死徒之子、德拉科的"保镖"。

高尔个子矮,头发多,手臂长得像大猩猩。

1992—1993学年,在二年级的魔药课上,为了制造混乱让赫敏去偷复方汤剂材料,哈利在高尔的坩埚里扔了一只费力拔烟火。复方汤剂制作完成,哈利用它变成高尔。他的复方汤剂被描述为坦克一般的土黄色。

1995—1996学年,五年级的高尔成为斯莱特林的击球手。福吉任命乌姆里奇为霍格沃茨校长。乌姆里奇组建调查行动组,高尔在其中。

1996—1997学年,德拉科在有求必应屋中修消失柜,高尔和克拉布常常用复方汤剂变作女生给德拉科放哨。每当有人路过,他们就掉下手中的东西,以提醒德拉科不要出来。

1997—1998学年,阿米库斯在课堂上要学生在那些被关禁闭的人身上练习钻心咒,克拉布和高尔第一次在什么事情上冒了尖儿。霍格沃茨之战中,德拉科、高尔、克拉布偷偷溜了回来,在有求必应屋拦住了"铁三角"。后来赫敏用昏迷咒击中了高尔,克拉布放出的厉火失控,德拉科被哈利所救,高尔被罗恩和赫敏所救,克拉布葬身火海。

哈珀
Harper

哈珀于1992年入学,是斯莱特林替补找球手。1996—1997学年,哈珀替德拉科·马尔福参加比赛。

卡休斯·沃林顿
Cassius Warrington

卡休斯是一个男巫，于1989年入学，是斯莱特林魁地奇球队的追球手、调查行动组成员。

马库斯·弗林特
Marcus Flint

弗林特于1986年进入霍格沃茨读书，并在某一年成为斯莱特林魁地奇球队的追球手。

1991年，六年级的弗林特作为斯莱特林魁地奇球队的队长与格兰芬多对战。他在比赛中故意冲撞哈利，被霍琦夫人责备和罚球。

1993年，本该毕业的弗林特留级一年。11月6日，他为了逃避坏天气，借口他们的找球手受伤的手臂还没有好，使格兰芬多和斯莱特林的比赛改成了格兰芬多对赫奇帕奇。次年2月5日，在格兰芬多对拉文克劳的比赛中，弗林特和和马尔福、高尔、克拉布一起扮作摄魂怪吓唬哈利，却没有成功，反给斯莱特林扣了50分。

米里森·伯斯德
Millicent Bulstrode

米里森是一个女巫，在1992—1993学年的决斗俱乐部上，斯内普安排米里森和赫敏一组，结果"米里森夹住赫敏的脑袋，赫敏痛苦地轻轻叫唤"。她们两个人的魔杖都被遗忘在地板上了。在这个过程中，米里森在赫敏的衣服上留下一根头发，而那实际上是她养的猫的毛，这导致圣诞节期间赫敏用复方汤剂变形失败。

1995—1996学年，福吉任命乌姆里奇为霍格沃茨校长。乌姆里奇成立调查行动组，米里森是成员之一。

潘西·帕金森
Pansy Parkinson

潘西是一个女巫,是与哈利同届的斯莱特林学生。

1995—1996学年,潘西被选为斯莱特林级长。D.A.被泄密,潘西发现了写有哈利名字的D.A.名单,交给了乌姆里奇作为证据。福吉任命乌姆里奇为霍格沃茨校长。乌姆里奇成立调查行动组,潘西是其中一员。

在1996年开学的火车上,德拉科枕着潘西的大腿,潘西给他梳头,两人举止亲密。

1998年,"铁三角"回到霍格沃茨以后,伏地魔威胁霍格沃茨师生交出哈利,潘西指着哈利尖叫并把他抓住。

斯科皮·许珀里翁·马尔福
Scorpius Hyperion Malfoy

斯科皮在《死亡圣器》的尾声中出现过。斯科皮是德拉科·马尔福的独子,拥有与他的父亲相同的灰色眼睛和浅金头发。

在《被诅咒的孩子》一书中,斯科皮是阿不思·西弗勒斯·波特在斯莱特林学院最好的,也是唯一的好友。虽然斯科皮的母亲身体不好并且在他三年级开学前(2019年夏天)就去世了,而且一直有传言说斯科皮的亲生父亲是伏地魔,但斯科皮一直表现得开朗、乐观且不失狡黠,善良勇敢却不盲目。他帮助好友回到过去,以期改变历史,但当历史向着不可接受的方向前进时,孤独的斯科皮在被改变的霍格沃茨里寻求帮助,终于找回他的好友。

文森特·克拉布
Vincent Crabbe

克拉布是与哈利同届的斯莱特林、食死徒之子、德拉科的"保镖"。他膀大腰圆,肌肉结实,头发剪得像布丁盆子一样,脖子很粗。

1992—1993学年,罗恩用复方汤剂假冒克拉布的模样从德拉科的口中套话。克拉布的复方汤剂被描述为一种黑乎乎的深褐色。

1995—1996学年,五年级的克拉布成为斯莱特林的击球手。福吉任命乌姆里奇为霍格沃茨校长。乌姆里奇组建调查行动组,克拉布在其中。

1996—1997学年，德拉科在有求必应屋中修消失柜，高尔和克拉布常常用复方汤剂变作女生给德拉科放哨。每当有人路过，他们就掉下手中的东西，以提醒德拉科不要出来。

1997—1998学年，阿米库斯在课堂上要学生在那些被关禁闭的人身上练习钻心咒，克拉布和高尔第一次在什么事情上冒了尖儿。霍格沃茨之战中，德拉科、高尔、克拉布偷偷溜了回来，在有求必应屋拦住了"铁三角"。克拉布不仅对"铁三角"施展钻心咒和死咒，还对德拉科说："谁管你是怎么想的，我再也不听你发号施令了，德拉科。你和你爹都完蛋了。"

后来赫敏用昏迷咒击中了高尔，克拉布放出的厉火失控，德拉科被哈利所救，高尔被罗恩和赫敏所救，克拉布葬身火海。

西奥多·诺特
Theodore Nott

西奥多是一个男巫，食死徒之子，外貌瘦弱。

1995—1996学年，《唱唱反调》上发表了丽塔对哈利的采访，哈利指控了几个人是食死徒，其中包括西奥多的父亲。随后，西奥多的父亲老诺特在神秘事务司之战之后被捕。

1996年开学时，斯拉格霍恩在火车上向西奥多的同学布雷司·沙比尼打听老诺特的事情，听说他被逮捕了以后，就沉了脸色，没再邀请西奥多。

※德拉科·马尔福的相关信息详见前文主要人物介绍。

- 拉文克劳 -

S. 福西特
S. Fawcett

福西特是一个女巫。在《火焰杯》一书中她曾因为想参赛而试图使自己的年龄增加一点儿，结果进了校医院。

埃迪·卡米尔切
Eddie Carmichael

埃迪是一个男巫,于1990年入学。他在O.W.L.考试中一共取得了9张成绩为"优秀"的证书。他说这全是因为自己用了巴费醒脑剂,并试图把它推销给自己的学弟学妹。赫敏·格兰杰没收了他的所有药水,并把它们都倒进了马桶里。

安东尼·戈德斯坦
Anthony Goldstein

安东尼是一个男巫、拉文克劳级长、D.A.成员,有犹太血统。

1995年,安东尼在猪头酒吧成为D.A.的一员。

1997年,非麻瓜出身的学生进入霍格沃茨念书变成强制性的,安东尼返回霍格沃茨,重新加入了D.A.。"铁三角"返回霍格沃茨时,哈利在有求必应屋看到了安东尼,之后他参加了最后的霍格沃茨之战。

卢娜·洛夫古德
Luna Lovegood

绰号: 疯姑娘

生日: 1981年2月13日

外貌: 一头乱蓬蓬、脏兮兮、长达腰际的金黄色头发,眉毛的颜色非常浅,两只眼睛向外凸出,这使她老有一种吃惊的表情。穿戴很特立独行,比如由黄油啤酒软木塞串成的项链、飞艇耳坠等。

守护神: 野兔

父亲: 谢诺菲留斯·洛夫古德,昵称"谢诺",《唱唱反调》的主编。

母亲: 潘多拉·洛夫古德,在卢娜9岁时(1990年)时因咒语试验发生意外而身亡,卢娜因见到了母亲的死亡而能看得到夜骐。卢娜卧室床边有一张很大的照片,是幼年的卢娜和潘多拉拥抱在一起的样子,照片中的潘多拉很像自己的女儿。

丈夫: 罗夫·斯卡曼,著名神奇生物学家纽特·斯卡曼的孙子。

双胞胎儿子: 洛肯·斯卡曼、莱桑德·斯卡曼

1992—1993学年，卢娜进入拉文克劳学院，因为古怪的举止常常被同学们戏弄，与同届的金妮成为好友。

1995—1996学年，四年级的卢娜与五年级的"铁三角"结识，她公开表示相信哈利关于"神秘人回来了"的话，并加入D.A.。后来卢娜父亲在《唱唱反调》发表了丽塔对哈利关于"神秘人回来了"的采访。1996年6月17日，卢娜与"铁三角"还有金妮、纳威一起参与了神秘事务司之战。

1996—1997学年，卢娜升入五年级。因为D.A.没有了，这一年她有些孤单，哈利在听到她这么说后，邀请她和自己一起参加斯拉格霍恩教授的圣诞晚会。在格兰芬多对赫奇帕奇的魁地奇比赛中，卢娜担任解说员。1997年6月30日，卢娜参加了天文塔之战。

1997—1998学年，开学前的8月1日，卢娜和父亲一起参加了比尔和芙蓉的婚礼。开学后，她和纳威、金妮一起重启D.A.，并试图到斯内普办公室偷格兰芬多宝剑。在圣诞节回家的路上，食死徒抓走了卢娜，以报复她的父亲在《唱唱反调》上对哈利的支持。卢娜与迪安、奥利凡德、妖精拉环以及后来的"铁三角"一起被关押在马尔福庄园，后来和哈利他们一起被多比所救，寄宿在比尔和芙蓉的贝壳小屋。1998年5月2日，她参加了霍格沃茨之战，最后和赫敏、金妮一起对抗贝拉特里克斯。

卢娜是否回到霍格沃茨读七年级未知。后来，她成为一名神奇动物学家，并嫁给了神奇生物学家纽特·斯卡曼的孙子罗夫·斯卡曼，育有一对双胞胎儿子。

罗杰·戴维斯
Roger Davies

戴维斯于1989年入学，是圣诞节舞会中芙蓉的舞伴，拉文克劳魁地奇球队的队长、追球手。

1993年或在那之前，戴维斯已经是拉文克劳魁地奇球队的队长。

1994年圣诞节舞会，戴维斯成为芙蓉的舞伴。戴维斯似乎不敢相信自己有这么好的运气，竟能得到芙蓉这样的舞伴，他简直无法把目光从她身上挪开。当芙蓉批评霍格沃茨的装潢布置时，戴维斯看着她说话，脸上带着如痴如醉的神

情,好几次叉子都拿歪了,没有把食物送进嘴里。之后哈利曾看到芙蓉和戴维斯隐藏在一片玫瑰丛里约会。

1996年情人节,哈利和秋在约会时看到戴维斯和一个漂亮的金发姑娘在一起十分亲密。后来秋为了让哈利吃醋,告诉他戴维斯在两个星期前约过她,但被她拒绝了。

玛丽埃塔·艾克莫
Marietta Edgecombe

玛丽埃塔是秋·张的朋友,D.A.告密者。

她长着一头泛红金色的卷发。她的母亲艾克莫夫人是飞路网办公室职员,曾帮助乌姆里奇监视霍格沃茨的炉火。

1995年10月5日,玛丽埃塔和好友秋一起来到猪头酒吧,但她对哈利并不信任,若不是秋,她根本不会来这儿,她的父母不许她做触犯乌姆里奇的事情。10月9日,D.A.在有求必应屋进行了首次集会,练习缴械咒。当哈利走近时,秋紧张地念错了咒语,使玛丽埃塔的袖子着火了。哈利和秋说话的时候,玛丽埃塔酸溜溜地看着他们俩,扭身走了。

1996年4月20日,玛丽埃塔因向乌姆里奇透露D.A.的秘密,脸上长出了一连串密密麻麻的紫色脓包,呈现出"告密生"这个词。乌姆里奇逼她在福吉等人面前承认,但玛丽埃塔畏于脸上的诅咒,一直不肯说话。之后,她被金斯莱抹去了那部分记忆。事后,玛丽埃塔在学校医院里,庞弗雷夫人拿她脸上的脓包一点办法也没有。

在1996年9月新学年开学的火车上,哈利看到玛丽埃塔化了很浓的妆,但并没有完全遮住那些深深刻在她脸上的奇怪的疹子。

迈克尔·科纳
Michael Corner

迈克尔是一个男巫,有着黑皮肤,是D.A.成员。

1994—1995学年,迈克尔在圣诞节舞会上遇见金妮,两人后来开始约会。

1995—1996学年,迈克尔在猪头酒吧成为D.A.的一员,并带来了他的几个拉文克劳朋友。他说哈利穿越火龙的样子很酷。事后,罗恩知晓迈克尔是金妮的男友,为此大为光火。在后来的魁地奇比赛中,金妮在秋的鼻子底下抓到了飞贼,迈克尔不喜欢格兰芬多打败拉文克劳,跑到秋的身旁安慰她,两人因此分手。之后迈克尔和秋开始约会。

1997—1998学年,迈克尔返回霍格沃茨,重新加入了D.A.。圣诞节后,迈克尔在去放一个被卡罗兄妹锁住的一年级新生时不幸被发现,他们把他折磨得很惨。"铁三角"返回霍格沃茨时,哈利在有求必应屋看到了迈克尔。

帕德玛·佩蒂尔
Padma Patil

帕德玛是一个女巫、拉文克劳的级长,帕德玛的孪生姐姐帕瓦蒂·佩蒂尔在格兰芬多,姐妹俩都是D.A.成员。

哈利的室友迪安曾经说过,佩蒂尔姐妹是全年级最漂亮的姑娘。

1994—1995学年,四年级的帕德玛在姐姐的介绍下成为罗恩的舞伴,但罗恩只顾着吃赫敏的醋而冷落了她。最后帕德玛一个人去找她的姐姐和一个布斯巴顿男生,那个男生立刻招来他的一个朋友,成为帕德玛的舞伴。

1995—1996学年,帕德玛在猪头酒吧成为D.A.的一员。

1996—1997学年,六年级开学没多久,佩蒂尔姐妹的父母就要把她们接回家,但她们最终还是留了下来。邓布利多死后的第二天早上,姐妹俩没吃早饭就走了,没能参加邓布利多的葬礼。

1997—1998学年,非麻瓜出身的学生进入霍格沃茨念书变成强制性的,双胞胎姐妹返回霍格沃茨,重新加入了D.A.。"铁三角"返回霍格沃茨,哈利在有求必应屋看到了姐妹俩。她们之后参加了霍格沃茨之战。

佩内洛·克里瓦特
Penelope Clearwater

佩内洛是有着一头长长的卷发的女巫。

1991年,佩内洛成为拉文克劳级长。

1992年,佩内洛和珀西开始谈恋爱,金妮曾撞见他们在一间空教室里接吻。同年,佩内洛·克里瓦特和赫敏一起被蛇怪石化,之后珀西感到难过极了。

1993年,七年级的佩内洛和珀西成为男、女生学生会主席。

秋·张
Cho Chang

秋是哈利的初恋、拉文克劳魁地奇队的找球手,《阿兹卡班的囚徒》一书中交代她骑的是彗星260,她是塔特希尔龙卷风队的粉丝。

1994—1995学年,秋曾作为塞德里克·迪戈里的舞伴与他一起出席圣诞舞会。

继塞德里克之后,比秋大一届的拉文克劳魁地奇球队队长罗杰·戴维斯也曾约过秋,但被秋拒绝了。两个星期之后,秋和哈利在帕笛芙夫人茶馆约会时还遇到了戴维斯。D.A.聚会被暴露后,哈利因秋维护她的朋友,也是D.A.告密者玛丽埃塔而分手。分手后,秋曾和与她同学院的迈克尔·科纳约会过。

泰瑞·布特
Terry Boot

泰瑞是一个男巫、D.A.成员。

1995年10月5日,泰瑞在猪头酒吧成为D.A.的一员。他说去年墙上的一幅肖像画告诉他,哈利曾用邓布利多办公室的那把剑杀死了蛇怪。

1997年,非麻瓜出身的学生进入霍格沃茨念书变成强制性的,泰瑞返回霍格沃茨,重新加入了D.A.。"铁三角"闯进古灵阁,消息很快传到霍格沃茨,泰瑞在礼堂大声嚷嚷这件事,被卡罗兄妹打了一顿。当晚,"铁三角"返回霍格沃茨,哈利在有求必应屋看到了泰瑞。当罗恩问起冠冕是什么时,泰瑞告诉他那是一种有魔法特性,能增加佩戴者智慧的王冠。

赫奇帕奇

厄尼·麦克米兰
Ernie Macmillan

全名：厄尼斯特·麦克米兰 Ernest Macmillan
守护神：公猪
外貌：人高马大，有着一双粗短肥胖的手。

厄尼是一个男巫，出身28纯血家族之一，是赫奇帕奇级长、D.A.成员。

1992—1993学年，哈利听到厄尼和另外几个赫奇帕奇学生谈论他是蛇佬腔的事情。厄尼认为哈利就是斯莱特林的继承人，还叫他的朋友贾斯廷躲在宿舍里，以免遭哈利毒手。就在当天，贾斯廷被石化，厄尼对哈利的怀疑更甚。

之后赫敏也被石化，认为哈利不可能伤害赫敏的厄尼在草药课上向哈利道歉。厄尼还问起哈利马尔福有没有可能是继承人，哈利否定了这种可能性。

1994—1995学年，塞德里克和哈利都被选为三强争霸赛的勇士，之后原本和哈利关系不错的厄尼不再和他说话了。

1995—1996学年，在一节草药课之前，厄尼大声地宣布他和他全家都支持哈利和邓布利多。之后厄尼在猪头酒吧成为D.A.的一员。

1997—1998学年，非麻瓜出身的学生进入霍格沃茨念书变成强制性的，厄尼返回霍格沃茨，重新加入了D.A.。"铁三角"返回霍格沃茨，哈利在有求必应屋看到了厄尼。当麦格教授安排学生撤离时，厄尼向麦格教授提出，一些学生希望留下来参加战斗。他的提问赢得了一些人的喝彩。战斗中，厄尼和卢娜、西莫召唤出自己的守护神，协助"铁三角"驱赶摄魂怪。

汉娜·艾博
Hannah Abbott

汉娜是一个女巫，出身28纯血家族之一，但她本人是混血，是赫奇帕奇级长。

1991年，她是第一个被分院的学生。

1995—1996学年，汉娜在猪头酒吧成为D.A.的一员。在O.W.L.变形学考试中，汉娜慌了神地把她的雪貂变成了一群火烈鸟，结果为了把这些鸟抓住带出礼堂，考试中断了十分钟。

1996—1997学年，汉娜在草药课上被告知母亲已经遇害。那之后的一年中，大家都再也没有看见汉娜。

1997—1998学年，非麻瓜出身的学生进入霍格沃茨念书变成强制性的，汉娜返回霍格沃茨，重新加入了D.A.。

霍格沃茨大战中，汉娜先是和弗雷德、李·乔丹等人一起守着一个隐藏的秘密通道。哈利死而复活后，曾用铁甲咒挡住了伏地魔朝她和西莫发射的咒语。战后，汉娜嫁给了纳威，并成为破釜酒吧的老板娘。

贾斯廷·芬列里
Justin Finch-Fletchley

贾斯廷是一个男巫，麻瓜家庭出身，是D.A.成员。他满头卷发。

1992—1993学年，在二年级的草药课上，贾斯廷和"铁三角"一组，并告诉他们，他本来是要上伊顿公学的。这个学校以及他名字里的双姓表明他很可能来自麻瓜的上流社会。洛丽丝夫人被石化后的几天，贾斯廷一看见哈利就突然转身往相反方向逃走。在决斗俱乐部中，洛哈特让纳威和贾斯廷一组。之后德拉科变出的蛇对贾斯廷摆出攻击的姿态，然而哈利的阻止在贾斯廷和他人眼里却像是在怂恿那条蛇进攻。哈利想去找贾斯廷解释清楚，却听到了贾斯廷的朋友们猜测哈利是斯莱特林继承人的讨论。当天，贾斯廷和差点没头的尼克被石化。哈利杀死蛇怪，贾斯廷被曼德拉草药水治好。之后的晚宴上，贾斯廷攥着哈利的手向他道歉，说当初不该怀疑他。

1995年，贾斯廷在猪头酒吧成为D.A.的一员。

1997年，作为麻瓜出身的巫师，贾斯廷在1997年没有机会回霍格沃茨上学。

斯特宾斯
Stebbins

斯特宾斯是一个男巫。1994年，他和拉文克劳学院的福西特一起参加圣诞舞会。舞会期间，他们可能在玫瑰花丛中接吻，被斯内普教授抓到，每个人的学院都被扣了10分。

苏珊·博恩斯
Susan Bones

苏珊是一个女巫，混血，是阿米莉亚·博恩斯和凤凰社成员埃德加·博恩斯的侄女、D.A.成员。

1995年，苏珊在猪头酒吧成为D.A.的一员，并向哈利承认，阿米莉亚·博恩斯是她的姑姑。

1995—1996学年，《预言家日报》报道有十名重犯从阿兹卡班脱逃。之后的一段日子，叔叔、婶婶和堂兄弟姐妹都死在一个逃犯手里的苏珊不情愿地成了别人的焦点，她深刻体会到了哈利的感觉，她在草药课上对哈利说"我不知道你怎么受得了，真可怕"。

1997年2月1日，在学习幻影移形的第一堂课上，苏珊第一个真正移形，但却发生了分体，她的大部分身体进入了木圈，可是左腿还留在五英尺外的原地。尽管腿很快被安了回去，可是苏珊仍然面带恐惧。

泰迪·卢平
Teddy Lupin

全名：爱德华·莱姆斯·卢平 Edward Remus Lupin
昵称：泰德 Ted 或泰迪 Teddy
生日：1998年4月
家人：莱姆斯·卢平（父亲）、尼法朵拉·唐克斯（母亲）、安多米达·唐克斯（外祖母）、泰德·唐克斯（外祖父）
特点：与他的母亲一样，是天生的易容马格斯
外貌：头发刚出生时看上去是黑色的，一小时后就变成了姜黄色

泰迪自幼失去父母，由外祖母安多米达养大，但一星期差不多有四次到教父哈利家吃饭。

2009年，泰迪入学霍格沃茨，被分到赫奇帕奇。

2015年，泰迪成为学生会主席。在开学晚宴上对小詹姆被分到了格兰芬多而感到失望。

2017年，小詹姆看到他在站台上送维克托娃（比尔和芙蓉的女儿），并和她亲吻。

扎卡赖斯·史密斯
Zacharias Smith

扎卡赖斯是一个男巫,赫奇帕奇魁地奇球队的队长、追球手,D.A.成员。他瘦瘦高高,有着金发和翘鼻子。

1995年,扎卡赖斯在猪头酒吧成为D.A.的一员,但他对哈利的态度很差,怀疑哈利关于"伏地魔回来了"的说法,而且是最后一个在名单上签字的。

1996—1997学年,开学时,扎卡赖斯在火车上缠着金妮问之前神秘事务司里发生的事,不胜其烦的金妮对他施了蝙蝠精咒,却意外获得斯拉格霍恩的欣赏,被邀请加入鼻涕虫俱乐部。格兰芬多和斯莱特林进行魁地奇比赛,扎卡赖斯作为解说员不停地编排格兰芬多队。格兰芬多获胜后,金妮"忘了刹车"而撞落了解说员的台子,扎卡赖斯在木板下面"有气无力地挣扎着"。邓布利多死后的第二天早上,扎卡赖斯跟着他那趾高气扬的父亲离开了城堡,没有参加之后的葬礼。

霍格沃茨之战前的半个小时,扎卡赖斯没有留下参战,而是为了抢到队伍前面而把一年级新生撞得东倒西歪。

※塞德里克·迪戈里的其他信息详见前文主要人物介绍。

魔法部

- 魔法部部长 -
(以就任时间为序)

尤里克·甘普
Ulick Gamp

任期:1707—1718年

作为威森加摩的前领袖,甘普的任务繁重,他要管理一个因正在适应《国际保密法》而狂躁受惊的巫师社会。他最大的成就是创立了魔法法律执行司。

在甘普的任期内,阿瓦达死咒、夺魂咒和钻心咒被宣布违法并被称为"不可饶恕咒"。

甘普的画像被挂在唐宁街10号的麻瓜首相办公室,并很有可能用了永久粘贴咒,因为麻瓜首相完全没有办法把这幅画像摘下来。他的画像是麻瓜首相和魔法部领导人沟通的媒介。

达摩克利斯·罗尔
Damocles Rowle

任期: 1718—1726年

罗尔因宣传"对麻瓜强硬点"而被选中成为魔法部部长,那个时候,在赫布里底群岛建一所专门的巫师监狱的计划已经被定下,然而专制的罗尔废除了这个计划,坚持用阿兹卡班代替。阿兹卡班过去是疯狂的黑巫师艾克斯蒂斯在15世纪用黑魔法折磨路过的麻瓜的地方,艾克斯蒂斯死后,他在阿兹卡班上施展的隐藏咒渐渐失效,魔法部这才知道阿兹卡班的存在。罗尔认为摄魂怪可以当守卫,减少魔法部花费在监狱上的时间和金钱。尽管遭到了摄魂怪和黑魔法建筑方面专家的反对,罗尔还是实施了这个计划。所有巫师囚犯,包括那些并没有发疯,也并不危险的囚犯,都被关进了阿兹卡班,但他们很快就都疯了。

罗尔后来受到了国际魔法师联合会的强烈谴责,并最终被赶下台。

珀尔修斯·帕金森
Perseus Parkinson

任期: 1726—1733年

帕金森在1709年之前出生。他在执政期间,试图通过"与麻瓜通婚会被视为违法"的议案,他误解了公众情绪。对反麻瓜观念感到疲倦并渴望和平的巫师社会在下一届部长选举时把他赶下了台。

爱尔德里奇·迪戈里
Eldritch Diggory

任期: 1733—1747年

迪戈里在1716年之前出生,是个受欢迎的部长,首次创立了傲罗招募计

划。在任期间,他曾去阿兹卡班参观,并对那里恶劣的条件感到震惊。回到伦敦后,他建立了一个委员会来讨论是否可以用其他方式代替阿兹卡班,或至少不让摄魂怪作看守,然而专家认为如果驱逐了摄魂怪,这些怪物就有可能跑到英国大陆上觅食。阿兹卡班给迪戈里留下的印象太深,以至于他后来还是一直试图寻找替代方法。

迪戈里在1747年因为龙痘死在了他的办公室内,于是阿兹卡班替代计划就此搁浅。

艾伯特·布特
Albert Boot

任期:1747—1752年

布特在1730年之前出生,算是一位讨喜的部长,但却比较无能,最后因处置妖精叛乱不当而辞职。

巴兹尔·弗莱克
Basil Flack

任期:1752年

弗莱克在1735年之前出生,他在1752年因为妖精叛乱而临时上任成为部长,而不是被选举出来的,执政期只有两个月,是截至2014年在位时间最短的部长。在叛乱的妖精和狼人联合起来之后,他就辞职了。

赫斯菲斯托斯·戈尔
Hesphaestus Gore

任期:1752—1770年

戈尔在1735年之前出生。戈尔是最早的一批傲罗之一,1753年,他代替因妖精叛乱而下台的巴兹尔·弗莱克,成为临时部长,后来又被选为正式部长。他成功地压制了一系列神奇生物的叛乱活动,但是历史家们认为他对狼人改过自新计划的拒绝导致了更多袭击的发生。

1745年，戈尔和意大利魔法部部长主持了一场臭名昭著的扫帚比赛，比赛从英国阿伯丁郡到罗马，在两位著名飞行员托基尔·麦克塔维什和西尔维奥·阿斯托尔菲之间进行。比赛在晚上举行，以防引起麻瓜的注意。魔法部的代表和两位选手各自的支持者在罗马斗兽场等待选手的到达。然而，就在大家看到了两位选手的时候，支持者们之间发生了冲突，并引发了爆炸，毁了斗兽场。原本负责安排行李和门钥匙的禁止滥用魔法司职员欧拉贝拉·纳特莉在这时站了出来，用修复咒语修复了斗兽场的几根柱子。戈尔和其他在场的魔法部人员要求纳特莉教他们那个咒语，等到被爆炸声吵醒的麻瓜到达时，斗兽场已经被修复了。戈尔之后授予纳特莉梅林一级勋章，以奖励她阻止了《保密法》被打破。

戈尔在任期间，还翻新并加固了阿兹卡班监狱。

马克西米利安·克劳迪
Maximilian Crowdy

任期：1770—1781年

克劳迪在1753年之前生。克劳迪是九个孩子的父亲，也是个很有魅力的领袖。他击溃了数个策划麻瓜袭击的极端纯血统团体。他在办公室里的神秘死亡为众多书籍与阴谋论者提供了无穷话题。

波蒂厄斯·纳奇博
Porteus Knatchbull

任期：1781—1789年

纳奇博在1764年之前生，在1782年被时任麻瓜首相的诺斯勋爵秘密召见，希望他能帮助治疗乔治三世表现出的精神不稳定。诺斯勋爵相信巫术的消息走漏了出去，结果在不信任动议通过后被迫辞职。

昂克图尔斯·奥斯博特
Unctuous Osbert

任期：1789—1798年。

奥斯博特在1772年前生，他被认为是塞普蒂默斯·马尔福的傀儡。

阿特米希亚·露芙金
Artemisia Lufkin

任期：1798—1811年

露芙金是第一位女部长，毕业于霍格沃茨魔法学校赫奇帕奇学院，她设立了国际魔法合作司，成功地四处游说从而使英国在其任期内举办了一届魁地奇世界杯。她是巧克力蛙卡片成员之一。

格洛根·斯坦普
Grogan Stump

任期：1811—1819年

斯坦普生于1770年的大不列颠，父母中至少有一方是巫师。1781—1788年，斯坦普在赫奇帕奇学习。1811年，斯坦普在41岁的时候成为魔法部部长。他特地提出了"人"的定义，即"任何有足够的智力理解魔法社会的法律并肩负起维护这些法律的责任的生物"，就这样，斯坦普解决了14世纪以来的争议。他创立了神奇生物管理控制司下属的三个部门：动物科、人形科、幽灵科。

斯坦普是一个充满激情的魁地奇爱好者，支持塔特希尔龙卷风队，他还设立了魔法部体育运动司。

约瑟芬·弗林特
Josephina Flint

任期：1819—1827年

弗林特在1802年之前出生，是一个女巫。她在任职时显示出一种不健康的反麻瓜偏见。她讨厌诸如电报的新奇麻瓜科技，断言电报干扰了正常的魔杖功能。

奥塔莱恩·甘伯
Ottaline Gambol

任期： 1827—1835年

　　甘伯在1810年之前出生，是一个女巫。她着迷于麻瓜科技，开创了用火车接送学生的先河。她还建立了委员会来调查麻瓜的智能，因为在大英帝国的这段时期内，麻瓜智商看上去要比部分巫师所相信的高得多（此时正值英国工业革命）。

拉多福斯·莱斯特兰奇
Radolphus Lestrange

任期： 1835—1841年

　　莱斯特兰奇在1818年之前出生，企图关闭神秘事务司，最终因健康状况不佳而辞职——据说是无力对付工作的重压。

霍滕西亚·米利菲特
Hortensia Milliphutt

任期： 1841—1849年

　　米利菲特在1824年之前出生，是一个女巫。她推行的法律比其他任何一位部长都多。其中的大部分有用，但有一些令人厌倦，最终导致她的政权垮台。

伊万杰琳·奥平顿
Evangeline Orpington

任期： 1849—1855年

　　奥平顿在1832年之前出生，是一个女巫。她第一个想到在国王十字车站建一个针对霍格沃茨特快的9¾站台。

　　奥平顿曾在奥利凡德那儿得到了一只白杨木的魔杖。有一个人们已经厌烦了

第一章 人物

的老笑话流传于魔杖制造师之间,他们说白杨木魔杖从不选择政治家作主人,但是他们忽略了悲伤的真相:有两根奥利凡德制造的白杨木魔杖属于两位魔法部的最有成就的官员——爱尔德里奇·迪戈里和伊万杰琳·奥平顿。

奥平顿是维多利亚女王的一位好友,但从未对女王说过她是个女巫,更别说是魔法部部长了。有人相信,奥平顿使用了魔法介入克里米亚战争。

奥平顿于1855年离职,被认为是很有成就的一位部长。

普里西拉·杜邦
Priscilla Dupont

任期:1855—1858年

普里西拉在1838年之前出生,是一个女巫。她在职期间对麻瓜首相帕默斯顿勋爵怀有一种无理的厌恶,程度严重到故意陷害他——把他口袋里的硬币变成青蛙卵。普里西拉因此事被迫下台。讽刺的是,两天后(1858年2月19日)帕默斯顿勋爵也在麻瓜的逼迫下辞职了。

都格·迈克菲尔
Dugald McPhail

任期:1858—1865年

迈克菲尔在1841年之前出生,毕业于霍格沃茨魔法学校赫奇帕奇学院。

迈克菲尔被认为是一位可靠的人。即便麻瓜议会正经历一段显著的动荡期(此时正值英国议会改革),魔法部却依然处在令人舒适的平静中。

1865年,受麻瓜公交系统的启发,迈克菲尔引进了骑士公共汽车。

法瑞斯·斯帕文
Faris Spavin

任期:1865—1903年

斯帕文生于1756年,是有史以来执政时间最长的魔法部部长,又被人称作"喷水孔斯帕文",他成为魔法部部长时已经109岁。

他曾因为讲了一个关于"一只马人、一个鬼魂和一个小矮人走进了一间酒吧"的笑话而被马人刺杀未遂。

斯帕文任职期间，颁布了不少重要的法律，比如说，1875年颁布的《未成年人使用魔法限制》禁止未成年巫师在学校外使用魔法。19世纪末，麻瓜政府因为要建查令十字路而计划夷平破釜酒吧。斯帕文在威森加摩面前做了一篇令人哀悼的、长达7小时的演讲来解释为什么救不了破釜酒吧。就在他进行乏味的演讲期间，威森加摩对麻瓜们施展了一系列遗忘咒（尽管未经证实，但对某些麻瓜可能还施了夺魂咒），于是破釜酒吧被保留了下来。

斯帕文还因为进行了一系列魁地奇改革而闻名。1884年6月21日，魔法部体育运动司出台了关于"非法冲撞守门员惩罚"的法令，这引起了魁地奇球员和粉丝的不满，聚集的人群用鬼飞球炮轰魔法部，甚至扬言要斯帕文好看。法律执行司及时出动驱散了人群。

斯帕文穿着海军上将的帽子和高筒靴出席了维多利亚女王的葬礼，就在此时，威森加摩很有礼貌地提出他是时候靠边站了，斯帕文离职时已是147岁高龄。

伟纽西娅·克里克力
Venusia Crickerly

任期：1903—1912年

克里克力于1886年之前出生，是一个女巫。克里克力是第二个担任部长的前傲罗，被认为既称职又讨人喜爱。她在任职期内死于一场怪异的园艺事故（与曼德拉草有关）。

阿彻·埃弗蒙德
Archer Evermonde

任期：1912—1923年

埃弗蒙德在1895年之前出生，其任职期间恰逢麻瓜的第一次世界大战，他通过了紧急法案禁止男女巫师参与战争，以免大批巫师违反《国际保密法》，但数千名巫师违抗了他，力所能及地帮助麻瓜们。

洛坎·迈克莱尔德
Lorcan McLaird

任期： 1923—1925年

迈克莱尔德在1906年之前出生，毕业于霍格沃茨魔法学校拉文克劳学院，是一位有才能的巫师，却不适合作政客。他极为沉默寡言，喜欢使用单音节词和用魔杖尖端制造出的表达性烟雾来交谈。人们因为对他的这种怪癖的恼怒而迫使其离职。

赫克托·福利
Hector Fawley

任期： 1925—1939年

福利在1908年之前出生，他能通过票选无疑是因为与迈克莱尔德（福利的前任，过于沉默寡言）的性格截然不同，但是这位热情洋溢又爱炫的福利没能充分重视盖勒特·格林德沃对全球巫师界的威胁，因此丢掉了工作。

福利家族是神圣28纯血家族之一。

伦纳德·斯潘塞-沐恩
Leonard Spencer-Moon

任期： 1938—1948年

沐恩在1922年之前出生，是一位可靠的部长，从魔法事故灾害司的低级职员一路晋升至此。其任职期正值魔法界和麻瓜界的大规模冲突（格林德沃挑起的国际魔法战争，以及麻瓜的"二战"）。他与麻瓜首相温斯顿·丘吉尔是良好的工作伙伴关系。

威尔米娜·塔夫特
Wilhelmina Tuft

任期：1948—1959年

塔夫特在1931年之前出生，是一个女巫。塔夫特是一位愉快的女巫，管理了一段令人欣喜的和平繁荣时期。她在任期内因为食用Alihotsy口味的软糖过敏而死，发现过敏时为时已晚。

伊格内修斯·塔夫特
Ignatius Tuft

任期：1959—1962年

伊格内修斯·塔夫特是上一任部长的儿子，是一个强硬派，利用其母亲的人气赢得了选举。他因承诺实行一个有争议且危险的摄魂怪繁殖计划而被赶下台。

诺比·里奇
Nobby Leach

任期：1962—1968年

里奇在1945年之前出生，作为第一位麻瓜出身的魔法部部长，他的上任震惊了保守派（纯血派），威森加摩中的许多人选择辞去自己的政府职位来表达抗议。他从未承认与英格兰获得1966年世界杯有任何关系。他因为感染神秘疾病而离职（有人认为和阿布拉克萨斯·马尔福有关）。

尤金尼娅·詹肯斯
Eugenia Jenkins

任期：1968—1975年

詹肯斯是一个女巫，在1951年之前出生。詹肯斯成功处理了发生在20世纪60年代末哑炮维权游行期间的纯血统骚乱。不过在面对伏地魔的第一次崛起时，她却无法充分应对这一挑战,并因此下台。

哈罗德·明彻姆
Harold Minchum

任期:1975—1980年

明彻姆在1958年之前出生。他被认为是一个强硬派,在阿兹卡班周围派驻了更多的摄魂怪。然而,他无法遏制伏地魔势不可当的崛起之路。

米里森·巴格诺
Millicent Bagnold

任期:1980—1990年

巴格诺在1963年之前出生,是一个女巫,毕业于霍格沃茨魔法学校拉文克劳学院。她在1980年就任部长时,正是第一次巫师战争进行到最激烈的时候,当时的魔法法律执行司司长是巴蒂·克劳奇。在这段时间里,傲罗获得了一些特权,比如可以对食死徒使用不可饶恕咒。1981年10月31日晚,伏地魔因为杀戮咒的反弹而失势,第二天,全英国的巫师都在庆祝战争结束,出现了大量违反《国际保密法》的事件。面对国际魔法师联合会的质问,时任魔法部部长的巴格诺说:"我坚决维护大家纵情狂欢的权利",并获得了全场喝彩。

也正是在她的任期内,小天狼星未经审判就被送进阿兹卡班。本来巴蒂·克劳奇被认为是接替她的热门人选,但由于小巴蒂的事情,他在公众心目中的威信急剧下降。最后,当巴格诺于1990年退休时,福吉成了下一任部长。

康奈利·福吉
Cornelius Fudge

任期:1990—1996年7月

福吉是第32任魔法部部长。福吉是一个粗壮的小个子,灰发。在作魔法部部长之前,他曾任魔法事故和灾害司副司长,目睹了1981年小天狼星在废墟里狂笑的场景。1996年6月18日,福吉亲眼看见伏地魔归来,于两个星期后辞职,

之后负责向麻瓜首相传递消息。他在1998年参加了邓布利多的葬礼。

福吉曾授予自己梅林一级勋章,这引起了巫师社会的强烈议论,许多人认为他在任的表现并不出色。福吉有一个侄子叫鲁弗斯·福吉,在禁止滥用魔法司工作,1999年2月5日,鲁弗斯为了打赌,变没了一列麻瓜"管子火车"。尽管麻瓜并未注意到列车已经不翼而飞,但事件发生两天后,他还是被禁止滥用魔法司停职。

金斯莱·沙克尔
Kingsley Shacklebolt

任期:1998—2017年

伏地魔死后,金斯莱被任命为魔法部临时部长,之后,又当选为正式的魔法部部长。金斯莱致力于减少魔法部的腐败与歧视,并废除了由摄魂怪看守阿兹卡班的规定。

在《被诅咒的孩子》一书中,赫敏接替沙克尔成为新一任魔法部部长。

其他信息请详见傲罗人物介绍。

※鲁弗斯·斯克林杰是第33任魔法部部长,其任期为1996年7月—1997年8月1日;皮尔斯·辛克尼斯作为傀儡部长,任期为1997—1998年。二人的其他信息详见前文主要人物介绍。

– 魔法法律执行司 –
– 傲罗办公室 –

艾丽斯·隆巴顿
Alice Longbottom

艾丽斯是纳威·隆巴顿的母亲、一个傲罗。在凤凰社的合照上,艾丽斯有一张和纳威一样圆圆的、充满友善的脸;在圣芒戈魔法医院里,艾丽斯的脸消瘦而憔悴,眼睛特别大,头发已经白了,零乱而枯干。

艾丽斯与丈夫在第一次巫师战争期间共同被贝拉特里克斯、罗道夫斯·莱斯特兰奇、拉布斯坦·莱斯特兰奇和小巴蒂·克劳奇用钻心咒折磨致疯，之后一直住在圣芒戈的杰纳斯·西奇病房。

弗兰克·隆巴顿
Frank Longbottom

弗兰克是纳威·隆巴顿的父亲、一个傲罗。他与妻子在第一次巫师战争期间共同被贝拉特里克斯、罗道夫斯·莱斯特兰奇、拉布斯坦·莱斯特兰奇和小巴蒂·克劳奇用钻心咒折磨致疯，之后一直住在圣芒戈魔法伤病医院的杰纳斯·西奇病房。

加德文·罗巴兹
Gawain Robards

加德文在斯克林杰升任魔法部部长后接替他的职位成为傲罗办公室主任。斯克林杰在试图招募哈利为魔法部效力时曾告诉哈利，如果他答应的话就能"时不时地出入魔法部""有许多机会和加德文·罗巴兹，即接替我的傲罗办公室主任多谈谈"。

金斯莱·沙克尔
Kingsley Shacklebolt

金斯莱高个子、黑皮肤、秃脑袋，声音低沉、缓慢，一边耳朵上戴着一只金环。金斯莱是一个傲罗，级别比唐克斯高。韦斯莱先生称他为"无价之宝"。金斯莱是从霍格沃茨毕业的，但学院未知。

金斯莱在魔法部中负责追捕小天狼星，在知道有关小天狼星的真相后，他一直向部里提供有关小天狼星位置的假消息。

金斯莱作为"先遣警卫"的一员，曾在1995年暑假护送哈利从德思礼家去格里莫广场12号。8月12日，哈利到魔法部受审那天，金斯莱在魔法部和韦斯莱先生假装不熟，但悄悄地递给韦斯莱先生一本《唱唱反调》，让他带给小天狼星。那上面有一篇说小天狼星是胖墩勃德曼的文章。

1996年复活节之前，D.A.活动被泄密，福吉带着珀西和几个傲罗来到霍格沃茨，其中就有金斯莱。当乌姆里奇粗暴地对待玛丽埃塔时，金斯莱上前阻止了她。当邓布利多为了学生们向福吉承认自己"确实在密谋反对"他时，金斯莱飞快地给想要反驳的哈利递了个警告的眼色。后来，邓布利多击晕了福吉等人，但为了避免金斯莱暴露，邓布利多对他也施了魔法。但金斯莱理解力出色，他趁大家都看着另一个方向时，修改了玛丽埃塔的记忆。

同年6月18日，金斯莱参加了神秘事务司之战。7月初，福吉辞职，斯克林杰成为魔法部部长。在麻瓜助理部长赫伯特·乔莱中了一个并不成功的夺魂咒后，魔法部认为麻瓜首相也有可能被施夺魂咒，于是派金斯莱作为麻瓜首相的秘书去保护他。麻瓜首相对金斯莱很满意，因为他"效率极高，做的工作是其他人的两倍"。

1997年7月，金斯莱参加了邓布利多的葬礼。在之后的暑假中，他与韦斯莱先生一起来到德思礼家，向弗农·德思礼解释他们必须藏起来，以防伏地魔抓走他们拷问哈利的下落，或抓住他们为人质威胁哈利。金斯莱掌握了麻瓜的穿衣窍门，他那低沉、缓慢的声音里有某种令人宽慰的东西，这使德思礼一家在巫师中独独对金斯莱另眼相看。7月27日，金斯莱参与了"七个波特"之役，他的家也是七组人前往的房屋之一。金斯莱负责保护变作哈利的赫敏，飞行工具是夜骐。有五个食死徒追赶他们，他伤了两个，大概死了一个。后来伏地魔也来了，但因为知道了真哈利的位置，很快又飞走了。到达陋居后，金斯莱没能逗留太久，就回唐宁街保护麻瓜首相去了。8月1日，在比尔和芙蓉的婚礼上，金斯莱用他的猞猁守护神向大家报信，魔法部已被食死徒攻陷。这使"铁三角"和许多客人都在食死徒赶到之前幻影移形了。

1997年圣诞节期间，去而复返的罗恩告诉哈利和赫敏，金斯莱因为说出了伏地魔的名字而暴露，一帮食死徒堵住了他，但他奋力冲了出来，正逃亡在外。金斯莱在逃亡期间成为波特瞭望站的固定供稿人，化名"老帅"。

1998年5月2日，金斯莱加入霍格沃茨之战。

伏地魔死后，金斯莱被任命为魔法部临时部长，之后，又当选为正式的魔法部部长。金斯莱致力于减少魔法部的腐败与歧视，并废除了由摄魂怪看守阿兹卡班的规定。

普劳特
Proudfoot

普劳特是一个傲罗，曾与塞维奇、尼法朵拉·唐克斯和约翰·德力士在1996—1997学年间守在霍格莫德，为霍格沃茨增加保护。

威廉森
Williamson

威廉森是一个穿着猩红色的长袍、扎着马尾辫的傲罗。当伏地魔在1996年6月18日逃离魔法部之前,威廉森是第一个看到他的傲罗,他对福吉说:"他在那儿!我看见了,福吉先生,我发誓他就是神秘人,他抓着一个女人幻影移形了!"之后福吉派他和约翰·德力士到神秘事务司去解决被击倒的食死徒。

约翰·德力士
John Dawlish

1996年复活节前,D.A.被泄密,福吉带着德力士和金斯莱来到霍格沃茨。邓布利多曾对他说:"别犯傻,德力士。我确信你是个出色的傲罗,我记得你的N.E.W.T.s.考试成绩好像都达到了'优秀',不过要是你想……哦……用暴力逮捕我,我就只好对你不客气了。"同年,乌姆里奇领着一堆人去捉捕海格,其中就有德力士。6月18日神秘事务司之战后,福吉曾派德力士和威廉森到神秘事务司去解决被击倒的食死徒。

斯克林杰成为魔法部部长后,曾派德力士跟踪邓布利多,想弄清他不在霍格沃茨的时候会去哪儿。邓布利多遗憾地对德力士用了魔咒(混淆咒)。

在1996—1997学年,约翰·德力士和傲罗塞维奇、普劳特、尼法朵拉·唐克斯一起守在霍格莫德,为霍格沃茨增加保护。

1997年夏天,德力士被凤凰社施了混淆咒,混淆咒使他相信哈利会在7月30日被转移。食死徒亚克斯利相信了他的话,但斯内普则告诉伏地魔转移的日期被定在了7月27日。

德力士负责把麻瓜出身的巫师德克·克莱斯韦送去阿兹卡班,德克在半路上击晕了德力士,偷了他的飞天扫帚逃走。据德克说,德力士当时不大正常,也许被施了混淆咒。

1998年5月1日,"铁三角"回到霍格沃茨,纳威告诉他们,就在两个星期前,食死徒派德力士去抓纳威的奶奶,用来威胁纳威,然而纳威的奶奶逃走了,留下德力士进了圣芒戈魔法伤病医院。

※阿拉斯托·穆迪、哈利·波特、鲁弗斯·斯克林杰、罗恩·韦斯莱、纳威·隆巴顿以及尼法朵拉·唐克斯的相关信息详见前文主要人物介绍;伟纽西娅·克里克力、赫斯菲斯托斯·戈尔的相关信息详见前文魔法部部长介绍。

禁止滥用麻瓜物品办公室

亚瑟·韦斯莱
Arthur Weasley

亚瑟·韦斯莱是罗恩的父亲,从霍格沃茨毕业后在魔法部禁止滥用麻瓜物品办公室工作,后来成为该部门主管,但手底下只有一个老巫师珀金斯。

其他信息请详见凤凰社成员介绍。

珀金斯
Perkins

珀金斯是一个有着一头松软的花白头发,还有些弯腰驼背的老巫师。

在1994年的魁地奇世界杯期间,珀金斯将自己的帐篷借给了韦斯莱先生。世界杯结束后,他并没有把帐篷要回去,而是留给了韦斯莱一家,因为他的腰痛病很严重,不能再外出露营了。1997年当"铁三角"外出寻找魂器时,就带着这顶帐篷,但却在遭遇搜捕队的那天晚上弄丢了。

1995年,哈利到魔法部受审,珀金斯将受审地点变更的紧急消息告诉了韦斯莱先生。

1997年,他参加了比尔和芙蓉的婚礼。

禁止滥用魔法办公室

鲁弗斯·福吉
Rufus Fudge

鲁弗斯·福吉是康奈利·福吉的侄子(或外甥),在禁止滥用魔法办公室工作。根据《预言家日报》实时通讯,1999年2月8日,他因为打赌而把一列麻瓜地铁变没了,因此受到调查,事件发生两天后,他被禁止滥用魔法办公室停职。

马法尔达·霍普柯克
Mafalda Hopkirk

马法尔达·霍普柯克是禁止滥用魔法办公室的一名助理，一个灰发飘飘的小个子女巫。她曾负责给涉嫌违反《国际巫师联合会保密法》或《对未成年巫师加以合理约束法》的巫师寄发通知。哈利就曾两次收到来自她的警告。魔法部被食死徒接管后，她仍在魔法部工作。

1997年9月2日，马法尔达·霍普柯克在魔法部入口外被赫敏击昏，赫敏使用复方汤剂伪装成她的样子潜入魔法部。

※多洛雷斯·乌姆里奇曾在禁止滥用魔法办公室任委员会主管，其他相关信息详见前文主要人物介绍。

- 麻瓜出身登记委员会 -

亚克斯利
Yaxley

亚克斯利在第一次巫师战争时成为食死徒，但在伏地魔失势后逃脱了阿兹卡班监禁。伏地魔复活后，亚克斯利回到了伏地魔身边，而且十分活跃。

1996年6月末或7月初，亚克斯利摧毁布罗克代尔桥。

斯克林杰被杀后，皮尔斯·辛克尼斯成为傀儡部长，亚克斯利自己则成为法律执行司司长，与乌姆里奇一道在麻瓜出身登记委员会做审问工作。当"铁三角"用复方汤剂进入魔法部时，他们在电梯里遇到了亚克斯利，亚克斯利指使罗恩扮成的魔法维修保养处员工雷吉纳尔德·卡特莫尔去修他的办公室，并威胁"如果我的办公室一小时后不能完全干燥，你老婆的血统成分就会比现在更成问题了"。后来哈利亲眼看到乌姆里奇和亚克斯利审问卡特莫尔的麻瓜出身的妻子玛丽。哈利在隐形衣下对亚克斯利施了"昏昏倒地"咒语，亚克斯利醒来后疯狂地追赶他们，最后在"铁三角"幻影移形时抓住了赫敏，并跟着到达格里莫广场12号，迫使"铁三角"不得不放弃了格里莫广场12号。

霍格沃茨之战中哈利将德拉科救出有求必应屋时，看见亚克斯利正在跟弗立维搏斗。后来在伏地魔休战的那一小时中，亚克斯利和多洛霍夫一起在禁林里等哈利。最后，他被乔治和李·乔丹合力击倒在地。

艾伯特·伦考恩
Albert Runcorn

艾伯特·伦考恩是1997年哈利闯进魔法部时用复方汤剂所扮的人。他身高六英尺高，体魄健壮，下巴上留着胡须，声音低沉，为人很厉害，很多同事都惧怕他。伏地魔卷土重来时他举报了很多有麻瓜血统的巫师。

※多洛雷斯·乌姆里奇的相关信息详见前文主要人物介绍。

— 魔法法律执行队 —

阿诺德·皮斯古德
Arnold Peasegood

1994年的魁地奇世界杯期间，韦斯莱先生向哈利介绍阿诺德·皮斯古德时，说他是逆转偶发事件小组（隶属于魔法事故和灾害司）的记忆注销员。在《预言家日报》实时通讯中，他成为一名打击手，参与了1999年的契平克劳博利骚乱，他成功地逮捕了三个妖精，只受了些轻伤。

鲍勃·奥格登
Bob Ogden

鲍勃在伏地魔出生前任魔法法律执行队队长，是一个矮矮胖胖的男人，戴着一副镜片特别厚的眼镜，眼睛很小，像鼹鼠的眼睛一样。虽然并非出身纯血统家族，但根据他笨拙的麻瓜着装可知他一直生活在魔法世界，与麻瓜世界接触不多。1925年，他前往小汉格顿传唤莫芬·冈特，因为后者使老汤姆全身长出了剧痛无比的荨麻疹。在1996年哈利看到他的记忆时，他已去世。

在鲍勃通知莫芬·冈特需要前去魔法部为自己的违法行为进行答辩的过程中，马沃罗·冈特发现了女儿梅洛普喜欢上一个麻瓜的事实，差点掐死她。为了救下梅洛普，鲍勃对马沃罗使用了抽离咒，因此被莫芬攻击。鲍勃幻影移形回到魔法部，随后带着增援赶回，制服了冈特父子。因为莫芬有过攻击麻瓜的前科，所以被判在阿兹卡班服刑三年。马沃罗除了伤害鲍勃之外，还伤害了魔法部的另

外几名官员，被判六个月有期徒刑。

值得注意的是，梅洛普正是因为鲍勃的执法行为才得以脱离了家庭的束缚，最终与老汤姆·里德尔私奔。

－威森加摩管理机构－

罗尔斯顿·波特
Ralston Potter

罗尔斯顿是哈利的祖先，是1612—1652年间的威森加摩成员，他是《保密法》的坚定支持者。

亨利·波特
Henry Potter

亨利是威森加摩成员。他是哈利的曾祖父，佩弗利尔的直系后裔，于1913—1921年任职于威森加摩。亨利因公开谴责魔法部部长阿彻·埃弗蒙德而引起一阵骚乱，因为埃弗蒙德在第一次世界大战中禁止魔法界人士帮助麻瓜。亨利公开支持麻瓜的态度，也在某种程度上造成了波特家族虽然是纯血统家族，但被排除在"神圣28纯血"之外。

亨利的家人和密友也称他为哈利（Harry）。詹姆和莉莉给儿子取名哈利，可能来源于他。

格丝尔达·玛奇班
Griselda Marchbanks

19世纪90年代，玛奇班教授就已经在巫师考试管理局工作。她曾在终极巫师考试中亲自考核阿不思·邓布利多的变形学和魔咒学。当时，邓布利多用魔杖变出了她从未见过的花样，而从那时起，玛奇班就开始非常尊重他。后来玛奇班成为威森加摩成员。

1995年，乌姆里奇被任命为霍格沃茨高级调查官。为了表示对这一任命的抗议，玛奇班教授和提贝卢斯·奥格登两位威森加摩元老决定辞职。随后，玛奇班就被《预言家日报》指控与"妖精颠覆集团"暗中勾结。

当玛奇班和巫师考试管理局的其他同事抵达霍格沃茨，准备随后的普通巫师等级考试的监考工作时，乌姆里奇曾前来迎接。不过，玛奇班教授并不尊重乌姆里奇，并表示魔法部根本不可能抓得住邓布利多。在这一年，玛奇班教授亲自考了德拉科的魔咒学实践和哈利的占卜学实践，并担任魔药学和天文学实践考试的监考老师。

第二次巫师战争结束后，玛奇班继续在巫师考试管理局作主管。

提贝卢斯·奥格登
Tiberius Ogden

提贝卢斯·奥格登是威森加摩成员，因抗议给霍格沃茨委派调查官而与格丝尔达·玛奇班一起辞职，他可能与前魔法法律执行队队长鲍勃·奥格登有亲戚关系。

提贝卢斯·奥格登和哈利的黑魔法防御术O.W.L.考试的考官托福迪教授是好朋友。他曾告诉托福迪，哈利能够召唤出实体守护神。

埃非亚斯·多吉
Elphias Doge

埃非亚斯是邓布利多的朋友，威森加摩的特别顾问。埃非亚斯出生于1881年左右，出身纯血统多吉家族。

1892年9月1日，他进入霍格沃茨魔法学校学习，当时他的龙痘疮虽然已经被遏制住不再传染，但满脸痘疮，肤色发青，使得没有多少人愿意接近他。当时他与同样遭到排挤的邓布利多（父亲被关入阿兹卡班）成为好友。

1899年，当埃非亚斯与邓布利多将要从霍格沃茨魔法学校毕业时，他们曾计划一起周游世界，但就在他们动身前往希腊之前，邓布利多的母亲突然去世，邓布利多决定留下来照顾妹妹。埃非亚斯不得不一个人上路，周游世界期间他曾与邓布利多通信。在邓布利多的妹妹去世后，他回来参加了葬礼。

第一次巫师战争期间，埃非亚斯成为凤凰社成员，战争结束后，他成为威森加摩特别顾问。

1997年6月30日，埃非亚斯为邓布利多撰写的讣告刊登在《预言家日报》上。他没有配合丽塔·斯基特的采访，因而被丽塔在公共媒体上嘲笑，质疑他的

理智。

1997年8月1日，埃非亚斯出席了比尔和芙蓉的婚礼，哈利与他进行了简短的交谈，但被穆丽尔姨婆打断，埃非亚斯苍白地为邓布利多辩解，但并没有产生什么效果。

阿米莉亚·博恩斯
Amelia Bones

阿米莉亚是威森加摩成员。她生前曾任魔法部法律执行司的司长，性格认真公正，给了哈利和费格太太申辩的机会，曾在法庭上为哈利仗义执言。她的父母及一个兄弟（埃德加）在第一次巫师战争中被伏地魔杀害。1996年的暑假期间（七月的第二周），她被谋杀（由于她本人魔法能力卓绝、擅长决斗，魔法界普遍认为谋杀她的是伏地魔本人）。

※巴蒂·克劳奇、多洛雷斯·乌姆里奇、阿不思·邓布利多的其他信息详见前文主要人物介绍；尤里克·甘普和康奈利·福吉的其他信息详见前文魔法部部长介绍。

— 魔法体育运动司 —

哈米什·麦克法兰
Hamish MacFarlan

哈米什·麦克法兰是原蒙特罗斯喜鹊队的球员，曾于1957—1968年担任球队队长，退役后任魔法体育运动司司长。

伯莎·乔金斯
Bertha Jorkins

伯莎·乔金斯毕业于霍格沃茨魔法学校，比詹姆·波特、小天狼星·布莱克、莱姆斯·卢平和小矮星彼得高几年级。她爱八卦，还不聪明。小天狼星认为这两样结合在一起"糟糕透了"。在校期间，她经常会抱怨其他同学的虐待，还散布谣言，最终闹到了邓布利多跟前。

伯莎毕业后曾短暂地在《预言家日报》工作过一段时间，后来成为一名魔法部雇员。她曾在巴蒂·克劳奇的国际魔法合作司工作过，珀西认为"克劳奇先生还是很喜欢她的"。

但是有一次，伯莎到克劳奇家找他给文件签字，当时克劳奇先生不在家，她意外地听到了家养小精灵闪闪在与本应在阿兹卡班的小巴蒂·克劳奇的谈话。尽管当时的小巴蒂穿着隐形衣，被夺魂咒控制着，但伯莎还是猜出了隐形衣下面的是什么人。等克劳奇先生回家之后，伯莎当面质问他，于是克劳奇先生不得不对她施了一个强大的遗忘咒。这个咒语过于强力，对伯莎的记忆造成了永久的损害，使伯莎从此变得健忘。

伯莎最终被调到了由卢多·巴格曼担任司长的魔法体育运动司。

1994年7月，伯莎到阿尔巴尼亚度假。根据卢多·巴格曼的说法，"她在那里见了她的二表姐，然后她离开二表姐家，到南部去看望一个姨妈，从此便消失得无影无踪"。事实上，她在阿尔巴尼亚森林外的一家酒馆里遇到了小矮星彼得，并被其制服后带给了伏地魔，伏地魔的钻心咒打破了伯莎身上的遗忘咒，伏地魔从她身上获取了大量的情报（包括三强争霸赛和小巴蒂的事情）。她随后被伏地魔所杀。伏地魔利用她的死，把他身边的蛇纳吉尼变成了魂器。不过因为之前伯莎就失踪过几次，这件事一直没能得到她的上司卢多·巴格曼的重视。

后来，当哈利和伏地魔在墓地决斗时，伯莎曾通过闪回咒出现，她支持哈利，并在连接断开后努力阻止伏地魔和食死徒抓住他。

※卢多·巴格曼的相关信息详见前文主要人物介绍。

- 国际魔法合作司 -

※巴蒂·克劳奇的其他信息详见前文主要人物介绍，珀西·韦斯莱的其他信息详见前文格兰芬多学生介绍。

神奇动物管理控制司

阿莫斯·迪戈里
Amos Diggory

阿莫斯是一个长着棕色短胡子的红脸庞巫师，在神奇动物管理控制司工作，具体职位不详。

阿莫斯是塞德里克的父亲，他一直很为自己的儿子骄傲。

1994年8月22日，韦斯莱一家与哈利、赫敏在白鼬山上遇到了迪戈里父子，阿莫斯认为塞德里克在去年的魁地奇比赛中打败了哈利很了不起，尽管塞德里克尴尬地解释那是一次意外事故，但阿莫斯回应说"我们的塞德总是这么谦虚，总是一副绅士风度……"。

之后世界杯上发生骚乱，一开始克劳奇先生怀疑是"铁三角"中的某人发射了黑魔标记，但阿莫斯却在树丛中发现了昏迷不醒的闪闪。阿莫斯认为应该听听闪闪怎样为自己辩护，于是给闪闪施了"快快复苏"咒语，但他之后对闪闪的审问很严厉。当他听说闪闪手里拿的魔杖是哈利的，曾短暂地怀疑过哈利，不过马上又承认是自己气昏了头。

这年开学之前，小巴蒂·克劳奇袭击并扮作了穆迪，表面上却伪装成是穆迪引发了一场垃圾箱的爆炸。不了解真相的阿莫斯拜托韦斯莱先生尽量帮穆迪开脱。

1995年6月24日，在三强争霸赛第三个项目的比赛日，阿莫斯和妻子来霍格沃茨看望儿子。因为丽塔在报纸上把哈利说成是霍格沃茨唯一的参赛勇士，阿莫斯对哈利的态度不太好，这让韦斯莱夫人十分愤怒。阿莫斯差点向韦斯莱夫人发火，但他的妻子"把一只手搭在了他的胳膊上"，阻止了他。

当哈利将塞德里克的尸体带回来后，迪戈里夫妇并没有因为所发生的事情而责怪哈利，相反，他们都感谢哈利把塞德里克带给了他们。在见面中，阿莫斯大部分时间都在无声地哭泣，而他的妻子已经伤心得欲哭无泪了。当哈利将三强争霸赛的奖金拿给他们时，迪戈里夫人没有接受。

在《被诅咒的孩子》一书中，阿莫斯住在圣奥斯瓦尔德巫师养老院。在听说魔法部从西奥多·诺特手里缴获了一个时间转换器后，他来到哈利家，请求哈利利用时间转换器把塞德里克"弄回来"，二人的对话被小阿不思听到，由此引发了后来的故事。

德克·克莱斯韦
Dirk Cresswell

德克是一个麻瓜出身的男巫,他在1994—1996年夏天前出任妖精联络处的主任,其前任为卡思伯特·莫克里奇。在《混血王子》一书中,斯拉格霍恩说德克比莉莉低一个年级,并且表示十分欣赏这个学生。参加工作之后,德克继续与斯拉格霍恩教授保持联络,并时常向他透露一些古灵阁巫师银行的内部消息。阿不思·邓布利多也曾提到,斯拉格霍恩和克莱斯韦保持的良好关系,可以让他有机会向妖精联络处推荐一名办事员。包括韦斯莱先生在内的许多德克的同事都认为他是一个非常优秀的巫师。

在英国魔法部被伏地魔控制之后,德克为保性命试图伪造家谱证明自己的巫师身份,但被艾伯特·伦考恩揭穿。为了避免被送往阿兹卡班监狱,他击昏押送他的傲罗逃跑了,但最终还是被搜捕队抓住并杀害。

1997年圣诞节后,哈利在"波特瞭望站"广播中得知德克被杀害的消息。

卡思伯特·莫克里奇
Cuthbert Mockridge

卡思伯特·莫克里奇曾在20世纪90年代中期任妖精联络处主任。在1994年魁地奇世界杯上,韦斯莱先生曾对哈利介绍过他。1996年夏天之前,他不再担任主任一职。

纽特·斯卡曼德
Newt Scamander

纽特是一位著名的神奇动物学家,也是《怪兽及其产地》一书的作者。

从霍格沃茨魔法学校肄业之后,纽特进入魔法部,在神奇动物管理控制司工作。他先在家养小精灵重新安置办公室待了两年,他称这两年是"枯燥之极"的两年,随后被调到了野兽办公室。纽特具有丰富的关于神奇怪兽的知识,因此他的知识在野兽办公室终于有了用武之地。

1947年,纽特负责设立狼人登记处。1965年,纽特促成《禁止为实验目的而喂养》禁令的通过。

其他信息请见后文传说中的人物介绍。

沃尔顿·麦克尼尔
Walden Macnair

沃尔顿·麦克尼尔身材高大匀称，有稀疏的唇髭。沃尔顿·麦克尼尔参加了第一次巫师战争，但在伏地魔失势后，他不仅设法逃脱了阿兹卡班监禁，还在魔法部找了个差事——处置危险动物委员会的刽子手。他曾负责处决鹰头马身有翼兽巴克比克，当他发现巴克比克逃走了以后，把斧头砍进篱笆以发泄愤怒。

其他信息请详见后文食死徒的人物介绍。

※赫敏·格兰杰的其他信息详见前文主要人物介绍。

— 神秘事务司 —

奥古斯特·卢克伍德
Augustus Rookwood

卢克伍德是一个有着灰色油腻头发、满脸麻子的高个子男巫。第一次巫师战争时他是魔法部神秘事务司的缄默人，战争结束后被卡卡洛夫告发为食死徒的奸细，从魔法部内部向神秘人提供有用的情报，因此被关入阿兹卡班。卢多·巴格曼曾因为向卢克伍德传递消息差点被当作食死徒。

伏地魔复活后，1996年早期，食死徒卢克伍德和贝拉特里克斯等人越狱，重回伏地魔麾下。作为前缄默人，他告诉了伏地魔很多有用的信息，如预言球只有与预言相关的人才能触碰。1996年6月17日的神秘事务司之战中，卢克伍德是参与搜寻哈利的食死徒之一。当凤凰社成员赶到后，他曾与金斯莱激战，向金斯莱发射死咒。

霍格沃茨之战中，当弗雷德在爆炸中丧生后，珀西曾向正在追赶两个学生的卢克伍德大喊，并奔了过去。后来卢克伍德被阿不福思击昏。

布罗德里克·博德
Broderick Bode

博德的生卒日期是1947—1996年1月10日，他是神秘事务司的缄默人，后被食死徒杀害。

博德第一次出现是在魁地奇世界杯上，他和其同事克罗克一起参加，韦斯莱先生告诉了哈利他们的身份。

第二年的夏天，哈利因为用守护神咒驱赶摄魂怪而受审，哈利和韦斯莱先生在魔法部电梯里遇到了博德，他被描述为一个"满面菜色的巫师"。就在这一年，伏地魔想要拿到预言球，博德成为食死徒的目标。在对凤凰社成员斯多吉·波德摩的夺魂咒失败后，食死徒埃弗里告诉伏地魔缄默人可以帮他拿到预言球。卢修斯对博德施了夺魂咒，想强迫他为他们偷预言球，但预言球只能被与预言相关的人接触，所以博德一碰到预言球，防御咒就被触发，这使博德精神错乱，以为他自己是一个茶壶，但与此同时，夺魂咒也被解开。

这件事被处理成工作事故，博德住进了圣芒戈魔法伤病医院。食死徒们担心他彻底清醒后会说出真相，于是匿名将一个伪装成盆栽的魔鬼网作为圣诞礼物送给了他。分管博德病房的治疗师梅莲姆·斯特劳在圣诞节的忙碌中忽视了博德的床头植物。随着博德先生语言和行动能力的恢复，梅莲姆鼓励他亲自照料那盆植物，却没有发现它不是无害的蟹爪兰，而是一盆魔鬼网。康复中的博德一碰到它，马上就被勒死了。

莱维娜·蒙克斯坦利
Levina Monkstanley

莱维娜·蒙克斯坦利是一个女巫，1772年时在世，曾是神秘事务司的缄默人，是荧光闪烁魔咒的发明者。一天，她在一个满是灰尘的角落寻找掉了的羽毛笔时点亮了自己魔杖末端，这让她的同事们非常惊讶。

索尔·克罗克
Saul Croaker

在1994年的魁地奇世界杯上，克罗克与博德经过韦斯莱家的帐篷，韦斯莱先生曾向哈利介绍过他们。

克罗克是神秘事务司的缄默人，将一生的精力都用于在神秘事务司中研究时

间魔法。

在《被诅咒的孩子》一书中，阿不思和斯科皮曾从他的言论中领悟到了时间转换器可能产生的影响。

- 魔法交通司 -

艾克莫夫人
Madam Edgecombe

艾克莫夫人是D.A.告密者玛丽埃塔·艾克莫的母亲、飞路网办公室职员，曾帮助乌姆里奇监视霍格沃茨的炉火。艾克莫夫人是福吉的支持者，她禁止她的女儿做任何可能对乌姆里奇（魔法部代表）不利的行为。

巴兹尔
Basil

在1994年的魁地奇世界杯决赛前，巴兹尔是在门钥匙旅行终点负责回收门钥匙的负责人之一，因此有可能在魔法交通司的门钥匙办公室工作。"他们整晚都守在这里，并需要为来自德国黑森林的一大群人的抵达提前进行准备。他穿着一条褶裥短裙和一件南美披风，试图让自己看起来像个麻瓜。"

威基·泰克罗斯
Wilkie Twycross

泰克罗斯是目前唯一已知的幻影显形课指导教师，就职于隶属魔法交通司的幻影显形测试中心。泰克罗斯的个子比较矮，皮肤苍白得出奇，睫毛透明，头发纤细，有一种不真实感，好像一阵风就会把他吹走。哈利觉得这可能是因为经常移形和显形削弱了他的体质，或是这种纤弱的体形最适于消失。

※珀西·韦斯莱在第二次巫师战争后任魔法交通司司长。其他信息详见前文格兰芬多学生介绍。

魔法事故和灾害司

阿诺德·皮斯古德
Arnold Peasegood

在《火焰杯》一书中,韦斯莱先生介绍阿诺德·皮斯古德时,说他是逆转偶发事件小组(隶属于魔法事故和灾害司)的记忆注销员,后成为打击手(详见魔法法律执行司人物介绍)。

尼蒙·雷德福
Mnemone Radford

尼蒙·雷德福的生卒日期为1562—1649年,她是一个女巫,遗忘咒的发明者,第一任记忆注销员。由于魔法部在1707年才正式成立,她的记忆注销员职位可能是由巫师议会授予的。这说明记忆注销员的职位早于《国际巫师联合会保密法》(1689年签署,1692年正式确立)存在。

※康奈利·福吉在1981年任魔法事故和灾害司副司长,其他信息详见前文魔法部部长介绍。

实验咒语委员会

巴尔福·布赖恩
Balfour Blane

巴尔福·布赖恩的生卒日期为1566—1629年,他是一个男巫,实验咒语委员会创办者,巧克力蛙卡片人物。

吉尔伯特·温普尔
Gilbert Wimple

温普尔参加了1994年的魁地奇世界杯,他路过韦斯莱家的帐篷时,韦斯莱先生曾这样向哈利介绍:"过来的这位是吉尔伯特·温普尔,他在实验咒语委员会工作,他头上的那些角已经生了有一段时间了。"

— 其他 —

埃里克·芒奇
Eric Munch

芒奇是英国魔法部的警卫。1995年8月12日,哈利到魔法部受审,在正厅左侧的安检台,芒奇对哈利的魔杖进行登记。他身穿孔雀蓝长袍,胡子刮得很不干净,显得没精打采。芒奇直到最后才注意到哈利额头上的闪电形伤疤。在反应过来这个人是哈利·波特之后,芒奇让他"等一等",但韦斯莱先生果断地带着哈利离开了安检台。

1995年8月31日凌晨1点,芒奇发现斯多吉·波德摩试图闯进神秘事务司的一扇门,并以非法侵入魔法部、企图实施抢劫为由将他逮捕。

雷吉纳尔德·卡特莫尔
Reginald Cattermole

雷吉纳尔德的昵称是"雷吉",他是英国魔法部魔法维修保养处员工。1997年,"铁三角"闯入魔法部寻找斯莱特林挂坠盒时,罗恩用复方汤剂扮作雷吉。

雷吉个子矮小,长得像白鼬,家住伊芙森大收费站奇斯赫斯特花园72号,妻子是一个麻瓜出身的巫师,叫作玛丽·伊丽莎白·卡特莫尔(父母都是蔬菜商)。他们有三个孩子:梅齐、埃莉和阿尔弗雷德。

1997年9月2日,雷吉要陪玛丽到"麻瓜出身登记委员会"登记,不巧遇到了打算潜进魔法部拿魂器的"铁三角"。赫敏给了他一块吐吐糖,结果他吐得天昏地暗,只能回家。罗恩用复方汤剂扮作了他的样子,被亚克斯利叫去修他一直在下雨的办公室,并被威胁"如果我的办公室一小时后不能完全干燥,你老婆的血统成分就会比现在更成问题了"。

之后哈利击晕了正在审问玛丽的乌姆里奇,带大家逃走,真正的雷吉却在这时赶到,目睹了"铁三角"逃走。哈利建议他带着妻子和孩子逃到国外。

食死徒

埃弗里
Avery

老埃弗里是伏地魔最早期的食死徒之一,也是里德尔的同学。

小埃弗里有可能是老埃弗里的儿子,斯莱特林学生,斯内普的朋友。他曾与穆尔塞伯合伙用黑魔法欺凌莉莉的室友玛丽,莉莉评价"穆尔塞伯和埃弗里的所谓幽默是邪恶的"。他之后加入了食死徒,但在伏地魔第一次失势后,声称自己中了夺魂咒而避免了阿兹卡班监禁。

伏地魔重生后,埃弗里赶到了墓地,被伏地魔施以钻心咒。

1995年,埃弗里告诉伏地魔可以通过缄默人布罗德里克·博德取得预言球,这个说法被食死徒卢克伍德否定,埃弗里因此再次遭受夺魂咒。

在之后的神秘事务司之战中,埃弗里和麦克尼尔一组追击哈利。

埃文·罗齐尔
Evan Rosier

罗齐尔家族是神圣28纯血家族之一。老罗齐尔在1956年伏地魔去霍格沃茨求职时就已经成为食死徒。伏地魔垮台的前一年,在傲罗抓捕过程中,他没有投降而是反抗,在战斗中被穆迪杀死。

安东宁·多洛霍夫
Antonin Dolohov

安东宁·多洛霍夫有一张苍白、扭曲的长脸。他在第一次巫师战争中折磨过数不清的麻瓜和不支持黑魔头的人,凶残杀害了凤凰社成员吉迪翁和费比安·普威特。在卡卡洛夫被逮捕不久后他也被抓住。

伏地魔复活后,1996年早期,多洛霍夫和贝拉特里克斯等人越狱,重回伏地魔魔下。在1996年6月17日的神秘事务司之战中,多洛霍夫和加格森一组搜寻哈利等人,他在追逐哈利、赫敏和纳威时被赫敏施了"无声无息"咒语,却又用无声咒严重伤害了赫敏,并用脚踢断了纳威的魔杖,哈利后来趁其不备"统统石化"了他。凤凰社成员赶来后,他恢复了过来,与小天狼星决斗,最后又被哈利石化了。此战之后,他再次被关进阿兹卡班。

1997年夏天,多洛霍夫再次越狱,并参与了在马尔福庄园内的食死徒会议。

"铁三角"从比尔和芙蓉的婚礼上逃走后,在一个麻瓜咖啡馆遇到了多洛霍夫和多尔芬·罗尔,多洛霍夫最后被赫敏石化,并与罗尔一起被赫敏并修改了记忆。不过这是赫敏第一次施展"一忘皆空"咒语,可能不够成功,因为哈利后来梦到罗尔因放跑哈利而被伏地魔惩罚。之后伏地魔派人监视格里莫广场,其中可能就有多洛霍夫,因为其中有一个"歪脸男人"。

1998年5月2日的霍格沃茨之战中,多洛霍夫杀了卢平,他后来和托马斯·迪安决斗,又被帕瓦蒂·佩蒂尔施了全身束缚咒。伏地魔休战的那一小时中,多洛霍夫和亚克斯利一起在禁林里等哈利。多洛霍夫最后是被弗立维击毙的。

贝拉特里克斯·莱斯特兰奇
Bellatrix Lestrange

出生年份:1951年
死亡日期:1998年5月2日
毕业院校:霍格沃茨魔法学校斯莱特林学院
魔杖:12¾英寸、胡桃木、龙心弦
家人:西格纳斯·布莱克三世(父亲)、德鲁埃拉·罗齐尔(母亲)、安多米达·唐克斯(妹妹)、纳西莎·马尔福(妹妹)、罗道夫斯·莱斯特兰奇(丈夫)

贝拉特里克斯是一个高个子的黑皮肤女巫,有黑色的长发和厚厚的眼睑。虽

然还保留着一些昔日美貌的痕迹，但多年的阿兹卡班监禁生活已经夺走了她大部分的美丽。她性格残忍暴虐，是伏地魔最忠实的仆人，伏地魔教会了她许多黑魔法。

贝拉特里克斯在毕业后嫁给了纯血巫师罗道夫斯·莱斯特兰奇，夫妇俩都加入了食死徒。尽管二人后来在为伏地魔工作时配合得很好，但这场婚姻看起来仅仅是为了尽纯血家族婚配传统的义务。与纳西莎和安多米达不同，贝拉特里克斯并不爱她的丈夫，甚至不曾在对话中提起他。伏地魔第一次崛起时，贝拉特里克斯和罗道夫斯加入了食死徒。伏地魔才是贝拉特里克斯的真爱，她总是用一种浪漫的方式跟伏地魔说话，并且对他充满关心。然而，伏地魔从没有回应过她的爱。

当伏地魔在戈德里克山谷失去力量之后，贝拉特里克斯和罗道夫斯后来伙同罗道夫斯的弟弟拉巴斯坦以及小巴蒂·克劳奇一起，将傲罗弗兰克和艾丽斯·隆巴顿折磨至疯，为的是在伏地魔失败后找到与他有关的信息。他们四个人均被抓住。哈利后来在冥想盆中看到了邓布利多对贝拉特里克斯审判的记忆：与其他食死徒不同的是，贝拉特里克斯在法庭上仍然声称自己忠于伏地魔，并会等到他归来。在审判前，她像坐上宝座一样坐在了带有锁链的椅子上。贝拉特里克斯最终被判处阿兹卡班终身监禁，但是在1996年的大规模越狱中，她和其他被关押的食死徒一起逃了出来。在神秘事务司之战中，她杀死了自己的堂弟小天狼星，重伤外甥女唐克斯。

1996年夏天，纳西莎和斯内普在贝拉特里克斯的见证下订立了牢不可破的誓言。

贝拉特里克斯有着虐待狂的天性：她极度喜欢使用不可饶恕咒，特别是对人拷打的时候喜欢使用钻心咒。当"铁三角"在寻找魂器的途中被食死徒搜捕队抓到带到马尔福庄园后，看到格兰芬多宝剑的贝拉特里克斯大惊失色，随后十分残忍地折磨了赫敏，导致其重伤。"铁三角"和卢娜、迪安等人最终被阿不福思派来的多比所救，但在幻影移形时，多比被贝拉特里克斯扔出的小刀刺中身亡。

在霍格沃茨最终决战中，贝拉特里克斯杀害了自己的外甥女唐克斯。在伏地魔宣布休战，等待哈利自己投降的那段时间里，贝拉特里克斯就陪在他的身边。在伏地魔对哈利发射了杀戮咒之后，她曾想帮助伏地魔站起来，但伏地魔冷冷地回绝了。贝拉特里克斯急切地问伏地魔，自己是否可以去检查哈利是否已经死亡，但伏地魔再次拒绝，而是让她的妹妹纳西莎去检查。在纳西莎谎称哈利死

了以后，贝拉特里克斯跟伏地魔和其他的食死徒一起来到霍格沃茨城堡外，宣布哈利的"死讯"。战斗重新爆发之后，贝拉特里克斯在霍格沃茨礼堂一人同时迎战赫敏、金妮和卢娜三人，三人使出了全身解数，但贝拉特里克斯与她们势均力敌。她施展的一个杀戮咒差点击中了金妮，这激怒了韦斯莱夫人，贝拉特里克斯一开始并没有把韦斯莱夫人当回事，就在贝拉特里克斯开始嘲笑她的对手时，韦斯莱夫人的一道诅咒击中了她的胸口，贝拉特里克斯倒在地上，她没能活着看到自己的主人被人打败。

根据《被诅咒的孩子》一书中所说，贝拉特里克斯与伏地魔有一个名叫戴尔菲的女儿，她在霍格沃茨之战前出生于马尔福庄园，而贝拉特里克斯的丈夫告诉了她关于她的身世的故事。戴尔菲为了令自己的父亲伏地魔摆脱在霍格沃茨之战中战败死亡的命运，通过引诱、控制小阿不思和斯科皮使用时间转换器不断回到过去，以期改变历史。但最终，她的阴谋被哈利等人识破，戴尔菲被众人击败并被送回正确的时间，等待她的将是阿兹卡班的终身监禁。

多尔芬·罗尔
Thorfinn Rowle

罗尔第一次出场是在天文塔之战中，在那场战役中，他朝着四周乱施魔咒，误杀了食死徒吉本，后来在逃逸中又用"火焰熊熊"咒语将海格的房子点着了。

在《死亡圣器》一书中，在比尔和芙蓉的婚礼后，他和安东宁·多洛霍夫在咖啡馆袭击了"铁三角"，被藏在隐形衣中的哈利施了"昏昏倒地"咒语。他和同伴多洛霍夫后来被赫敏修改了记忆，但咒语不是很成功，因为后来哈利梦到罗尔因为放跑哈利而被伏地魔惩罚。

霍格沃茨之战中，哈利去禁林见伏地魔时，看到"金发大块头罗尔轻轻擦着流血的嘴唇"。

芬里尔·格雷伯克
Fenrir Grayback

格雷伯克是个臭名昭著且喜欢袭击小孩儿的狼人，他企图制造足够多的狼人来征服巫师，他为了报复莱姆斯的父亲而把莱姆斯变成了狼人。

马尔福曾用他来威胁博金。在天文塔之战中，他在非变形状态下咬伤了比尔。

在《死亡圣器》一书中，因为罗恩喊出了伏地魔的名字，"铁三角"暴露，来抓他们的正是格雷伯克。但由于没有黑魔标记，他无法直接通知伏地魔，便把他们带去了马尔福庄园。

霍格沃茨之战中，他在咬拉文德·布朗时被赫敏打退，接着又被特里劳尼教授用水晶球重创，最终被罗恩和纳威合力击倒。

吉本
Gibbon

吉本在1997年参与了天文塔之战，在天文塔上向天空发射了黑魔标记，但不愿意留在天文塔上面对即将出现的邓布利多，于是返回楼下参加战斗，结果被食死徒多尔芬·罗尔朝卢平发出的杀戮咒误杀。

加格森
Jugson

加格森参加了神秘事务司之战，他和安东宁·多洛霍夫一组搜寻哈利等人，被哈利石化。

拉布斯坦·莱斯特兰奇
Rabastan Lestrange

拉布斯坦·莱斯特兰奇是罗道夫斯的兄弟。第一次巫师战争期间和罗道夫斯、贝拉、小克劳奇一起折磨隆巴顿夫妇，之后被关入阿兹卡班，于1996年越狱。神秘事务司之战中，他与克拉布一组，曾想对赫敏发射死咒，被哈利掀翻在地。纳威将他缴械，当他捡起魔杖后，又被赫敏石化。他的脑袋进入时间沙漏的玻璃罩中，结果脑袋在婴儿脑袋和成人脑袋之间不停变换。

拉多福斯·莱斯特兰奇
Radolphus Lestrange

拉多福斯·莱斯特兰奇和伏地魔是同学，我们有理由相信，他是最早的食死徒，因为他在里德尔六年级时已经把他看作"头儿"。

老高尔
Goyle

老高尔是格雷戈里·高尔的父亲。

老高尔在第一次巫师战争时就成为食死徒，但在伏地魔失势后设法逃脱了阿兹卡班监禁。

伏地魔复活后，老高尔赶到了墓地，伏地魔叫出了他的名字，被哈利听到。

老克拉布
Crabbe

老克拉布是文森特·克拉布的父亲。克拉布家族是纯血，但不属于神圣28纯血。

克拉布家族有一位叫伊尔玛的姑娘，后来嫁给了帕勒克斯·布莱克，是小天狼星的外祖母，也是贝拉三姐妹的祖母。

老克拉布在第一次巫师战争时就成为食死徒，但在伏地魔失势后逃脱了阿兹卡班监禁。伏地魔复活后，老克拉布赶到了墓地，伏地魔叫出了他的名字，被哈利听到。

老克拉布参与了神秘事务司之战，在追击哈利等人的过程中，他和拉布斯坦·莱斯特兰奇一组。在时间厅中，他被哈利用"昏昏倒地"咒语击晕，向后仰面跌进一个落地大座钟里。

雷古勒斯·布莱克
Regulus Black

雷古勒斯·布莱克的全名是雷古勒斯·阿克图勒斯·布莱克（Regulus Arcturus Black），即R.A.B.。

雷古勒斯的生卒日期为1961—1979年（死时18岁）。他是小天狼星的弟弟，在霍格沃茨读书时就读于斯莱特林学院，并曾担任斯莱特林找球手。

他是纯血主义者，曾经的伏地魔的崇拜者，16岁时加入食死徒。

在加入食死徒一年后，伏地魔曾向雷古勒斯要一只家养小精灵做实验，雷古勒斯推荐了克利切，但是吩咐克利切做完伏地魔要他做的事，然后回家。这件事过后，雷古勒斯对伏地魔的人品产生了怀疑，过了一段时间，他带着克利切去了伏地魔保存魂器的一个洞穴，雷古勒斯为了毁掉伏地魔的魂器——斯莱特林挂坠盒，喝下毒药，将用以替换斯莱特林挂坠盒的仿冒品交给他的家养小精灵克利切，吩咐他在石盆空了后换走真正的挂坠盒离开，并且必须保守秘密和设法将魂器摧毁。随后雷古勒斯被阴尸拖入水中而死。

雷古勒斯·布莱克的遗书

致黑魔王：

当你读到这封信时，我已经死了，但是我想让你知道：是我发现了你的这个秘密，我已经拿走了真的魂器并将它尽快销毁。

我甘冒一死，为你遇到命中对手时只是个血肉之躯的凡人。

R.A.B.

卢修斯·马尔福
Lucius Malfoy II

出生年份：1954年

国籍：英国

外貌特征：金发、灰眼睛

头衔：霍格沃茨魔法学校董事会成员（曾经）

毕业院校：霍格沃茨魔法学校，斯莱特林学院

魔杖：18英寸、榆木、龙心弦，嵌在一只蛇头手杖内。

家人：阿布拉克萨斯·马尔福（父亲）、纳西莎·布莱克（妻子）、德拉科·马尔福（儿子）、阿斯托利娅·格林格拉斯（儿媳）、斯科皮·马尔福（孙子）

卢修斯通常被称为卢修斯·马尔福二世，是个纯血巫师。

1965年或1966年，年满11岁的卢修斯进入霍格沃兹魔法学校学习，并被分入斯莱特林学院。求学期间，他成为鼻涕虫俱乐部的成员，这是魔药课老师霍拉斯·斯拉格霍恩特别挑选的一批学生。五年级时，卢修斯当选为斯莱特林级长，并与新入学的西弗勒斯·斯内普成为好朋友。

毕业后，他与纳西莎·布莱克结为连理。他们的儿子德拉科出生于1980年。成年后的卢修斯是个巫师贵族，也是马尔福家的一家之主，强烈信奉血统纯正以及"纯血统巫师更加优越"的观念。他加入了与其观念相同的食死徒组织，

哈利·波特百科全书

成为伏地魔的追随者之一,甚至成为伏地魔最信任的仆人之一,并参与了第一次巫师战争。但是,他在1981年伏地魔首次失败后抛弃了阵营。卢修斯声称自己被伏地魔的夺魂咒迷惑住了,本人并无为其服务之心。尽管魔法部接受了这个解释,但是仍有些人认为这是个谎言。卢修斯在魔法部中找到了工作,并成为霍格沃茨魔法学校的12名董事会成员之一。

1992年,韦斯莱先生对一些巫师家庭展开了突击检查,没收了一些黑魔法物品和非法物品。就在卢修斯的家被搜查之前,他把一些会证明他有罪的物品卖给了博金-博克商店。就在德拉科和哈利上二年级之前,卢修斯开始处理伏地魔失势前交给他保管的物品——汤姆·里德尔的日记。当金妮在丽痕书店中购买学习用品时,卢修斯在与韦斯莱先生打了一架,并被《毒菌大全》砸中眼睛后,把这本日记夹在金妮的旧变形术课本中塞给了她。卢修斯计划让金妮使用这本日记,并通过她重新打开密室,发动对麻瓜出身的学生的袭击。卢修斯只知道这本日记被施了巧妙的魔法,并不知道这里其实存放了一片伏地魔的灵魂。卢修斯计划为了自己的个人利益,让金妮打开密室。这样,他就能败坏金妮父亲的名声,并把阿不思·邓布利多赶出霍格沃茨。他还能够有针对性地袭击那些麻瓜出身者,同时除掉这件非常容易惹祸的物证。

尽管马尔福家的家养小精灵多比事先警告了哈利,但是这个计划在一开始还是很成功的。随着日记在金妮身上汲取的能力越来越多,学校里的学生、动物和幽灵都接二连三地被蛇怪石化。卢修斯后来通过威胁的手段(如果不合作就诅咒他们的家人)影响董事会,要求他们同意以领导不力为由罢免邓布利多的校长职务,但卢修斯的计划最终没有实现,因为日记中的里德尔决定按着自己的目标走,不再继续石化学校中那些麻瓜出身的学生。他开始着眼于消灭哈利,这个金妮告诉他的将会在未来杀死他的人。金妮最终不再相信日记,并将它扔掉,但是里德尔再次控制了她,并把她带进密室,作为诱饵吸引哈利到来。

哈利最终救了金妮,用戈德里克·格兰芬多的宝剑杀死了蛇怪,并用蛇怪的毒牙摧毁了日记,同时也摧毁了(他当时并不知道这是个魂器)伏地魔存在里面的一片灵魂。哈利证明了金妮的清白,并指出了真正的罪魁祸首——卢修斯。同时,哈利还设法诱骗卢修斯给了多比自由。哈利把日记塞在自己的臭袜子里还给卢修斯。当卢修斯无意中扒下臭袜子扔到一边时,多比接住了它。多比从此不用再为马尔福家服务。在发现被哈利捉弄,失去家养小精灵之后,卢修斯朝哈利扑了过去,但多比用魔法将他击向了一边,卢修斯除了离开别无选择。

尽管无法证明是卢修斯策划的密室开启事件,但他还是因为威胁另外11位董事而被霍格沃茨的董事会开除。尽管如此,他还是和魔法部有着很强的联系。在这一学年,卢修斯还为斯莱特林魁地奇球队的全体队员购买了光轮2001飞天扫帚,因为他的儿子德拉科成为球队的找球手。

卢修斯曾考虑过将儿子送到德姆斯特朗读书,但纳西莎不愿让德拉科去那么远的地方上学,于是他们还是将他送进霍格沃茨。卢修斯也与一伙斯莱特林的学生关系很好,其中就包括斯内普。在后来的日子里,卢修斯也一直和斯内普保持联系，并在乌姆里奇等魔法部官员面前对他大加赞赏。卢修斯的儿子德拉科上学期间，斯内普看起来也颇为偏爱他。

伏地魔复活后，卢修斯再次以食死徒的身份为他效忠，带领其他人设法获得伏地魔寻求的预言。在随后发生的战斗中，预言球被打碎，而卢修斯及其同伴也于1996年被关进阿兹卡班。尽管伏地魔在1997年将他们解救出来，但他仍对卢修斯的失败极为不满，对马尔福一家更加轻视。霍格沃茨之战接近结束时，卢修斯和他的家人临阵脱逃，并在战后因为向魔法部提供食死徒名单而免于进入阿兹卡班服刑。在德拉科与阿斯托利娅·格林格拉斯结婚后，他与纳西莎有了一个孙子，名叫斯科皮·马尔福。

罗道夫斯·莱斯特兰奇
Rodolphus Lestrange

罗道夫斯是贝拉特里克斯的丈夫，按照小天狼星的说法，他和斯内普一样，加入了"一个斯莱特林团伙"，"后来那个团伙的人几乎都变成了食死徒"。他和贝拉特里克斯结婚的时间未知，但这段婚姻只是纯血家族为联姻而联姻。贝拉特里克斯真爱的是伏地魔，不知道罗道夫斯如何看待他的妻子，不过他们在搭档杀人放火时倒是挺合拍。

1981年伏地魔垮台时，罗道夫斯和他的兄弟拉布斯坦、妻子贝拉特里克斯，还有小巴蒂·克劳奇一起折磨了隆巴顿夫妇，之后入狱。

伏地魔复活后，1996年早期，莱斯特兰奇兄弟和贝拉特里克斯等人越狱，重回伏地魔麾下。

神秘事务司之战中，罗道夫斯和贝拉特里克斯一组追逐罗恩、金妮和卢娜，之后被抓，然后又越狱。

"七个波特"之战中，罗道夫斯追逐唐克斯和罗恩，被唐克斯所伤。

在《被诅咒的孩子》一书中，贝拉特里克斯与伏地魔有一个名叫戴尔菲的女儿，在霍格沃茨之战前出生于马尔福庄园。罗道夫斯找到了这个孩子，将她的身世告诉了她，并希望她可以改变伏地魔死亡的结局。戴尔菲的阴谋最终被哈利等人识破，历史并未改变。

穆尔塞伯
Mulciber

卡卡洛夫告发了穆尔塞伯，说他"专搞夺魂咒，强迫许多人做一些可怕的事

情"，那时候穆尔塞伯已经被抓。

伏地魔复活后，1996年早期，穆尔塞伯和贝拉特里克斯等人越狱，重回伏地魔麾下。在神秘事务司之战中，他和卢修斯一组。

纳西莎·布莱克 / 纳西莎·马尔福
Narcissa Black / Narcissa Malfoy

昵称：西茜 Cissy

出生年份：1955年

外貌：浅肤色、金发、蓝眼睛，又高又瘦，若不是"总摆出一副厌恶的神情，就好像闻到了什么难闻的气味"，也称得上漂亮。

家人：西格纳斯·布莱克三世（父亲）、德鲁埃拉·罗齐尔（母亲）、卢修斯·马尔福（丈夫）、德拉科·马尔福（儿子）、阿斯托利娅·格林格拉斯（儿媳）、斯科皮·马尔福（孙子）

自从卢修斯在魔法部行动（神秘事务司之战）失败后，伏地魔就极度渴望报复。他命德拉科去执行一项不可能的任务（刺杀阿不思·邓布利多）作为对卢修斯任务失败的惩罚。在1996—1997学年开始前，纳西莎去找斯内普寻求帮助，并在姐姐贝拉特里克斯的见证下和斯内普订立了牢不可破的誓言。

纳西莎为了自己的家庭可以做任何事，甚至公然反抗伏地魔的命令。在《死亡圣器》一书中，纳西莎为了救自己的儿子德拉科而向伏地魔隐瞒了哈利还活着的事实，在某种意义上扭转了整个战场的形势并间接造成了伏地魔的死亡。

诺特
Nott

诺特是伏地魔的第一批食死徒成员之一，1956年，他与罗齐尔、穆尔塞伯、多洛霍夫一起跟随伏地魔去霍格沃茨申请黑魔法防御术课的教授之职。在伏地魔失势后，诺特想办法逃脱了阿兹卡班监禁的惩罚。

伏地魔复活后，诺特受召唤赶到墓地。在之后的神秘事务司之战中，他被赫敏石化，但神秘事务司之战的领头卢修斯并没管他的死活，理由是"对黑魔王来说，他的伤跟丢了预言球相比根本不算什么"。

诺特在这之后被抓，但又于1997年夏天的大规模越狱中逃离阿兹卡班。

斯莱特林有一位和哈利同级的学生叫作西奥多·诺特，是这位老诺特的儿子。他能看见夜骐，因为他在小时候目睹了他的母亲，也就是老诺特妻子的死亡。

塞尔温
Selwyn

塞尔温第一次出场是在"七个波特"之役中，他追着真哈利和海格，因为伏地魔的魔杖（其实是卢修斯的魔杖）被哈利毁了，伏地魔征用了塞尔温的魔杖。

乌姆里奇曾佩戴斯莱特林挂坠盒，以挂坠盒上的S标记谎称自己与塞尔温家族（同样是S开头）有亲戚关系。

1998年早期，塞尔温和特拉弗斯一起折磨谢诺菲留斯·洛夫古德。

特拉弗斯
Travers

特拉弗斯在第一次巫师战争中协助谋杀了麦金农一家，被卡卡洛夫告发，但那时候魔法部已经知道了他的食死徒身份。

伏地魔复活后，1996年早期，特拉弗斯和贝拉特里克斯等人越狱，重回伏地魔魔下，但不知何故又被抓了，后来在1997年和斯坦·桑帕克等人一起越狱。他参与了"七个波特"的追逐，并在追逐中因为面罩掉下来而被金斯莱看到了。此时的魔法部长皮尔斯·辛克尼斯受食死徒夺魂咒的控制，特拉弗斯成了一位魔法部法律执行司的成员。

1998年早期，特拉弗斯和塞尔温因为谢诺菲留斯·洛夫古德告发哈利而来到他家，塞尔温一开始以为谢诺菲留斯在骗他们，折磨了他。而特拉弗斯用"人形显身"这一咒语发现楼上确实有人，但之后"铁三角"还是成功逃走了。

"铁三角"用复方汤剂闯入古灵阁时，特拉弗斯曾和扮成贝拉特里克斯的赫敏攀谈，后来被哈利施了夺魂咒。

霍格沃茨之战中，哈利看到帕瓦蒂在对付特拉弗斯。

威尔克斯
Wilkes

威尔克斯是一个男巫,他在霍格沃茨魔法学校上学时曾被分入斯莱特林学院。从霍格沃茨毕业后,威尔克斯加入了食死徒。他参加了第一次巫师战争的数场战斗。在战争接近尾声时,他在被傲罗追捕时因拒捕被杀。

沃尔顿·麦克尼尔
Walden Macnair

麦克尼尔参加了第一次巫师战争,但在伏地魔失势后,他不仅设法逃脱了阿兹卡班监禁,还在魔法部找了个差事——处置危险动物委员会的刽子手。

伏地魔复活以后,麦克尼尔赶到了墓地。伏地魔对他说:"你在为魔法部消灭危险野兽?不久就会有更好的东西让你去消灭的。"

1995年的夏天,海格奉邓布利多之命去见巨人,发现麦克尼尔也奉伏地魔之命去游说巨人。新的巨人首领决定站到食死徒一方,并将海格和马克西姆夫人来过的事情告诉了麦克尼尔。麦克尼尔想找到海格他们,但最终被他们逃脱。同年,卢修斯·马尔福对神秘事物司的缄默人布罗德里克·博德施了夺魂咒,想让他去偷预言球,但预言球只能被与预言相关的人接触,博德因精神错乱住进了圣芒戈魔法伤病医院。麦克尼尔在圣诞节那天扮作一个老态龙钟、带着喇叭形助听器的男巫去"看望"博德,将一盆魔鬼网留在了病房,这导致了博德的死亡。

麦克尼尔参与了神秘事务司之战,追击哈利时,他和埃弗里一组。他曾一度抓到了哈利,差点把哈利掐死,不过因为被纳威戳了眼睛而放手。之后哈利对他施了"昏昏倒地"咒语,于是他"仰面倒了下去,面罩滑落下来",令哈利认出了他。麦克尼尔之后被关进阿兹卡班,在1997年夏天与卢修斯等人一起越狱。

在霍格沃茨之战中,"麦克尼尔被海格扔到礼堂那头,砰地撞到石墙,不省人事地滑到了地上"。

小巴蒂·克劳奇
Bartemius(Barty)Crouch Junior

小巴蒂·克劳奇生于1962年,他一共通过了12项普通巫师等级考试,是个很有天分的巫师。伏地魔消失后,他被指控与贝拉特里克斯等人一起将隆巴顿夫妇折磨致疯，小巴蒂在审判现场否认了这项指控，并恳求他的父亲相信他，但克劳奇先生不为所动，小巴蒂最终被判有罪。

之后，克劳奇先生在其夫人的央求下将小巴蒂从监狱中换出，但他对小巴蒂所施的夺魂咒渐渐失效。小巴蒂最终趁着魁地奇世界杯的混乱逃了出去，并扮成穆迪进入霍格沃茨。

1995年5月27日，小巴蒂将克劳奇先生杀害。1996年6月24日，小巴蒂死于摄魂怪之吻。

邓布利多曾对福吉说过，小巴蒂是"一个十分古老的巫师家族的最后一位成员"，这说明在1995年的时候，克劳奇家族中的其他成员均已逝世。

伊戈尔·卡卡洛夫
Igor Karkaroff

卡卡洛夫有一双蓝眼睛，又高又瘦，白头发很短，山羊胡子（末梢上打着小卷儿）没有完全遮住他那瘦削的下巴。

卡卡洛夫在第一次巫师战争中成为食死徒，穆迪花了六个月的时间把他抓住（具体被捕时间是在伏地魔消失前还是消失后未知）。伏地魔失势后，卡卡洛夫接受审判，当时负责审判的克劳奇先生答应他，只要他能提供另外很多食死徒的名字，就会放掉他。卡卡洛夫招出的食死徒包括安东宁·多洛霍夫、埃文·罗齐尔、特拉弗斯、奥古斯特·卢克伍德和西弗勒斯·斯内普。被释放后，卡卡洛夫成为德姆斯特朗的校长。

1994年，卡卡洛夫作为校长带领德姆斯特朗的学生来到霍格沃茨。作为三强争霸赛的裁判，他十分偏心。在第一个项目中给了克鲁姆10分，却只给了哈利4分。

在这一学年中，卡卡洛夫被日渐明显的黑魔标记搞得万分焦虑，多次找斯内普谈论此事，第一次被哈利撞见是在圣诞舞会上，第二次则是在魔药课上。

伏地魔复活的当晚，卡卡洛夫逃走避难。1996年6—7月，他的尸体在北方的一个小木屋里被发现，黑魔标记悬在上空。卢平对于他离开食死徒后还能活够一年感到吃惊。

※阿莱克托·卡罗、阿米库斯·卡罗、彼得·佩迪鲁、德拉科·马尔福和西弗勒斯·斯内普的其他信息详见前文主要人物介绍；皮尔斯·辛克尼斯的其他信息详见前文魔法部部长介绍；奥古斯特·卢克伍德、亚克斯利的其他信息详见前文魔法部职员介绍。

哈利·波特百科全书

凤凰社

阿不福思·邓布利多
Aberforth Dumbledore

  阿不福思生于1884年，比哥哥阿不思小三岁，比妹妹阿利安娜大一岁。他的父亲是珀西瓦尔，母亲坎德拉（麻瓜出身的巫师），他儿时住在沃土原。七岁时，其父珀西瓦尔因袭击三个麻瓜孩子为阿利安娜报仇而进了阿兹卡班并最终死在了监狱里，母亲坎德拉则带着全家搬去了戈德里克山谷。

  阿不福思于1895—1902年就读于霍格沃茨，多吉形容阿不福思"从来不爱读书，而且，他喜欢决斗，不喜欢通过理性来协商来解决问题"，这点不像阿不思。不过，有人说兄弟俩关系不好。这也不符合事实。他们虽然性格迥异，相处还算和睦。

  在阿不福思四年级时，其母坎德拉因为妹妹阿利安娜病发而死亡，他想辍学照顾妹妹，但阿不思阻止了他。

  在这段时间里，按照丽塔在《生平与谎言》中所说，阿不福思像个野孩子，总往邻居头上扔羊屎。后来，格林德沃来到戈德里克山谷，与阿不思一见如故。阿不福思恼恨哥哥对妹妹的忽视，开学前，他朝他们发火了，阿不福思被格林德沃施了钻心咒，三个人的决斗导致了阿利安娜的死亡。

  在阿利安娜的葬礼上，阿不福思打断了阿不思的鼻子。之后，他成为猪头酒吧的酒保。阿不福思虽然不肯原谅哥哥，但两人还保持着联系。

  阿不福思在伏地魔第一次崛起时就已是凤凰社的成员。1980年，阿不思面试特里劳尼，斯内普在门外偷听，因为被阿不福思发现而被赶走，所以只听到了部分预言。

  阿不福思曾因为对一只山羊滥施魔法而被起诉，这件事在报纸上登得铺天盖地。

  1997年，阿不福思参加了哥哥的葬礼。之后，斯内普成为校长期间，阿不福思为躲进有求必应屋的学生提供食物和水。"铁三角"为寻找魂器返回霍格沃茨时，阿不福思用他的山羊守护神救了他们，并告诉了他们关于阿利安娜的往事。之后猪头酒吧成了学生们和凤凰社成员来往霍格沃茨的通道。

  阿不福思参与了霍格沃茨之战，他击昏了食死徒卢克伍德。战后，他成为猪头酒吧的老板。

阿拉贝拉·费格
Arabella Figg

哈利称她为费格太太，她是一名哑炮，常用发网挽住花白相间的头发，手腕上挂着一个叮当作响的网袋，两只脚穿着一双格子呢的厚拖鞋。

尽管是个哑炮，但费格太太在第一次巫师战争时就加入了凤凰社。伏地魔消失后，她奉邓布利多之命就近照看哈利。费格太太养了很多猫，而且满屋子卷心菜的味道，这让童年的哈利不太愉快。后来费格太太承认，她这么做是因为一旦德思礼家的人觉得哈利喜欢上她家来，他们就再也不会让他来了。

1995年8月2日，本应是蒙顿格斯负责暗地里保护哈利，但他擅离职守，导致哈利在面对摄魂怪时不得已施展了守护神咒。于是费格太太现身，告诉了哈利她的哑炮身份。蒙顿格斯现身后，费格太太气得说要宰了他。

1995年8月12日，哈利到魔法部受审，费格太太作为哈利的证人出席。

1997年7月，费格太太到霍格沃茨参加了邓布利多的葬礼。

埃德加·博恩斯
Edgar Bones

埃德加·博恩斯是阿米莉亚·博恩斯的哥哥，在第一次巫师战争中被杀害。

爱米琳·万斯
Emmeline Vance

爱米琳·万斯是凤凰社成员，一位披着深绿色披肩、端庄典雅的女巫，在第一次巫师战争中幸存。

1995年伏地魔复活后，爱米琳·万斯再次加入重新组建的凤凰社。她曾作为"先遣警卫"，将哈利从女贞路4号护送到凤凰社指挥部。

不过在1996年，爱米琳·万斯在麻瓜首相官邸附近的角落里被食死徒杀害。她的命案被麻瓜报纸报道，并对此大做文章。

第一章　人物

本吉·芬威克
Benjy Fenwick

本吉·芬威克是第一次巫师战争期间的凤凰社成员，但在战争接近尾声时被食死徒残忍杀害，只找到部分遗体。

德达洛·迪歌
Dedalus Diggle

德达洛是凤凰社成员，一个小个子的男人，喜欢戴一顶紫罗兰色的大礼帽，在两次英国巫师战争中幸存。

1991年，当哈利第一次走入破釜酒吧时，德达洛曾与哈利握手。1995年暑假，德达洛作为"先遣警卫"将哈利从女贞路4号护送到凤凰社指挥部。1997年，德达洛和海斯佳·琼斯负责将德思礼一家转移到安全的地方。

费比安·普威特
Fabian Prewett

费比安是韦斯莱夫人的兄弟，在第一次巫师战争中被食死徒安东宁·多洛霍夫杀害。

普威特家族是神圣28纯血家族之一。已知的年纪最大的普威特家族成员叫伊格纳修斯，他是费比安·普威特的叔叔。他娶了柳克丽霞·布莱克，成为小天狼星的姑父。

韦斯莱夫人在哈利成年的生日时送给了他一块原本属于费比安的手表。

海丝佳·琼斯
Hestia Jones

海丝佳是一位头发乌黑、面颊粉嘟嘟的女巫，二代凤凰社成员，没有证据显示海斯佳在第一次巫师战争中就加入了凤凰社。

1995年，海丝佳是"先遣警卫"的一员，护送哈利从德思礼家去格里莫广场12号。

1997年，海斯佳和德达洛·迪歌负责将德思礼一家转移到安全的地方。海丝佳为人善良，善解人意，认为哈利与德思礼一家分开时应该有些独处的时间好好道别。她惊讶于德思礼一家对哈利即将去往的地方毫不关心。

吉迪翁·普威特
Gideon Prewett

吉迪翁是韦斯莱夫人的兄弟，第一代凤凰社的成员，在第一次巫师战争中被食死徒安东宁·多洛霍夫杀害。

卡拉多克·迪尔伯恩
Caradoc Dearborn

第一次巫师战争期间，卡拉多克成为凤凰社的一员。他在拍完凤凰社合照6个月后失踪，尸体一直没被找到。

莉莉·伊万斯 / 莉莉·波特
Lily Evan / Lily Potter

出生日期：1960年1月30日
逝世日期：1981年10月31日（21岁）
毕业院校：霍格沃茨魔法学校，格兰芬多学院
所获荣誉：级长、学生会主席
魔杖：10¼英寸、柳木
守护神：牝鹿
外貌：深红色头发、亮绿色眼睛
家人：佩妮·德思礼（姐姐）、詹姆·波特（丈夫）、哈利·波特（儿子）

莉莉出生于麻瓜家庭，她本来与姐姐佩妮相处得不错，但是，因为莉莉进入霍格沃茨，而姐姐佩妮却没有，出于嫉妒，姐姐佩妮与莉莉的关系僵化了。斯内普很小的时候就在麻瓜世界碰到了莉莉，也许是因为斯内普在麻瓜世界里很孤独，遇到了同是巫师并且美丽善良的莉莉，便喜欢上了她。莉莉也把斯内普当成好朋友，她喜欢听斯内普讲述关于魔法的事情。1971年，莉莉与斯内普一起登

哈利·波特百科全书

上了霍格沃茨特快列车。在车上，他们遇到了詹姆和小天狼星，因为斯内普对完全不了解霍格沃茨的莉莉说你最好能进斯莱特林，詹姆嘲笑了他，莉莉很生气，刚一见面就对詹姆有极差的印象。分院帽最后把莉莉分入格兰芬多，而斯内普则被分入斯莱特林，因为身处两个学院的关系，从此，斯内普和莉莉就不再像（也不可能像）从前一样无拘无束地玩了，但是斯内普依旧像以前一样喜欢，或者可以说是爱着她。

与儿子哈利不同，莉莉了解巫师世界的事是在收到霍格沃茨的来信之前——是斯内普第一个告诉了她魔法世界的情况。虽然她的父母是麻瓜，但他们以莉莉为荣。莉莉的第一根魔杖是柳木的，特别适合施魔咒，她是班上的第一名。她的姐姐佩妮本来是羡慕她的，甚至也曾偷偷给邓布利多写信求他收下她，但被委婉地拒绝后便开始嫉妒妹妹。她尤其憎恨莉莉在放假回家时表演的变形术。随着这对姐妹慢慢长大，她们开始漠视彼此的存在。

不管莉莉要面对多少成见，不管别人怎么对她，她对所有的同学依旧谦虚。詹姆·波特，这个总是想给莉莉留下深刻印象的人，经常和比他更早认识莉莉的斯内普互相争斗。对此莉莉十分不满。但渐渐地，莉莉和詹姆克服对彼此的成见而慢慢步入成人世界，去面对更多更强大的敌人。莉莉在七年级时当选女生学生会主席。与此同时，她开始跟詹姆约会。他们毕业后不久就结了婚，并育有一子哈利。

在伏地魔渐渐将他的强大势力延伸至各个角落后，莉莉和詹姆加入了凤凰社与之对抗。后来，特里劳尼预言，伏地魔和凤凰社的一对夫妻的孩子不能同时活着，而且对方要把对方亲手杀掉。当时，这则预言可以用在纳威·隆巴顿与哈利·波特两个人身上，但是伏地魔却自以为是地把那个男孩认定为波特夫妇的孩子——哈利。

在三次从伏地魔手中逃脱后，波特夫妇发现他们的处境更危险了，特别是当他们儿子的出生日期跟预言中一致时。波特夫妇在邓布利多的建议下使用赤胆忠心咒保护自己和哈利，并且选择小天狼星（哈利的教父、他们的一个老朋友，同样也是凤凰社成员之一）作他们的保密人。但小天狼星认为小矮星彼得不会引起伏地魔的注意，不会试图从他那里得到什么情报，便让波特夫妇把小矮星彼得当作保密人。可是，那时的小矮星彼得其实已经为伏地魔效力多年了，他出卖了莉莉、詹姆和哈利。

伏地魔当然会追上门来。一天晚上，他敲开了门……莉莉试图带着哈利在詹姆抵抗伏地魔的时候逃走，但在她从摇篮中抱出哈利前詹姆就被伏地魔杀死了。在伏地魔步步逼近时，她试图跟伏地魔达成交易，用自己的命换哈利的。她不顾一切地想要保护哈利，最终为哈利而死。莉莉用她的死保护了哈利，她的爱融入他的血中，只要他还生活在流有他母亲血液的地方，就能不受伏地魔的伤害。莉莉的死给了哈利一个强大的保护，但同时让哈利在伏地魔没有注意的情况下，成为伏地魔的第七个魂器，也因为这样，伏地魔和哈利的生命有了联系。

马琳·麦金农
Marlene McKinnon

马琳是第一次巫师战争期间的凤凰社成员。马琳和她的家人在1981年被食死徒杀害。卡卡洛夫曾供认，特拉弗斯是协助杀害麦金农一家人的凶手之一。

蒙顿格斯·弗莱奇
Mundungus Fletcher

蒙顿格斯是一个胡子拉碴、身穿一件破烂外套的矮胖子、两条短短的罗圈腿、又长又乱的姜黄色头发、一双肿胀充血的眼睛，使他看上去像一只短腿猎狗那样愁苦。

蒙顿格斯经常做一些投机倒把的不法生意，所以名声很不好。他的昵称是"顿格（Dung）"，而"dung"意译的话是大粪的意思。人如其名，他周身总是围绕着烟酒混合的强烈臭味。尽管很多凤凰社成员（特别是韦斯莱夫人）对他颇有不满，但他在第一次巫师战争的时候就加入了凤凰社，且对邓布利多很忠心，有一次还帮邓布利多摆脱了困境。按照小天狼星的说法，蒙顿格斯得以加入凤凰社，主要是因为他认识所有的骗子毛贼，能听到其他凤凰社成员听不到的东西。

1975年，蒙顿格斯得罪了阿不福思，被禁止进入猪头酒吧。

1992年8月3日，韦斯莱先生抄查违禁品时，蒙顿格斯想趁他转身时对他用魔法。

1994年8月26日，蒙顿格斯参加了魁地奇世界杯，在世界杯发生混乱后，他提出索赔一顶带12个卧室和配套按摩浴缸的帐篷，但韦斯莱先生知道他其实是在一件用棍子支着的交口斗篷下面过的夜。

1995年8月2日，本应是蒙顿格斯负责暗地里保护哈利，但他擅离职守去谈一批从飞天扫帚上掉下来的坩埚（便宜的赃物）生意，导致哈利在面对摄魂怪之时不得已施展了守护神咒。8月5日，哈利来到格里莫广场12号，再次遇到蒙顿格斯。当晚，蒙顿格斯在餐桌上讲了一个笑话：威尔偷了瓦提·海里斯的蛤蟆，

他又偷了威尔偷的蛤蟆，然后用比原价高得多的价格卖回给威尔。韦斯莱夫人表示不赞同，认为蒙顿格斯的是非观念漏掉了最关键的几课。在哈利住在格里莫广场12号期间，蒙顿格斯想要把他搞到的坩埚放在总部保存，因此与韦斯莱夫人爆发了争吵。不过后来他把罗恩从一套古怪的想要把他勒死的紫色长袍里救了出来，因此稍微挽回了一些自己在韦斯莱夫人心目中的形象。

1995年10月5日，哈利、赫敏等人在猪头酒吧成立D.A.，蒙顿格斯扮作一个披着长纱巾的女巫监视他们，并把这一情况告诉了凤凰社的成员。

1996年10月中旬，哈利发现蒙顿格斯经常偷格里莫广场12号的东西去卖，怒不可遏，但蒙顿格斯还是用幻影移形逃脱掉了。

1997年年初，《预言家日报》报道了蒙顿格斯被抓到阿兹卡班的消息，理由是他扮成阴尸入室行窃。他有可能是在邓布利多死后阿兹卡班的大规模越狱中逃出来的。

在"七个波特"之役中，蒙顿格斯是其中一个"波特"，和穆迪一组，却临阵脱逃，致使穆迪牺牲。事后，凤凰社成员曾怀疑是蒙顿格斯走漏了哈利会被提前转移的消息，但事实上，替身计划是斯内普通过混淆咒灌输给蒙顿格斯的。同年8月，"铁三角"从克利切那里得知，魂器斯莱特林挂坠盒被蒙顿格斯偷走了。克利切将蒙顿格斯抓了来，蒙顿格斯告诉他们，他在对角巷卖货，遇到乌姆里奇问他有没有经销魔法制品的执照。乌姆里奇本来要罚款，但突然看上了挂坠盒，就拿了挂坠盒顶替罚款。

莫丽·韦斯莱
Molly Weasley

出生日期：1949年10月30日
身高：5英尺3.5英寸（约1米6）
毕业院校：霍格沃茨魔法学校，格兰芬多学院
家人：亚瑟·韦斯莱（丈夫），比尔·韦斯莱、查理·韦斯莱、珀西·韦斯莱、弗雷德·韦斯莱、乔治·韦斯莱、罗恩·韦斯莱（6个儿子），金妮·韦斯莱（女儿），芙蓉·德拉库尔、安吉丽娜·约翰逊、赫敏·格兰杰（3个儿媳），哈利·波特（女婿）

韦斯莱夫人婚前姓普威特，父母详情未知，她有一个叔叔伊格纳修斯，娶了布莱克家的女儿柳克丽霞，而柳克丽霞没被布莱克家除名，这或许说明，在当时以纯血为傲的圈子里，普威特家族的名声要好过同为神圣28纯血之一的韦斯莱家族。

韦斯莱夫人有两个兄弟——费比安·普威特和吉迪翁·普威特。尽管韦斯莱

夫人在第一次巫师战争中不是凤凰社成员，但普威特兄弟俩是，而且在第一次巫师战争中死于食死徒之手。

韦斯莱夫人提到过，在读书时，她开始和亚瑟约会，并跟着一首"老掉牙的舞曲"跳舞，毕业后二人结婚。

韦斯莱夫人总是能很好地应付儿子们的恶作剧。她有一对精灵古怪的双胞胎——弗雷德和乔治。她从不认为这对双胞胎符合他们自己的潜能，因为他们总是用小玩笑和甜蜜的恶作剧让周围乱作一团。她曾经在无数的场合和他们争论过。甚至她最大的儿子比尔，也让她因为他过长的头发和耳饰而头疼，而且她不喜欢比尔的女朋友芙蓉。很明显，韦斯莱夫人喜欢珀西，他总是很严肃，而且中规中矩——换句话说，珀西从不让她操心，但是，在1995年的夏天，当他背弃了自己的家庭投身于福吉那边而反对邓布利多的时候，他伤了他母亲的心。

韦斯莱夫人非常爱她的家庭。她的母爱也在哈利的身上发扬着，而且她也非常热情地欢迎赫敏加入他们的圈子。她总为孩子们准备三明治，让他们在霍格沃茨特快列车上吃，每年圣诞节还会送给她的孩子们一件手织的不同颜色的"韦斯莱毛衣"。即使跨越苏格兰和德文郡，她的爱仍然不受任何影响。她会对成天惹是生非、成绩平平的弗雷德和乔治（尤其是弗雷德）勃然大怒，大吼大叫，甚至会因为酸棒糖烧了罗恩的舌头而用扫帚猛打弗雷德。她会丢掉他们的把戏产品，却也会因为他们的商业成功而高兴，会为黑魔标记而担忧他们的安危，并把他们搂得撞在一起。她在儿子乔治受伤后会脸色惨白，失去儿子弗雷德的时候，书中的描写是她浑身颤抖地伏在弗雷德的尸体上，她的丈夫抚摸着她的头发，泪流满面。

对于哈利来说，韦斯莱夫人就是一位母亲。当他参加三强争霸赛的时候，她代替他的姨夫、姨妈来霍格沃茨为他加油。她总是对他的事情大惊小怪，而且无时无刻不在关心着他，为他担心。

韦斯莱夫人是一个非常有能力、富有正义感的女巫，她忠实于邓布利多。她非常强势，对《预言家日报》的记者，人家只是想报道一个关于飞翔的汽车的好故事，她让他们走开，否则她会送个食尸鬼给人家；对她的儿子们，即使他们都比她高，但是当她发脾气的时候，他们总是很畏惧；还有就是对那些期待伏地魔东山再起的人。邓布利多告诉她，不要做一个只会结识洛哈特那样只会玩弄令人眼花缭乱的小把戏的愚蠢的家庭主妇，而要结识一些可以真正成为朋友、组成联盟的人。

在伏地魔的势力第二次抬头的时候，韦斯莱夫人加入了凤凰社。她负责将格里莫广场12号整理得更像人住的地方。她经常做饭，但是会让其他人给她打下手帮忙。在凤凰社总部的时候，她总是急躁的，而且随时随地都能和人争吵起来，但是这种态度或许可以从她对客厅柜子里的博格特作出那样的反应得到解释。当博格特在她面前的时候，她最恐惧的事情发生了，她的家人（甚至包括哈利和已经与家人关系恶劣的三儿子珀西，可能还有更多人，比如赫敏）毫无生命力地躺在那里，在这场战争中被伏地魔杀害。当这场对付食死徒的战争再度升温时，韦

斯莱夫人一直承受着这样的担心和恐惧。

在天文塔之战中,比尔被狼人芬里尔·格雷伯克咬伤,韦斯莱夫人痛苦万分。在芙蓉表示虽然比尔可能被毁容,但仍会与比尔结婚后,韦斯莱夫人拥抱了她未来的儿媳。

在霍格沃茨之战中,韦斯莱夫人为了保护金妮与贝拉特里克斯展开了激烈的战斗,最后她战胜了贝拉特里克斯,并将其杀死。

斯多吉·波德摩
Sturgis Podmore

斯多吉是凤凰社成员,一个长着一头厚厚的稻草色头发的方下巴巫师,在两次英国巫师战争中幸存。

1995年,斯多吉作为"先遣警卫"的一员,护送哈利从德斯礼家去格里莫广场12号。8月12日,哈利到魔法部受审的那天,斯多吉为凤凰社在神秘事务司站岗,防止食死徒偷预言球,却被卢修斯·马尔福施了夺魂咒。8月31日,穆迪在给哈利看凤凰社旧合照的时候提到过,斯多吉拿走了他最好的一件隐形衣,到现在还没归还。而就在当夜凌晨,斯多吉在夺魂咒的控制下闯入神秘事务司,被警卫埃里克·芒奇抓获。9月1日,斯多吉本应负责护送哈利去国王十字车站却没来,穆迪抱怨斯多吉"这是他一星期里第二次不露面了,怎么变得像蒙顿格斯一样不可靠了"。此时大家还不知道他已经被抓了。

在五年级开学后的第一个周六,"铁三角"从《预言家日报》上看到了斯多吉被捕的消息,原报道如下:

※非法侵入魔法部的斯多吉·波德摩,现年三十八岁,家住克拉彭区金链花公园2号,目前在威森加摩接受审判,他被控于8月31日非法侵入魔法部并企图实施抢劫。波德摩被魔法部的警卫埃里克·芒奇抓获,芒奇发现他在凌晨一点企图闯过一道一级保密门。波德摩拒绝为自己辩护,被判两项指控成立,在阿兹卡班监禁六个月。

亚瑟·韦斯莱
Arthur Weasley

生日: 1950年2月6日
守护神: 鼬鼠
身高: 5英尺11英寸(约1米8)

父亲： 塞普蒂默斯·韦斯莱

母亲： 赛德瑞拉，布莱克家的姑娘，菲尼亚斯·奈杰勒斯·布拉克（小天狼星的曾曾祖父）的孙女，因嫁给韦斯莱家而被家族除名。长姐卡莉朵拉嫁给了哈方·隆巴顿，幼妹查莉斯嫁给了卡斯帕·克劳奇。她的母亲原姓亚克斯利。

妻子： 莫丽·韦斯莱

儿女： 六子（比尔、查理、珀西、弗雷德、乔治、罗恩）、一女（金妮），长子比尔出生时他20岁，小女儿出生时他31岁。

韦斯莱先生在1961—1968年就读于霍格沃茨魔法学校的格兰芬多学院，在学校期间就和莫丽谈恋爱，他们曾经凌晨四点在城堡散步，被当时的舍监阿波里昂·普林洛抓住了，直到现在，韦斯莱先生身上还带着当年惩罚的印记。他和莫丽毕业时正值伏地魔第一次兴起，这使二人匆忙结婚，并在战争期间有了七个孩子。

毕业后，韦斯莱先生在魔法部禁止滥用麻瓜物品司工作，后来成为该部门主管，但手底下只有一个老巫师帕金斯。第一次巫师战争期间，莫丽的兄弟费比安·普威特和吉迪翁·普威特被食死徒杀死，但韦斯莱夫妇并不是第一代凤凰社成员。

韦斯莱先生撰写了《麻瓜保护法》，这是魔法部里的一项重要法令。他喜欢任何与麻瓜有关的事情，而且他对麻瓜科技也极感兴趣。他会买来麻瓜物品，在家里拆开研究，想弄明白它们的原理，有时候，他还会对它们施魔法。他有一辆施了魔法后会飞的福特汽车（罗恩和哈利曾开着它前往霍格沃茨）。有趣的是，因为有关法令里的漏洞（而这个法令，恰巧又是韦斯莱先生自己写的），这并不算是非法的行为。他收集电源插头和电池，也喜欢追问哈利任何从公车车站到自动扶梯原理的一切事情。当他在古灵阁银行里遇到格兰杰一家时，他执意邀请他们去破釜酒吧，因为他想了解他们的一切。在露营时，他曾经坚持不用魔法搭起帐篷，又花了半个小时弄明白如何用火柴点着篝火，但他在搭帐篷和生火这种事上一直在帮倒忙。

直到1995年夏天，魔法部部长福吉对韦斯莱先生的态度都是既友好又尊敬的，但那之后他就认为邓布利多的朋友都是他的敌人。在那之前，魔法部里大部分人对韦斯莱先生都相当尊重。在邓布利多和福吉决裂之后，韦斯莱先生加入了凤凰社，秘密对抗伏地魔，还要避免福吉怀疑他们在反对魔法部。一个晚上，当他在伏地魔企图闯入的神秘事务司门前站岗时，被伏地魔的巨蛇袭击，被咬得几乎丧命（因为哈利及时向麦格教授报告，邓布利多及时派遣救兵，才让韦斯莱先生不至于死亡）。

1996年8月中旬，韦斯莱先生陪同哈利通过麻瓜方式前往魔法部受审，并在指控撤销后，将他送回格里莫广场12号，然后去处理威利·威德辛造成的厕所污水回涌事件。同年，韦斯莱先生升职为伪劣防御魔咒及防护用品侦察收缴办公室主管，手下有十个人。有一种猜想，韦斯莱先生被提职可能与新部长斯克林杰想

第一章 人物

获得哈利的好感有关。

1997年,"七个波特"之战中,韦斯莱先生和扮成哈利的弗雷德一组。在之后比尔和芙蓉的婚礼上,魔法部沦陷,"铁三角"逃走,亚瑟用守护神告诉他们,韦斯莱一家还都平安。

之后,韦斯莱一家(除了比尔和罗恩)住到了韦斯莱夫人的姨妈(或姑妈)穆丽尔的家里。

韦斯莱一家参与了最后的霍格沃茨之战,韦斯莱先生失去了他的儿子弗雷德。

※阿不思·邓布利多、阿拉斯托·穆迪、彼得·佩迪鲁、哈利·波特、赫敏·格兰杰、莱姆斯·卢平、鲁伯·海格、罗恩·韦斯莱、米勒娃·麦格、尼法朵拉·唐克斯、西弗勒斯·斯内普、小天狼星·布莱克和詹姆·波特的其他信息详见前文主要人物介绍;埃非亚斯·多吉的其他信息详见前文魔法部、威森加摩管理机构人物介绍;金斯莱·沙克尔的其他信息详见前文魔法部部长、傲罗办公室人物介绍;艾丽斯·隆巴顿和弗兰克·隆巴顿的其他信息详见前文魔法部、傲罗办公室人物介绍;比尔·韦斯莱、查理·韦斯莱、弗雷德·韦斯莱、乔治·韦斯莱的其他信息详见前文格兰芬多学生介绍。

麻瓜

安格斯·弗利特
Angus Fleet

安格斯·弗利特住在皮伯斯。1992年9月1日他向警察报告看见一辆会飞的福特安格里亚汽车。

埃里克·华莱
Eric Whalley

埃里克·华莱是住在汤姆·里德尔儿时所在的孤儿院里的小孩,邓布利多到访的时候，接待他的科尔夫人在抱怨埃里克·华莱的血弄脏了床单。

艾米·本森
Amy Benson

艾米·本森是住在汤姆·里德尔儿时所在的孤儿院里的小孩，在孤儿院夏天的一次集体郊游中，她和汤姆·里德尔一起进过一个山洞，里德尔称那是去探险，但艾米·本森从那以后就一直不大对劲儿。

比利·斯塔布斯
Billy Stubbs

比利·斯塔布斯是住在汤姆·里德尔儿时所在的孤儿院里的小孩，邓布利多到访的时候，接待他的科尔夫人在抱怨比利·斯塔布斯抓破了他因出水痘而结下的痂。

鲍勃·希群斯
Bob Hitchens

鲍勃·希群斯是艾莎拉·布莱克的麻瓜丈夫，艾莎拉·布莱克是菲尼亚斯·尼古拉斯·布莱克最小的妹妹，她因与麻瓜结婚而从布莱克家谱上被除名。

波奇斯太太
Mrs. Polkiss

波奇斯太太是皮尔·波奇斯的母亲。达力11岁生日时，波奇斯太太将皮尔带到德思礼家，皮尔与德思礼一家一起去动物园为达力庆生。

丹尼
Dennis

丹尼生于1980年,是达力的朋友。他是个傻大个,而且很蠢,乐意加入达力最热衷的游戏——追打哈利。

丹尼斯·毕肖普
Dennis Bishop

丹尼斯·毕肖普是住在汤姆·里德尔儿时所在的孤儿院里的小孩,在孤儿院夏天的一次集体郊游中,他和汤姆·里德尔一起进过一个山洞,里德尔称那是去探险,但丹尼斯·毕肖普从那以后就一直不大对劲儿。

多特
Deuter

多特是小汉格顿的村民,在《火焰杯》一书中,在吊死鬼酒馆里与其他村民议论里德尔府过去的事。他认为是弗兰克杀死了里德尔一家。

法布斯特上校
Colonel Fubster

法布斯特上校是玛姬·德思礼的邻居。在从英国军队退休之后,法布斯特上校显然有很多时间和玛姬在一起,并且愿意帮她做点事情。1993年,当玛姬前去拜访德思礼一家人的时候,法布斯特上校帮助她照看了她养的大部分狗。在此之前,他在玛姬的要求下将一只"病病歪歪""发育不良""活像一只小老鼠"的狗崽淹死。玛姬有一次在法布斯特上校家中喝酒,曾不小心将酒杯捏炸。事实上,玛姬暗恋着法布斯特上校,但法布斯特上校绝不会娶她为妻,因为玛姬的性格太可怕了。

斐尼甘先生
Mr. Finnegan

斐尼甘先生是西莫·斐尼甘的父亲,他的妻子直到结婚以后才告诉他自己是个女巫。

芬列里夫妇
Mr. and Mrs. Finch-Fletchley

芬列里夫妇是贾斯廷·芬列里的父母,他们本想让贾斯廷上伊顿公学,但后来霍格沃茨的入学通知使他进入霍格沃茨就读。芬列里夫人有些失望,直到贾斯廷让她读了洛哈特的书之后,她才对魔法有了好感。

弗兰克·布莱斯
Frank Bryce

弗兰克(1917—1994年8月)是小汉格顿的村民。除了第二次世界大战时在外服役(战争给他的身体留下了永久的残疾),他一生的大部分时间都居住于此。从战场上回来后,他在里德尔一家当园丁。里德尔一家死时弗兰克28岁。1994年,弗兰克在里德尔府被伏地魔杀害。1995年,当哈利和伏地魔在小汉格顿墓地决斗时,因为二人魔杖是孪生杖芯的原因触发了闪回咒,当伏地魔的魔杖开始以倒序的方式重现之前所施过的魔咒时,弗兰克的影像曾出现过。

戈登
Gordon

戈登是达力的朋友。他是一个傻大个,而且很蠢,乐意加入达力最热衷的游戏——追打哈利。

格兰杰夫妇
Dr. and Dr. Granger

格兰杰夫妇是赫敏的父母,他们都是牙医。在《死亡圣器》一书中,赫敏因为要与哈利和罗恩一同去寻找魂器,为了自己父母的安全,赫敏修改了他们的记忆,使他们相信自己实际名叫温德尔和莫尼卡·威尔金斯,平生最大的愿望是移居澳大利亚。

赫伯特·乔莱
Chorley Herbert

乔莱是英国(麻瓜)首相的前任助理部长。乔莱中了食死徒一个蹩脚的夺魂咒后,学起了鸭子。随后他被送进圣芒戈魔法伤病医院,在检查期间他试图掐死三位治疗师。

赫蒂·贝利斯
Hetty Bayliss

赫蒂·贝利斯住在诺福克。1992年9月1日,她确信在晒衣服时看见一辆会飞的车。

吉姆·麦古
Jim McGuffin

1981年11月,弗农·德思礼看的晚间新闻中的天气播报员就是吉姆·麦古。

狡猾的德克
Dodgy Dirk

德克是依夫拉科姆的居民,至今他仍坚称一只"巨大的飞行蜥蜴"在沙滩上袭击了他。他是依夫拉科姆唯一一个记得1932年火龙袭击的麻瓜——一个碰巧在那度假的巫师家庭对其他麻瓜施了遗忘咒。

科尔夫人
Mrs. Cole

科尔夫人是汤姆·里德尔幼年所在孤儿院的总管。邓布利多在1937年拜访了她，并得知汤姆出生时的情况以及他古怪的表现。科尔夫人是个瘦骨嶙峋、神色疲惫的女人。她的面部轮廓分明，看上去与其说是凶恶，倒不如说是焦虑。她显然是一个非常精明、让人感到有些头疼的女人，以至于邓布利多不得不对她施用咒语以便让她相信汤姆·里德尔的名字登记在霍格沃茨的学生名单上是完全符合程序的。

克里维先生
Mr. Creevey

克里维先生是送牛奶的牛奶工，有两个巫师儿子——科林和丹尼斯。科林上一年级时，照了很多照片寄给他。

克莱斯韦夫妇
Mr. and Mrs. Cresswell

克莱斯韦夫妇是德克·克莱斯韦的父母。德克是麻瓜出身的巫师、鼻涕虫俱乐部的前成员。

老汤姆·里德尔
Sr. Tom Riddle

老汤姆·里德尔是伏地魔的父亲。他是个非常英俊的黑头发年轻人。他被伏地魔用杀戮咒杀死在他父母的家中。他发现自己的妻子梅洛普是个女巫后，抛弃了她（当时她已怀了老汤姆的孩子）。

哈利·波特百科全书

里德尔先生
Mr. Riddle

里德尔先生是老汤姆·里德尔的父亲、伏地魔的祖父。他被伏地魔用杀戮咒杀死在自己家中。小汉格顿山谷的大部分地盘都是他的。他是个富有、势利、粗暴的人，在村子里人缘很差。

里德尔夫人
Mrs. Riddle

里德尔夫人是老汤姆·里德尔的母亲、伏地魔的祖母。她被伏地魔用杀戮咒杀死在自己家中。

罗伯茨一家
Roberts Family

罗伯茨一家包括罗伯茨先生和他的妻子以及他们的两个孩子，罗伯茨先生是一位营地管理员。1994年8月，他和家人度过了最特殊的几天（魁地奇世界杯），但事后他们都被施了遗忘咒，忘记了此事。

玛莎
Martha

玛莎在汤姆·里德尔儿时所在的孤儿院工作，邓布利多第一次见里德尔时，她在照顾几个得了水痘的孩子。

马克·伊万斯
Mark Evans

马克是住在女贞路附近的男孩。达力在1995年7月31日因为马克的侮辱而打了他。那时马克10岁，达力15岁。

玛姬·德思礼
Marge Dursley

全名： 玛乔丽·艾琳·德思礼 Marjorie Eileen Dursley

玛姬是弗农·德思礼的姐姐。尽管没有血缘关系，哈利却被要求称呼她"玛姬姑妈"。

玛姬是个体型庞大又令人讨厌的女人，她毕生的爱好就是养斗牛犬。她主张体罚和有话直说，并称之为冒犯行为。玛姬偷偷暗恋着邻居法布斯特上校，玛姬不在家时，法布斯特上校替她看管她的狗。可他绝不会娶她，因为她的性格实在太糟糕了。这份没有回报的感情激化了她对别人的恶劣行径。

玛姬溺爱他唯一的侄子达力。她不知道和她的亲戚住在一起的哈利·波特是个巫师。她认为哈利是两个懒惰的无业游民的孩子，被丢给他们辛勤工作的亲戚——弗农和佩妮，而弗农和佩妮一直附和着她的想法，他们害怕怀有偏见又口无遮拦的玛姬发现真相。

当玛姬姑妈侮辱哈利的父母时，哈利恼羞成怒，对自己的魔法能力失去了控制，玛姬像一个防空气球一样吹涨起来。魔法部必须派两名逆转偶发事件小组的职员处理此次事故，并修改玛姬姑妈的记忆。从那以后，哈利住在家里时德思礼一家再也没有邀请玛姬到家里来过，哈利也再没见过她。

梅森夫妇
Mr. and Mrs. Mason

建筑商梅森先生和他的妻子，在哈利12岁生日当天晚上到德思礼家作客，家养小精灵多比把佩妮做的布丁摔倒地上，将奶油溅得到处都是，使他们受到了惊吓。

莫肯
Mocken

莫肯是达力的朋友，是个傻大个，而且很蠢，乐意加入达力最热衷的游戏——追打哈利。

佩恩先生
Mr. Payne

佩恩先生是1994年魁地奇世界杯举行期间第二片营地的管理员,迪戈里一家住在他管理的营地上。

皮尔·波奇斯
Piers Polkiss

皮尔·波奇斯生于1980年,是达力最好的朋友。他瘦骨嶙峋,脸像老鼠脸,曾和达力及哈利一起去动物园,目睹了达力被关进了动物园展览蟒蛇的爬虫馆里。他和达力上了同一所中学:斯梅廷中学。

普伦提斯先生
Mr. Prentice

普伦提斯先生是德思礼的邻居,费格太太认识他。在《凤凰社》一书中,摄魂怪来到小惠金区,当普伦提斯先生在路上靠近时,费格太太仍叫哈利举着魔杖。

塞西利娅
Cecilia

塞西利娅是一个漂亮、势利的女孩。在鲍勃·奥格登在冈特家通知莫芬·冈特需要前去魔法部为自己的违法行为进行答辩的过程中,塞西利娅骑着一匹灰马和老汤姆·里德尔一起路过冈特家,她对着冈特家的木屋说了一句"天哪,多么煞风景的东西!"。

托马斯夫妇
Mr. and Mrs.Thomas

托马斯夫妇是迪安的父母，他们对于1995—1996年发生在霍格沃茨内的死亡事件一无所知，因为迪安觉得不必犯傻告诉他们。托马斯先生其实是迪安的继父，他的生父是个巫师，被食死徒杀死。

伊芬
Yvonne

伊芬是佩妮·德思礼的朋友，在达力11岁生日那天，她正在马约卡岛上度假，没办法照看哈利。

伊万斯夫妇
Mr. and Mrs. Evans

伊万斯夫妇是佩妮·伊万斯和莉莉·伊万斯的双亲。他们很自豪家中能有个女巫。

伊万斯夫妇死在莉莉去世之前，因为邓布利多说过，莉莉死后，佩妮是莉莉"唯一尚存的亲人"。

※达力·德思礼、弗农·德思礼和佩妮·德思礼的其他信息详见前文主要人物介绍。

其他人物

－传说中的人物－

阿博瑞克·格朗宁
Alberic Grunnion

格朗宁是大粪弹的发明者、巧克力蛙卡片成员之一。哈利拿到他的卡片是在第一次坐霍格沃茨特快途中。

阿特米希亚·露芙金
Artemisia Lufkin

露芙金是魔法部的第一位女部长，毕业于赫奇帕奇，她设立了国际魔法合作司，成功地四处游说从而使英国在其任期内举办了一届魁地奇世界杯。她是巧克力蛙卡片成员之一。

埃拉朵拉·凯特里奇
Elladora Ketteridge

凯特里奇是第一个发现鳃囊草性能的巫师（虽然博蒙特·梅杰里班克斯在一个世纪以后被冠以"鳃囊草功效发现者"的名号）。她吃了鳃囊草差点窒息，但是因为把头探入水里而救了她自己。她是巧克力蛙卡片成员之一。

艾伯塔·图赛尔
Alberta Toothill

艾伯塔·图赛尔是一个女巫。1430年，她39岁的时候，参加了的全英巫师决斗大赛，用一个爆破咒打败了热门选手萨姆森·威布林，获得冠军。她是巧克力蛙卡片成员之一，她的画像正是她在击败萨姆森·威布林之后进行庆祝的那张。

艾尔弗丽达·克拉格
Elfrida Clagg

克拉格是巫师议会主席。克拉格重新定义了"人"的概念，即能说人话的就算是人。这个定义和之前的定义一样糟糕，引起了一系列麻烦。因为金飞侠数量的锐减，她将其列为保护物种，禁止人们捕猎金飞侠或将其用于魁地奇比赛。她是巧克力蛙卡片成员之一。

巴希达·巴沙特
Bathilda Bagshot

巴沙特是一位魔法史学家，也是《魔法史》一书的作者。《魔法史》这本书是霍格沃茨魔法学校魔法史的教材。

她生活在戈德里克山谷，于1997年12月前后遇害。巴沙特也是盖勒特·格林德沃的姑婆。

19世纪90年代，巴沙特已经成年，并生活在戈德里克山谷的家中。在这段时间里，坎德拉·邓布利多带着自己的三个孩子阿不思、阿不福思和阿利安娜从沃土原搬到了戈德里克山谷，因为她的丈夫珀西瓦尔被关进阿兹卡班的事情在家乡已经广为人知。巴沙特曾尝试在他们到来后前去欢迎，但被坎德拉拒之门外。

几年之后，巴沙特用猫头鹰给在霍格沃茨上学的阿不思·邓布利多送了封信，表示很欣赏他在《今日变形术》上发表的那篇关于跨物种变形的论文。这次接触发展成她与邓布利多全家的交情。坎德拉去世之前，巴沙特是戈德里克山谷唯一能与邓布利多的母亲说上话的人。

从霍格沃茨毕业的阿不思·邓布利多作为孤儿和一家之主回到戈德里克山谷的那个夏天，巴沙特的侄孙盖勒特·格林德沃来到戈德里克山谷居住。巴沙特将盖勒特介绍给阿不思，两个有天赋的男孩从此成为好朋友。

巴沙特并不知道自己的侄孙对阿不福思和阿利安娜所做的一切，但她参加了阿利安娜的葬礼，并目睹阿不福思打断了阿不思的鼻子。

晚年的巴沙特和莉莉关系很好，甚至和她讲了很多格林德沃和阿不思之间的故事。不过，莉莉对这些事表示怀疑，觉得巴沙特年纪太大，有点糊涂了。哈

利年满一岁那天,波特夫妇为他办了一个生日茶会,只有巴沙特前来参加。罗恩的姨婆穆丽尔后来在比尔和芙蓉的婚礼上表示,巴沙特那个时候已经"糊涂得厉害"。

1997年,阿不思·邓布利多逝世之后,丽塔·斯基特使用吐真剂对巴沙特进行了采访,并将采访素材用在半真半假的传记作品《阿不思·邓布利多的生平和谎言》里。斯基特也有可能利用了巴沙特神志不清的状态,借机把这些素材歪曲成了耸人听闻的文字。

在这之后的某个时间,巴沙特被人用黑魔法杀害。伏地魔让纳吉尼附到巴希达的身体里,伪装成巴沙特继续生活。伏地魔认为哈利一定会返回戈德里克山谷拜访父母的墓地,因此留下纳吉尼作为一个圈套。在之后的平安夜,哈利和赫敏来到了戈德里克山谷。当时他们以为邓布利多将格兰芬多宝剑留在了这里,以便让他们取到去摧毁找到的魂器。两个人见到了被附身的巴沙特后,跟着她去了自己的房子。在确认哈利的身份后,纳吉尼从巴沙特的身体中爬了出来,并开始进行攻击,但哈利和赫敏还是成功在伏地魔赶到之前逃走。

巴沙特的遗体后来被凤凰社发现。波特瞭望站播出了她的死讯。

巴伯鲁·布雷格
Barberus Bragge

巴伯鲁·布雷格于13世纪20年代当上巫师议会主席。他因为在13世纪向魁地奇比赛引进金飞侠而成为巧克力蛙卡片成员之一。

鲍曼·赖特
Bowman Wright

鲍曼·赖特住在戈德里克山谷,母亲是巫师,父亲是麻瓜。他发明了金色飞贼以代替濒临灭绝的金飞侠。

卑鄙的海尔波
Herpo the Foul

海尔波是一位古希腊的黑巫师。他是最早的黑巫师之一并对当今的黑魔法依旧影响深远。他以"第一位蛇怪孵化者"著称。海尔波发明了许多邪恶的魔咒,是已知的第一个成功制造了魂器的巫师（也有可能是魂器的发明者）。他是已知最早的蛇佬腔。

比阿特丽克斯·布洛克萨姆
Beatrix Bloxam

比阿特丽克斯是巫师儿童读物作家。比阿特丽克斯改编了现在流传的《诗翁彼豆故事集》，她认为很多故事病态地专注于最为可怕的主题，如死亡、疾病、流血、邪恶的魔法，这对儿童不利，然而她改编的《毒菌故事集》可能太幼儿化了，导致人们不可遏制地干呕。她是巧克力蛙卡片成员之一。

伯迪·博特
Bertie Bott

博特于1935年生于英国，是比比多味豆的发明者。

博特一直致力于糖果制作。20世纪中期的一天，他犯了一个错误：在做试验时误把一双臭袜子放了进去。意识到"每一口都是一次冒险"的营销潜力，他开始以"比比多味豆"命名并开始卖他的糖果。他也因为这个发明成为巧克力蛙卡片人物之一。

博蒙特·梅杰里班克斯
Beaumont Marjoribanks

梅杰里班克斯是草药学先驱，收集并分类了很多魔法生物。他是巧克力蛙卡片人物之一，被冠以发现鳃囊草功效的名头，但实际上埃拉朵拉·凯特里奇在一个世纪前就偶然发现了鳃囊草的功效。

梅杰里班克斯的半身像在魔法史教室宾斯教授的桌子旁边。

布尔多克·马尔登
Burdock Muldoon

马尔登在1448—1450年间担任巫师议会主席,将"人"和"动物"的区别定为是否用两条腿行走。

布里奇特·温洛克
Bridget Wenlock

温洛克是13世纪的一位著名的算数占卜师,是第一个发现数字7有神秘魔力的人。她生于康沃尔的丁沃斯,于1213—1220年在赫奇帕奇学习。温洛克死于1286年,享年84岁。因为她在算数占卜上的成就,她成为巧克力蛙卡片成员之一。

黛西·多德里奇
Daisy Dodderidge

多德里奇建立了破釜酒吧。她是酒吧最初的房东,后来这里成为对角巷的入口。她是巧克力蛙卡片成员之一。

德夫林·怀特霍恩
Devlin Whitehorn

德夫林·怀特霍恩在1967年创办光轮比赛扫帚公司,这个公司在飞天扫帚领域"独占鳌头"。

德文特·辛普林
Derwent Shimpling

德文特·辛普林生于1912年,是一位巫师喜剧演员。他曾因为和人打赌而吃下了一整只毒触手。尽管他最后活了下来，但皮肤因此变成了紫色。他是巧克力蛙卡片人物之一。他在霍格沃茨画像的口令是"肚脐"。

迪芙娜·弗马吉
Dymphna Furmage

弗马吉曾在去康沃尔郡度假时被小精灵绑架，从此以后对它们极其恐惧，并建议魔法部将它们全部人道毁灭，不过没有成功。弗马吉是巧克力蛙卡片成员之一。

蒂利·托克
Tilly Toke

托克于1932年在伊尔弗勒科姆度假时带领全家从一只威尔士绿龙爪下救下了无数麻瓜，并修改了他们的记忆，因此被授予梅林爵士团一级徽章。

多卡丝·维尔比拉夫
Dorcas Wellbeloved

多卡丝·维尔比拉夫建立了绝望女巫协会，以帮助贫困、情感上受挫或遭受不幸的女巫。

菲利克斯·萨莫比
Felix Summerbee

菲利克斯·萨莫比是欢欣咒的发明者。

弗拉德·德拉库伯爵
Count Vlad Drakul

　　弗拉德·德拉库伯爵生于1390年，一个臭名昭著的吸血鬼，麻瓜作家布莱姆·斯托克以他为原型创作了虚构人物德拉库伯爵。德拉库伯爵还有一个儿子，这个儿子继承了他的坏名声。

弗莱维·贝尔比
Flavius Belby

　　贝尔比在1782年度假时被一只伏地蝠袭击，从而发现了驱逐伏地蝠的方法——用守护神咒，并因此成为巧克力蛙卡片成员之一。他的快乐记忆来自当选为当地高布石俱乐部主席的时刻。

盖勒特·格林德沃
Gellert Grindelwald

生卒年：1883—1998年3月
外貌特征：年轻时，格林德沃有着金色的头发、蓝色的眼睛，脸上常带着"快乐狂放"的神态，而当即将走到生命尽头时，纽蒙迦德顶层牢房中的格林德沃非常虚弱，枯瘦如柴，眼窝深陷，牙齿几乎掉光。
毕业学校：德姆斯特朗（肄业）
魔杖：老魔杖
家人：巴希达·巴沙特（姑婆）

　　盖勒特·格林德沃被认为是有史以来最强大的黑巫师之一，仅次于后来的伏地魔。格林德沃很有才华，很有吸引力，性格迷人，他与众不同的个性更容易让他感受到黑魔法的吸引力。

　　格林德沃曾在德姆斯特朗学院就读。虽然德姆斯特朗对于黑魔法的学习与使用较为宽容，但格林德沃的黑魔法实验实在是过于恶劣，学校也无法睁一只眼闭一只眼，最终开除了他。

　　格林德沃追求力量，对历史传说和魔法器物都深感兴趣，这让他迷上了死亡圣器。他曾将死亡圣器的标志作为代表自己的符号。格林德沃在被德姆斯特朗开除之前，把它刻在了学校的一面墙上。后来有不明所以的学生以为这是格林德沃的标志。

被学校开除后,格林德沃为了寻找死亡圣器之一——隐形衣的信息——来到戈德里克山谷。格林德沃的姑婆——巴希达·巴沙特(著名的魔法史学家)也刚巧生活在这里,她为格林德沃提供了住处和大量的书籍文献。

1899年夏天,格林德沃通过姑婆结识了比他大一岁的邓布利多。他们同样有文化、有才华,都有着非同寻常的理想与抱负。当时邓布利多被困在家里照料妹妹,履行兄长的责任,而格林德沃的思想吸引了他,也激励了他,一旦格林德沃的设想实现,妹妹阿利安娜就再也不必躲躲藏藏,可以完全光明正大地在阳光下生活。对于格林德沃来说,他获得的是一个强大的盟友,可以进行思想对等的交流,可以获得计划中激进部分的婉转解决方法。

格林德沃告诉了邓布利多死亡圣器的秘密,两人计划寻找死亡圣器,成为死神的主人,并利用这种超乎寻常的力量领导巫师界革命——推翻《国际保密法》,建立由智慧和强大的男女巫师领导的仁慈的新全球秩序。在这一系列计划中,格林德沃明显更处于主导地位。他们创造了一句话:"为了更伟大的利益。"这句话后来成为格林沃德的口号,也成为他犯下各种罪行的借口。

但他们的计划与现实产生了冲突,邓布利多还有一个未完成学业的弟弟和不能控制自己、一直需要人照顾的妹妹。阿不福思指责邓布利多沉迷自己的野心而忽略家人,这让格林德沃很不高兴,争吵最终演变成决斗。被激怒的格林德沃在阿不福思身上使用了钻心咒,邓布利多为了阻止格林德沃插手了决斗,这一场三方对决最终导致了阿利安娜的死亡。

邓布利多兄弟因此决裂,格林德沃不敢面对邓布利多,连阿利安娜的葬礼都没有参加,很快就使用姑婆制作的门钥匙离开了英国。他独自开始了曾和邓布利多一起计划的那场革命,第一步就是从格里戈维奇那里偷走老魔杖。格林德沃经过对死亡圣器信息的深入研究,发现了老魔杖的去向。有传闻说著名的魔杖制作人格里戈维奇拥有老魔杖,并正在试图复制它的特性。格林德沃潜入格里戈维奇的工作室,在格里戈维奇回来时击昏了他,偷走了老魔杖。格林德沃因此成为老魔杖新的主人。

值得注意的是,格林德沃在获得老魔杖之后并没有执着于追寻剩下的两件死亡圣器,而是借助老魔杖的力量,实现他自己的理想。这就与伏地魔意欲追寻永生的目标不同,格林德沃追寻的是强大的力量。

获得老魔杖后,格林德沃召集支持者、军队实现自己的理想。他的改革充满了暴力,罪行遍布美洲和欧洲。在拿到老魔杖之后,他和他的信徒在欧洲进行了几次极具破坏性的攻击,提高了魔法世界曝光的可能性,这引起了国际魔法当局的注意,并实施了一场针对格林德沃的国际搜捕行动。

格林德沃在美国虽然被捕,但最终还是戏剧性地逃脱了美国魔法国会的监禁。他逃脱后在欧洲大陆中部建立了自己的权力基础——名为纽蒙迦德的巫师监狱。

1945年,格林德沃已经处于权力的顶峰,而邓布利多对于是否要面对格林德沃一直犹豫不决。我们已知的是邓布利多告诉哈利的理由,他害怕格林德沃比

第一章 人物

自己更清楚是谁杀死了阿利安娜，而邓布利多并不希望知道真相。或许这种犹豫也包括了两人的旧情、对当年共同设下的宏伟目标的一点同情，或者还有自己在"革命"中曾扮演的角色带来的耻辱感。但是，正在霍格沃茨担任变形术教授、时年63岁的邓布利多还是站了出来，与格林德沃对决。格林德沃被击败，接受审判。他最终被定罪，被关进了自己一手缔造的巫师监狱中最高层的牢房。

1998年，伏地魔来到纽蒙迦德寻找老魔杖的下落，以求使用它打败哈利。格林德沃拒绝向他提供信息，尽管如此，但是伏地魔还是联想到了邓布利多。格林德沃在面对伏地魔时毫不畏惧，直呼他的名字，并且嘲笑他，伏地魔最终用杀戮咒结束了格林德沃的生命。

格洛弗·希普沃斯
Glover Hipworth

希普沃斯是提神剂的发明者、巧克力蛙卡片成员之一。

提神剂对感冒有着立竿见影的效果，不过喝下这种药水的人，接连几个小时耳朵里会冒烟。

希普沃斯的画像被挂在霍格沃茨城堡地窖一间秘密房间外，口令是"Gesundheit"（德文：为你的健康干杯）。

格洛根·斯坦普
Grogan Stump

斯坦普生于大不列颠，父母中至少有一方是巫师。1781—1788年在赫奇帕奇学习。

在1811—1819年成为魔法部长并十分受欢迎，他还是一个充满激情的魁地奇爱好者，创建了魔法体育运动司，设法建立关于神奇生物——长期以来的争论源头的法律。

格斯墨的冈希尔达
Gunhilda of Gorsemoor

冈希尔达是一位独眼的驼背女巫。她是一位治疗师，发现了治疗龙痘疮的一种治疗方法。她是巧克力蛙卡片成员之一。

怪人温德林
Wendelin the Weird

哈利在1993年开学前的暑假写魔法史作业"十四世纪焚烧女巫的做法是完全没有意义的"时提到的喜欢被烧感觉的女巫就是怪人温德林。她曾化装成各种样子,让自己被抓住47次之多。

怪人尤里克
Uric the Oddball

尤里克生于982年以后的中世纪,是出了名古怪的巫师,他因为把水母当成帽子戴而出名。没人知道他是否故意打算作当时最怪的巫师。巫师们经常以他为包袱打趣儿。

哈夫洛克·斯威廷
Havelock Sweeting

哈夫洛克·斯威廷是神奇动物学家,是独角兽方面的专家,在不列颠建立了许多独角兽保护区。

海斯帕·斯塔基
Hesper Starkey

斯塔基研究月相对魔药制作的作用。她的画像守着霍格沃茨的一间密室,口令是"Lunartickle"。

赫伯特·瓦尼爵士
Sir Herbert Varney

赫伯特·瓦尼爵士是吸血鬼,19世纪80年代在伦敦捕捉妇女吸血,最终被

神奇动物管理控制司特派组的巫师逮捕并杀死。

吉弗德·奥勒敦
Gifford Ollerton

奥勒敦是著名的巨人杀手，因杀死巨人上巴恩顿的汉吉斯而成为当地的英雄，是巧克力蛙卡片人物之一。

和现在比，15世纪巨人的数量非常多，因此需要奥勒敦这样的人来限制巨人的数量，保护巫师世界。

卡洛塔·平克斯顿
Carlotta Pinkstone

卡洛塔·平克斯顿是一个女巫，以呼吁废除《国际保密法》（于1962年颁布），告知麻瓜巫师的存在而闻名。她认为在20世纪废除保密法，让巫师和麻瓜们混居才更适当方便。她因多次在公共场合故意使用魔法而被关押。她是巧克力蛙卡片人物之一。

科尼利厄斯·阿格丽芭
Cornelius Agrippa

阿格丽芭生于德国，写了很多关于魔法和巫师的书，一些麻瓜认为她的书是邪恶的，就把他投入了监狱。她的巧克力蛙卡是罗恩缺的两张卡之一。

克里斯平·克朗克
Crispin Cronk

克朗克是一个热爱埃及的巫师，坚持在他的后院里养了几只斯芬克司。魔法部多次警告未果，他最终被送进阿兹卡班。

克丽奥娜
Cliodna

克丽奥娜是生活在中世纪的著名爱尔兰女祭司,其阿尼马格斯是一只海鸟,能够在三只魔鸟歌声的帮助下使患者睡着以治愈他们。有传说她还能变成海浪。她还发现了月露花的属性。

利巴修·波拉奇
Libatius Borage

利巴修·波拉奇是一个南美洲的巫师,被认为是世界上最著名的药剂师之一。他在年轻时曾在卡斯特罗布舍就读。

著有《高级魔药制作》《亚洲抗毒大全》和《让你自己过个瓶中狂欢节!》。其中,《高级魔药制作》在霍格沃茨魔法学校是魔药学N.E.W.T.级别课程的教材,而《亚洲抗毒大全》也会在霍格沃茨五年级的魔药课程中作为参考书使用。

尽管利巴修·波拉奇的成就颇丰,但他在魔药制作的某些方面并不如后来的斯内普,因为斯内普在使用他的书时,曾在自己的书中作过大量注脚,以改进书中魔药的制作方法。

拉维恩·德·蒙特莫伦西
Laverne de Montmorency

拉维恩·德·蒙特莫伦西是一个发明了多种爱情魔药的女巫,1834—1841年就读于拉文克劳。

马屁精格雷戈里
Gregory the Smarmy

格雷戈里是中世纪的巫师,他发明了格雷戈里马屁剂。喝了这个药剂的人会把让他喝药的人当作自己最好的朋友。格雷戈里就是这样获得了国王查理的信任并赢得了财富。他的肖像出现在巧克力蛙著名巫师卡上。

霍格沃茨城堡里有一条密道就在马屁精格雷戈里的雕像后面。

玛吉塔·康斯托克
Magenta Comstock

玛吉塔·康斯托克是一个实验艺术家,她的画像以其眼睛可以跟随人回家而著名。

梅芙女王
Queen Maeve

梅芙女王生于993年之前,在霍格沃茨创办前,在爱尔兰训练年轻的巫师。

梅林
Merlin

梅林是巧克力蛙卡片上的巫师。魔法世界经常使用"Merlin's beard"(梅林的胡子)和"What in the name of Merlin!"(以梅林的名义)类似这样的说法表达感叹之情。

梅林是英国著名的传奇人物,他是英格兰及威尔士神话中的传奇魔法师,法力强大、睿智,熟练掌握变形术,并能预知未来。传说梅林保护童年的亚瑟王直到他后来继承了王位,后来又做了亚瑟王的先知、魔法师和顾问,并指引亚瑟王得到了王者之剑,统治了英格兰。

梅林在中世纪成立了梅林爵士团。它当时是一个组织,致力提倡用法律保护麻瓜,并维护他们的权益。不过梅林爵士团是何时从注重主张麻瓜权益的组织转变为通常用来表彰伟大魔法成就的奖项的,仍旧不得而知。

蒙太·奈特利
Montague Knightley

蒙太·奈特利生前是一个巫师棋冠军,是巧克力蛙卡片人物。

米拉贝拉·普伦凯特
Mirabella Plunkett

米拉贝拉·普伦凯特生于1839年，在去罗蒙湖度假的时候爱上了一条男性人鱼，但是她的父母禁止他们俩结婚。最终她把自己变成了一条黑线鳕鱼，从此再也没有人见到她。她是巧克力蛙卡片成员之一。

米兰达·戈沙克
Miranda Goshawk

米兰达于1921年出生在英国的一个贫困的家庭里，是九姐妹中最小的一个，经常要穿姐姐们传下来的长袍，这使她很尴尬。1932—1939年米兰达在霍格沃茨读书，她觉得那时候的教科书非常过时，难以理解。她的姐姐还曾故意教她错误的读音，这使她更加困惑。

作为家中最小的一员，米兰达发现自己的话很难被其他人听进去，于是她发明了蝙蝠精咒。她曾把这个咒语用在姐姐身上。长大后，米兰达发现自己小时候学习时所想要得到的那种帮助并不存在，于是她决定自己写一本不仅在科学上准确、在学术上实用，而且简单易懂的书，并以此为生。

她的第一本书——《咒语书》获得了成功。这本书不仅被翻译成72种语言（包括妖精语和人鱼语），还成为许多学校的教科书。

后来，应霍格沃茨弗立维教授的请求，米兰达撰写了《标准咒语》系列，弗立维被称为"当今世上知识最渊博的魔咒大师"，这使米兰达的名声更加显赫。米兰达后来还发表了一部草药学百科全书，以及《哪只猫头鹰》的第三卷。

因为在魔法教学上的贡献，米兰达·戈沙克成为巧克力蛙卡片成员之一。

莫尔根·勒·费伊
Morgan le Fay

莫尔根也叫莫佳娜（Morgana），中世纪一位非常强大的黑巫师、亚瑟王同母异父的姐姐。她是阿瓦隆岛的掌权者。除了黑魔法，她还是一个很好的治疗师，并可以阿尼马格斯化成一只鸟。罗恩在一年级的火车上曾说他已经有六张莫佳娜的巧克力蛙卡片了。

穆斯多拉·巴克维斯
Musidora Barkwith

穆斯多拉·巴克维斯是著名作曲家，她未完成的作品《巫师组曲》以使用爆破大号闻名。在1902年的演出中吹掉阿克利镇市政厅的屋顶后，这件作品就一直被禁。

尼可·勒梅
Nicolas Flamel

尼可·勒梅是个著名的炼金术士以及魔法石的制造者，他和邓布利多是好友。因为魔法石的关系，他和他的妻子都活到了很大岁数。在1992年死去的时候，他665岁，他的妻子658岁。

尼可·勒梅是法国布斯巴顿的学生，并在那里遇到了他的妻子佩雷纳尔。据说，他后来为学校资助了城堡和场地，而场地上的喷泉则以勒梅夫妇命名。

纽特·斯卡曼德
Newt Scamander

全名：牛顿·阿尔忒弥斯·菲多·斯卡曼德 Newton Artemis Fido Scamander
毕业院校：霍格沃茨魔法学校，赫奇帕奇学院（肄业）
职业/职务：神奇动物学家、魔法部野兽办公室雇员、作家

纽特幼年即在母亲的鼓励下对神奇动物产生了兴趣。他的母亲曾对饲养鹰头马身有翼兽充满热情。纽特七岁就曾在自己的卧室里解剖霍克拉普（一种粉红色的、带刺毛的、蘑菇般的动物），一待便是几个小时。

1908年，纽特进入霍格沃茨学习，被分到了赫奇帕奇。后来他因为"一只怪兽危及他人性命"而被霍格沃茨开除，虽然邓布利多（那时候大概30岁，还只是变形课教授，而不是校长）极力反对开除他。

从霍格沃茨魔法学校肄业之后，纽特进了魔法部，在神奇动物管理控制司工作。他先在家养小精灵重新安置办公室待了两年，他称这两年是"枯燥之极"的两年，随后被调到了动物所。纽特具有丰富的关于神奇动物的知识，因此他在野兽办公室提升很快。

1918年，默默然图书公司的奥古斯特·沃姆找到21岁的纽特，拜托他为出

版社撰写一本有关神奇动物的具有权威性的手册。利用奥古斯特提供的薪水补助，纽特开始在假期进行环球旅行寻找新的神奇物种（当时魔法部为他提供的薪水仅为每周2加隆）。

1926年，29岁的纽特来到美国纽约。麻鸡（美国魔法社会对"麻瓜"的叫法）工人雅各布·科瓦尔斯基无意间打开了纽特那装满神奇生物的魔法行李箱。就在这一年，纽特遇到了他未来的妻子——美国魔法国会员工波尔蓬蒂娜·戈德斯坦，以及她的妹妹奎妮，一个能够看透别人想法的摄神取念师。

1927年，《怪兽及其产地》一书首次出版，它很快成为一本非常畅销的书籍以及霍格沃茨保护神奇生物学的课本。

1947年，50岁的纽特一手成立了狼人登记处。

1965年，68岁的纽特促成《禁止为实验目的而喂养》禁令的通过。

1979年，82岁的纽特被授予梅林二级勋章。

20世纪90年代，《怪兽及其产地》已经修订到了第52版。

2017年，纽特为新版《怪兽及其产地》重新写了序言。在序言中，他承认自己是第一个成功抓住盖勒特·格林德沃的巫师。

退休后，他和他的妻子波尔蓬蒂娜以及他的三只宠物猫狸子：霍比、米丽和莫勒生活在英国多塞特郡。斯卡曼德夫妇俩育有至少一子，他们的孙子罗尔夫后来成为卢娜·洛夫古德的丈夫。

在某一时刻，纽特成为巧克力蛙卡片成员之一。

诺威尔·唐克
Norvel Twonk

诺威尔·唐克因为从一只人头狮身蝎尾兽口下救下一个麻瓜小孩儿而死，因此被授予梅林爵士团一级徽章，其在霍格沃茨的画像口令是"人头狮身蝎尾兽"。

帕拉瑟
Paracelsus

帕拉瑟是炼金术天才。他与哥白尼和达·芬奇是同一时代的人，是一位医学天才，发现了蛇佬腔。他是巧克力蛙卡片成员之一，哈利一年级在霍格沃茨特快上拿到他的巧克力蛙卡片。

哈利·波特百科全书

乔恩西·奥德里奇
Chauncey Oldridge

奥德里奇是已知的第一位死于龙痘疮的患者。

若库达·塞克斯
Jocunda Sykes

若库达·塞克斯是第一个乘坐飞天扫帚跨越大西洋的巫师（1935年）。这件事使她当时骑的扫帚"橡木箭79"驰名巫师界。霍格沃茨大厅通往地窖处有她的半身像。

萨迪厄斯·瑟克尔
Thaddeus Thurkell

瑟克尔是一个男巫，他有七个儿子，但全都是哑炮。出于厌恶，瑟克尔把他们全都变成了刺猬。

塞克丽莎·图格伍德
Sacharissa Tugwood

塞克丽莎·图格伍德是第一个开发了很多美容药剂的女巫，她发现用巴波茎块脓液可以治疗丘疹。

瑟斯
Circe

瑟斯是巧克力蛙卡片中的一员。哈利在1991年第一次去霍格沃茨的时候曾抽到过她。

瑟斯最突出的魔法才能就是变形，尤其擅长把人变成猪的魔咒。

时刻准备的埃塞雷德
Ethelred the Ever-Ready

埃塞雷德以无故发怒和攻击无故旁观者出名,死于监狱。

斯托达·威瑟斯
Lord Stoddard Withers

斯托达·威瑟斯是神奇动物学家,培育飞马。他发明了一种结合马球和魁地奇的运动,但这种运动没有流行起来。

托勒密
Ptolemy

托勒密(波托勒米)是一位现实社会的古希腊天文学家、地理学家。他是巧克力蛙卡片之一,罗恩在初遇哈利时曾说:"哦,你当然不会知道,巧克力蛙里都附有画片,你知道,可以收集起来,都是些有名气的男女巫师,我差不多攒了五百张了,就是缺阿格丽芭和波托勒米。"

威尔弗雷德·艾尔菲克
Wilfred Elphick

威尔弗雷德·艾尔菲克是第一个被毒角兽刺伤的巫师。在巧克力蛙卡片上,他以缠着绷带的形象出现,所以我们也许可以猜测他逃过了那次袭击。

沃尔德·沃普尔
Eldred Worple

沃普尔是个戴着眼镜的小个子男人,是斯拉格霍恩教授最喜爱的学生之一。他研究吸血鬼,和吸血鬼血尼成了好朋友,并写了《血亲兄弟:我在吸血鬼中生

活》这本书。

　　1996年，沃普尔参加了在霍格沃茨魔法学校举办的鼻涕虫俱乐部圣诞晚会，并带来了朋友血尼。斯拉格霍恩教授把他介绍给了哈利。沃普尔试图让哈利允许自己给他写传记，并跟哈利说这有钱可赚，但对于名气和金钱并不感兴趣的哈利拒绝了他。

伍德克夫特的汉吉斯
Hengist of Woodcroft

　　汉吉斯出生在中世纪（晚于982年）的伍德克夫特－格洛斯特郡，他曾在拉文克劳学习。在被一群麻瓜检察官驱逐后，汉吉斯到霍格莫德建立了一个只有巫师的村庄。据说，他当年住在三把扫帚的屋子。哈利在第一次乘坐霍格沃茨特快的时候曾拿到了汉吉斯的巧克力蛙卡片。

西普里·尤德尔
Cyprian Youdle

　　尤德尔是一位英国诺福克郡的魁地奇裁判。他在1357年的一场很友好的魁地奇比赛中丧生，这使他成为唯一一个在魁地奇比赛中被杀的裁判。没有人知道是谁发射了那个使他丧生的咒语。他也是巧克力蛙卡片成员之一。

亚德利·普拉特
Yardley Platt

　　亚德利·普拉特是臭名昭著的黑巫师，制造了一系列妖精谋杀案。

伊格纳提娅·威尔德史密斯
Ignatia Wildsmith

　　伊格纳提娅·威尔德史密斯在霍格沃茨上学期间就读于拉文克劳，是飞路粉的发明者，并因此成为巧克力蛙卡片成员之一。

1991年霍格沃茨开学之夜，拉文克劳级长在开学演讲时提到了她。

泽维尔·拉斯特里克
Xavier Rastrick

泽维尔·拉斯特里克是一位穿着华丽的巫师表演家。1836年，他在佩恩斯威克为300名观众表演踢踏舞时意外消失，此后下落不明。他是巧克力蛙卡片成员之一。

战无不胜的安得罗斯
Andros the Invincible

安得罗斯生在古希腊，具体生卒年不详，会无杖魔法，且是唯一可以释放如巨人那么大的守护神的巫师（尽管守护神具体不详），他因其杰出的魔法才能被人们冠以"战无不胜"这个绰号。

20世纪，安得罗斯成为巧克力蛙卡片的一员，卡片上记录了他卓越的魔法才能以及可以使用无杖魔法释放守护神的特点。

– 商业人士 –

阿基·阿尔德顿
Arkie Alderton

阿基·阿尔德顿是一位著名的飞天扫帚设计师，也是阿基·阿尔德顿快修店的拥有者。

1997年，一个被麻瓜出身登记委员会逮捕的巫师声称自己不是麻瓜出身，而是阿基·阿尔德顿的混血儿子，但他的说法并未被相信。

阿里·巴什尔
Ali Bashir

巴什尔是一名巫师商人,希望把飞毯出口到英国。他曾好几次联系韦斯莱先生,希望说服他允许自己进口飞毯,但韦斯莱先生告诉他,飞毯在禁用魔法物品登记簿上被定义为麻瓜手工艺品,因此是被禁止的。尽管英国的巫师更喜欢使用扫帚作为旅行工具,但巴什尔相信飞毯在家庭交通工具市场上还有空子可钻。后来,巴什尔在试图向英国走私飞毯时被抓。

安布罗修·弗鲁姆
Ambrosius Flume

弗鲁姆是一个男巫。弗鲁姆先生和妻子一起在霍格莫德经营蜂蜜公爵糖果店,很受霍格沃茨学生们的欢迎。

弗鲁姆早年曾在霍格沃茨魔法学校就读,很受当时的魔药课教授霍拉斯·斯拉格霍恩的喜爱,并成为鼻涕虫俱乐部的成员之一。后来,霍拉斯·斯拉格霍恩把弗鲁姆介绍给了西塞隆·哈基斯,并让他得到了第一份工作。为了回报斯拉格霍恩,弗鲁姆每年会在斯拉格霍恩过生日时送给他一个装满菠萝蜜饯的礼品篮——这是斯拉格霍恩最喜欢的糖果。

后来,弗鲁姆与其夫人结婚。1993年,弗鲁姆夫妇已经在蜂蜜公爵糖果店楼上的套间里居住,并一同经营这家店。

加里克·奥利凡德
Garrick Ollivander

生日:9月25日
魔杖:12¾英寸、稍柔韧的鹅耳枥、龙心弦
毕业院校:霍格沃茨魔法学校,拉文克劳学院

加里克·奥利凡德通常被称为奥利凡德先生。他是欧洲三大魔杖制造师之一,与德国的格里戈维奇齐名。奥利凡德先生无疑是世界上最好的魔杖制作人,许多外国人专门来到伦敦只为购买一根他制作的魔杖。奥利凡德先生在家族中世代相传的技艺中受到了影响,而且很早就显露出了才能。他怀有改良当前使用的杖芯和杖木的雄心壮志,并且在年轻时就坚决且狂热地追寻理想的魔杖。

奥利凡德先生最晚从20世纪30年代就开始担任奥利凡德魔杖商店的店主，并记得他所卖出的每一根魔杖。奥利凡德家族被公认为英国最好的魔杖制作家族，在欧洲也名列前茅。其家族从公元前382年开始经营魔杖生意。尽管英国还有其他的魔杖制作人，但大多数英国人还是在奥利凡德这里购买魔杖，包括几乎所有的即将进入霍格沃茨魔法学校就读的新生。

1996年，奥利凡德先生被食死徒抓走。他被迫解释为什么伏地魔的魔杖和哈利的魔杖无法相互攻击。在钻心咒的折磨下，他告诉伏地魔这是由于孪生杖芯的原因，而伏地魔只需要使用另一根魔杖。

奥利凡德先生后来和卢娜·洛夫古德、迪安·托马斯一起被关在马尔福庄园的地窖里，直到多比把他救出去。在贝壳小屋康复后，他又被转移到穆丽尔（罗恩的姨婆）家，那里有赤胆忠心咒保护。在那儿，他为卢娜制作了一根新的魔杖，以感谢她在监禁期间对自己的关怀与照顾。霍格沃茨之战结束后，奥利凡德的商店很可能重新开业。

鲍曼·赖特
Bowman Wright

赖特是一个中世纪生活在戈德里克山谷的出色的金属匠人。他的母亲是一个女巫，而父亲则是一个麻瓜。他对魔法、科学和运动都有很大的兴趣。

金飞侠被列为濒危物种以后，人们开始寻找另一种鸟类，代替金飞侠在魁地奇比赛中使用，而赖特则制作了一种金属小球，完全模拟了金飞侠的飞行方式和特点。他的发明受到了广泛的欢迎。他在逝世以后，留下了许多羊皮纸卷，上面罗列着他收到的来自世界各地的订购细目。

福洛林·福斯科
Florean Fortescue

福斯科是福洛林·福斯科冰激凌店的店主。1993年开学前的暑假，哈利曾在破釜酒吧居住过一段时间。他会坐在福洛林的冰激凌店外面完成论文作业。每过半小时，福斯科就会给哈利送来一份免费的冰激凌，并在他完成魔法史作业时给他提供帮助，给他讲中世纪焚烧女巫的事情。

1996年，福斯科被食死徒绑架，只留下冰激凌店中的一片狼藉。伏地魔曾经寻找过关于老魔杖和丢失的拉文克劳的冠冕的信息，而这些信息在福斯科家族中代代相传，因此福斯科对其也略有了解。在拒绝透露自己所知道的信息之后，

伏地魔杀害了他。

福斯科被绑架的原因从未被公开过。比尔猜测他可能做了一些会引起食死徒愤怒的事情。

格里戈维奇
Gregorovitch

格里戈维奇是著名的魔杖制作人,在德国居住过一段时间。格里戈维奇曾拥有过老魔杖,但后来被格林德沃盗走。

卡拉克塔库斯·博克(博金先生)
Caractacus Burkes(Mr. Borgin)

博金先生是博金-博克店的老板。他店里的东西几乎每样都藏着不可知的危险力量。当年汤姆·里德尔毕业后就在这家店工作。马尔福父子都叫他博金先生。其本名是卡拉克塔库斯·博克。梅洛普·冈特(伏地魔的母亲)在穷困潦倒时将斯莱特林的挂坠盒卖给了他。博金先生是个精明的生意人,却并不是一个善良的人。根据赫普兹巴·史密斯后来的说法,博金先生"没付给她几个钱"就从梅洛普手中买下了挂坠盒。博金先生也承认,自己只给了梅洛普十个加隆,占了梅洛普无知和贫穷的便宜。

博金先生有时候会从其他人手中购买自己感兴趣的物品。卢修斯·马尔福多次将自己的物品卖给他,以避免魔法部的抄查对自己带来不便。1992年,哈利在返回霍格沃茨上二年级之前,意外在使用飞路粉前往对角巷时错过炉门,来到博金-博克商店。在马尔福父子走进商店准备卖些东西的时候,哈利躲进了一个黑色的柜子中,直到他们二人离开才悄悄离开商店。

1996年8月,德拉科·马尔福再次来到博金-博克商店,强迫博金帮助自己维修存放在商店中的、已经损坏的消失柜。德拉科离开后,赫敏走进商店希望调查德拉科购买的物品,但被博金先生识破并轰出商店。后来,德拉科又从商店中购买了光荣之手和带有诅咒的蛋白石项链。1997年6月,食死徒通过博金-博克商店中的消失柜进入霍格沃茨城堡,引发天文塔之战。

罗斯默塔夫人
Madam Rosmerta

罗斯默塔夫人是霍格莫德的三把扫帚酒吧的女主人,她是一个"身材婀娜的女人",且十分"标致",平时在吧台里招呼喝酒的客人。

罗斯默塔夫人在20世纪70年代就已经在经营三把扫帚酒吧了。她交际很广,学校里的老师认识她,妖精也认识她,连魔法部部长福吉也和她很熟。福吉亲密地称呼她"罗斯默塔,亲爱的",还邀请她"你也来一杯,好不好?来和我们一起坐"。邓布利多非常喜欢她做的蜂蜜酒。

在《混血王子》一书中,为了杀害邓布利多,德拉科对罗斯默塔施了夺魂咒,之后罗斯默塔又对凯蒂·贝尔施了夺魂咒,将装有蛋白石项链的包裹塞给了她,让她将其转交邓布利多。但凯蒂因为与朋友争执而扯开了包装,接触到了项链上的诅咒。之后,罗斯默塔又在夺魂咒的作用下在卖给斯拉格霍恩的蜂蜜酒中下了毒,因为德拉科以为斯拉格霍恩会将蜂蜜酒送给邓布利多做圣诞礼物,但蜂蜜酒后来被罗恩误服。

摩金夫人
Madam Malkin

摩金夫人是对角巷里摩金夫人长袍专卖店的店主。她是个矮矮胖胖的女巫。

帕迪芙夫人
Madam Puddifoot

帕迪芙夫人是帕迪芙茶馆的经营者。

汤姆
Tom

汤姆是一个男巫,破釜酒吧的老板。汤姆的年龄很大,头发几乎脱光,没有牙齿,满脸皱纹,长得像一个瘪胡桃。他可以使用简单的无杖魔法,比如用弹手指的方法点燃壁炉。他对那些穿过酒吧前往对角巷的男女巫师十分友好。他将破釜酒吧经营了很长时间,见过魔法世界中形形色色的人。

维丽蒂
Verity

维丽蒂是韦斯莱魔法把戏坊的女助手。

- 新闻从业者 -

巴拿巴斯·古费
Barnabas Cuffe

巴拿巴斯·古费是《预言家日报》的总编。

博佐
Bozo

博佐是《预言家日报》的摄影师。

贝蒂·布雷思韦特
Betty Braithwaite

贝蒂·布雷思韦特是《预言家日报》的记者,曾就《邓布利多的生平与谎言》采访过丽塔·斯基特。

邓普斯特·威格斯瓦德
Dempster Wiggleswade

邓普斯特·威格斯瓦德是魔法部法律执行司的员工,《预言家日报》咨询专栏作家,负责法律专栏。

格丽泽尔·霍茨
Grizel Hurtz

格丽泽尔·霍茨是《预言家日报》咨询专栏作家,负责情感专栏。

赫尔伯特·斯普林
Helbert Spleen

赫尔伯特·斯普林是圣芒戈魔法医院教授,《预言家日报》咨询专栏作家,负责医学专栏。

扎米拉·古奇
Zamira Gulch

扎米拉·古奇是《实用家庭魔法》的作者,《预言家日报》咨询专栏作家,负责魔法专栏。

※丽塔·斯基特的相关信息详见前文主要人物介绍。

－娱乐圈－

奥尔西诺·斯拉斯顿
Orsino Thruston

奥尔西诺·斯拉斯顿在古怪姐妹演唱组中担任鼓手。

多纳汉·特姆利特
Donaghan Tremlett

多纳汉·特姆利特是麻瓜出身的巫师，在古怪姐妹演唱组中担任低音提琴手。

赫尔曼·温廷汉姆
Herman Wintringham

赫尔曼·温廷汉姆在古怪姐妹演唱组中担任鲁特琴手。

吉迪翁·克拉姆
Gideon Crumb

吉迪翁·克拉姆在古怪姐妹演唱组中担任风笛手。

柯利·杜克
Kirley Duke

柯利·杜克在古怪姐妹演唱组中担任首席吉他手，是魁地奇球员卡特丽娜·麦克玛之子。

迈伦·瓦格泰尔
Myron Wagtail

迈伦·瓦格泰尔在古怪姐妹演唱组中担任主唱。

米尔顿·格拉弗斯
Merton Graves

米尔顿·格拉弗斯在古怪姐妹演唱组中担任大提琴手。

塞蒂娜·沃贝克
Celestina Warbeck

塞蒂娜·沃贝克是著名歌手,被称作"女巫歌唱家"。韦斯莱夫人非常喜欢她。

希斯科特·巴巴利
Heathcote Barbary

希斯科特·巴巴利在古怪姐妹演唱组中弹奏音效吉他。

— 圣芒戈魔法伤病医院 —

奥古斯特·派伊
Augustus Pye

奥古斯特·派伊是圣芒戈戴·卢埃林病房的实习治疗师。他对麻瓜的治疗技术很感兴趣。在韦斯莱先生被纳吉尼咬伤住院后,他曾尝试用缝线的方法帮助韦斯莱先生缝合伤口。不过,纳吉尼的毒液似乎可以让缝线融化,因此这种治疗方法对于韦斯莱先生的伤口并不十分有效。

厄克特·拉哈罗
Urquhart Rackharrow

厄克特·拉哈罗是17世纪的治疗师,是掏肠咒的发明者。他的画像被挂在1995年韦斯莱先生在圣芒戈住院时住的那个房间里。

格斯墨的冈西达
Gunhilda of Gorsemoor

冈西达是龙痘疮治疗方法的发明者。

荷西菲娜·卡德隆
Josefina Calderon

荷西菲娜·卡德隆是墨西哥籍治疗师,嫁给了查威克·布特(美国伊尔弗莫尼魔法学校创始人之一)。

赫尔伯特·斯普林
Helbert Spleen

赫尔伯特·斯普林是一个在圣芒戈魔法伤病医院工作的治疗师,同时也是《预言家日报》负责健康问题的咨询专栏作家。1999年,他根据读者豪兰·库比在信中对症状的描述,判断他所患的是一种程度较轻的龙痘疮。

兰斯洛特
Lancelot

兰斯洛特(1899年前后在世)是穆丽尔(罗恩的姨婆)的堂兄弟或表兄弟。他是圣芒戈魔法伤病医院的治疗师,他透露,尽管传言认为阿利安娜·邓布利多身体不好,但他从未见过她去医院。

卢瑟福·波克
Rutherford Poke

卢瑟福·波克毕业于拉文克劳,是飞路粉的发明者。

芒戈·波汉姆
Mungo Bonham

芒戈·波汉姆是一名治疗师,是圣芒戈魔法伤病医院的创立者。

梅莲姆·斯特劳
Miriam Strout

梅莲姆·斯特劳是一个头上戴着金银丝花环的如母亲般慈爱的治疗师,她负责照料圣芒戈的长住患者,其中包括阿格尼丝、洛哈特和隆巴顿夫妇。1995年圣诞节时,哈利等人经过杰纳斯·西奇病房外的时候,被梅莲姆误以为是前来看望洛哈特的,从而将他们带进病房。除此之外,梅莲姆·斯特劳还负责照料布罗德里克·博德,但博德却被食死徒送来的一盆经过伪装的魔鬼网杀害。尽管圣芒戈医院对于病房中摆放的物品有严格限制,但梅莲姆·斯特劳却误将其当成一盆无害的蟹爪兰,并鼓励博德亲自照料那盆植物,从而造成了他的死亡。这件事情发生之后,梅莲姆·斯特劳被带薪停职。《预言家日报》对这一事件进行报道时,梅莲姆·斯特劳没有接受采访。

希伯克拉特·斯梅绥克
Hippocrates Smethwyck

斯梅绥克是圣芒戈戴·卢埃林病房的主治疗师。韦斯莱先生被毒蛇纳吉尼咬伤后,斯梅绥克发现蛇的毒液里有一种特殊成分,能阻止伤口愈合。不过,他相信他们可以找到解药。解药找到后,韦斯莱先生的伤口也很快愈合。

※戴丽丝·德文特的相关信息详见前文霍格沃茨历任校长介绍。

魔法世界中的其他从业者

厄恩·普兰
Ern Prang

普兰的全名为厄尼斯特·普兰（Ernest Prang），有时也称为厄尼（Ernie），是骑士公共汽车的司机。

普兰是一个上了年纪的男巫，戴着一副厚厚的眼镜。他的脸看起来很像猫头鹰。普兰并不健谈，他的驾驶技术也不怎么样，总是往人行道上撞，而路边的各种东西（路灯、邮箱、垃圾桶等）则不得不跳到一边让出道来。

普兰在1997年参加了邓布利多的葬礼。

皮埃尔·波拿库德
Pierre Bonaccord

波拿库德是首任国际巫师联合会会长。他希望禁止巫师追捕巨怪，让巨怪拥有自己的权益。不过，列支敦士登跟一支特别凶恶的山地巨怪部落关系紧张，因此拒绝参加会议。

斯坦·桑帕克
Stan Shunpike

桑帕克是一个男巫，生于1975年，曾担任骑士公共汽车的售票员。桑帕克是一个穿着紫色制服、长着招风耳、满脸粉刺的瘦小伙。哈利第一次坐骑士公交时，骗他自己叫纳威·隆巴顿。1994年的魁地奇世界杯上，哈利看到他对几个媚娃炫耀，说他要成为有史以来最年轻的魔法部部长。

1995年圣诞假期结束，哈利和韦斯莱一家返校时，又在骑士公交上遇到了桑帕克。这回桑帕克知道哈利是谁了，但他刚想喊哈利的名字，就被唐克斯拦住了，唐克斯威胁他："你要喊他的名字我就咒你没人搭理。"

1996年，桑帕克因为在酒馆里吹牛炫耀自己知道食死徒的秘密计划而在克拉彭区被捕，时年21岁，但"铁三角"都不相信桑帕克会是食死徒，但魔法部为了"让大家看到他们在做事"，将其关进了阿兹卡班，这也使哈利对魔法部很不满。

  1997年，阿兹卡班发生大规模越狱，桑帕克也跟着逃了出来。在"七个波特之战"中，哈利看到了桑帕克那张古怪的、毫无表情的脸，知道他中了夺魂咒，为了避免无辜的伤亡，于是哈利对桑帕克用了"除你武器"咒语，因此暴露身份。

- 其他 -

阿尔弗雷德·卡特莫尔
Alfred Cattermole

  阿尔弗雷德·卡特莫尔是雷吉纳尔德·卡特莫尔和玛丽·卡特莫尔的儿子，其父亲是魔法部的一名维修工，母亲是麻瓜家庭出身的巫师。

阿基·菲尔坡特
Arkie Philpott

  阿基·菲尔坡特是一名男巫，他曾在1996年的夏天前往古灵阁巫师银行。由于当时伏地魔已经公开复出，因此银行采取了更为严格的安保措施。在银行里，妖精使用诚实探测器对阿基·菲尔坡特进行了严格的检查。

阿加莎·蒂姆斯
Agatha Timms

  在《火焰杯》一书中，在魁地奇世界杯期间，阿加莎·蒂姆斯曾与卢多·巴格曼打赌，她把自己鳗鱼农庄的一半股票都压上了，打赌说比赛要持续一个星期。卢多·巴格曼称她为小阿加莎，说明她要么身材矮小，要么年龄比卢多小很多。

阿利安娜·邓布利多
Ariana Dumbledore

生卒年：1885—1899年

家人：珀西瓦尔·邓布利多（父亲）、坎德拉·邓布利多（母亲）、阿不思·邓布利多（大哥）、阿不福思·邓布利多（二哥）

墓志铭：珍宝在何处，心也在何处

阿利安娜六岁的时候，被三个看到她展现魔法能力的麻瓜男孩袭击，这次袭击使阿利安娜的精神变得不正常，无法控制自己的魔法，她的父亲珀西瓦尔为了报复而对那些麻瓜男孩施了咒语，并因此被捕。珀西瓦尔并未向魔法部陈述他袭击麻瓜的原因，因为这样会导致阿利安娜被终身囚禁在圣芒戈魔法伤病医院里。珀西瓦尔最终被送进了阿兹卡班，并在后来死在了监狱里。而阿利安娜的母亲坎德拉则带着三个孩子搬到了戈德里克山谷，并且对外宣称阿利安娜身体不好，不能够去上学。

阿利安娜正常的时候总是怯生生的很可爱。在她失控的时候只有阿不福思才能令她安静下来。

1899年，阿利安娜的一次魔力暴动致使她的母亲坎德拉死亡。从此阿不思就开始照顾阿利安娜。可在几个星期之后，阿不思遇到了格林德沃。两个天才少年为了"更伟大的利益"而计划着统治世界。之后，阿不福思从霍格沃茨回到家里，责怪阿不思没有照顾好妹妹阿利安娜。而格林德沃认为阿利安娜的情况会拖累自己和阿不思（为了更伟大的利益），于是，兄弟二人与格林德沃发生冲突，三个人的混战无意中致使阿利安娜死亡。

阿利安娜死后被安葬在戈德里克山谷，阿不福思将她的画像放在了猪头酒吧中，这幅画像背后藏有一条通往霍格沃茨有求必应屋的密道。

埃拉朵拉·布莱克
Elladora Black

埃拉朵拉是纯血女巫，也是布莱克家族的成员。

她有两个哥哥——小天狼星·布莱克一世和菲尼亚斯·奈杰勒斯，还有一个妹妹伊斯拉。她从未结婚，也没有孩子。

埃拉朵拉开创了一个家族传统，即当家养小精灵老得端不动盘子时就砍下他们的脑袋。

埃莉·卡特莫尔
Ellie Cattermole

埃莉·卡特莫尔是雷吉纳尔德·卡特莫尔和玛丽·卡特莫尔的女儿，其父亲是魔法部的一名维修工，母亲是麻瓜家庭出身的巫师。

艾琳·普林斯 / 艾琳·斯内普
Eileen Prince / Eileen Snape

艾琳·普林斯是斯内普的母亲，是唯一已知的霍格沃茨高布石队队长。

艾妮·斯米克
Enid Smeek

艾妮是19世纪末生活在戈德里克山谷边缘的女巫。1997年，丽塔·斯基特在写阿不思·邓布利多的传记作品《阿不思·邓布利多的生平和谎言》之前曾对她进行了采访。在采访中，艾妮表示阿不思的弟弟阿不福思曾经朝她头上扔羊屎，而觉得著名的历史学家巴希达·巴沙特"的脑子像松鼠屎一样松"。

安多米达·布莱克 / 安多米达·唐克斯
Andromeda Black / Andromeda Tonks

出生年份：1952—1954年之间（安多米达的姐姐贝拉生于1951年，妹妹纳西莎生于1955年）

外貌特征：安多米达长得和贝拉很像，但头发是浅棕色的（贝拉的头发是黑色的），眼睛更大、更慈祥。

丈夫：泰德·唐克斯，麻瓜出身的巫师，金色头发、大肚子，声音醇厚

女儿：尼法朵拉·唐克斯

孙子：泰德·卢平

在第二次巫师战争中，安多米达和泰德是凤凰社的同盟，女儿则是凤凰社的一员。

1997年7月,唐克斯夫妇的独生女儿嫁给卢平,但卢平之后透露:"就连她的家人也排斥我们的婚姻,哪个父母愿意自己的独生女儿嫁给狼人呢?"7月27日,在"七个波特"之役中,唐克斯夫妇家是哈利和海格的目的地。泰德迎接了他们,而哈利一开始把安多米达错认成了贝拉。之后哈利和海格在唐克斯家用门钥匙前往陋居。8月1日,比尔与芙蓉举行婚礼,魔法部被攻陷,后来食死徒把陋居搜了个底朝天,并闯进全国每一户与凤凰社有联系的家族。他们对唐克斯一家用了钻心咒,试图问出哈利的下落。之后唐克斯夫妇有些虚弱,但无大碍。

1997年8月,卢平与尼法朵拉·唐克斯分开,因为他认为孩子"没有一个永远让他羞耻的父亲岂不更好"。在此期间,尼法朵拉·唐克斯住在唐克斯夫妇家。在哈利给了卢平当头棒喝后,卢平回到了自己的妻子身边。

这年圣诞节前,泰德出于原则拒绝参加麻瓜出身登记,他知道食死徒早晚会来找他,于是逃亡在外。他先是遇到了迪安·托马斯,又遇到了德克·克莱斯韦和妖精拉环、戈努克。"铁三角"在帐篷里听到了他们的对话,从中知晓金妮等人曾到斯内普办公室偷格兰芬多的宝剑。

1998年3月,"铁三角"从"波特瞭望站"的广播中得知泰德、克莱斯韦与戈努克遇害的消息。4月,尼法朵拉·唐克斯生下她与卢平的儿子,以"泰德(昵称'泰迪')"为其命名。

1998年5月2日,卢平夫妇战死。之后,安多米达在哈利的帮助下抚养泰迪,而泰迪作为哈利的教子,经常去哈利家做客(差不多一星期去吃四次饭)。

奥利夫·洪贝
Olive Hornby

奥利夫是一个女巫。1940年,桃金娘·沃伦被分入拉文克劳学院。她经常受到同学的戏弄和欺负。有一次,奥利夫嘲笑了桃金娘的眼镜。桃金娘躲进了藏有密室入口的盥洗室,一个人在里面哭。在人们意识到桃金娘失踪了几个小时,而奥利夫曾经和桃金娘开了玩笑之后,霍格沃茨时任校长阿芒多·迪佩特教授要求奥利夫寻找桃金娘。她走进盥洗室的时候,发现了倒在地上的桃金娘的尸体。按照桃金娘幽灵的说法,这一场面让她终生难忘。

格拉迪丝·古吉翁
Gladys Gudgeon

格拉迪丝·古吉翁是吉德罗·洛哈特的崇拜者。她每个星期都会给洛哈特写一封信,即便在他进入圣芒戈魔法伤病医院以后也是一样。

科多利
Cordori

科多利是一名巫师,哈利第一次去对角巷时,在破釜酒吧里曾与他握手。

罗迪·庞特内
Roddy Pountney

在《火焰杯》一书中,在魁地奇世界杯比赛期间,罗迪·庞特内曾与卢多·巴格曼打赌,他认为保加利亚会进第一个球。巴格曼给他定了很高的赔率。

马什女士
Ms. Marsh

《阿兹卡班的囚徒》一书中,哈利乘坐骑士公共汽车时,马什女士是车上的一位乘客。

玛丽·卡特莫尔
Mary Cattermole

玛丽的全名是玛丽·伊丽莎白·卡特莫尔(Mary Elizabeth Cattermole),她是一个麻瓜出身的女巫。她显得十分瘦小,黑发在脑后梳成一个圆髻。

玛丽是一对麻瓜蔬菜商夫妇的女儿。她后来与魔法部员工雷吉纳尔德·卡特莫尔结了婚,并育有女儿梅齐、埃莉和儿子阿尔弗雷德。1997年,玛丽被指控

从纯血或混血巫师那里偷窃了魔杖,并被带到麻瓜出身登记委员会接受乌姆里奇和亚克斯利的审讯。如果没有哈利和赫敏的及时解救,玛丽将被定罪,并送进阿兹卡班监狱。哈利、赫敏和罗恩(当时伪装成了玛丽的丈夫雷吉纳尔德·卡特莫尔)协助她和其他准备接受审讯的麻瓜出身者逃离了魔法部。哈利建议玛丽和雷吉纳尔德尽快带着子女逃离英国,因为当时伏地魔仍然掌控着魔法部的政权。

梅齐·卡特莫尔
Mazey Cattermole

梅齐·卡特莫尔是雷吉纳尔德·卡特莫尔和玛丽·卡特莫尔的女儿,其父亲是魔法部的一名维修工,母亲是麻瓜家庭出身的巫师。

泰德·唐克斯
Ted Tonks

泰德·唐克斯是麻瓜出身的男巫,毕业于霍格沃茨的赫奇帕奇,是安多米达·唐克斯的丈夫、尼法朵拉·唐克斯的父亲。他和其妻子是凤凰社的同盟。在"七个波特"之战中,他们家是其中一个门钥匙所在地。

哈利最后在广播中听到他的死讯,他被搜捕队员杀死。为了纪念他,卢平和唐克斯的儿子用了泰德这一名字。

威利·威德辛
Willy Widdershins

威利是一个喜欢捉弄麻瓜的巫师。他因为在像贝斯纳绿地这样的麻瓜活动的区域制造了多起厕所污水回涌事件而被魔法部逮捕。其中有一次,他的魔咒出了问题,厕所发生了爆炸,他自己在一片废墟中昏迷不醒。他在被捕时受了重伤,全身包裹着绷带。魔法部和他做了个交易,如果他能够暗中监视哈利和他的朋友,那么他就会被免除惩罚。他的确这样做了,并向乌姆里奇和福吉报告他们在猪头酒吧集会时,计划成立一个秘密的黑魔法防御术团体。他因此被免于起诉。但是,威利后来因为出售咬人的门把手,并让两个麻瓜被咬掉手指而再次被捕。这一回他无法避免地被送进监狱服刑。

维罗妮卡·斯美斯丽
Veronica Smethley

斯美斯丽是一名女巫,她是吉德罗·洛哈特的崇拜者,她曾在1992年给洛哈特写过信。

1992—1993学年,洛哈特正在霍格沃茨魔法学校担任黑魔法防御术课教师。当时,他要哈利在自己这里关禁闭,帮助自己给崇拜者回信。斯美斯丽是哈利要回信的其中一人。

西塞隆·哈基斯
Ciceron Harkiss

哈基斯是一个男巫,斯拉格霍恩曾将安布罗修·弗鲁姆介绍给他,从而使得弗鲁姆得到了第一份工作。

伊凡·迪隆斯比
Ivor Dillonsby

迪隆斯比是一个男巫。丽塔·斯基特曾在写《阿不思·邓布利多的生平和谎言》一书之前对他进行过采访。在采访中,迪隆斯比声称自己在邓布利多发现龙血的12种用途之前已经发现了其中8种,而邓布利多剽窃了自己的论文。

神圣28纯血家族
(神圣二十八族)

纯血(pure-blood)是指一个巫师或巫师家族拥有纯净的或近乎纯净的巫师血统。这个概念最初由萨拉查·斯莱特林提出。这意味着他们的家谱上从没出现

过麻瓜。这是很罕见的，若追根溯源，某个祖先若是没有麻瓜双亲或没有跟麻瓜结婚，这个家族就会不复存在。此外对于一个纯血巫师家族来说，保持其血统纯正的唯一办法就是与其他纯血家族联姻，所以到20世纪90年代，所有的纯血家族互相间都有联姻关系。由于纯血家族内部的近亲结婚，以及许多纯血巫师与麻瓜或麻瓜出身的巫师结婚，自称是纯血的巫师家族一直在减少。

依照20世纪30年代初《纯血统名录》的作者（被广泛认为是坎坦克卢斯·诺特）的说法，"神圣二十八族"是指到20世纪30年代仍旧是"真正纯血统"的28个英国巫师家族。不过名单上的许多家族都反对这种说法。

说明：

1.有意思的是，奥利凡德家族被认为是"神圣28纯血"家族之一，但是这个家族的一个已知的混血巫师已经在这本名录出版的十年前降生了。有可能是名录的作者并不知道这件事，或者这个作者决定不把加里克当成这个家族的一分子。

2.由于波特这个姓氏在麻瓜世界中较为常见，并且波特家族的成员直言不讳地表达对麻瓜的积极看法，这导致他们尽管是纯血统，却并未被归入"神圣28纯血"之中。

3.韦斯莱家对自己成为"神圣28纯血"家族之一感到遗憾与不满，因为他们长久以来一直对麻瓜世界很感兴趣。他们的抗议行为招致名录上其他一些家族的厌恶，他们把韦斯莱家族的每一个成员都看成是"纯血统叛徒"。

这28个家族包括：

艾博家族
Abbott

在《死亡圣器》一书中，赫敏曾在戈德里克山谷发现了一个艾博家族的墓碑。

已知成员：艾博夫人和汉娜·艾博。

埃弗里家族
Avery

已知成员：埃弗里父子。

布尔斯特罗德家族 / 伯斯德家族
Bulstrode

已知成员：维奥莱塔·布尔斯特罗德和米里森·伯斯德。

布莱克家族
Black

布莱克家族的历史可以追溯到中世纪。他们声称自己的祖先全部是巫师，但是正如小天狼星对哈利说的那样，20世纪已经没有真正的纯血统巫师了。像布莱克家族一样的纯血统家族只是简单地把麻瓜和哑炮从家谱中移除。布莱克家族非常看重血统成分，认为他们自己就像魔法世界的皇室一样高贵，同时对麻瓜、哑炮、纯血统叛徒和麻瓜出身者非常蔑视。布莱克家族的格言可以在其家族纹章上面找到，是法语"Toujours Pur"，意为"永远纯洁"。许多家庭成员都非常看重这一点。

已知一代成员：天狼星·布莱克（一世）、菲尼亚斯·奈杰勒斯·布莱克、埃拉朵拉·布莱克和伊斯拉·希钦斯/伊斯拉·布莱克（被除名）。

已知二代成员：天狼星·布莱克（二世）、菲尼亚斯·布莱克（被除名）、阿克图卢斯·布莱克、贝尔维娜·布莱克和西格纳斯·布莱克。

已知三代成员：阿克图卢斯·布莱克、莱克里斯·布莱克、雷古勒斯·布莱克、博洛克斯·布莱克、卡西欧佩娅·布莱克、马里厄斯·布莱克（被除名）、多瑞娅·布莱克、卡莉朵拉·布莱克、塞德瑞拉·布莱克（被除名）和卡丽丝·布莱克。

已知四代成员：柳克丽霞·布莱克、奥赖恩·布莱克、沃尔布加·布莱克、阿尔法德·布莱克（被除名）和西格纳斯·布莱克。

已知五代成员：贝拉特里克斯·布莱克、安多米达·布莱克（被除名）、纳西莎·布莱克、小天狼星·布莱克和雷古勒斯·布莱克。

博克家族
Bock

已知成员：卡拉克塔库斯·博克（博金先生）和赫伯特·博克。

卡罗家族
Carrow

已知成员：阿米库斯·卡罗和阿莱克托·卡罗。

克劳奇家族
Crouch

已知成员：卡斯珀·克劳奇、巴蒂·克劳奇和小巴蒂·克劳奇。

福利家族
Fawley

具体情况不详，该家族来自汉普郡的福利村。

弗林特家族
Flint

已知成员：乌尔苏拉·弗林特和马库斯·弗林特。

冈特家族
Gaunt

冈特家族是萨拉查·斯莱特林的后裔。近亲结婚加剧了其家族暴烈的脾气。
已知成员：马沃罗·冈特、莫芬·冈特和梅洛普·冈特。

格林格拉斯家族
Greengrass

已知成员：达芙妮·格林格拉斯和阿斯托利亚·格林格拉斯。

莱斯特兰奇家族
Lestrange

已知成员：罗道夫斯·莱斯特兰奇、拉巴斯坦·莱斯特兰奇和贝拉特里克斯·莱斯特兰奇。

隆巴顿家族
Longbottom

已知成员：哈方·隆巴顿、奥古丝塔·隆巴顿、阿尔吉·隆巴顿、弗兰克·隆巴顿、艾丽斯·隆巴顿、纳威·隆巴顿。

麦克米兰家族
Macmillan

已知成员：梅拉尼娅·麦克米兰和厄尼·麦克米兰。

马尔福家族
Malfoy

马尔福（Malfoy）一词可能来源于法语"mal foi"或"mal foy"，意思是不诚实的、不忠实的，或是不好的信仰。这可能暗示着马尔福家族为了避免危险倾向于背叛，而不是坚持原来的立场。

已知成员：卢修斯·马尔福（一世）、尼古拉斯·马尔福、赛普迪莫斯·马尔福、布鲁特斯·马尔福、阿布拉克萨斯·马尔福、卢修斯·马尔福（二世）、

纳西莎·马尔福、德拉科·马尔福、阿斯托利亚·马尔福和斯科皮·马尔福。

诺特家族
Nott

已知成员：坎坦克卢斯·诺特、老诺特、西奥多·诺特。

奥利凡德家族
Ollivander

奥利凡德家族经营的魔杖店，是对角巷唯一一家魔杖商店，在欧洲颇有名气。店里总是堆满了魔杖盒，创立自公元前382年。家族格言："拥有最远大目标的人速配柳木"。

已知成员：杰伦特·奥利凡德、格博尔德·奥克塔维厄斯·奥利凡德和加里克·奥利凡德。

帕金森家族
Parkinson

已知成员：珀尔修斯·帕金森和潘西·帕金森。

普威特家族
Prewett

已知成员：伊格内修斯·普威特、吉德翁·普威特、费比安·普威特和莫丽·普威特。

罗齐尔家族
Rosier

已知成员：埃文·罗齐尔和德鲁埃拉·罗齐尔。

罗尔家族
Rowle

已知成员：多尔芬·罗尔。

塞尔温家族
Selwyn

已知成员：塞尔温。

沙克尔家族
Shacklebolt

已知成员：金斯莱·沙克尔。

沙菲克家族
Shafiq

具体情况不详。

斯拉格霍恩家族
Slughorn

已知成员：霍拉斯·斯拉格霍恩。

特拉弗斯家族
Travers

已知成员：特拉弗斯。

韦斯莱家族
Weasley

已知成员：塞普蒂默斯·韦斯莱、亚瑟·韦斯莱、莫丽·韦斯莱、比尔·韦斯莱、查理·韦斯莱、珀西·韦斯莱、弗雷德·韦斯莱、乔治·韦斯莱、罗恩·韦斯莱和金妮·韦斯莱。

亚克斯利家族
Yaxley

已知成员：莱桑德拉·亚克斯利、亚克斯利。

第二章 地址、场所＆设施

霍格沃茨魔法学校

- 地下 -

厨房
Kitchen

霍格沃茨魔法学校的厨房位于学校城堡的地下建筑中，毗邻赫奇帕奇的公共休息室，位于礼堂的正下方，校内餐饮都出于此处。有一百多个家养小精灵在学校厨房中工作。想进入厨房需要轻轻挠一挠厨房门口果盘画像上的梨，梨会笑起来，然后会变成一个绿色门把手。厨房里面摆放了四张长长的木桌子，学校开饭的时候，食物就会从厨房的桌子上直接通过魔法送到与上一层礼堂对应的学院桌子上。

船屋
Boathouse

船屋是霍格沃茨魔法学校的地下码头，每年的9月1日，一年级新生下了霍格沃茨特快列车后会在猎场看守的带领下转乘小船驶过大湖，小船限每4人乘坐一艘，经过一条由常春藤帐幔所覆盖的漆黑隧道来到城堡下方，最终停靠在这里。

船屋通道
Boathouse Passageway

船屋通道是一条连接船屋和霍格沃茨魔法学校的通道。霍格沃茨魔法学校的一年级新生会使用这条通道来到学校城堡。

地下房间
Underground Chambers

这是由七个房间组成的系列房间，房间主体位于霍格沃茨魔法学校城堡的地下，入口在四楼走廊。1991—1992学年，每个房间都设置了一种防护措施用来保护魔法石（三头犬路威、魔鬼网、带翅膀的钥匙、巨型棋盘阵、巨怪、魔药逻辑推理、厄里斯魔镜），以防止魔法石被人偷走。

第五地下教室
Dungeon Five

霍格沃茨城堡地下建筑中的一间教室。1992年，管理员阿格斯·费尔奇花了一上午的时间清理抹到了天花板上的青蛙脑浆（几个三年级的学生不小心弄上去的）。

赫奇帕奇地下室
Hufflepuff Basement

赫奇帕奇地下室是赫奇帕奇学院的学生在校期间生活与住宿的地方，位于霍格沃茨魔法学校城堡地下建筑中，主要包括赫奇帕奇公共休息室和学生宿舍两个部分。赫奇帕奇地下室的设计风格遵循了学院自身的特点，主色调是黄色和黑色，设计元素采用了圆形这种象征自然的形状，同时还追求为居住者带来舒适性。它的入口在厨房走廊右手边角落里那一堆放在阴暗石槽上的大木桶中。

赫奇帕奇公共休息室
Hufflepuff Common Room

赫奇帕奇公共休息室的天花板很低，整体上看是一间朴实的圆形大房间。由于霍格沃茨魔法学校城堡所在的地势并不平坦，这里虽然属于城堡建筑的地下部分，但其实阳光充足，通过公共休息室的圆形窗户可以看到窗外摇动的青草和蒲公英。公共休息室里配有被装饰成黄色和黑色的软座沙发，房间内部装饰用的铜饰非常光洁，还有许多有趣的植物装饰作为点缀，靠墙建有一个很大的雕刻着獾

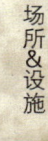

的蜜黄色木制壁炉架。学院创始人赫尔加·赫奇帕奇的画像就挂在壁炉的上方。

与其他学院不同，进入赫奇帕奇公共休息室并不需要口令、谜语，但它的入口却是唯一一个存在抵抗装置的。想要进入的人必须按照"赫尔加·赫奇帕奇"（Helga Hufflepuff）的节奏敲击那堆大木桶里第二排第二个桶的底部，桶盖旋转打开后会露出一个可以让人爬进去的通道，通往公共休息室，但是如果敲击的人旋律敲得不对、敲错了桶，或者敲的次数不对，那么另外一个桶的桶盖就会爆裂开，在闯入者的身上浇满醋。

公共休息室里有两扇圆形的门，分别通往男、女生宿舍区。

赫奇帕奇学生宿舍
Hufflepuff Dormitory

把赫奇帕奇的男、女生宿舍安排在地下建筑中是为了排除杂音干扰，使学生们可以比在塔楼中更容易入睡。每间寝室中的四柱床都有铺拼布床单，铜制灯具散发着温暖的光芒，宿舍里还配有非常实用的铜制暖床炉。

忌辰晚会大厅
Deathday Party Hall

这间大厅是霍格沃茨城堡地下建筑中一间比较宽敞的房间。大厅里装饰着黑色天鹅绒窗帘，黑色的蜡烛上燃烧着蓝色的火焰。

1992年10月31日，这间大厅里举行了尼古拉斯·德·敏西－波平顿爵士（差点没头的尼克）的五百岁忌辰晚会。他曾邀请哈利参加他的忌辰晚会。

密室
Chamber of Secrets

传说中的密室位于霍格沃茨城堡地牢下方，大约位于"学校下面好几英里[①]深的地方"，由霍格沃茨四巨头之一的萨拉查·斯莱特林在中世纪建造。据说萨拉查·斯莱特林离开学校是因为在招收学生的血统要求上与其他霍格沃茨创办者产生了分歧。传说他在离开学校前修建了这间密室，以期自己的继承人开启密

[①] 1英里=1 609.344米。

室，把里面的恐怖东西放出来，让它净化学校，清除所有不配学习魔法的人。可以确认的是，斯莱特林的后人中曾经有一支后裔传承了密室的开启方法。汤姆·里德尔在霍格沃茨就读期间，花了整整五年的时间找寻密室入口，后来成功打开密室。怪物袭击了几个学生，学校因桃金娘的死亡封锁了密室，而海格被诬为开启密室的人，遭到开除。当时只有邓布利多相信海格的清白，并因此严密监视里德尔。里德尔不想让自己找寻密室的工夫白白浪费，所以把16岁的自己通过记忆的形式保存在一本日记里。密室的入口在二楼一间废弃的女生盥洗室里，进入的口令是用蛇佬腔说"打开"，口令正确的话水池会让开，露出一条通往密室的管道。通往密室的管道系统四通八达、极为复杂。管道的末端是一个潮湿的石制大厅，这里有萨拉查·斯莱特林的雕像。日记中的汤姆·里德尔曾在这里使用蛇佬腔控制蛇怪攻击了哈利。

魔药课教室
Potions Classroom

魔药课教室是霍格沃茨魔法学校城堡地下建筑中的一个大教室，用来上魔药学课程。这里能够容纳至少20名学生上课（包括他们的各种实验器材），墙壁的架子上摆满了各种玻璃罐，里面是用溶液浸泡着的动物标本。教室中有一块黑板，魔药课教师会在上面书写配置魔药所需要的材料和配制方法。教室里还有一个魔法材料储藏柜，里面会存放学生在制作魔药时可能用到的各种原料。魔药课教室比楼上的城堡主楼更加阴冷，这一点到了冬天要更明显。

斯莱特林地牢
Slytherin Dungeon

斯莱特林地牢是斯莱特林学院的学生在校期间生活与住宿的地方，位于霍格沃茨魔法学校城堡地牢（霍格沃茨魔法学校地牢中有一部分属于斯莱特林，但并非全部）。从一楼大理石阶梯右侧的门进入地牢后，穿过迷宫一样的阴暗走廊，找到特定位置的石墙，说出正确口令石墙就会打开，穿过石墙，可到达斯莱特林公共休息室。

哈利·波特百科全书

斯莱特林公共休息室
Slytherin Common Room

斯莱特林公共休息室的空间狭长、低矮，建筑空间已经延伸到大湖底部，绿幽幽的灯光让整个空间呈现出墨绿色调，给人带来水下沉船般的神秘感觉。由于休息室主体在湖底，通过这里的窗户经常能够看到巨乌贼，有时还会看到更有趣的生物。夜晚聆听着湖水拍打的声音入眠也可称得上一种放松的享受。

这里的墙壁、天花板都是由非常粗糙的石头砌成的。被链子拴着的、泛着绿光的灯从天花板上垂下来。公共休息室里摆放着雕花的椅子，厅内有很多头盖骨作为装饰。虽然雕刻精美的壁炉里始终燃着一堆火，但斯莱特林公共休息室里依然非常阴暗寒冷。

进入斯莱特林公共休息室的口令每两个星期就会更换一次，新的口令会提前在休息室里的布告栏上通知。石壁上悬挂的中世纪挂毯上描绘着那时斯莱特林人进行过的著名冒险。

斯莱特林寝室
Slytherin Dormitory

斯莱特林寝室里使用的是风格古老的四柱床，悬挂着绿色丝绸制的帷幔，床上铺着银线绣花床单。天花板上悬挂着银色的灯笼。

西弗勒斯·斯内普的办公室
Severus Snape's Office

斯内普教授的办公室位于地下，光线昏暗，靠墙的架子上摆满了无数玻璃标本罐。哈利五年级时曾在这里接受斯内普的大脑封闭术训练。

这里还有一间斯内普的私人储藏室，用于存放他私人储备的魔药配料。

虽然办公室使用了咒语保护，但储藏室曾经至少被人闯入三次。

第一次发生在1992—1993学年，赫敏从这里偷出了制作复方汤剂的多种原料。

第二次发生在1994—1995学年，小巴蒂·克劳奇从这里偷出了制作复方汤剂的原料，用来让自己一直保持穆迪的外貌。一直到他的身份暴露之前，斯内普都在怀疑哈利是那个偷窃的人。

第三次同样发生在1994—1995学年，家养小精灵多比为哈利闯入储藏室偷出了鳃囊草，帮助他完成三强争霸赛的第二个项目。

- 一层 -

变形课教室
Transfiguration Classroom

这是霍格沃茨魔法学校学生上变形课的教室。教室的讲台前有一张专供教师使用的讲桌，教室里的每个学生都有自己单独的桌子。

管理员办公室
Caretaker's Office

管理员办公室是管理员费尔奇在霍格沃茨城堡中生活的地方，紧挨着门厅。房间内没有窗户，昏暗狭小，肮脏不已，空气中弥漫着一股淡淡的煎鱼气味。天花板上悬挂着一盏油灯，四周的墙边排有许多木制文件柜，里面存放着霍格沃茨魔法学校每一个被处罚过的学生的详细资料。办公室的门上张贴着霍格沃茨禁止事项一览表，但好像没有学生前来观看。大多数霍格沃茨魔法学校的学生对这个地方避之唯恐不及。

弗雷德和乔治在校期间的违纪资料非常多，单单两个人的资料就存放了一整个抽屉。他们曾经在一年级时在走廊里放了一个大粪蛋，被费尔奇拉到这间办公室关禁闭，并因此在这里从一个标着"没收物品，高度危险"档案柜抽屉里发现并得到了活点地图。

教工休息室
Staffroom

教工休息室是专门提供给教职工休息使用的房间，是一间长长的屋子，门口摆放着两只会说话的石兽，屋内四周的墙上镶着木板，里面摆满了不配套的旧黑木椅子。

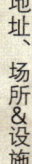

年迈的宾斯教授曾在这里休息，有一天他站起来去上课，结果不小心把身体留在了教工休息室炉火前的一张扶手椅里，因此成为霍格沃茨唯一一个幽灵教授。

礼堂
Great Hall

礼堂位于霍格沃茨魔法学校城堡的门厅旁边，是学校的主要集会场地。礼堂大厅非常宽敞，足够容纳霍格沃茨的全体师生以及客人。礼堂中摆放着四条长桌，四个学院的学生都在这里用餐。高高的围墙直通天花板，天花板像黑色天鹅绒，上面缀有点点星光，被施了魔法的天花板看起来和外面的天空一样，半空中漂浮有许多蜡烛。在礼堂的正前方是主宾席——一张专供学校的教职工使用的长桌。现任校长的座位在主宾席的中央，是一把华丽的大金椅。主宾席的左侧有一扇门，通往一间挂满画像的房间。

霍格沃茨的学生在礼堂用餐，早餐时会接收猫头鹰送来的邮件和包裹，参加每学年的分院仪式以及学校举办的各种活动。在特殊的日子，礼堂也会进行特别的装扮。例如在万圣节前夜的晚宴上，礼堂会使用南瓜、蝙蝠、橙色彩带进行装饰；而在圣诞节假期时，礼堂中则会摆放十二棵高耸的圣诞树，并在墙上挂满冬青和槲寄生组成的垂花彩带。

除了所有宴会、舞会在此举办外，礼堂也可作为部分课程及考试的场地，如决斗俱乐部的活动、O.W.L.考试（普通巫师等级考试）、N.E.W.T.考试（终极巫师考试）。许多重大的事件曾在这间礼堂中发生，如伏地魔在这里被打败，这标志着霍格沃茨之战和第二次巫师战争正式结束。

门厅
Entrance Hall

霍格沃茨的门厅位于城堡的一楼，空间非常开阔，石墙上有熊熊燃烧的火把，天花板高到让人看不到顶。在橡木门的正对面是一段豪华的大理石楼梯，直通二楼。楼梯的左、右两侧都有门，左侧的门可以通往斯莱特林地牢，右侧的门可以前往赫奇帕奇公共休息室和厨房。门厅的右侧还有一扇双开门通向礼堂，位于礼堂对面的一侧还有一间小屋，麦格教授会在新学年的分院仪式开始前让一年级新生在此等候。

用来计算各学院分数的学院分沙漏位于门厅。

男生盥洗室
Boys' Toilets

男生盥洗室是专供男生使用的装有盥洗、厕所设备的房间。

尤普拉西娅·摩尔在任霍格沃茨魔法学校校长期间曾经为了制止皮皮鬼的暴走与皮皮鬼签订协议，承诺给他更多特权，其中包括每周可以在一层这间男生盥洗室里游一次泳。

扫帚间
Broom Cupboard

扫帚间主要用来存放水桶、拖把、扫帚及各种清洁工具，位于霍格沃茨魔法学校城堡一楼的一个旋梯下方。1994—1995学年，哈利在参加三强争霸赛的魔杖检测前在这里接受了丽塔·斯基特的采访。

十一号教室
Classroom Eleven

十一号教室是一间位于霍格沃茨城堡一层的教室，位于礼堂对面。马人费伦泽成为占卜学教师之后使用这间教室上课。邓布利多把这里变成了类似禁林的样子，地板上铺满苔藓，屋内生长着树木，枝叶茂盛，模拟出符合马人生活习性的环境。教室的天花板可以模拟真正的星空图案，以方便观察星象，进行占卜教学。

- 二层 -

波皮·庞弗雷的办公室
Madam Poppy Pomfrey's Office

这间办公室位于校医院的一侧，属于庞弗雷夫人，她平时都会在这里办公。

禁书区
Restricted Section

禁书区是位于霍格沃茨图书馆后部的一个区域，用一根绳子与普通图书区隔离开来。一般有不适宜年轻学生阅读的内容的书籍会被存放在这一区域，比如讲解非常强大的黑魔法的书。借阅这一区域的书籍需要获得教师亲笔签名的许可。图书管理员确认批条后，会为学生取来批条上注明的书籍。

目前不知是否只有低年级学生在禁书区借书才需要教师批条，并由图书管理员亲自取书。已知哈利在四年级仍需要凭借批条才能够借阅禁书区的书籍，但赫敏在六年级时曾"翻遍了禁书区"。

哭泣的桃金娘盥洗室
Moaning Myrtle's Bathroom

这里本是一间普通的女生盥洗室，但自从一个叫桃金娘的学生在这里被密室中的蛇怪杀死后就处于废弃状态，不再被使用。桃金娘的幽灵会在这间盥洗室中徘徊，所以许多学生都不愿意进入这里。这里还是斯莱特林密室的入口。

米勒娃·麦格的办公室
Minerva McGonagall's Office

麦格教授在担任格兰芬多学院院长期间，一直在这间办公室中工作。这是一间位于二楼走廊边上的小书房，里面有一个烧得很旺的壁炉，窗外可以看到魁地奇球场，一扇隐藏的门通向一间地面由碎石铺就的卧室。1995—1996学年，乌姆里奇曾打发不遵守她的纪律的哈利到麦格教授的办公室，麦格教授请哈利吃饼干，并叮嘱他今后要小心谨慎行事。

魔法史教室
History of Magic Classroom

自宾斯教授开始在霍格沃茨教魔法史开始，他就使用这间教室作为魔法史课程的上课地点。宾斯教授逝世后，他仍继续以幽灵的状态在这里授课。魔法史的课程非常枯燥，令人昏昏欲睡，课堂上最令人兴奋的事情就是他穿过魔法史教室的黑板进入教室。

女生盥洗室
First-Floor Girls' Toilets

女生盥洗室是专供女生使用的装有盥洗、厕所设备的房间。

1991年10月31日，赫敏曾在这里受到山地巨怪的袭击。

英国人指的"First-Floor"是二层。

图书馆
Library

霍格沃茨魔法学校图书馆位于霍格沃茨城堡二层，这里有上千个书架，存放的书成千上万。平斯夫人是图书馆的管理员。霍格沃茨的学生可以在这里阅读或者借阅图书，用来学习相关专业的内容或仅作为消遣。图书馆会于晚上八点关闭。馆内不允许吃东西，哈利和金妮曾在这里吃复活节菜单巧克力，结果被图书管理员发现，被赶出去。1994—1995学年，克鲁姆曾在图书馆里邀请赫敏作他的圣诞舞会舞伴。

校医院
Hospital Wing

校医院由庞弗雷夫人管理，是霍格沃茨魔法学校提供简单医疗服务的地方。在学年中，如果有学生或者教职工受伤或生病，就会被送往校医院接受治疗。校医院装备精良，可以处理学校中产生的大部分普通魔法伤害或疾病，如治疗缩小被施咒长大的门牙、修复被切割的伤口、恢复断裂的骨骼等。校医院房间的大床铺有洁白的床单，旁边摆着桌子。为了保护个人隐私，还特地在床四周都拉上了帘子。对住院者进行探视是被允许的，但一次不可超过六个人。在出现危重疾病或魔法伤害的时候，患者会被转送圣芒戈魔法伤病医院接受进一步的治疗。

隐形书区
Invisibility Section

隐形书区是霍格沃茨图书馆中的一片区域。这里存放的书籍大多讨论隐形术，它们本身可能也是隐形的。

1992年12月18日，哈利曾藏在隐形书区里偷听一群赫奇帕奇学生的谈话。

－ 三层 －

黑魔法防御术教授办公室
Defence Against the Dark Arts Teacher's Office

这是专门准备给黑魔法防御术教授使用的办公室，由于霍格沃茨魔法学校的黑魔法防御术教授一直在更换，每位教授都会根据自己的品位、爱好来布置这间办公室。

－ 四层 －

盔甲走廊
Armoury / Armour Gallery

盔甲走廊是一条靠近奖品陈列室的走廊。这条走廊上摆放了许多套盔甲。这里的盔甲都会移动，所以无法靠盔甲所在的位置记忆路线。

1998年的霍格沃茨之战中，所有的盔甲都被麦格教授召唤出战。

魔咒课走廊
Charms Corridor

这是一条位于霍格沃茨城堡四层的走廊,从这里可以进入魔咒课教室。醉修士图就挂在这里。在一条挂毯后面藏有通向盔甲走廊和奖品陈列室的秘密通道。

魔咒课教室
Charms Classroom

魔咒课教室是霍格沃茨魔法学校的学生上魔咒学课程的教室。魔咒课教师弗立维教授在上课时需要站在一摞书上才够得着讲桌。

黑魔法防御术课教室
Defence Against the Dark Arts classroom

黑魔法防御术课教室是霍格沃茨魔法学校的学生上黑魔法防御术课程的教室。教室的天花板上有一个枝形吊灯。

独眼女巫通道
One-Eyed Witch Passage

独眼女巫通道是一条从霍格沃茨城堡通向霍格莫德蜂蜜公爵糖果店地窖的秘密通道。1993年,哈利从弗雷德和乔治那里得到活点地图后,第一次得知了这条通道的存在。

四层走廊
Third Floor Corridor

1991—1992学年,这条靠近城堡右侧的四层走廊被禁止通行,因为这条走廊可以通向存放魔法石的地下房间。海格的宠物三头犬路威守卫在通向地下房间

的活板门上。

奖品陈列室
Trophy Room

奖品陈列室是存放和展示历届学生所获得的奖杯、盾牌、奖牌及其雕像的地方，这些奖品被放在水晶玻璃柜中进行展示，会有学生来这里清扫。陈列室中同样还存放着一份男、女生学生会主席的名单。学生获得的对学校特殊贡献奖的奖杯也会放在这里。

- 五层 -

废弃不用的教室
Disused Classroom

这是霍格沃茨魔法学校城堡五楼一间废弃不用的教室。1991年的9月—12月，厄里斯魔镜曾暂时存放在这里。之后邓布利多移走了镜子，并希望哈利不要再去寻找它。

五层盥洗室
Bathroom

这是一间位于城堡五层的盥洗室。

1995年，格拉哈姆·蒙太为了从消失柜中逃脱，使用了幻影显形，结果被卡在这间盥洗室的一个马桶中。

- 六层 -

级长盥洗室
Prefects' Bathroom

  级长盥洗室的入口是霍格沃茨城堡六层糊涂波里斯雕像左边的第四个门，只有给出正确的口令才能进入。这间盥洗室比较特别，仅限于霍格沃茨魔法学校中的级长，男、女生学生会主席和魁地奇队队长使用。盥洗室内的设备均为白色大理石制成，长方形的浴池好像游泳池，陷入地面。浴池边缘排列着上百个镶嵌着各色宝石的金色水龙头，打开就能流出各种混合着热水的沐浴液。窗户上挂着雪白的亚麻窗帘，一大堆松软的白毛巾放在一个墙角。盥洗室里挂有一幅镶在镀金框里的金发美人鱼图。三强争霸赛第二个项目之前，哈利曾在塞德里克的提示下来这里洗澡，以破解金蛋的秘密。

- 七层 -

男生盥洗室
Boy's Lavatory

  这是霍格沃茨魔法学校城堡七楼的男生盥洗室。1996年，哈利曾在这里对马尔福使用了神锋无影咒。

霍拉斯·斯拉格霍恩的办公室
Horace Slughorn's Office

  这是斯拉格霍恩教授在担任魔药学教师职位时使用的办公室。1996年，斯拉格霍恩教授在这里举办了一场圣诞晚会。

八层

占卜课教室
Divination Classroom

这里是霍格沃茨魔法学校的学生上占卜课的教室,位于霍格沃茨魔法学校城堡的北塔楼。占卜课教室的入口是一个圆形的活板门,教室的装修风格看起来像是阁楼和老式茶馆的混合体。

胖夫人走廊
Fat Lady's Corridor

这条走廊上挂有胖夫人的肖像,肖像背后就是格兰芬多塔楼的入口。1993—1994学年,胖夫人被小天狼星袭击后,巨怪保安曾在这条走廊上巡逻。

拉文克劳院长办公室
Ravenclaw Head's Office

弗立维教授任拉文克劳学院院长时在这间办公室工作。从外部可以看到,西塔楼右边第13个窗户就属于这间办公室。1993年,小天狼星越狱后闯入霍格沃茨,在重新被捕后,他曾被关押在这间办公室中等待摄魂怪的吻。不过,小天狼星后来在哈利和赫敏的帮助下,骑着鹰头马身有翼兽巴克比克逃了出去。

有求必应屋
Room of Requirement

这是霍格沃茨魔法学校城堡中的一个神秘房间,位于霍格沃茨城堡八楼的"巨怪棒打傻巴拿巴"的挂毯对面,它只会在一个人非常需要的时候才出现。当使用者集中精力去想需要的场地,并三次走过那段墙后,墙上便会出现一扇非常光滑的门,通过这扇门可进入有求必应屋。活点地图上无法显示有求必应屋和在其中的人，进入的人的名字会在地图上直接消失。

家养小精灵们称它为"来去屋"，当哈利需要为D.A.军练习找一个隐蔽场所时，多比为他推荐了有求必应屋。

有求必应屋没有固定常态，会一直变化以符合求助者的需要。

西比尔·特里劳尼的办公室
Sybill Trelawney's Office

这是占卜学教授西比尔·特里劳尼工作和生活的地方。它位于占卜课教室的一个小楼梯上方。

– 塔楼 –

北塔楼
North Tower

北塔楼是霍格沃茨城堡的众多塔楼之一。占卜课教室以及占卜课教师特里劳尼教授的办公室就位于此塔楼内。卡多根爵士的画像挂在通向占卜课教室的北塔楼八楼平台上。

格兰芬多公共休息室
Gryffindor Common Room

格兰芬多公共休息室是一间圆形的大客厅，供格兰芬多学院的学生在一天课程结束后放松休息。休息室里有软绵绵的扶手椅、桌子以及布告栏，上面贴着学校通知、各种广告和海报等。四周的墙上用格兰芬多代表色——猩红底色的挂毯装饰，挂毯上面画有许多男、女巫师，还有许多动物。有一座大壁炉占据了其中一整面墙（小天狼星躲避魔法部追捕期间曾通过公共休息室的壁炉和哈利联系）。休息室里有一面窗户可以看到学校的场地，另有两扇门通往男、女生宿舍。休息室里经常举行庆祝会，如格兰芬多赢得魁地奇比赛、哈利完成三强争霸赛的一个项目。哈利与金妮在1997年第一次接吻也是在休息室中。

格兰芬多塔楼
Gryffindor Tower

　　格兰芬多塔楼是格兰芬多学院的学生生活与住宿的地方，主要包括格兰芬多公共休息室和学生宿舍两个部分。格兰芬多公共休息室的入口位于霍格沃茨城堡第七层的胖夫人肖像后面。进入这里需要说出正确的口令，在画像的后面有一个圆洞，通向公共休息室。

格兰芬多宿舍
Gryffindor Dormitory

　　由格兰芬多公共休息室的两个门走上不同的旋转楼梯可以分别前往男、女生宿舍区。每间宿舍里都有五张四柱床，垂挂着深红色的法兰绒幔帐。天气寒冷的时候，家养小精灵会将暖床用的长柄炭炉放在被褥中间。
　　男生若要进入女生宿舍，女生宿舍的楼梯会变成一条光滑的石制滑梯，但是女生可以进入男生宿舍（赫敏曾去过很多次），这是因为学校创始人一致认为男生没有女生可靠。

拉文克劳塔楼
Ravenclaw Tower

　　拉文克劳塔楼的入口处有一枚青铜鹰形的门环，想要进去需要先解答一个谜题。哈利曾与卢娜来这里寻找拉文克劳王冠的线索。

拉文克劳公共休息室
Ravenclaw Common Room

　　拉文克劳公共休息室是一个圆形大房间，室内装饰在霍格沃茨魔法学校的四个学院中最为梦幻。罗伊纳·拉文克劳的白色大理石雕像就在公共休息室入口对面的壁龛里。休息室的穹顶上绘有许多星星。窗户呈拱形，挂着蓝色、青铜色的丝质窗帘，通过窗户可以充分欣赏周遭的山川景色。地面铺有深蓝色的地毯。公共休息室设施齐备，桌椅书柜一应俱全。

猫头鹰棚屋
The Owlery

猫头鹰棚屋是一个圆形的石头房间,供学校及学生的猫头鹰驻留休息。棚屋位于西塔楼的最顶层。从西塔楼位于八层的塔楼底部,经过一条狭窄的螺旋形楼梯,可以通向顶部的猫头鹰棚屋。

猫头鹰棚屋的窗户为了方便猫头鹰进出没有安装玻璃,因此棚屋非常阴冷。地板上散落着稻草、猫头鹰粪便以及猫头鹰吐出来的鼠骨。最顶端的栖枝上有成百上千只猫头鹰。

哈利四年级时曾在这里邀请秋·张作自己的圣诞舞会舞伴,可惜那时秋·张已经接受了塞德里克的邀请,所以她拒绝了哈利。

天文塔
Astronomy Tower

天文塔是霍格沃茨城堡中最高的塔楼,前往这里需要先爬一段很陡的螺旋楼梯。辛尼斯塔教授在这里上天文课,让学生通过望远镜学习恒星和行星。这门课通常在午夜进行,因为这个时间的星星看得最清楚。

1995—1996学年,这里曾进行过天文学实践考试。

1997年,天文塔之战爆发,邓布利多在这里被斯内普杀死。

西塔楼
West Tower

西塔楼是霍格沃茨城堡的众多塔楼之一,与弗立维教授的办公室相隔12个窗户,可以从四层走廊过去。一条狭窄的螺旋形楼梯从位于八层的塔楼底部通向塔楼顶部的堞墙。

校长办公室
Headmaster's Office

校长办公室位于一座单独的小塔楼上,和霍格沃茨四大学院的休息室一样,

需要给出正确的口令才能进入。看守校长办公室的是一只巨大石兽，石兽身后是一道自动旋转楼梯，楼梯顶端便是办公室大门，"一道闪闪发亮的栎木门，上面是一个狮身鹰首兽形状的黄铜门环"。校长办公室是一个宽敞、美丽的圆形房间，墙上挂满了历任老校长的肖像画，他们平时都在各自的像框里打瞌睡。这里还存放着分院帽。

邓布利多在使用校长办公室期间经常会使用一听就知道非常"甜"的东西作为口令。在邓布利多使用这间办公室的时候，房间内摆放了很多邓布利多私人收藏的银器，冥想盆被保管在一个黑柜子里，柜子里还放着一个熏黑了的水壶，后来这个水壶成为前往格里莫广场的门钥匙。邓布利多的宠物——凤凰福克斯平时也会在这间办公室的架子上。

校长办公室即使被破坏，也能自动恢复如初。1996—1997学年，乌姆里奇就任校长时曾想进入这里，但石兽不承认她是合法的校长，没有让她通过。

- 户外场所 -

白色坟墓
White Tomb

白色坟墓由白色大理石制成，是霍格沃茨魔法学校中的唯一一座坟墓，位于湖畔，是邓布利多最后的安息之地。

草药学温室
Greenhouse

草药学温室是草药学课程的授课地点，位于霍格沃茨魔法学校城堡后面。霍格沃茨魔法学校共有7间温室。一号温室是一年级新生学习草药学的地方。这间温室里都是些无害的生物。到了二年级、三年级，学生们就要去三号温室上课，那里有更高等的植物。七号温室可能用于高等的草药课教学，因为编号数字越大，温室里的植物就越危险。以目前所知的情况来看，第七温室似乎是编号最大的温室。

大湖
Great Lake

大湖位于城堡南侧,直径约有半英里,湖泊的颜色看起来是黑色的,冬天的时候湖面会结冰,像"淬火钢"一样又冷又硬。霍格沃茨魔法学校的排水系统最终通向这里。湖里生活着巨乌贼、格林迪洛和人鱼群落。

在三强争霸赛的第二个项目中,大湖也被用作比赛场地。

海格的南瓜菜园
Rubeus Hagrid's Pumpkin Patch

海格的南瓜菜园是海格开辟出来的用来种植南瓜的地方,位于海格的小屋周边。这里出产的南瓜会作为霍格沃茨魔法学校的万圣节食物及装饰。

1992年,食肉鼻涕虫破坏了海格菜园中的卷心菜,这让海格不得不去翻倒巷购买食肉鼻涕虫驱除剂。

巴克比克曾在这里等待魔法部的死刑处决,最终被哈利和赫敏利用时间转换器解救了出去。

八眼巨蛛阿拉戈克死后被埋葬在了这里,哈利、海格和斯拉格霍恩教授一同出席它的葬礼。

海格的小屋
Hagrid's Hut/Hagrid's Cabin/Gamekeeper's Shut

这是一间位于霍格沃茨魔法学校城堡外面禁林边缘的小木屋,是海格在霍格沃茨魔法学校担任猎场看守时的家。海格的小屋只有一个房间,天花板上挂着火腿、野鸡,火盆里的铜壶总是在烧着开水。炉火前面摆放着巨大的木桌子和木椅子,房间的角落里还有一张大床,床上铺着用碎布拼接的被褥。海格会将自己的宠物、一些制作食物的原料、要在保护神奇生物课上使用的东西以及一些生活杂物存放在这里。

哈利、赫敏和罗恩在上学的时候经常会来这里见海格。

霍格沃茨大门
Main Entrance Gates to Hogwarts

霍格沃茨大门是霍格沃茨魔法学校的正门。在每学年开学的时候大门会打开，让夜骐拉动的马车带着学生（除了未曾来过霍格沃茨的一年级新生）进入校园。大门用铁铸成，十分华丽，两旁是许多石柱，顶端有带翅膀的野猪。

1993—1994学年，为了追捕小天狼星，学校大门由摄魂怪守卫。

1996年夏天，为了防止食死徒的入侵，邓布利多在校门上施了反侵入咒。

校门两边带有翅膀的野猪可能参考了克律萨俄耳，他是珀伽索斯的兄弟，他有时会被描绘为带翅膀的野猪。

尖叫棚屋入口
Shrieking Shack's Entrance

尖叫棚屋入口位于霍格沃茨校内打人柳的下方。从霍格沃茨场地进入尖叫棚屋的方法是按下打人柳上面的结疤，让它停止攻击，然后通过打人柳下的密道。

卢平就读于霍格沃茨魔法学校时，每个月为了度过狼人满月之夜的变身期，会通过这里躲入尖叫棚屋，以防自己对其他学生构成伤害。这条密道在活点地图上有标注。

禁林
Forbidden Forest

禁林也常被称为黑暗森林（Dark Forest），位于霍格沃茨魔法学校场地的西侧。正如它的名字所显示的，霍格沃茨学生通常不被允许进入禁林。只有在因违反校规被惩罚关禁闭或者上保护神奇生物课等特殊情况下，学生们才被允许进入禁林。由于树木茂密，遮蔽阳光，禁林即使在白天也很昏暗。林中有溪流，并生长有大量的毒刺草、紫杉木、橡树和两耳草等。禁林里有许多危险的神奇动物，独角兽、狼人、马人的群落，阿拉戈克和它的家族，巨怪等都生活在此地，因此少数好奇心旺盛的学生很想进去一探究竟。

禁林周围设有上课用的牧场，1994年，霍格沃茨举办三强争霸赛，布斯巴顿学校的马车就被安置在这附近，第一个项目开始前，火龙也被放置在牧场附近。在活板门没必要看守后，三头犬路威也被送到这里。海格曾在找到自己的弟弟格洛普后，将他安置在禁林中，格洛普住处的一条小道可直通阿拉戈克的巢穴。

院子
Courtyard

院子是霍格沃茨城堡中的一块空地，学生除了在礼堂和学院的公共休息室之外，也可以在这里度过课余时间。斯内普教授曾在这里以"图书馆的书不许带出学校"为由，没收了哈利的《魁地奇溯源》。

霍格莫德村

霍格莫德村，简称为霍格莫德，是英国唯一一个全部是巫师的村落。这里由伍德克夫特的汉吉斯创建。霍格沃茨三年级以上的学生在获得父母或其他监护人的许可后可以在周末到这里旅行。这里的街道两旁有许多商店和酒吧。他们有时也会去远观一下位于这附近的尖叫棚屋。

霍格莫德是一个由众多小屋和店铺组成的风景如画的小村庄。在圣诞节期间，这里的树上还会点缀起一串串施了魔法的蜡烛。霍格沃茨特快列车停靠的火车站位于霍格莫德附近。

- 商店 -

德维斯 – 班斯店
Dervish and Banges

德维斯 – 班斯店是一家销售和维修魔法设备的店铺，位于霍格莫德村。

蜂蜜公爵糖果店
Honeydukes Sweetshop

蜂蜜公爵糖果店出售巧克力以及其他各式各样的魔法糖果,位于霍格莫德村,深受霍格沃茨的学生与老师们的喜爱。这家糖果店由安布罗修·弗鲁姆经营,在他到地窖中补货的时候,他的妻子会帮他在上面照看店面。

每到圣诞节的时候,这里就会挤满了顾客,几乎挪不动脚。糖果店的地窖里摆满了板条箱和其他木箱子,地板上有很多尘土,灰蒙蒙的。一条长长的木楼梯通向上面的店铺中。在地窖里,人可以听到上面商店开、关门的声音,还有伴随着的摇铃声。

在蜂蜜公爵糖果店中隐藏着一条秘密通道,可以从糖果店的地窖直接通到霍格沃茨魔法学校。哈利三年级时由于没有拿到前往霍格莫德的许可,他多次通过这条秘密通道偷偷前往霍格莫德。

蜂蜜公爵糖果店还负责给霍格沃茨特快列车上的手推车供货。

风雅牌巫师服装店
Gladrags Wizardwear

风雅牌巫师服装店是一家大型连锁服装商店,出售各类巫师服饰和袜子,位于霍格莫德村。这家连锁服装店在伦敦、巴黎都开有分店。

1995年3月6日,哈利、罗恩和赫敏前往风雅牌巫师服装店为多比的生日买了一双新袜子。

文人居羽毛笔专卖店
Scrivenshaft's Quill Shop

文人居羽毛笔专卖店是一家出售各式羽毛笔的商店,位于霍格莫德村。这家文具用品店销售各种类型的羽毛笔以及羊皮纸等各式文具,如彩虹墨水、特大号羽毛笔等。但是霍格沃茨魔法学校的学生更倾向于去佐科玩笑商店购买特殊的羽毛笔。赫敏每次需要新羽毛笔的时候都会光顾这家商店。

— 娱乐休闲场所 —

帕笛芙夫人茶馆
Madam Puddifoot's Tea Shop

帕笛芙夫人茶馆位于霍格莫德村，由帕笛芙夫人经营。这是一个雾气腾腾、狭小局促的茶馆。里面的一切都装饰着俗气的蕾丝花边，包括小圆桌也是这样。小店在大路的一个街角。店主用一种很奇怪的挂饰作为情人节装饰（不时有金色的胖天使向人们抛撒糖果），颇具少女情调。

哈利曾和秋·张一起来过这里，当时正值情人节，按哈利的说法，这里是"快乐的情侣们最爱去的地方"。金妮和迪安托马斯约会时可能也常来此地。

三把扫帚酒吧
The Three Broomsticks

三把扫帚酒吧位于霍格莫德村，由罗斯默塔女士经营。这里提供黄油啤酒、柠檬水、热蜂蜜酒、红葡萄酒、樱桃汁、加冰和小伞的苏打水等。吧台总是让人觉得宽敞明亮、干净温暖。据说哈利的父亲在霍格沃茨学习时，三把扫帚酒吧已经在营业了，罗斯默塔女士的人际关系很广，酿酒技艺也十分好。几乎每一个来霍格莫德村的巫师都会来这里坐一坐。在《混血王子》一书中，哈利和邓布利多幻影移形回霍格沃茨时，落脚点正是三把扫帚酒吧门前。在《死亡圣器》一书中，"铁三角"也是幻影移形到这里，遭遇藏身酒吧中的食死徒伏击。

猪头酒吧
Hog's Head

猪头酒吧位于霍格莫德村，是由邓布利多的弟弟阿不福思经营的。从中央大道的霍格莫德邮局出来拐进旁边的一条小路，酒吧就位于路口。破破烂烂的木头招牌上画着一个被砍下来的猪头，血迹渗透了包着它的白布。这里的一层经营酒吧，二层是旅馆。与三把扫帚酒吧不同，猪头酒吧的屋子又小又暗，屋内散发出一股浓重的羊膻味。窗户上堆积着厚厚的污垢，外面的光线几乎透不进来，

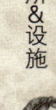

粗糙的木头桌子上点着一些蜡烛头。第一次去的顾客往往会以为地面是压实的泥地，可是踩在上面的时候就会发现，这是石头铺着的地面上堆积了几个世纪的污垢。

来到猪头酒吧的大多数顾客通常情况下会把自己的脸遮挡得严严实实，因为在这里谈话被偷听的可能性很高。斯内普正是在这里偷听到了邓布利多面试特里劳尼时，特里劳尼作出的关于伏地魔会被一个男孩儿打败的预言。

伪装的奇洛曾在这里假意赌博，把挪威脊背龙的龙蛋故意输给了海格。

1995年10月5日，D.A.在此成立时，精心伪装过的威利·威德辛、蒙顿格斯·弗莱奇偷听了D.A.成员的谈话。

在《死亡圣器》一书中，猪头酒吧成为重要的避难所。在酒吧里阿利安娜的画像后面有一条通往霍格沃茨有求必应屋秘密通道。纳威、金妮带领D.A.成员反抗卡罗兄妹时，常常利用这一密道运送食物。霍格沃茨之战时，赶来支援的凤凰社成员和其他勇士也都是从猪头酒吧进入霍格沃茨，阿不福思虽然对于将自己的酒吧挤成像火车站一样的众人满腹牢骚，但他还是忙前忙后。

佐科笑话店
Zonko's Joke Shop

佐科笑话店是霍格沃茨学生到霍格莫德村游玩购物时最喜爱的去处，这里出售许多恶作剧和变戏法用的材料。商品包括大粪弹、打嗝糖、蛙卵肥皂和咬鼻子茶杯。伏地魔第二次崛起后，佐科笑话店已经停业，店面也被木板封死。弗雷德和乔治曾到霍格莫德，计划买下它的店面，将这里作为韦斯莱魔法把戏坊的霍格莫德分店。

- 公共设施 -

霍格莫德车站
Hogsmeade Station

这是位于霍格莫德的一座车站，主要服务于霍格莫德的村民和霍格沃茨魔法学校的师生。霍格莫德车站的位置靠近大湖，沿着湖边有一条通向霍格沃茨城堡的路。霍格沃茨特快列车在从国王十字车站出发后，将会停靠在这里。每年开学的时候，场地看守海格会在站台的一头等候一年级新生的到来，带他们乘船穿过湖面进入城堡。而在车站外面的路上，则会停着约一百辆由夜骐拉的马车。二年级以上的学生将会乘坐这些马车进入城堡。

霍格莫德邮局
Hogsmeade Post Office

霍格莫德邮局是位于霍格莫德的一家猫头鹰邮局。这里有二三百只不同种类的猫头鹰，从大灰枭到角枭，都蹲在的架子上，标着颜色代码。颜色代码基于它们送信的速度。罗恩和赫敏在第一次参观霍格莫德的时候就去了邮局，后来还把这件事告诉了哈利。当哈利在活点地图的帮助下来到霍格莫德之后，他们为哈利指出了邮局以及其他一些有趣的商店的位置。哈利和罗恩后来还去了邮局。罗恩假装去问给埃及的哥哥比尔发一只猫头鹰要多少钱，让穿着隐形衣的哈利能够有机会好好参观。

- 其他 -

尖叫棚屋
Shrieking Shack

尖叫棚屋是一栋废弃的房子，在霍格莫德村郊外，里外都十分破旧。房间落满灰尘，墙壁斑驳一片，里面的家具看上去都被砸坏了，其中门厅有一把凳子的腿折断了。

卢平在幼年时被狼人咬伤后，他的父母一度认为他无法出去上学。不过邓布利多亲自前往卢平的家邀请他去霍格沃茨就读，并安排卢平每月去霍格莫德村的尖叫棚屋变身，那里安全而隐秘，被各种魔咒保护起来。因此差点没头的尼克说过没人能进入棚屋，即使霍格沃茨的幽灵也不行。庞弗雷夫人会在每月卢平变身前带他通过打人柳，进入尖叫棚屋。由于卢平变身时身边没可以攻击的人类，所以他不得不抓挠自己而发出尖叫。多年来，霍格莫德的村民们一直以为那些尖叫和嗥叫是鬼魂发出来的。邓布利多为了防止别人接近尖叫棚屋，鼓励了谣言的传播。当詹姆、小天狼星和小矮星彼得学成阿尼马格斯后他们也会来到尖叫棚屋，陪伴卢平变身。出于安全考虑，尖叫棚屋上没有可用的门或窗，唯一的入口就是霍格沃茨操场打人柳下的通道。

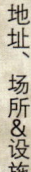

对角巷

– 商店 –

奥利凡德魔杖店
Ollivanders Wand Shop

奥利凡德魔杖店与对角巷其他店铺相比显得又小又破，门上的金字招牌已经剥落，上边写着："奥利凡德：自公元前382年即制作精良魔杖"。哈利第一次来时，在商店的橱窗里，褪色的紫色软垫上孤零零地摆着一根魔杖。这家商店的店堂很小，除了角落里的一张长椅，也没有什么其他家具。成千上万装有魔杖的狭长纸盒从地板堆到天花板，到处都落着一层薄薄的灰尘。奥利凡德魔杖店位于伦敦的对角巷南侧，是一家由奥利凡德家族世代经营的魔杖商店。

1996年，奥利凡德先生被食死徒抓走，魔杖店也随即停业。哈利等人在1998年成功地将奥利凡德先生从马尔福庄园救出。霍格沃茨之战结束后，奥利凡德的商店很可能重新开业。

蹦跳嬉闹魔法笑话商店
Gambol and Japes Wizarding Joke Shop

蹦跳嬉闹魔法笑话商店是一家位于对角巷南侧的商店，在默默然图书公司和脱凡成衣店之间。这家商店中出售各种笑话商品，还有其他一些主要用于娱乐的东西。

1992年，李·乔丹、弗雷德和乔治曾在这里大量购买费力拔博士的自动点火、见水开花神奇烟火。

福洛林·福斯科冰淇淋店
Florean Fortescue's Ice Cream Parlour

这是福斯科所拥有和经营的冰淇淋商店。

1996年,福斯科被食死徒绑架,冰淇淋店随即停业。伏地魔曾经为了寻找关于老魔杖和拉文克劳的冠冕的信息而找上福斯科。由于福斯科拒绝透露自己家族代代相传的相关信息,伏地魔杀害了他。

疾书文具用品店
Scribbulus Writing Implements

疾书文具用品店是一家位于对角巷的文具店,出售羽毛笔、墨水和羊皮纸。这家商店位于魁地奇精品店的旁边。

1991年7月31日,海格带着哈利到对角巷购买去霍格沃茨魔法学校读一年级所需要的学习用品。在第一次遇见德拉科·马尔福之后,哈利觉得心情有些低落,但当他在这家商店里看到一种变色墨水后,他的心情就变得好了起来。

旧货铺
The Junk Shop

旧货铺是一家位于对角巷南侧的旧货商店,紧挨着二手长袍店。这里出售的商品包括破旧的魔杖、不准的铜天平、旧斗篷等二手商品。

恐怖之旅巫师旅行社
Terror Tours

恐怖之旅巫师旅行社位于对角巷59号。这里提供探险旅游的项目,提供惊险刺激的度假旅行,比如出租特兰西瓦尼亚的吸血鬼城堡、沿着僵尸小道远足、游览百慕大三角等。

需要注意的是,这家旅行社对于旅行中可能造成的伤害、死亡概不负责。

魁地奇精品店
Quality Quidditch Supplies

　　魁地奇精品店是一家位于对角巷北侧的商店，店内出售各种魁地奇装备，比如鬼飞球、游走球、飞天扫帚和魁地奇初学者工具箱。

　　哈利在这里见到了他的第一把飞天扫帚——光轮2000，还见到了光轮2001以及后来的火弩箭。

丽痕书店
Flourish and Blotts

　　丽痕书店是一家位于对角巷北侧的书店，很受欢迎，这里的书架上摆满了书，霍格沃茨的大多数学生都会在这里购买他们所需的课本。这家商店在销售某些书籍时曾遇到过麻烦，比如《隐形术的隐形书》，他们花了店里一大笔钱订购这本书，却从来没找到过它们；而《妖怪们的妖怪书》则会相互攻击，甚至会在经理伸手拿它们的时候咬他的手。

　　丽痕书店会提供送书服务，顾客可以在买书后要求书店通过猫头鹰将书寄来。书店同时还会提供热门书籍的订购服务，比如《阿不思·邓布利多的生平和谎言》。

摩金夫人长袍专卖店
Madam Malkin's Robes for All Occasions

　　摩金夫人长袍专卖店是一家位于对角巷北侧的商店。霍格沃茨的学生会在这里定做、购买校服，这里同时也会出售礼服长袍和旅行斗篷。1991年，哈利第一次跟着海格来到这家商店，购买在霍格沃茨学习所需要的制服。刚从古灵阁出来的海格觉得银行里面的小车让他很难受，所以让哈利一个人进店买衣服，自己则去破釜酒吧"喝一杯"。哈利在店里第一次见到了德拉科·马尔福，但几乎从一开始就不喜欢他。

　　摩金夫人长袍专卖店曾在《流言！》杂志上刊登广告，表示换季服装五折起，并且所有长袍都是自熨烫和自修复的。

帕特奇坩埚店
Potage's Cauldron Shop

　　帕特奇坩埚店是从破釜酒吧进入对角巷北侧后第一个可以看到的商店，外面堆放着各式各样的坩埚，店内出售各种型号的坩埚。1991年，海格曾带着哈利到这里购买锡镴制坩埚，因为每个一年级新生都将在魔药课上使用到它。当时，哈利很想买一个纯金坩埚，但是海格没有同意。

神奇动物商店
Magical Menagerie

　　神奇动物商店是一间位于对角巷南侧的宠物商店，出售各式各样的宠物和宠物用品。这里非常拥挤，墙上密密麻麻地挂满了笼子。店内出售各种动物：有毒的橘色蜗牛、壳上镶满宝石的大乌龟、油光水滑的聪明的黑老鼠、猫头鹰、渡鸦、各种颜色的猫、蒲绒绒、变形兔等。罗恩曾在这里为自己的宠物老鼠斑斑（实际上是阿尼马格斯小矮星彼得）购买了老鼠强身剂，赫敏也是在这里买了她的那只有猫狸子血统的姜黄色猫克鲁克山。

脱凡成衣店
Twilfitt and Tattings

　　脱凡成衣店是一家巫师服装店，位于伦敦的对角巷南侧。1996年开学前，马尔福在摩金夫人长袍专卖店中碰到"铁三角"以后，纳西莎·马尔福和她的儿子离开了商店，大声说自己更喜欢脱凡成衣店。

维泽埃克魔法用品店
Wiseacre's Wizarding Equipment

　　维泽埃克魔法用品店是一家位于对角巷北侧的商店，店内出售各种各样的魔法用品，比如望远镜、天平、沙漏和星象图等。

药店
Apothecary

药店位于对角巷北侧，出售制作魔药所必需的原料。那里弥漫着一股臭鸡蛋和烂卷心菜叶的刺鼻气味。店内的天花板上挂着成捆的羽毛、成串的尖牙和毛爹爹的爪子。一罐罐药草、干草根和颜色鲜亮的各种粉末整齐地靠墙码放着，地板上还有一桶桶黏糊糊的东西。哈利和韦斯莱一家总是到这家药店购买物品。

咿啦猫头鹰商店
Eeylops Owl Emporium

咿啦猫头鹰商店是一家位于伦敦对角巷北侧、出售猫头鹰和猫头鹰食等猫头鹰用品的宠物商店。这里出售许多种类的猫头鹰，包括灰林鸮、鸣角鸮、草鸮、褐鸮、雪鸮。咿啦猫头鹰商店店内有些黑洞洞的，可能是因为猫头鹰喜爱这种环境。

– 娱乐休闲场所 –

破釜酒吧
Leaky Cauldron

这是伦敦一个很受很欢迎的巫师酒吧，也是对角巷的入口，地址为对角巷1号，位于书店和唱片店之间。这间酒吧由黛西·多德里奇于16世纪创办，她本人也是酒吧的第一任老板。

由于酒吧建立的时间比《国际巫师联合会保密法》实施的时间早了大概两个世纪，麻瓜最初是可以进入这里的。尽管麻瓜们在酒吧里不会受到排斥，但是还是有些人会觉得这里的人交谈的话题荒诞至极，连蜂蜜酒都没有喝完就起身离开。

1692年《国际巫师联合会保密法》实施后，尤里克·甘普部长允许酒吧作为魔法社会成员的一个安全的避风港和庇护所继续营业，但需要施魔法将这里隐藏起来以避免麻瓜发现。理论上虽然要求所有光顾酒吧的人都行为得体，但甘普事实上非常理解巫师们在这个困难时期希望发泄的心理需求。尤里克·甘普还允许老板让巫师们从酒吧后院进入对角巷，因为破釜酒吧后面的商店也需要保护。

19世纪初，麻瓜政府制定了修建查林十字路的规划。根据新规划，这间酒吧会被夷为平地。全体巫师都团结了起来，通过大量的遗忘咒修改了整条道路的规划，使破釜酒吧在新的道路规划中有了容身之处。当时的魔法部部长法里斯·斯帕文以为被夷为平地就是破釜酒吧的最终宿命。在他就此事进行完长达七个小时的演讲之后，他才从秘书那里收到了一张便笺，得知了巫师们集体做的事。这件事最终也让麻瓜设计师困惑不已，为什么设计方案上明明有一块空白区域，而这片区域却无法用肉眼找到？

酒吧一楼有一个吧间、一个食堂和一个小小的单间。二楼有几间可供住宿的房间，客人中有小精灵和母夜叉等，以确保有广泛的客源。

普瑞姆派尼尔夫人美容药剂店
Madam Primpernelle's Beautifying Potions

普瑞姆派尼尔夫人美容药剂店位于对角巷275号，经营者是普瑞姆派尼尔夫人。店内出售美容药剂，帮助女巫去除"肉瘤与烦恼"。1999年，普瑞姆派尼尔夫人美容药剂店曾在《预言家日报》上刊登广告，招聘初级药剂混合师。

韦斯莱魔法把戏坊
Weasleys' Wizard Wheezes

韦斯莱魔法把戏坊是一家位于对角巷93号的笑话商店，店牌上有一个小丑，不停地摘、戴帽子，头顶上的兔子会交替地出现、消失。这家商店由双胞胎兄弟弗雷德和乔治创办。这家商店出售各种恶作剧商品，比如伸缩耳、可反复使用的刽子手；弗雷德和乔治的神奇女巫特别产品，比如爱情魔药、十秒消除脓疱特效灵；侏儒蒲和速效逃课糖；还有一些麻瓜魔术产品，专门卖给像他们的父亲韦斯莱先生那种喜欢麻瓜东西的人。除此之外，商店还出售一些带有防御性魔法的产品。

韦斯莱魔法把戏坊的生意始于弗雷德和乔治在陋居家中提供的"猫头鹰邮递服务"。之后，二人开始在霍格沃茨出售他们的产品，直到他们在对角巷的店面开业。三强争霸赛结束后，哈利将1 000加隆的奖金全部给了弗雷德和乔治，因为他觉得"我们很快就会需要比往常更多的欢笑了"。这笔钱后来成为把戏坊的启动资金，弗雷德和乔治也因此允许哈利在自己的店里随便拿商品，不用付钱。

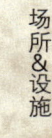

1998年春天，由于韦斯莱一家协助哈利逃亡，整个家庭都被迫藏匿。位于对角巷的商店虽然关门，但弗雷德和乔治还是在穆丽尔姨婆家通过邮件的方式继续销售他们的产品。弗雷德和乔治都参加了霍格沃茨之战，弗雷德在一场爆炸中阵亡。罗恩在战后作了傲罗，不过几年后他就辞了职，与乔治一起经营韦斯莱魔法把戏坊。

- 大型企业 -

《预言家日报》总办事处
Daily Prophet's Main Office

这是最受欢迎的巫师报纸《预言家日报》的出版地点。它位于对角巷的南侧，紧邻惠滋·哈德图书公司。

飞路嘭
Floo-Pow

飞路粉是由纳蒂亚·维尔德史密斯在13世纪发明的，而飞路嘭是唯一获得飞路粉制作许可的公司。该公司的运作方式非常隐秘，敲门从来不会有人应答。

古灵阁巫师银行
Gringotts Wizarding Bank

古灵阁巫师银行又简称为古灵阁银行（Gringotts Bank）或古灵阁（Gringotts），是英国魔法世界中唯一一家巫师银行，由妖精开办和经营。古灵阁巫师银行位于伦敦的对角巷北侧，银行除了存钱和保管男、女巫师的贵重物品，还办理麻瓜货币与魔法货币的兑换业务（妖精会设法将兑换的麻瓜货币重新投放到麻瓜社会的流通领域中）。英国的男女巫师会把自己的钱和其他贵重物品存放在这里守卫森严、位于地下几百英里深的金库中。

银行开始面向巫师招聘雇员的时间不得而知，明确知道的是，16世纪时，已有部分巫师开始在银行工作——特尔蒂乌斯曾向两个正在古灵阁银行的门口讨论银行职位空缺的巫师申请银行的解咒员职位。

1865年，魔法部同意让妖精完全控制古灵阁。

1997—1998年，伏地魔在接管魔法部的同时也接管了古灵阁巫师银行，银行的运作划归魔法部负责。

第二次巫师战争结束后，古灵阁银行是否重新由妖精完全控制不得而知。

古灵阁巫师银行的大楼是一栋高高耸立的雪白大理石建筑，在对角巷的店铺中间非常显眼，一道白色石阶通向两扇亮闪闪的青铜大门。大门旁边通常会站着一个身着猩红镶金制服的妖精（第二次巫师战争期间则被替换成了两个手拿诚实探测器的巫师门卫）。

进入第一道门之后是一个内厅，再往里走是银制的第二道门。再往里面走，是一间高大的大理石厅堂。上百个妖精坐在柜台后边的高凳上忙碌，有的用铜天平称量钱币，有的用目镜检验宝石，有的在大账本上作记录。大厅中有数不清的门，通向不同的金库。

与雄伟的大理石厅堂不同的是，只能用火把照亮的通向金库的石廊既狭窄又昏暗。石廊是一道陡峭的下坡，下面有一条铁道。前往金库的小车由银行的妖精负责驾驶。这些小车会带着顾客下到伦敦地下几百英里深的地方，"沿着迷宫似的蜿蜒曲折的甬道疾驰"，最终来到金库前。小车的速度非常快，坐在上面会感觉到冰冷的空气呼啸而过，吹得人眼睛疼，甚至会让人产生将要呕吐的感觉。

金库本身的规模不同，其安保程度也存在差异。在所有的金库中，规模最大、保护最好的金库属于那些最古老的巫师家庭，位于最深的一层。距离地面近一些的金库似乎规模小一些，而且安全措施也少一些。深层的金库需要妖精触摸金库大门才可以开启，而浅层金库仅需要一把钥匙。

取钱的方式似乎一直在变化，有时顾客需要提供金库的钥匙，有时需要提供身份证明。金库也并不一定需要本人亲自前往，因为韦斯莱夫人和比尔都曾帮助哈利取过钱。1996年8月，由于第二次巫师战争，古灵阁巫师银行的安保措施也相应加强。对于一般的巫师来说，取钱要花大约五个小时。

惠滋·哈德图书公司
Whizz Hard Books

惠滋·哈德图书公司是魔法世界的一家出版社。这家出版社出版的书籍有《魁地奇溯源》和《毛鼻子，人心》。惠滋·哈德图书公司的总部位于伦敦对角巷南侧129b号。

默默然图书公司
Obscurus Books

默默然图书公司是一家巫师图书出版社。他们出版的书籍包括著名的《怪兽及其产地》。默默然图书公司的总部位于对角巷南侧18a号。

- 其他 -

翻倒巷
Knockturn Alley

翻倒巷是在伦敦除对角巷之外的另一个魔法商业区。这里有许多与黑魔法有关的商店,比如博金-博克商店。通常情况下,一些奇怪、可怕的人会在这里走来走去。

博金-博克
Borgin and Burkes

博金-博克商店是一间古玩商店,位于翻倒巷13b号,老板是精明而狡猾的卡拉克塔库斯·博克(博金先生)。博金-博克商店开张的时间不得而知,其提供的服务包括"为不同寻常的古代巫师文物,比如许多从最好的巫师家族中继承下来的物品,进行秘密估值"。由此可见这家商店曾经办理过大量灰色业务。在商店中,人们可以购买许多种类的黑魔法物品,包括毒蜡烛、萎缩的人头、大蜘蛛、死人指甲和食肉鼻涕虫驱除剂。因此,韦斯莱夫妇禁止他们的孩子去翻倒巷。

汤姆·里德尔在1945年从霍格沃茨毕业之后来到博金-博克商店工作。年轻时的汤姆是个英俊而有魅力的人,他很擅长说服别人将宝物交给店里出售。在拿到斯莱特林挂坠盒和赫奇帕奇金杯之后,汤姆迅速从博金-博克商店辞职消失。

魔法部

－入口－

魔法部电话亭
Telephone Box

魔法部的来宾入口是一个废弃的红色电话亭，使用该入口需要在电话亭中拨打号码62442（"MAGIC"）。按照操作员的提示，退币槽中会掉出签发的通行证，同时电话亭会抵达位于八层的正厅。在伏地魔接管魔法部之前，魔法部的员工可以通过飞路网或幻影显形"直接"抵达正厅。

地下公共厕所
Underground Public Toilets

在伏地魔控制魔法部之后，魔法部的雇员与官员不得不通过地下公共厕所把自己冲进魔法部。公共厕所外有两个分别标有"男"和"女"的楼梯，分别通向地下公共厕所。使用魔法部的金色证明币可以打开厕所隔间的门。魔法部的员工需要站在抽水马桶里，伸手拉一下用来冲厕所的链绳，人就会立即疾速地通过一条短短的滑道，从正厅左侧的壁炉里到达魔法部八层正厅。离开魔法部的人必须通过正厅右侧的壁炉，并回到另外一个地下公共厕所，在那里可以通过幻影移形去往不同地方。

魔法部的电梯
Ministry of Magic Lifts

魔法部有至少20部电梯，这些电梯被精制的金色栅栏门挡着。每到一层电梯里会有一个冷漠的女人的声音报出这一层的部门。电梯可抵达一层至九层任意楼层，但无法到达第十层的威森加摩第十审判室。

- 一层 -

魔法部部长办公室及后勤处
Minister for Magic and Support Staff

这一部门包括魔法部高级官员的办公室。整层楼的地面上铺着厚地毯,所有的办公室都有亮光光的木门,并在门上都有一块小牌子,写着屋里人的姓名和职务。

这里有魔法部部长和其他管理人员的办公室,具体包括:魔法部部长办公室、魔法部部长顾问办公室、魔法部部长助理办公室、魔法部高级副部长办公室(伏地魔掌权时期同时作为麻瓜出身登记委员会主任办公室)。

- 二层 -

魔法法律执行司
Department of Magical Law Enforcement

魔法法律执行司是魔法部中规模最大的部门,可以认为它是魔法部众多部门中最为重要的一个,相当于警务和司法设施的集合体。这个部门位于魔法部总部第二层。在电梯附近穿过两扇沉重的栎木大门,就可以看到傲罗指挥部:一个开放空间被分为若干小隔间,每个隔间属于一名傲罗。穿过另外一道门,在走过另一些过道后,会走进一条光线昏暗、破旧不堪的走廊。在走廊尽头有一个扫帚间,对面的门里就是禁止滥用麻瓜物品司。这间屋子和扫帚间差不多大,两张桌子挤在里面,周围沿墙排着一溜满得都快溢出来的文件柜。

这一层包括以下办公室:傲罗办公室、禁止滥用麻瓜物品司、禁止滥用魔法司、威森加摩及威森加摩管理机构、伪劣防御魔咒及防护用品侦察收缴办公室。

- 三层 -

魔法事故和灾害司
Department of Magical Accidents and Catastrophes

魔法事故和灾害司负责修复意外的魔法伤害,包括以下办公室:记忆注销指挥部、麻瓜联络办公室、麻瓜问题调解委员会、逆转偶发事件小组、隐形特遣小组。

- 四层 -

神奇动物管理控制司
Department for the Regulation and Control of Magical Creatures

神奇动物管理控制司是魔法部里的第二大司,包括以下部门:错误信息办公室、害虫咨询处、马人联络办公室、妖精联络处、野兽办公室(下辖处置危险动物委员会)、异类办公室、幽灵办公室。

- 五层 -

国际魔法合作司
Department of International Magical Cooperation

国际魔法合作司是一个处理外交事务、促进国际巫师间官方与民间合作的机构,包括以下部门:国际魔法法律办公室、国际魔法贸易标准协会、国际巫师联合会。

- 六层 -

魔法交通司
Department of Magical Transportation

魔法交通司负责管理各种魔法交通事务,包括以下已知部门:飞路网管理局、飞天扫帚管理控制局、幻影显形测试中心、门钥匙办公室。

- 七层 -

魔法体育运动司
Department of Magical Games and Sports

位于七层的魔法体育运动司负责组织与举办大型体育赛事,比如魁地奇世界杯和三强争霸赛,同时负责执行与体育有关的法律与法规。这个部门有着很轻松的气氛,通往电梯的走廊与其他部门相比显得杂乱无章,墙上贴着各种各样的魁地奇球队的海报。魔法体育运动司包括以下已知部门:官方高布石俱乐部、滑稽产品专利办公室、英国和爱尔兰魁地奇联盟指挥部。

- 八层 -

魔法部正厅
Atrium

魔法部正厅位于八层,是魔法部总部的大堂和接待区,用于迎接到来的魔法部访客和雇员。它是一个很长的、金碧辉煌的大厅,地上的深色木地板擦得光可鉴人,孔雀蓝的天花板上镶嵌着闪闪发光的金色符号,不停地活动变化,像是一个悬在高空的巨大布告栏。正厅两侧的墙壁上嵌着许多镀金壁炉:左侧的壁炉用于到达，右侧的壁炉用于离开。正厅的中间是一个雕像，1997年这里被伏地魔控制前是魔法兄弟喷泉，之后改为"魔法即强权"石像，战胜伏地魔后有没有重新换雕像不得而知。大厅尽头有一个安检台和一排金色大门，通向至少20部电梯。

- 九层 -

神秘事务司
Department of Mysteries

　　神秘事务司位于魔法部九层，是魔法部针对特定谜题进行秘密研究的部门，它的大部分业务都是绝密的。这一层的样子与其他各层有着很大的差别：黑色的瓷砖墙壁，墙上空荡荡的，没有门也没有窗户，只是走廊的尽头有一扇简简单单的通往神秘事务司的黑门。走廊里的光线由火把提供。走廊的左侧有一道豁口，可以通到十层。进入神秘事务司大门之后，是一间巨大的圆形屋子，这里所有的东西，包括天花板和地板全部是黑色的，一些冒着蓝色火苗的蜡烛点缀在墙上。大厅里有十二扇没有把手的黑色房门，分别通向不同的大厅，每间大厅里都在研究生活中的一个奥秘。目前已知有研究如下内容的大厅：大脑厅、太空厅、死亡厅、时间厅、预言厅。

大脑厅
Brain Room

　　大脑厅的房间空荡荡的，除了摆着一张桌子外，房间中央还有一个巨大的、盛满了墨绿色液体的玻璃水箱，一些半透明的男子在里面飘来飘去。

太空厅
Space Chamber

　　太空厅是一间满是行星的黑屋子，人进入房间后会飘浮起来。

死亡厅
Death Chamber

  死亡厅专门研究有关死亡的秘密，房间比大脑厅大一点，光线昏暗，呈方形，中心凹陷，形成一个巨大的石坑，大约有二十英尺深。石头台阶环绕着整个屋子，如同石凳，就像阶梯教室，但每一级石阶都很陡峭，石坑的中心房间有一个石台，石台上耸立着石拱门，拱门四周围着破旧的帷幔。

时间厅
Time Room

  时间厅里有许多书架和书桌，上面摆放着所有种类的钟，房间尽头有一个钟形水晶玻璃罩，跳跃着钻石般的光芒。

预言厅
Hall of Prophecy

  预言厅像教堂一样高，里面有一排排高耸的架子，上面摆满灰扑扑的预言球，除此之外什么也没有。更多的烛台隔着一定的间隔嵌在架子上，暗淡的光线从上面射出来，火苗是蓝色的。那些预言球在这些光线中隐隐发光。房子里面很冷。

圆形屋子
Circular Room

  这是一间巨大的圆形屋子里。这里的一切，从天花板到地板全部都是黑色的，周围有十二扇一模一样，没有标记，也没有把手的黑色房门彼此隔开一些距离嵌在四周黑色的墙壁上，一些冒着蓝色火苗的蜡烛点缀在墙上，冷冷的、闪烁着的微弱烛光倒映在光亮的大理石地板上，使地板看上去像是有一汪黑水似的。圆形的墙壁可以旋转，使进入这间屋子的人搞不清自己是从哪个门进入的。从这里可以通往大脑厅、死亡厅、时间厅和太空厅。

- 十层 -

审判室
Courtrooms

十层是审判室，有许多房间被威森加摩使用。审判室需要经过通向神秘事务司的走廊并再走一层楼梯才能到达，通过电梯无法直达这里。通向楼梯的走廊有着粗糙的石头墙壁，托架上插着一支支火把。走廊两边通向审判室的大门都是沉重的木门，上面嵌着铁门闩和钥匙孔。第十审判室四周的墙壁是用黑黑的石头砌成的，火把的光线昏暗阴森，四面是一排排密密的长凳，阶梯式地排上去，从所有的位子都能清楚地看到那把带锁链的椅子，而被指控有罪的人会坐在上面。最高巫师法庭和魔法法律委员会在这里对男巫和女巫进行全面的刑事审判（例如1981年第一次巫师战争时对食死徒的审判）。1997年，麻瓜出身登记委员会同样使用这些审判室对麻瓜出身的巫师进行问话。

圣芒戈魔法伤病医院

- 一层 -

器物事故科
Reception and Artefact Accidents

器物事故科负责治疗人工制品造成的事故，包括坩埚爆炸、魔杖走火、扫帚碰撞等。

在候诊室，一个胖胖的金发女巫坐在标有"问讯处"字样的桌子前。接待员会为不知应该去哪一科、不能正常说话，或不记得为何事而来的人提供帮助。

— 二层 —

生物伤害科
Creature-Induced Injuries

生物伤害科负责治疗蜇咬、灼伤、嵌刺等。主治疗师是希伯克拉特·斯梅绥克。实习治疗师是奥古斯特·派伊。

　　这里是"危险的"戴伊·卢埃林病房所在地。韦斯莱先生在被纳吉尼咬伤后曾在这里治疗。

— 三层 —

奇异病菌感染科
Magical Bugs and Diseases

奇异病菌感染科负责治疗龙痘疮、消失症、淋巴真菌炎等传染病。

— 四层 —

药剂和植物中毒科
Potions and Plant Poisoning

药剂和植物中毒科负责治疗皮疹、反胃、大笑不止等。

- 五层 -

魔咒伤害科
Spell Damage

　　魔咒伤害科负责治疗去不掉的毒咒、恶咒、用错的魔咒等。麻瓜助理部长赫伯特·乔莱由于在1996年中了一个蹩脚的夺魂咒，被送入圣芒戈医院接受治疗。这个夺魂咒让他模仿鸭子，逗得公众乐不可支。但是另一方面，在治疗师对他进行治疗时，他曾试图掐死他们中间的三个人。1996年，麦格教授在胸口中了四个昏迷咒之后，被送进圣芒戈医院的这一层接受治疗。唐克斯在与贝拉特里克斯战斗之后也在这里接受治疗。

　　杰纳斯·西奇病房位于这一层。这是一间供永久患者居住的病房，通常锁着门。这里的患者大多造成了持久的魔咒损伤。居住在这个病房中的患者包括布罗德里克·博德、艾丽斯·隆巴顿和弗兰克·隆巴顿、一个叫阿格尼丝的女巫，还有吉德罗·洛哈特。

- 六层 -

访客茶室和商店
Visitors' Tearoom and Hospital Shop

　　探视者可以在这里休息或者为患者购买礼品。

其他魔法学校

布斯巴顿魔法学校
Beauxbatons Academy of Magic

这是一所位于法国南部比利牛斯山脉的魔法学校，在哈利的学生时代，这所学校的校长是奥里姆·马克西姆夫人。布斯巴顿魔法学校的纹章上绘有两根金色的十字交叉的魔杖，每根杖上都冒出三颗星星。学生制服为淡蓝色丝质长袍。布斯巴顿的学生大多来自法国，但也有来自西班牙、葡萄牙、卢森堡、比利时和荷兰的巫师在这里求学。学生在六年级而非五年级参加O.W.L.级别的考试。布斯巴顿的助学金比霍格沃茨高。

德姆斯特朗专科学校
Durmstrang Institute

德姆斯特朗自1294年就已经存在，有着悠久的历史。德姆斯特朗在中世纪前后由伟大的保加利亚女巫内丽达·沃卡诺娃创办，她也成为这所学校的首任校长。在她离奇死亡后，哈方·蒙特接替了她的校长职位。蒙特为德姆斯特朗建立了注重决斗和战斗魔法的传统，二者至今仍是学校里不可或缺的课程。

德姆斯特朗是一所以宽容黑魔法出名的魔法学校。它位于北欧的斯堪的纳维亚半岛，由于学院的地点不可标绘，具体位于挪威境内还是瑞典境内不可探知。我们所知的是德姆斯特朗学院同样不仅针对本地招生，也会从其他国家招生，已知的就有来自保加利亚的学生。有一点需要注意的是，德姆斯特朗学院并不接受麻瓜出身者入学。不过，这里的学生虽然都是纯血统，但不一定排斥麻瓜出身的巫师。例如，克鲁姆在参加圣诞舞会时，曾邀请麻瓜出身的赫敏作为自己的舞伴。由于斯堪的纳维亚处于温带气候，异常严寒，这里的学生会穿毛皮斗篷和血红色的长袍。德姆斯特朗的助学金比霍格沃茨高。

盖勒特·格林德沃曾就读于德姆斯特朗学院，但后来由于他进行的黑魔法试验对于学生来说仍然过于危险，因此被开除。在被开除之前，格林德沃把死亡圣器的标志刻在了学校的一面墙上。这个标志直到他被打败多年之后仍然存在。1981年之后的某个时间，伊戈尔·卡卡洛夫成为德姆斯特朗的校长。上任后的他相当不受欢迎，在他就职期间，好多学生家长都因为他的冷酷无情，把自己的孩子从学校里接了出去。在这段时间里，有些学生把格林德沃的标志复制到课本上、衣服上，想用它吓唬别人，使自己显得了不起，但那些因为格林德沃而失去亲人的人则"给了他们一些教训"。三强争霸赛前，由校长卡卡洛夫和12个学生组成的德姆斯特朗代表团乘坐大船来到霍格沃茨。在霍格沃茨的这一段时间里，他们也在船上住宿。在欢迎宴会上，德姆斯特朗代表团的成员坐在了斯莱特林的桌子前。保加利亚魁地奇找球手克鲁姆正是德姆斯特朗的学生。他在参加1994年魁地奇世界杯时仍在上学。同年，克鲁姆也和代表团的其他成员一起来到霍格沃茨参加三强争霸赛，并被火焰杯选为勇士。伏地魔再次崛起后，卡卡洛夫开始逃亡。接替卡卡洛夫成为校长的人不得而知。食死徒卢修斯·马尔福曾考虑过把儿子德拉科送到德姆斯特朗念书，但德拉科的母亲并不赞同，因为她不希望让儿子去太远的地方。

卡斯特罗布舍魔法学校
Castelobruxo

卡斯特罗布舍是一所位于巴西北部的魔法学校，学校城堡深藏于热带雨林中，招收来自南美洲的全部学生。卡斯特罗布舍的学生非常擅长草药学和神奇动物学。这所学校还会推出很受欢迎的交流计划，让欧洲学生到这里学习了解南美洲的动植物。卡斯特罗布舍的制服是一种鲜绿色的长袍。

科多斯多瑞兹魔法学校
Koldovstoretz

科多斯多瑞兹是一所位于俄罗斯的魔法学校。俄罗斯人会从事魁地奇运动。彼得洛娃·波科夫是俄罗斯的一名追球手，波科夫诱敌术以她的名字命名。

魔法所
Mahoutokoro

魔法所是一所位于日本的魔法学校，也是11所历史悠久的魔法学校中学生人数最少的一所。这是目前唯一提到的位于亚洲的魔法学校，同时也是魔法世界

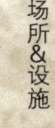

里唯一已知的走读学校。魔法所招收年满7岁的学生，但他们直到11岁才会开始寄宿。在走读的时间里，巫师儿童会每天骑在巨型海燕的背上往返于家和学校之间。魔法所有着令人印象深刻的学术实力，同时也有着出色的魁地奇比赛实力。

从1407年起，魔法学校魔药锦标赛开始举办，而魔法所的学生有资格参加。几个世纪前，几个莽撞的霍格沃茨学生将魁地奇运动带到了日本。当时，他们正试图骑着一把完全不能承受旅行强度的飞天扫帚环球航行，结果被吹离航向。他们被魔法所的几个正在观测行星运动的巫师所救，并作为客人在这里停留了相当长的时间。在这一段时间里，为了表达他们的悔意，这几个学生把魁地奇运动的基本情况教给了日本的同行。

瓦加度
Uagadou

瓦加度是一所位于非洲乌干达月亮山的魔法学校。它是所有魔法学校中规模最大的，因为它招收来自整个非洲的学生。获准进入瓦加度就读的学生会通过梦境使者获知来自时任校长的消息。梦境使者会在孩子睡觉的时候，给他们留下一个信物——通常是一块刻有铭文的石头。孩子醒来的时候，会发现自己手里正握着它。没有其他魔法学校采用这种挑选学生的方法。

瓦加度的学生擅长天文学、炼金术和变形。魔杖是欧洲的发明，非洲的男女巫师直到20世纪才把魔杖当成一个有用的工具，所以在瓦加度，许多符咒都是通过手指或者作手势施展的。因此，当瓦加度的学生被指控违反《国际保密法》的时候，他们有了一个很有力的借口（"我只是挥了挥手，从来没想让他的下巴脱臼"）。

瓦加度创办的时间至少已有一千年。非洲虽然有许多小型的魔法学校，但瓦加度是唯一经受住了时间的考验，并且取得了令人羡慕的国际声誉的魔法学校。

自1407年魔法学校魔药锦标赛开始举办起，瓦加度的学生就有资格参加。在2015—2016年举行的一次阿尼马格斯国际研讨会上，瓦加度学校的代表团在展示同步转化时几乎引发了一场骚乱，吸引了很多媒体的注意。许多年长而富有经验的男女巫师感觉自己受到了来自一群14岁孩子的威胁，因为瓦加度的学生能够随意变成大象和猎豹。能够变成沙鼠的阿尼马格斯艾德里安·图特利还对国际巫师联合会提出了正式申诉。

瓦加度走出过许多著名的巫师，其中就包括巴巴吉德·阿金巴德，他接替邓布利多成为新任国际巫师联合会会长。

伊尔弗莫尼魔法学校
Ilvermorny School of Witchcraft and Wizardry

伊尔弗莫尼是一所美国的魔法学校。这所学校位于目前美国境内马萨诸塞州的格雷洛克山。伊尔弗莫尼的招生范围遍布整个北美洲，同时它也和苏格兰的霍格沃茨一样，把学生分到四个不同的学院中去。该学校成立于1620—1634年。一开始，这所学校只有一间简陋的石屋、两个老师和两个学生。最初，伊尔弗莫尼只是一间由爱尔兰移民伊索·瑟尔和她的麻瓜丈夫詹姆·斯图尔特建造的石头小屋。在伊索和詹姆将查威克·布特与韦伯·布特收为自己的养子之后，伊索经常跟他们讲起自己从姨妈葛姆蕾那里听到的关于霍格沃茨的故事。于是，布特兄弟也十分憧憬在霍格沃茨的学习生活，经常询问伊索为什么不带他们返回爱尔兰，进入霍格沃茨读书。伊索不希望他们因为葛姆蕾的事担惊受怕，所以她答应两个孩子，当他们满11岁时，会得到属于自己的魔杖，并且会在家里为他们开办魔法学校。伊尔弗莫尼魔法学校就这样开办了。伊索和詹姆夫妇担任学校的老师，而他们的养子则是学校里仅有的两个学生。他们四个人一人创办了一个学院，每个学院的名字都来自北美洲的一种神奇生物：查威克选择了雷鸟，韦伯选择了猫豹，伊索选择了长角水蛇，而詹姆则选择了普克奇。伊尔弗莫尼学校的长袍为蓝色与莓红色，这样的配色是为了纪念伊索和詹姆：蓝色是伊索最喜爱的颜色，而且她幼时曾梦想成为霍格沃茨拉文克劳学院的学生；红色则是出自詹姆爱吃的蔓越莓派。所有伊尔弗莫尼的学生都会以金色的戈尔迪之结扣紧校袍，这是为了纪念伊索于最初的伊尔弗莫尼小屋废墟中找到的胸针。

可能是有鉴于创立人之一是麻鸡（美国魔法界对不会魔法的人的称呼），伊尔弗莫尼魔法学校被人们公认为最民主、最有教无类的伟大魔法学校之一。当一个学生进入伊尔弗莫尼魔法学校接受教育的时候，他们首先会被带进城堡进门处的圆形大厅。这里有四座代表四个学院的木制雕刻。新生列队进入圆形大厅时，其余的师生都会在上方的环型露台上观看。新生靠着墙绕成一圈站好，并一个个被叫去，站在刻在大厅石地板的正中央的戈尔迪之结上方。具有魔力的四座雕像会考虑是否想让这个学生在自己的学院就读。它们的反应各有不同：长角水蛇嵌于额头上的水晶会发亮；猫豹会发出嘶吼；雷鸟会振翅飞翔；普克奇则会扬起手中的弓箭。在极少的情况下，不止一个学院的雕像会表示希望招揽同一个学生。这时学生有自己进行选择的权利。更为罕见的情况（大约十年只会发生一次），就是四间学院都想招收同一个学生。1920—1928年间的美国魔法国会主席瑟拉菲娜·皮奎利就曾遇到这种情况。她最终选择了长角水蛇学院。在分院仪式结束之后，新生将会被带进一个大厅，并在这里得到自己的魔杖。在拉帕波特法律被废除之前，学生在前往伊尔弗莫尼就读之前皆不得持有魔杖，此外，未满17岁的学生也不能在假期将魔杖带离学校。

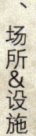

魔法世界的其他地区

- 英国境内 -

9¾ 站台
Platform 9¾

9¾站台又写作九又四分之三站台,是位于伦敦国王十字车站的一个站台。每年的9月1日,霍格沃茨魔法学校的学生会从这里登上霍格沃茨特快列车前往学校。要进入9¾站台,需要穿过看似实体的第9站台和第10站台之间的隔墙。在隔墙的边上有一个警卫,限制同时穿过隔墙的人数,以防引起麻瓜们的注意。

7½ 站台
Platform 7½

7½站台是位于伦敦国王十字车站的一个站台,位于7站台和8站台之间,巫师们可以乘坐从这一站台出发的前往欧洲大陆巫师村落的长途列车。

贝壳小屋
Shell Cottage

贝壳小屋是比尔和芙蓉的家,屋子不大,位于汀沃斯村近郊的海边。小屋外墙上被涂上了白色石灰,还镶满了贝壳。这里僻静而美丽,房子被施了赤胆忠心咒,比尔自己是保密人。多比带着哈利他们从马尔福庄园逃到这里,但在幻影移形之前多比就已经被贝拉的小刀刺中。哈利他们在这里埋葬了多比,并和拉环还有奥利凡德谈话。

冈特老宅
Gaunt Shack

冈特老宅位于小汉格顿，是汤姆·里德尔的母亲梅洛普·冈特和舅舅莫芬·冈特以及外祖父马沃罗·冈特居住的地方。老宅的墙上布满苔藓，房顶上的许多瓦片都掉了，这里或那里露出了里面的橡木。房子周围长着茂密的荨麻，高高的荨麻一直齐到窗口，那些窗户非常小，积满了厚厚的陈年污垢。大门上钉着一条S形的死蛇，象征着萨拉查·斯莱特林纯血统家族。伏地魔在他16岁那年（1943年）来到冈特老宅，打昏舅舅莫芬·冈特，并用莫芬的魔杖杀死了他的父亲和祖父母，并嫁祸于莫芬。同时他偷走了马沃罗·冈特传给莫芬的祖传宝物——刻有"佩弗利尔纹章"（实际是死亡圣器的标志，但当时汤姆·里德尔并不知道那是复活石）的黑石头戒指。汤姆·里德尔将戒指制成了魂器藏在冈特老宅中，戒指最终被邓布利多找到并摧毁。

戈德里克山谷
Godric's Hollow

戈德里克山谷是位于英格兰西部诸郡的一个村庄。这里是一个小社区，村子的中心有几家店铺、一间邮局、一家酒吧，还有一个小教堂。这里是戈德里克·格兰芬多的出生地。1968年国际秘密法令的记录表明，巫师隐居的最理想之地就是这里。戈德里克山谷曾居住过许多著名的巫师家庭。邓布利多一家和巴希达·巴沙特都曾在这个村子里生活。在所有曾生活在这里的巫师中，哈利可能算是最为著名的一个，因为当他还是个婴儿的时候，就从伏地魔的杀戮咒中活了下来，并让黑魔头第一次失去力量。从这以后，哈利被人称为"大难不死的男孩"，而这个村庄也因此变得有名。尽管如此，哈利本人却直到1997年的圣诞节才再次回到这里。

格里莫广场 12 号
Number Twelve, Grimmauld Place

格里莫广场12号是布莱克家族的祖宅，位于伦敦的麻瓜街区，与伦敦国王十字车站只有步行20分钟的距离。小天狼星的父亲为这里施加了魔法世界内所有已知的保护措施，保证任何人都不会找到（包括麻瓜和巫师）。由于这所房子不

可见，因此住在附近的麻瓜居民早已习惯了11号紧挨着13号的"可笑错误"。

自小天狼星的母亲去世后十年来，屋里除了家养小精灵克利切再无他人居住。

1995年，小天狼星将这里提供给邓布利多作为凤凰社的基地后，邓布利多又给房子施加了赤胆忠心咒，邓布利多亲自担任保密人。1997年邓布利多逝世后，凡是邓布利多向其透露过格里莫广场位置的人，统统都变成了格里莫广场12号的保密人，格里莫广场12号的安全性骤降，凤凰社指挥部从这里撤离。

入口：门前有石制台阶，没有钥匙孔的门黑漆斑驳，门上挂着银制的盘曲蛇形门环。

一楼：门厅很长，墙上装着一排老式气灯。1995年时，门厅墙纸已经剥落，地毯也已经被磨薄，天花板上挂着一个蛛网形的吊灯，门口桌上放着一个蛇形烛台。门厅里挂着许多年久发黑的画像。小天狼星母亲的肖像挂在这里，被掩在两道长长的布满虫眼的窗帘后，一旦有人发出大的声响，小天狼星母亲的画像就会发出尖叫，其他的画像被吵醒后就会一起尖叫。地上有一个巨怪断腿做的伞架，稍不留神就会被绊倒。门厅一侧是餐厅，餐厅的碗橱里摆满了印有布莱克家族饰章和铭词的瓷器、银相框，在大扫除时被小天狼星统统扔掉。门厅尽头是通向二楼的楼梯，楼梯墙面上的装饰板上挂着一排皱巴巴的家养小精灵脑袋。

二楼：至少有三个房间——一间狭长的客厅，窗户面朝街道，墙上挂着布莱克家谱挂毯，还有一个大壁炉；一间曾被赫敏和金妮使用的卧室，还有一个卫生间。

三楼：至少有一间卧室。1995年夏天的时候，哈利和罗恩曾住在这里。这里曾挂有一幅菲尼亚斯·奈杰勒斯·布莱克的画像，三人组准备出发寻找魂器时，赫敏将这幅画像塞进自己的包里。

四楼：布局尚不清楚，但很可能有许多卧室。1995年，韦斯莱夫妇、弗雷德和乔治全都住在这一层。

五楼：最高层五楼只有两间卧室，分别属于小天狼星和雷古勒斯。小天狼星的卧室里用格兰芬多的金红色旗子装饰，墙上贴有许多摩托车和比基尼女孩招贴画；雷古勒斯的卧室则是用斯莱特林的银色和绿色装饰，床头上描绘着布莱克家族的饰章，下面贴着有关伏地魔的剪报。20世纪90年代末，这里已经变得破败。巴克比克曾经生活的主卧室可能也位于五楼。

地下：厨房位于地下，是一个洞穴般幽深的房间，通过门厅尽头一段狭窄的楼梯可以到达。厨房墙壁由粗糙的石头组成，房间里有许多椅子，中间是一张木制长桌。厨房尽头有一个大壁炉、一个食品储藏室、一个小房间（克利切的卧室）。厨房天花板上挂着许多铁锅铁盆。

陋居
The Burrow

陋居是韦斯莱一家居住的地方，位于英格兰德文郡奥特里·圣卡奇波尔外部。这是一个使用魔法搭建的小楼，被哈利视为第二个家。1997年邓布利多逝世后，这里成为凤凰社的指挥部。在第二次巫师战争进行得最激烈的时候，韦斯莱一家人不得不放弃这里，因为陋居已经成为食死徒的攻击目标。这里对麻瓜隐蔽得很好，韦斯莱夫人曾怀疑麻瓜邮差"根本不知道我们家在什么地方"。陋居的周围是连绵起伏的丘陵和肥沃的草地，附近还生活着迪戈里一家、洛夫古德一家和福西特一家。

陋居所在的位置原来可能是一个石头垒的大猪圈，而后来在这里那里添建了一些歪歪扭扭的房间。陋居有几层楼高，红房顶上有四五根烟囱。整个建筑是靠魔法搭起来的。哈利和赫敏经常在暑假到这里居住，而凤凰社的许多成员也会经常到访。陋居的前面有一个小院子，里面有一个鸡窝。此外，这里还有一间车库用来存放韦斯莱先生的汽车和其他的麻瓜制品。陋居的屋前斜插着一个牌子，写着"陋居"。后院里有一间破败的小石屋，是韦斯莱家的扫帚棚。屋后有一个杂草丛生的大花园，里面有一个有好多青蛙的绿色的大池塘。花园里居住着大量的地精，因此韦斯莱一家不得不定期清除，把它们丢到树篱外面。不过，地精们总是会偷偷溜回来，因为韦斯莱先生对它们太宽容，觉得它们很有趣。厨房通向花园的大门附近摆放着许多生锈的坩埚和惠灵顿皮靴。

陋居花园后面的山上有一个属于韦斯莱家的围场，里面有一个果园，周围是很高的树。假期的时候，韦斯莱家的孩子们会在那里玩魁地奇球。陋居里面的家具和杂物都乱糟糟地摆放着，但住在这里面却让人感觉十分温馨。

陋居的厨房位于屋子的后面，直通花园，是韦斯莱一家人的"社交中心"。厨房很小，相当拥挤，中间是一张擦得干干净净的木头桌子和几把椅子。厨房中的壁炉将韦斯莱家与飞路网相连。这里还有一个只有一根指针的挂钟，钟面上写着"煮茶""喂鸡""你要迟到了"之类的话。厨房与前、后院直通。家里猫头鹰埃罗尔所使用的栖木位于厨房后门附近。从厨房到前院需要下几节台阶。放在厨房水池中的碗碟可以自己进行清洗。

韦斯莱家的客厅是一个舒适的房间，摆放着一个沙发和几把椅子。客厅中还有一个大壁炉、一台木头的大收音机和一个特别的钟。那个钟并不能显示时间，而是用来显示韦斯莱家中的每一个人在什么地方，或者正处于什么状态。

陋居至少有六间卧室。其中，韦斯莱夫妇睡在主卧室中，而他们的孩子大多也有属于自己的卧室。家中有客人来时，客人们一般会与某一个人合住一间卧室，韦斯莱夫人有时也会重新安排卧室。这些卧室距离罗恩的房间都不远。这些卧室中可能有些房间中存在壁炉，因为哈利曾注意到陋居共有四五个烟囱，而客厅和厨房各有一个壁炉。

金妮的房间位于陋居的二楼，房间不大，但很明亮，窗外可以看到韦斯莱家的果园。金妮在自己卧室的墙上张贴了古怪姐妹的大幅海报和霍利黑德哈比队队长格韦诺格·琼斯的照片。

弗雷德和乔治共享位于三楼的一个房间，这里传出小小的爆炸声是十分正常的。由于弗雷德和乔治经常在这里进行各种试验，这里一直残留着一种闻起来像是火药的气味。

珀西的卧室同样在三楼。尽管珀西喜欢安静，但他还是和弗雷德和乔治住在同一层。

比尔有一间属于自己的卧室，查理住在陋居的时候，他会和比尔合住在一个房间。

罗恩自己的房间位于陋居的六楼，在阁楼的下面。这里的一切看上去都是一种耀眼的橙黄色，墙上还贴满了查德里火炮队的海报。哈利住在陋居时，经常和罗恩住在一个房间。

阁楼是陋居的最高层。罗恩房间外面的天花板上有一个活板门，打开后从梯子爬上去就能进入阁楼。这里阴暗、潮湿，是韦斯莱家的食尸鬼生活的地方。在韦斯莱一家人看来，这只食尸鬼更像是个宠物而非害虫。当食尸鬼觉得家里太安静的时候，就会对着管子敲敲打打。

詹姆和莉莉·波特的坟墓
Grave of James and Lily Potter

詹姆和莉莉·波特的坟墓位于戈德里克山谷的戈德里克山谷教堂墓地里，詹姆和莉莉在1981年10月31日去世后埋葬于此。和邓布利多的坟墓一样，这座坟墓也用白色大理石砌成，看起来似乎会在黑暗中发光。墓碑上刻有波特夫妇的名字和生卒年月，还有铭文"最后一个要消灭的敌人是死亡"。哈利和赫敏在1997年的圣诞节前夜拜访了这里，并在坟墓前摆放了一个圣诞玫瑰花环。死亡圣器的最初的主人、波特家族祖先伊格诺图斯·佩弗利尔的坟墓也位于同一片墓地中，邓布利多的母亲和妹妹也埋葬于此。

– 英国境外 –

阿兹卡班
Azkaban

　　阿兹卡班也被称作阿兹卡班监狱（Azkaban Prison），是一座位于北海中央一座小岛上的监狱。它修建于15世纪，从1718年开始成为英国的巫师监狱。通过一些特定的魔咒，阿兹卡班在麻瓜世界中是隐藏起来的，也是不可标绘的。它的内部可能使用了无痕伸展咒（或者类似的魔法），以保证它可以容纳全英国的所有罪犯。埃德里奇·迪戈里曾在18世纪30年代或40年代考察过这里。这次考察让他很受震动，因为他之前从来都不知道监狱里面的环境如此恶劣：人们因为绝望而死去，剩下的人则大多都已经精神失常。阿兹卡班监狱中修建了墓地，专门用来埋葬那些因绝望而死的人。阿兹卡班是唯一已知官方使用的、用来关押巫师犯罪分子的堡垒。

纽蒙迦德
Nurmengard

　　纽蒙迦德是一座巫师监狱，它可能位于德国或者保加利亚。它由盖勒特·格林德沃建造，用来关押反对他的人。在书中，纽蒙迦德被描绘为一个塔楼，冷峻、漆黑、远离人烟。已知的魔法防卫有防止幻影移形（类似霍格沃茨）。非魔法的防卫包括高耸的墙壁和可能存在的护卫。不过书中暗示该地可能已经废弃，无须人看守就能自动运行。纽蒙迦德入口上方刻有格林德沃的名言："为了更伟大的利益"。1945年格林德沃被邓布利多打败后，他自己成了那里的囚犯，他被关在塔的最高处，里面有硬板床。

撒丁岛
Sardinia

　　撒丁岛是位于地中海意大利半岛西南方的一座大岛。1289年9月，一个由撒丁岛魔法师组成的专门小组做了某些事情。宾斯教授本想在1992年给二年级学生讲述1289年国际巫师大会的魔法史课上给出更多信息，但是被赫敏提出的

问题打断了。

特兰西瓦尼亚村
Transylvania

特兰西瓦尼亚村是东欧的一个历史地区。它今天属于罗马尼亚的一部分。关于特兰西瓦尼亚与麻瓜世界之间联系的信息并不多，但是这里有自己的魁地奇球队。在魔法世界中，特兰西瓦尼亚可能是一个独立的政权，或者罗马尼亚的一个具有较高自治性的地区。同一年，在霍格沃茨举办圣诞舞会期间，珀西提到他们一直在说服特兰西瓦尼亚人在《国际禁止决斗法》上签字，同时他本人还在新年和特兰西瓦尼亚的魔法合作司司长有一个约会。1998年，在准备潜入古灵阁巫师银行时，罗恩伪装成了一个叫"德拉哥米尔·德斯帕德"的特兰西瓦尼亚巫师。

与魔法世界有交集的麻瓜世界

阿伯加文尼
Abergavenny

阿伯加文尼是英国威尔士的一座城市，位于威尔士东南部，其历史可以追溯自罗马帝国时期。因其地理位置，阿伯加文尼有"通往威尔士的玄关"之称。1993年，哈利在吹胀玛姬姑妈，离开女贞路4号之后无意中叫来了骑士公共汽车。同一天，玛什夫人也乘坐骑士公共汽车前往阿伯加文尼。

安格尔西岛
Isle of Anglesey

安格尔西岛是威尔士西北部一郡，隔麦奈海峡与北威尔士本土相望。安格尔西岛通过梅奈悬索桥与英国本土相连，岛上散落着几个小城镇：霍利黑德、兰盖夫尼、本莱赫、梅奈桥和阿姆卢赫。哈利第一次乘坐骑士公共汽车的时候，车子曾突然从安格尔西岛跳到英国另一端的阿伯丁。

奥特里·圣卡奇波尔村
Ottery St Catchpole

奥特里·圣卡奇波尔村是英格兰德文郡的一个小村庄。它可能是以圣卡奇波尔的名字命名的。这个村子里既住着巫师，也住着麻瓜。生活在奥特里·圣卡奇波尔附近的巫师家庭包括韦斯莱家、福西特家、迪戈里家和洛夫古德家。

巴德莱·巴伯顿村
Budleigh Babberton

巴德莱·巴伯顿村是位于英国的一个村庄，临近托普山。村中有一个看着像是被遗弃了的场院，中间竖着一座古老的战争纪念碑，还有几条长凳，有教堂、小酒馆、电话亭、公共汽车候车亭和一排排房屋。邓布利多说这是一个迷人的村子。1996年，斯拉格霍恩曾在居住在这里的一个空置的麻瓜家里。邓布利多带着哈利来这里拜访他，请他出任霍格沃茨魔法学校的教师。

白鼬山
Stoatshead Hill

白鼬山是位于奥特里·圣卡奇波尔村外的一座陡峭的山。1994年，魁地奇世界杯赛事期间，魔法部在英国各地共投放了两百把门钥匙供魔法界人士前往比赛场地。白鼬山上的门钥匙——一只旧靴子，是离陋居最近的门钥匙。韦斯莱一家人、哈利、赫敏以及阿莫斯·迪戈里和塞德里克·迪戈里使用了投放在白鼬山山顶的门钥匙。由于在校的学生们还没有学会幻影显形，他们不得不很早就从陋

居出发,前往门钥匙所在地。爬白鼬山的过程很辛苦,因为他们脚下不时会被隐蔽的兔子洞绊一下,或者在黑漆漆、黏糊糊的草叶上打滑。

布里斯托尔
Bristol

布里斯托尔是英国英格兰西南区域的名誉郡、单一管理区、城市。其建市于1542年,是英格兰八大核心城市之一。1981年,海格骑着从小天狼星布莱克那里借来的摩托车,将哈利从他已经成为废墟的家中送往女贞路4号他姨妈家的过程中,飞越了这一地区。当时哈利刚好睡着。

布罗克代尔桥
Brockdale Bridge

布罗克代尔桥是一座虚构的位于英格兰某地、横跨某河流的公路桥,约在1985年前后建造,在1996年6月28日—7月5日之间被食死徒摧毁。1996年,伏地魔命令魔法部部长康奈利·福吉跟他站在一边,否则就会大批屠杀麻瓜。福吉拒绝后伏地魔命令食死徒袭击了布罗克代尔桥,致使十几辆汽车落入水中、大量麻瓜伤亡。麻瓜首相的政敌在电视中指责这是"由于政府的过失造成的",甚至有人批评"政府在桥梁建筑方面投资不够"、桥梁"年久失修",但距离桥梁建成仅仅过去了十年,就连"最出色的专家也无法解释它怎么会突然整整齐齐地断成两截"。直到后来福吉拜访时,首相才得知桥梁垮塌的真正原因。

查林十字路
Charing Cross

查林十字路也叫查林十字街,是英国伦敦著名的书店街,街上除了连锁书店外,还有多样化的主题书店,是伦敦旧书业的主要集散地之一。这条街上有安格斯牛排屋、莱斯特广场地铁站、破釜酒吧。

大汉格顿
Great Hangleton

大汉格顿是一座大型城镇，与小汉格顿相距四五英里。在去往冈特老宅的路途中，会路过这里。弗兰克·布莱斯（里德尔家的园丁）被推定为杀死里德尔一家的凶手时，曾经被带到大汉格顿的警察局里进行问询。

大象城堡区
Elephant and Castle

大象城堡区是伦敦南部的一个地区，这里社会治安非常不好。威利·威德辛在这个地方制造了公厕污水回涌事件。

丹地
Dundeek

丹地，又译为邓迪，被称为"发现之城"，因为此城出过很多著名的发现和发明，比如邮票、无线电报、阿司匹林、X射线等。这里气候宜人，是苏格兰日照最充足的城市，这在阴雨天频繁的不列颠岛上尤为难得。巫师德达洛·迪歌曾为了庆祝伏地魔的失踪和哈利的大难不死而将这一地区的降雨变成了流星雨。

迪安森林
Forest of Dean

迪安森林是位于英国的一片森林，这里出产很多种带有魔法性质的木材，可以用于制作魔杖。1997年，"铁三角"在迪安森林搜寻魂器的踪迹。

第戎
Dijon

　　第戎是法国东部城市、勃艮第大区的首府和科多尔省的省会，城市建于罗马时代，中世纪时为勃艮第王国的首府，现市内留有大量的历史文化遗产。1993年，赫敏曾与父母一起到这里度假。1995年，海格和马克西姆夫人在寻找巨人的路上经过这里。

吊死鬼酒馆
The Hanged Man

　　吊死鬼酒馆是一个位于英格兰小汉格顿的乡村酒馆。里德尔一家人发现被人谋杀后的当晚，村民聚集到这里讨论这起奇怪的谋杀案。后来，里德尔家的厨娘戏剧性地来到酒吧，告诉人们弗兰克·布莱斯已经被捕。酒馆的老板也觉得园丁就是杀人凶手，认为是战争"把他变得古怪了"。

动物园
Zoo

　　动物园位于萨里郡，德思礼一家曾在达力11岁生日时带着他、皮尔·波奇斯和哈利到这里游玩。他们在动物园参观了很多动物。达力一开始觉得爬虫馆里很无聊，因为动物都纹丝不动。不过，哈利却在这里发现自己能够与蛇沟通。当达力和皮尔发现蟒蛇与哈利进行交流时，他们冲到了笼子前，把哈利推翻在地。愤怒的哈利在不知情的情况下用魔法变没了笼子的玻璃，让蟒蛇逃了出来。

多塞特郡
Dorset

　　多塞特郡是英格兰西南部的一个郡，在英吉利海峡北岸。多塞特郡西与德文郡相邻，西北与萨默塞特郡相邻，东北与威尔特郡相邻，东与汉普郡相邻。温布恩和密尔本均位于这个郡。20世纪90年代中期，著名的神奇动物学家纽特·斯卡曼德和他的妻子波尔蓬蒂娜曾生活在这里。庞洛克也在这一地区生活。

格朗宁公司
Grunnings

格朗宁公司是英格兰萨里郡的一家生产钻机的公司。哈利的姨父弗农·德思礼在这家公司作主管。格朗宁公司大楼的对面有一家面包房。

国王十字车站
King's Cross Railway Station

国王十字车站是一个在1852年投入使用的大型铁路终点站，位于伦敦市中心的国王十字地区，在卡姆登区与伊斯林顿区的交界线靠卡姆登区一侧。麻瓜会从国王十字车站的其他整数站台前往伦敦或约克郡的北部和苏格兰的东北部。为了方便霍格沃茨的学生前往学校上学，魔法部部长奥塔莱恩·甘布尔征用了一列麻瓜火车，并在巫师村落霍格莫德修建了一个小火车站。但是，魔法部却迟迟没能找到在伦敦中部修建巫师火车站，而不引起麻瓜注意的办法。1849年，新任魔法部部长伊万杰琳·奥平顿上任后，偶然想到可以在新建成的国王十字车站里修建一个只有巫师才可以进入的隐蔽站台。到目前为止，这个方案一直运作良好，但仍然存在一些小问题，比如，巫师有时候会把行李箱掉在地上，露出魔法物品，还有人在穿越隔墙时动静太大。因此在霍格沃茨开学和放假这种人流高峰期，车站里总会有一些身穿便衣的魔法部工作人员，在必要的时候修改麻瓜的记忆。通过这里可以前往9¾站台和7½站台。国王十字车站还有其他隐藏站台，可以根据不同的需要开启。这些站台主要服务于大型的一次性活动，比如塞蒂娜·沃贝克的演唱会。

黑湖码头
Blackpool Pier

黑湖码头是英格兰兰开夏郡布莱克浦的一个码头，位于英格兰的西北部。纳威小时候，他的阿尔吉叔祖父把他从码头推了下去，希望逼纳威展现出魔法能力，但纳威却差点被淹死。

怀特岛
Isle of Wight

怀特岛是一个位于英格兰、距离本岛约5英里的海岛郡。它靠近英吉利海峡的北岸，与大不列颠岛隔索伦特海峡。岛上的城中心纽波特，文化悠久，有不少青铜时期的遗迹。1991年的夏天，玛姬·德思礼曾在这里度假，并给弟弟弗农·德思礼一家人寄了一张明信片，里面提到自己因为吃了"有问题的油螺"而病倒了。这张明信片与哈利的霍格沃茨录取通知书一起被送到女贞路4号。

礁石上的小屋
Hut-on-the-Rock

这是霍格沃茨魔法学校给弗农·德思礼不知怎么租到的那间海上礁石上的小屋起的名字（哈利通知书上的地址）。小屋中散发着一股浓重的海藻腥味，只有两个房间和一个湿漉漉的壁炉，家具只有一个虫蛀的沙发和一张坑坑洼洼、高低不平的床。寒风透过木墙的缝隙飕飕地往里灌，几扇污秽不堪的窗户也被风吹得咔嗒咔嗒直响。

康沃尔郡
Cornwall

康沃尔郡是英格兰的一个郡，位于大不列颠岛西南端半岛的顶端。康沃尔郡同时生活着麻瓜和魔法世界人士。丁沃斯村位于康沃尔郡。比尔和芙蓉的贝壳小屋位于丁沃斯郊区的海边。有很多小精灵生活在康沃尔郡，17世纪时，它们曾绑架了在这里度假的女巫迪芙娜·弗马吉。1992—1993学年，第一堂黑魔法防御术课上，洛哈特把一笼子康沃尔郡小精灵放出来造成了混乱。

科克沃斯
Cokeworth

科克沃斯是一个虚构的位于英格兰的大型城镇，位于一条肮脏的河流边上，河岸附近散落着垃圾。这里有许多街道，街道两边建造的房屋用的都是相同的砖。科克沃斯有一间带有一根高高的烟囱的废弃的磨坊。弗农曾为了逃避哈利的入学通知书信件，带领全家临时住到这里的铁路风景旅馆17号房间。这个地区也是莉莉和佩妮小时候住过的区域。斯内普曾在这一地区的蜘蛛尾巷生活。

克拉彭区
Clapham

克拉彭区是英格兰伦敦的一个地区。斯多吉·波德摩住在这个地区的金链花公园2号，而斯坦·桑帕克也住在这个地方。

肯特郡
Kent

肯特郡位于英国东南部，是位于英格兰南部的一个郡，凤凰社成员德达洛·迪歌曾为了庆祝伏地魔的失踪和哈利的大难不死而将这一地区的降雨变成了流星雨。幽灵哭喊的寡妇也住在这里，她曾参加差点没头的尼克的忌辰晚会。

魁地奇博物馆
Museum of Quidditch

这是位于英国伦敦的一家魁地奇博物馆。馆内收藏有非常多的魁地奇相关物品，如无意中记录了魁地奇诞生的格蒂·基德尔的日记、记录了魁地奇相关信息的信件、飞侠猎手群挂毯、早期的飞天扫帚等。

里德尔府
Riddle House

里德尔府是小汉格顿的一栋房子，坐落在能够俯瞰整个村子的山坡上，里德尔府曾经是一幢很漂亮的大宅子，还是方圆几英里之内最宽敞、最气派的建筑，曾是伏地魔的生父老汤姆·里德尔的家。这栋房子后来有了两任新主人，但还是渐渐荒废，房子的几扇窗户被封死了，房顶上的瓦片残缺不全，爬山虎爬满了整

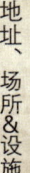

座房子。之后小汉格顿的居民依然称这里为"里德尔府"。

汤姆·里德尔在知道自己身份的真相后来到这里杀掉了自己的父亲和祖父母。1994年夏天，伏地魔带领"虫尾巴"和纳吉尼回到了这里，用这里作临时指挥部。

利物浦
Liverpool

利物浦是英格兰西北部的一个港口城市，是英国第四大城市，也是默西塞德郡（Merseyside）的首府。女巫歌唱家塞蒂娜·沃贝克曾把利物浦作为她的"轻狂的阿芙罗狄忒"巡回演唱会的最后一站。三个巫师在乘坐飞天扫帚赶到那里观看演唱会的路上发生了碰撞。

罗琳决定把塞蒂娜·沃贝克的演唱会安排在利物浦举行，可能是由于这个城市有着与音乐相关的悠久历史，比如披头士乐队就诞生于这里。

马尔福庄园
Malfoy Manor

马尔福庄园位于英格兰威尔特郡，是富有的纯血统马尔福家族的宅邸。

像许多其他贵族家庭的祖先一样，巫师阿尔芒·马尔福随征服者威廉（英国国王威廉一世）来到英国。马尔福给威廉国王提供了未知的、阴暗的（几乎可以肯定是魔法方面）的服务，他得到了威尔特郡的一块黄金土地，他的后代已经在这里连续生活了10个世纪。数百年来，他们借助皇室的威势，吞并附近的麻瓜土地，也为不断扩大的收藏增添了麻瓜的宝藏和艺术品。当《国际巫师保密法》通过的时候，这种扩张就停止了。在这一过程中，马尔福家族强烈否认与麻瓜有任何联系，以维持他们在新成立的魔法部的影响力。

马尔福庄园是一处装潢华丽、风格端庄的大型宅邸，精心设计的花园环绕，建有喷泉，养着自由漫步的白色孔雀，精致的锻铁大门能让来访者在通过的时候有穿过烟雾的感觉。门厅宽大，墙上挂着肖像画，石头地砖几乎全部被华丽的地毯覆盖。庄园内部非常奢华，有华贵的家具、大理石壁炉和镀金的镜子，客厅有紫色的墙纸和大吊灯。地下设有密室，马尔福家所收藏的黑魔法制品都藏在地下密室，以防止被魔法部查抄。第二次巫师战争期间，伏地魔将马尔福庄园作为自己的指挥基地。食死徒的活动大部分在庄园的客厅进行，抓来的俘虏被关押在客厅下的密室之中。伏地魔死亡后，庄园再次回归马尔福家族手中。

马约卡岛
Mallorca

马约卡岛位于西地中海，属于西班牙，近一个世纪以来都是地中海著名的避暑度假胜地。达力11岁生日那天，由于原定要临时照看哈利的费格太太摔断了腿，弗农姨父建议把他送到佩妮姨妈的朋友——伊芬那里，但是当时伊芬到这个岛屿上度假去了。

莫迪斯·拉布诺飞侠保护区
Modesty Rabnott Snidget Reservation

金飞侠这一神奇生物曾经被用于魁地奇比赛，而后导致金飞侠种群数量骤减，艾尔弗丽达·克拉格成为巫师议会议长时，金飞侠已近濒危，她禁止魁地奇比赛中再使用金飞侠，并在萨默塞特郡建立了莫迪斯·拉布诺飞侠保护区。

木兰花路
Magnolia Road

木兰花路是一条位于小惠金区的街道。从女贞路这边来看，它位于木兰花新月街的另一侧。这条路上有一个游乐场，达力和他的伙伴经常在这里毁坏公物。1995年夏天，哈利也曾在这里怀念塞德里克和他的教父小天狼星。

木兰花新月街
Magnolia Crescent

木兰花新月街是一条位于萨里郡小惠金区的街道，距离女贞路4号比较近。从这里可以直接前往木兰花路，还有一条小道通往紫藤路。1993年，哈利在把玛姬姑妈吹胀之后离家出走，在这里看到了一条黑色大狗。后来，他又在这条街上乘坐了骑士公共汽车。1995年，哈利和达力在木兰花新月街旁边的一条狭窄小巷里遭遇了摄魂怪的袭击。

女贞路
Privet Drive

女贞路是位于萨里郡小惠金区的一条街道。这条路的两边都是四四方方、规规矩矩的建筑物。邻居的房子看上去都和德思礼家的房子一样，一个接一个地排在一起。

德思礼一家住在这条路上的4号。他们的房子共有两层，非常整洁。

一楼：有玄关门厅、客厅、餐厅、厨房，还有楼梯下的储物间。房子客厅里的壁炉被封死了，取而代之的是一个假装烧煤的电炉。

二楼：一间卧室供德思礼夫妇使用；一间客房，通常是给弗农的姐姐玛姬准备的；一间达力的卧室；还有一间用来堆放达力卧室里放不下的玩具和杂物。至少有一个卫生间。

1991年，弗农姨父把达力不用的卧室给了哈利，哈利的卧室里有一张床、一个衣柜和一张书桌。当他暑假待在家时，他的箱子有时也会放在这里。海德薇生活在书桌上的笼子里。屋子里还有一些从没看过的、可能属于达力的书，和一些已经修不好的、达力的旧玩具。

室外：花园里种了百子莲和绣球花。1995年，哈利曾躲在绣球花丛后面听电视广播中的新闻。后花园非常整洁，树篱和草坪被修剪得整整齐齐。树篱边种了一棵树，花园里还有一小块花圃，种着玫瑰。花园里有一条长凳，哈利有时候会在那里休息。花园中有一间温室。1991年，达力把自己的宠物乌龟从窗户扔出去，把温室顶棚砸了个洞。

女贞路7号住着一个被哈利称作"7号太太"的女士，佩妮总喜欢在暗中监视她。

帕丁顿车站
London Paddington Station

帕丁顿车站是麻瓜世界中的一个火车站，位于伦敦，在哈利从奥利凡德处知道自己魔杖的"兄弟"就是给自己留下伤疤的魔杖后，神情恍惚，直到走到帕丁顿车站才回过神来。海格在帕丁顿车站的汉堡专卖店给哈利买了一个汉堡，并开解哈利的困惑。

萨里郡
Surrey

萨里郡是英格兰东南部的一个郡，位于伦敦西南。泰晤士河流经萨里郡后，向东北流向大伦敦。萨里郡的大部分是低地，有两条东西走向的山脉，北唐斯山是泰晤士河谷南面的白垩丘陵；更南面是更低的海绿石砂岩带，有该郡最高点利斯山。小惠金区位于萨里郡，"七个波特"之战也在萨里郡上空进行。

萨默塞特郡
Somerset

萨默塞特郡是英格兰西南部西部诸郡的一个名誉郡。莫迪斯·拉布诺飞侠保护区位于这个郡的某处。1996年，西部诸郡被食死徒派来的巨人大肆破坏后，英国魔法部曾派出神奇动物管理控制司的大多数工作人员到萨默塞特郡进行调查和善后。

圣布鲁斯安全中心少年犯学校
St Brutus's Secure Centre for Incurably Criminal Boys

圣布鲁斯安全中心少年犯学校是哈利波特的姨父一家为消除他人的疑虑而声称的哈利所就读的麻瓜学校。

石墙中学
Stonewall High

石墙中学是一所综合制中学，学期五年制，学生会在11岁入学，课程包括普通与职校学科。德思礼夫妇本来打算让哈利上这所中学。

斯梅廷中学
Smeltings Academy

斯梅廷中学是一所麻瓜的私立寄宿中学。哈利的姨父弗农和表哥达力曾经就读于这间学校，弗农曾提到学校提供的食物非常丰富，从来没让他饿过肚子。斯梅廷中学的男生穿棕红色燕尾服、橙色短灯笼裤和一顶叫硬草帽的扁平草帽。他们还配了一支多节的手杖，趁老师不注意时用来打斗。

斯廷奇库姆
Stinchcombe

斯廷奇库姆是一个位于英格兰格洛斯特郡的村庄。12世纪的药剂师先驱、波特家族的奠基人——斯廷奇库姆的林弗雷德就生活在这里。他与他的麻瓜邻居们关系很不错，这些邻居经常来找他医治各种疾病。

唐宁街
Downing Street

唐宁街是伦敦的一条小巷，位于威斯敏斯特区。这里有一些麻瓜政府的办公部门，其中就包括首相办公室。1997年，"七个波特"之战结束后不久，金斯莱表示自己需要回到这里完成继续保护麻瓜首相的职责。

托腾汉宫路
Tottenham Court Road

托腾汉宫路是英国伦敦市内的一条街道。1997年，哈利、赫敏和罗恩从比尔和芙蓉的婚礼上逃脱后在托腾汉宫路上的鲁奇诺咖啡馆遭到食死徒的攻击。

瓦伊河
Wye River

瓦伊河是英国主要河流之一，发源于中威尔士高地，普林利蒙山东麓，长210千米，东南流向，绕布莱克山北麓进入英格兰境内，至赫里福德附近转向南流，注入布里斯托尔湾，产鲑鱼。瓦伊河是后来哈利一行人寻找魂器时去过的迪安森林地区西部的边界线，该河谷被定为著名自然风光地区。

威尔特郡
Wiltshire

威尔特郡是位于英格兰西南部的一个名誉郡。著名的史前遗址巨石阵和埃夫伯里石圈位于这里。麻瓜和巫师均有人生活在威尔特郡。马尔福家族的住所——马尔福庄园位于威尔特郡。

沃克斯霍尔路
Vauxhall Road

这是一条位于英格兰伦敦的街道。汤姆·里德尔曾在这里的温斯坦利图书文具店中买到一个日记本，并在后来将它制成自己的一个魂器。这家报刊店的名字印刷在日记本的背面，导致后来见到它的哈利误认为汤姆·里德尔是麻瓜出身。

伍德克夫特
Woodcroft

格洛斯特郡的伍德克夫特是英国唯一纯巫师村落霍格莫德的创建者——汉吉斯的出生地。他后来被称为"伍德克夫特的汉吉斯"。

伍氏孤儿院
Wool's Orphanage

　　伍氏孤儿院是伦敦的一家麻瓜孤儿院，曾经由科尔夫人管理。这里是汤姆·里德尔童年时的住所。20世纪30年代的孤儿院是一个四周被高高的栏杆围起来的方形建筑。孤儿院的房间虽然很破旧，但是收拾得非常整洁，一尘不染，孤儿也被很好地照料，还能偶尔外出郊游。但整体来说，这里的气氛显得比较阴沉、压抑。1926年12月31日，怀孕的梅洛普来到孤儿院，由于被自己的丈夫老汤姆·里德尔抛弃，她甚至不愿意再使用魔法，梅洛普在孤儿院生下儿子后不久就去世了，但她在死前给儿子取了他父亲的名字。在汤姆·里德尔的儿童时期经常出现一些怪事，但是都找不到确凿的证据证明这与他有关。1937年，邓布利多来到伍氏孤儿院，见到了汤姆，给了他霍格沃茨的录取通知书。在校期间汤姆一直希望夏天不再回到伍氏孤儿院，且向时任校长的阿芒多·迪佩特提出了特殊请求，但没能如愿。后来孤儿院被拆毁，原来的土地上修建了一个办公大楼，让前来调查伏地魔魂器的哈利、赫敏和罗恩无功而返。

小汉格顿
Little Hangleton

　　这个村庄在近代魔法史上具有重大意义，但并不广为人知。小汉格顿是里德尔府的所在地。冈特老宅也位于此。

小汉格顿教堂墓地
Little Hangleton Graveyard

　　在伏地魔杀害他的父亲和祖父母后，他们被下葬于小汉格顿教堂旁的墓地中。1995年，哈利被制作成门钥匙的三强争霸赛奖杯带到此处，亲眼看见了塞德里克的遇害和伏地魔恢复肉身，并利用闪回咒成功从伏地魔手下逃生。

小惠金区
Little Whinging

小惠金区是英格兰萨里郡的一个城镇。这里是哈利、德思礼一家和费格太太居住的地方。1995年,摄魂怪曾在这里袭击了哈利和他的表哥。

小诺顿区
Little Norton

小诺顿区是英国的一个小镇。多丽丝·珀基斯住在这里的刺叶路18号。1995年,她接受《唱唱反调》的采访,声称小天狼星就是淘气妖精乐队主唱胖墩勃德曼,同时称在小矮星彼得和12个麻瓜被杀的那天晚上,她正与他在一起"享受浪漫的烛光晚餐"。

岩洞
the Cave

汤姆·里德尔在童年时期,在孤儿院的组织下来到岩洞附近的海边游玩的时候发现了这里,并恐吓两个孤儿艾米·本森和丹尼斯·毕肖普跟他一起进入岩洞。而他成为伏地魔以后,将自己的魂器之一——萨拉查·斯莱特林的挂坠盒藏在了这里,并布下了多重防护:不使用魔法的话,进入岩洞需要非常娴熟的攀岩技术,因为船无法靠近悬崖。伏地魔在岩洞中施了一个魔法,使里面无法幻影移形(但这种魔法对家养小精灵无效);入口很小、十分隐蔽,洞口的岩石需要得到鲜血(让进入的人付出削弱性代价)才能打开;岩洞的湖中布满了阴尸,如果水面被人为扰动,阴尸会爬上水面,并尝试把入侵者拖下水,而被拖进水中的入侵者会变成新的阴尸;魂器存放在湖中心的岩石小岛上。为了上岛,进入岩洞的人可以发现一条固定在岩壁上的看不见的船。这艘船被施了魔法,一次只能乘坐一名成年巫师。魂器被放置在一个装满魔药的石盆里,这种液体不能让手伸进去、不能使它消失、不能变形,或用其他方式改变它的性质。

小天狼星的弟弟雷古勒斯曾经进入岩洞,并用一个假的挂坠盒换走了真的魂器挂坠盒。当邓布利多和哈利前去时,费尽千辛万苦拿到的只是假的挂坠盒。

哈利·波特百科全书

伊尔福勒科姆
Ilfracombe

伊尔福勒科姆位于英格兰德文郡，这里曾经发生过一起事件。1932年，一条顽皮的普通威尔士绿龙在伊尔福勒科姆袭击了一群日光浴爱好者。正在那里旅游的托克一家人阻止了伤亡惨剧的发生，并对那里的居民使用了20世纪最大范围的遗忘咒。但是布伦海姆·斯托克在《有所发现的麻瓜们》一书中提到，一些居民躲开了那个群体遗忘咒，如"机灵鬼德克"，他直到今天仍在酒吧中说"曾有一条脏兮兮的飞天大蜥蜴"刺穿了他的气垫。

约克郡
Yorkshire

约克郡位于英国东北部，于1974年划分为西约克郡、北约克郡、南约克郡、横勃塞得郡和克利夫兰郡。巫师德达洛·迪歌曾为了庆祝伏地魔的失踪和哈利的大难不死而将这一地区的降雨变成了流星雨。1993年前，卢平曾生活在约克郡。

蜘蛛尾巷
Spinner's End

蜘蛛尾巷是斯内普幼时曾经居住的街区（斯内普后来继承了这里的房子），其位于科克沃斯郊区。街区里排满了砖房，河流肮脏，环境十分脏乱。镇上有一根大烟囱。这里曾经至少有一座工厂，当时工人都住在街区内。

斯内普家的客厅黑暗、封闭，里面摆满了破旧的家具，天花板上挂着一盏昏暗的烛灯，墙上摆满了书。这座房子至少有两层高，一扇门隐藏在书墙上，门后有一条狭窄的楼梯，另一扇门通往储藏室，里面存放着自制葡萄酒。由于所有的门都被完全隐藏起来，刚进入第一个房间时会有一种进入牢房的感觉。比起这里，斯内普显然更认为霍格沃茨才是自己的"家"，事实上斯内普的绝大部分时间都在霍格沃茨魔法学校度过。

1996年夏天，伏地魔指派小矮星彼得来这里帮助斯内普，斯内普只把他当作用人使唤，让他准备饮料、打扫房间。那段时间里，纳西莎和贝拉特里克斯曾来到斯内普家拜访斯内普，斯内普随后与纳西莎立下了牢不可破的誓言，斯内普被要求保护、帮助德拉科完成杀死邓布利多的任务，并在必要时替他完成。

纸店
Paper Shop

奥特里·圣卡奇波尔村中的麻瓜居住区有一家纸店，有一个很漂亮的女孩在那里工作。弗雷德和乔治很喜欢她。

紫藤路
Wisteria Walk

紫藤路是靠近女贞路的一条街道，它位于英格兰萨里郡的小惠金区。有一条小道连接着紫藤路和木兰花新月街。紫藤路路口有一家拐角商店。

相关物品及信息

- 肖像画 -

霍格沃茨魔法学校肖像画里的人物能够在画与画之间移动、交谈。画中人的行为符合他们生前的人物性格和他们所在的画中场景的风格。

肖像画中的人与外界的人交往的能力不取决于画技，而是取决于肖像画中男、女巫师本人的魔法力量。要成功制作一幅肖像画，需要使用魔法来保证画面里的人可以活动自如。用魔法制作出来的肖像画会模仿原主的语言及行为模式。因此，肖像画中的卡多根爵士永远在骑着小马冲向巨龙决斗；胖夫人如同生前一样继续自己的生活方式，沉溺于美酒美食。

在正常情况下，人们是无法与肖像画进行有关复杂问题的深入讨论的。肖像画中的人物只是艺术家创造的有关这幅画中主题的表现形式。不过，有一部分肖

像画会表现得非常神奇，能够与外部世界进行很多互动，如霍格沃茨魔法学校历任校长的肖像画，他们可以在本人的多幅肖像画中来回移动。

阿不思·邓布利多的画像
Picture of Albus Dumbledore

在斯内普任职霍格沃茨魔法学校校长时，这幅画像帮忙隐藏了格兰芬多宝剑，并在后来委托斯内普将宝剑交给哈利。

阿利安娜·邓布利多的画像
Picture of Ariana Dumbledore

阿利安娜·邓布利多是阿不思·邓布利多的妹妹，其画像位于猪头酒吧，画像后面的秘密通道通向霍格沃茨魔法学校的有求必应屋。

埃弗拉的画像
Picture of Everard

埃弗拉生前曾任霍格沃茨魔法学校校长，任职时间不详，他在校长室和魔法部都有自己的画像。

埃默瑞·斯威奇的画像
Picture of Emeric Switch

埃默瑞·斯威奇是《初学变形指南》的作者，其画像挂在霍格沃茨魔法学校城堡，具体位置不详。

艾芙丽达·克拉格的画像
Picture of Elfrida Cragg

艾芙丽达·克拉格是17世纪巫师议会的议长。在她逝世后，她的画像被悬挂在魔法部。1995年，韦斯莱先生被纳吉尼袭击后，霍格沃茨前校长埃弗拉曾到她的画像中查看亚瑟的伤势。

戴丽丝·德文特的画像
Picture of Dilys Derwent

戴丽丝·德文特既是圣芒戈魔法伤病医院的治疗师，也是霍格沃茨魔法学校的校长。她在校长室和圣芒戈魔法伤病医院都有自己的画像。

厄克特·拉哈罗的画像
Picture of Urquhart Rackharrow

厄克特·拉哈罗是掏肠咒的发明者，其画像被挂在圣芒戈魔法伤病医院二楼，戴·卢埃林病房里。画像中的他看起来是个阴鸷的人。

菲尼亚斯·奈杰勒斯·布莱克的画像
Picture of Phineas Nigellus Black

菲尼亚斯·奈杰勒斯·布莱克是小天狼星的曾曾祖父，曾任霍格沃茨魔法学校校长（最不受欢迎的一任）。画像中的他眉毛细长，留着山羊胡子，身着银绿色调的斯莱特林服饰。他在校长室和格里莫广场12号都有自己的画像。1997年，为防止当时身为霍格沃茨校长的斯内普派菲尼亚斯打探凤凰社的情况，赫敏将位于格里莫广场12号的菲尼亚斯的画像取了下来，放进了自己的手提包。在后来寻找魂器的过程中，"铁三角"曾询问菲尼亚斯霍格沃茨城堡内的情况，并因此得知金妮等人试图盗取格兰芬多宝剑的事。

德克斯特·福斯科的画像
Picture of Dexter Fortescue

德克斯特·福斯科曾任霍格沃茨魔法学校校长。画像中的他长着一个红鼻子，身材肥胖，坐在宝座上。

卡多根爵士的画像
Picture of Sir Cadogan

卡多根爵士是一个中世纪的巫师，他的画像由一个不知名的巫师所绘，被悬挂在霍格沃茨城堡的八楼。画像中描绘了他和一把大剑，以及他的那匹小马，画像里面的卡多根和现实中一样勇敢而疯狂。1993—1994学年，胖夫人的画像被小天狼星破坏后，卡多根爵士的画像曾短暂地挂在格兰芬多休息室门口，以顶替胖夫人检查进入者的口令。他喜欢频繁地更换口令，纳威担心自己记不住，就把整周的口令全部写了下来。这张写好了一周口令的便签被克鲁克山拿走交给了小天狼星，卡多根爵士只认口令不认人，放小天狼星进入了格兰芬多塔楼。哈利曾在学生时期多次见到这幅画像。

历任校长的画像
Picture of Successive Headmaster

历任校长的画像都会挂在校长办公室内。一般情况下，校长们都会在他们去世之前就完成自己的肖像画，然后将肖像画锁到橱窗里。校长们偶尔会到橱窗前与自己的肖像画进行交流，并传授各种有用的记忆和片段，这让它们真正现于人前的时候表现得和原主几乎一样，而这些知识可能会在之后的岁月里与他们的继任者分享。

胖夫人的画像
Picture of Fat Lady

胖夫人是守卫格兰芬多学院公共休息室的画像。胖夫人的画像描绘了一个穿着粉红色缎面礼服的中年胖妇人。胖夫人十分尽责，坚持只有正确的口令才能进入休息室。1993—1994学年，胖夫人因小天狼星没有口令而拒绝放其进入休息室，随即被小天狼星破坏，后经过修补继续履行职责。

傻巴拿巴斯的画像
Picture of Barnabas the Barmy

傻巴拿巴斯画像位于霍格沃茨魔法学校八楼有求必应屋的入口对面。画像内容为傻巴拿巴斯正在教巨怪跳芭蕾舞。集中注意力三次走过这个画像对面的墙壁就可以进入有求必应屋。

维奥莱特的画像
Picture of Violet

画像中描绘的维奥莱特是一个看起来皱巴巴的女巫。她的画像挂在霍格沃茨城堡一楼礼堂外的一个小房间里。维奥莱特是胖夫人的朋友，她非常喜欢八卦，经常散布小道消息。

沃尔布加·布莱克的画像
Picture of Walburga Black

沃尔布加·布莱克是小天狼星的母亲，其画像位于格里莫广场12号。她的画像会不停地咒骂进入这里的纯血统叛徒、混血巫师以及"玷污"家族的人。

醉修士图
Picture of Drunk Monks

醉修士图是一幅悬挂在霍格沃茨城堡魔咒课走廊中的画像，上面画着几个醉修士。在1996年的圣诞节假期期间，胖夫人和她的朋友维奥莱特在庆祝节日的时候把这幅画里所有的酒都喝掉了。

雕像

魔法兄弟喷泉
Fountain of Magical Brethren

魔法兄弟喷泉位于魔法部八层正厅的中央，喷泉水潭的中央竖立着一组纯金雕像，比真人还大。雕像中最高的是一位风度高贵的男巫，他高举着魔杖，直指天空。在他周围有一个美丽的女巫、一个马人、一个妖精和一个家养小精灵。而马人、妖精和家养小精灵都无限崇拜地抬头望着那两位巫师。水柱分别从巫师的魔杖顶端、马人的箭头、妖精的帽子尖和家养小精灵的两只耳朵里喷射出来。但是事实上，马人和妖精都觉得自身种族比人类巫师要优越得多，而家养小精灵除了为巫师服务以外，没有任何其他的快乐。这个喷泉假想出了一幅魔法世界的和谐画面，但邓布利多并不这样认为。这个喷泉运行时的所有收益均会捐献给圣芒戈魔法伤病医院。1996年，魔法部正厅的大部分区域在神秘事务司之战中被严重损坏，喷泉的大部分雕塑也被毁坏，仅剩下妖精和家养小精灵两个雕像相对完好。战斗结束后，男巫雕像的头部被邓布利多制作成门钥匙，送哈利返回霍格沃茨魔法学校。1997年魔法部垮台后，傀儡政权将这个喷泉更换成了"魔法即强权"石像。

"魔法即强权"石像
"MAGIC IS MIGHT" Statue

"魔法即强权"石像是在魔法兄弟喷泉被损坏后由傀儡魔法部更换的雕像。这是一座巨大的黑色石像，占据了魔法部正厅的中心位置，一个女巫和一个男巫坐在雕刻华美的宝座上，俯视着从壁炉里出来的魔法部工作人员。石像底部刻着几个一英尺高的大字：魔法即强权。雕刻华美的宝座实际上是一堆石雕的人体，成百上千赤裸的人体——男人、女人和孩子，相貌都比较呆丑陋，肢体扭曲着挤压在一起，支撑着俊美的、穿袍子的巫师。

糊涂波里斯
Boris the Bewildered

波里斯的雕像位于霍格沃茨魔法学校城堡的六楼，位于级长盥洗室附近，他的生活年代未知。由于霍格沃茨中大多数雕像和画像描绘的都是已经逝世的人，波里斯逝世的时间很可能早于1995年。波里斯的雕像描绘了一个表情茫然的巫师，两只手上的手套戴反了。

马屁精格雷戈里
Gregory the Smarmy

格雷戈里的雕像位于霍格沃茨魔法学校。弗雷德和乔治在入校的第一个星期就发现了这尊雕像后面的一条通往校外的秘密通道。1991—1992学年，李·乔丹发现了一条新的秘密通道，而弗雷德和乔治认为一定是这条。格雷戈里是一个中世纪的巫师，他所发明的格雷戈里奉承剂可以让服用者认为给他魔药的人是他最好的朋友。

石头怪兽
Gargoyle

校长办公室门口的看门石兽被施了魔法，正确说出口令才能通过并前往校长办公室。

瘦子拉克伦
Lachlan the Lanky Statues

拉克伦的雕像位于霍格沃茨魔法学校城堡的八楼，他的生活年代未知。罗恩曾经藏在瘦子拉克伦的雕像后面，躲避弗雷德和乔治，因为他觉得弗雷德和乔治会嘲笑自己参加格兰芬多魁地奇球队的守门员选拔。

忧郁的威尔福
Wilfred the Wistful

威尔福的雕像被摆放在霍格沃茨城堡中,他所生活的年代未知。1995年,哈利曾在前往猫头鹰屋的路上遇到费尔奇的猫——洛丽丝夫人,它从哈利的脚边走了过去,看了哈利一眼后钻到了忧郁的威尔福雕像后面。

罗伊纳·拉文克劳的雕像
Rowena Ravenclaw Statues

罗伊纳·拉文克劳的雕像位于拉文克劳塔楼中,从雕像中可以看出她有着黑色的眼睛和黑色的长发,是一个美丽,但面容严厉的女巫,有些令人生畏。罗伊纳·拉文克劳是一个生活在中世纪早期的苏格兰女巫。她有着很高的智慧和创造力,被认为是当时最伟大的巫师之一。她同时也是霍格沃茨魔法学校的四位创办者之一,成立了以自己的姓氏命名的拉文克劳学院。

萨拉查·斯莱特林的雕像
Salazar Slytherin Statues

这座雕像位于霍格沃茨魔法学校的密室中,和房间本身一样高,紧贴在后面黑乎乎的墙壁上。上面巨大的面孔是一张老态龙钟的、猴子般的脸,胡子是白色的,一把稀稀拉拉的长胡须几乎一直拖到石头刻成的巫师长袍的下摆上,两只灰乎乎的大脚板站在房间光滑的地板上。

伊尔弗莫尼雕像
Ilvermorny Statues

伊尔弗莫尼的雕像由大理石雕刻而成,树立在伊尔弗莫尼魔法学校城堡正门的两侧,是伊尔弗莫尼魔法学校为了纪念创办者伊索·瑟尔和詹姆·斯图尔特而修建的。雕像由一个对"威廉"这个名字有反应的年迈的普克奇看守。

格斯墨的冈西达
Gunhilda of Gorsemoor

格斯墨的冈西达是15—16世纪的一位独眼的驼背女巫,她发现了龙痘疮的一种治疗方法。她的雕像非常高大,位于霍格沃茨城堡四楼走廊。使用"左右分离"口令可以使雕像的驼背开启,露出秘密通道通往霍格莫德村。从入口进入后,有一条石滑梯通向深处。滑过滑梯之后,会落在一条又窄又矮的泥土通道里。通道迂回曲折,很像一个兔子洞。在走了一段时间以后,通道开始上升,并在大约十分钟后到达一个石阶底部。台阶超过两百级,尽头是一个活板门。活板门的外面是蜂蜜公爵糖果店的地窖,看起来和灰蒙蒙的地板浑然一体。

- 口令 -

在霍格沃茨魔法学校城堡中会使用到的特定词语或短语,使用正确的口令才可以进入特定的区域,如进入四个学院的公共休息室以及校长办公室等。学校中使用的口令会经常更换。

1997年,波特瞭望站建立。为了防止食死徒偷听,收听波特瞭望站的节目也需要口令。每次广播开始前需要听众使用魔杖敲击收音机并说出暗号,然后才可以收听广播。口令每期更新,在每次广播结束的时候,主持人会将下一次的暗号告知听众,以便他们下次收听。

还有一些特殊的魔法物品,也需要依靠口令来开启或者关闭,比如活点地图。

已知的格兰芬多公共休息室的口令:龙渣、猪鼻子、食蜜鸟、吉星高照、花花公子哥儿、奇身怪皮、下流的杂种狗、胡言乱语、香蕉炸面团、仙境之光、米布米宝、茴香麦片、戒酒、如何、绦虫、一文不值。

已知的斯莱特林公共休息室的口令:纯种。

已知的校长办公室准入口令:冰镇柠檬汁、蟑螂堆、酸味爆爆糖、太妃手指饼、滋滋蜜蜂糖、邓布利多。

已知的级长盥洗室准入口令:新鲜凤梨

已知的波特瞭望站曾使用的收听暗号:阿不思、疯眼汉。

- 固定口令 -

左右分离
Dissendium

"左右分离"是霍格沃茨魔法学校通往霍格莫德村的隐秘通道开启口令。霍格沃茨城堡三层的格斯墨的冈希尔达走廊里,人们可以发现驼背独眼女巫(格斯墨的冈西达)的雕像。在用魔杖敲击雕像并念出"左右分离"之后,雕像的驼背就会打开,秘密通道的入口就在这里。

打开
Open

使用蛇佬腔说出这一口令可以开启位于"哭泣的桃金娘"盥洗室的密室入口。

对我说话吧,斯莱特林
——霍格沃茨四巨头中最伟大的一个
Speak to me, Slytherin, greatest of the Hogwarts Four

日记本里的汤姆·里德尔使用蛇佬腔说出这句话,从斯莱特林石雕像中放出萨拉查·斯莱特林的蛇怪攻击哈利·波特。

活点地图口令

使用"我庄严宣誓我不干好事"口令显示地图,使用"恶作剧完毕"口令隐藏地图。

第三章 职业&职务

魔法部

哈利·波特百科全书

魔法部是一种在巫师中形成的，用于魔法社会自我管理的组织形式，已知多个国家均设有此类组织，如挪威、德国、保加利亚等。另有一些国家采用的是魔法议会（阿根廷）、魔法国会（美国）等机构形式，虽然运转方式并不相同，但职能与魔法部类似。在之后的魔法部职务介绍中，会以比较典型的英国魔法部为蓝本进行介绍。

1707年，英国魔法部正式成立，它是英国魔法社会的主要管理机构，负责制定法律并管理英国巫师界。

魔法部与麻瓜政府间有联系。魔法部的最高长官是魔法部部长。

魔法部的雇员大多不是通过选举产生的，在魔法部的就业机会可以在接受魔法教育之后直接获得。当然，不同部门对于应聘者的具体要求也有所不同。不管是魔法部部长，还是魔法部整体，都对魔法社会的舆论极为敏感。因此，他们试图通过魔法世界的报纸《预言家日报》来对魔法社会的舆论产生影响。

魔法部共有七个大司，每一个司分管魔法世界的一个方面。其中魔法法律执行司是所有大司中规模最大的一个，其他大司（神秘事务司除外）都或多或少与其有关。

每一个部门均在魔法部总部中占有至少一层（具体位置详见地址词条），在每个大司下分有许多小部门或办公室。

魔法部部长
Minister for Magic/Minister of Magic

魔法部部长是魔法部中职位最高的人，也是该国魔法世界的最高领导人，负责全权管理所在国家魔法社会的一切事务。魔法部部长会通过听取来自魔法部管理人员和其他部门负责人的报告，掌握魔法世界的相关事项。他们也会主持威森加摩会议，通过魔法世界法律或进行重要的审判。对于后面一种情形，判决的结果将由包括魔法部部长在内的陪审团小组共同决定（如哈利在五年级开学前的暑假受审时，赞成哈利无罪的超过半数，最终哈利被无罪释放）。魔法部相当于魔法世界的政府，其前身是巫师评议会，主要目的是维持魔法部所在国家的魔法社会和麻瓜社会的平衡，以及保护所有巫师和魔法事件不被麻瓜发现。而魔法部部长，相当于麻瓜世界政府的首相或总统。

作为英国魔法世界的首脑，魔法部部长同样会受到舆论压力。例如，前魔法部部长康奈利·福吉和鲁弗斯·斯克林杰就不得不选择用谎言来营造和平氛围。在第二次巫师战争期间，这是魔法部政策失误的标志之一，对于那些证据确凿的负面信息，他们常常会尽量少披露。

英国魔法部部长与麻瓜世界首相的联系

作为英国魔法社会的代表，魔法部部长也会与英国首相保持联系。每一位新麻瓜首相上任时，魔法部部长都会前去拜访，并告知他或她魔法世界的存在。此外，每当魔法部更换部长时，新部长也会与麻瓜首相进行会面。另外，当魔法世界出了严重的状况，有可能影响到麻瓜时，魔法部部长也会与麻瓜首相进行紧急会面。进行会面之前，魔法部部长会通过挂在唐宁街10号麻瓜首相书房的一幅尤里克·甘普的肖像画发出通知。

选举与任期

魔法部部长的人选一般情况下通过民主选举产生，但也有过在紧急情况下直接请求某人担任这一职务，而不进行投票选举的情况。魔法部部长的任期并没有固定的限制，但他们必须定期举行选举，间隔时间最长为7年。魔法部部长的任期通常比麻瓜首相的任期长。总的来说，尽管仍然存在抱怨的声音，但一个魔法部部长被自己所在国家的魔法社会所支持的程度很高，这在麻瓜世界中还是较为少见的。这可能是因为在一些巫师看来，如果他们不能管理好自己，麻瓜们可能会试图干涉魔法社会。

魔法部部长助理
Junior Assistant to the Minister for Magic

魔法部部长助理是魔法部的一个高级职位，其职责是协助魔法部部长。珀西是唯一已知的部长助理。在《凤凰社》一书中，福吉为监视韦斯莱家族和邓布利多，将珀西任命为自己的助理。

按照罗恩的说法，这一职位对于一个从霍格沃茨刚毕业一年的人来说，简直是一份求之不得的好差事。1998年，当珀西最终意识到魔法部已经被食死徒控制之后，他辞去了这个职位。

— 魔法法律执行司 —

作为英国魔法世界司法的执行部门，魔法法律执行司是英国魔法部中最大的一个部门，也是众多部门中最为重要的一个，这一大司划分出了细致的职能部门

来维护魔法世界的法律。除了神秘事务司之外，其他所有部门都要配合魔法法律执行司。巴蒂·克劳奇曾经掌管过这一部门。在第二次巫师战争结束之后，哈利和罗恩进入这个部门，在傲罗办公室工作。

魔法法律执行司下属办公室包括：傲罗办公室、禁止滥用麻瓜物品司、伪劣防御魔咒及防护用品侦察收缴办公室、禁止滥用魔法办公室、威森加摩管理机构。

– 傲罗办公室 –

傲罗
Auror

傲罗是一批精挑细选、训练有素的杰出巫师，专门负责调查有关黑魔法的犯罪事件，并负责逮捕和拘留黑巫师。英国的傲罗为魔法部的魔法法律执行司工作，而美国的傲罗则听命于美国魔法国会。

傲罗的任务是寻找并抓捕犯罪的黑巫师。当罪犯被抓获后，他们将会被移交到相关部门。此外，接受完审判的罪犯在被押解到阿兹卡班的过程中也由傲罗护送。某些时候，魔法部也会派遣傲罗保护特定人物或地点，如一些傲罗曾在1996—1997年负责保卫哈利。此外，伏地魔崛起的时期，英国首相也有一名作为秘书的傲罗保镖，以免他被伏地魔控制而威胁到麻瓜的安全。1998年，时任魔法部部长的金斯莱撤出阿兹卡班摄魂怪守卫后，监狱的守卫工作被傲罗接管，特定数量的傲罗会轮流去监狱站岗。

傲罗的工作非常危险，故入职难度很高。哈利在读书期间，因为他一直在不停地和黑巫师作斗争，所以对傲罗这一职业的兴趣越来越浓厚。傲罗的训练非常繁重，而且在从学校毕业后仍需要参加长达三年的培训，能够通过考核并成为傲罗的巫师在魔法世界中很受尊敬，而且其中个别成员后来成为魔法部部长，如赫斯菲斯托斯·戈尔、维努西亚·奎克利、鲁弗斯·斯克林杰和金斯莱·沙克尔。

成为傲罗的要求：

至少获得五个N.E.W.T.证书，并且成绩都不能低于"良好"。此外还必须在傲罗办公室经受一系列严格的性格和才能测试。

想要达到参加傲罗培训的条件非常困难，因此具备资格的求职者相当少。麦格教授曾在1995年表示，之前的三年里都无人被录用。申请者在被准许参加一系列严格的傲罗培训前，首先必须具备良好的学历。要想成为傲罗，申请者需要成绩优异，并在魔药学、黑魔法防御术、变形学和魔咒学上非常擅长。申请者需要在这些科目获得"优秀"或"良好"的成绩。另外，魔法部也会审查申请者的违法记录。

由于第二次巫师战争结束后人才凋敝，成为傲罗的条件曾一时有所放宽。新任魔法部部长、前傲罗金斯莱允许所有曾参加霍格沃茨之战、同时有兴趣成为傲罗的巫师直接参与傲罗培训，而无须获得五个N.E.W.T.证书，所以包括哈利、罗恩和纳威在内的人后来成为傲罗，却并未参加任何N.E.W.T.考试。

傲罗培训：

傲罗培训的难度非常大。在培训期间，有意成为傲罗的人需要进行一系列严格的性格和才能测试，以证明他们在高压环境下仍能表现出色。此外，申请者还需要参加大量高级魔法战斗培训和其他实用防御培训，可能还会接受一些刑事调查方法方面的培训。

傲罗培训的项目很多，其中有两个科目分别是"隐藏和伪装"与"潜行和跟踪"，同时还需要掌握有关魔药和解药的知识。1995年，唐克斯曾经提到，她轻松取得了"隐藏和伪装"的最高得分（这应该归功于她天生的易容马格斯能力），但她在"潜行和跟踪"测试中差点不及格。

— 禁止滥用麻瓜物品司 —

这一部门的职能在于防止巫师对麻瓜物品施加魔法的行为，以及逆转相关物品造成的伤害事件（施过魔法的麻瓜物品一旦回流到麻瓜世界，可能会伤害麻瓜）。唯一已知的一个主管是亚瑟·韦斯莱。他手下只有一个职员：珀金斯（一个弯腰驼背、神情腼腆、有一头松软的花白头发的老巫师）。

— 伪劣防御魔咒及防护用品
侦查收缴办公室 —

这是魔法部魔法法律执行司下属的一个部门，由时任魔法部部长的斯克林杰在1996年的神秘事务司之战之后设立，用以应对伏地魔崛起后涌现的大量质量参差不齐的黑魔法防御物品。罗恩的父亲亚瑟·韦斯莱担任这一部门的主任。该办公室的职责是查没劣质或假冒的防御魔咒及防护用品（比如施了诅咒的窥镜，或者可以让面孔变成橘黄色的变形勋章）。这些物品有的是为了牟取暴利，还有的则会有更为邪恶的意图，因为有一些被查没的物品十分危险。按照韦斯莱夫人所说，做这些坏事的人大多是像蒙顿格斯那样的人，他们一辈子没有一天好好

干活。

1996年该办公室刚成立时，在禁止滥用麻瓜物品司工作的韦斯莱先生成为主管。当时，韦斯莱先生的手下有十个人。

- 禁止滥用魔法办公室 -

禁止滥用魔法办公室负责惩罚违反《国际巫师联合会保密法》的巫师，同时负责执行《对未成年巫师加以合理约束法》，禁止带有踪丝的、年龄在17岁以下的男女巫师在校外使用魔法。不过，在某些特定的情况下使用魔法是被允许的，如在危及生命时进行自卫。已知职员包括鲁弗斯·福吉。

- 魔法法律执行队 / 魔法法律执行侦查队 -

这是魔法部魔法法律执行司的下属部门，由一个包括打击手在内的巫师团队组成，和麻瓜世界的警察相似，魔法法律执行侦查队通常负责常规执法任务。而魔法法律执行司的其他部门，比如傲罗办公室，则负责处理高危险度或者特殊魔法犯罪事件。

20世纪20年代，该部门由鲍勃·奥格登领导。奥格登冒险前往小汉格顿传唤莫芬·冈特，后者对当地的一个麻瓜使用了魔法。然而莫芬和他的父亲马沃罗拒捕，奥格登后来带着增援返回，并将冈特父子全部逮捕。1996年，奥格登已经逝世。他的继任者书中并未交代。1995年，韦斯莱先生曾在哈利到魔法部受审时提到，魔法法律执行侦查队会负责处理贝斯纳绿地发生的厕所污水回涌事件，并逮捕造成这个事件的元凶威利·威德辛，但是威利·威德辛后来和魔法部部长福吉私下达成交易，替他暗中监视哈利和邓布利多军的成员，从而逃脱了应有的惩罚。

打击手
Hit Wizards

打击手是一批经过魔法法律执行队专门训练、负责逮捕危险罪犯的巫师。虽然看起来其职能与傲罗有所重叠，但打击手的职能其实更倾向于武装战斗，而不是犯罪调查。成为打击手需要拿到至少五张O.W.L.证书，并且其中一张是黑魔法防御术的，打击手的性格要沉着冷静。打击手享有最低700加隆的月薪，还可以在圣芒戈魔法伤病医院使用专用病床。1993年，福吉曾表示，也许只有打击手才能够抓住从阿兹卡班越狱的小天狼星。

- 魔法事故和灾害司 -

　　魔法事故和灾害司是英国魔法部中负责处理魔法事故、修复意外魔法伤害的部门。在魔法部魔法事故和灾害司中工作的巫师，工作内容是按照《国际巫师联合会保密法》，向麻瓜隐瞒魔法世界的存在。福吉在成为魔法部部长之前，曾在这个部门担任副司长。其下属部门包括逆转偶发事件小组、记忆注销指挥部和麻瓜问题调解委员会。

逆转偶发事件小组
Accidental Magic Reversal Squad

　　逆转偶发事件小组是一个专门负责处理魔法意外事件的团队，比如纠正魔药或魔咒错误带来的影响。这些错误通常是由经验不足的巫师造成的，他们可能还未学会如何控制自己的魔法，或者对于一些特定的魔咒或魔药不够熟练。

　　1993年，逆转偶发事件小组曾在哈利意外吹胀玛姬姑妈后，对发生的一切进行处理。他们为玛姬消除了魔法造成的效果，并修改了她的记忆。修改记忆的这部分工作可能是由记忆注销员完成的。

记忆注销员
Obliviator

　　记忆注销员负责修改或消除麻瓜的特定记忆，让他们忘记自己曾经历过的与魔法有关的事件。他们会给那些目击了与魔法有关事件的麻瓜施遗忘咒，让他们忘记自己所看到的一切，比如一只神奇生物等。奈莫恩·拉德福德是魔法部的首个记忆注销员，阿诺德·皮斯古德也是一个记忆注销员。

记忆注销指挥部
Obliviator Headquarters

记忆注销指挥部是记忆注销员的办公地点。

麻瓜问题调解委员会
Muggle-Worthy Excuse Committee

这个部门的人员会在魔法事故不能被简单掩盖的时候，琢磨一些理由来向麻瓜进行解释。他们会设法让麻瓜相信，这些事件实际上是一些与魔法无关的事故造成的。例如，在小矮星彼得通过爆炸杀死12个麻瓜、掩盖自己的罪行并栽赃给小天狼星之后，麻瓜问题调解委员会给出了天然气爆炸的解释。

麻瓜联络办公室
Muggle Liaison Office

麻瓜联络办公室是负责处理巫师与麻瓜之间关系的部门。由于1692年《国际巫师联合会保密法》的实行，魔法世界对于麻瓜不够了解，因此麻瓜联络公室很可能在用一种很片面的方式履行其职责。麻瓜联络员在这个办公室工作。

小矮星彼得在出卖詹姆和莉莉后，被小天狼星找到，争执中，彼得为了脱身引爆了一条街区，杀死了12个麻瓜，麻瓜联络办公室向麻瓜世界给出的理由是天然气爆炸。1994年夏天，在食死徒制造的魁地奇世界杯骚乱爆发之后，麻瓜联络办公室负责进行麻瓜记忆的修改。

- 威森加摩管理机构 -

这间办公室负责为威森加摩完成管理和文书工作。其功能与麻瓜世界的法院登记处有些类似，这里通常情况下管理法庭相关文件、安排听证日期、调整法官们的出席时间表、统筹相关案件的法律程序。

威森加摩
Wizengamot

威森加摩是巫师世界的最高法庭，其职能类似于法院和议会的组合，成立的时间早于魔法部成立的时间。这里的审判是以审问者提问的形式进行，书记官负责记录，最后的裁决以威森加摩成员举手表决的结果决定。威森加摩目前大约有50位成员，最高长官被称为威森加摩首席魔法师。所有成员在出席审判时都要身着紫红色长袍，袍子的左前胸位置上绣着一个精致的银色"W"。

- 神奇动物管理控制司 -

神奇动物管理控制司是英国魔法部中的第二大司，负责神奇动物的管理事务。在从霍格沃茨魔法学校毕业后，赫敏曾在这里短暂工作过一段时间，之后被调往魔法法律执行司。神奇动物管理控制司具体设有以下部门：异类办公室、野兽办公室、幽灵办公室、害虫咨询处和错误信息办公室。

神奇动物管理控制司将神奇动物的危险性进行了分类，共有五个级别：

×××××：已知的杀害巫师的动物/不可能驯养或驯服的

××××：危险的/需要专门的知识/熟练的巫师才可以对付的

×××：有能力的巫师可以对付的

××：无害的/可以驯服的

×：惹人烦恼的

- 野兽办公室 -

这个部门在魔法部中负责处理所有与兽类魔法生物有关的事务与问题。其下属部门有：马人联络办公室、处置危险动物委员会、火龙研究与限制局、食尸鬼别动队、狼人捕捉计划组、狼人登记处。

马人联络办公室
Centaur Liaison Office

马人联络办公室是英国魔法部神奇动物管理控制司野兽办公室的一个下属部

门。尽管存在这个部门,但是没有马人使用过它。在魔法部中,"被送到马人联络办公室"已经成为一则内部笑话,意思是提到的这个人随即将被开除。

处置危险动物委员会
Committee for the Disposal of Dangerous Creatures

处置危险动物委员会是英国魔法部神奇动物管理控制司野兽办公室的一个下属部门。该委员会负责处置威胁到魔法世界安全的神奇动物。1722年,这个委员会曾判处一头鹰头马身有翼兽死刑。按照赫敏的说法,这次行刑过程很"恶心"。1994年,因为鹰头马身有翼兽巴克比克在霍格沃茨的保护神奇生物课上攻击了德拉科·马尔福,委员会准备处决它。

已知的雇员:

沃尔顿·麦克尼尔:委员会的行刑官,也是食死徒。

年老的委员会成员:曾和麦克尼尔一起参加巴克比克的行刑过程,但似乎并不想这样做。

火龙研究与限制局
Dragon Research and Restraint Bureau

火龙研究与限制局是英国魔法部神奇动物管理控制司野兽办公室的一个下属部门,负责魔法部中所有与火龙有关的事务。纽特·斯卡曼德曾经在该部门工作,并利用出国旅行的机会进一步加深了对神奇生物的认识。

食尸鬼别动队
Ghoul Task Force

食尸鬼别动队是英国魔法部神奇动物管理控制司野兽办公室的一个下属部门,负责赶走那些已经流转到麻瓜住宅里的食尸鬼。

狼人捕捉计划组
Werewolf Capture Unit

狼人捕捉计划组是英国魔法部神奇动物管理控制司野兽办公室的一个下属部门。这个计划组可能负责逮捕那些对他人构成威胁的狼人，但可能并未有效运作，因为芬里尔·格雷伯克在魔法部的管理下几乎畅通无阻地犯下多次恶行。

狼人登记处
Werewolf Registry

狼人登记处是英国魔法部神奇动物管理控制司野兽办公室的一个下属部门。狼人登记处负责管理和维护狼人登记簿。不过，狼人登记处在进行狼人登记时存在漏洞。1964年前后，狼人登记处并未认出芬里尔·格雷伯克是个狼人。当时，他涉嫌杀害两个麻瓜儿童，但他却成功让魔法部相信自己只是个麻瓜流浪汉。

- 异类办公室 -

异类办公室是神奇动物管理控制司的三个下属部门之一。这个部门在魔法部中负责处理所有与人类魔法生物有关的事务与问题。其下设妖精联络处、家养小精灵重新安置办公室和狼人支援服务科。

妖精联络处
Goblin Liaison Office

妖精联络处是英国魔法部神奇动物管理控制司异类办公室的一个下属部门，主要负责魔法经济方面的事务，以及协调妖精和巫师之间的关系。1994年时，卡思伯特·莫克里奇曾担任办公室主任，后来则由德克·克莱斯韦接任。

家养小精灵重新安置办公室
Office for House-Elf Relocation

家养小精灵重新安置办公室是英国魔法部神奇动物管理控制司异类办公室的一个下属部门。这个办公室负责家养小精灵的安置与再安置工作。纽特·斯卡曼德在进入魔法部后，曾经在这个部门工作了两年，他称这两年"枯燥之极"。

狼人支援服务科
Werewolf Support Services

狼人支援服务科曾是英国魔法部神奇动物管理控制司异类办公室的一个下属部门。虽然狼人被归类为野兽，但在未变身的情况下，他们与常人无异，设立这一部门的初衷是给遭遇意外而成为狼人的人提供援助，但由于狼人在魔法世界中受到的普遍歧视，从来没有狼人表明身份到这里来接受援助，这一部门因此关停。

- 幽灵办公室 -

幽灵办公室是神奇动物管理控制司的三个下属部门之一。这个部门在魔法部中负责处理所有与灵类魔法生物有关的事务与问题。

纽特·斯卡曼德曾在自己的书中指出，幽灵反对将自己划归为人，认为这带有一种他们已经是"明日黄花"的偏见，于是魔法部将他们单独作为一类划分出来，并成立了幽灵办公室。

- 害虫咨询处 / 害虫咨询委员会 / 害虫分所 -

这是英国魔法部神奇动物管理控制司的一个下属部门。这个部门负责协助巫师住宅摆脱斑地芒的困扰、解决严重毛螃蟹的灾害，还专门饲养了十几只白化猎犬用于驱赶矮猪怪。

- 错误信息办公室 -

错误信息办公室是英国魔法部神奇动物管理控制司的一个下属部门。错误信息办公室仅负责处理最严重的魔法世界与麻瓜世界的冲突，当一些魔法灾难或事件过于明显时，如果没有一个外部权威机构帮忙，麻瓜很难根据科学解释其合理性。在这种情况下，错误信息办公室会直接和麻瓜首相或总理联络，为事故找到一个合理的"解释"。

错误信息办公室一直劝说麻瓜们相信：所有与尼斯湖怪有关的影像证据都是捏造的。错误信息办公室的努力挽救了当时魔法世界可能会暴露的极其危险的局面。

1996年，错误信息办公室在未经麻瓜首相许可的情况下，将食死徒在英格兰西部制造的灾难性事件归咎为反常的飓风，并抹去目击者的相关记忆。事后麻瓜首相才被告知真相。

- 国际魔法合作司 -

国际魔法合作司是魔法部中的一个司，它是一个处理外交事务、促进不同国家之间的巫师相互交流合作的部门。巴蒂·克劳奇曾担任该司的司长直至死亡。珀西也在该部门开始了他在魔法部的职业生涯，他在1994—1995年曾是克劳奇先生的私人助理，后来升任魔法部部长助理。

这一部门与麻瓜世界的英国外交部，以及联合国的各个机构相似，但是从表面上看它在魔法世界的权力并没有这么大。这个部门的职责包括与其他国家的魔法政府合作，确立贸易标准、建立物品的规范（比如坩埚的厚度），与魔法体育运动司合作举办三强争霸赛，以及派出英国代表参加国际巫师联合会。

国际魔法合作司由时任魔法部部长的阿特米希亚·露芙金成立于1798—1811年之间。该司包括以下部门：国际魔法贸易标准协会、国际魔法法律办公室、国际巫师联合会（英国席）。

国际魔法贸易标准协会
International Magical Trading Standards Body

这是一个负责监督与评定魔法世界贸易惯例，同时负责颁布施行贸易标准方面的国际法的部门。1994年，珀西在到魔法部工作后首先进入这个部门。当时

标准协会准备对进口坩埚的厚度进行标准化，珀西曾为此写过一篇报告。

国际巫师联合会（英国席）
International Confederation of Wizards（British Seats）

国际巫师联合会是魔法世界中的政府间组织，大致与麻瓜世界中的联合国类似。国际巫师联合会英国席的委员可能由魔法部部长任命，同时可能需要获得威森加摩的批准，国际巫师联合会的负责人是国际巫师联合会会长。

- 魔法交通司 -

魔法交通司负责管理各种魔法交通、运输方面的事务。其下设部门包括飞路网管理局、飞天扫帚管理控制局、门钥匙办公室和幻影显形测试中心。

飞路网管理局
Floo Network Authority

飞路网管理局是魔法部魔法交通司下设的负责建立、维护、监控与管理飞路网的机构。负责这些工作的人员称为飞路网管理员。管理局有权观察和监测飞路网连接，并有可能对通过飞路网进行的会谈进行监听。已知艾克莫夫人在飞路网管理局工作，曾在1995—1996年间按照时任魔法部部长福吉的指示监控霍格沃茨魔法学校的飞路网。

由于飞路网管理局会监视特定的飞路网连接以关注哈利的动向，因此哈利曾在弗雷德和乔治的建议下两次溜进乌姆里奇的办公室与格里莫广场12号通信。这是因为乌姆里奇先前曾跟哈利提过，她办公室中的壁炉是当时霍格沃茨校内唯一没有被监视的连接，因为她自己是魔法部的高级官员。

飞天扫帚管理控制局
Broom Regulatory Control

飞天扫帚管理控制局位于魔法部第六层，书中未交代其职能且从未提到过飞天扫帚的用户许可使用等问题，推测其负责管理控制飞天扫帚制造商的经营与制造而非监管用户的使用。

门钥匙办公室
Portkey Office

门钥匙办公室是魔法交通司的一个下属部门，负责管理门钥匙的使用和维护。同时，制作门钥匙可能也需要获得该部门授权批准。门钥匙办公室可能是魔法部中成立时间相对较晚的部门。1754年扫帚竞赛中负责门钥匙准备工作的还是禁止滥用魔法司的女巫欧拉贝拉·纳特利，这说明当时还不存在专门的门钥匙办公室。

幻影显形测试中心
Apparition Test Centre

幻影显形测试中心是英国魔法部魔法交通司的一个下属部门，负责对幻影显形课的学生进行测试，并向通过测试的人颁发幻影显形许可，使他们具备合法幻影显形与幻影移形的资格。获得许可证的最小年龄是17岁，即男巫和女巫成年的年龄。

测试中心还会向霍格沃茨调派指导教师，向学生讲授幻影显形与幻影移形的方法。威基·泰克罗斯是已知的唯一一个幻影显形课指导教师。

- 魔法体育运动司 -

魔法体育运动司负责组织、举办大型体育赛事，比如魁地奇世界杯和三强争霸赛，同时负责执行与体育有关的法律与法规。

1692年，《国际巫师联合会保密法》签署后，每个国家的魔法部门都需要对本国的魔法体育运动进行管理。1750年，魔法部已经制定了一些魁地奇运动方面的规则，但魔法体育运动司在格罗根·斯顿普的魔法部部长任期内才被建立。

这个部门的气氛很轻松，通往电梯的走廊与其他部门相比显得杂乱无章：墙上贴有各种各样的魁地奇球队的海报。其包括以下已知部门：英国和爱尔兰魁地奇联盟指挥部、官方高布石俱乐部和滑稽产品专利办公室。

英国和爱尔兰魁地奇联盟指挥部
British and Irish Quidditch League Headquarters

　　魁地奇运动由魔法部下属魔法体育运动司管辖，其专项职业组织名为国际魁地奇联盟。英国和爱尔兰魁地奇联盟指挥部位于魔法部第七层。

官方高布石俱乐部
Official Gobstones Club

　　官方高布石俱乐部是魔法体育运动司的下设部门，它应当是巫师游戏高布石的官方俱乐部。这个官方俱乐部有可能会组织自己的比赛。霍格沃茨有自己的高布石俱乐部，它可能与这个官方组织有关联。艾琳·普林斯（斯内普的母亲）是唯一已知的霍格沃茨高布石队队长。

滑稽产品专利办公室
Ludicrous Patents Office

　　滑稽产品专利办公室是魔法体育运动司的下设部门，位于魔法部总部七层，主要分管滑稽商品的发明与申请专利授权等有关事务。

- 神秘事务司 -

　　神秘事务司是魔法部中最为神秘的一个部门，负责进行秘密的研究。这个部门的绝大部分内容都是高度机密的。只有魔法部里极少数巫师能够知道这个部门里有什么。神秘事务司研究世界上的许多奥秘，比如爱、太空、思想、时间、死亡等。

　　1996年，哈利、罗恩、赫敏、纳威、金妮和卢娜在前往神秘事务司营救小天狼星时发现了神秘事务司的一些研究项目。

　　卢娜可能是受到了《唱唱反调》的影响——曾经说魔法部部长福吉"利用神秘事务司研制可怕的毒药，偷偷对跟他有分歧的人下药"，但其实没有证据证明这是真的。

缄默人
Unspeakables

在神秘事务司中工作的巫师通常被称为缄默人。神秘事务司是魔法部中的最高机密组织，缄默人的任务是绝密级别的，这些巫师被禁止透露任何有关工作内容、场所等的细节，由此得名"缄默人"。已知的缄默人有：勒维纳·蒙克斯坦利、布罗德里克·博德、索尔·克罗克、奥古斯特·卢克伍德（食死徒间谍）。

- 其他 -

魔法维修保养处
Magical Maintenance

魔法维修保养处是魔法部的一个部门，书中未交代它隶属哪个司。该部门成员负责对魔法部总部进行管理与维护，包括决定魔法部总部里的那些施了魔法的窗户展示什么天气，以及修复魔法部中各种设施出现的魔法故障，比如办公室下雨等。

魔法维修保养处同时负责电梯的维护，并确保正厅的每一个壁炉旁都配备飞路粉。此外，该部门可能还需要负责一些魔法性不强的维护，比如进行清洁。魔法维修保养处的工作人员都穿藏青色袍子。已知成员有雷吉纳尔德·卡特莫尔。

巫师考试管理局
Wizarding Examinations Authority

巫师考试管理局属于魔法部魔法教育部门。霍格沃茨的五年级学生和七年级学生分别需要参加由巫师考试管理局举办的O.W.L.考试和N.E.W.T.考试。在O.W.L.考试中取得的成绩将会决定学生在之后的两年中可以学习哪些N.E.W.T.级别的课程，而在N.E.W.T.考试中取得的成绩将会决定学生在未来能够从事什么样的工作。

已知成员有格丝尔达·玛奇班和托福迪教授。

实验咒语委员会
Committee on Experimental Charms

实验咒语委员会是魔法部部门之一，推测该部门负责对那些还不成熟的魔法咒语进行试验。

已知雇员：实验咒语委员会创办者巴尔福·布赖恩、吉尔伯特·温普尔。

霍格沃茨高级调查官
Hogwarts High Inquisitor

霍格沃茨高级调查官是魔法部为了监督霍格沃茨魔法学校所增设的新职位。事实上增设这一职位是由于时任魔法部长的福吉怀疑邓布利多会篡夺自己在魔法部的权位，因而派人前去监视，试图削弱邓布利多的影响力。高级调查官有权审查其教员同事，以确保他们都能达到标准。《凤凰社》一书中，乌姆里奇在教职以外被授予这一职位，她是第一任霍格沃茨高级调查官，也是唯一已知的霍格沃茨高级调查官。

这一职位通过第二十三号教育令产生。

霍格沃茨校内职务

校长
Headmaster

校长是霍格沃茨魔法学校的主要管理者，负责作出与学校安全和日常运作有关的重要决策，并具有变更学校其他管理者作出的决定的权力——校董事会除外（还包括在1996年曾短期存在的霍格沃茨高级调查官）。在霍格沃茨，校长会负责布设学校周围的保护咒语，允许特定的人进入或离开学校的场地。需要特殊说明的是：霍格沃茨学校的四个创办者（戈德里克·格兰芬多、赫尔加·赫奇帕奇、罗伊纳·拉文克劳和萨拉查·斯莱特林）尽管在那个时期负责学校的管理与运作，但并不是校长。

※霍格沃茨历任校长详见人物部分介绍。

副校长
Deputy Headmaster / Headmistress

副校长辅助校长完成工作。当校长丧失行为能力时，副校长将会代理校长职责，直至董事会正式选出新任校长。麦格教授在哈利于霍格沃茨就读的六年里担任霍格沃茨副校长，在《密室》一书中，邓布利多被校董事会赶出学校时，麦格教授曾暂时代理校长。副校长理论上并不是只能由一个人担任，卡罗兄妹曾在斯内普担任校长期间共同出任副校长。

学院院长
Head of House

学院院长是霍格沃茨魔法学校给特定教授的头衔，是学院的负责人。学院院长可以兼任副校长，但不可以兼任校长。学院院长的选拔机制尚不清楚，但很可能是由学校校长任命的。

一个学院的院长必须曾在该学院就读。在第一次巫师战争结束后，可能由于缺少来自斯莱特林的教师，因此斯内普年纪轻轻（年仅21岁）便成了斯莱特林学院院长。在斯内普上学期间，霍拉斯·斯拉格霍恩曾担任斯莱特林学院院长，并于1981年退休。他在1996年回到霍格沃茨教课后，斯内普仍担任了一段时间的院长，直至天文塔之战爆发。

和一般的教授一样，大多学院院长都会在整个学年中住在霍格沃茨。不过，麦格教授曾在20世纪80年代与丈夫埃尔芬斯通·埃尔科特一起住在霍格莫德附近的一个小屋中。有时他们也会通过幻影显形、飞路网或门钥匙等方法返回家中。不过，考虑到学院院长需要处理一些紧急情况（如在1993年所采取的新安全措施），他们几乎不可能在假期外的时间里在校外停留太久。

如果学院院长在学年中需要住在霍格沃茨，他们很可能在学院公共休息室附近有一个私人住所。麦格教授就曾在自己睡觉时听到格兰芬多公共休息室中举办庆祝会的吵闹声。这也可能是斯内普在1996年不再教授魔药学课程后，依然没有另选一个临近黑魔法防御术教室的新办公室的原因。

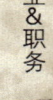

尽管所有教授都有权关学生禁闭并扣除学院分，但当学生问题较为严重时，还是需要由相应的学院院长来进行处置。麦格教授在发现马尔福晚上不睡觉时，曾对他说，她"要看看斯内普教授怎么处置"。学院院长会向三年级学生收集家长签好名的许可表，并确认他们是否能够在特定的周末前往霍格莫德。在周末进行的幻影显形课上，学院院长会帮助自己学院的学生练习幻影显形，并注意可能发生的状况。

霍格沃茨校董事会
Hogwarts Board of Governors

霍格沃茨校董事会是由12名巫师组成的小组，负责监督霍格沃茨魔法学校的运作。校长的任命和停职是由该小组决定的。如果学生家长在任何与学校有关的问题上寻求赔偿（如1993年9月马尔福被巴克比克攻击，董事会给海格寄了信通知海格携带巴克比克出席听证会），校董事会有义务采取行动。如果他们觉得有必要，他们也有权完全关闭学校。

1992—1993学年，学校里的学生、动物和幽灵都接二连三地被蛇怪石化。卢修斯后来通过威胁的手段（如果不合作就诅咒他们的家人）影响校董事会，要求他们同意以领导不力为由罢免邓布利多的校长职务。同年，虽然无法证实是卢修斯策划的密室开启事件，但他还是因为威胁另外11个董事而被霍格沃茨校董事会开除。邓布利多和海格被许可回到学校。

教授
Professor

教授是在魔法学校内从事魔法学科研究与教育的专职人员。

教授有权利奖励、扣除学生的分数，这些分数最终决定了每一学年学院杯的最终赢家。此外教授还可以对学生进行禁闭处罚、劳动处罚、抄写处罚等管束行为，但无校长批准不得私自将学生驱逐出校园。需要注意的是，教授们不得对学生进行体罚或攻击行为。

进入魔法学校成为一名教授必须具备相关知识，最好是O.W.L.和N.E.W.T.成绩足够优秀，不过有时校长会根据实际情况雇佣一些没有参加过相关认证考试的人成为教授，如海格和马人费伦泽。

管理员
Caretaker

管理员的职责包括：加强学校和学生的卫生；在走廊上巡逻；惩罚违纪的学生（已被邓布利多禁止）；带违纪学生关禁闭；负责霍格莫德旅行、邮件和进出城堡的人的安全；做校长和其他教授安排的其他工作。

图书管理员
Librarian

图书管理员负责管理图书馆，登记借还图书情况，通知学生闭馆时间。哈利在校时，图书管理员平斯夫人对图书馆的纪律管理非常严格。

钥匙保管员和猎场看守
Keeper of Keys and Grounds

钥匙保管员和狩猎场看守，也被称为猎场看守（Gamekeeper）或场地看守（Groundskeeper），是霍格沃茨魔法学校雇用的一个职员，负责看守学校的场地以及守卫霍格沃茨城堡的安全。

霍格沃茨猎场看守有许多职责，包括：保管学校的钥匙；护送一年级新生乘小船前往城堡；照料霍格沃茨的庭园；为校长和教授完成特殊任务；照料学校场地里的魔法生物；负责禁林中的事情；在圣诞节前将12棵圣诞树带进礼堂进行装饰；在冬天为学校的扫帚除霜；为万圣节宴会准备南瓜等。

学生会主席
Head Boy & Head Girl

学生会主席领导全体学生，协助学校管理，对学生起到表率作用。

每年新学年开始前，校长会在七年级学生中任命男、女生学生会主席。已知的职责：在霍格沃茨特快列车的级长车厢中下指示，让级长在火车上巡视；1993年，小天狼星潜入学校后，邓布利多要求男生和女生学生会主席留守礼堂，负责管理。

该职位的选拔标准包括学习成绩、品德、声誉和性格等。当选级长并非成为学生会主席的先决条件（如詹姆•波特）。

在霍格沃茨学校的奖品陈列室中有一份历任学生会主席名单。

级长
Prefect

级长由霍格沃茨校长或各分院院长任命，是被赋予特别权利和职责的学生。每个学院都会在五年级学生中挑选一名男生和一名女生担任级长，他们在毕业前将一直担任该职务。因此，每个学院共有6名级长，全校共24名级长。

级长的权利：可以扣其他学生的学院分作为违反规定的惩罚，但他们不能扣其他级长的分。

在霍格沃茨城堡六层有一间专供级长和魁地奇球队队长使用的盥洗室。

级长的职责：在霍格沃茨特快列车上，级长需要在走廊巡视，并到特定的级长车厢开会，接受男生学生会主席的指示；他们也会在学校走廊中巡逻，确保没有学生违反宵禁；级长要在一年级新生来霍格沃茨的第一天带他们去各自的宿舍，并监督圣诞节（可能还有其他节日）时对城堡的装饰工作；在天气不好时，他们还负责照看年纪小的学生，让他们课间待在室内。

※关于级长徽章的介绍详见魔法制品部分。

新闻从业者

《预言家日报》是英国巫师获取新闻消息的主要渠道。其职务包括总编辑、记者、专栏记者、专栏作家、摄影助理、专栏编辑（包括法律问题问答、私人问题问答、医学问题问答、魔法问题问答）以及魁地奇通讯员。

娱乐圈

魔法世界中的娱乐圈人士包括歌唱家、演员等职业，相关人物况详见前文人物介绍。

商业人士

魔法世界中的商业人士包括各种魔法物品的制作人与销售者，相关人物情况详见前文人物介绍。

其他

国际巫师联合会会长
Supreme Mugwump

国际巫师联合会会长是国际巫师联合会的最高领导者。国际巫师联合会的第一位会长是皮埃尔·波拿库德，但他的任命遭到了列支敦士登魔法界的质疑，因为皮埃尔试图阻止猎杀巨怪，并给巨怪应有的权利。列支敦士登当时正与一些特别凶恶的山地巨怪部落关系紧张，因此拒绝参加第一次会议。邓布利多曾被任命为国际巫师联合会会长，但在魔法部拒绝承认伏地魔复活的事实后被免职。魔法部承认伏地魔再次崛起后，邓布利多虽然恢复了国际巫师联合会成员的身份，但没有再担任国际巫师联合会会长。非洲巫师巴巴吉德·阿金巴德接替邓布利多成

为国际巫师联合会新任会长。

威森加摩首席魔法师
Chief Warlock of the Wizengamot

威森加摩是巫师世界的最高法庭，其最高长官称为威森加摩首席魔法师。邓布利多曾长期担任威森加摩首席魔法师，在1995年夏被罢免。1996年6月，魔法部承认了伏地魔的复活，同时恢复了邓布利多的职务。尤里克·甘普也曾任威森加摩首席魔法师。

解咒员
Curse-Breaker

解咒员是一个相当危险与严肃的职业，非常富有挑战性。古灵阁雇用的解咒员要破解古墓或其他历史遗迹里的诅咒，将宝藏带回古灵阁巫师银行。解咒员在工作中有被古老的恶咒、毒咒或诅咒杀死的可能性，但同时工作的报酬也很丰厚，有出国工作的机会，与麻瓜社会中的考古学家有相似之处（区别为解咒员被雇佣是以营利为目的）。魔法部也会雇佣解咒员工作，其工作内容更倾向于解除诅咒、恶咒带来的影响。

该职位要求巫师学过算数占卜。考虑到工作性质，解咒员可能还需要取得黑魔法防御术、魔咒学、魔药学和变形学等科目的N.E.W.T.证书，或许还需要能读懂古代如尼文。

解咒员没有统一的制服。妖精经营的古灵阁银行不会在意他们穿什么样的衣服，只要能够为银行带回足够的财宝就行了。解咒员会在埃及和其他有古代魔法遗迹的地区工作。

吸血鬼猎手
Vampire Hunter

吸血鬼猎手是专门捕猎吸血鬼的巫师。《非巫师的半人类待遇准则》第十二条明文规定，此职业为违法职业。在1994年的魁地奇世界杯期间，曾有一个男巫在一群媚娃的影响下，声称自己是个吸血鬼猎手，并且那时已经至少杀死了九十多个吸血鬼。

驯龙者
Dragon Keeper

驯龙者是在罗马尼亚火龙保护区工作的火龙学家。1994年，包括查理在内的驯龙者们来到霍格沃茨，负责约束与控制三强争霸赛第一个项目中使用的火龙。

药剂师
Potioneer / Potion-Brewer / Potion-Maker

药剂师也被称为酿药师或者制药师，是以制作魔药为生的巫师，其中既包括专业熬制、研究或发明魔药的人，也包括在魔法学校教授魔药学的人。

治疗师
Healer

在魔法世界，治疗师的作用相当于麻瓜医生，负责治疗疾病与创伤。希望成为治疗师的人需要在N.E.W.T.的魔药学、变形学、草药学、魔咒学和黑魔法防御术等科目中获得至少"良好"的成绩。治疗师负责治疗从动物啃咬到坩埚爆炸造成的多种伤害。治疗师的制服是绿色长袍，上面绣有一个由一根魔杖与骨头组成的十字徽章。

魔杖制作人
Wandmaker

魔杖制作人是指制作魔杖，并将其出售给巫师的人，其是魔法世界中的一个重要职业。魔杖商店的历史至少可以追溯到公元前382年创办的奥利凡德魔杖商店，而最早的魔杖制作人则是德鲁伊特教教徒。

取名先知
Naming Seer

取名先知是由有能力预见未来的巫师从事的一种职业。取名先知会预测新生儿的未来，并就取名给出一些建议，同时收取一笔"价值不菲的金子"作为报酬。

扫帚匠
Broom-maker

扫帚匠是那些专门制作飞天扫帚的人。直到20世纪早期，大部分飞天扫帚仍旧由个体扫帚匠制作。这些飞天扫帚制作精良、造型美观，但是并没有现代扫帚那样快速与可靠。早期的扫帚匠通常都存在一个问题，就是在面对大量的需求时会严重供不应求，所以他们往往很快就歇业了。随着1926年横扫扫帚公司的成立，飞天扫帚制作公司变得越来越多，因为它们既能够保证供应市场的需求，也同时在产品上保证质量的一致性。因此，个体扫帚匠至此开始慢慢地消失。

神奇动物学家
Magizoologist

神奇动物学家指专门研究神奇生物领域（即神奇动物学）的专家。其中，专门研究火龙的神奇动物学家被称为火龙学家。

第四章 魔法&咒语

哈利·波特百科全书

在魔法世界中，几乎生活的所有方面，如烹饪、卫生、旅行、通信、育儿和医疗，都可以借助魔法完成。魔法本身是道德中立的，它所表现的善或恶要根据其背后的意图来评判。魔法世界的科技水平似乎保持在中世纪，因为使用魔法后，人们对高科技就不再有很强烈的需求。

魔法能力

魔法能力：有些巫师会表现出特殊的天赋（或能力）属性，可以把具有相同能力的巫师划分成以下几类。

阿尼马格斯
Animagus

阿尼马格斯是指自身能够变身成为某种动物，同时又可以保留魔法法术的巫师或女巫。

已知的阿尼马格斯有：小天狼星（可以变成一条黑色大狗）、麦格教授（可以变成猫）、丽塔·斯基特（能变成甲虫）、詹姆·波特（能变成牡鹿）、小矮星彼得（可以变成一只老鼠）。

阿尼马格斯必须在魔法部进行登记，因为对于那些从事鬼鬼祟祟、不可告人的勾当，甚至从事犯罪活动的人来说，这类魔法用处很大。首个有记载的阿尼马格斯是法尔科·艾萨伦（巧克力蛙卡片人物）。

阿尼马格斯能力说明

不同于天生的易容马格斯（例如卢平的妻子唐克斯和儿子泰迪），阿尼马格斯是后天练成的。阿尼马格斯不能随意变成任何动物，且所变化的动物与巫师的性格和体重有关。一般来说，一个人只能变为一种动物。同时，阿尼马格斯变形通常限定于非魔法生物，魔法生物变形（如凤凰、龙、鹰头马身有翼兽等）会带来不可预期的后果。也许是因为巫师魔法与魔法生物的魔法在运作上有本质区别。

在练习阿尼马格斯的时候，巫师可能会走火入魔，因此魔法部对其严加控制，要求所有阿尼马格斯必须将自己的变身动物及特征在魔法部的滥用魔法办公室进行登记。目前已知登记在册的阿尼马格斯只有米勒娃·麦格教授。实际上，很多人练成之后都没有去登记。

由于练成阿尼马格斯需要的条件非常苛刻，整个过程以月为单位，哪怕有一步做错就要重新来过。如此反复下来可能需要好几年的时间，才能成功使人变成自己最适合的动物，但也有可能失败，所以变身也是需要勇气的。因此，20世纪登记过的阿尼马格斯只有七人。

值得注意的是，非洲瓦加度魔法学校出身的学生很多都具有特殊的阿尼马格斯能力，不仅能够变化为体型巨大的生物，而且能够变换不止一种动物形态。

大脑封闭者 / 封闭术巫师
Occlumens

大脑封闭者是指能够熟练掌握大脑封闭术的巫师。

已知的大脑封闭者有：阿不思·邓布利多、盖勒特·格林德沃、伏地魔、霍拉斯·斯拉格霍恩、西弗勒斯·斯内普、小巴蒂·克劳奇、贝拉特里克斯·莱斯特兰奇、德拉科·马尔福。

蛇佬腔
Parseltongue

蛇佬腔指蛇类（包括其他蛇形生物）所使用的语言，以及能够与蛇类进行交流的人。这是一种非常罕见的能力，并且通常是遗传的。霍格沃茨的创始人之一——萨拉查·斯莱特林就是一名蛇佬腔，几乎所有已知的蛇佬腔都是其后裔。伏地魔就继承了这种能力。而哈利则是个明显的例外，他之所以有这种能力，是因为伏地魔在试图杀死他的那个晚上，由于杀戮咒的反弹，伏地魔的一片灵魂碎片进入了哈利的身体。真正能够使用蛇佬腔能力（而非仅仅像罗恩那样的模仿）的人通常被认为与黑巫师有关，这在很大程度上是因为萨拉查·斯莱特林和伏地魔是蛇佬腔。另外一个会说蛇佬腔的黑巫师是卑鄙的海尔波。

蛇佬腔的发音听起来像蛇发出的嘶嘶声，因此一般人无法听懂。除了用于和蛇类沟通外，蛇佬腔还能作为与别人交流的语言。例如，哈利能够听懂汤姆·里德尔对斯莱特林的蛇怪的指令，冈特家族内部也几乎完全用蛇佬腔进行交流。哈利虽然拥有蛇佬腔能力，但是说话时通常要面对蛇类生物或者像蛇的东西（比如《密室》一书中，密室入口的开关：桃金娘的盥洗室水池，一个侧面刻着一条小小的蛇的铜龙头）才能施展。更加熟练的人，可以随意使用蛇佬腔。

相关事件

伏地魔在1981年袭击婴儿时期的哈利时,无意中在哈利身上留下一片灵魂碎片,这让他也拥有了蛇佬腔的能力。哈利在10岁的时候第一次与蛇交流。当时,他和德思礼一家去动物园,他发现自己在爬虫馆能够和蛇说话。哈利无意中变没了蟒蛇柜的玻璃,让里面的蛇逃走了。

直到1992年,哈利才真正意识到自己有蛇佬腔的能力。哈利在决斗俱乐部中与马尔福一组进行决斗,他用蛇佬腔和马尔福变出的蛇说话,让它不要袭击贾斯廷·芬列里。这让哈利身边的同学们纷纷议论,因为霍格沃茨城堡墙上的一行字提醒说,斯莱特林的继承人将要打开密室,放出一只怪物袭击学校里麻瓜出身的学生。斯莱特林的继承人事实上是伏地魔,但是哈利用蛇佬腔说出的口令同样能够进入密室,并在随后杀死了蛇怪。事后不久,哈利就得知了自己拥有这种能力的原因。

魔法部部长福吉曾说:"这个男孩能够跟蛇对话,邓布利多,而你仍然认为他是值得信任的?"福吉拒绝相信哈利所说的伏地魔已经复活的事实,一部分原因就是因为哈利是蛇佬腔,因而对哈利产生了偏见。当巫师界通过丽塔·斯基特的爆料发现哈利能说蛇佬腔以后,人们开始怀疑哈利言论的真实性。

哈利还用蛇佬腔打开了斯莱特林的挂坠盒。

在伏地魔摧毁了留在哈利身体里的自己的灵魂碎片之后,哈利就失去了说蛇佬腔的能力,但哈利对此很高兴。

蛇佬腔能力特殊说明

蛇佬腔可以模仿,但难度很高。当某个没有蛇佬腔能力的人被掌握蛇佬腔的巫师附身时,同样能使用这种能力。

金妮在被汤姆·里德尔的日记附身时能够使用蛇佬腔,这让她得以打开密室。

邓布利多能听懂蛇佬腔,但是不会说。

巴希达·巴沙特的身体在被纳吉尼占用后说蛇佬腔。

当哈利、罗恩和赫敏回到霍格沃茨寻找伏地魔的最后一个魂器时,罗恩曾模仿哈利的蛇佬腔重新开启了密室(虽然尝试了很多次才成功)。

先知
Seer

有些巫师具有与生俱来的可以洞察未来的能力。他们能够通过梦境、茶叶渣的形状、塔罗牌或水晶球洞察未来。已知的先知有西比尔·特里劳尼和她的祖先卡珊德拉。

先知能够作出预言,这些预言会被魔法部记录,存放在神秘事务司的预言厅中。按照麦格教授的说法，真正的先知少之又少。邓布利多曾告诉哈利，预测未来是非常困难的，因为人们行为的因果关系总是复杂多变。

马人都是先知，有自己的占卜术体系，与人类不同。

重要预言

特里劳尼在霍格莫德猪头酒吧接受邓布利多面试时作过一个重要的预言（1995—1996学年哈利最终在邓布利多办公室的冥想盆中回溯了这段预言的完整版本）：

> 有能力战胜黑魔王的人走近了……生在曾三次抵抗过他的人家，生于七月结束的时候……黑魔王会把他标为自己的劲敌，但他将拥有黑魔王不知道的力量……他们中间必有一个死在另一个手里，因为两个人不能都活着，只有一个生存下来……有能力战胜黑魔王的那个人将在七月结束时诞生……

视域
Inner Eye / Seeing Eye / Sight

视域是一种占卜术语，是先知中偶尔会出现的一种很罕见的天赋。拥有这一天赋可以让人看到未来。只有卡珊德拉·特里劳尼和她的曾曾孙女西比尔·特里劳尼被证实拥有这一能力，但是西比尔·特里劳尼对于视域的应用并不得心应手，多数情况下占卜出来的预言都不是真实的。

哑炮
Squib

哑炮是指虽然出身于巫师家庭，却不会运用魔法的人，与麻瓜出身的巫师正好相反。英语中"Squib"指"发出啪啪声响的小烟花"，俗语中有微不足道的意义。

哑炮对魔法世界有所了解，他们能够看见麻瓜看不到的事物，还能使用某些可以帮到他们的魔法物品和神奇生物，但哑炮不能以学生身份进入魔法学校。

魔法社会通常对待哑炮的做法是在小时候将他们送进麻瓜学校，鼓励他们融入麻瓜社会。不过，还是有一些哑炮选择留在魔法世界。一些纯血统家族，比如布莱克家族，会把家里的哑炮成员从家谱中除名。

此外，许多巫师家庭都急于看到孩子出现魔法能力的早期迹象。如果这个孩子有可能是个哑炮，他们将会非常沮丧。纳威就是如此。

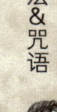

魔法世界中有支持哑炮的组织，比如哑炮支持协会。

已知的哑炮有费格太太和阿格斯·费尔奇。费尔奇作为管理员被霍格沃茨收留；费格太太担任邓布利多的通信员，负责联络魔法世界与麻瓜世界。

易容马格斯
Metamorphmagus

有一些巫师天生能够改变自己的容貌，他们被称为易容马格斯。这类巫师十分罕见。

易容马格斯似乎也有一定程度的遗传性，唐克斯和她的儿子泰迪都是易容马格斯。这种能力在生命的早期就会出现明显特征，泰迪·卢平刚出生时，头发就可以变颜色。

与阿尼马格斯的区别

易容马格斯可以变形的范围更广，他们能够改变性别和年龄，可以看起来像任何人，甚至只是改变他们外貌的一部分，比如头发的颜色或鼻子的形状。而阿尼马格斯的变换只限于变成一种由其内在特性决定的特定形态。而且，易容马格斯是天赋能力，阿尼马格斯则需要后天习得。

能力说明

像许多其他类型的魔法一样，这种能力也会受到巫师情绪状态的影响。强烈的情绪，比如震惊或悲伤，会影响这种能力。1996—1997学年，小天狼星意外身亡后，哈利发现唐克斯变得消瘦，头发变为灰褐色，而且守护神变为一只四条腿的庞然大物，误以为唐克斯喜欢小天狼星（事实上后来证实她喜欢的是卢平）。

变形能力在伪装时非常有用。例如，唐克斯能够将她的能力运用于为凤凰社进行间谍活动。她在隐藏和伪装的傲罗训练中也得到了满分，这意味着这种魔法能力可以用于正式的考试当中。

魔法法则

魔法基本规则
Fundamental Laws of Magic

阿德贝·沃夫林《魔法基本规则》第一条：随意篡改最深层次的秘密——生命的来源，自我的精髓——必须准备承担最极端和最危险的后果。

甘普基本变形法则
Gamp's Law of Elemental

这是一条魔法世界的变形基本法则，巫师可以使物品变形，或制造一些东西。需要注意的是，食物是"甘普基本变形法则"的五大例外中的第一项——不可能凭空变出美味佳肴。如果你知道食物在哪儿，可以把它召来；如果你已经有了一些，可以给它变形，也可以使它增多。1997—1998学年，赫敏在"铁三角"寻找魂器之旅中提到该法则，而这一法则的其他四大例外书中并未交代。

戈巴洛特第三定律
Golpalott's Third Law

戈巴洛特第三定律称，混合毒药的解药大于每种单独成分的解药之总和。1996—1997学年，魔药课上斯拉格霍恩曾经提问过这个定律，只有赫敏知道。

魔法能力不能起死回生。
Magic could not bring back the dead.

这是《诗翁比豆故事集》中邓布利多的话，这条法则在魔法世界中非常重要。

《狼人行为准则》
Werewolf Code of Conduct

这是英国魔法部在1637年制定的一系列列明狼人责任的规则,比如每月在满月时将自己锁起来以避免伤害他人。

《非巫师的半人类待遇准则》
Guidelines for the Treatment of Non-Wizard Part-Humans

该准则是一套规则条例,用于指导人们如何对待那些既不能被看成巫师,也不能被当成真正人类的人。由于一些巫师对于半人半兽等生物(比如吸血鬼、狼人和女妖)持有偏见,制定这一准则的可能是为了消除这种歧视与偏见。该准则的第12段是针对吸血鬼的待遇准则,禁止巫师消灭他们。

魔咒

魔咒指调动魔法世界的魔法力量,以达到某种常人(麻瓜)无法实现的效果的魔法行为,例如悬浮物体、凭空生火,或者击昏一个人。魔咒通常通过咒语来完成,一般情况下会伴随着声、光等物理现象,因此它们也可能打偏、被闪避或者被物体(包括另一个魔咒)阻挡。

咒语是指用于触发或调用魔法的特定单词或短语。尽管魔咒可以在不出声的条件下使用,但是施咒者仍需在脑中默念咒语。大多数已知的咒语均源于拉丁语,还有少数源于英语。对于外国的巫师来说,他们是否使用与英国人相同的咒语来触发同一种魔咒仍不得而知,因为在书中并未出现布斯巴顿或德姆斯特朗的学生在三强争霸赛期间念出咒语的情节,也没有外国巫师念出咒语的描写。

使用错误咒语施展的魔咒可能会以多种方式失败,比如着火或者没有反应。在某些特定的情况下,使用错误的咒语还会造成更严重的后果。

如果没有强大的魔法力量作为基础,念出咒语并不会产生应有的效果。比如小巴蒂伪装的穆迪教授在讲述杀戮咒时曾对四年级的学生说,他们"都可以把魔杖拿出来，对准我，念出这句咒语，我怀疑我最多只会流点鼻血"。同样的道理，麻瓜或者哑炮无法使用魔法，即便念出咒语也不行。

魔法被细分为多种学科，比如魔咒、魔药、变形、草药、占卜等。

在1991年，斯内普曾在一年级的魔药课上指出："这里没有傻乎乎地挥动魔杖"。不过这可能只是一种夸张的表达，因为在制作魔药时，挥动魔杖有时也是必需的，而且在制作较为复杂的魔药时，有时还需要施咒。

按照魔咒性质，可将其划分为：一般实用型魔咒、攻击性魔咒、防御性魔咒、黑魔法防御术、黑魔法和其他几大类。

- 一般实用型魔咒 -

安咳消
Anapneo

"安咳消"是一个疗伤的咒语，能让人在被食物呛住的时候重新疏通气管。斯拉格霍恩曾在1996年对马科斯·贝尔比用过该咒语。当时马科斯急于回答斯拉格霍恩的问题，咽食物咽得太快，被食物呛住喘不过气。

白日梦咒
Patented Daydream Charms

白日梦咒是韦斯莱魔法把戏坊售卖的商品之一，详见魔法制品部分。

闭耳塞听咒（闭耳塞听）
Muffliato Charm（Muffliato）

闭耳塞听咒是由混血王子（斯内普）在学生时代发明的咒语，使用这个咒语后，周围的人就会听见嗡嗡的声音，听不清小声的讲话。

标记显现
Flagrate

"标记显现"是一种可以在空气中产生燃烧的火线,可以用魔杖"绘制"成特定形状的咒语,这种形状还会持续一段时间。这种魔咒的燃烧产物可以被创造它的魔杖的动作操控,就像写作一样。根据施咒者的意图,火焰也可以被魔杖控制或重新排列。因此,可以使用该咒语来形成炽热的消息或标记。

变色咒
Colour Change Charm(Colovaria)

变色咒是一种使物体或动物改变颜色的魔咒。哈利在O.W.L.的魔咒理论考试中曾把变色咒和生长咒弄混。

咒语之一:"雏菊、甜奶油和阳光,把这只傻乎乎的肥老鼠变黄。"1991年在霍格沃茨特快列车上,罗恩曾试图让自己宠物老鼠变色的咒语,应该是变色咒的一种,但也有可能是罗恩被骗了。

超感咒
Supersensory Charm

超感咒是一种能够增强自身感知力的魔咒。罗恩提到自己在麻瓜驾驶考试中忘了看后视镜,实际上自己可以使用这个咒语。

抽离咒(力松劲泄)
Revulsion Jinx(Relashio)

这一咒语可以迫使目标人物放弃其持有的物品,或使目标物品产生内部排斥而分离(可以用来打开箱子等物品,但是不能开门)。使用该魔咒会向目标释放一股炽热的紫色火花。在水下施展这个法术时,施法者的魔杖会喷出一股沸腾的水。

鲍勃·奥格登曾用它来把马沃罗·冈特从他的女儿身边推开,因为当时马沃罗不能接受女儿对麻瓜的爱,他想扼死自己的女儿。

除垢咒（清理一新）
Scouring Charm（Scourgify）

这是一个家务魔咒，可以清洁一个物体，还可用除垢咒解决少量斑地芒出现的情况，但在斑地芒大量出现的情形下，还是需要联系神奇动物管理控制司的害虫咨询处解决。另外一个作用相似的咒语是"旋风扫净"。

这个魔咒也可以在人身上使用。詹姆·波特曾在学校的场地上对斯内普使用这个咒语，让他的嘴里吐出粉红色的肥皂泡。

反开锁咒 / 反阿拉霍洞开
Anti-Alohomora Charm

这个咒语专为应对开锁咒而生。在17世纪初，伯拉格顿·伯莱的家在两个星期内被窃贼用开锁咒光顾了19次，所以他发明了这个魔咒。哈利在五年级时，曾怀疑时任黑魔法防御术课教授的乌姆里奇对她办公室的房门施加了魔法，使开锁咒不起作用，乌姆里奇可能就用了这个咒语。

放箭咒
Arrow-Shooting Spell

放箭咒是一种召唤咒语，可以从魔杖中召唤出飞箭。这个咒语出现在《魁地奇溯源》一书中：每逢阿波比飞箭队比赛，他们的追球手一进球得分，他们的支持者就用魔杖朝空中放箭。

放大咒
Enlargement Charm

放大咒的作用和膨胀咒相似，能够把被施咒东西放大。哈利五年级时，弗雷德和乔治在刊登哈利采访的那期《唱唱反调》上使用了这一咒语和说话咒，把它挂到格兰芬多休息室的墙上，哈利的大头像俯视着全场，大喊"魔法部是糊涂蛋"和"乌姆里奇去吃屎"之类的口号。

飞鸟召唤咒（飞鸟群群）
Bird-Conjuring Charm（Avis）

这是一种高级变形魔咒，可以凭空变出一群小鸟。三强争霸赛前，奥利凡德曾用该咒语检验克鲁姆的魔杖。其使用效果是发出砰的一声巨响，像手枪开火一般，一群小鸟扑扇着翅膀从魔杖头上飞出来。赫敏在六年级时已能熟练掌握这一魔咒。

复苏咒（快快复苏／恢复活力）
Reviving Spell（Rennervate）

复苏咒是使用魔杖将某人复苏的魔咒，使用时会出现短暂的红光。

1994年魁地奇世界杯期间，阿莫斯·迪戈里曾对闪闪使用这个咒语，让她从昏迷中醒来。这个魔咒可以用来抵消单次使用的昏迷咒，但是对被多道昏迷咒击中的人来说没有效果。这个咒语对黑魔法也没有效果。

复制咒（复制成双）
Gemino Curse / Doubling Charm（Geminio）

复制咒是一种用来复制物体的咒语，能创造目标实体的精确复制品。它也可以被用来使一个物体在被触摸时不断复制。古灵阁银行的有些金库中会使用复制咒和烈火咒（比如贝拉特里克斯的私人金库），使任何窃贼触碰到的财物都会灼烧和复制，但是复制品毫无价值。如果盗贼妄图盗取财宝，最终下场是被大量复制的金银珠宝压死在洞里。在《死亡圣器》一书中，哈利等人潜入魔法部盗取乌姆里奇那纳为己有的挂坠盒时，为了避免被乌姆里奇发现，赫敏使用了这一咒语复制了一个假的挂坠盒放回乌姆里奇身上。

混淆咒（混淆视听）
Confundus Charm（Confundo）

混淆咒是用于混淆、迷惑对手或对物品产生干扰的魔咒。它既能用于整蛊，也能用于迷惑对手，从而减小战斗时敌方对自身的伤害。混淆咒的施咒通常无颜色和声响，而且释放十分迅速，中咒者往往来不及预防，但一旦中咒便会出现一阵颤抖，根据对象不同会产生不同程度的效果：对人使用，可以使中咒者听命于施咒者，或按照施咒者的部署行动；对物品使用，（非生命体）也可以使之产生类似的感知，从而迷惑它。

混淆咒的施法非常难，只有像斯内普教授这样资深的巫师，才可能施放完美的无声、无杖的混淆咒，并在施咒时必须"全神贯注"。施咒时，只能针对单一目标，并清楚地念出咒语，若想同时对多个人或物施咒，则需逐一进行。

幻影显形 / 移形
Apparate / Disapparate

Disapparate（移形）是离开某地；Apparate（显形）是在某地出现。

这两个过程加上移形前的原地旋转构成了整个幻影显形——Apparition的过程，即从一个地方消失，一眨眼又在另一个地方重新出现。

在霍格沃茨的学校场地上不能施幻影移形。在《混血王子》一书中，学生学习幻影移形时也是将一个区域的防护魔法解除幻影移形/显形才可以使用。

使用幻影显形要格外慎重，而且使用这一魔法必须经过魔法部幻影显形测试中心的测试。

擅自幻影显形的后果：韦斯莱先生曾经提过，有一天魔法交通司对两个人处以罚款，因为他们没有证书就擅自幻影显形。这可不是一件容易的事，如果做得不对，就会惹出麻烦，那两个人最后就身首分家了，被钉在幻影显形的地方，两边都动弹不得。只能等逆转偶发事件小组去处理这件事。最终这两个巫师被狠狠地罚了一笔。

在魔法世界中幻影移形只限于17岁及以上的巫师或女巫学习。不过，有时也会分身，一不小心，身子的一个地方到了幻影移形的目标地，而另一段身子还在原地，这称为"分体"——罗恩就曾遭遇过这样的悲惨经历。所以，幻影移形是非常危险，也不好学。

学习秘诀：

学习幻影移形要遵循"三D原则"，即目标（Destination）、决心（Determination）和从容（Deliberation）。

第一步：将意识集中到目标上。

第二步：下定决心，让想去那里的想法从大脑充斥全身。

第三步：在原地转个身感觉身体变得虚无，从容地移动。

夹板紧扎
Ferula

"夹板紧扎"是一个可以变出绷带和夹板固定折断的骨头的魔咒。这个咒语同样可以减轻疼痛。1994年春天,卢平曾在尖叫棚屋中使用这个咒语包扎了罗恩的断腿。

开锁咒(阿拉霍洞开)
Alohomora Charm(Alohomora)

开锁咒是一个用于解锁门、窗和其他锁定物体的咒语,也被称为"小偷的朋友"。但并不是所有上锁的物体都能被这个咒语打开,例如,神秘事务司中就存在无法用开锁咒开启的房间。同时,反开锁咒也可以让门避免被开锁咒打开。

扩音咒(声音洪亮)
Amplifying Charm(Sonorus)

扩音咒是一个可以让目标扩音的魔咒。由于它可以放大一个人的声音,因此在体育比赛等有很多人参加的场合中,主持人或解说员可以使用这个魔咒起到扩音的效果。此魔咒能够抵消悄声咒的效果。

快乐咒
Cheering Charm

快乐咒是可以提高生物的情绪,使人微笑,让人心情愉快的咒语。1993—1994学年,弗立维在一节魔咒课上教授了该咒语,下课后大家都笑容可掬,快乐咒让他们都有了一种大大的满足感。快乐咒是一个叫菲利克斯·萨莫比的男巫发明的。

滑道平平
Glisseo

"滑道平平"是一个可以将楼梯变成一条滑道的咒语。这个魔咒十分古老，至少从中世纪时就已经开始使用。在1998年5月2日爆发的霍格沃茨之战中，赫敏对霍格沃茨城堡中的一段楼梯使用了这个咒语，帮助正在楼梯上面的自己、哈利和罗恩快速下滑，摆脱食死徒的追击。

修复咒（恢复如初）
Mending Charm（Reparo）

修复咒是将被破坏的物品修复，变回原来模样的魔咒。赫敏在霍格沃茨特快列车里使用过这一咒语，使门上的碎玻璃片自动拼成一块完整的玻璃，重新回到了门框上。邓布利多曾对斯拉格霍恩暂住的一个麻瓜房子使用该咒，使屋内的物品恢复原状。这一魔咒由欧拉贝拉·纳特利于18世纪发明。

兰花盛开
Orchideous

"兰花盛开"是魔杖专家奥利凡德先生在三强争霸赛前测试芙蓉魔杖时使用的咒语。施展此咒语后，一束鲜花会从魔杖尖端绽放。

牢固咒
Unbreakable Charm

这是一种能够使被施咒的物品变得牢不可破的魔咒。1995年，赫敏对装有女记者丽塔·斯基特（变成甲虫的阿尼马格斯）的罐子施了这一咒语，用这种方法阻止她从甲虫变回人形。

哈利·波特百科全书

门托斯
Portus

"门托斯"是一种可以将普通物品变为门钥匙的魔咒。在对物体念出魔咒后,目标会立即发出蓝光,就像门钥匙即将生效时一样,但是几秒钟后,物体又会变回原来的颜色。由于制作门钥匙的行为被魔法部所限制,因此使用这个咒语需要得到魔法部的授权。

膨胀咒
Engorgement Charm

膨胀咒是能够使被施法对象膨胀起来的一种魔咒。

悄声咒(悄声细语)
Quietening Charm(Quietus)

悄声咒是一个可以让声音变小的魔咒。它能够有效地抵消扩音咒的效果。

切割咒(四分五裂)
Severing Charm(Diffindo)

切割咒是让中咒物品突然裂开的魔咒。1994—1995学年,哈利为了把三强争霸赛中第一个项目是火龙的信息告诉塞德里克,曾用这个咒语弄裂了塞德里克的书包。圣诞舞会前,罗恩也使用过该咒语,把自己礼服的花边袖子切割下来。

清水如泉咒/造水咒(清水如泉)
Water-Making Spell(Aguamenti)

1996—1997学年,弗立维布置的魔咒课课后作业中有清水如泉咒。哈利和邓布利多在岩洞中寻找魂器的时候,曾试图用这一咒语变出清水让邓布利多喝下，但没有效果；后来海格的屋子被食死徒烧着时，他和海格用这个咒语把水浇在房子上，直到浇灭了最后一点火星。

人形显身
Homenum Revelio

"人形显身"是能让隐形的人现形的咒语。在1998年的洛夫古德家伏击战中，食死徒特拉弗斯曾使用"人形显身"咒来判定哈利是否在现场。罗琳曾表明，邓布利多可以无声施展这一咒语，因此他能够发现藏在隐身斗篷下的哈利。

闪回咒（闪回前咒）
Priori Incantatem（Prior Incantato）

闪回咒有时也被称为重放咒效果（Reverse-spell Effect），是在两根杖芯相同的魔杖互相攻击对方时产生的魔法现象。这种效果同样也可以通过使用咒语"闪回前咒"产生。若闪回咒效果通过咒语产生，那么它所产生的影像可以被消影咒消除。

1994年魁地奇世界杯决赛结束后，小巴蒂穿着隐形衣在树林中使用哈利的魔杖变出了黑魔标记。为了确定变出黑魔标记的巫师，阿莫斯·迪戈里使用咒语让哈利的魔杖产生了闪回咒现象，并据此判断是捡到魔杖的家养小精灵闪闪变出了黑魔标记。

1995年6月24日，伏地魔在小汉格顿教堂墓地重塑肉身。在随后与哈利的决斗中，由于他和哈利两人的魔杖杖芯都是凤凰福克斯的羽毛，所以无法正常攻击对方，而是产生了闪回咒现象。哈利的魔杖强迫伏地魔的魔杖以倒叙的方式重复它施过的魔咒，于是在周围产生了塞德里克·迪戈里、弗兰克·布莱

斯、伯莎·乔金斯、詹姆·波特和莉莉·伊万斯的影像。

当杖芯来源相同的两根魔杖彼此进行攻击的时候，双方巫师所发射的魔咒将会触发闪回咒效果。两根魔杖会被一根有能量的、闪烁的金线连在一起，之后金线裂开，在施咒者周围产生上千道光弧，并最终相互交织成一个圆顶的金网。与此同时，双方的巫师会双脚离地，升到空中。

持有魔杖的双方巫师都无法放开魔杖，直到一方的魔杖败下阵来，发出痛苦的尖叫，并开始以倒序的方式重现之前所施过的魔咒。如果失败者的魔杖曾经使用过杀戮咒，那么遇害者也会以影像的形式出现，他们能够与人进行对话，并且记得导致他们死亡的原因，甚至在他们死后发生的事。

伸长咒
Stretching Jinx

1996—1997学年，韦斯莱夫人曾说哈利跟罗恩一样，好像中了伸长咒似的："我敢说，自从我上次给罗恩买校袍到现在，他长了整整四英寸。"

生长咒
Growth Charm

生长咒是O.W.L.考试内容之一，哈利希望自己没有在考试时把变色咒和生长咒弄混，因为本来应该被他变成橙色的老鼠吓人地膨胀起来，而在哈利纠正错误前，它已经变得有獾那么大了。

生发咒
Hair-Thickening Charm

生发咒是一种能让毛发生长的魔咒。

哈利小时候曾因为佩妮把他的头发几乎剪光了而愁得不知道第二天怎么去上学，结果第二天一早竟发现自己的头发又恢复到了佩妮剪它以前的样子。这有可能是哈利无意间使用了生发咒。当艾丽娅·斯平内特的眉毛长得挡住了眼睛和嘴巴，被送进校医院时，斯内普一口咬定是她自己用了生发咒。

竖立成形
Erecto

"竖立成形"是一种能拉直被施咒对象,将其装配到指定处的魔咒。1997—1998学年,赫敏曾使用该咒搭建魔法帐篷。

斯卡平现形咒
Scarpin's Revela Spell

斯卡平现形咒是一个用来正确识别给定魔药的成分的魔咒,由斯卡平发明。斯拉格霍恩教授在六年级的魔药课上介绍了这种魔咒,但绝大多数人都没有听懂。赫敏是唯一一个真正听懂的学生,她甚至可以无声地使用这个魔咒。

※……当然,这意味着,假使我们已用斯卡平现形咒正确分析出魔药的成分,我们的首要目标不是简单地选择每种个体成分的解药,而是找到附加成分,它能通过近乎炼金术的程序,把各种互不相干的成分变形。

——霍拉斯·斯拉格霍恩

石墩出动
Piertotum Locomotor

"石墩出动"是一个变形术魔咒的咒语。它可以给那些曾经没有生气、纹丝不动的艺术品带来生命。目标物的行动可受使用者的控制。

《死亡圣器》一书中对"石墩出动"的描述:说时迟那时快,整个走廊上的塑像和铠甲都从支架上跳了下来,哈利听见楼上楼下传来轰隆轰隆的撞击声,知道它们在整个城堡的同伴都采取了同样的行动……随着一片碰撞声和呐喊声,一群活动的塑像蜂拥地走过哈利身边,有的稍小一些,有的比真人还大,还有一些动物。那些铿铿作响的铠甲挥舞着宝剑和带链子的狼牙球。

水火不侵咒（防水防湿／水火不侵）
Impervius Charm（Impervius）

水火不侵咒是一个可以让被施咒对象变得防水（包括防雾）、防火的魔咒，它既能在人身上使用，也能在物品上使用。

收拾
Pack

"收拾"是用于收拾行李的咒语，使用后未打包的东西会自动飘在空中然后一个个飞入箱子中。1995年暑假哈利离开德思礼家时，唐克斯用这个咒语帮助哈利收拾行李。据唐克斯自己形容，她母亲有个诀窍能让东西自行归拢整齐，然而唐克斯手不够巧，导致哈利箱子里的东西堆放得乱七八糟。这说明该咒语的使用效果也受到施法者本人是否擅长做家务的影响。

说话咒
Talking Spell

在《凤凰社》一书中，弗雷德和乔治在刊登哈利采访的那期《唱唱反调》上使用了这个咒语。

速速变大
Engorgio

"速速变大"是能让对象变大的一种魔咒。在《火焰杯》一书中，小巴蒂（假穆迪）演示不可饶恕咒时对蜘蛛使用过。

收缩咒（速速缩小）
Shrinking Charm（Reducio）

收缩咒是能让对象变小的一种魔咒。1997—1998学年，哈利原来的魔杖坏掉了，他用罗恩给他的魔杖对准了蜘蛛练习"速速变大"和"速速缩小"。

挖掘咒（掘进三尺）
Gouging Spell（Defodio）

该魔咒的作用是挖地。赫敏等人从古灵阁飞出去时，用这一咒语来炸开洞顶。

无痕伸展咒
Undetectable Extension Charm

无痕伸展咒是一种能够扩展帐篷（或其他空间）内部大小的魔咒。

1994年魁地奇世界杯期间，哈利随韦斯莱一家人住的帐篷就被施展了无限伸展咒：哈利弯下腰，从帐篷门帘下面钻了进去，顿时惊讶得下巴都要掉了。他走进了一套老式的三居室，还有浴室和厨房。

在1996—1997学年，为了"铁三角"出走寻找魂器的计划，赫敏对自己的一个小包使用了无限伸展咒，几乎装进了自己所有的书、三个人的换洗衣服、应急用的药品、格里莫广场12号的一幅空白画卷等物品。

无声咒
Nonverbal Spell

无声咒并非单指某一种咒语，而是指一种可以在不说出咒语的情况下直接使用咒语的高级施展方式。无声咒的优势在于施魔法时不用把咒语大声念出来，可以达到一种出其不意的效果。斯内普曾在哈利六年级的黑魔法防御术课上讲授过相关知识。当然，不是所有的巫师都能做到这一点，这需要很强的注意力和意志力以及大量的练习。

不同的魔杖木材会影响无声咒的施展效果，有些魔杖木材天生适合使用无声咒，有些魔杖木材则本身喜欢声势浩大的魔法，因而会拒绝使用无声咒。

不同的咒语效果也不同。大多数魔咒在无声施展时是没有说出咒语时效果好的，只有少数魔咒例外，典型的魔咒如"倒挂金钟"。

无声无息咒（无声无息）
Silencing Charm（Silencio）

无声无息咒是使会发声的人或动物发不出声音的魔法，咒语是"无声无息"。在哈利五年级的魔咒课上，弗立维教授要求学生们用牛蛙和乌鸦练习这个咒语。

熄灭咒
Extinguishing Spell

熄灭咒是一个用来灭火的魔咒。1994—1995学年，查理曾告诉海格，如果三强争霸赛的第一个项目出了什么状况，那么他和他的同事将会对火龙使用熄灭咒。

现形咒（急急现形）
Revealing Charm（Aparecium）

现形咒是能使不可见的墨水或其他隐藏的信息出现的魔咒。在《密室》一书中，赫敏对里德尔的日记用过这个魔咒，她用魔杖敲了日记三下念了这个咒语，但毫无反应。

消影咒（消影无踪）
Eradication Spell（Deletrius）

如果闪回咒效果是通过咒语产生的，那么它所产生的影像可以被消影咒清除。

旋风扫净
Tergeo

"旋风扫净"是一种清洁类的魔咒，和除垢咒的作用相似。它用于吸除目标中的任何液体，如血液、灰尘或油脂。它可能与冲刷和清洁的魔咒有关。

悬停咒 / 漂浮咒（羽加迪姆勒维奥萨）
Levitation Charm（Wingardium Leviosa）

悬停咒是年轻巫师需要掌握的入门级魔咒之一，作用是让物体漂浮起来。咒语诀窍：一挥一抖，念准咒语。

永久粘贴咒
Permanent Sticking Charm

永久粘贴咒能神奇地将一个物体固定在另一个物体上，比如可以使画像或其他物品永久粘贴在一个地方。去除掉任何带有永久粘贴咒魔法的东西都是非常困难的。

隐藏咒
Concealment Charms

隐藏咒是通过混淆被施咒物体的内在属性，达到隐藏物体目的的魔咒。作为隐形药水的替代品，它可以用来在羊皮纸中隐藏秘密信息。

硬化咒（幻形石板）
Hardening Charm（Duro）

硬化咒可以使被施咒的物品变为石制般坚硬的魔咒。在霍格沃茨之战中，赫敏对城堡中的一条挂毯使用该咒，撞晕了正在追赶她、哈利和罗恩的两个食死徒。

魔杖发光咒（荧光闪烁）
Wand-Lighting Charm (Lumos)

魔杖发光咒可以使魔杖杖尖变亮，用于照明。1992—1993学年，哈利和罗恩去寻找八眼蜘蛛的踪迹时，哈利用过这个咒语，以便于他们观察道路上有没有蜘蛛的影子。"荧光闪烁"无法穿透秘鲁进口的隐身烟雾弹造成的黑暗。

魔杖熄灭咒（诺克斯）
Wand-Extinguishing Charm (Nox)

这是魔杖发光咒的反咒，用来熄灭魔杖的光芒。

在拉丁文中，"nox"意为"夜"。"诺克斯"是罗马神话中夜之女神的名字，由"尼克斯"（希腊黑暗和黑夜女神）衍化而来。

应声落地
Descendo

"应声落地"是一个可以让指定的物体从高处跌落的咒语。

愈合如初
Episkey

"愈合如初"是一种治疗法术，能治疗一些相对较小的伤害，如断鼻和裂唇。

云咒撤回
Metelojinx Recanto

在《死亡圣器》一书中，罗恩假扮的卡特莫尔混入魔法部时，解释自己袍子湿是因为亚克斯利的办公室在下雨，而他无法解决。韦斯莱先生因此建议他使用这个咒语，并说布莱奇用了挺灵的。

原形立现
Specialis Revelio

"原形立现"是一种让隐藏魔咒显现的咒语,用来检查某个对象上是否隐藏着魔咒或恶咒。在《混血王子》一书中,赫敏对哈利的那本《高级魔药制作》使用过该咒语,但没有成效。书中已知的所有使用过这个魔咒的人,都没有通过这个魔咒成功获得什么额外信息。

造雪咒
Snowflake-Creating Spell

这是一种天气修改咒,可以制造出雪花。1996年,罗恩在练习把醋变成酒时,因为分心而错误地施展出了这一咒语。

转换咒
Switching Spell

在霍格沃茨四年级的变形课上,学生会学到转换咒。然而,赫敏在她的第一学年就知道了这个咒语。哈利在他五年级考试答题时忘了转换咒的定义。转换咒是用来交换两个不同对象的转换法术之一。

召唤咒 / 飞来咒(飞来飞去)
Summoning Charm(Accio)

召唤咒是一种能让远处的物品飞到施咒者手中的召唤咒语。想成功施展此咒,施咒者必须专心想着要被召唤来的东西。召唤咒是巫师社会最古老的咒语之一。这个魔咒在米兰达的《标准咒语(四级)》中也曾提过。

召唤咒不能用于召唤建筑和大部分活物(弗洛伯毛虫是个例外),虽然可以通过生物所在的容器或载体进行飞来召唤,但由于移动速度接近光速,很可能对所召唤的生物造成伤害。就理论而言,所召唤的物品越远越难施展咒语。不过赫敏认为真正重要的是"集中精神",只要召唤者可以明确记住目标物品,应该都可以成功施展召唤咒。

召唤咒有反咒，反咒可以使物品不得被召唤。大多数20世纪以后卖出的魔法物品都在制作时预设了防窃咒，以使物品不能被除了主人以外的其他人召唤。

－攻击性魔咒－

爆炸咒（霹雳爆炸）
Blasting Curse（Confringo）

这是一个可以让中咒的物体发生剧烈爆炸的咒语，威力相当于十几公斤的TNT炸药。它是诅咒的一种，首次出现于《死亡圣器》一书中。不过此咒语有一个缺点，就是在碰着物体后会漫无目的地反弹，极有可能伤着自己。比如，为了摆脱伏地魔的大蛇，赫敏就施了一个爆炸咒，结果反弹的咒语打折了哈利的魔杖。

绊腿咒
Trip Jinx

绊腿咒是让人被绊倒摔跤的咒语。1995—1996学年，多比到有求必应屋通知D.A.成员，乌姆里奇发现了他们的组织。在成员逃跑的过程中，马尔福用这个咒语抓住了哈利。

冰冻咒（地冻天寒）
Freezing Charm（Immobulus）

冰冻咒是一种使人或事物停止运动的咒语，最初出现在1992—1993学年的黑魔法防御术课上，赫敏用此咒语抓住了洛哈特教授放出的一群康沃尔郡小精灵。

蝙蝠精咒
Bat-Bogey Hex

蝙蝠精咒是由米兰达·戈沙克发明的一个毒咒，它能够把被施咒者的鼻屎变成黑色的大蝙蝠，并飞出他们的鼻子。若对非人类目标施用，比如在鸡的身上使用蝙蝠精咒，可能是致命的，而且这种行为可能会受到来自威森加摩的惩罚。

变化咒
Protean Charm

这种魔咒可以通过一个共同的目的将多个目标对象连接起来，进行统一变化。这个咒语是N.E.W.T.水平的。

倒挂金钟
Levicorpus

"倒挂金钟"是一个属于恶咒的咒语。该咒语是学生时代的斯内普以"混血王子"之名创造的。

这个魔咒通常以无声的方式施展出来，但是也可以念出来，将人倒着悬在空中。该魔咒的解除咒为"金钟落地"。在古灵阁的地下金库，哈利曾用该魔咒获取悬在空中的赫奇帕奇之杯。

房塌地陷
Deprimo

"房塌地陷"是一个能够在物体上炸开一个洞的魔咒。这个魔咒的咒语源于拉丁文，意思是"深挖"或"按下"。它强大到可以在几秒钟内将整个房间的地板炸得粉碎。1997年12月30日，赫敏和哈利、罗恩一起拜访洛夫古德家，向洛夫古德询问有关死亡圣器的信息时，使用这个咒语将起居室的地板上炸出了一个洞。这是由于谢诺菲留斯为了救自己的女儿卢娜，将三人组拜访的消息告诉了食死徒。

飞沙走石咒（飞沙走石）
Expulso Curse（Expulso）

飞沙走石咒是一种决斗时使用的恶咒，施咒时产生蓝色火光，比爆炸威力更强，可使目标物体毁坏，或使对手重伤。施咒者如有很强的法力，此咒语足够将施咒对象抛至墙上。

粉碎咒（粉身碎骨）
Reductor Curse（Reducto）

粉碎咒是一种诅咒，可以用来炸毁固体障碍物，但不能使气体或液体爆炸。1995—1996学年，在D.A.练习时，帕瓦蒂曾经运用粉碎咒把有求必应屋内摆满窥镜的桌子变为尘土。后来的神秘事务司之战中，卢娜曾用粉碎咒炸毁了冥王星的复制品以阻碍前来追捕的食死徒。

疙瘩咒（火烤热辣辣）
Pimple Jinx（Furnunculus）

疙瘩咒是一种恶咒。1994—1995学年，哈利和马尔福对决时使用，结果却误伤了旁边的高尔，让他的鼻子上冒出了一个个丑陋的大疖子。

呵痒咒 / 胳肢咒（咧嘴呼啦啦）
Tickling Charm（Rictusempra）

呵痒咒是一种致人持续大笑的诅咒。

昏迷咒（昏昏倒地）
Stunning Spell（Stupefy）

昏迷咒是一种可以击昏敌人的魔咒，是黑魔法防御术中最常用的咒语之一。

使用咒语时，魔杖前端会发出红光。昏迷咒是巫师的基本咒语。

缴械咒（除你武器）
Disarming Charm（Expelliarmus）

这是一个可以使对方魔杖脱离手心的咒语，威力因施咒者魔法能力的高低而异，是巫师决斗时使用的最初级咒语，也是整个故事里使用得最多的咒语之一，首次出现于《密室》一书中。不过罗琳似乎为了证明"最简单的其实也是最厉害的"而赋予这一咒语巨大的威力，以至于哈利最后竟然用此咒语杀死了伏地魔。

金钟落地
Liberacorpus

这是斯内普发明的一个反咒，可以抵消"倒挂金钟"产生的效果。

烈火咒
Flagrante Curse

此咒语可以使目标物品被触摸时发出伤人的灼热。古灵阁银行的有些金库中会使用此咒语，窃贼触碰到的财物会灼烧窃贼。不过这一咒语是有漏洞的，只要不直接接触被施咒的目标物品，就不会被触发。

烈火咒（火焰熊熊）
Fire-Making Spell / Fire-Making Charm（Incendio）

烈火咒是能够燃起熊熊火焰的咒语。这是一种高级的黑魔法，一旦被释放出来，就很难控制火焰。使用此咒语时会发出爆破般的声响，一个飞舞着的橙色火球四散开来。1996—1997学年，一个大块头食死徒大吼着用这个咒语点燃了海格的木屋。另外，此咒语无法穿透秘鲁进口的隐身烟雾弹造成的黑暗。

门牙赛大棒
Densaugeo

这是一种使牙齿以奇异的、惊人的速度伸长的咒语。收缩咒可以用来抵消这一魔法。

1994—1995学年，德拉科和哈利在走廊里打架，最终导致了一场决斗，但是他们互相投掷的魔法击中了赫敏和格雷戈里高尔。赫敏被这个咒语误伤了，但后来因祸得福，她在校医为自己治疗时让门牙比过去的正常状态缩小了一些。

泡头咒
Bubble-Head Charm

这种咒语可以在施咒者的头上制造出一个类似倒置的鱼缸一样的保护气泡，使人们进行水下探索或躲避难闻的气味。但是对于那些有口臭问题的巫师来说，使用这个咒语超过30分钟的话可能会引起不适。

驱逐咒
Banishing Charm

驱逐咒是可以发射火花让物体向后弹飞出去的咒语，可以让施咒者心中所想的目标物迅速离他远去。与召唤咒（可以召唤来自任何地方的特定物体）的功用相反，驱逐咒可以驱逐魔杖所瞄准的任何东西，使物品从自己近处往远处飞去。

驱逐咒还可以用来将物体从施法者身上移开，无论是一个活的有机体还是一个物体。它可以在决斗中使用，例如在《被诅咒的孩子》一书中，斯内普把乌姆里奇从自己身上炸开。

驱避咒
Repelling Spell

驱避咒是一种用于阻止小型或中型对象逃离的魔咒。在魁地奇比赛期间，观众经常会使用这种咒语来阻止金色飞贼逃出魁地奇球场。此外，驱避咒、伪装咒和屏蔽咒是仅有的能够阻止猫头鹰找到巫师和女巫的方法。

全身束缚咒（统统石化）
Full Body-Bind Curse（Petrificus Totalus）

全身束缚咒是一个可以使对手陷于瘫痪的诅咒。没有经验的巫师或者年轻的巫师会在决斗中用到它。这个咒语可以在温迪克·温瑞迪安的《诅咒与反诅咒》中找到。

被施咒对象的胳膊和腿会紧贴在一起，整个身体变得僵硬，之后像木板一样倒在地上。不过，被施咒者的听觉、视觉、感觉和思想不会受到影响。全身束缚咒的效果和石化有着根本性的不同。石化是一种高级的黑魔法，其效果无法通过简单的诅咒破解咒解除。

软腿咒
Jelly-Legs Jinx

软腿咒是令中咒者即刻下肢瘫痪，无法行动的魔咒。这个咒语在温迪克·温瑞迪安的《诅咒与反诅咒》一书中出现。

摄神取念咒（摄神取念）
Legilimency Spell（Legilimens）

这是一种入侵对方大脑，读取其感觉和记忆的高难度魔法，使用时施咒者需直视对方。使用大脑封闭术可以对抗"摄神取念"。

擅长者：斯内普、伏地魔、邓布利多。

霍格沃茨魔法学校是不教授这门课程的（至少在O.W.L.等级不教）。虽然麻瓜们可能会把这种魔法认为是"读心术"，但使用这门技艺的人都觉得这是一个很幼稚的理解。能够使用"摄神取念"的人被称作摄神取念师。

当施咒者与目标接近的时候，或者在目标没有警戒、放松或者很脆弱的条件下，"摄神取念"会更为容易。眼睛接触对"摄神取念"往往很关键，所以摄神取念师如果能让目标看向自己眼睛，会更利于施咒，还顺带会让目标的情绪波动，唤醒相关的情感和记忆。这些都和麻瓜科学研究中的人类记忆性质一致。

速速禁锢
Incarcerous

"速速禁锢"使用后会从魔杖尖端射出一条粗绳,将目标捆住的咒语。1995—1996学年,乌姆里奇曾使用这个咒语捆住了马人玛格瑞。

锁舌封喉
Langlock

"锁舌封喉"是由斯内普发明的,在20世纪70年代他还是霍格沃茨魔法学校的学生时,被记录在他的《高级魔药制作》中。这是使人说不出话的一种恶咒。它的效果是使人的舌头贴在他们的上颚上。众所周知,它既能在巫师身上使用,也能在灵体上使用(包括皮皮鬼这样的骚灵)。

锁腿咒(腿立僵停死)
Leg-Locking Spell / Leg-Locker Curse(Locomotor Mortis)

锁腿咒是让被施咒对象的两条腿紧紧绑在一起的诅咒。纳威曾经被马尔福施过此咒。

舞步咒(塔朗泰拉舞)
Dancing Feet Spell(Tarantallegra)

舞步咒是使被施咒的人双脚开始不受控制地疯狂跳舞的咒语,想成功施展这一咒语需要目光清晰无阻地看着施咒对象。

掏肠咒
Entrail-Expelling Curse

掏肠咒是一种诅咒,用来将内脏从体内掏出。这个咒语的发明初衷很可能是处理便秘或肠道异物堵塞。本质上，这是一个魔法灌肠。厄克特·拉哈罗是掏肠咒的发明者。

吐鼻涕虫咒
Slug-Vomiting Charm

被这一魔咒击中后，目标会在打嗝的同时吐出亮晶晶的大鼻涕虫，同时有可能伴随着导致皮肤蜡黄的副作用。使用这一魔咒时，魔杖会射出一道绿光。在1992—1993学年，因为马尔福用"泥巴种"侮辱赫敏，罗恩试图给马尔福施这个咒语，但因为损坏的魔杖反弹到自己身上。

瓦迪瓦西
Waddiwasi

该咒语能让物体像子弹一般飞快地发射出去。卢平教授曾用这一咒语把钥匙孔里的口香糖射进皮皮鬼的鼻孔中。

万弹齐发咒（万弹齐发）
Oppugno Jinx（Oppugno）

万弹齐发咒是指使物体或个人攻击受害者的咒语。这个咒语将会在施法者的控制下产生变形的生物或其他可移动的物体来攻击目标。1996—1997学年，赫敏曾对罗恩念了咒语，放出了一堆小鸟攻击他。

乌龙出动
Serpensortia

1992—1993学年，黑魔法防御术课的决斗俱乐部中，马尔福与哈利对决时，马尔福用了"乌龙出动"这条咒语，变出了一条蛇。那条蛇差点伤到人。哈利当时用蛇佬腔劝阻那条蛇不要攻击，却被同学误会是在教唆蛇快点攻击贾斯廷。

哈利·波特百科全书

续满咒
Refilling Charm

续满咒用来重新填满所在容器的液体，这种魔咒可以口头或无声使用。1996—1997学年，哈利曾用这个魔咒给海格和斯拉格霍恩的酒杯中续酒。

掩目蔽视
Obscuro

"掩目蔽视"可以在被施咒对象的眼睛上蒙上眼罩，从而阻碍他们的视线，是召唤系咒语之一。

眼疾咒
Conjunectivitus Curse

眼疾咒是损害视力的一种诅咒。

遗忘咒（一忘皆空）
Memory Charm / Forgetfulness Charm（Obliviate）

遗忘咒是可以使被施咒对象失去记忆的咒语，多被用于修改麻瓜的记忆。当麻瓜不慎看到了不该看到的东西时，通常会被施以此咒以消除他们的近期记忆。例如，如果一个麻瓜目击了一条龙，遗忘咒也许是最有效的修复工具。神奇动物被麻瓜注意到时，该动物的主人有权施用遗忘咒，但如果麻瓜们注意到的情况非常严重，魔法部可以派出一批训练有素的记忆注销员对麻瓜使用这个咒语。

如果执行不当，遗忘咒可以清除个人记忆中的重要部分，造成脑损伤，恢复困难。

移动咒（移动）
Locomotion Charm（Locomotor）

移动咒是能够让巫师移动物体的魔咒。它能使随咒语一起说出的目标物体飘浮到离地面几英寸的高度，并将它移动到任何想要的地方。1996年，魔咒课O.W.L.理论考试前几天，帕瓦蒂和拉文德练习过这一咒语，两人分别给文具盒使用咒语，让它们绕着桌面边缘赛跑。

蜇人咒
Stinging Jinx

蜇人咒是恶咒的一种，可以用来刺痛受害者的皮肤，产生一个类似烧焦的标记并引起肿胀。如果用在脸上，眼睛就会肿胀到只剩一条窄缝。1995—1996学年，哈利在大脑封闭术的首次训练中，无意中让斯内普的手腕出现了一道红肿的鞭痕，像一道烙印。当时斯内普问哈利是否想使用这个咒语。

皱耳咒
Ear-shrivelling Curse

皱耳咒是一种诅咒，可以让受害者的两只耳朵都缩皱起来。在1989—1994年的某个时间里，比尔的巴西笔友曾邀请比尔进行一次交换旅游，但比尔拒绝了，因为他的家人支付不起比尔前往巴西的费用。于是非常生气的笔友给比尔寄了一顶带有这种诅咒的帽子。

诅咒
Curse

诅咒是一种法术类型，被归类为黑魔法，且是其中影响最为严重的一种。诅咒是以负面方式持续影响对象的一种咒语，通常会造成不同程度的不适。诅咒是黑魔法类型中最邪恶、最强、持续时间最长、最不可逆的。不可饶恕咒是现有最强的诅咒，它们的效果强大，且它们的使用需要技巧。

有些诅咒不造成死亡，但可能会附着在受害者的血脉之中，并遗传下去，这

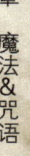

些诅咒可能会在几代以后再次显现。

－防御性魔咒－

赤胆忠心咒
Fidelius Charm

赤胆忠心咒是一种极其困难的、强有力的魔咒,可以用来隐藏一个人内心的秘密。

隐藏秘密的巫师被称为保密人。一旦保密人死了,所有从他们那里得知秘密的人都将成为新的保密人。如果保密人选择不向任何人透露这个秘密(前提是他作为唯一保密人),那么秘密就永远存在了。

被这个咒语保护的住所,是无形的、无法描绘的、隔音的。该咒语可以完全隐藏一个人,让别人无法找到他(她),除非保密人给出他(她)的位置(必须是心甘情愿地公开才行,否则即便是钻心咒和夺魂咒也无法撬出秘密)。

反侵入咒
Anti-Intruder Jinx

反侵入咒是恶咒的一种,可以产生一个自动击退入侵者的幻境。1996年,为了防止食死徒入侵,霍格沃茨魔法学校增加了额外的安全措施,其中就包括反入侵咒。

防御咒
Defensive Spell

防御咒是防御对方攻击,保护自己的咒语。哈利在自己的O.W.L.考试、黑魔法防御术课实践考试中,被考查能否完成防御咒。考试中,哈利当着乌姆里奇的面完成了所有的破解咒和防御咒。

防作弊咒
Anti-Cheating Charms / Anti-Cheating Spell

防作弊咒是一种防止作弊的咒语。这种咒语被使用在霍格沃茨魔法学校的考试用笔和试卷上，防止学生们在期末考试、O.W.L.考试和N.E.W.T.考试期间作弊。

僵尸飘行
Mobilicorpus

这是一个可以帮助无法行走的人移动的魔咒，咒语效果与当事人是否保持意识无关。

幻身咒
Disillusionment Charm / Bedazzling Hex

幻身咒是用来隐藏目标的咒语，它使目标隐藏的地方颜色和肌理与周围环境一模一样。巫师要想伪装或隐藏，一般首先考虑使用幻身咒。邓布利多的幻身咒技艺十分高超，他不需要隐形衣就能使自己隐形。

行走在大街上的巫师担负着部分藏匿神奇生物的义务。例如，那些拥有鹰头马身有翼兽的巫师，依照法律必须对它施用幻身咒，以此搅乱可能看见它的麻瓜的视线。幻身咒必须每天施用，因为其功效容易消失。

减震咒
Cushioning Charm

减震咒可以在目标的表面产生看不见的软化效果。这种魔咒最初被应用在飞天扫帚制作当中，确保骑扫帚的人感觉更加舒适。埃里奥·斯梅绥克在1820年发明了这个魔咒。

在潜入古灵阁巫师银行的时候，哈利、罗恩、赫敏、拉环和被施了夺魂咒的鲍格罗德所乘坐的小车在通过了防贼瀑布后发生了脱轨。赫敏使用这个咒语防止他们在下坠时直接摔到地面上。

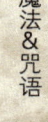

抗扰咒
Imperturbable Charm

抗扰咒是一个在目标周围布设无形屏障的咒语。韦斯莱夫人曾在格里莫广场12号的厨房门上使用这个咒语,防止他们的孩子使用伸缩耳偷听凤凰社的会议。唐克斯曾教给金妮验证某一区域是否使用这一咒语的方法:往目标上扔东西,如果东西碰不到它,就说明被施抗扰咒。

锁定咒(快快禁锢)
Locking Spell(Colloportus)

锁定咒是一个用来将门锁住或者封闭,防止人直接用手打开的咒语。这个咒语出现在《标准咒语(初级)》中,破解咒为开锁咒(阿拉霍洞开)。1996年6月18日,邓布利多军的成员在神秘事务司之战中,曾使用这个咒语阻挡食死徒。

麻瓜驱逐咒(麻瓜屏蔽)
Muggle-Repelling Charm(Repello Muggletum)

麻瓜驱逐咒当麻瓜误入魔法世界时需用到的驱逐咒语。在麻瓜靠近施有麻瓜驱逐咒的地点时,就会想起十万火急的事而离开。1994年魁地奇世界杯比赛场地就被施过这个魔咒。

霍格沃茨城堡和德姆斯特朗城堡也都受到了这一咒语的保护。根据《怪兽及其产地》(神奇动物在哪里)的研究,在一些魔法生物的栖息地上也会施有这个魔咒。

平安镇守
Salvio Hexia

"平安镇守"是一个防御性咒语,1997—1998学年,在"铁三角"寻找魂器的旅途中,赫敏使用过这个咒语防御食死徒。

破解咒
Counter-Charm

可以抵消或者阻止另一个咒语效果的魔咒称为破解咒。

已知的魔咒与破解咒：驱逐咒与飞来咒、开锁咒与锁定咒、魔杖熄灭咒与魔杖发光咒、悄声咒与扩音咒、收缩咒与膨胀咒。

打嗝的破解咒：可以治疗因魔法造成的打嗝（第五学年O.W.L.魔咒学理论考试内容）。

窃贼感应咒
Stealth Sensoring Spell

窃贼感应咒是一个能够探测到魔法伪装的符咒。当有入侵者进入魔咒范围时，施咒者就能够得到消息。1996年，自从乌姆里奇的办公室被李·乔丹放入两只嗅嗅以后，为了确保不让这类生物进入，乌姆里奇在房间的每个出入口都使用了这个咒语。

铁甲咒（盔甲护身）
Shield Charm（Protego）

铁甲咒是一个能够抵御多种魔咒的咒语。它能够制造出一道魔法屏障偏转魔咒和物理实体，从而保护特定对象或者特定的区域。魔咒有时会直接被弹回施咒者的方向，有时会在击中魔法屏障时消散或偏转。铁甲咒的发明者和发明时间尚不得而知。在第二次巫师战争中，铁甲咒经常被使用。

使用铁甲咒之后，施咒者魔杖所指的方向会形成一个隐形的盾牌，作为一道保护屏障挡在自己和对手之间。屏障本身并不发光，但能够在偏转其他魔咒的同时反射它发出的光。铁甲咒无法抵御过于强大的黑魔法，比如杀戮咒等。

统统加护
Protego Totalum

"统统加护"是一种防御魔咒，用来在一定的时间范围内保护一片特定的区

域。它可能是"盔甲护身"的一个变种。

啸叫咒
Caterwauling Charm

啸叫咒属于魔法世界的大范围警报系统，会使任何未获授权的人进入此咒语覆盖的某一区域的周边时引发警报，引发尖锐的尖叫。

在第二次巫师大战的高峰时期，在霍格莫德施有这种咒语，一旦有人在宵禁时走到村里的街道上，它就会被激活。

降敌陷阱
Cave Inimicum

"降敌陷阱"能够防止敌人接近自己。这个咒语可以形成一种魔法护盾的效果，将使用咒语的人隐藏起来，保证护盾外的人看不见、听不见受保护的人，甚至连他们的气味也感受不到（如果咒语施展得好的话）。

移形幻影 / 植物飘行
Mobiliarbus

这一咒语可以作用于植物，使植物或其制品移动位置。

隐形咒（消隐无踪）
Vanishing Spell（Evanesco）

隐形咒是霍格沃茨五年级学生需要掌握的魔咒之一，属于变形咒的一种，可以用来将有生命的或无生命的物体变成非存在的（使之消失）。但某些物品可以被施魔法抵抗隐形咒，例如弗雷德和乔治的"嗖嗖—嘭"烟火并不会在该咒语下消失，火花反而会十倍地增长。

障碍咒（障碍重重）
Impediment Jinx（Impedimenta）

　　障碍咒是一个使被施法目标的运动减慢的咒语。这只是暂时性的咒语，持续时间约10秒，对伏地蝠、八眼蜘蛛都无效。该咒语通常会简单地固定一个目标，它也可以用来推动或抛出一个目标，或只是降低被施咒对象运动的速度，甚至可以使其悬浮。

– 黑魔法防御术 –

博格特驱逐咒（滑稽滑稽）
Boggart-Banishing Spell（Riddikulus）

　　博格特驱逐咒是用于防御博格特的法术。博格特会变成遇见它的人最害怕的东西，而博格特驱逐咒可以使这种生物呈现出一种对施法者来说很滑稽的样子，从而对抗它。在黑魔法防御术的O.W.L.实践考试中会考察这一魔咒在哈利示范出一个完美的博格特驱逐咒后，考官托福迪教授赞叹"这非常精彩"。

大脑封闭术
Occlumency

　　大脑封闭术是一种防御性魔法，能让巫师的大脑不受"摄神取念"的影响，可以阻止他人侵入自己的思想。这种法术非常罕见，想要掌握必须丢开所有感情，清空大脑，约束自己。
　　哈利头上的伤疤使他和伏地魔之间建立了某种联系，所以他们能在一定程度上分享彼此的情绪。

反幻影显形咒
Anti-Apparition Charm

　　反幻影显形咒是一种可以阻止人通过幻影显形方式进入特定区域的魔咒。这个魔咒长久以来便存在于霍格沃茨魔法学校，并且只有校长才能暂时撤销。

　　在1692年《国际巫师联合会保密法》生效之前，学生前往霍格沃茨魔法学校的方法是不受限制的。一些学生会试图通过幻影显形的方式进入学校场地，但这通常都会因为这个魔咒而导致灾难性的后果。

　　藏有斯莱特林挂坠盒的岩洞中很可能也存在这种魔法，因为哈利和邓布利多必须从岩洞外面进入，不能直接幻影显形到岩洞中。同样，巫师也不可以在岩洞中直接幻影移形离开。值得注意的是，家养小精灵可能具有违反这一咒语限制的能力，克利切就曾从岩洞中幻影移形离开。

反幻影移形咒
Anti-Disapparition Jinx

　　反幻影移形咒和反幻影显形咒相似的咒语，其作用是用无形的绳子束缚被施咒者，阻止其从一个区域幻影移形离开。在神秘事务司之战中，邓布利多使用了该咒语，以防止食死徒逃离魔法部。

守护神咒（呼神护卫）
Patronus Charm（Expecto Patronum）

　　守护神咒是已知最著名的魔咒，也是最强大的防御咒之一。这是一个极其复杂、很难施展的咒语，可以唤起一个半具象化的积极力量，也就是守护神，它能够驱赶摄魂怪和伏地蝠，而这些生物除此之外没有其他防御方法。

　　《咒语之书》中关于守护神咒的描述：这个古老而神秘的魔咒会召唤出一个魔法守护神，它是你所有最积极情感的反映。使用守护神咒非常困难，许多巫师和女巫都无法变出完整的、实体的守护神，它的形态通常都是与其最具亲和力的动物的模样。你可能不相信，但除非你真正将它召唤出来，你绝对不会真正知道你的守护神是什么样子。

　　绝大多数巫师和女巫都无法召唤出任何形态的守护神，但即便召唤出无形的守护神也会被认为是拥有高超法力的标志。要想成功使用此魔法，施咒者必须集中回忆他们能够想到的最幸福的记忆（记忆带来的快乐越强烈，魔咒的作用就越强大），并使用魔杖画圆圈，为魔咒积蓄力量。之后需要念出咒语"呼神护卫"。守护神会从魔杖尖端变出，朝着目标奔去。也有的巫师会故意隐藏自己的守护神形态，以避免过多透露自身信息。

守护神能否被成功召唤，与施咒者当时的心理状态有着直接关系。因此当施咒者心情低落时，使用这种咒语就会变得格外困难。

守护神咒被广泛认为是一种高深的魔法，远在普通巫师等级之上。卢平在1994年说这个咒语"特别高深"。这个魔法非常复杂，许多有资历的巫师和女巫在使用它时都会遇到困难。

守护神
Patronus

成功召唤的守护神分为两种形态：实体的和非实体的。这两种形态在外观和实力上相差很大。

非实体守护神不像任何的生物，几乎不存在任何显著的特征。它像是从魔杖顶端蹿出的一团银白色的气体或者烟雾，没有具体的形态。其并非"完全成熟"的守护神，因此被认为是一种较原始的弱小形态。其能够在一定程度上抵挡摄魂怪（但无法驱离）。

实体的守护神形态为一头灿烂夺目的银色动物。每个巫师的守护神都是不同的，它的形态能够反映巫师的个性。相比非实体守护神，实体守护神能够更有效地驱逐摄魂怪。

在施咒者经历了某种程度的精神打击或者情感剧变，守护神形态有可能发生变化。比如，唐克斯的守护神就从之前的形态变成了一头巨大的银白色四脚动物。这是因为她爱上了狼人卢平，她的守护神就变成了狼的样子。另一个例子是斯内普，他的守护神是一只牝鹿，与莉莉的守护神一样。除此之外，似乎一些巫师夫妇的守护神也会"互补"（同一生物的不同性别），比如詹姆和莉莉的守护神分别是牡鹿和牝鹿。阿尼马格斯的守护神形态与其化兽后的形态相同，这一点不知是否巧

合。麦格教授和詹姆的阿尼马格斯形态与守护神形态均相同。

大多数巫师的守护神都是普通动物的形态。神奇动物形态的守护神是十分少见的，比如邓布利多的凤凰守护神，抑或夜骐守护神和火龙守护神。更为罕见的守护神形态则是已经灭绝的动物，赫德利·弗利特伍德的猛犸象守护神就是一个著名的例子。

需要注意的是，守护神的形态与守护神的强大程度之间并没有必然联系。例如伊利尤斯和辛波希娅·洛尔的守护神分别是老鼠和瓢虫，都是个头很小的生物，却十分强大。伊利尤斯的老鼠守护神甚至能够凭一己之力赶走黑巫师拉希蒂安带来的摄魂怪大军，拯救整个村子。

守护神咒共有两种已知的用途：

第一种，也是最主要的一种用途，是驱赶特定的黑暗生物，比如摄魂怪和伏地蝠，而这也是唯一一种能够抵挡他们的方法。由于摄魂怪会吸食快乐的回忆，给人留下悲伤和忧愁，因此守护神能够像盾牌一样抵挡在巫师和摄魂怪之间。守护神不像真人一样能够感受到绝望，因此摄魂怪的影响无法对它产生伤害。

守护神的另一种用途是邓布利多发明的，他让守护神（不论是否具有实体）成为一种通信的方式。它能够传递信息，以施咒者的声音说话。这种方法被认为只有凤凰社的成员才会使用。使用守护神通信有着巨大的安全优势，因为它既能够表明施咒者的身份，又能够抵御黑魔法。一个很好的例子是，在比尔和芙蓉的婚礼上，金斯莱用自己的守护神通知众人魔法部已被伏地魔控制，食死徒正在赶来，从而让宾客及时逃脱。当麦格教授在1998年发现哈利已经返回霍格沃茨寻找拉文克劳的冠冕时，她召唤出守护神通知其他学院的院长。多个守护神可以分别用于沟通，因为麦格教授能够变出三个。此外，斯内普曾经在1997年通过自己的守护神引导哈利在迪安森林中寻找格兰芬多宝剑。

停止咒（咒立停）
Finite Incantatem（Finite）

这一咒语的效果为终止、限制一切魔法影响。它是一种实用性反击魔法。哈利与马尔福在决斗俱乐部练习决斗魔咒时，斯内普使用该咒停住了哈利和马尔福使用的咒语。

- 黑魔法 -

尸骨再现
Morsmordre

"尸骨再现"能召唤出伏地魔的标记,即"黑魔标记",它会出现在食死徒手臂上,图案是一个巨大的嘴里吐出一条蛇的骷髅头。在《火焰杯》一书中,在魁地奇世界杯比赛后小巴蒂曾释放过黑魔标记。在《混血王子》一书中,食死徒们为了引邓布利多到来放出过黑魔标记。在通常情况下,这一标记会在谋杀事件后被释放,食死徒释放这一标记代表着对附近产生的恶性事件负责。

神锋无影
Sectumsempra

"神锋无影"是由"混血王子"(斯内普)在学生时代发明的魔法咒语。这个咒语一旦发动,对方的皮肤会像被无形的宝剑劈开一样出现伤口,血流喷涌。魔杖本身在该咒发动时不会表现任何明显迹象(光束、火花、光丝等)——除了中咒者受伤之外,是一种隐蔽、恶毒却又非常有力、有效的黑魔法。

该咒语属于一个有破解咒的可逆魔法咒语。被该咒伤害的部位不能用任何手段"再生",但是可以通过破解咒使其"愈合",这也是为什么同样中咒,马尔福痊愈了而乔治却没有。以破解咒治愈后再施以白鲜可以避免留下伤疤。

1996—1997学年,哈利在"混血王子"的《高级魔药制作》课本的空白处发现"神锋无影"这个咒语,下面还有"对敌人"三个有趣的字。哈利心里痒痒的,很想试一下,但觉得最好不要在赫敏面前试,便偷偷把页角折了起来。起初哈利考虑用它来攻击科马克·麦克拉根,因为他惹恼了自己。最后他在马尔福身上使用了它(当时并不知道咒语效果),严重伤害了马尔福。尽管哈利不喜欢马尔福,但他并没有真正想要伤害马尔福,而且他对马尔福的伤害也让他感到恐惧和内疚。斯内普对德拉科使用了破解咒,并意识到哈利拿到了他的旧课本。

当邓布利多和哈利去岩洞寻找挂坠盒时,哈利和阴尸对战时,用过这一咒语,阴尸们破烂的湿衣服和冰冷的皮肤上出现了深深的大口子,但没有一滴血流出来。当天晚些时候,斯内普杀了邓布利多,哈利试图诅咒他,只是斯内普阻止了他,并愤怒地向哈利透露他就是"神锋无影"的发明者。

1997—1998学年,斯内普在掩护卢平的过程中使用了该咒语,魔咒本来瞄准的是食死徒拿魔杖的手,但不幸被击偏,削掉了乔治的一只耳朵。

第四章 魔法&咒语

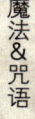

作为这一黑魔法的发明者,斯内普对中了此咒的马尔福使用过破解咒。当时他"抽出魔杖,沿着被哈利的咒语造成的那些深深的口子移动着,嘴里念着一种唱歌似的咒语。出血似乎减轻了……"斯内普第三次施完破解咒后,将马尔福送到了校医院。这侧面表明"神锋无影"的巨大威力。书中并未交代破解魔咒的名称及其咒语。

招魂术
Necromancy

招魂术是一种唤醒死者的黑魔法,但由于起死回生的事情永远不会发生,因此它只能制造阴尸或僵尸。为了起到替代起死回生的作用,黑巫师制造出了阴尸和僵尸为他们服务。阴尸并不是真正复活的人,而是被施了巫术、为黑巫师效劳的死尸。伏地魔在其鼎盛时期,曾大批量制造阴尸。

厉火
Fiendfyre

厉火既是魔咒,也是诅咒。这种火焰可以感觉到活着的目标,而且火焰能变形成一大群由火组成的野兽,如火蛇、客迈拉和火龙。它属于高级黑魔法的一种,经验不足的人也可以使用,但火焰就很难被控制。厉火可以通过接触燃烧一切可燃烧的物质,当用以支持它燃烧的材料不足时,它可能会自行燃尽,并催生出火灰蛇。

克拉布从卡罗兄妹那里习得这种黑魔法,并于1998年5月2日在有求必应屋里对哈利等人使用,但却没能好好控制它。哈利、罗恩、赫敏和马尔福、克拉布、高尔被困在这种厉火中,最后哈利等人利用飞天扫帚死里逃生,还救出了马尔福和高尔,但克拉布却丧命于火中,火焰烧毁了屋里的大部分物品,也破坏了拉文克劳的冠冕。

赫敏称它是邪恶的火,是少数可以毁灭魂器的物质之一,但她一辈子也没胆量使用它,因为太危险了。

- 不可饶恕咒 -

不可饶恕咒包括杀戮咒、钻心咒和夺魂咒,这些都是极为邪恶残忍的黑魔法。这三个咒语都没有破解咒。杀戮咒、钻心咒和夺魂咒于1717年被魔法部定为不可饶恕咒，任何人使用不可饶恕咒都将面临在阿兹卡班（巫师监狱）终身监禁的惩罚。

在第一次巫师战争期间，当巴蒂·克劳奇负责魔法部执法部门时，他以暴力对抗暴力，给予傲罗不可饶恕咒的使用特权，来对抗食死徒，以期赢得战争。战争结束后，傲罗拥有三种不可饶恕咒的使用特权被收回。

当伏地魔接管魔法部的时候，这三个不可饶恕咒被合法化：每个巫师都有权随心所欲地使用它们。事实上，它们在霍格沃茨被当作黑魔法课程的一部分。在伏地魔死后，在时任魔法部部长金斯莱·沙克尔特的带领下，这三种不可饶恕咒再次被禁止。

夺魂咒（魂魄出窍）
Imperius Curse（Imperio）

夺魂咒是三种不可饶恕咒之一，是巫师界最强大和邪恶的黑魔法之一。当施法成功后，中咒者将完全处于施法者的控制之下，只有具有非凡力量的人才能够抵抗。这一诅咒可以防御的事实使它在不可饶恕咒中独树一帜。

中了夺魂咒的人会感到脑子里一片空白，脑海里的思想和忧虑一扫而光，只留下一片蒙眬的，看不见、摸不着的喜悦。中咒者被施法者完全控制，按照施法者的愿望行事。同时，在施法者的控制下，该咒语也可能赋予中咒者任何技能，例如增加力量或允许他们施展远高于他们水平的法术。

如果夺魂咒太厉害，那么受害者就会头脑发昏。对某一个人施用此咒过多会产生抗性，从而削弱咒语的威力。当然，如果被施咒者的意志力足够强大，是能够抵抗夺魂咒的。

杀戮咒（阿瓦达索命）
Killing Curse（Avada Kedavra）

杀戮咒是三大不可饶恕咒之首，属于死咒，它是巫师界最强大和邪恶的咒语之一。施咒时，魔杖会发出一道耀眼的绿光，中咒者即刻毙命，并且通常不留一丝痕迹。当对活人或生物成功施放时，诅咒会造成瞬间无痛的死亡，没有任何身体上的暴力迹象。这是极其残忍的黑魔法，一旦对人类使用，若被魔法部逮捕，将会被判处阿兹卡班终身监禁。杀戮咒在一般情况下不可阻挡，因此铁甲咒这类魔咒也不能抵抗它。如果这个法术命中的不是一个活着的目标，将会发生爆炸或

者产生绿火。

有史以来只有一个人从此咒语下幸免于难，那就是哈利·波特，他成功地在伏地魔的谋害下活了下来，只在额头留下了一个闪电形伤疤。霍格沃兹的校长、最伟大的巫师邓布利多也死于杀戮咒。

可以令杀戮咒无效的几种特殊情况：

1. 爱的魔法。邓布利多称，这是一种古老的魔法，也是力量最强的防御。下定决心为保护他人而死，凭此会产生一种强大的防御魔咒，可以完全反弹杀戮咒，使保护对象免受伤害。莉莉正是因此保护了哈利，其产生的血缘保护使得哈利逃过一死，并且这种保护作用会持续到哈利成年为止。在霍格沃茨之战中，哈利在禁林中下定决心为除掉魂器而死，但是伏地魔之前是用哈利的血重生的，他的血内有莉莉的保护魔法，所以伏地魔的杀戮咒只是消灭了自己留在哈利体内的灵魂碎片。

2. 具有孪生杖芯的魔杖。如果一根魔杖发射杀戮咒，另一根魔杖用其他咒语回击，由于孪生魔杖不会互相残杀的特性，双方的魔咒将全部失效，并生成特殊的闪回咒，使其中一根魔杖重放它之前施过的咒语。

哈利和伏地魔的魔杖杖芯都来自凤凰福克斯的羽毛，因此他们在墓地决斗时，伏地魔的杀戮咒和哈利的缴械咒都失效了，并出现了上文提到的闪回咒现象，塞德里克·迪戈里、弗兰克·布莱斯、伯莎·乔金斯以及哈利父母的灵魂以影像的形式再现，它们帮助哈利成功逃回了霍格沃茨。

3. 魂器。用魂器也可以使自己处于不死的状态。如果拥有魂器，被杀戮咒击中只会失去肉身和法力，变得非常弱小和虚弱，但是在这种状态下可以附身于人或者动物身上，就像伏地魔依附在奇洛教授身上那样。

伏地魔一共拥有七个魂器（连哈利算在内，尽管伏地魔本人并不知道），也就是说要杀死他本人需要先把七个魂器全部消灭。因为在一定情形下可以借助魂器重生，《密室》一书中的汤姆·里德尔就差点成功复活，伏地魔一直是依靠魂器维持不死状态而找机会重生。魂器是极度邪恶的物品，大多数巫师都不愿作此尝试。

4. 老魔杖（死亡圣器之一）。老魔杖会反映真正主人的意愿，所以伏地魔用老魔杖既杀不了，也折磨不了当时老魔杖的主人哈利和他想要保护的全校师生，并且后来在伏地魔用老魔杖对哈利发射杀戮咒时，咒语却反弹到了伏地魔自己身上。

5. 凤凰。杀戮咒可以杀死一切生命，但却对凤凰无效，只会使其涅槃重生。邓布利多在魔法部大战伏地魔时，凤凰福克斯吞下了伏地魔的一道杀戮咒，随即涅槃重生。

6. 物理防御。杀戮咒可以被固体障碍物挡住，如墙壁、盾牌之类。所以使用变形咒召唤出盾牌，就可以勉强挡住杀戮咒（取决于坚固程度）。也可以直接闪避，利用地形躲过杀戮咒。哈利一行人就经常用这种方法逃过死劫。

钻心咒（钻心剜骨）
Cruciatus Curse（Crucio）

钻心咒是三个不可饶恕咒之一，是巫师界最强大和邪恶的咒语之一。被钻心咒击中的人会感到全身刺骨的疼痛，钻心的痛苦会让中咒者痛不欲生，如果魔咒一直不停，中咒者会痛苦得疯掉，甚至死亡。

对他人使用这种诅咒的后果是面临阿兹卡班的终身监禁。这个黑魔法的两个最著名的受害者是前傲罗艾丽斯·隆巴顿和弗兰克·隆巴顿（纳威的父母）。他们被食死徒施了钻心咒，被折磨得精神错乱，余生只能在圣芒戈医院度过。

该魔咒是在中世纪早期由黑巫师发明的，为了折磨人而制造，但在决斗中也得到了有效的应用。

在过去，许多保密人都曾遭受过酷刑和夺魂咒的折磨，施咒者试图了解他们所保留的秘密，但却没有任何用处，因为保密人必须心甘情愿才能吐露心中的秘密。

该咒语所造成的痛苦被描述为"剧烈的疼痛占据了一切，他不知道自己身在何处……白热的刀子扎着他的每一寸皮肤，他的头肯定是疼得要开裂了。他尖声惨叫，他有生以来从没有发出过这样凄厉的叫声"。

这种恐怖咒语的感觉是如此强烈，以至于受影响的人希望无意识甚至死亡，作为逃避的手段。这种疼痛可能会造成永久性的精神损伤，就像前面提到的隆巴顿夫妇，他们在圣芒戈的医院里度过余生，因为钻心咒给他们造成了永久性的伤害。

要想成功地使用钻心咒，仅仅发出咒语是不够的。施咒者必须有一种强烈的欲望，想要引起被施咒对象的痛苦，并从他们的痛苦中获得快乐。

钻心咒没有破解咒语，然而，仍然有一些防御方法可以抵抗，可以躲在一个坚固的物体后面躲避这个咒语。一些意志特别强的巫师可以抵抗疼痛，直到魔法被解除。还有一种选择是在他们完成咒语之前打断施法者，就像斯内普在1997年对哈利所做的那样。

如果施法者使用老魔杖，而不赢得它的忠诚，将诅咒使用到它真正的主人身上，魔杖将拒绝给它的主人带来任何痛苦。然而，这仍然会有一定程度的影响，比如使中咒者身体飞行。

– 其他 –

恢复人形咒
Homorphus Charm

恢复人形咒是能让狼人重新变成人类的咒语,但很可能并不存在。在1992—1993学年的黑魔法防御术课上,哈利被洛哈特要求扮演狼人。洛哈特声称自己制服狼人时使用了"非常复杂的人形魔咒"。根据洛哈特的描述,这一咒语的使用效果是狼人身上的毛消失了,大尖牙缩回去了,重新变成了一个人。魔咒的效果仅限于"变回人形",而非"治愈"。

回火咒
Backfiring Jinx

其咒语未知,效果未知。1996—1997学年,有人在伦敦东南部的大象城堡区使用了这个咒语,当时任职于伪劣防御魔咒及防护用品侦查收缴办公室的韦斯莱先生和部下一起赶往现场。

基础运动魔咒
Substantive Charm

这是魔咒课讲授过的内容。1996年,在魔咒学O.W.L.理论考试的前一天,西莫·斐尼甘曾背诵其定义,而迪安·托马斯对着《标准咒语(五级)》帮他核对。

牢不可破的誓言
Unbreakable Vow

这是一种用于结成巫师之间的誓约的魔法,效力很强。如果誓言被打破,那么违背誓言的那个人就会死亡。

结成誓言的双方应面对面跪好，紧握对方的右手。一个见证人要离他们相当近，并把自己的魔杖头点在他们相握的两只手上。一方会说一些的誓言，然后另一方要表示同意。尚不清楚此时如果另一方拒绝的话会产生什么后果。每说一道誓言，就会有一条细细红红的火焰从见证人的魔杖喷出，紧紧地缠绕在双方的手上。

魔法休克治疗
Shock Spell

　　这是一种在圣芒戈魔法伤病医院使用的疗伤咒语，可能用于治疗精神疾病。1996年3月，《唱唱反调》刊登了对哈利的专访，披露塞德里克之死和伏地魔复活的细节后，曾有一个女巫给哈利写了一封信，建议他"到圣芒戈接受一段魔法休克治疗"。

年龄线
Age Line

　　三强争霸赛报名时，火焰杯就放在门厅，所有有意参与竞选的同学都能接触到它。为了避免年龄不够的同学经不起诱惑，邓布利多在火焰杯周围画了一条年龄线，任何不满17周岁的人都无法越过这条界线。使用增龄剂不会骗过它，弗雷德和乔治服下增龄剂后，曾试图跨过那道线，但随后就被抛到年龄线外面十英尺的石头地面上。

显示出你的秘密
Reveal your secret！

　　1993—1994学年，斯内普拿到活点地图时，他用魔杖轻轻碰了一下那张地图说了这个咒语，然而什么事情也没有发生。

不可标绘
Unplottability

这是一种用来隐藏世界上某个区域的方法，使用这种方法的咒语书中未交代。不可标绘的地点或者无法直接看到，或者没法在地图上标出。使某个地点不可标绘的原因通常是保护某个人的安全，或者守护某个秘密。巫师的住宅以及魔法学校通常是不可标绘的。

已知不可标绘地点：

布斯巴顿魔法学院、德姆斯特朗学院和霍格沃茨魔法学校都不可标绘，它们使用强大的魔法保护自己的学生和里面的秘密，不让麻瓜和黑巫师发现。霍格沃茨对其他学校隐藏自己的方法尚不得而知，因为它紧邻霍格莫德，而霍格莫德是可以标绘的。

格里莫广场12号不可标绘，用来隐藏凤凰社。

有求必应屋和密室均有可能不可标绘，活点地图上没有这两个房间。

德利亚岛不可标绘，因为这里生活着危险的五足怪。

阿兹卡班不可标绘，因为这座位于北海中心的岛屿上关押着许多危险人物，必须使其与世界上的其他地点隔离。

非洲布基纳法索的许多森林不可标绘，这是因为布基纳法索魔法部需要保护在这里栖息的如尼纹蛇。

第五章 生物

哈利·波特百科全书

魔法世界的特殊物种

— 家养小精灵 —

家养小精灵是一种神奇的物种,他们对自己的主人非常忠诚,通常一生只为一个宅邸或一个家庭服务。一般只有在非常古老的巫师家庭中才会出现家养小精灵。他们负责打理古老豪华宅院,兢兢业业地完成家务。哪怕他们非常讨厌自己的主人,他们也无法反抗主人的命令。除非他们被主人赠予衣物,否则无法获得人身自由(大部分家养小精灵视获得自由为耻)。

家养小精灵一般身材瘦小,鼻子长而扁,耳朵很大,形状像蝙蝠翅膀。物种能力:他们不仅精通日常家务类的魔法,更拥有强大的,甚至有很多巫师达不到的魔法能力,例如他们可以在巫师无法幻影移形的地点(如霍格沃茨魔法学校)进行幻影移形。

多比
Dobby

多比原为马尔福家的家养小精灵,后来因为哈利的帮助从卢修斯·马尔福那里得到了一只袜子而获得自由,从此把袜子认定为自己最喜欢的衣服。多比喜欢自由,但也因此受到其他小精灵的孤立。多比在家养小精灵群体中是非常独特的,它并不盲从,懂得辨别是非善恶。它不喜欢自己的原主人马尔福一家,因此他在努力遵守主人命令的同时却又按照自己的是非观念进行反抗。

多比对哈利很好,虽然有时候也会给哈利带来困扰。他在1992年的暑假中初次见到哈利,并警告哈利霍格沃茨魔法学校存在的危险,阻止哈利前往。

在与汤姆·里德尔在密室决战胜利后,哈利来到邓布利多的办公室,卢修斯·马尔福因想得知决战结果亦前来。他走后,哈利将自己的袜子放到汤姆的日记本里,一并塞给卢修斯,卢修斯收下后交给了多比。就这样,主人卢修斯相当于送给了多比一只袜子，多比即变成了一只自由的精灵。

随后，多比四处求职，却一直因为他身为家养小精灵却要求工钱而被拒绝。后在《火焰杯》一书中经邓布利多允许，多比在霍格沃茨厨房工作，待遇是一星期一个加隆，一个月休息一天。在《混血王子》一书中，哈利派多比和克利切监视、跟踪马尔福，多比尽心尽力，一星期不睡觉，日夜跟踪，最后搞清了马尔福曾走进有求必应屋。

1998年，多比被阿不福思派到马尔福庄园的地牢里帮助哈利一行人幻影移形逃离，但后来被贝拉特里克斯掷出的小银刀杀死，哈利亲自给多比挖了坟墓，埋在了比尔和芙蓉的贝壳小屋旁边。

郝琪
Hokey

郝琪是一个雌性小精灵，原本是赫普兹巴·史密斯的家养小精灵，她是哈利所见过的最瘦小、最苍老的家养小精灵。少年时期的伏地魔为了得到斯莱特林挂坠盒和赫奇帕奇金杯，杀死了赫普兹巴·史密斯，并修改了家养小精灵郝琪的记忆，嫁祸于她，让郝琪认为是自己误给女主人下了毒，使郝琪被关进了巫师监狱阿兹卡班，并死在那里。

邓布利多曾在郝琪被捕后探望她，从询问中了解到汤姆·里德尔垂涎其主人的挂坠盒和金杯，从而猜想汤姆很有可能将斯莱特林与赫奇帕奇两大霍格沃茨创始人的遗物作为魂器载体，这条线索指引了后来者寻找并消灭魂器的方向。

克利切
Kreacher

克利切原为布莱克家族的家养小精灵。

克利切曾经目睹了伏地魔在岩洞中封藏斯莱特林挂坠盒的过程，并且是雷古勒斯盗取斯莱特林挂坠盒的唯一知情人。

克利切一直像奴隶一样服侍着高傲自大的布莱克家族，女主人（小天狼星的母亲）死后，他独自一人在布莱克家族的家——格里莫广场12号待了10年，直到1995年夏天，凤凰社将此处作为指挥部。尽管克利切十分憎恨小天狼星，但还是服从于小天狼星。小天狼星对克利切也没有一丝好感，称克利切为"没用的废物"。

邓布利多曾告诫过小天狼星要善待、尊重克利切，然而他没有这么做。一直

想换个主人的克利切将小天狼星的"滚出去"曲解成"滚出那座屋子",从而离开凤凰社去了纳西莎·马尔福处。由于克利切被小精灵的魔法束缚着,他并没有向马尔福夫妇泄露凤凰社的所在地及禁止他泄露的一些凤凰社的机密计划,但小天狼星没有禁止克利切说出一些生活琐事,克利切便将哈利把小天狼星当作至亲的事实泄露给了敌方。

1996年6月,伏地魔利用哈利和小天狼星的关系设计布局,向哈利的大脑传送小天狼星在神秘事务司被折磨拷问的假信息,哈利通过壁炉向克利切确认,克利切则撒谎说他的主人还没有从神秘事务司回来。哈利因此被骗入神秘事务司,小天狼星为了追去保护哈利而身亡。

小天狼星死后,克利切本以为自己可以被自己最喜爱的布莱克家族成员——贝拉特里克斯继承,但小天狼星一纸遗嘱将所有财产(包括克利切)都交给了他的教子哈利继承。克利切不得不服从。

之后,哈利让克利切到霍格沃茨厨房里和其他家养小精灵一起干活,还曾让他帮助多比跟踪过德拉科·马尔福。

哈利在邓布利多和赫敏的引导下理解了克利切作为家养小精灵的天生的思维局限性,原谅了克利切。同时,由于哈利后来给了克利切雷古勒斯生前留下的假挂坠盒,使克利切对哈利变得十分忠诚,在霍格沃茨之战的时候,克利切戴着挂坠盒冲在家养小精灵最前面。

闪闪
Winky

闪闪是一个雌性小精灵,原为克劳奇家的家养小精灵。她的眼睛大得出奇,鼻子无论是从形状还是大小来说都和西红柿极为相似,她说话的声音比多比更高、更尖细。

闪闪同情小巴蒂,于是求克劳奇先生让她带小巴蒂去看世界杯。食死徒袭来时,小巴蒂用偷来的魔杖发射了黑魔标记(偷了哈利的魔杖,由于闪闪恐高,用手捂着脸,没能看见)。

闪闪和小巴蒂在树林中被魔法部的人击晕。闪闪被带离现场,克劳奇先生匆忙赶去树林找到被击晕的小巴蒂,用夺魂咒将其控制后匆匆回家。由于闪闪没有看住小巴蒂,克劳奇先生开除了闪闪,她因为被开除而十分伤心。

闪闪之后来到霍格沃茨魔法学校和多比一起在厨房工作,然而她一直为重获自由而羞耻。

- 巨人 -
- 纯血巨人 -

巨人是一种独立的特殊物种，一般都具有侵略性和暴力倾向。巨人会聚居于山中，形成巨人部落。也有个别巨人会独立出来，与人类交往，但由于与巫师世界的互相歧视（巨人会嫌弃人类太矮），最终很可能还是会回归部落。

外貌特征：巨人这一种族的身高非常高，体型异常庞大，并以此为美。已知有的巨人身高可达到20英尺（约6米）高。

物种能力：巨人除体型高大以及体量带来的巨力之外是否具有其他特殊能力不得而知。

当邓布利多得知巨人的居住地，并得到伏地魔复活的消息后，他曾让海格和马克西姆夫人作为使者前往巨人部落。另一方面，伏地魔也计划拉拢巨人，曾命令食死徒麦克尼尔前往巨人部落。

1997—1998学年，效力于伏地魔的巨人和食死徒一同参与了霍格沃茨之战。

弗里德瓦法
Fridwulfa

弗里德瓦法是一个纯血巨人，也是混血巨人海格和巨人格洛普的母亲，在第二次巫师战争爆发之前逝世。

1928年，弗里德瓦法与海格先生生下了儿子海格，但在海格三岁的时候就抛弃了他和他的父亲。弗里德瓦法回到了巨人群落中，和另一个巨人生下了格洛普。

弗里德瓦法抛弃海格的原因是海格是个"矮个子"，而女巨人认为生下健康的大孩子才是好事情。她后来因为同样的原因抛弃了格洛普。弗里德瓦法离开后，海格先生非常伤心，而海格并不怎么记得弗里德瓦法，只是觉得她并不是个好母亲。

高高马
Golgomath

高高马是巨人首领，曾杀掉前任古戈卡库斯，然后取而代之。他有着黑头发，

长着大黑牙，戴着骨头制的项链，身材魁梧，在巨人中也属于个头高大的。他凶恶、残忍，海格和马克西姆夫人拜访巨人时，曾被其袭击。

格洛普
Grawp

格洛普是一个善良、温柔的纯血巨人，是弗里德瓦法的儿子，海格同母异父的弟弟。尽管他站起来有16英尺（约4.9米）高，但在巨人中仍然属于身材矮小。

1931年前后，女巨人弗里德瓦法抛弃了她的人类丈夫海格先生和仍是婴儿的混血巨人海格重新回到了山里，并与另一个巨人生下格洛普，但格洛普的身高却依然不及其他纯血巨人。因此，格洛普也被弗里德瓦法抛弃了。因为身材矮小，格洛普经常被其他巨人欺负。

海格和马克西姆夫人在霍格沃茨校长邓布利多的要求下，于1995年6月拜访了巨人部落，尝试说服巨人成为凤凰社在战争中的盟友，共同对抗伏地魔和他的食死徒。在巨人营地居住三天后，海格发现了他的同母异父弟弟格洛普，并发现格洛普在巨人部落中经常受到欺负。尽管之前一直受到虐待，不过格洛普还总是想回到巨人的营地，但海格强行把格洛普带回了英国。

格洛普身上具有一般巨人所有的特点——有侵略性且暴力。在刚被带到英国时，他甚至会在心情不好时攻击自己的哥哥。不过到了第二年（1996年），格洛普就变得温顺多了。他参加了邓布利多的葬礼，还穿了像小帐篷那么大的夹克衫和长裤。当时他已经能够展现出同情心，他的头低垂着表示悲伤，用大手拍海格的头表示安慰，他巨大的力气让椅子的四条腿都陷进了地里。

1998年3月，由于海格在自己的小屋里举办了支持哈利的晚会，他和格洛普被迫开始逃亡，离开被食死徒控制的学校。

同年5月1日，海格和格洛普在他们躲藏的山洞中听到了伏地魔放大声音发出的交出哈利的最后通牒。格洛普带着海格和他们的猎狗牙牙突破学校的边界，并把海格和牙牙一起从二楼走廊的窗户中塞进了城堡。

格洛普也参加了霍格沃茨之战，与伏地魔带来的巨人战斗。

卡库斯
Karkus

海格第一次前往巨人居住地拜访时，卡库斯是当时的古戈（巨人首领）。海格估计他有二十二三英尺高。他在巨人中最大、最丑、最懒，坐在那儿等别人拿东西给他吃。他有两头公象那么重，皮肤像犀牛。他对海格送来的礼物——一支古卜莱仙火和一顶妖精制作的头盔很满意。他虽然不会说英语，但他知道邓布利多曾反对杀害英国最后一批巨人，所以对邓布利多的话很感兴趣。但海格面见他的当晚，他就被另一个巨人高高马杀死，头颅被砍下扔进了湖里。

- 混血巨人 -

混血巨人是一种具有一半巨人血统和一半人类血统的人。

混血巨人通常有一个巨人母亲和一个麻瓜父亲，虽然反之亦可，但正常体型的女巫很难承受有巨人血统的体型巨大的孩子。许多混血巨人都曾被人歧视，就像狼人、马人和其他半兽人一样。不同的是，纯血巨人同样看不起混血巨人，因为他们个头矮小。在巨人看来，生一个体型巨大的孩子才是令他们骄傲的事。

外貌特征：混血巨人可以从巨人家族一方继承身高和体型。从普通人类的标准来看，他们通常显得非常高，但是从巨人的标准来看，他们又会显得矮。他们从巨人血统那里继承了对大多数魔法攻击的天然抗性。

物种能力：所有已知的混血巨人都有魔法血统，因此也就具有魔法能力。这种特质是从他们的巫师祖先那里继承下来的。如果他们的人类血统来自麻瓜，那么他们是否有魔法能力则不得而知，因为尚未出现这种情况的混血巨人，也没有出现过没有魔法能力的混血巨人。

奥利姆·马克西姆
Madam Olympe Maxime

马克西姆夫人是布斯巴顿的校长，在1994—1995学年的三强争霸赛中首次登场，布斯巴顿的师生乘坐着巨大的、粉蓝色的、由12匹飞马拉的马车前来。

马克西姆夫人个头非常高，在各个方面都很强壮，邓布利多很尊重她。尽管她体形异常高大，但举止优雅（舞跳得很好），见过她的人都有种受鼓舞的感觉。她的脸呈橄榄色，一双水汪汪的眼睛又黑又大，头发梳在脑后，从头到脚裹着一件黑缎子礼服，有许多华贵的蛋白石饰品。马克西姆夫人的英语虽然带点法语口音，但说得非常不错。

海格为了马克西姆夫人，把自己头发弄得像摊泥，穿上最不合身的衣服，甚至向她透露三强争霸赛第一个项目的内容。但海格说出马克西姆夫人跟他一样是个混血巨人时，她很不高兴。不过在三强争霸赛的第三个项目开始前，海格和马

克西姆夫人又成了朋友。她改变了对海格的态度，对其敞开心扉。

海格最后说服马克西姆夫人跟他一起去东欧山脉寻找巨人，试图与巨人联盟一起对抗伏地魔。虽然这次联盟未能达成，但他们的友谊在这段旅程中得到了升华。抛去珠宝华服，马克西姆夫人的吃苦耐劳以及与巨人谈判所展现出的能力令人钦佩。

马克西姆夫人最后一次露面是在邓布利多的葬礼上。

※鲁伯·海格的其他信息详见前文主要人物介绍。

- 灵类魔法生物 -
- 幽灵 -

幽灵立体而透明，是已经死去的男女巫师留在现实世界中的印记，他们可以继续说话走动，但是很少有人选择不前往死亡世界，以幽灵的状态继续存在。由于幽灵选择了最贫乏的方式来延续存在，他们几乎无法享受任何东西，他们的认知永远停留在他们还活着的时候。

外貌特征：幽灵一般体现为半透明的珍珠白色，他们可以穿透人体、墙体等物质。

物种能力：幽灵的具体能力如何尚无明确定论。他们能够对水、火、空气造成一定的干扰，可以影响外部环境或受到外部环境的影响（如桃金娘可以水淹盥洗室，差点没头的尼克在石化后可以被扇子扇出来的风移动位置）。

格雷女士
Grey Lady

身份：拉文克劳常驻幽灵
本名：海莲娜·拉文克劳 Helena Ravenclaw
特征：容貌美丽，身材高挑，长发齐腰，长袍及地，但她同时又显得很傲慢，目中无人。

海莲娜是拉文克劳创始人罗伊纳·拉文克劳的女儿，因渴望得到比母亲还高的声望，偷走了母亲的冠冕，逃至阿尔巴尼亚的一座森林。罗伊纳·拉文克劳向其他学校创办者隐瞒了这一消息，后在病重时派出女儿的爱慕者巴罗（后为斯莱特林学院的幽灵）寻找女儿，希望最后见她一面，但巴罗却因一时激动刺死了海莲娜·拉文克劳。海莲娜死后回到了霍格沃兹，成为拉文克劳学院的幽灵（格雷女士），后来无意间向汤姆·里德尔透露了冠冕的位置（阿尔巴尼亚森林中的一株空心树内），冠冕最后成为伏地魔的魂器。这个魂器后被哈利销毁。

哭泣的桃金娘
Moaning Myrtle

死亡时间：1943年6月13日
外貌特征：戴着眼镜，脸上长了很多粉刺。
全名：桃金娘·伊丽莎白·沃伦Myrtle Elizabeth Warren

　　桃金娘在死后通常被称作"哭泣的桃金娘"，麻瓜出身，20世纪40年代曾在霍格沃茨魔法学校就读。1943年，她被汤姆·里德尔使用萨拉查·斯莱特林留在霍格沃茨密室中的蛇怪杀死。

　　桃金娘在霍格沃茨读书的时候一直遭受校园霸凌。一天，她因为被奥利夫·洪贝嘲笑外貌，跑到盥洗室的一个隔间中哭泣，却听到有男生说话的声音，于是打开隔间的门想让男生走开，结果看到了蛇怪的眼睛，当场死亡。

　　桃金娘死后以幽灵的形态返回人间，并开始跟踪之前嘲笑了自己的奥利夫·洪贝。奥利夫最后找到魔法部来约束桃金娘的行为，使桃金娘不得不留在霍格沃茨魔法学校。

　　桃金娘通常会待在自己死亡的那间盥洗室中，但有时也会去其他的地方。在一些特殊的情况下，她会在没有防备的时候被人冲进大海中。正因为桃金娘的存在，这间盥洗室后来很少被人使用，这给一些学生提供了一个避人耳目的地方。

　　桃金娘经常会沮丧，但当其他学生倒霉时，桃金娘则会非常幸灾乐祸。桃金娘喜欢调戏男生，她一直和哈利调情，还会到级长盥洗室中偷窥塞德里克和其他学生洗澡。

　　1992—1993学年，金妮为了摆脱汤姆·里德尔日记的控制，将日记扔进了桃金娘所在的马桶，砸中了桃金娘的头。桃金娘一气之下，用水淹了自己的盥洗室。赫敏曾使用桃金娘的盥洗室制作复方汤剂，让哈利和罗恩伪装成斯莱特林学生高尔和克拉布，试图从马尔福处套取真相。

　　后来，哈利和罗恩从八眼巨蛛阿拉戈克那里得知，50年前遇害的学生是在一间盥洗室中被人发现的，于是哈利意识到这个学生就是桃金娘。结合桃金娘的描述和赫敏找到的信息后，他们确定密室怪物就是蛇怪。

　　1994—1995学年，桃金娘在级长盥洗室暗中偷看塞德里克解开金蛋谜题的办法，在哈利拿着金蛋前来的时候，桃金娘给了他提示。哈利参加第二个项目的时候，桃金娘也出现在了大湖里，为他指明人鱼村庄的方向，让哈利第一个发现

人质，比其他勇士早得多。

1997年，马尔福曾因为多次刺杀邓布利多失败，向哭泣的桃金娘倾诉。桃金娘安慰他，觉得自己很能理解他的处境。

尼古拉斯·德·敏西－波平顿爵士
Sir Nicholas de Mimsy-Porpington

死亡日期：1492年10月31日
身份：格兰芬多常驻幽灵
特征：作为一个幽灵，尼古拉斯爵士全身为珍珠白色，略带透明。他有着长长的卷发。他通常会穿戴一个皱领，这可以保证他的头不会随便乱动。同时，他还会穿束身衣、马裤和紧身上衣。他偶尔也会穿束腰外衣，他喜欢戴着很时髦的、插着羽毛的帽子。他留着一小撮山羊胡，平时用一种轻快、拘谨的语调说话。

尼古拉斯·德·敏西－波平顿爵士在死后也被称为"差点没头的尼克"（Nearly Headless Nick），他生活在15世纪，出生于居住在英国某地的高贵的敏西－波平顿家庭。

11岁时，尼古拉斯进入霍格沃茨魔法学校格兰芬多学院学习。他不擅长变形术。成年后的尼古拉斯爵士公开和麻瓜交往，被授以爵位，是国王亨利七世皇宫中的朝臣。

1492年10月30日晚上，尼古拉斯爵士在公园里漫步时碰到了一位宫中女官格丽夫女士，在女士的要求下，尼古拉斯帮她矫正牙齿，但是却不知为何让她长出了獠牙。尼古拉斯因此被收缴了魔杖并被关押，后被判处死刑。

因为磨刀石找不到了，刽子手的斧头很钝，尼古拉斯被砍了45下都没有完全断头。

尼古拉斯选择作为一个幽灵留下，而不是"走下去"。他自己承认，他害怕死亡。他成为霍格沃茨魔法学校格兰芬多塔楼的常驻幽灵。大部分学生都喜欢用"差点没头的尼克"称呼他，他很乐意为快要上课迟到的格兰芬多新生们指路。

小天狼星死后，哈利向尼古拉斯爵士询问小天狼星能否变成幽灵。尼古拉斯爵士告诉他，只有害怕死亡的巫师才可能选择成为幽灵，而像小天狼星那样的人不会做这样的事。

胖修士
Fat Friar

身份：赫奇帕奇常驻幽灵

特征：胖修士是一个快活、宽容的人。作为一个幽灵，胖修士和其他幽灵一样是半透明的珍珠白色。他初看上去很明显是个修道院僧人，身材矮胖，穿着领口皱巴巴的衣服和紧身裤。

胖修士生前是一个巫师，曾在年轻时进入霍格沃茨魔法学校的赫奇帕奇学院就读。他一生致力于宗教，并在后来成了一个神职人员。不过，高级教士们开始怀疑他治疗痘病的方法只不过是用一根棍子去戳农民，加上不明智的他总是习惯从圣餐杯中变出兔子，所以他最终被处决。他在死后回到学校，成为赫奇帕奇学院的幽灵。

血人巴罗
Bloody Baron

身份：斯莱特林常驻幽灵

特征：作为幽灵，巴罗看起来十分苍白，呈珠白色，略带透明。巴罗有一双睁得大大的、瞪着的黑眼睛，形容枯槁。他身上穿的长袍布满银色的血迹，戴着一副镣铐作为杀死海莲娜·拉文克劳的忏悔。他说话的声音沙哑。

个性：在他活着的时候，巴罗被海莲娜描述为一个"脾气暴躁"的人。他坚持按照自己的方法行事，当事与愿违的时候，他就会愤怒失控，暴力相向。作为幽灵，他让大多数人害怕，人们不希望他存在，就连别的幽灵也是。

巴罗在不早于1982年的时候生于贵族家庭。

在11岁的时候，巴罗成为位于苏格兰的霍格沃茨魔法学校的第一批学生。在那一时期，学校还在由它的创建者们管理。他被分入斯莱特林学院，跟随萨拉查·斯莱特林学习魔法七年。

在这期间，巴罗遇到了罗伊纳·拉文克劳的女儿——海莲娜·拉文克劳，并深深地爱上了他，尽管海莲娜总是拒绝他的追求。

后来，海莲娜希望能拥有更多智慧，于是从她的母亲那里偷走了冠冕，并跑到了阿尔巴尼亚。后来罗伊纳患了重病，虽然她的女儿做了不孝不义的事，但还是希望可以再见到她。罗伊纳让巴罗找回海莲娜，在找到海莲娜之后，巴罗试图强迫她回去，但是她拒绝了。在盛怒之下巴罗杀死了海莲娜。由于过度悲伤，他用刺中海莲娜的武器结束了自己的生命。

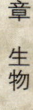

巴罗和海莲娜（格雷女士）后来都以幽灵的形式回到人间，他们也都回到了霍格沃茨城堡，分别成为他们原来所在学院的幽灵。巴罗一直悔恨自己的行为，一直戴着一副镣铐作为忏悔。似乎除了格雷女士没有人知道为什么他浑身是血，就连霍格沃茨的其他幽灵也不知道。据尼古拉斯爵士所说，在天文塔上哼哼唧唧、丁铃当啷是血人巴罗最喜欢的消遣。

※卡思伯特·宾斯的其他信息详见前文霍格沃茨教师介绍。

- 其他 -

博格特
Boggart

外观形态：博格特是魔法界的一种神奇生物，可以变形，没有人知道博格特的真正形态。

习性：博格特生活在阴暗狭窄地方，会变成遇见它的人最害怕的东西。对付博格特的咒语是博格特驱逐咒（滑稽滑稽），咒语会使博格特变为施咒者认为最滑稽的样子，人越多，博格特便越好对付，因为它不知道该变为什么。真正杀死博格特的是大笑，一旦发出大笑声，博格特便炸成万缕青烟消失了。

能力及作用：博格特会看透一个人的内心，变成那个人最害怕的东西。

凯波拉
Caipora

外观形态：凯波拉是一种个头很小、毛茸茸的灵人，非常调皮、狡猾。这种生物生活在巴西的热带雨林中，守卫卡斯特罗布舍的场地和建筑，并在夜幕的掩护下关注着学生。

习性：凯波拉喜欢搞恶作剧，这给学校生活带来了不少麻烦。

女鬼
Banshee

原产地及其分布：女鬼是一种灵类黑暗生物，分布于爱尔兰和苏格兰。

外观形态：女鬼看起来像一个女人，长着拖到地上的长发，脸像个骷髅，皮肤会泛出绿光。

能力及作用：听到女鬼的叫声是致命的，这一点和成年的曼德拉草很相像。

摄魂怪
Dementor

外观形态：摄魂怪是一种魔法生物，披着一件斗篷，全身都像在水里泡烂了一样，有着结痂的手掌。它们没有五官，在本该张嘴的地方有一个洞，能把人的灵魂吸走。

习性：摄魂怪看不见，只能通过嗅觉、气味来分辨人类。摄魂怪依靠吸食人类积极的情感为生，并迫使它们的受害者一遍遍重温最糟糕的记忆。由于摄魂怪只能依靠情绪和精神状态感知囚犯，因此无法区分身体或精神状况相近的两个人。摄魂怪对动物不敏感，小天狼星在变成狗的形态后，摄魂怪只是认为他丧失了理智。麻瓜无法看到摄魂怪，但是一样会受到摄魂怪的影响。

能力及作用：凡是此物经过的地方，都会被吸去快乐，让人想起最可怕的事。它们的兜帽下面的"嘴"会吸去人们的灵魂，被称为"摄魂怪之吻"，这几乎相当于杀戮，令人肉身仍存但灵魂已逝。被摄魂怪袭击时，巫师会感到周围的光线被吸取，渐渐坠入黑暗，勇气和希望消退，虚无逐渐占据内心。摄魂怪守卫着阿兹卡班，同时担负着埋葬阿兹卡班囚徒以及给囚徒送饭的劳动，这证明它们可以进行一定的体力劳动。卢平曾表示，与摄魂怪相处的时间太长的话法力就会被摄魂怪吸干，如果他的话无误，那么摄魂怪是唯一已知的可以使巫师无法使用魔法的生物。

应对方法：摄魂怪无法从肉体上被杀死，只能暂时驱离。使用守护神咒是应对的有效方法。吃巧克力是人们在遭到摄魂怪袭击后进行急救的方法。

骚灵
Poltergeist

骚灵，又名"喧闹鬼"，是传说中一种发出吵闹声音的幽灵，最早源于欧洲神话传说。

外观形态：通常情况下，骚灵没有具体的形态。

习性：骚灵通常会出现在一些特定的地点，尤其是有大量青少年聚居的地方；或者随着某些建筑物的建成而被催生出来；或者在某个时间悄然入住。麻瓜们生活的地方也有可能有骚灵出没。

能力及作用：骚灵能够飞行，喜欢恶作剧（松开吊灯、在黑板上写骂人的话、乱扔东西）。

皮皮鬼
Peeves

皮皮鬼是霍格沃茨魔法学校的骚灵，自霍格沃茨创办之初就已经存在，喜欢制造恶作剧和混乱。只有血人巴罗和邓布利多能够控制皮皮鬼。与其他骚灵不同的是，皮皮鬼是有具体物理形态的，同时还能隐身。

皮皮鬼的外貌看起来是一个男性侏儒，长着黑色的头发，有一双邪恶的眼睛、一张大嘴，平时身着奇装异服。

皮皮鬼与霍格沃茨魔法学校建筑物同时诞生，在学校正式招收大量儿童入学后出现。学校历任管理员都会与皮皮鬼斗智斗勇。

1876年，时任霍格沃茨管理员的兰科罗斯·卡尔佩为了把皮皮鬼赶出城堡，设计了一个陷阱。他用各种武器作为诱饵，将皮皮鬼引入巨大的、被施了多种牵制咒的钟，最终将皮皮鬼扣在钟里。设计虽然精妙，但皮皮鬼没有按照套路行事，它带着作为诱饵的武器（弯刀、弩、大口径前膛枪、小型加农炮）破开钟罩，在学校内随意射击，为此城堡不得不疏散三天。

为了让皮皮鬼交出武器并恢复常态，时任校长的尤普拉西娅·摩尔教授与皮皮鬼签订协议，给予皮皮鬼更多的权益（每个星期可以在一楼的男生盥洗室里游一次泳、优先选择厨房里的发霉面包用来乱扔、得到一顶波纳比勒夫人为它专门制作的新帽子）。这是最后一次试图摆脱皮皮鬼的尝试，也是最具灾难性的一次。管理员卡尔佩先生因为这件事以"健康原因"为由提前退休。

- 妖精 -

妖精是一种与巫师共存的高智商生物。妖精之间使用妖精语言进行交谈。他们的饮食包括肉、根与真菌。

妖精曾被许多巫师认为是劣等生物，这些巫师愚蠢地认为妖精们很满意这样的安排。

纵观魔法史，巫师和妖精之间总会发生冲突，这样的冲突并不能简单的归罪于任何一方。妖精对巫师可以非常残忍嗜血，并认为他们非常傲慢。而巫师则觉得妖精低人一等。妖精曾对自己二等公民的地位十分恼怒，常常用叛乱、暴动的暴力反抗行为来表达强烈的不满。

英国魔法部神奇动物管理控制司有一个妖精联络处，是英国魔法世界官方与妖精们进行联系的部门。

外貌特征：妖精身材矮小，肤色黝黑，几乎不待在室外。他们的手指和脚很长，有一个半球形的头。他们的身体比家养小精灵大一些。有些妖精有着深色的、斜斜的眼睛。

物种能力：妖精是优秀的工匠，尤其善于制作银器，甚至也为巫师铸造货币。由于妖精在金融和货币领域有着高深的造诣，他们运营着古灵阁巫师银行，在很大程度上控制着魔法界的经济。妖精虽然有自己的魔法体系，可以不用魔杖就使用魔法，但是他们一直在反抗巫师对魔杖的垄断。相对应的，妖精向巫师隐藏了自身魔法的秘密。使用妖精魔法制作的武器和铠甲几乎坚不可摧。

妖精的价值认知：妖精对于报酬和补偿的认知与人类大相径庭——妖精不喜欢偷窃，但他们对于"偷窃"这个词的定义与人类不同。在妖精的价值观中，一件物品的合法拥有者永远是它的制造者而不是购买者。简而言之，妖精认为购买者应该在死后将原物归还给制造者，即一个巫师为一件妖精制造的物品支付的费用只是租金。在妖精看来，把一件妖精制作的东西从巫师传给巫师而不再付钱，比偷窃好不到哪里去。妖精同时对自己应该收回的债权毫不松口。他们对卢多·巴格曼穷追不舍，因为后者在一次打赌中输了，还用小矮妖的金币来欺骗他们以偿还赌债。在抓住卢多之后，他们拿走了他身上所有值钱的东西，却因为这些不足以偿还他的赌债而继续不断地骚扰他。而卢多在输掉了和妖精的最后一场赌赛之后逃之夭夭，更是让妖精们拒绝再站在任何巫师一边。

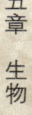

第五章 生物

鲍格罗德
Bogrod

鲍格罗德是古灵阁的雇员,因被哈利施展夺魂咒而带他们去往地下金库。

戈努克
Gornuk

戈努克是古灵阁的雇员。由于伏地魔在魔法世界中复辟后强令妖精服从于巫师,戈努克拒绝成为家养小精灵一样的角色,因而逃亡。戈努克在逃亡途中遇到泰德·唐克斯。后来戈努克与泰德·唐克斯和德克·克莱斯韦一同被谋杀。

古灵戈特
Gringott

著名的古灵阁巫师银行就是由古灵戈特创办的。

拉格诺
Ragnok

拉格诺是一个妖精,同时也是比尔的合作人。

1995年,比尔曾试图说服他站在凤凰社这一边,但是没有成功。因为卢多·巴格曼曾用小矮妖的金币欺骗过妖精,并且未能支付余款。包括拉格诺在内的许多妖精认为英国魔法部打算将这件事情就这么压下去,所以对所有巫师都抱有敌意。

拉环
Griphook

拉环是古灵阁的雇员。他秃顶,有一只长鼻子和一对长耳朵。哈利第一次前往古灵阁巫师银行的时候就是在拉环的带领下进入地下金库的。

拉环曾以格兰芬多宝剑为交换条件告知哈利等人进入古灵阁巫师银行地下金库的方法，但他在地下金库中抢夺了格兰芬多宝剑并背弃了自己的承诺。伏地魔在知道金杯被偷后勃然大怒，在古灵阁巫师银行将拉环杀死。

莱格纳克一世
Ragnuk the First

莱格纳克一世（11世纪在世）是戈德里克·格兰芬多在世时的一个妖精国王。作为最好的银匠，格兰芬多委托他锻造一把纯银的宝剑，剑柄上嵌入红宝石。等到莱格纳克制成宝剑以后，他喜欢上了它，想把宝剑从格兰芬多那里偷回来。于是他假装是格兰芬多从自己那里偷走了宝剑，让一队臣民前去取回它。但格兰芬多作为一个娴熟的决斗大师，把来人都击退了，并给这一队妖精施了魔法，让他们回去告诉莱格纳克，如果他再做这样的事，就会用这把剑杀死他和他的所有臣民。

莱格纳克之后没有再试图拿走宝剑，但妖精之间却开始流传格兰芬多偷走宝剑的传说。因为在妖精看来，一个巫师将妖精制造的东西传给别的巫师而不再向制造者付钱，那比偷窃好不到哪里去。所以当格兰芬多将宝剑留给别人时，这种窃贼传言在妖精社会中被坐实。在宝剑被铸造600年之后的17—18世纪，格兰芬多盗取宝剑的传言引发了血腥的妖精叛乱。

内八字的拉格诺
Ragnok the Pigeon-Toed

内八字的拉格诺是一个维护妖精权益的妖精活动家，是《小人物，大计划》一书的作者。

— 吸血鬼 —

吸血鬼是一种类人的魔法生物，会咬开人的颈部吸血。他们属于人，也是活死人。

外貌特征：吸血鬼通常面色苍白，显得憔悴。他们的嘴里带有尖牙，用于咬破人的喉咙。吸血鬼厌恶大蒜，并会主动与它保持距离。他们会吸血，但也能够吃普通的食物，比如馅饼。蜂蜜公爵糖果店中出售一种带血腥味的棒棒糖，可能是卖给吸血鬼的。

血尼
Sanguini

血尼是一个吸血鬼，曾在1996年作为朋友埃尔德·沃普尔的嘉宾参加斯拉格霍恩举办的鼻涕虫俱乐部圣诞晚会。血尼又高又瘦，眼睛下有黑圈，一副厌倦生活的样子。不过，站在他旁边的一群女孩让他显得好奇而兴奋。为了分散血尼的注意力，沃普尔给他塞了一块馅饼。

— 媚娃 —

保加利亚魁地奇国家队的吉祥物就是媚娃。

外貌特征：媚娃有着惊人美丽，她们的皮肤像月亮一般泛着皎洁的柔光，头发即使在没有风的情况下也在脑后飘扬。

物种能力：媚娃被激怒时可以转变成可怕的似鸟生物，头部变为鸟头，长着尖锐的利喙，肩膀上伸展出翅膀覆盖着鳞片，能投掷火球。

芙蓉·德拉库尔的外祖母
Fleur Delacour's Grandmother

芙蓉·德拉库尔的外祖母姓名未知，是一个媚娃，芙蓉·德拉库尔的魔杖杖芯就是她的头发。

— 混血媚娃 —

混血媚娃是一种兼具人类血统（通常是男巫或女巫）和媚娃血统的人。媚娃是否能与麻瓜通婚不得而知，而麻瓜也不大可能意识到媚娃的存在。因此，绝大部分混血媚娃的魔法能力可能都继承自她们的父亲。与混血巨人不同，混血媚娃更难被人发现，因为除了美貌之外，她们看起来与普通人并没有什么差别。

外貌特征：混血媚娃会从母亲那里继承一些媚娃的特质，比如惊人的美貌。

物种能力：混血媚娃同样具有让男性痴迷的能力。她们是否能像一般的媚娃一样变形成鸟的样子不得而知。

混血媚娃的寿命和一般的媚娃不同。

混血媚娃或者具有媚娃血统的人是否能够为具有媚娃能力的男性不得而知。唯一已知具有媚娃血统的男性是路易斯·韦斯莱，他从母亲芙蓉那里继承了八分之一的媚娃血统。

阿波琳·德拉库尔
Apolline Delacour

阿波琳·德拉库尔是一位美貌迷人的法国金发女郎，她是芙蓉的母亲，拥有二分之一媚娃血统。

1997年的夏天，阿波琳·德拉库尔来到陋居参与芙蓉和比尔的婚礼，她与她的丈夫是一对非常受欢迎的客人。

加布丽·德拉库尔
Gabrielle Delacour

加布丽·德拉库尔是一个带有四分之一媚娃血统的法国女巫。她是德拉库尔先生和阿波琳·德拉库尔的小女儿、芙蓉的妹妹。

1994年，芙蓉在三强争霸赛中被选为布斯巴顿魔法学院的勇士。由于她很珍视加布丽，她的妹妹在第二个项目中被选为需要她解救的"宝贝"。不过，由于格林迪洛的干扰，芙蓉最终没能接近加布丽，但三强争霸赛的另一个勇士哈利赶开了人鱼，将她和自己需要解救的罗恩一起带出了水面。从那以后，芙蓉和加布丽对待哈利和罗恩的态度都变得非常好。

1997年夏天，加布丽的姐姐芙蓉和比尔在陋居举行了婚礼。在婚礼上，11岁的加布丽成为伴娘。

路易斯·韦斯莱
Louis Weasley

路易斯·韦斯莱是比尔和芙蓉的第三个孩子,也是最小的孩子。路易斯是已知的唯一拥有媚娃血统(八分之一)的男性,他会以何种方式表现媚娃特征不得而知。

※芙蓉·德拉库尔的其他信息详见前文主要人物介绍。

- 其他 -

女妖
Hag

女妖是一种野蛮的人。关于女妖的信息很少,这可能是因为麻瓜会把它们看成女巫。女妖在麻瓜文学中很有名。

外貌特征:长得很像丑陋的老巫婆,但是与她们相比长了更多的疣。

物种能力:像巨怪一样会使用基础魔法。

还魂僵尸
Zombie

目前已知的还魂僵尸出现在非洲。奇洛教授曾称他用来包头的围巾是一个非洲王子为了答谢奇洛教授帮助他摆脱还魂僵尸的纠缠而送的礼物。不过学生追问如何击败还魂僵尸的时候奇洛教授顾左右而言他,所以这个故事的真实性有待证实。

具有智慧的神奇生物

有些生物具有与人类相差无几,甚至超越人类的智慧,但因为与人类外形差异较大,这些生物在魔法世界历史中曾经饱受歧视,而这种歧视至今依然存在。

在魔法部终于愿意接纳他们的时候,他们却因一些原因主动放弃了"人"的身份,而要求魔法部将其划分为"兽",就如马人和人鱼,而狼人的情况则并非如此。

- 马人 -

英国魔法部分类级别:××××

虽然马人是一种非常聪明的生物,魔法部却仍旧依据神奇动物管理控制司第十五条法令第二款认为马人是具有"接近人类智力"的魔法生物。马人认为这种认定是一种极大的侮辱。

自1811年起,马人就符合"人"的定义,虽然马人具有与人一样的智慧,但马人要求英国魔法部将其划分为"兽",因为他们不希望与女妖和吸血鬼等生物共享"人"的身份。

马人十分自豪于自己的种族。在哈利在禁林中遇到伏地魔,被费伦泽救出之后,费伦泽允许哈利骑在自己的背上,护送他到安全的地方,这让其他的马人觉得是一种耻辱,认为他与一头"普通的骡子"没有什么区别。

不论他人是否有意,只要马人认为有人想要利用自己就会非常愤怒。比起科技,马人更喜欢贴近自然。他们不穿衣服(但会穿戴首饰),所使用的工具仍是弓箭这类原始的武器。

禁林中的马人群落最终参加了霍格沃茨之战,抵御食死徒的进攻。

外貌特征:马人是一个完全独立的物种,并非杂交而成的半兽人,其身体腰部以上是人,而下半部分是马身,毛发颜色从深到浅各有不同。

栖息地：马人是丛林动物，原产于希腊，目前广泛分布于欧洲地区。马人聚居于森林之中，生活在禁林中的马人群落就将禁林看作自己的领地，一个马人的群落通常包含10～50个马人。若某国存在马人群落，这个国家的魔法政府一般会为他们划出专门的生活领域。同时，马人自己也有办法避开巫师和麻瓜。

物种能力：马人不使用魔杖，但十分擅长魔法治疗、占卜术、射箭和天文学。

贝恩
Bane

贝恩是住在禁林里的马人，放荡粗野，黑毛凛凛，留着络腮胡子，看起来狂野骄傲。在《魔法石》一书中，贝恩对费伦泽将哈利驮到安全地方的行为感到非常愤怒。在《凤凰社》一书中，乌姆里奇对马人骂道："肮脏的杂种！"贝恩气愤不已，掳走了乌姆里奇。

玛格瑞
Magorian

玛格瑞是一个生活在禁林中的马人。他有一头长长的黑发，颧骨高耸，马身是红棕色的。

在霍格沃茨之战中，罗南、贝恩和玛格瑞带领着禁林中的其他马人冲进了礼堂。

罗南
Ronan

罗南是一个生活在禁林中的马人，他不信任人类。他长着红色的头发和胡子，在腰部以下则是棕红色的发亮的马身，还拖着一条长长的红尾巴。

1996年，罗南在其他马人的面前保护了哈利和赫敏，指出他们是"马驹"。他说话的声音相对其他的马人来说更为忧郁和缓慢。

在霍格沃茨之战中，罗南、贝恩和玛格瑞带领着禁林中的其他马人冲进了礼堂。

※费伦泽的相关信息详见前文霍格沃茨教师介绍。

– 狼人 –

英国魔法部分类级别：×××××

　　狼人在魔法世界普遍受到歧视。相对于麻瓜，由于巫师经常参与猎杀或者研究这种生物，所以被狼人攻击的概率更高。

　　英国魔法部对狼人的政策一直混乱而低效，其管理一直在魔法生物管理控制司的"野兽"和"类人"这两个部门之间摇摆不定。狼人登记处和狼人捕捉小组都属于野兽部门，但魔法部同时在类人部门成立了狼人支援服务办公室（无人前来，最终关停）。

　　1637年，英国魔法部曾经建立了一套狼人管理法规，要求狼人们来签字保证不会攻击任何人，并且会每月一次将自己安全地锁起来。但事实上没有人会承认自己是狼人。狼人登记处后来也面临着这样的问题。许多新被咬的狼人都会隐瞒自身情况，以避免受到歧视、羞辱和放逐。

　　在20世纪后半叶，有几种缓和狼人变形期间影响的魔药被发明出来。其中最有效的是狼毒药剂。

　　外貌特征：狼人在平时与普通人外貌无异，只是在每个月的满月期间会变身为狼。狼人每个月的变形如果未经缓和，会产生极度的痛苦，通常会在变形后的几日处于苍白和病萎的状态。在人形状态下，狼人的道德观并不会被兽性影响。在完全变形成狼形态时，狼人会完全丧失作为人类的意识。不过，狼人中也有区别，有些狼人在人形时也有可能是危险的，例如芬里尔·格雷伯克，他在人形时还保持着像利爪一样尖利的指甲。

　　物种能力及作用：成为一个狼人的必要条件是被一个狼形态的狼人在满月时咬伤。当狼人的唾液与受害人的血液混合的时候，就会发生感染。如果被一个人形的狼人袭击，受害者可能会发展出一些无害的，有些像狼的性格喜好，例如喜欢吃比较生的肉，但是在其他方面一般不会受什么长期的不利影响。但是，因为被狼人咬过或者抓过而留下的伤口，不管袭击者袭击时是不是狼形态，都会留下永久的伤疤。

　　狼人的分布及繁衍状况：由于狼人的产生并不局限于自然繁衍，而是通过感染的方式产生新同类，所以狼人是广泛分布于世界各地的。

※芬里尔·格雷伯克的相关信息详见前文食死徒介绍，莱姆斯·卢平的相关信息详见前文主要人物介绍。

- 人鱼 -

哈利·波特百科全书

英国魔法部分类级别：××××

人鱼是一种生活在水下的智慧生物，分布于世界各地。

他们的生活习惯仍是个谜，并且像马人一样，他们主动谢绝了作为"人"的地位，而选择"兽"的身份，因为他们不愿意与女妖和吸血鬼共享同样的身份。

外貌特征：人鱼的相貌既像人又像鱼，但并非半人半兽。和人类一样，人鱼的外貌也各有不同，但具体的颜色却与人类有着较大的差别。人鱼根据它们栖居的地方不同而分成了不同的亚种或种族。最早的人鱼出现在希腊，被人们称为"塞壬"。到了近代，那些生活在温暖水域中的人鱼有了更加美丽的外貌，而生活在冷水中的人鱼，如苏格兰的"塞尔基"和爱尔兰的"麦罗"，就没那么好看。人鱼似乎比人类要高一些，因为七英尺（约2.1米）高的人鱼似乎（至少对于塞尔基来说）并不少见。塞尔基的皮肤呈铁灰色，长着墨绿色的长且蓬乱的头发。他们的眼睛是黄色的，残缺不全的牙齿也是黄色的，脖子上戴着用粗绳子串起的卵石。

人鱼的物种能力：人鱼可以在水面以上呼吸，但并不清楚他们是否能够长时间远离水底生活。

人鱼的智慧达到了何种程度不得而知，但他们的智慧程度确实比大多数动物都要高。人鱼有自己的语言，他们最普遍的爱好是音乐。有证据表明，人鱼有着自己的繁荣文化。他们生活在高度组织化的社区中，有些还会使用石头精心制造住宅。此外，他们还会驯养诸如格林迪洛、马头鱼尾海怪、洛巴虫等生物，甚至使用洛巴虫作为武器。人鱼还会制作珠宝和武器、创作雕塑等艺术品，并通过手势完成基本的交流。

默库斯
Murcus

默库斯是大湖人鱼群落的首领。这个人鱼群落生活在霍格沃茨魔法学校城堡南侧的大湖中，是一个由塞尔基组成的部落。

1994年，这个群落由人鱼首领默库斯领导，生活在湖底中部的一个小村庄中。在三强争霸赛的第二个项目开始前，这个群落中的人鱼同意照料"人质"，等待勇士的救援。作为协议的一部分，她们的歌声被用来当作第二个项目的线索，需要勇士在参赛前进行破译。当勇士们将第一个项目中从火龙身边拿到的金蛋放入水中时，就能够听到包含线索的人鱼歌声。在第二个项目期间，人鱼试图阻止哈利解救一个以上的人质。在哈利成功解救了罗恩和加布丽两人之后，人鱼首领将这一情况报告给了邓布利多，并指出哈利一定要看到所有人质安全。

邓布利多于1997年逝世后，人鱼参加了他的葬礼，以表示对他的尊敬。他们先在水下为邓布利多歌唱，之后又浮出水面倾听悼词。

火龙

英国魔法部分类级别：×××××

在所有的神奇动物中，火龙很可能是最有名，也最难藏匿的动物之一。雌火龙的体型一般比雄火龙大，而且比雄火龙更具攻击性。但不论雌雄，除了训练有素、本领高强的巫师外，任何人都不应该试图接近它们，以免发生生命危险。

火龙的皮、血、心、肝和角都具有很强的魔法功能，火龙蛋被列为甲级非贸易商品。

火龙共有十个不同的种类，据了解，它们偶尔会跨种族交配，生出珍稀的杂交品种。

澳洲蛋白眼
Antipogean Opaleye

原产地及其分布：蛋白眼本来是一种新西兰土生土长的火龙。由于原栖息地的范围缩减，这一种族后来移居到了澳大利亚。

外观特征：澳洲蛋白眼的体型适中，体重为2~3吨，身上覆盖着珍珠状的鳞片，呈现出彩虹色，闪闪发光，五彩缤纷，因眼睛没有瞳仁，得名蛋白眼。它们也许是所有火龙当中最漂亮的一种。蛋白眼的卵是灰白色的，粗心大意的麻瓜们会把它误认作化石。

习性：澳洲蛋白眼与其他火龙不同，它们居住在山谷里而不是山上。

能力及作用：这种火龙能喷射一种非常鲜艳的红色火焰，但根据火龙的标准，它不是很具有攻击性，除非肚子饿了，否则很少有杀戮行为。

赫布底里群岛黑龙
Hebridean Black

　　原产地及其分布：赫布底里群岛黑龙是一种生活在苏格兰赫布底里群岛上的火龙品种。

　　外观特征：赫布底里群黑龙身长达30英尺（约9.1米），鳞片粗糙，紫色的眼睛炯炯有神，脊背上有一排不深但却锋利如剃刀的脊隆。它们的尾巴顶端是一个尖细的箭头，翅膀像蝙蝠一样。

　　习性：由于赫布底里群岛黑龙好斗（比威尔士绿龙还要好斗），其需要的活动领地就比较大，一条龙会占领100平方英里（约256平方千米）领地。赫布底里群岛黑龙主要以鹿为食，同时它也偷猎体型较大的狗甚至牛作为食物。

　　能力及作用：喷火。

罗马尼亚长角龙
Romanian Longhorn

　　原产地及其分布：罗马尼亚长角龙是一种产于罗马尼亚的火龙品种。其原产地罗马尼亚现在已经成为世界上最重要的火龙保护区，在那里，世界各国的巫师可以近距离地研究各种各样的火龙。

　　外观特征：深绿色的鳞片、金光闪烁的长犄角。

　　习性：它们喜欢用犄角抵死猎物，然后再喷火将猎物烤熟。

　　能力及作用：喷火。

秘鲁毒牙龙
Peruvian Vipertooth

　　原产地及其分布：秘鲁毒牙龙是一种产自秘鲁东部和东北部的火龙品种。

　　外观特征：秘鲁毒牙龙的体长仅50英尺（约15.2米）左右，鳞片光滑，全身呈黄铜色，脊背上有一条黑色脊隆。它们的犄角不长，长牙有剧毒。

　　习性：毒牙龙很愿意以山羊和奶牛为食，人类也是它们特别喜欢的食物。

　　能力及作用：秘鲁毒牙龙是已知的所有火龙当中体型最小，但飞行速度最快的一种火龙。

挪威脊背龙
Nobwegian Ridgeback

原产地及其分布：挪威脊背龙是一种产于挪威的火龙，现在是珍稀龙种之一。

外观特征：挪威脊背龙大多数地方和匈牙利树蜂相似，但是它们的尾巴上没有尖刺，脊背上特别招摇地隆起了一条乌黑的脊隆。他们的卵是黑色的。

习性：挪威脊背龙异常好斗，它们会攻击大多数种类的大型陆地哺乳动物。而雌性挪威脊背龙要比雄性凶恶得多。与其他种类的火龙相比，挪威脊背龙非同寻常的地方在于它能捕食水中的生物。

能力及作用：与其他种类的火龙幼崽相比，挪威脊背龙幼崽的喷火能力发展较早（出生后一至三个月之间）。

普通威尔士绿龙
Common Welsh Green

原产地及其分布：普通威尔士绿龙，又被称为威尔士绿龙，是一种产于威尔士的火龙品种。

外观特征：普通威尔士绿龙很容易识别，它们的吼叫声非常优美动听，其上、下颌很薄，身体颜色可以和山上茂密的野草很好地混在一起，不易分辨。普通威尔士绿龙的卵是褐色的，上面有绿色的斑点。

习性：普通威尔士绿龙一般将巢穴建在比较高的山上。尽管发生过伊尔福勒科姆事件，普通威尔士绿龙仍然是所有火龙当中最不爱惹麻烦的一种。像澳洲蛋白眼一样，它们喜欢捕猎绵羊为食。除非被激怒，它们总是会主动避开人类。

能力及作用：喷火。

瑞典短鼻龙
Swedish Short-Snout

原产地及其分布：瑞典短鼻龙是一种可能原产于瑞典的火龙品种。

外观特征：瑞典短鼻龙是一种外表格外引人注目的银蓝色火龙，它们的鼻孔里喷出的是耀眼的蓝色火焰，可以在瞬息之间将木材和骨头化为灰烬。

习性：瑞典短鼻龙喜爱居住在人迹罕至的荒凉山区，与大多数火龙相比，

这种火龙犯下的命案较少，但这不代表它们就是无害温和的，这种火龙依然非常危险。

能力及作用：喷火。人们会用它的皮制作手套和护盾。

乌克兰铁肚皮
Ukrainian Ironbelly

原产地及其分布：乌克兰铁肚皮是一种原产于乌克兰的火龙品种。

外观特征：乌克兰铁肚皮是世界上体型最大的火龙，体重可达6吨。乌克兰铁肚皮的身体滚圆，和毒牙龙或者长角龙相比，乌克兰铁肚皮的飞行速度较慢，却十分危险。从空中落地时，光凭体积就可以把住宅压成齑粉。它的鳞片呈金属质感的银灰色，眼睛是深红色的，爪子特别长，而且有毒。

能力及作用：喷火。

匈牙利树蜂
Hungarian Horntail

原产地及其分布：匈牙利树蜂是一种原产于匈牙利的火龙，被认为是所有火龙中最危险的一种。

外观特征：匈牙利树蜂身上覆盖着黑色的鳞片，外表像蜥蜴。它长着黄色的眼睛、青铜犄角，长尾巴上突出着差不多也是青铜色的尖刺。它的卵和混凝土的颜色一样，而且特别结实。小龙崽的尾巴击破卵壳，破卵而出，因为尾尖在出生的时候就已发育得很好。

习性：匈牙利树蜂以山羊、绵羊为食，但任何时候，只要有可能，它们也吃人。

能力及作用：匈牙利树蜂是喷火最远的火龙之一。

中国火球 / 狮龙
Chinese Fireball / Liondragon

原产地及其分布：中国火球，又被称为狮龙，是一种原产于中国的火龙品种。

外观特征：中国火球的外表特别醒目。它们那光滑的鳞片呈猩红色，脸上长着一只短而翘的鼻子。鼻子周围有一圈金灿灿的流苏状尖刺，眼睛突出。其体重为2~4吨。雌火球的身体比雄火球大。中国火球的卵呈鲜艳的深红色，上有金色斑点，卵壳在中国巫师界颇受珍视，应用广泛。

习性：中国火球生性好斗，但是和多数火龙相比，它们比较能够忍受自己的同胞，有时候甚至愿意和其他一两条火龙共享一块领地。大多数哺乳动物都是中国火球的美食，但它们比较喜欢吃猪和人。

能力及作用：此种龙因为在被激怒的时候能从鼻孔里喷射出蘑菇状火球，因而得名。

神奇动物

英国魔法部给绝大部分神奇动物都进行了危险级别分类。有些神奇动物本身具有较高的危险性，所以分类级别较高，而有些神奇动物因为偷猎它们的代价高昂，所以分类级别很高。许多动物可以杂交出新的品种，有些品种还没有进行危险性评估，所以还没有分类级别标识。也有一些动物不在英国魔法部管辖范围内，未能进行评估，因而没有评级。

矮猪怪
Nogtail

英国魔法部分类级别：×××

原产地及其分布：矮猪怪是一种恶魔，广泛分布于欧洲、俄罗斯和美国乡村等地。

外观特征：矮猪怪外观比较像发育不良的小猪，有长长的腿、粗短的尾巴，

眯缝着的黑眼睛。

习性：矮猪怪会偷偷跑进猪圈，和普通小猪崽一起吃母猪的奶。如果长时间没被察觉，矮猪怪就会长大。矮猪怪的行动速度非常快，很难被抓住。

能力及作用：矮猪怪在农场里存在的时间越长，长得越大，它所进入的那个农场遭到的破坏就越大。

驱逐办法：如果矮猪怪被一只纯白毛色的狗赶出农场，它就再也不会回来。神奇生物管理控制司害虫咨询处为此饲养了十几只患有白化病的大型猎犬。

八眼巨蛛
Acromantula

英国魔法部分类级别：×××××

原产地及其分布：八眼巨蛛原产于亚洲东南部的雨林深处，特别是加里曼丹岛的茂密丛林中。

外观特征：长着八只黑色的眼睛（如果失明则为白色）；全身覆盖着浓密的黑毛；腿向身体两侧伸展的跨度可达15英尺（约4.6米）；有一对巨型的螯肢，会在吃活的猎物和死去的同类时使用，情绪激动或生气的时候，它的螯会发出清晰可闻的咔嗒声；它还会分泌毒液。

习性：八眼巨蛛是食肉动物，喜欢体型大的猎物。八眼巨蛛倾向于生活在密林深处和森林茂密的区域，它们会在地面上编织圆屋顶形的蛛网。雌蛛的体型比雄蛛大，一次产卵可达100枚。这些卵是白色的，很柔软，大小与浮水气球相当。蛛卵的孵化时间为6～8个星期。

能力及作用：八眼巨蛛是一种体型巨大、生性凶残的蜘蛛，会说人类的语言。八眼巨蛛被认为是巫师为了让它们守护居所或财宝而人为制造出来的。通常用魔法创造出来的其他怪物也是为了这个目的。尽管八眼巨蛛智力接近人类的智力，但它却不能加以驯化，因此对巫师和麻瓜都具很高的危险性。

相关知识：在古代如尼文中，这种有八个眼睛的生物象征"8"。

斑地芒
Bundimun

英国魔法部分类级别：×××

  原产地及其分布：斑地芒在世界各地都可以见到。

  外观特征：休息状态下的斑地芒看起来像是一片长着眼睛的微微发绿的真菌，受到惊吓的时候，它会靠着数不清的细长的腿匆匆爬走。

  习性：它们擅长在地板下面和壁脚板后面爬行，成群结队地寄生在住宅中。斑地芒以灰尘为食。通常东西腐烂发出恶臭时就会有斑地芒出现。

  能力及作用：斑地芒一旦在哪座住宅里出现了，它就会缓慢分泌出一种物质腐蚀住宅的根基。除垢咒会让一座房子摆脱少量斑地芒的困扰，可如果出现的数量太多的话，就应与神奇生物管理控制司害虫咨询处联系，免得房子被它们弄塌。

  相关知识：稀释后的斑地芒分泌物可用在某些魔法清洁剂中。

比利威格虫
Billywig

英国魔法部分类级别：×××

  原产地及其分布：比利威格虫是澳大利亚一种土生土长的昆虫。

  外观特征：比利威格虫大约有半英寸（约1.3厘米）长，全身蓝色，泛着青玉一般的鲜亮光泽。其翅膀长在头顶的两侧，扇动的速度非常快，飞行的时候身体会旋转起来。其身体底部有一根细长的螫针。

  习性：比利威格虫的行动十分敏捷，麻瓜们很少会注意它，巫师们也不太经常能发现它，除非被它们螫了。

  能力及作用：凡被比利威格虫螫了的人都会觉得头晕目眩，随后便忽忽悠悠地飘起来。干燥的比利威格螫针可用在多种药剂之中，据说它的螫针还是一款非常受欢迎的糖果"滋滋蜜蜂糖"的原料。

变色巨螺
Streeler

英国魔法部分类级别：×××

原产地及其分布：变色巨螺是一种体型巨大的蜗牛，是非洲土生土长的动物，但目前欧洲、亚洲和北美洲的巫师们已经饲养得很成功。

外观特征：变色巨螺每小时变一次色，身体像万花筒一样变化多端，喜爱的人会将它当作宠物饲养。

习性：变色巨螺爬过的地方，身后总会留下一条具有强烈毒性的痕迹，接触到它的植物会变枯燃烧。

能力及作用：变色巨螺可以分泌毒液。佩戴厚厚的防护手套可以避免接触到变色巨螺身上的毒液。

相关知识：变色巨螺的毒液是已知的少数几种能够杀死霍克拉普的物质之一。

变形蜥蜴
Moke

英国魔法部分类级别：×××

原产地及其分布：变形蜥蜴一般分布于不列颠和爱尔兰等地。

外观特征：变形蜥蜴是一种银绿色的蜥蜴类神奇动物，体长可达10英寸（25.4厘米）。

能力及作用：它们有随意收缩身体的能力，因此从来没被麻瓜们发现过。

相关事件：变形蜥蜴皮在巫师当中备受珍视，可用来做钱袋和钱包，因为用这种多鳞的材料做成的钱袋和钱包在有陌生人接近的时候会收缩，就像变形蜥蜴一样；因此，小偷很难找到变形蜥蜴皮做的钱袋。海格曾在哈利17岁生日的时候，送给他一个变形蜥蜴皮袋。

卜鸟 / 爱尔兰凤凰
Augurey / Irish Phoenix

英国魔法部分类级别：××

原产地及其分布：卜鸟原产于不列颠和爱尔兰，不过有时候在北欧的一些地方也可以见到。

外观特征：卜鸟是一种神情哀伤、身体瘦小的鸟，它全身呈墨绿色，外形有点像营养不良的小秃鹫。

习性：卜鸟生性腼腆，只在下大雨时才出来飞行，平时就躲在它那水滴形的巢中。卜鸟吃体形大的昆虫和仙子。它们的叫声很低沉、颤颤悠悠的，别具特色，人们一度认为这声音预示着死亡，所以出行时都会注意躲避卜鸟的巢，有些巫师只因为经过灌木丛时听到卜鸟的叫声就犯了心脏病。

能力及作用：卜鸟其实只是在大雨来临之时才叫的事实被研究出来后，开始作为家庭天气预报员大受欢迎，可是后来很多人发现，它在冬季会从不停歇地号叫，让人难以忍受。卜鸟的羽毛不可用作羽毛笔，因为它们排斥墨水。

相关知识：列支敦士登魁地奇国家队的吉祥物是一只名叫汉斯的大号抑郁卜鸟。

彩球鱼
Plimpy

英国魔法部分类级别：×××

外观特征：彩球鱼是一种身上有花斑的球形鱼类神奇动物。它长有两条长腿，腿上长着带蹼的脚。

习性：彩球鱼栖息在深水湖泊中，会在湖底梭巡寻找食物，尤其喜欢以水蜗牛为食。

能力及作用：彩球鱼不是特别危险，但是它会啃咬游泳者的脚和衣服。

吃人巨妖
Ogre

吃人巨妖是一种魔法生物。尚不清楚这种生物被分类为"人"还是"兽"。

外观特征：吃人巨妖外表看起来像食尸鬼，只不过没有食尸鬼那样黏糊糊的皮肤，也没有獠牙。

刺佬儿
Knarl

英国魔法部分类级别：×××

外观特征：刺佬儿是一种和刺猬非常相像的生物，在北欧和美洲麻瓜们通常

会将刺佬儿误认为是一只刺猬。

习性：事实上刺猬和刺佬儿实际上很难区分，只有一点行为上的差异：如果把食物摆在花园里让刺猬吃，它们会接受并好好享受这份礼物；如果向刺佬儿提供食物，它们会认为那是住在房子里的人设的陷阱，试图引诱它们，它们就会糟蹋房主的花园或那些装饰花园的东西。刺佬儿吃野生雏菊。为了挑选雏菊花朵，药剂师经常需要把刺佬儿从雏菊花丛中移走。

能力及作用：一只刺佬儿受到冒犯后，会大肆破坏花园，使很多麻瓜孩子无辜受到指责，成了替罪羊。对刺佬儿使用昏迷咒是一个很好的办法，这样并不会对这种生物造成任何永久性伤害。刺佬儿的毛有魔法用途。弗雷德和乔治为了研制韦斯莱魔法把戏坊的产品，曾向蒙顿格斯购买刺佬儿毛。当时，蒙顿格斯开价六西可一袋。

大头毛怪
Pogrebin

英国魔法部分类级别：×××

原产地及其分布：大头毛怪是俄罗斯的一种恶魔。

外观特征：大头毛怪身上毛乎乎的，尽管只有一英尺高，却有一个光溜溜的灰色大头。大头毛怪伏在地上的时候，看上去就像一块又圆又亮的大石头。

习性：大头毛怪对人很感兴趣，喜欢跟在人的后面，待在他们的影子里。一旦影子的主人转身，它们就会迅速伏在地上。

能力及作用：如果一个大头毛怪一连好几个小时跟在一个人的后面，这个人的心头就会袭上一阵强烈的徒劳感，最终会进入一种昏沉而绝望的状态。当人因为这种影响而跪倒哭泣时，大头毛怪就会攻击这个人，试图把他吞噬掉。然而，使用简单的魔法或昏倒咒就可轻而易举地把大头毛怪驱走。后来人们发现，用脚踢它也是一个有效的办法。

地精 / 花园地精
Gnome / Garden Gnome

英国魔法部分类级别：××

地精是一种经常侵扰巫师家中花园的神奇生物，广泛分布于整个北欧和北美洲。

外观特征：地精身高可达一英尺，长着一颗与身体比例失调的大头，还有一双骨头突出的结实脚板，看起来像是长了脚的土豆。

习性：地精生活在被称为"地精洞"的地下洞穴中。地精似乎也喜欢吃虫子。地精繁殖的速度很快。土扒貂是地精的天敌。

能力及作用：地精会在"地精洞"中不断挖掘，吃植物的根，让地面上布满小土堆和坑洞，并由此造成重大损失。

驱逐办法：人们抓住地精后，将地精绕着圈儿旋转，直到把地精转晕，然后扔出花园的墙外，这样就可以把地精从花园里赶出去。使用地精的天敌土扒貂也是一种办法，可是许多巫师觉得用这种办法对付地精太残忍。

独角兽
Unicorn

英国魔法部分类级别：××××

原产地及其分布：独角兽一般分布于北欧的森林中。

外观特征：独角兽是一种漂亮的动物，它们在幼年时浑身是纯粹的金色，两岁左右时变为银色，四岁时会长出角。七岁时，身体完全长成的独角兽是一种毛色雪白、长着犄角的马。

习性：独角兽一般避免和人类接触，很可能更愿意让女巫而不是男巫接近，而且奔跑起来非常迅速，捕获它们非常困难。

能力及作用：独角兽的犄角、血和毛都具有很强的魔法功效。屠杀独角兽会遭到诅咒。

在古代如尼文中，这种动物的兽角象征"1"。

毒角兽
Erumpent

英国魔法部分类级别：××××

原产地及其分布：毒角兽是一种原产于非洲的大型神奇动物。

外观特征：毒角兽是一种大型猛兽，身体呈灰色，与犀牛很像，体重可达1吨。它的皮很厚，能够抵御大多数诅咒和魔咒。毒角兽还长有一根长角和一条细长的尾巴。

习性：毒角兽一次仅产一只幼崽。通常情况下，毒角兽只有被惹急了，才会

攻击人。非洲的巫师在和它们打交道的时候非常谨慎,因为它一旦发动攻击,就代表着对方大祸临头。

能力及作用:毒角兽的犄角能够刺穿一切东西,从皮肤到金属。它们的犄角中有一种致命的液体,会让任何被注入了这种毒液的物体爆炸。毒角兽数量不多就是因为在交配季节,雄毒角兽时常会互相炸掉对方。

相关知识:毒角兽的犄角、尾巴以及爆炸液都可以用在药剂中,它们已被列为乙级可贸易商品(受到严格控制的危险物品)。

恶尔精
Erkling

英国魔法部分类级别:××××

原产地及其分布:恶尔精是一种喜欢搞恶作剧的精怪,主要分布于德国的黑森林。

外观特征:恶尔精比地精大,平均有三英尺(约0.9米)高,尖脸,能发出刺耳的咯咯叫声。

习性:恶尔精会设法引诱小孩离开他们的监护人,然后吃掉他们。

能力及作用:小孩子一听到恶尔精的叫声,就会特别入神。

恶婆鸟
Fwooper

英国魔法部分类级别:×××

原产地及其分布:恶婆鸟是一种产于非洲的鸟类神奇动物。

外观特征:恶婆鸟长着异常艳丽的羽毛,第一眼看上去令人赏心悦目,颜色多种多样,有橘黄色的、粉红色的、酸橙绿色的或黄色的。它们产下的蛋也是花纹鲜明。

习性:恶婆鸟的叫声异常高亢、叽叽喳喳。

能力及作用:恶婆鸟的叫声会让听到的人丧失理智,因此恶婆鸟只有被施上无声无息咒后才可以出售,每过一个月,这种魔咒都需要进行增强。

相关知识:人们必须获得许可证才可以饲养恶婆鸟,因为这种鸟必须认真对待。恶婆鸟羽毛长期以来一直是精品羽毛笔的好材料。由于恶婆鸟的毛色共有四种,因此它在古代如尼文中代表数字"4"。

飞马
Winged Horse

英国魔法部分类级别：××××××

原产地及其分布：世界各地都有飞马存在。

外观特征：飞马有很多不同的品种，其中包括神符马、伊瑟龙、格拉灵和稀有的夜骐。

相关知识：与鹰头马身有翼兽一样，拥有飞马的人被要求每隔一段时间对飞马施一次幻身咒以避免被麻瓜发现。

神符马
Abraxan

外观特征：神符马是飞马的一个品种，其体型巨大，非常强壮，生有翅膀，眼睛是红色的，皮毛颜色普遍较浅，鬃毛发白。

习性：马克西姆夫人的神符马只喝纯麦芽威士忌，且只有力气很大的人才能照料好，是否所有神符马都符合这一点尚无法证实。

能力及作用：神符马可以拉车飞行。

夜骐
Thestrals

原产地及其分布：夜骐的原产地不明。海格是全英国唯一一位驯服夜骐的人。霍格沃茨魔法学校饲养的夜骐平时生活在禁林当中，这一种群由最初的一匹雄性夜骐和五匹雌性夜骐发展而来，雄性夜骐名叫乌乌（Tenebrus），最受海格喜爱。

外观特征：夜骐是一种黑色有翼的飞马，夜骐的头像龙，身体像马，长着一双蝙蝠般的翅膀，眼睛是银白色，无瞳孔，长着巨大的黑马身体，一点肉都没有，黑色的毛皮紧紧地贴在骨头上，骨头根根清晰可见，拖着一条黑色的长尾巴，翅膀生在肩骨间隆起的地方。

习性：夜骐非常聪明，一旦被驯服，就永远不会离开主人。它们在方向感上有着惊人的感知力，只要告诉它们自己想去的地方，它们就会将乘客带到目的地。夜骐经常会盯着鸟，因此必须加紧管束，以免它们对送信的猫头鹰出手。

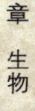

能力及作用：夜骐的飞行速度非常快。霍格沃茨魔法学校饲养的这些夜骐的主要工作就是为学校拉马车。如果邓布利多需要进行长途旅行而又不想使用幻影移形，他也会使用这种生物。只有直接见证死亡并理解死亡含义的人才能看见它，也因为只有见到死亡的人才能看见夜骐，所以夜骐一度被认为是不吉利的象征。

凤凰
Phoenix

英国魔法部分类级别：××××

原产地及其分布：凤凰是一种非常稀有的鸟类神奇动物，在埃及、印度和中国都可以见到凤凰。目前已知被驯化了的凤凰只有两只，一只是福克斯，另一只是新西兰莫托拉金刚鹦鹉魁地奇队的凤凰吉祥物——火花（Sparky）。

外观特征：凤凰是一种华贵的、鲜红色的鸟，体型大小与天鹅相似，有一根金光闪闪的长尾巴，喙和爪子也很长，金灿灿的。

习性：凤凰一般将巢筑在高山顶上，凤凰的寿命极长，因为它能再生。当它的身体开始衰竭的时候，它就扑进烈火中，一只小凤凰就会从灰烬中重新飞出来。凤凰是一种性情温和的动物，据了解，它从不伤人，只吃药草。像球遁鸟一样，凤凰能够随意消失和再现。

能力及作用：凤凰的歌声具有魔力，普遍认为它能为心地纯洁的人增强勇气，为内心肮脏的人释放恐惧。凤凰的眼泪具有很强的治疗功效。

伏地蝠 / 活尸布
Lethifold / Living Shroud

英国魔法部分类级别：×××××

原产地及其分布：伏地蝠是一种稀有的生物，只分布于热带地区。

外观特征：伏地蝠看上去像一件黑色的斗篷，也许只有半英尺厚（如果它最近杀死并且消化了一个牺牲品，它就会厚一些），夜晚的时候贴着地面滑行。

习性：伏地蝠捕猎的方式是在夜晚偷偷潜入，接近并最终包裹住目标，使其窒息而亡，而后伏地蝠就当场吃掉它们的猎物，身后不留下一丁点儿自己或者目标的痕迹。伏地蝠通常袭击的都是在睡觉的人，所以那些牺牲者很少有机会使出魔法来对付它。守护神咒是唯一已知的能够驱逐伏地蝠的咒语。

弗洛伯黏虫
Flobberworm

英国魔法部分类级别：×

外观特征：弗洛伯黏虫是一种身体粗圆的褐色蠕形动物，体长可达10英寸，不爱动。弗洛伯黏虫身体的两端差别不大，都可以咀嚼植物、分泌黏液，它由此而得名。

习性：弗洛伯黏虫生活在潮湿的沟渠中。弗洛伯黏虫偏好的食物是莴苣，但是差不多所有的植物它都吃。

能力及作用：弗洛伯黏虫的黏液有时用来增稠药剂。弗洛伯黏虫是少数在活着的时候也能被飞来咒召唤的生物之一。

格林迪洛
Grindylow

英国魔法部分类级别：××

原产地及其分布：格林迪洛是一种水中魔鬼，分布于不列颠和爱尔兰地区。

外观特征：格林迪洛长着犄角，浑身淡绿色，长着绿色的牙齿和非常长的手指，这些手指尽管抓东西时颇为有力，却很容易折断。

习性：格林迪洛生活在湖泊中，以小鱼为食，但也攻击人类。

能力及作用：格林迪洛既攻击麻瓜，也攻击巫师，但据了解，人鱼已经把它们驯服了。

驱逐方法：格林迪洛的手指容易折断，摆脱格林迪洛的诀窍是让它们无法紧紧抓住自己。

海蛇
Sea Seppent

英国魔法部分类级别：×××

原产地及其分布：海蛇在大西洋、太平洋和地中海中均有分布。

外观特征：海蛇的身体可长到一百英尺，头像马的头，长长的蛇身经常拱出海面。

能力及作用：海蛇虽然外表可怖，但它们从来没有杀害过任何人，不过麻瓜们异想天开地"创造"了许多海蛇的残暴行为。

相关知识：世界上最著名的海蛇形象——尼斯湖水怪并不是海蛇。它是一头马形水怪，但它最喜爱以海蛇的形象示人。

红帽子
Red Cap

英国魔法部分类级别：×××

原产地及其分布：红帽子这种侏儒一样的神奇动物普遍分布于北欧地区。

外观特征：红帽子长得很像妖精。

习性：红帽子生活在古战场的壕沟、城堡地牢中或者染过人血的地方。只要是有流血的地方，就可以发现它们的踪迹。

能力及作用：虽然用咒语或者魔法很容易将它们驱走，但是它们对落单的麻瓜来说还是非常危险的。它们会偷袭那些迷路的人，在漆黑的夜晚设法用大棒把人打死。

狐媚子 / 咬人仙子
Doxy / Biting Fairy

英国魔法部分类级别：×××

原产地及其分布：狐媚子这种小型神奇动物广泛分布于北欧和北美洲，几乎随处可见。

外观特征：狐媚子时常被误认为是仙子，其实它是一种与仙子截然不同的生物。狐媚子具有人的体形，但非常小，全身覆盖着浓密的黑毛，而且还多长出两只胳膊和两条腿。狐媚子的翅膀很厚实，弯曲成弧形，闪闪发光，很像甲虫的翅膀，还有两排锋利有毒的牙齿。

习性：狐媚子喜欢寒冷的气候。它们一次可以产下500枚卵，产卵后将卵埋起来。这些卵孵化的时间为2~3周。狐媚子会在家中滋生，并生活在窗帘里。

能力及作用：狐媚子的牙齿有毒，如果被它们咬了，需要服用解毒药。

护树罗锅
Bowtruckle

英国魔法部分类级别：××

原产地及其分布：护树罗锅是一种守护树木的动物，主要产于英格兰西部、德国南部和斯堪的纳维亚半岛的某些森林中。

外观特征：护树罗锅长着两只褐色的小眼睛，因为身材太小（最高为八英寸），而且从外表看，是由树皮和小树枝构成的，所以极难见到。

习性：护树罗锅性情平和、极其害羞，以昆虫为食，但是如果它们所栖身的树受到威胁，它们就会一跃而下，扑向试图毁坏它们家园的伐木工或树木整形专家，用长而锋利的手指挖出他们的眼睛。但若一个巫师把土鳖或者仙子卵提供给护树罗锅作为交换的话，就可以安抚它们，保证魔杖制作人可以从树上取下合适的木材来做魔杖。

能力及作用：护树罗锅不会选择没有魔法特质的树木栖身，这意味着它们守护的树木通常都可以用来制作魔杖。

火灰蛇
Ashwinder

英国魔法部分类级别：×××

原产地及其分布：火灰蛇是从一堆长时间无人照管的燃烧着的魔火里生出来的。世界各地都可以见到火灰蛇。

外观特征：火灰蛇是一种眼中闪烁着红光的蛇，身体细瘦，呈灰白色，会从无人照管的火焰灰烬中钻出来，游到住宅的阴影中，找自己的栖身之所，而身后会留下一道灰迹。火灰蛇的卵红得耀眼，散发出炽热的光。

习性：火灰蛇的寿命只有一个小时，在这一个小时中，它找到一处黑暗、隐蔽的地方将卵产下来，然后身体就会支离破碎，化作尘土。

能力及作用：如果人们没能及时发现火灰蛇卵，并用适当的咒语将它们冻结起来，它们就会在几分钟内点燃住宅。任何巫师只要意识到有火灰蛇散游在房子中，必须立刻寻迹追踪，弄清楚蛇卵的位置。冻结起来的火灰蛇卵有极大的价值，可用来制造迷魂药；完整地将火灰蛇卵吞下去，也可以用来治疗热病。

相关知识：火灰蛇的诞生过程描写可能来自化学中的著名膨胀反应实验——法老之蛇。

火螃蟹
Frie Crab

英国魔法部分类级别：×××

原产地及其分布：火螃蟹原产于斐济，人们为了保护它们，已经在一片海岸上建造了保护区，不仅是为了防备被火螃蟹壳上的珠宝诱惑了的麻瓜；也为了防备那些把火螃蟹的壳当作坩埚的无耻巫师，他们得到火螃蟹的壳就像得了宝贝似的。

外观特征：火螃蟹虽然名为"螃蟹"，但外观却极像一只大乌龟，壳上镶满了珠宝。

能力及作用：火螃蟹有它们自己的防卫方式，当它们受到攻击的时候，它们的屁股会喷出火焰。

相关知识：火螃蟹可当作宠物出口，但是必须有特别许可证。

火蜥蜴
Salamander

英国魔法部分类级别：×××

原产地及其分布：火蜥蜴是一种生活在火焰中的小蜥蜴。

外观特征：火蜥蜴在火焰中显出形来，外表洁白耀眼，但随着火焰发出热量的变化，会呈现出蓝色或鲜红色。

习性：火蜥蜴以火焰作为食物。火蜥蜴离开火焰后，如果定时喂给它胡椒，最多可活六个小时。火蜥蜴来于火焰，死于火焰，只要那火焰不灭，它就会继续活下去。

能力及作用：火蜥蜴的血具有高效的治疗和康复功能。

相关知识：火蜥蜴在离开火焰后最多可以活六个小时，因此在古代如尼文中，它象征"6"。

霍克拉普
Horklump

英国魔法部分类级别：×

原产地及其分布：霍克拉普原产于斯堪的纳维亚半岛，但是现在已经遍布整个北欧。

外观特征：霍克拉普是一种粉红色的、带刺毛的、蘑菇般的动物，看起来像一支肉乎乎的粉色蘑菇，覆盖着稀稀拉拉、直挺挺的黑色鬃毛。

习性：霍克拉普将强壮有力的触手，而非根茎伸展到地下，寻找喜欢的蚯蚓作为食物。

能力及作用：霍克拉普的繁殖能力旺盛，可以在几天之内就把一个一般大小的花园覆盖得严严实实。

驱逐方法：地精喜欢食用霍克拉普。变色巨螺毒液是少数几种能够杀死霍克拉普的物质之一。

鸡身蛇尾怪
Cockatrice

习性：鸡身蛇尾怪是从鸡蛋中由毒蛇孵化而出的。

外观特征：鸡身蛇尾怪的外观看起来像公鸡，通常带有翅膀，但它的尾部像蜥蜴。

角驼兽
Graphorn

英国魔法部分类级别：××××

原产地及其分布：角驼兽可见于欧洲各地的山区。

外观特征：角驼兽身体庞大，全身呈紫色，微微泛灰，脊背隆起，头上长着两支非常锋利的长犄角，大脚板上长着四个指头。

习性：角驼兽天性极其好斗。人们偶尔可以看到巨怪骑在角驼兽身上，企图驯服它们，但显然无法成功，倒是巨怪经常会被角驼兽弄得满身是伤。

能力及作用：角驼兽犄角的粉末可用在多种药剂中，但由于它们的犄角很难得到，所以这种粉末极其昂贵。角驼兽的皮甚至比火龙的皮还结实，大多数咒语都对它没有作用。

相关知识：在古代如尼文中，角驼兽的两只兽角象征"2"。

金飞侠
Snidget

英国魔法部分类级别：××××

原产地及其分布：金飞侠目前已成为保护品种，魁地奇比赛中用金色飞贼代替金飞侠，且世界各地都建立了金飞侠禁猎保护区。

外观特征：金飞侠是一种极为珍稀、受到特别保护的鸟儿。金飞侠的身体滚圆滚圆的，嘴巴特别细长，一双红宝石似的眼睛闪闪发亮。金飞侠的羽毛和眼睛特别珍贵，所以曾一度有被巫师捕杀灭绝的危险。

能力及作用：金飞侠是一种极为神速的飞鸟，其翅膀的关节可以灵活转动，以一种不可思议的速度和技巧改变飞行方向。

相关知识：金飞侠获得××××级别，并非因为它危险，而是因为人们捕捉或伤害它时受到的惩罚足够严厉。有关金飞侠在魁地奇运动发展历史中的角色，可以通过《神奇的魁地奇球》一书了解。

巨怪
Troll

英国魔法部分类级别：××××

原产地及其分布：巨怪原产于斯堪的纳维亚半岛，但是近来英国、爱尔兰和北欧其他地方也可见到。巨怪根据其栖息地及外貌可以分为三类——山地巨怪、森林巨怪与河流巨怪。

外观特征：巨怪是一种身高达12英尺、体重达1吨的可怕怪物。山地巨怪是体型最大、最危险的巨怪。山地巨怪的头光秃秃的，身上的皮肤呈淡绿色，有些家伙身上有细毛，呈绿色或者褐色，乱蓬蓬的。河流巨怪长着短犄角，或许还有毛，它们的皮肤有点儿发紫。

习性：巨怪力大无穷，但又愚蠢透顶。它们时常施暴，而且不知道什么时候就会无缘无故地动手。巨怪喜食生肉，但对于猎物并不挑剔，从野生动物到人类都会捕获。巨怪同样喜欢吃鱼。河流巨怪时常被发现潜伏在桥下面。

能力及作用：巨怪似乎能够交谈，发出的声音哼哧哼哧的，听起来像是一种粗鲁的语言。已知有一些聪明的巨怪能够理解，甚至能说几句简单的人类语言。巫师会训练这些比较聪明的巨怪充当守卫。

相关知识：挪威魁地奇国家队的吉祥物是巨怪。

绝音鸟
Jobberknoll

英国魔法部分类级别：××

原产地及其分布：绝音鸟是一种鸟类神奇动物，分布于北欧和南美洲。

外观特征：绝音鸟是一种身上有斑点的蓝色小鸟。

习性：绝音鸟吃小昆虫。它们一生一世不鸣叫一声，直到死亡来临的一刹那，才发出一声长长的尖鸣，叫出它们一生听到过的各种声音，从最近听到的声音开始。

能力及作用：绝音鸟的羽毛可用在吐真剂和回忆剂当中。

卡巴 / 河童
Kappa

英国魔法部分类级别：××××

原产地及其分布：卡巴（即河童）是一种日本的水怪，居住在不深的池塘和河流中。

外观特征：卡巴像一只猴子，只是浑身长着鱼鳞，手上带蹼。它的脑顶有一个空洞，里面可以盛水，这些水为卡巴提供能量。

习性：卡巴主要吸食人血，但是如果谁向它们扔一根刻着自己名字的黄瓜，它们也许就不会伤害他。

驱逐方法：诱骗卡巴鞠躬，它们头顶上空洞里的水就流出来会让它们失去所有的力气。

相关知识：在日本，许多小餐馆里都把小黄瓜叫卡巴。这是因为在日本的传说中，卡巴喜欢吃小黄瓜。

客迈拉兽
Chimaera

英国魔法部分类级别：×××××

原产地及其分布：客迈拉兽是一种原产于希腊的珍稀神奇动物。

外观特征：客迈拉兽长着狮子的头、山羊的身体和火龙的尾巴。

习性：客迈拉兽天性邪恶，嗜血成性，是极其危险的动物，危险等级为最高级。

能力及作用：客迈拉兽的卵被列为甲级非贸易商品。

相关知识：在希腊神话中，英雄柏勒洛丰在天马珀伽索斯的帮助下，最终杀死了客迈拉兽，柏勒洛丰在战斗结束后从珀伽索斯身上摔了下去。唯一杀死客迈拉兽的巫师最终从飞马上跌落而死的故事来源于此。

雷鸟
Thunderbird

原产地及其分布：雷鸟是美国的一种魔法鸟类。

外观特征：雷鸟的体型巨大。

能力及作用：雷鸟振翅高飞时可以让风雷乍起。

相关知识：雷鸟是美洲原住民传说中的一种神鸟，在太平洋西北地区的原住民文化（艺术、歌曲和故事）中尤为突出。美国西南部、五大湖以及北美大平原地区的原住民文化中亦可见雷鸟传说的影子，只不过不同原住民文化中的雷鸟在细节上略有出入。

拉莫拉鱼
Ramora

英国魔法部分类级别：××

原产地及其分布：拉莫拉鱼分布于印度洋。

外观特征：拉莫拉鱼是一种银色的鱼。

能力及作用：拉莫拉鱼有很强的魔力，能够固定住海船，是水手的守卫。

相关知识：麻瓜世界中，"Ramora"就是"鲫鱼"。鲫鱼头顶上有一个吸盘，可以用来吸附在其他大鱼或船身上以移动位置。古代人们认为附着在船身上的鲫鱼能够拖慢或者阻止船舶前行的认知，可能是拉莫拉鱼的设定源头。

洛巴虫
Lobalug

英国魔法部分类级别：×××

  原产地及其分布：洛巴虫这种神奇动物分布于北海海底。

  外观特征：洛巴虫是一种结构简单的动物，长10英寸（25.4厘米），由一个富有弹性的喷嘴和一个毒液囊组成。

  习性：洛巴虫受到威胁的时候，就会收缩毒囊，用毒液轰赶攻击者。

  能力及作用：人鱼会使用洛巴虫作武器。一些巫师提取它的毒液用在药剂当中，可是这种做法现在受到严格限制。

马头鱼尾海怪
Hippocampus

英国魔法部分类级别：×××

  原产地及其分布：马头鱼尾海怪是一种原产于希腊的大型怪物，在地中海可以经常见到。

  外观特征：马头鱼尾海怪长着马的头和前身，尾巴和后身是鱼形。马头鱼尾海怪产的卵很大，半透明，透过卵可以看到小马头鱼尾海怪。

马形水怪
Kelpie

英国魔法部分类级别：××××

  原产地及其分布：马形水怪分布于英国和爱尔兰地区。

  外观特征：这种英国和爱尔兰的水怪能够变出各种各样的形状，可它们最常以马的形状出现，披着宽叶香蒲草充当鬃毛。

  习性：它们引诱粗心大意的人骑到它们的背上，然后一头扎进河流或湖泊的

水底，狼吞虎咽地把人吃掉，让人的五脏六腑漂到水面上。

能力及作用：马形水怪毛可以作为魔杖的杖芯，但它的效果远不及独角兽尾毛、凤凰羽毛和龙心弦。

驱逐方法：战胜马形水怪的正确方法就是使用放置咒把一个马笼头套到它们的头上，然后它们就会变得温顺听话，不再对人构成威胁。

猫豹
Wampus Cat

原产地及其分布：猫豹是美国的一种神奇生物。

相关知识：伊尔弗莫尼魔法学校有一个学院以此动物命名。

猫狸子
Kneazle

英国魔法部分类级别：×××

原产地及其分布：猫狸子最早是在不列颠培育出来的，可是现在这种神奇动物已经出口到世界各地。

外观特征：猫狸子是一种长得像猫的小动物，皮毛上有各种斑点，耳朵特别大，尾巴像狮子的尾巴。

习性：猫狸子很聪明，独来独往，偶尔也攻击人，可它们一旦喜欢上哪个巫师，就会成为一个了不起的宠物。猫狸子一窝可产八个小崽，能跟猫杂交。

能力及作用：猫狸子有一种神奇的能力，可以探索出谁是品德败坏或者可疑的人。如果它们的主人迷路了，它们可以领着主人安全地回到家中。由于纯种猫狸子有时会对人有攻击性，魔法部将它分类为"×××"。猫狸子胡须可以作为杖芯，但魔力并不十分强大。

毛螃蟹
Chizpurfle

英国魔法部分类级别：××

原产地及其分布：毛螃蟹是一种小寄生虫，分布广泛。

外观特征：毛螃蟹身长只有1/20英寸，外表类似螃蟹，生有长牙。

习性：毛螃蟹受到魔法的吸引，会成群寄生在燕尾狗和卜鸟这些动物的皮毛和羽毛当中。

能力及作用：吃了魔法物质而膨胀起来的毛螃蟹很难对付。毛螃蟹会进入巫师的住宅，侵蚀魔杖、坩埚一类具有魔法的物品，逐渐啃噬魔杖直至中心，或者爬进没洗干净的坩埚里，吃残留在坩埚壁上的药剂。在没有魔法的地方，毛螃蟹会从内向外毁坏麻瓜的电器，导致麻瓜的电器突然出现故障。

驱逐方法：虽然用市场上的专门药剂可轻而易举地消灭毛螃蟹，但是灾害严重时还是需要神奇生物管理控制司害虫咨询处的工作人员来处理。

莫特拉鼠
Murtlap

英国魔法部分类级别：×××

原产地及其分布：莫特拉鼠是一种生活在不列颠沿海地区的鼠类神奇动物。

外观特征：莫特拉鼠的长相与老鼠相似，它的背上有一个海葵状的肿瘤。

习性：莫特拉鼠吃甲壳纲动物，以及那些踩到它身上的蠢蛋的脚。

能力及作用：把莫特拉鼠背上的肿瘤腌制后吃掉，会增强人对恶咒和厄运的抵御力，可是过量服用会导致耳边生出难看的紫色头发。

囊毒豹
Nundu

英国魔法部分类级别：×××××

原产地及其分布：囊毒豹原产于东非。

外观特征：囊毒豹是一种体型庞大的豹子，虽然它身体庞大，但行动时却能够悄无声息。

能力及作用：这种产于东非的野兽大概是世界上最危险的动物。囊毒豹呼出的气息会引起致命的疾病，足以毁灭整个村庄。制服一只囊毒豹，得需要一百多个熟练的巫师联手才能做到。

鸟蛇
Occamy

英国魔法部分类级别：××××

  原产地及其分布：鸟蛇分布于在远东和印度，许多人都可以看到。

  外观特征：鸟蛇是一种有翅膀的两条腿的神奇动物，长着蛇的身体，身上有羽毛，体长可达15英尺（约4.6米）。鸟蛇的卵像是用最纯、最软的银子制作的，因此遭到捕杀。

  习性：鸟蛇主要以老鼠和鸟类作为食物，可是据了解，它们还掳走过猴子。鸟蛇会攻击所有靠近它们的人，特别是在保护卵的情况下。

  能力及作用：根据所在空间大小任意变幻躯体大小。

庞洛克
Porlock

英国魔法部分类级别：××

  原产地及其分布：庞洛克是一种守护马的动物，可见于英格兰的多塞特郡以及爱尔兰的南部。

  外观特征：庞洛克全身覆盖着粗软的毛，头上有大量结实的鬃发，鼻子大得出奇。庞洛克是偶蹄动物，用两条腿走路。庞洛克的两只胳膊很小，末端是四根粗短的手指。成年的庞洛克大约有两英尺（0.6米）高。

  习性：庞洛克生性腼腆，以草作为食物，生活的目的就是保护马。庞洛克经常会蜷缩在马厩中的干草上，或者躲在受它们保护的那些牲口当中。由于庞洛克不信任人类，有人走近的时候，它们总会躲起来。

蒲绒绒
Puffskein

英国魔法部分类级别：××

  原产地及其分布：蒲绒绒在世界各地都可以见到。

  外观特征：蒲绒绒的身体为球体，上面覆盖着奶黄色的软毛。

  习性：蒲绒绒性格温顺，不会对人的搂抱和抛掷有特别的反应。照料蒲绒绒很容易，它们满意的时候还会低低地哼上一段。它们在觅食的时候会从身体中间冒出十分细长的粉红色舌头，像蛇一样在房间里伸来吐去地搜寻。蒲绒绒是一种食腐动物，剩饭剩菜乃至蜘蛛等所有一切东西都可以成为它们的食物，它们最喜欢趁巫师睡觉的时候，用长舌头吃他们的干鼻屎。蒲绒绒的这些特点使它们深受一代代巫师儿童的喜爱，现在它们仍然是大受巫师们欢迎的宠物。

球遁鸟
Diricawl

英国魔法部分类级别：××

原产地及其分布：球遁鸟原产于毛里求斯。

外观特征：球遁鸟是一种身体肥胖、全身绒毛、不会飞行的鸟。

能力及作用：球遁鸟以逃避危险的不凡手段而著称。它们不费吹灰之力就能消失得无影无踪，而从另外一个地方冒出来。

人头狮身蝎尾兽
Manticore

英国魔法部分类级别：×××××

原产地及其分布：人头狮身蝎尾兽是一种极度危险的动物，原产于希腊。

外观特征：人头狮身蝎尾兽长着人的头、狮子的躯干和蝎子的尾巴。

习性：人头狮身蝎尾兽和客迈拉兽一样危险且罕见，它们在吞噬猎物时会发出轻轻的哼唱。

能力及作用：人头狮身蝎尾兽的皮几乎排斥所有已知的咒语。任何人被它们蜇一下，都会当即毙命。

相关事件：1296年，一只人头狮身蝎尾兽咬了一个人，但因为它过于凶猛，无法捕捉，而免于刑罚。

软爪陆虾
Mackled Malaclaw

英国魔法部分类级别：×××

原产地及其分布：软爪陆虾是一种陆地动物，主要活动在欧洲多岩石的海岸。

外观特征：软爪陆虾的外观非常像龙虾，可以长到12英寸（约30.5厘米），身体呈淡灰色，上面有许多墨绿色的斑点。

习性：软爪陆虾在一般情况下吃小型甲壳纲动物，但也会设法对付一些较大的猎物。

能力及作用：软爪陆虾不可食用，它的肉不易消化，且会引起高烧及绿色的疹子。软爪陆虾的咬伤会带来非同寻常的副作用：被咬者在一个星期内会诸事不顺。如果被一只软爪陆虾咬伤，就需要取消所有的赌博和投机生意，因为这些活动必定对受害者不利。

如尼纹蛇
Runespoor

英国魔法部分类级别：××××

原产地及其分布：如尼纹蛇是一种蛇类神奇动物，原产于非洲小国基纳法索。

外观特征：如尼纹蛇是一种三个头的大蛇，身体通常有六七英尺长，身体呈发灰的橘黄色，上带黑色条纹，非常容易辨认。所以布基纳法索的魔法部特地在地图上没将某些森林标出来，好供如尼纹蛇专门使用。如尼纹蛇本身并不是一种特别狠毒的动物，但由于它显眼而吓人的外表，如尼纹蛇一度成为许多黑巫师们的心爱宠物。

习性：目前人们对如尼纹蛇的了解是基于与它们交流过的蛇佬腔的贡献。如尼纹蛇从嘴巴里产卵，是人们所知道的唯一一种以如此方式产卵的神奇生物。如尼纹蛇的三个头各有不同的作用。左边的头（面对如尼纹蛇的巫师左手边的头）是一个策划者，它决定如尼纹蛇应该去哪儿以及下一步应该做什么。中间的头是一个梦游者，在这个头的影响下，如尼纹蛇可能会连续很多天待在一个地方一动不动，沉浸在辉煌灿烂的憧憬与幻想中。右边的头是一个批评者，会连续不断地发出急躁的嘶嘶声来评价左边的头和中间的头的行为。如尼纹蛇一般寿命不长，因为它的三个头会相互袭击。人们经常见到如尼纹蛇右边的头不见了，这是由于另外两个头已经联手把它咬掉了。

能力及作用：如尼纹蛇右边的头的蛇牙有剧毒，如尼纹蛇卵价值连城，可制作药剂，激发大脑的反应。好几个世纪以来，买卖如尼纹蛇和这种蛇卵的黑市一直非常兴隆。

相关知识：在古代如尼文中，这种三个头的生物象征"3"。

瑞埃姆牛
Re'Em

英国魔法部分类级别：××××

　　原产地及其分布：瑞埃姆牛是一种极为稀有的巨型牛，一般分布于北美洲和远东一带的荒野。

　　外观特征：瑞埃姆牛的体型巨大，皮毛金光闪闪。

　　能力及作用：任何人只要喝了瑞埃姆牛的血，气力就会大增。瑞埃姆牛的血很难取得，供应量很少，公开的市场上少有出售。

三头犬
Three-Headed Dogs

　　原产地及其分布：三头犬是一种非常稀有的动物。海格曾在酒吧跟一个希腊男人买了一条名叫路威的三头犬。这种生物是否原产于希腊不得而知。

　　外观特征：三头犬是一种体型巨大的犬类，具有三个头。

　　习性：三头犬的弱点是在听到音乐后会昏昏睡去。它的三个头是否与如尼纹蛇一样具有不同的思想尚不得而知。

　　相关事件：1992年，海格把路威借给邓布利多守卫魔法石。

山暴龙
Snallygaster

　　原产地及其分布：山暴龙这种龙形神奇动物分布于美国。

　　外观特征：山暴龙是一种类似火龙的生物。

　　能力及作用：山暴龙的心脏腱索曾被伊尔弗莫尼魔法学校的创办者詹姆·斯图尔特和伊索·瑟尔用作魔杖的杖芯。

　　相关知识：在麻瓜世界中，山暴龙是一种龙形神秘生物，被认为栖息在华盛顿哥伦比亚特区和马里兰州弗雷德里克县周边的山中。

第五章　生物

伤心虫
Glumbumble

英国魔法部分类级别：×××

原产地及其分布：伤心虫的原产地为北欧。

外观特征：伤心虫是一种全身灰色、毛茸茸的飞虫。

习性：伤心虫会把巢筑在黑暗隐秘的地方，比如空心树干和洞穴中。伤心虫以荨麻为食。伤心虫如果群居在蜂巢、蜂箱里，会骚扰到蜜蜂，对蜂蜜生产造成灾难性的破坏。

能力及作用：伤心虫能产生一种引人感伤的糖蜜。这种糖蜜可作为一种解毒药，用于治疗食用阿里奥特叶引发的歇斯底里症。

斯芬克斯
Sphinx

英国魔法部分类级别：××××

原产地及其分布：斯芬克斯原产于埃及。

外观特征：斯芬克斯是一种人头狮身动物，毛发为棕色。

习性：斯芬克斯虽然非常聪明，喜欢谜语和字谜，但答错题会受到它的攻击，因此英国魔法部在为神奇生物分类时将斯芬克斯归类为"兽"。

能力及作用：近千年来，斯芬克斯一直被巫师们用来守护他们的一些珍贵物品和秘密场所。

相关事件：在1994—1995学年的三强争霸赛中，一头雌性斯芬克斯作为第三个项目中的一环出现在迷宫当中。这头斯芬克斯守卫着通向三强杯最近的道路，并把最后一个守护奖杯的生物线索告诉了哈利。

古灵阁巫师银行的一些金库由斯芬克斯守卫。一些想要取出财物，却不擅长猜谜的顾客对此相当恼火。

蛇怪 / 蛇王
Basilisk / the King of Serpenrs

英国魔法部分类级别：×××××

原产地及其分布：蛇怪是人工培育的。有记载的第一条蛇怪是由"卑鄙的海尔波"——一个会蛇佬腔的希腊黑巫师培育的。此人在经过多次实验后发现，由蟾蜍孵化的公鸡蛋中会孵出一条拥有超凡本领的危险大蛇。

外观特征：蛇怪是一种深绿色的大蛇，眼睛为黄色，身体长达50英尺（约15.2米）。雄蛇怪的头上有一根鲜红的羽毛。

习性：如果食物充足（蛇怪会吃所有的哺乳动物、鸟类和多种爬行动物），这种蛇的寿命会非常长，人们认为"卑鄙的海尔波"的蛇怪活了900岁。蛇怪皮肤的表面覆有鳞片，可以弹开咒语。和其他蛇类一样，蛇怪在生长的过程中也会定期蜕皮。蛇佬腔可以让蛇怪进入深度睡眠，从而阻止其继续生长，进入类似假死的状态。

能力及作用：蛇怪的牙剧毒无比，但更危险的是它的眼睛。任何人的目光只要和蛇怪的目光相触，就会顷刻毙命，通过其他事物与蛇怪的目光接触会被石化，只有曼德拉草调制的药剂可以使受害者苏醒。凤凰对于蛇怪致命的目光免疫。各类蜘蛛，包括阿拉戈克及其家族在内的所有八眼巨蛛，均非常惧怕这种生物，将其视为死敌。

驱逐方法：蛇怪的致命弱点是公鸡的啼叫。除此之外，蛇怪只受蛇佬腔控制，没有其他可以约束的方法，它们不但对普通人有危险，对大多数黑巫师也同样危险。

狮身鹰首兽
Griffin

英国魔法部分类级别：××××

原产地及其分布：狮身鹰首兽这种神奇动物原产于希腊。

外观特征：狮身鹰首长着巨鹰的前腿和头、狮子的躯干和后腿。

习性：狮身鹰首兽以生肉为食，性情凶猛，但很多能力卓绝的巫师与狮身鹰首兽交过朋友。

能力及作用：狮身鹰首兽与斯芬克斯一样，时常被巫师们雇来守护财宝。

相关知识：狮身鹰首兽源自古代神话，可以追溯至古波斯和古埃及，但在希腊神话中首次变得常见，被视为神性的象征。

食尸鬼
Ghoul

英国魔法部分类级别：××

外观特征：食尸鬼相貌丑陋，但不是一种特别危险的生物。它与吃人巨妖长得很相似。

习性：食尸鬼一般居住于巫师家庭的阁楼或者谷仓中，以蜘蛛和飞蛾为食。食尸鬼总是不停地呻吟，偶尔到处乱扔东西，但它们其实头脑简单，最坏也不过是对着那些偶然碰到它们的人吼叫一番。

能力及作用：在巫师家庭中，食尸鬼时常是他们茶余饭后的话题，甚至成为全家人的宠物。

相关知识：食尸鬼还有其他分类，如变色食尸鬼（Chameleon Ghoul），这种食尸鬼能够将自己伪装成日常用品的样子，以避免被发现。赫敏曾在书里读到过变色食尸鬼，所以在她和哈利、罗恩一起讨论密室中的生物为何长时间不被人发现时想到了这种生物。

神奇生物管理控制司有一支食尸鬼别动队，专门去赶走生活在那些已经住到麻瓜住宅里的食尸鬼。

树猴蛙
Clabbert

英国魔法部分类级别：××

原产地及其分布：树猴蛙原产于美国南部各州，但一直在向世界各地出口。

外观特征：树猴蛙的外观有些像猴子和蛙杂交的后代，皮肤呈绿色，有斑纹，光滑无毛，手和脚上长着蹼，四肢长而灵活，能够像猩猩一样在树枝间荡来荡去。树猴蛙的头上长着短角，一张大嘴里满是剃刀一般锋利的牙齿，看上去像是在怪笑。树猴蛙最显著的特征是额头中间有个大脓包。

习性：树猴蛙是一种栖居在树上的生物，主要以小型蜥蜴和鸟儿为食。

能力及作用：树猴蛙察觉到危险时，额头上的脓包就变得猩红，一闪一闪地发出红光。

双角兽
Bicorn

双角兽是一种神奇动物，分布地区不详。
能力及作用：由双角兽的角研制而成的粉末可以用于制作复方汤剂。

特波疣猪
Tebo

英国魔法部分类级别：××××

原产地及其分布：特波疣猪分布于刚果和扎伊尔。
外观特征：特波疣猪是一种淡灰色的疣猪。
能力及作用：特波疣猪有隐形的能力，这使人很难躲开或抓住它们，所以它们非常危险。特波疣猪的皮可以用来做护盾和护身衣，极受巫师珍视。

土扒貂
Jarvey

英国魔法部分类级别：×××

原产地及其分布：土扒貂分布在不列颠、爱尔兰和北美地区。
外观特征：土扒貂看起来就像一只长得过大的雪貂。
习性：土扒貂大部分时间是生活在地下的，它们喜欢吃地精，但也吃鼹鼠、老鼠和田鼠。
能力及作用：土扒貂会说话，虽然以它们的智力还做不到真正的交谈。土扒貂只会连珠炮似地说几句简短（一般很粗鲁）的话。

蛙头龙
Hodag

原产地及其分布：蛙头龙曾出现于美国境内。

外观特征：蛙头龙是一种头部像青蛙的生物，17世纪20年代前后可以在美国境内找到。

相关事件：伊索·瑟尔和普克奇威廉在一起进行探险的日子里，曾经一起观察过蛙头龙的狩猎活动。

相关知识：现实世界中的蛙头龙是杜撰出来的。1893年，一个名叫尤金·谢帕德的人声称自己抓住蛙头龙的消息被登上了报纸，虽然最终谢帕德承认这是一个骗局，但在谢帕德的故乡威斯康星州的莱茵兰德，这种生物仍然作为吉祥物存在。

五足怪 / 毛麦克布恩
Quintaped / Hairy MacBoon

英国魔法部分类级别：×××××

原产地及其分布：五足怪只分布于苏格兰最北端的德里亚岛。也由于德里亚岛上有五足怪，所以这个岛被设定为不可标绘。

外观特征：五足怪的身体紧挨着地面，全身都覆盖着厚厚的红棕色毛发，每条腿的末端长着一只畸形的脚。

习性：五足怪是一种高度危险的食肉动物，对人类有特别的嗜好，与人极端敌对。

相关知识：在古代如尼文中，这种五条腿的生物象征"5"。

希拉克鱼
Shrake

英国魔法部分类级别：×××

原产地及其分布：希拉克鱼是一种带有魔法特性的鱼，一般分布于大西洋。

外观特征：希拉克鱼是一种全身覆盖着鳍刺的鱼。

能力及作用：鱼身上的尖刺可以撕破渔网，也可以用于制作魔法药剂。

吸血怪
Blood-Sucking Bugbear

原产地及其分布：吸血怪的具体分布地区不详，但至少可以在苏格兰发现它们。

仙子
Fairy

英国魔法部分类级别：××

原产地及其分布：仙子的原产地不明，分布非常广泛。

外观特征：仙子的身高从1到5英寸不等，长着人的身体、头和四肢，长有两只昆虫翅膀般的大翅膀。仙子的翅膀根据种类不同，有透明的，也有五彩缤纷的。

习性：仙子是一种用作装饰的小动物，智力不高，一般居住在林地中或者森林的空地上。它们天性好争吵，但是因为极其爱慕虚荣，所以很乐意去充当装饰品。仙子会将卵产在叶子背面，一次产卵数量达50枚。卵经过孵化会变成色彩亮丽的幼虫。幼虫长到6～10天的时候吐丝做茧，一个月后，完全长成的成年仙子破茧而出。

能力及作用：仙子有和人一样的外表，但不能说人的语言，只能发出刺耳的嗡嗡声与它们的同胞交流。仙子们魔力不强，但可以在一定程度上抵挡如卜鸟这样的捕猎者。仙子翅膀有药用价值，取下它们的翅膀不会对它们造成伤害，但会损害它们的虚荣心。

小矮妖 / 克劳瑞柯恩
Leprechaun / Clauricorn

英国魔法部分类级别：×××

原产地及其分布：小矮妖一般分布于爱尔兰，主要生活在森林中或其他林木茂密的地区，是爱尔兰魁地奇国家队的吉祥物。

外观特征：小矮妖的身高可长到6英寸（约15.2厘米），全身绿色。

习性：小矮妖是一种比仙子聪明，虽然调皮但比小魔鬼、小精灵或者狐媚

子善良的妖精。小矮妖是胎生动物，吃植物的叶子。虽然它们有搞恶作剧的坏名声，可人们知道，它们从来没有做过对人类造成长期危害的事情。

能力及作用：小矮妖会用叶子制作简单的衣物，在所有的"小人"当中，小矮妖会说人类的语言，却从未提出要求把它们划归为"人"。小矮妖能够变出一种实实在在的金子一样的物质——"小矮妖的金币"，但几个小时后这些金币便会消失得无影无踪，这样愚弄别人让它们很开心。

小精灵
Pixie

英国魔法部分类级别：×××

原产地及其分布：小精灵这种小型神奇动物多分布于英格兰的康沃尔郡。

外观特征：小精灵全身呈铁青色，身高可至8英寸（约20.3厘米）。小精灵没有翅膀，但是可以飞行。

习性：小精灵是胎生动物。它们生性顽皮，喜欢恶作剧，会在人没有防备的情况下揪住人的耳朵，把人提起来扔到树梢或屋顶上。

能力及作用：小精灵能发出刺耳的叽叽喳喳声进行沟通，但这种声音的含义只有其他小精灵才能够领会。

相关知识：康沃尔郡的小精灵之所以被罗琳描写为蓝色，很可能是因为她参考了皮克特人的习俗（皮克特人是一个古老的凯尔特部落，他们会把自己的皮肤涂成蓝色），或者参考了康沃尔蓝奶酪这种现实中与蓝色有关的内容。

小魔鬼
Imp

英国魔法部分类级别：××

原产地及其分布：小魔鬼这种神奇动物分布（但不仅限于）在不列颠和爱尔兰两地。

外观特征：由于小魔鬼和小精灵的身高相近（6～8英寸），人们有时候会把它们与小精灵混淆。小魔鬼不具备小精灵那样的飞行能力，也没有小精灵那么色彩鲜艳，小魔鬼的外表颜色通常较为黯淡，从深褐色到黑色的都有。

习性：小魔鬼喜欢生活在潮湿松软的环境中，人们在河岸附近经常可以见到它们。小恶魔吃小昆虫，与仙子的繁殖习惯非常相似，不同的是小魔鬼不会吐丝结茧。小恶魔孵化出来的时候大约有1英寸长，身体各个部分已经完全发育成熟。

能力及作用：它们有一种类似表演闹剧的幽默感，为了寻开心，会把那些粗心大意的行人绊倒。

相关知识：小魔鬼传说起源于日耳曼民间传说。虽然不同的作品中对小魔鬼的描写差别比较大，但它们的身份经常是男女巫师的调皮魔宠。

欣克庞克
Hinkypunk

外观特征：欣克庞克这种怪物只有一条腿。

习性：欣克庞克会在晚上潜藏在偏远地区，发出误导的光芒，诱惑旅行者误入歧途。

能力及作用：行人可能会把欣克庞克的误导看作目的地或者另外一个旅行的人，从而被吸引过去陷入沼泽、泥潭。

嗅嗅
Niffler

英国魔法部分类级别：×××

原产地及其分布：嗅嗅是一种会掘地的动物，分布于不列颠地区。

外观特征：嗅嗅这种动物全身覆盖有黑色绒毛，鼻吻较长。

习性：嗅嗅一般生活在地下20英尺（约6.1米）的巢穴中，一窝可以产崽6~8只。这种动物热爱一切闪闪发光的东西。虽然嗅嗅性格温和，但会对财宝造成破坏，所以不能养在家中。

能力及作用：妖精们经常饲养嗅嗅来挖掘地下深处的财宝。

雪人 / 大脚板 / 喜马拉雅雪人
Yeti / Bigfoot / Abominale Snowman

英国魔法部分类级别：××××

原产地及其分布：雪人是一种原产并分布于中国西藏的神奇动物。

外观特征：雪人的身高可达15英尺（约4.6米），从头到脚披着纯白的毛发。

习性：在雪人的行进过程中，任何离群的东西撞到雪人，都会被雪人吞食。雪人惧怕火，具备相关知识及能力的巫师可以凭此驱走雪人。

燕尾狗
Crup

英国魔法部分类级别：×××

原产地及其分布：燕尾狗是巫师培育出来的一种狗，原产于英格兰东南部。

外观特征：燕尾狗的外观和杰克拉塞尔梗犬极其相像，只是它们的尾巴是分叉的。燕尾狗的主人在燕尾狗长到6～8个星期时，在法律上有义务采用无痛切割咒去掉它那奇特的尾巴，以免特殊的尾巴引起麻瓜们的注意。

习性：燕尾狗对巫师及其忠诚，可对麻瓜凶残。任何巫师如果想申请饲养燕尾狗，都必须先完成一个简单测试，证明他具备在麻瓜居住区控制燕尾狗的能力，然后才可以从魔法部神奇生物管理控制司领取饲养许可证。

能力及作用：燕尾狗是一个了不起的清道夫，从地精到旧轮胎，它们遇到什么吃什么，几乎可以吃下任何东西。

隐身怪
Hidebehind

原产地及其分布：1620年年底之前，菲尼亚斯·弗莱奇把一只隐形兽偷偷地带到北美洲。他本想用这种生物制作隐形衣，但隐形兽却在船上逃脱，与食尸鬼繁衍了后代。它们的后代就是最初的隐身怪。

外观特征：由于隐身怪可以改变形体，其外观并不确定。

习性：隐身怪是一种昼伏夜出、居住在深林中的妖怪，以人形生物为食。

能力及作用：隐身怪有改变自己的形体的特殊能力，从而能够躲在几乎任何物体的后方，遇到掠食者或猎物时它们都能够完美地隐藏自己。

隐形兽
Demiguise

英国魔法部分类级别：××××

原产地及其分布：隐形兽一般分布于在远东地区。

外观特征：隐形兽的外表看上去有点儿像姿态优雅的猿，一双大大的黑眼睛时常藏在长长的毛发后面，流露出淡淡的哀伤。它的整个身体覆盖着丝绸一般银光闪闪的长长细毛。

习性：隐形兽是一种性情温和、喜好安静的食草类神奇动物。

能力及作用：由于受到威胁的时候，隐形兽能够变得让人看不见，且有一定的短期内预测未来的能力，所以一般人很难见到它们，只有那些擅长捕捉它们的巫师才能够看见它们。隐形兽毛皮的价值很高，因为它们的毛发可以用来编织隐形衣。不过随着时间的流逝，使用隐形兽毛发编织的隐形衣最终也会失去效果，变得不再透明。

相关知识：由于隐形兽具有隐形的能力，它在如尼文字母表中代表数字"0"。

鹰头马身有翼兽
Hippogriff

英国魔法部分类级别：×××

原产地及其分布：鹰头马身有翼兽的原产地为欧洲，现在广泛分布于世界各地。

外观特征：鹰头马身有翼兽长着巨鹰的头、翅膀和马的身体。它们能够被驯服，但应该由专家去尝试。

习性：鹰头马身有翼兽喜欢掘洞寻找昆虫，同时也吃鸟类和小型哺乳动物。鹰头马身有翼兽会在繁殖期将巢建在地面上，然后在里面产下一枚卵，卵大而易碎，在24小时内便可孵化。刚出生的鹰头马身有翼兽不到一个星期就能够试着飞行，但要真正长途飞行需要好几个月。要靠近一头鹰头马身有翼兽必须一直保持和它目光接触，第一步是鞠躬，如果它也鞠躬回礼，表示可以接

近它且没有什么危险，之后可以抚摸它甚至可以骑上它飞行。

能力及作用：鹰头马身有翼兽是一种能够飞行的神奇动物。

月痴兽
Mooncalf

英国魔法部分类级别：××

原产地及其分布：月痴兽广泛分布于世界各地。

外观特征：月痴兽身体呈淡灰色，皮肤光滑，两只圆圆的眼睛在头顶上鼓着。月痴兽拥有四条细长的瘦腿、四只扁平的大脚板。

习性：月痴兽是一种非常腼腆的动物，只在月圆之夜才从洞穴里出来。月痴兽从洞穴里出来后会沐浴着月光，在偏僻无人的地方用两条后腿站立起来表演复杂的舞蹈，十分迷人。目前推测月痴兽的舞蹈是交配仪式的一部分，这种行为会在麦田里留下复杂的几何图案，让麻瓜们极为迷惑不解。

能力及作用：如果在日出之前将月痴兽的银色粪便收集起来，以后作为肥料再撒到魔法药草圃和花坛上，会提升植物的生长速度及茁壮程度。

相关知识：月痴兽所创造出来的"几何图案"可能指代麻瓜世界中出现的麦田怪圈，有些麻瓜认为它们是由不明飞行物造成的。

炸尾螺
Blast-Ended Skrewt

原产地及其分布：炸尾螺是海格于1994年的秋天在霍格沃茨培育出来的一种奇特的生物，它是由人头狮身蝎尾兽和火螃蟹杂交得到的。

外观特征：炸尾螺一开始很小，刚刚孵化出来的炸尾螺身长约为6英寸。外观看起来像是去了壳的变形大龙虾，灰白黏糊，没有头，许多只脚横七竖八地伸出来，散发出一股非常强烈的臭鱼烂虾的气味。随着成长炸尾螺会不断改变形态，而且会变得凶残。

习性：炸尾螺的尾部会喷射火花，随着火花炸裂，它们就可以依靠反作用力向前推进几英寸。

能力及作用：这种生物是否有药用价值尚不得而知。

长角水蛇
Horned Serpent

原产地及其分布：长角水蛇是一种原产于美国的魔法蛇类神奇动物。

外观特征：长角水蛇的体型巨大，头部长有角，额前镶嵌着一颗宝石。

习性：长角水蛇生活在河流中。

沼泽挖子
Dugbog

英国魔法部分类级别：×××

原产地及其分布：沼泽挖子是一种生活在沼泽地区的神奇动物，分布于欧洲、美洲大陆。

外观特征：沼泽挖子不动的时候，外观看起来就像一块木头，但仔细检查就可以发现它有爪子，爪子上长着鳍，还有非常锋利的牙齿。

习性：沼泽挖子会在沼泽中滑行，主要以小型哺乳动物为食。沼泽挖子最喜爱的食物是曼德拉草。因此种植曼德拉草的人在收获时，揪起曼德拉草的叶子后，可能会发现叶子下面本该是根茎的地方成了一团被沼泽挖子啃食后剩下的血淋淋的东西。

能力及作用：沼泽挖子会对侵入它们领地的行人的脚踝造成严重的伤害。

神奇植物

由于许多神奇植物同时具有药用价值或其他实用价值，这一类植物会在魔法材料的部分介绍。以下神奇植物部分的介绍内容会更加注重魔法植物本身，麻瓜世界植物不在此列，且不与魔法材料重复介绍。

打人柳
Whomping Willow

打人柳是位于霍格沃茨魔法学校禁林中的一棵大柳树，性情狂躁，不管什么东西撞到上面都会被柳树的枝条痛打。想办法按一下树枝上的节疤，打人柳就会立刻静止不动。尚不知是否有其他地区种植此种树木。

霍格沃茨的打人柳种在尖叫棚屋入口处，1992年开学时，哈利和罗恩驾驶着福特安格利亚汽车撞到了这棵树上。韦斯莱夫人在校期间，霍格沃茨还没种植这棵树，所以当她来学校观看三强争霸赛时，对它很感兴趣。

毒触手
Venomous Tentacula

毒触手是一种多刺的绿色植物。它的藤蔓可以活动，会试图抓住附近活着的猎物。毒触手的嫩枝会分泌毒液，它的尖刺也有剧毒。被毒触手咬伤是致命的。

麦格教授的丈夫埃尔芬斯通·埃尔科特因被毒触手咬伤而逝世。

毒牙天竺葵
Fanged Geranium

毒牙天竺葵是一种魔法世界中的天竺葵种类。霍格沃茨魔法学校的温室中有种植。

哈利在他的五年级草药课考试中被毒牙天竺葵咬了一小口。

疙瘩藤
Snargaluff

疙瘩藤是一种藤蔓植物，看起来像一个布满疙瘩的树桩，可以结出葡萄柚那么大的荚果，只要有人想去取它的荚果，它就会突然伸出像触手一样的藤蔓攻击对方。

霍格沃茨魔法学校六年级草药学课上会学到这种植物。在课堂上取出来的荚果不停地噗噗跳动，要打开荚果需要用尖锐的物品把荚果刺破，最终会弄出淡绿色的像弯弯曲曲的蚯蚓一样的东西。

叫咬藤
Screechsnap

叫咬藤是一种藤蔓植物，具有感知能力，会吱吱叫唤。

在《凤凰社》一书中，因为苏珊·博恩斯向叫咬藤的苗木箱里加了过多的龙粪，使得它们难受地扭动着身子，吱吱地叫着。

米布米宝
Mimbulus Mimbletonia

米布米宝是产于亚洲的一种植物，非常稀有。它的外观看上去像灰色的小仙人掌，但上面长的不是刺，而是布满了疖子般的东西，会微微跳动，像病变的内脏器官。米布米宝有着极强的自卫机制，当受到外来袭击时，它的疖子就是厉害的武器，那里面会喷出很多黏稠而有着难闻臭气的墨绿色液体攻击敌人，不过它的汁液没有毒。

魔鬼网
Devil's Snare

魔鬼网是一种神奇的魔法藤蔓植物。成熟的魔鬼网能够伸出如蛇的卷须缠绕靠近它的人，造成人物受伤或死亡。它喜欢阴暗潮湿的生存环境，光明温暖自然成为它的天敌。因此，一旦遭遇魔鬼网的攻击，点火是很有效的办法。此外，当人全身放松不再挣扎时，魔鬼网也会松开。

在有些情况下，魔鬼网还会对自己的外形进行伪装，比如变成蟹爪兰。

泡泡豆荚
Puffapod

泡泡豆荚是一种神奇的魔法植物，可以长出一种胖乎乎的粉红色豆荚，里面是亮晶晶的豆子。这些豆子一旦接触到固体物品就会立即开花。

跳跳球茎
Bouncing Bulb

跳跳球茎是一种神奇的魔法植物，如果不进行制止的话，这种植物会一直跳来跳去。未成熟的跳跳球茎比较容易制服，但成熟后的跳跳球茎需要用火才能制服。

雨伞花
Umbrella Flower

雨伞花是一种伞状的巨型植物。

霍格沃茨魔法学校的草药学第三温室里有这种植物，巨大的花朵伞盖从天花板垂挂下来，花香浓郁。

宠物

埃罗尔
Errol

埃罗尔是韦斯莱家的猫头鹰，是一只年纪非常大的的乌林鸮，有很多地方的羽毛脱落了，总是因控制不好翅膀而冒冒失失地撞上窗玻璃或天花板。

海德薇
Hedwig

海德薇是一只雪鸮，主人是哈利。雪鸮是猫头鹰家族中体型较大的，生活在北极雪地，雪白的羽毛中夹杂着许多黑色的斑点。

哈利11岁生日时，海格从咿啦猫头鹰商店买来它送给哈利作为生日礼物，哈利从《魔法史》一书中找到海德薇这个名字给它命名。海德薇是哈利最好的宠物，还是哈利的信使。1997年，海德薇在海格骑着巨型摩托转移哈利的过程中被一名食死徒的杀戮咒击中身亡。

赫梅斯
Hermes

赫梅斯是一只猫头鹰，主人是珀西·韦斯莱。

珀西在五年级成为格兰芬多的级长，他的父亲为他买了这只猫头鹰作为奖励。1995年，珀西让赫梅斯给他的弟弟罗恩送了一封信，建议他不要再相信哈利，要和乌姆里奇以及魔法部站在一边。

朱薇琼
Pigwidgeon

朱薇琼是一只猫头鹰，又被称作"小猪"，主人是罗恩。在罗恩原来的宠物老鼠斑斑（也就是小矮星彼得）逃走之后，小天狼星觉得自己应该对此负责，于是将这只猫头鹰送给了他。

朱薇琼这个名字是金妮起的，因为她觉得这个名字很可爱。不过，罗恩并不喜欢这个名字，但想把它换掉已经来不及了，猫头鹰只认这个名字，叫它别的名字它一概不理。尽管罗恩在公共场合总对朱薇琼非常粗鲁，但他实际上很喜欢它，因为这是他的第一只猫头鹰。

阿拉戈克
Aragog

阿拉戈克是一只公的八眼巨蛛,一个旅游者把八眼巨蛛阿拉戈克的卵送给还在霍格沃茨魔法学校上学的海格。海格把它带进了城堡,在地牢的一个储物间里将它养大。1943年,阿拉戈克被诬陷为密室怪兽,最终被海格放生,逃入禁林,之后一直在居住在禁林里。后来,海格经常到禁林里去看阿拉戈克,还为它找了妻子莫萨格。从此,霍格沃茨的禁林里出现了一个八眼巨蛛群落。到了20世纪90年代,阿拉戈克的颜色已经发灰,而且眼睛也因为白内障而失明了。

莫萨格
Mosag

莫萨格是一只雌性八眼巨蛛,是海格为阿拉戈克找的妻子。它们在禁林繁衍出了一个八眼巨蛛群落。

斑斑
Scabbers

韦斯莱一家人曾把这一只叫作"斑斑"的老鼠养了12年。它首先是珀西的宠物,后来又被送给了他的弟弟罗恩,斑斑的寿命远远超过了其他老鼠的平均寿命。事实上它是小矮星彼得变的。

巴克比克 / 蔫翼
Buckbeak / Witherwings

巴克比克是一头鹰头马身有翼兽,由海格抚养。在1993—1994学年的保护神奇生物课上,巴克比克因受到挑衅而踢伤了德拉科·马尔福。在马尔福的父亲卢修斯的运作下,巴克比克被英国魔法部下辖的处置危险动物委员会判处死刑。哈利与赫敏在使用时间转换器救小天狼星的同时救走了它。此后一段时间里,他一直与小天狼星过着流浪生活,藏匿在山洞中,后来又跟着小天狼星住进格里莫广场12号,被藏在小天狼星母亲的卧室里。小天狼星死后,巴克比克改名为蔫翼，又和海格住在了一起。霍格沃茨之战期间巴克比克同夜骐们一起参加了战斗。

福克斯
Fawkes

　　福克斯是一只凤凰，主人是霍格沃茨校长邓布利多。它具有非凡的魔法能力，死后可以重生（不死鸟），它的眼泪可以治伤。

　　哈利和伏地魔的魔杖的杖芯均来自福克斯的尾羽。

莱福
Trevor

　　莱福是纳威·隆巴顿的宠物蟾蜍。

　　蟾蜍（toad）是一种普通的非魔法生物，麻瓜和男女巫师均知道它的存在。除了猫头鹰和猫之外，蟾蜍是另一种学生可以带到霍格沃茨的宠物，可以在神奇动物商店中买到。

　　尽管蟾蜍本身并没有什么魔法能力，但是它是很好的用来练习魔咒和测试魔药的对象。蟾蜍对于药剂师来说非常有用，因为它们的皮肤可以吸收液体，这使得测试那些需要口服的魔药变得更加容易。

　　纳威的宠物蟾蜍莱福除了经常走丢之外似乎没什么特点，因此当它最终在大湖里找到同类之后，无论是它的主人纳威还是宠物蟾蜍自己都感到如释重负。

克鲁克山
Crookshanks

　　克鲁克山是一只姜黄色、罗圈腿的大猫，主人是赫敏。

　　克鲁克山是一只相当神奇的猫。它的脸像是撞到了墙上一样扁，炸毛的尾巴像肥肥的瓶刷子。克鲁克山虽然已经成年，但仍然十分活泼好动，不符合长毛猫温驯的个性。赫敏认为克鲁克山的皮毛挺灿烂的。

第五章　生物

由于有一半猫狸子的血统,克鲁克山对某些事情非常敏锐。同样是阿尼马格斯,它对斑斑(小矮星彼得)和大黑狗(小天狼星)的态度截然不同。

洛丽丝夫人
Mrs. Norris

洛丽丝夫人是霍格沃茨管理员费尔奇先生养的一只猫,它骨瘦如柴、毛色暗灰。

洛丽丝夫人长着像费尔奇那样灯泡似的鼓眼睛,经常独自在走廊里巡逻。洛丽丝夫人有猫狸子血统,如果当它的面违反校规,即使一个脚趾尖出线,它也会飞快地跑去找费尔奇。两分钟后,费尔奇就会吭哧吭哧、连吁带喘地跑过来逮住学生实施惩戒。

纳吉尼
Nagini

纳吉尼是一条12英尺长的雌性巨蛇,是伏地魔的宠物,也是伏地魔的七个魂器之一。伏地魔在孤儿院时就遇见了纳吉尼。这条蛇最终被纳威用格兰芬多的宝剑杀死。

※有关纳吉尼作为魂器的内容请见魂器部分介绍。

诺贝塔 / 诺伯
Norberta / Norbert

海格在酒吧里从变装后的奇洛那里得到一个挪威脊背龙的蛋。

在将蛋孵化之后,海格给小龙取名叫诺伯,并试图在哈利、赫敏和罗恩的帮助下将它养大。但由于养火龙的事情被德拉科发现,海格不得不将诺伯托付在罗马尼亚火龙保护区工作的查理。

后来,查理和他的同事发现诺伯是一条雌龙,于是将它改名为"诺贝塔"。

踢踢
Mr. Tibbles

踢踢是费格太太养的混血猫狸子之一，另外三只分别是雪儿、毛毛和爪子先生。哈利一开始觉得它只是普通的猫，后来才得知它带有猫狸子血统。

1995年，为了保护哈利，凤凰社派驻成员到哈利的住处周围站岗。结果有一天，正在站岗的蒙顿格斯擅自离岗，没有注意到哈利离开了女贞路4号。幸运的是，费格太太之前派踢踢躲在一辆汽车下面以防万一。哈利离开房子之后，踢踢马上跑回去给费格太太通风报信。费格太太赶到时，看到达力遭到了摄魂怪的袭击。

牙牙
Fang

牙牙是一只黑色的野猪猎犬，这是一种黑色的大型犬，吠声沉闷如雷。它和海格一样看上去很凶恶，但其实温顺，牙牙经常跟着海格去禁林。

第六章　魔法製品

哈利·波特百科全书

特殊魔法物品

厄里斯魔镜
The Mirror of Erised

厄里斯魔镜是一面非常气派的魔法镜子,华丽的金色镜框,底下有两只爪子形的脚支撑着。镜子顶部刻有"厄里斯斯特拉厄赫鲁阿伊特乌比卡弗鲁阿伊特昂沃赫斯"(Erised stra ehru oyt ube cafru oyt on wohsi),厄里斯魔镜能够使人看见自己内心深处最迫切、最强烈的渴望。

这面镜子还曾经被作为保护魔法石对付伏地魔的最后一个道具。邓布利多将魔法石藏在镜子里,只有一心想找到它,但不使用它的人,才有办法得到魔法石。否则,他们会看到他们用魔法石点石成金,或者喝下长生不老药之类的画面,而永远无法获得魔法石。

已知的渴望:

邓布利多:一双厚厚的羊毛袜(在英国,羊毛袜有代表亲情的意味)。

罗琳曾在其网站上解释,邓布利多真正的渴望应该是他的家庭完整,家人健在,快乐幸福。珀西瓦尔和坎德拉(邓布利多死去的双亲)都回来了,阿利安娜健在并且可以正确使用魔法,阿不福思与他和解。

哈利:詹姆和莉莉在厄里斯魔镜中望着自己的儿子。他的父母和亲人一家幸福生活,永远在一起。哈利曾在地下房间里声称他在镜子里看到的是:他自己在赢得学院杯后跟邓布利多握手,实际是为骗过伏地魔。真实发生的是:他看见镜子里的自己拿着魔法石放进了裤兜。

罗恩:自己作为魁地奇球队队长、男生学生会主席一个人站在那里,比他的哥哥们都优秀。

赫敏:她和她的朋友们都活着,毫发未损,伏地魔被打败,自己在和一个特定的人浪漫地拥抱。

　　邓布利多与哈利谈论厄里斯魔镜时对哈利的警告"坚守你的梦想"的确没错，但是沉迷于梦想中不能自拔则是毫无意义，甚至是危险的。当你执着于一个不可能实现的或基本不会实现的梦想时，生活早把你抛在后面。哈利最深切的渴望是不可能实现的：他希望父母回到人间。尽管邓布利多知道哈利因为亲情的缺失而极其伤心，但盯着虚无缥缈的幻影无疑只是一种损害。厄里斯魔镜令人迷醉又充满诱惑，但它不会带给人真正的幸福。

　　魔镜的名称"Erised"是"渴望"的英文单词"desire"的反向拼写，正如魔镜里面的影像一样。世界上最幸福的人看到的魔镜里面的映像就是他们自己本来的样子。在魔镜顶部的框架上刻着的文字倒过来阅读并重新断词后就会得到这样的句子："I show not your face but your heart's desire"，也就是"我呈现的不是你的面容，而是你心中的渴望"。

分院帽
Sorting Hat

　　分院帽是一顶有思想的尖顶巫师帽，它能够决定每位新生应当去四个学院中的哪一个。这四个学院分别是格兰芬多、赫奇帕奇、拉文克劳和斯莱特林。分院帽原来属于霍格沃茨的创办者之一——戈德里克·格兰芬多。除了在分院仪式上使用之外，它一般会被放在校长办公室。

　　在每学年的开学宴会之前，一年级新生都会排成长队准备分院。准备分院的新生坐上凳子以后，分院帽会被戴在新生的头上。这顶帽子饱经沧桑、破破烂烂、脏兮兮、打满补丁。帽沿附近有一道裂缝，在分院帽大声说话或者唱歌时，裂缝就会像嘴巴一样张开。分院仪式开始后，分院帽首先会唱一首歌，大概内容是它自己的来历、学校的创始人和不同学院看重的特质。

　　分院帽会在佩戴者的耳边用细微的声音说话，并能够通过"摄神取念"解读他们的想法并作出回应。在经过考虑后，帽子会向所有人喊出新生被分进的学院名。通常分院帽考虑的时间不等，最快只需要一秒钟，但有时可以达到五分钟（被称作"帽窘"）。在分院的过程中，分院帽有时会与新生进行交流，甚至会接受他们的想法与选择。

哈利·波特百科全书

分院帽之歌（《魔法石》，1991年）

你们也许觉得我不算漂亮，
但千万不要以貌取人，
如果你们能找到比我更聪明的帽子，
我可以把自己吃掉。
你们可以让你们的圆顶礼帽乌黑油亮，
让你们的高顶丝帽光滑挺括，
我可是霍格沃茨测试用的分院帽，
自然比你们的帽子高超出众。
你们头脑里隐藏的任何念头，
都躲不过分院帽的金睛火眼，
戴上它试一下吧，我会告诉你们，
你们应该分到哪一所学院。
你也许属于格兰芬多，
那里有埋藏在心底的勇敢，
他们的胆识、气魄和狭义，
使格兰芬多出类拔萃；
你也许属于赫奇帕奇，那里的人正直忠诚，
赫奇帕奇的学子们坚忍诚实，
不畏惧艰辛的劳动；
如果你头脑精明，
或许会进智慧的老拉文克劳，
那些睿智博学的人，
总会在那里遇见他们的同道；
也许你会进斯莱特林，
也许你在这里交上真诚的朋友，
但那些狡诈阴险之辈却会不惜一切手段，
去达到他们的目的。
来戴上我吧！不必害怕！
千万不要惊慌失措！
在我的手里（尽管我连一只手也没有），
你绝对安全，因为我是一顶有思想的魔帽！

分院帽之歌（《火焰杯》，1994年）

那是一千多年前的事情，
我刚刚被编织成形，

有四个大名鼎鼎的巫师，
他们的名字流传至今：
勇敢的格兰芬多，来自荒芜的沼泽，
美丽的拉文克劳，来自宁静的河畔，
仁慈的赫奇帕奇，来自开阔的谷地，
精明的斯莱特林，来自那一片泥潭。
他们共有一个梦想、一个心愿，
同时有了一个大胆的打算，
要把年轻的巫师培育成材，
霍格沃茨学校就这样创办。
这四位伟大的巫师每人都把自己的学院建立，
他们在所教的学生身上
看重的才华想法不一。
格兰芬多认为，最勇敢的人应该受到最高的奖励；
拉文克劳觉得，头脑最聪明者总是最有出息；
赫奇帕奇感到，最勤奋努力的才最有资格进入学院；
而渴望权力的斯莱特林最喜欢那些有野心的少年。
四大巫师在活着的年月亲自把得意门生挑选出来，
可当他们长眠于九泉，
怎样挑出学生中的人才？
是格兰芬多想出了办法，
他把我从他的头上摘下，
四巨头都给我注入了思想，
从此就由我来挑选、评价！
好了，把我好好地扣在头上，
我从来没有看走过眼，
我要看一看你的头脑，
判断你属于哪个学院！

分院帽之歌（《凤凰社》，1995年）

很久以前我还是顶新帽，
那时霍格沃茨还没有建好，
高贵学堂的四位创建者，
以为他们永远不会分道扬镳。
同一个目标将他们联在一起，
彼此的愿望是那么相同一致：
要建成世上最好的魔法学校，

哈利·波特百科全书

让他们的学识相传、延续。
"我们将共同建校，共同教学！"
四位好友的主意十分坚决，
然而他们做梦也没有想到，
有朝一日他们会彼此分裂。
这个世上还有什么朋友，
能比斯莱特林和格兰芬多更好？
除非你算上另一对挚友——
赫奇帕奇和拉文克劳？
这样的好事怎么会搞糟？
这样的友情怎么会一笔勾销？
唉，我亲眼看见了这个悲哀的故事，
所以能在这里向大家细述。
斯莱特林说："我们所教的学生，
他们的血统必须最最纯正。"
拉文克劳说："我们所教的学生，
他们的智力必须高人一等。"
格兰芬多说："我们所教的学生，
必须英勇无畏，奋不顾身。"
赫奇帕奇说："我们要教许多人，
并且对待他们一视同仁。"
这些分歧第一次露出端倪，
就引起了一场小小的争吵。
四位创建者每人拥有一个学院，
只招收他们各自想要的少年。
斯莱特林收的巫师如他本人，
血统纯正、诡计多端。
只有那些头脑最敏锐的后辈，
才能聆听拉文克劳的教诲。
若有谁大胆无畏、喜爱冒险，
便被勇敢的格兰芬多收进学院。
其余的人都被好心的赫奇帕奇所接收，
她把自己全部的本领向他们传授。
四个学院和它们的创建人，
就这样保持着牢固而真挚的友情。
在那许多愉快的岁月里，
霍格沃茨的教学愉快而和谐。
可是后来慢慢地出现了分裂，

并因我们的缺点和恐惧而愈演愈烈。
四个学院就像四根石柱,
曾将我们的学校牢牢撑住。
现在却互相反目,纠纷不断,
个个都想把大权独揽。
有那么一段时光,学校眼看着就要夭亡。
无数的吵闹、无数的争斗,
昔日的好朋友反目成仇。
后来终于在某一天清晨,
年迈的斯莱特林突然出走。
尽管那时纷争已经平息,
他还是灰心地离我们而去。
四个创建者只剩下三个,
从此四个学院的情形,
再不像过去设想的那样:
和睦相处,团结一心。
现在分院帽就在你们面前,
你们都知道了事情的渊源,
我把你们分进每个学院,
因为我的职责不容改变。
但是今年我要多说几句,
请你们把我的新歌仔细听取,
尽管我注定要使你们分裂,
但我担心这样做并不正确。
尽管我必须履行我的职责,
把每年的新生分成四份,
但我担心这样的分类,
会导致我所惧怕的崩溃。
哦,知道危险,读懂征兆,
历史的教训给我们警告,
我们的霍格沃茨面临着危险,
校外的仇敌正虎视眈眈。
我们的内部必须紧密团结,
不然一切就会从内部瓦解。
我已对你们直言相告,
我已为你们拉响警报……
现在让我们开始分院。

第六章 魔法制品

格兰芬多宝剑
Gryffindor's Sword

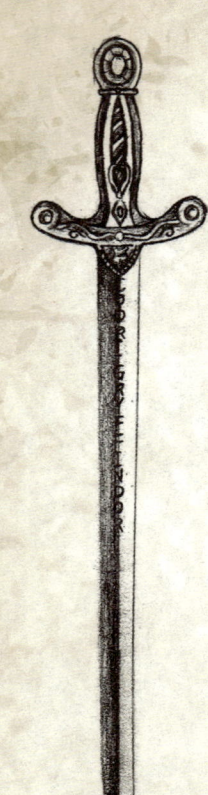

这把剑由戈德里克·格兰芬多请莱格纳克一世为自己量身定做。莱格纳克一世是妖精中技艺最精湛的银匠，因此也是妖精之王（在妖精的文化中，统治者比别人工作更多，技术更精湛）。这把剑打造完成时莱格纳克觊觎不已，于是谎称是格兰芬多从他那儿偷走了剑，并派他的仆人去偷回来。格兰芬多用他的魔杖自卫，但并没有杀掉袭击者，而是将他们送回被蛊惑的国王那儿，警告国王，如果再妄想盗取宝剑，格兰芬多将会抽刀出鞘向他们宣战。妖精之王重视了这一警告，让格兰芬多保留了这一合法财产，但至死都怨恨未消。这也是为何在妖精的一些部落中至今流传着格兰芬多盗窃的谣言。

格兰芬多宝剑被施了魔法，还具有一些只有妖精造的武器才具备的特性，比如妖精造的刀刃只吸收能强化它的东西，还有不需擦拭也能防尘等特性。

另外，抽出格兰芬多宝剑的方式也很奇特。只有真正具有格兰芬多特有品质的人，在有需要的时候才能拿到它。这把剑以纯银打造，镶嵌有红宝石（代表格兰芬多，学院杯中代表不同学院的四个沙漏中分别装着不同的宝石，格兰芬多沙漏中就装着红宝石），而戈德里克·格兰芬多的名字就刻在剑柄下方。

活点地图 / 掠夺者地图
Marauder's Map

这张地图是由卢平、小矮星彼得、小天狼星以及詹姆共同发明的，专门用来进行恶作剧。他们常常在就寝时间后，化身为动物四处探险，这使他们对霍格沃茨城堡有很多了解（布莱克、小矮星和波特是阿尼马格斯，卢平是狼人）他们将自己的发现制作成活点地图。地图上写着这几位创造者的名字，他们采用仅限彼此所知的昵称（代表他们幻化成的动物）：月亮脸（指身为狼人的卢平）、虫尾巴（指能变成老鼠的小矮星彼得）、大脚板（指能变成大黑狗的小天狼星），以及尖头叉子（指能变身成牡鹿的詹姆）。

乍看之下，这张地图只是一张空白的羊皮纸，但是当使用者说出"我庄严宣誓我不干好事"，墨线就会开始延伸，然后羊皮纸上方开始出现字迹，是弯曲的绿色大字，它们是：魔法恶作剧制作者的辅助物供应商——月亮脸、虫尾巴、大脚板和尖头叉子诸位先生自豪地献上活点地图。用咒语开启地图的魔法后，活点地图上浮现出一张霍格沃茨的地图（包括所有秘密通道），还有霍格沃茨里每个人所在的位置；地图也会指示打开秘密通道的方法。创作地图时用到的魔法非常高超，且令人印象深刻；上面含有"微型模拟"咒，可使地图拥有者跟踪城堡内每个人的动态，地图还被施了魔法，以永远抵制它的劲敌——斯内普的好奇和窥探。使用完毕之后，只要说"恶作剧完毕"，就可以将地图复原成空白的状态，以防止其他不知道地图口令的人使用。

这张地图也能够正确识别出每一个人，不论这个人是否阿尼马格斯，是否服用了复方汤剂，是否使用了隐形衣，即使霍格沃茨的幽灵也会在地图上出现。

这张地图的缺陷之一，是无法区别那些同名的人（比如同名的父与子）。此外，活点地图也并没有标出学校上的所有地点，比如有求必应屋和密室。这可能是因为绘制地图的人并不知道这些地方，也有可能是这些地点不可标绘。罗恩和赫敏进入密室寻找蛇怪的毒牙时，他们的位置没有出现在活点地图上；进入有求必应屋的人也会在活点地图上消失。

虽然霍格沃茨魔法学校不可标绘，但是像活点地图这样描绘霍格沃茨学校的内部结构是可能的。

魔法石
Philosopher's Stone

魔法石是一块人工制造、带有魔法属性的红色石头。它能够用来制作延长饮用者生命的长生不老药，同时也能够将任何一种金属变为纯金。著名的炼金术士尼可·勒梅制造了到1991年时唯一已知的一块魔法石。勒梅使用它制作长生不老药，延长自己和妻子佩雷纳尔的生命超过6个世纪。

在哈利一年级的时候，当时的伏地魔十分虚弱，因为他可以说是半生不死，只能附在别人身上，为了获得一个肉身，他决定偷取魔法石。起初，这块石头被保存在古灵阁巫师银行的713号金库，但邓布利多可能意识到了潜在的威胁，便让海格及时将它取了出来。就在那天下午，同一间金库被人闯入。那人正是被伏地魔附身的奇洛，后来伏地魔还利用奇洛进入保存魔法石的霍格沃茨魔法学校。

魔法石从古灵阁中被取出后，存放在霍格沃茨内一组（共有7间）特殊的地下房间中，海格的三头犬路威守卫在进入地下房间的活板门前。霍格沃茨的七位老师使用七种不同的魔法或生物进行保护：斯普劳特教授的魔鬼网、弗立维教授的会飞的门钥匙、麦格教授的巨型巫师棋阵、奇洛教授的山地巨怪、斯内普教授的魔药谜题以及邓布利多的厄里斯魔镜。此外，为了让学生远离路威以及其他障碍，邓布利多禁止他们进入四楼的走廊。

哈利和他的好朋友罗恩、赫敏怀疑魔法石要被人偷走。在经过一番信息收集及推理之后，他们怀疑这个人就是霍格沃茨的教授斯内普。哈利觉得自己有必要

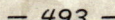

保护魔法石。他和朋友们用远超出自己年龄的英雄气概和智慧通过了层层障碍。最终，哈利站到了奇洛和伏地魔的面前。在对决中，奇洛丧命，而伏地魔则再一次失去了形体。

在这之后，邓布利多和勒梅讨论了一下，认为毁掉魔法石是最好的办法。勒梅储存了足够多的长生不老药，确保他和妻子能够在逝世之前将一切准备妥当。

冥想盆
Pensieve

冥想盆是一种用来查看记忆的物品，霍格沃茨的校长室中就放着一个。冥想盆是一个浅浅的石盆，盆的边缘雕刻着如尼文和符号，盆中盛满了银色的物质，和云彩一样既像液体又像气体。巫师可以将自己的记忆从脑子里吸出来，放进盆中。碰触到冥想盆里的物质就可以进入那个记忆当中，能看到过去发生的事情，并且这个记忆中出现的人是不能发现你的存在的。

冥想盆是非常稀少的，因为只有那些最强大的巫师才会使用冥想盆，而且绝大多数巫师不敢这么做。

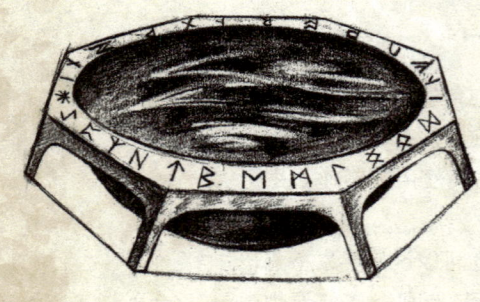

人们会觉得冥想盆危险，源于它在记忆与思想方面的力量。冥想盆被施加了能重现记忆的魔法，所以它能够忠实地重现储存在潜意识中的任何细节，而且无论是记忆的主人还是其他人（危险正在于此），都能进入那些记忆并且在里面走来走去。不可避免地，那些有秘密、因过去而羞愧、渴望保住他们的秘密与隐私的人，都会对冥想盆这类东西敬而远之。大多数的冥想盆都会和魔杖一样，在主人逝世时一起被埋葬。但也有一些冥想盆会带着记忆被巫师代代相传。

相比重现记忆，更困难的是使用冥想盆将自己的想法与主意进行检查与分类，很少有巫师有这么做的能力。

时间转换器
Time-Turner

时间转换器看起来是一只小小的、发亮的金计时器，挂在一条很长、很精细的金链子上。把金链子围在脖子上，然后每转一次时间转换器，便可以在时间上倒退一个小时。使用时间转换器时，使用者会感觉自己在很快地向后飞，眼前掠过各种模糊的云彩形状，耳中有东西在猛敲，并且听不见自己的声音。

　　赫敏上三年级的时候，曾经从麦格教授那里得到了这件魔法物品，这样就可以让她回到几个小时前上更多的课程。为了能让赫敏有一个时间转换器，麦格教授必须给魔法部写各种信，告诉他们拥有者是模范学生，且保证永远不把它用于学习以外的事。在《混血王子》一书中，赫敏提到时间转换器已全部被毁。

　　在《被诅咒的孩子》一书中，时间转换器（损坏状态）被意欲救回塞德里克的阿不思·西弗勒斯·波特与斯科皮·马尔福得到并多次使用。但由于损坏的时间转换器只能在倒流的时空中存在5分钟，这导致阿不思和斯科皮屡次弄巧成拙，之后，那个损坏的时间转换器将时间跳转回到波特家出事的那一天后，被意欲阻止伏地魔袭击波特一家以防止其失去力量的戴尔菲彻底粉碎。最后，哈利等人得到小阿不思传来的消息后通过德拉科·马尔福收藏的一个完好的时间转换器回到那一天，成功地阻止了戴尔菲，却无力继续阻止伏地魔杀害哈利的父母，只能眼看他们死去，塞德里克也同样没有救回，历史也并没有改变。

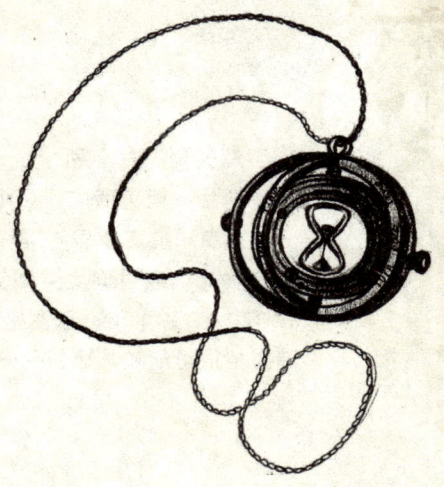

　　与时间相关的魔法是不稳定的，并且严重违背时间守则也会造成灾难性的后果。可能出现的情况包括：巫师错误地杀死过去或者未来的自己；彻底改变一个人的人生轨迹；导致时间异常，使一些本应存在的人从未出生。因此，魔法部在批准使用时间转换器时要对其进行严格的担保审查；围绕时间转换器的持有，魔法部制定了数以百计的法律，同时对时间转换器的滥用行为处以最严苛的法律和惩罚。

熄灯器
Deluminator / Put-Outer

　　熄灯器是邓布利多自己设计发明的物品，看上去很像银质打火机，它可以将附近的光源吸走，或者将熄灭的光源重新点亮。1981年邓布利多把小哈利送到德思礼家，1995年穆迪送哈利到格里莫广场12号，1996年邓布利多来德思礼家接哈利时都用到了熄灯器。

　　邓布利多死后，根据其遗嘱，熄灯器留给了罗恩。三人踏上寻找魂器的道路，在罗恩离开哈利和赫敏之后，他忽然发现这个装置还有自动导航的功能。当赫敏和哈利提到罗恩的名字时，罗恩从熄灯器里听到了他们交谈的声音。罗恩按了一下熄灯器，他自己房间中的灯熄灭了，而另一个蓝莹莹的光球出现在窗外。

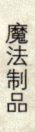

罗恩走出了屋子，让光球进入了自己的身体。之后，罗恩就能知道自己应该去哪里。1998年，罗恩在马尔福庄园的地牢中使用了熄灯器，放出在帐篷中吸走的光亮，让卢娜、奥利凡德、罗恩和哈利能够彼此看到对方。由于找不到原来的光源，因此这些光球悬浮在半空，像一个个小太阳。

此外，利用熄灯器还可以听到秘密电台节目——波特瞭望站。

消失柜
Vanishing Cabinet

消失柜一共有两个，一个在霍格沃茨学校二楼（金黑相间的大柜子），一个在博金-博克商店，两个柜子可以相通。1996—1997学年，德拉科·马尔福一直在有求必应室里修理坏掉的消失柜，学年即将结束时他修好了消失柜，带着几个食死徒通过博金-博克商店里的消失柜进入了霍格沃茨以暗杀邓布利多。1997—1998学年，在霍格沃茨之战中，克拉布的厉火将有求必应室付之一炬，消失柜很可能和其他物品一起被烧掉了。

韦斯莱魔法把戏坊的产品

- 防御类产品 -

防咒帽
Shield Hats

防咒帽带有铁甲咒，能够反弹一些简单的小魔法或恶咒（需要盯着施咒人的脸）。虽然对于不可饶恕咒等强大的黑魔法没有什么用处，但防咒帽能反弹一些简单魔咒。对于一些连铁甲咒都不能熟练施展的巫师来说，它就是一件很实用的魔法物品。伏地魔来袭前夕，魔法部曾给他们所有的工作人员买了五百顶防咒帽。弗雷德和乔治以此为契机开发了一系列防咒产品。

防咒斗篷
Shield Cloaks

防咒斗篷是韦斯莱兄弟开发的产品，和防咒帽、防咒手套是同一系列，能够防御一些小魔法和恶咒。

防咒手套
Shield Gloves

防咒手套是韦斯莱兄弟开发的产品，和防咒帽、防咒手套是同一系列。实际这些产品对付一些小魔法、小恶咒有效，但是对不可饶恕咒这类咒语不会起多大作用。

秘鲁隐形烟雾弹 / 秘鲁隐身烟雾弹
Peruvian Instant Darkness Powder

秘鲁隐形烟雾弹用于掩护，从敌人眼前逃跑，扔出的瞬间能使周围漆黑一团，即使用"荧光闪烁"和"火焰熊熊"咒语也无法穿透，但是"光荣之手"仍然有效。德拉科将食死徒引进霍格沃茨时曾用过。这种产品是弗雷德和乔治从秘鲁进口的。

诱饵炸弹
Decoy Detonator

诱饵炸弹是弗雷德和乔治发明的魔法产品，用于打掩护和逃跑，是一种怪模怪样的、黑色喇叭状物品。诱饵炸弹的底座可以像脚一样移动，扔出后会快速逃窜，闹出很响的动静，以吸引别人的注意力。弗雷德和乔治曾送给哈利两只这种炸弹，后来在潜入魔法部偷盗乌姆里奇的金挂坠盒时派上了用场。

- 神奇女巫产品 -

神奇女巫产品是韦斯莱魔法把戏坊推出的一系列针对女巫的产品，每件都是由弗雷德和乔治两人共同发明的。这些产品很快和韦斯莱魔法把戏坊的其他产品一起成为霍格沃茨魔法学校的违禁品，但是它们仍可以被伪装成香水或咳嗽药水送进学校，这是猫头鹰订单服务的一部分。

这些产品靠近窗口排放，包装多是耀眼的粉红色，旁边常围绕着笑个不停的女孩子。在1996年夏天，弗雷德向赫敏和金妮展示这些商品时，她们两个迟疑不决，不肯上前。因为她俩对爱情魔药没有什么兴趣，但金妮最后购买了一只侏儒蒲，并将其命名为"阿因"。当罗米达·万尼问起时，金妮说罗恩身上有个侏儒蒲的文身。

爱情魔药
Love Potions

在饮用后爱情魔药，饮用者会对购买此药剂的人产生迷恋（爱情无法被制造出来）。每次效果可以长达24小时，具体时间会根据男孩的体重和女孩的迷人程度稍有浮动。和所有爱情魔药一样，它的效果随着存放时间的增加而增大。韦斯莱魔法把戏坊在1996年曾出售最高级的迷情剂（按照弗雷德的说法是"在别的地方找不到的"）。

白日梦咒
Patented Daydream Charms

只要念这个咒语，就能进入一场高质量的、绝顶逼真的30分钟的白日梦，操作简单，可在感到上课无聊时使用，绝对令人难以察觉（副作用包括表情呆滞和轻微流口水）。该商品不向16岁以下少年出售，是弗雷德和乔治的专利产品。该商品在韦斯莱魔法把戏坊的陈列台售卖，外包装箱子上印有一幅色彩鲜艳的图画：一位英俊青年和一个如痴如醉的姑娘一起站在海盗船的甲板上。

十秒消除脓包特效灵
Ten-Second Pimple Vanisher

该商品盛在粉红色的瓶子里，它对疖子、黑头和痤疮等皮肤问题有奇效，几乎可以立时消除痤疮。

- 笑话产品 -

便秘仁
U-No-Poo

便秘仁可以让不知情的服用者便秘。1996年的夏天，韦斯莱魔法把戏坊橱窗上印着该商品的巨幅海报，海报的底色是紫色，文字则是黄色，上书"你为什么担心神秘人？你应该关心便秘仁——便秘的感觉折磨着国人！"。U-No-Poo谐音You-Know-Who（神秘人）。U指代"你"，No指代"不"，Poo指代儿童用语"大便"，影射伏地魔。

便携式沼泽
Portable Swamp

在使用便携式沼泽时能制造出一片小沼泽。1995—1996学年，为了反抗乌姆里奇的残暴统治，弗雷德和乔治离开霍格沃茨时用它把学校的一条走廊变成了沼泽，哈利利用乌姆里奇被引出办公室的空隙潜入进去用壁炉跟小天狼星谈话。哈利认为学校里有很多教授都能轻易地把便携式沼泽去除，但这些教授更愿意作壁上观。而乌姆里奇自己无法去除沼泽，于是变成沼泽的区域被拉上绳子隔开，费尔奇不得不接下了用平底船载着学生穿过沼泽送他们去教室的任务。在乌姆里奇被解除校长职务后，弗立维教授花了三秒清除了便携式沼泽。不过弗立维教授留下了窗户下面的一小块沼泽，用绳子围了起来，称这是一小块"了不起的魔法"。罗恩认为这是对弗雷德和乔治的纪念。

打拳望远镜
Punching Telescope

紧握望远镜,并经过镜片进行观察的话,望远镜会弹出一个微型拳头给使用者一拳(还伴随着巨响和黑烟等声光特效),让使用者的眼睛变成乌眼青,还很难使用普通治愈魔法去除(赫敏曾在1996年中招)。唯一已知的去除办法是使用韦斯莱魔法把戏坊出品的青肿消除剂。

肥舌太妃糖
Ton-Tongue Toffee

肥舌太妃糖已知的使用效果为导致舌头迅速膨胀长长,长度不定,至少能达到4英尺(约1.2米)。肥舌太妃糖的外包装纸颜色鲜艳,看起来非常像普通的太妃糖。弗雷德和乔治曾在达力身上进行测试(他们知道达力正在节食减肥,故意丢下了糖果引诱)。

机智抢答羽毛笔
Smart-Answer Quill

机智抢答羽毛笔是韦斯莱魔法把戏坊出售的一种特殊羽毛笔,外观看起来像自动答题羽毛笔,但实际上它只提供一些幽默(或粗鲁)的回答。

金丝雀饼干
Canary Creams

金丝雀饼干是一种恶作剧食品。这是一种饼干,由弗雷德和乔治发明于1994年,售价为7个银西可一块。这种饼干和普通的蛋奶饼干在外观和口味上都很相像,但是在吃下去后,食用者会变形成一只大金丝雀。而在一分钟后,他们又可以脱掉羽毛,重新变回正常的样子。

可反复使用的刽子手
Reusable Hangman

这是一种拼字游戏玩具,"一个木头小人慢慢地登上台阶,爬向一套逼真的绞索架,这两样东西都在一个箱子顶上,箱子上写着:可反复使用的刽子手"。该玩具一般由一个绞架和小人组成,如果参加游戏的人拼写发生一定的错误,小人就会被放到绞架上被处死。包装盒宣传语:"拼不出就吊死他!"

可食用黑魔标记
Edible Dark Marks

这是由弗雷德和乔治设计制作的一种糖果。它的样子看起来很像伏地魔所使用的黑魔标记,吃了它的人会感觉到恶心,用于恶作剧。弗雷德和乔治曾经对一个试图偷窃它的小男孩发出警告,如果他真的偷窃会付出更大的代价。包装盒宣传语:"谁吃谁恶心!"

拼写检查羽毛笔
Spell-Checking Quills

这是韦斯莱魔法把戏坊出售的一种特殊羽毛笔,在考试中禁止携带。这款羽毛笔的魔力并不持久,几个月后就会消失,魔力消失后的拼写水平会比以前更差。

青肿消除剂
Bruise Remover

青肿消除剂是一种黏稠的黄色膏体,涂上后一小时内可以消去青肿,非常有效,弗雷德用它给赫敏去除眼睛上的乌青。由于韦斯莱魔法把戏坊的大部分产品都是弗雷德和乔治两个人自己测试的,这催生了青肿消除剂的诞生。尚不知这种产品是否上架售卖。

第六章 魔法制品

伸缩耳
Extendable Ears

伸缩耳是弗雷德和乔治发明的一款很管用的窃听器,其外形是一根长长的肉色细绳,一端插入耳朵,轻声说"走",另一端就会自行像虫子一样爬入使用者想要窃听的门缝,窃听效果非常好。它是弗雷德和乔治的发明之一,哈利等人曾试图用它偷听凤凰社成员的谈话。使用抗扰咒可以有效避免别人使用伸缩耳偷听。

无头帽
Headless Hats

无头帽是弗雷德和乔治发明的恶作剧产品,其外观是一顶装饰有粉红色羽毛的尖帽子,可以让穿戴者的头部消失(连同帽子一起),售价为2加隆一顶。这款产品使用了某种隐形术,且可以将隐形范围扩大到本体(帽子)范围之外。虽然它对不法分子有利,但这样特殊的隐形咒语效果不会持续很长时间。

戏法魔杖 / 假魔杖
Fake Wand / Trick Wand

戏法魔杖看起来很像真正的魔杖,但一碰到就会变样,价格不同,效果也不同:最便宜的一挥动就能变成橡皮鸡或裤子,而最贵的那种,如果使用者没有防备,脖子和脑袋就会挨上一顿打。

— 速效逃课糖 —

速效逃课糖是一系列能让使用者生病的糖果,其产生的症状取决于食用逃课糖的种类。该系列产品的目的是让学生无法继续留在教室中上课。大部分糖果都有两种颜色:一半让使用者生病,一半让他们在离开教室后恢复健康。

鼻血牛轧糖
Nosebleed Nougat

食用鼻血牛轧糖会让人从两个鼻孔里喷出鼻血,是速效逃课糖系列中最受欢迎的一种。是弗雷德和乔治在霍格沃茨肄业前最后一年研制出来的。吃橙色的会流鼻血,吃紫色的止血。在最初研制这种速效逃课糖的时候并没有同时研制出解药,试药的乔治在那时鼻血流个不停。

发烧糖
Fever Fudge

发烧糖是一种双色口香糖,上课吃掉一半体温会上升到"发烧"的程度,逃课成功后吃下另一半就会降温,回复健康。研发阶段的副作用是服用者在别人看不见的地方长一些大脓包(经弗雷德和乔治试验证明可以用莫特拉鼠汁治愈),改良后的成品后来在韦斯莱魔法把戏坊里售卖。

昏迷花糖
Fainting Fancies

食用昏迷花糖会使人昏迷,其效果是"像被一把无形的大锤砸了一下脑袋"。昏迷的表现虽然稍有不同,但都达到了"昏迷"的效果,在吃了紫色解药糖之后就会清醒过来。

吐吐糖
Puking Pastilles

吐吐糖是一种双色口香糖,一半紫色一半橘黄色,上课时吃掉橘黄色的一半会让人呕吐不止,而逃课成功后吃下紫色的另一半就能恢复。最初处于研制阶段时,弗雷德和乔治亲自实验,在吃掉橘黄色的一半后吐起来没完没了,无法歇口气吞下紫色的那一半。

第六章 魔法制品

血崩豆
Blood Blisterpod

血崩豆是弗雷德和乔治发明的一种小型紫色糖果,可以让食用者流鼻血不止。这种糖果曾被误当作止血用品拿给凯蒂·贝尔服用,导致她病情加重,不得不去校医院。

— 烟火产品 —

韦斯莱"嗖嗖—嘭"烟火
Weasleys' Wildfire "Whiz-Bangs"

这是一种施有魔法的、很难停止的神奇烟火,被昏迷咒击中时会发生猛烈爆炸,如果对其使用消失咒,爆炸就会成十倍地增长。烟火的花样有粉红色凯瑟琳车轮式烟火、火花组成的火龙、拼出骂人话的烟火棍、拖着银星构成的长尾巴的火箭和标准爆竹。当任意两种发生碰撞的时候,还会出现新的效果。这种产品包括简装火焰盒和豪华爆燃,售价分别为5加隆和20加隆。弗雷德和乔治曾点燃了库存的烟火,引起骚动,抵制乌姆里奇。

教学用品 & 文具

— 羽毛笔 —

在魔法世界里,羽毛笔是巫师书写和绘图时最常使用一种工具,配合墨水使用。羽毛笔有多种样式,如书中哈利的羽毛笔是用雕的羽毛制成的;邓布利多的羽毛笔是鲜艳的大红色;黑魔法防御术课教授洛哈特有一支孔雀羽毛制成的羽毛笔,只在特殊场合使用,比如在照片上签名等。除了通用型羽毛笔,还有很多羽毛笔是带有特殊功能的。

防作弊羽毛笔
Anti-Cheating Quills

这是一种施有防作弊咒的特殊羽毛笔,能够阻止学生在考试中作弊。霍格沃茨的学生在参加期末考试、O.W.L.考试和N.E.W.T.考试时都要使用这种羽毛笔答题。

黑魔法羽毛笔 / 吸血羽毛笔 / 惩罚羽毛笔
The Black Quill / Blood Quill / Punishment Quill

这是乌姆里奇的发明,以使用者的血作为墨水,写下的字会同时出现在书写者的手背上,深深陷进皮肉里,如同用解剖刀刻上去的一样,并会产生烧灼般的疼痛。一开始使用时,伤口会自动愈合,用久了就会冒出细细的血珠,留下永久的伤疤。

速记羽毛笔
Quick-Quotes Quill

速记羽毛笔是可以自行做速记的羽毛笔。记者丽塔·斯基特有一只长长的、绿得耀眼的羽毛笔,丽塔在使用前会先将笔放在嘴里吮吸一下,再垂直放到纸面上,羽毛笔会自行开始进行速记。但是丽塔的速记羽毛笔写下的内容总是非常浮夸,言过其实。也有可能这只羽毛笔继承了主人丽塔的特色,而并非所有的速记羽毛笔都如此。

自动答题羽毛笔
Auto-Answer Quills

自动答题羽毛笔是能够自动答题的羽毛笔,霍格沃茨的学生在参加期末考试、O.W.L.考试和N.E.W.T.考试时禁止携带。

- 墨水 -

自动纠错墨水
Self-Correcting Ink

自动纠错墨水是能够自动纠正书写错误的墨水。由于这种墨水可以用来进行作弊,因此霍格沃茨魔法学校禁止五年级学生在参加普通巫师等级考试期间把这种物品带进考试大厅。

永恒墨水
Everlasting Ink

永恒墨水是一种特殊墨水,任何用这种墨水写下的字迹都会带有魔法,永远不会褪色。

隐形墨水
Invisible Ink

隐形墨水是一种特殊墨水,使用它可以使写出的字迹不可见。

- 其他用品 -

茶杯和茶叶
Teacups and Tea Leaves

占卜课学习解读茶叶时使用茶杯和茶叶。

耳套
Ear Muffs

草药课上在给曼德拉草换盆时佩戴耳套，防止因为听到其声音而受到伤害。

坩埚
Cauldron

坩埚是魔药学的用具，用于加热或制作魔药。其材质多样：铜质、黄铜质、锡镴质、银质等。一年级新生必备的坩埚为锡镴质，标准尺寸2号。

坩埚曾经是放置在火堆上的大型金属烹饪器皿，麻瓜和巫师都使用。后来魔法界和非魔法界居民都开始使用火炉，这样平底锅就变得更为方便，因此坩埚成为巫师的专属用品，被他们继续用来熬制魔药。坩埚通常由锡镴或铁制成，方便携带，所有坩埚都被施有减轻重量魔法。一些相关现代发明包括自动搅拌和可折叠坩埚，对专业人士或者想要炫耀的人还有贵金属制造的坩埚提供。

黄铜天平
Brass Scale

黄铜天平可以用来称量魔药材料的重量，是霍格沃茨一年级新生必备品之一。在对角巷维泽埃克魔法用品店售卖，售价为3加隆。

龙皮防护手套
Dragon-Hide Gloves

龙皮防护手套是在霍格沃茨的草药课上，学生在处理危险植物时需要佩戴的防护手套。

魔法胶带
Spello-Tape

魔法胶带是在魔法世界中使用的一种胶带,用来修复那些无法被咒语修复,或者不适用魔法修复的物品。

水晶球
Crystal Ball

水晶球是占卜时所使用的一种水晶球体。

塔罗牌
Tarot Cards

塔罗牌是纸牌占卜中使用的卡牌。

太阳系模型
Model of the Solar System

太阳系模型在天文学研究中会用到。

月亮图表
Moon Chart

月亮图表是一种纸质天文仪器。月亮图表可以用来表示月亮的位置、轨道和月相,与星象图十分相似。由于这种图表难以解读,因此有的人也会使用望月镜来代替月亮图表。对角巷的维泽埃克魔法用品店出售月亮图表,售价为5加隆一张。

月球仪
Globe of the Moon

月球仪是月亮的球星比例模型。这种仪器可以在天文学课上使用，研究月球的运动和活动。在对角巷的维泽埃克魔法用品店中可以买到月球仪，售价为13加隆。

望远镜
Telescope

望远镜是一种用来观测远处物体的装置。魔法世界中使用的望远镜带有魔法，它能够观测到一些麻瓜望远镜观测不到的东西。望远镜在天文学魔法课程中是必不可少的，对角巷的维泽埃克魔法用品店出售黄铜制的望远镜，5加隆一个。

望月镜
Lunascope

望月镜由波佩图阿·范科特在20世纪发明，通过这个仪器可以轻松观察复杂的月球表面。

小抄活页袖
Detachable Cribbing Cuff

小抄活页袖是一种带魔法的袖口，可以和袖子相连。这种袖口可以让穿戴者在考试期间作弊。霍格沃茨魔法学校禁止五年级学生在参加普通巫师等级考试期间将这种物品带进考试大厅。

小药瓶
Phials / Vials

小药瓶是用来盛装液体或气体的容器，一般情况下药剂及许多相关材料都需

要用小瓶分装。霍格沃茨一年级新生必备一套玻璃或水晶小药瓶。对角巷的维泽埃克魔法用品店出售套装小药瓶，有玻璃制（5加隆一套）和水晶制（7加隆一套）两种选择。

显形橡皮
Revealer

显形橡皮是一种可以使隐形的文字变得可见的魔法文具用品，颜色是鲜红色，看起来很像普通的麻瓜橡皮。赫敏在二年级之前从对角巷购买过一块显形橡皮。1993年2月1日，在检查汤姆·里德尔的旧日记本时她曾用过这种橡皮，但并没有任何效果。

星象图
Star Chart

星象图是一种纸质图表，用来表示星星的位置和运动轨迹，和地图较为相像。天文学家通常会在学习和研究中使用星象图。一个达到天文学O.W.L.级别的巫师应该能够根据实际的星空情况，在图表上找到对应的行星。五年级的天文学O.W.L.考试中，学生需要在夜观星象后在星象图中填写出行星的准确位置。对角巷的维泽埃克魔法用品店出售星象图，售价为6加隆一张。

羊皮纸
Parchment

羊皮纸是一种使用绵羊皮、山羊皮或小牛皮制成的薄片状材料，经常被裁剪成小张。它最为常见的用途是在上面书写文字，制作文件、票据或书籍、抄本和手稿。在魔法世界里，羊皮纸是巫师的主要书写介质，使用羽毛笔和墨水在上面书写文字。由于羊皮纸与皮革不同，没有经过鞣制，因此对湿度变化较为敏感，同时不防水。

自动搅拌坩埚
Self-Stirring Cauldron

自动搅拌坩埚是一种能够帮助拥有者自动搅拌盛于其中的魔药的坩埚，由格斯帕德·辛格顿发明，1991年时已经可以在坩埚店买到。

作业计划簿
Homework Planner

作业计划簿是一种可以魔法跟踪学生学习进度的小本子。每翻开一页都会提醒学生按时完成作业，只要完成作业就可以做自己喜欢做的事情。

魂器

魂器是指藏有一个人部分灵魂的物体。

由于它们的性质，魂器似乎特别耐用，因为只有极具破坏性的魔法和过程才能真正摧毁它们。

制作一个魂器需要巫师通过谋杀等邪恶的事情使的自己的灵魂破碎分裂，再将一部分灵魂从身体中分离出来封存在器皿中，最终施以特定的魔咒来完成这个器皿的制作，这个器皿就是魂器。这样即使身体被毁也不会死亡。因为还有一部分灵魂没有受到损伤，留在世间。但是灵魂应该保持完整无缺，将其分裂是一种逆反自然的邪恶的行为。

如果制造魂器的巫师被杀死，只要魂器没有被消灭，就意味着他仍是"永生"。不过，尽管有恢复肉体的方法，但制造者将继续以非肉体形式存在，比游魂还不如。然而，根据斯拉格霍恩教授的说法，很少有人愿意以这样的形式生活，死亡比以这种方式存活要好得多。

一件东西被制成魂器前可能非常普通（但伏地魔似乎倾向于用有特殊意义的贵重物品来制作魂器，这种傲慢也导致他后来制作的魂器有蛛丝马迹可循，最终被一一摧毁），一旦它被注入了一部分灵魂，这个东西就变成了世界上最邪恶的黑魔法物品了。

在年轻的汤姆·里德尔向学识渊博的斯拉格霍恩问及魂器时，后者出于对汤

姆的喜爱，向他透露了一些关于魂器的秘密，哈利和邓布利多在斯拉格霍恩的回忆里，目睹了年轻的汤姆·里德尔向斯拉格霍恩讨教的那一幕，可以说，这不仅是解开许多谜团的一把钥匙，更是后来一切罪恶和人间惨剧的开端。

汤姆·里德尔的日记
(T. M.) Riddle's diary

这是伏地魔于1942年制造的第一个魂器，使用的是他学生时代留下的一本空白日记（表面上）。伏地魔喜欢收集有纪念性和象征意义的物品作为他的魂器，因为这本日记可以证明他是斯莱特林继承人的身份，所以被做成魂器来保存伏地魔的灵魂碎片。

伏地魔在霍格沃茨上学期间，得知自己是斯莱特林的后代，发现了霍格沃茨下面的密室入口，还驯服了生活在里面的蛇怪。他开启了密室，并用里面的蛇怪"净化学校，清除所有不配学习魔法的人"。因为再次打开密室不再保险，于是汤姆留下一本日记，并在里面保存一部分自己的灵魂，让他成为自己的第一个魂器，希望有朝一日可以引导另一个人"完成萨拉查·斯莱特林高贵的事业"。

1992年的暑假，为了让韦斯莱一家惹上麻烦，卢修斯·马尔福偷偷地把这本日记塞给了11岁的金妮。金妮后来把这本日记带到了霍格沃茨，并开始在上面写字。她发现，日记本中16岁的汤姆·里德尔一直在回复她。金妮在这本日记中找到了安慰，但她却不知道自己正在被日记操纵。日记本慢慢地从金妮身上获取生命和能量，强大自身。在日记的控制下，金妮重新开启了密室，并放出蛇怪石化了多个学生。在里德尔的控制下，她还杀死了海格所有的公鸡，并用公鸡的血在城堡走廊中写下了骇人的话。同时，金妮也变得越来越烦躁、困惑，因为她开始意识到日记正在对自己产生影响。她试图将日记本从哭泣的桃金娘的盥洗室的马桶中冲走。后来，哈利和罗恩偶然发现了它，哈利开始和日记中的里德尔交流。

当金妮发现哈利拿到日记后，她感到非常惊慌，因为她害怕哈利知道自己在日记里写了什么，害怕哈利发现自己做了什么。金妮把日记偷了回来。当这片伏地魔的灵魂变得足够强大，强大到可以离开日记本时，他把金妮引诱进了密室。最终，哈利用蛇佬腔打开密室，用格兰芬多宝剑杀死了蛇怪，并用斯莱特林蛇怪的毒牙摧毁了这本日记（同时无意中摧毁了附在日记里的伏地魔灵魂碎片）。

马沃罗·冈特的戒指
Marvolo Gaunt's Ring

这枚戒指是冈特家族的传家宝，被马沃罗·冈特（伏地魔的外祖父）看得比自己儿女的生命还要重要，戒指很大，像是金子做的，工艺粗糙，上面镶嵌着一块沉甸甸的、刻着佩弗利尔饰章的黑宝石（实际是复活石）。

马沃罗逝世16年后，里德尔找到了马沃罗曾经居住的小屋，却发现他早已过世。原本希望为自己找到纯血统根源的里德尔感到有些失望。里德尔最终从莫芬那里偷走了马沃罗的戒指，并将它变成了一个魂器。哈利在回溯伏地魔学生时代的记忆时（伏地魔询问斯拉格霍恩教授有关魂器的知识），看到他戴着马沃罗的戒指，说明这时他已经杀了他的父亲。

这一魂器被邓布利多在冈特家族老宅中找到，戒指中的伏地魔灵魂最终被邓布利多用格兰芬多宝剑摧毁。由于意识到戒指上的宝石就是死亡圣器之一的复活石，想见到阿利安娜灵魂的邓布利多戴上了这个魂器，这导致他的右手被伏地魔施在戒指上的诅咒击中，手臂像烧焦了似的发黑，就算有斯内普教授的魔药帮助，邓布利多还是没办法彻底消除伤害，只是将诅咒蔓延至全身的时间延长为一年。

斯莱特林的挂坠盒
Salazar Slytherin's Locket

斯莱特林的挂坠盒是霍格沃茨创始人之一萨拉查·斯莱特林的遗物，上面有S形装饰（斯莱特林的标志），后来成为伏地魔的魂器之一。挂坠盒原本属于梅洛普·冈特，但由于梅洛普与老汤姆·里德尔私奔后没有收入，不得不在博金－博克店将挂坠盒便宜卖出。博金先生后来将这个挂坠盒以天价卖给赫普兹巴·史密斯。汤姆·里德尔毕业后在博金－博克店工作时，接触到赫普兹巴·史密斯，认出了挂坠盒，随后杀死了赫普兹巴，取走挂坠盒并将其制作成了魂器。

挂坠盒原本被伏地魔藏在了离霍格沃茨十分远的一个孤岛的岩洞中，伏地魔把挂坠盒放入岩洞中一个石盆底部，然后

在容器中用咒语灌入翠绿色药水（详见魔法药剂介绍），只有喝完了魔药才能拿到挂坠盒。此外，伏地魔还在藏匿挂坠盒的容器所在小岛周围的水里布置了很多阴尸保护魂器。伏地魔布设岩洞时曾借用布莱克家族的家养小精灵克利切作为祭品，但克利切出发前曾被主人要求回到家里（主人的指令是最高准则），最终克利切突破岩洞的反幻影移形的魔咒控制回到家中，使它的主人雷古勒斯·布莱克知道了伏地魔的所作所为。雷古勒斯16岁时就加入了食死徒，但知道伏地魔的所作所为后心生悔意。意识到伏地魔在制作魂器的雷古勒斯要求克利切带他来到岩洞，自己喝光了魔药，将假的挂坠盒放入容器，让克利切拿上真正的挂坠盒离开并销毁它。随后雷古勒斯被阴尸们拖入水下杀死。不过克利切此后并未找到能摧毁挂坠盒的方法。

1997年，邓布利多带着哈利一起来到岩洞，喝下魔药并击败阴尸后最终获得的挂坠盒正是雷古勒斯留下的仿冒品。里面放有雷古勒斯留下的一张纸条，上面署名R.A.B的人声称自己已经取走了真的挂坠盒。

后来，"铁三角"知道了R.A.B正是小天狼星的弟弟雷古勒斯，但他们在格里莫广场12号属于雷古勒斯的房间里找不到挂坠盒，于是就询问家养小精灵克利切。得知挂坠盒被蒙顿格斯偷走后，哈利派克利切去对角巷找来了蒙顿格斯，但那时挂坠盒也已不在他手上，而是被魔法部的一个女人（后证实为乌姆里奇）以无证经营为由强行拿走。之后"铁三角"用复方汤剂伪装成三个魔法部职员，混入魔法部，找到乌姆里奇，抢到了挂坠盒。挂坠盒被哈利用蛇佬腔打开，最后被罗恩用格兰芬多宝剑销毁。

赫奇帕奇的金杯
Hufflepuff's Goblet

赫奇帕奇的金杯是赫尔加·赫奇帕奇的遗物。金杯有两个精细加工过的纯金把手，杯身上雕着一只獾。金杯最后传到了赫奇帕奇的远房后代赫普兹巴·史密斯手里，伏地魔在1946年利用对赫普兹巴的谋杀将金杯制成了魂器，并在后来将其交给了贝拉特里克斯保管，置于她私人的古灵阁金库中。哈利等人通过复方汤剂以及妖精拉环的帮助从古灵阁地下金库里盗出了这个金杯。

在最后的霍格沃茨之战中，赫敏利用蛇怪的牙齿毁了金杯这个魂器。

拉文克劳的冠冕
Ravenclaw's Diadem

拉文克劳的冠冕，又名拉文克劳的金冕，是拉文克劳学院的创建者罗伊纳·拉文克劳的遗物。她给冠冕施了魔法，可以增加佩戴者的智慧。冠冕是一顶镶有宝石的、闪闪发光的王冠，王冠的底边上刻着拉文克劳著名的格言："过人的智慧是人类最大的财富"。

冠冕后来被罗伊纳的女儿海莲娜偷走，因为她希望这项冠冕能让她变得更聪明。不过罗伊纳并没有把这件事告诉另外三个学院的创建者，就像萨拉查·斯莱特林与密室一样。她保守着这个秘密。不久，罗伊纳病了，希望能再见到女儿一面，所以就让爱慕海莲娜的巴罗去找她。巴罗在阿尔巴尼亚森林里发现了海莲娜。见到巴罗时，海莲娜连忙将冠冕藏在一棵树的树洞里。巴罗拉着她回去见她的母亲，海莲娜拼命挣扎，巴罗因一时激动刺死了她。海莲娜死后回到了霍格沃茨，成为拉文克劳学院的幽灵（格雷女士），后来无意间向汤姆·里德尔透露了冠冕的位置。

汤姆·里德尔在毕业后不久就赶往阿尔巴尼亚森林，找到了冠冕，并把它制作成他的第五个魂器，后来在他回霍格沃茨请求校长让他留下来教授黑魔法防御术的那天晚上，将它藏进了有求必应屋里。但是伏地魔并没有在冠冕上施什么强大的保护魔法，因为他觉得只有他一个人才知道冠冕藏在有求必应屋这个无法标绘的屋子里。

在哈利的一再追问下，格雷女士（即海莲娜）最终告诉了哈利一切关于冠冕的事。而当哈利到达有求必应屋时，正巧碰上了马尔福、克拉布和高尔三人，双方大战了一场。克拉布在攻击的时候，放出了厉火，这是一种可以销毁魂器的魔法，最终拉文克劳的冠冕被厉火所销毁。

哈利·波特（魂器）
Harry Potter

伏地魔认为"七"是一个有魔力的数字，因此希望将灵魂分割为七片，以获得永生。但是因为1981年的意外分裂，加上伏地魔后期分裂的魂器纳吉尼，伏地魔的灵魂一共分裂了七次，产生了八个灵魂碎片，六个被有意识地做成了魂

器，一片在哈利体内，一片在伏地魔本人体内。哈利体内的灵魂碎片来自伏地魔试图杀死哈利时，杀戮咒被血亲保护反弹而使伏地魔的灵魂被震碎所成的两块碎片。由于当时伏地魔的本体在当时无限接近死亡状态，一块碎片附进了房间里唯一的生物——哈利体内，另一块主体碎片则逃逸，藏匿了起来，后来用于黑魔王重生。

其实哈利不能算是一个真正的魂器，因为成为魂器谋杀、注入灵魂碎片之后最重要的一步——塑造魂器的魔咒没有被施展，所以严格意义上只能说哈利体内存有伏地魔的灵魂碎片，算是魂器的半成品。

纳吉尼
Nagini

纳吉尼是一条12英尺（约3.7米）长的巨蛇，和人的大腿一样粗。它是伏地魔的七个魂器之一，也是伏地魔的杀人利器，曾经用毒牙杀死了斯内普。纳吉尼是雌性的，也是伏地魔的宠物，伏地魔在孤儿院时就遇见了它。纳吉尼在战斗中对敌人的攻击是极其致命的，就像它的主人，它非常快速，能够迅速、敏捷地攻击它的敌人，也能在被几个巫师围攻的时候泰然自若。纳吉尼很强壮，它能在戈德里克山谷设下陷阱并困住哈利，如果不是赫敏用爆破咒攻击她，它的体力完全能支撑它拖住哈利直到伏地魔抵达。

这条毒蛇在它所咬的伤口中留下的毒液会导致伤口的愈合缓慢（不确定是不是因为它是一个魂器），虽然它的毒液不是致命的，韦斯莱先生被它咬后持续很长时间流血无法停止。作为伏地魔的魂器，纳吉尼与它的主人有很强的心灵感应，它能够在很远的距离与伏地魔进行沟通，伏地魔在某些情况下能对纳吉尼进行操控。

因为魂器只能被很特殊的具有魔力的物质摧毁，所以纳吉尼无法被普通的手段杀死，并且它对大部分魔咒免疫。最终纳吉尼被纳威用格兰芬多宝剑杀死。

黑魔法探测器

黑魔法探测器是许多探测器的统称，可以用来检测谎言、隐藏在周围的危险物品或人物。不过不应过分依赖此类物品，因为这些探测器都有办法进行规避。

诚实探测器
Probity Probe

诚实探测器看起来像一根细长的金色汽车天线。当诚实探测器在人的周围移动时，可以探测到隐藏魔咒以及暗藏的魔法物件。古灵阁会用诚实探测器对进入银行的人进行检查。1995年，哈利到魔法部受审时，安检台的警卫使用一根细长的金棒对哈利进行检查，这有可能就是诚实探测器。

窥镜
Sneakoscope

窥镜是一种黑魔法探测器，看起来像一个裂了缝的玻璃制成的陀螺般的物品。如果周围有可疑的人，它就会发亮、旋转。它是18世纪的巫师埃德加·斯特劳格所发明的。

探密器（控密器）
Secrecy Sensor

探密器是黑魔法探测器的一种，如果探测到密谋或谎言就会发出颤动。

袖珍窥镜
Pocket Sneakoscope

如果周围有什么不可信任的人，袖珍窥镜就会发出亮光并且旋转起来。

死亡圣器

死亡圣器是三件物品,分别为老魔杖、复活石和隐形斗篷。传说中,拥有全部死亡圣器的人就是死神的主人。死亡圣器的最初拥有者是佩弗利尔兄弟,分别是安提俄克、卡德摩斯和伊格诺图斯(哈利是伊格诺图斯的后代,所以他有隐形衣)。

死亡圣器的标志是一个图形,看上去像只三角眼,瞳孔中间有一道竖线:其中竖线代表老魔杖,圆圈代表复活石,三角代表隐形衣。死亡圣器的标志曾经还被认为是著名黑巫师盖勒特·格林德沃的标志。伏地魔的外祖父马沃罗·冈特曾认为这是佩弗利尔纹章。

根据"三兄弟的故事"的传说,三种死亡圣器是由死神制造的。但这只是一个传说,是在一段很长的历史时期中人们臆造出来的故事,以显示死亡圣器的强大力量。死亡圣器的制造者应该是"三兄弟的故事"的主角佩弗利尔家族的三兄弟:老大安提俄克,制造了老魔杖;老二卡德摩斯,制造了复活石;老三伊格诺图斯,制造了隐形衣。在《死亡圣器》一书交代,哈利是伊格诺图斯的后代,而伏地魔是卡德摩斯的后代。

隐形衣
Invisibility Cloak

隐形衣可以使它覆盖的人或者物品隐形。需要说明的是,它不是一件施了幻身咒,或带障眼法,或用隐形兽的毛织成的普通隐身斗篷。普通隐身斗篷一开始能够隐形,但时间长了就会渐渐失效。而隐形衣是一件能让人真真正正、完完全全隐形的斗篷,永久有效,持续隐形,无论用什么咒语都不可破解。作为一件魔法器物,隐形衣具有极高的魔法水准。

在巫师的童话故事《三兄弟的传说》中,提到一件隐形衣。谢诺菲留斯曾提到它"永久有效,持续隐形,无论用什么咒语都不可破解"。这件传说中的隐形衣正是詹姆·波特曾经拥有的、哈利后来得到的那件隐形衣,因为波特家族事实上是佩弗利尔兄弟中老三伊格诺图斯·佩弗利尔的后代。这件隐形衣也是三件死亡圣器中的一件。

复活石
Resurrection Stone

复活石是传说中可以让人起死回生的、来自死神的一块石头。其实复活石并不能使死者真正复活，只是招来一种比灵魂要真实、比实体要虚幻的物质，就像从日记里出来的里德尔一样，而且复活的本人也不一定快乐。只有真正需要的人才能拥有复活石。

哈利是复活石的最后一个主人，复活石之前被放置在哈利抓到的第一个金色飞贼中。哈利用复活石召回了存在于他记忆中的父母、教父和卢平，他们和哈利说话，并陪伴他直到他被伏地魔的杀戮咒击中，他最后把复活石丢在了霍格沃茨的禁林里。

另外，复活石也是伏地魔的魂器之一，他其实已经从他的舅舅莫芬手中得到它，但其本人没有发现它就是复活石。

老魔杖
the Elder Wand

老魔杖是死亡圣器之一，传说中这是一根可以使主人战无不胜的魔杖，在决斗时可施展出极大的法力，并且持有者可以很容易地施出大威力的魔法。老魔杖又名死亡棒，命运杖，或接骨木魔杖。

传说老魔杖是死神用河边的接骨木制作而成的，15英寸长。罗琳称老魔杖的杖芯是夜骐的尾毛，这是一种诡异的物质，只有能够掌控死亡的巫师才能控制它。

安提俄克·佩弗利尔、格里戈维奇、盖勒特·格林德沃、阿不思·邓布利多、德拉科·马尔福（但德拉科·马尔福没有亲手拿过魔杖）、哈利·波特曾先后拥有过它。

老魔杖是最不懂感情，最冷静残忍的魔杖，它只会考虑能力高低，只会服从强者。决斗中主人一旦输掉，老魔杖的归属权就会立刻发生变更（不再为原主人服务），这几乎导致它的每任主人的横死，更给人以"杀死原主人才能获得老魔杖"的错觉。这种错误想法其实是颠倒了"老魔杖所有权变更"和"原主人死亡"的因果关系。由于老魔杖拥有无限的魔法力量，一旦现世几乎便无可避免地发生杀戮（除了邓布利多）。巫师为了得到魔杖在决斗中都准备好了被谋杀、杀人或被杀。伏地魔被"杀死前主人才能获得老魔杖"的想法误导，使用谋杀的方法去取得老魔杖，最终失败。

其他

波特臭大粪徽章
Potter Stinks Badge

这是1994—1995学年曾一度在霍格沃茨中流行的徽章，斯莱特林的很多学生整个学年都故意戴着它嘲讽哈利。这是一款应援魔法徽章，上面写着鲜红的字母"支持塞德里克·迪戈里——霍格沃茨的真正勇士"，若把徽章使劲往胸口上按，上面的字会变成闪着绿莹莹光亮的"波特臭大粪"。

变形蜥蜴皮袋
Mokeskin Pouch

变形蜥蜴皮袋是一种可以用来存放物品的小口袋，只有拥有者本人才能把放在里面的东西拿出来。它从外面看显得很小，却能够存放相当多的东西。1996年7月31日，海格送了哈利一个变形蜥蜴皮袋作为17岁的生日礼物。在"铁三角"寻找魂器期间，哈利把它挂在脖子上，放入了最珍贵的几样东西：活点地图、双面镜碎片、假魂器挂坠盒（后来交给了克利切）、含有复活石的金色飞贼、莉莉写给小天狼星的信以及半张照片和自己已经折断的魔杖。

布莱克家谱图挂毯
Tapestry of the Black Family Tree

布莱克家谱图挂毯，上面有布莱克家族的族徽（一个饰有一个山形符号、两个五角星和一把短剑的盾牌，盾牌两边是两只跃立的灰狗）及"高贵的最古老的布莱克家族"字样，还有布莱克家族所有成员的名字及肖像，另外只要该家族有成员诞生，就可以准确生成该成员的名字及用枝蔓的形式显示出该成员的血缘承属关系。

该挂毯创造于13世纪，看上去很旧，颜色已经暗淡，似乎被狐媚子咬坏了好几处。不过，上面绣的金线仍然闪闪发亮，可以清楚地看到一幅枝枝蔓蔓的家谱图。挂毯顶上绣着几个大字：高贵的、最古老的布莱克家族永远纯洁。

挂毯被施了永久粘贴咒，没办法从墙上取下来。挂毯上有一些焦黑的小圆洞，都是因为亲近麻瓜或天生是哑炮而被家族除名的人。

茶色的毛皮钱包
Furry Brown Wallet

茶色的毛皮钱包是1995年海格送给哈利的圣诞礼物，由于钱包上面有用于防盗的尖牙，哈利向里面放钱时有被咬掉手指的风险。

长明蜡烛
Everlasting Candle

长明蜡烛是一种被施过魔法、能够无限燃烧的蜡烛。这种蜡烛在圣诞节期间被放进霍格沃茨魔法学校甲胄的头盔里，而在万圣节前夜则被放进南瓜灯中。

臭弹
Stink Pellets

臭弹是一种笑话商品，推测其用法和大粪蛋相似，会释放出难闻的气味。

大粪弹
Dungbomb

大粪弹是佐料笑话店出售的商品之一，一种可以发出腐烂气味的魔法臭气弹，在19世纪80年代由阿博瑞克·格朗宁发明。触摸到大粪弹会让手变脏。

大脑
Brain

这里的"大脑"指的是神秘事务司里用来给缄默人研究思想的大脑。这些大脑装在一个巨大的盛着墨绿色液体的玻璃水箱里，时隐时现，阴森地闪着光，像黏糊糊的花椰菜。根据庞弗雷夫人的说法，思想几乎会比其他任何东西留下更深的印迹。

大泡粉
Bulbadox Powder

大泡粉是会让人起疱的魔法粉。弗雷德和乔治曾偷偷把大泡粉放入肯尼思·托勒的睡衣里，导致他全身长满疖子。

带铁链的椅子
Chair with the Chains

带铁链的椅子是魔法部地下十层十号法庭中央摆放的椅子。在椅子扶手上缠绕了铁链，如果当事人被指控犯有严重的罪行，人一坐到上面，铁链就会闪烁金色的光芒，之后像活了一样攀到人的胳膊上，把坐上去的人捆得结结实实。如果有多人受到指控，就会有多把椅子。椅子曾被移至麻瓜出身登记委员会使用。

带牙飞碟 / 狼牙飞碟
Fanged Frisbee

狼牙飞碟是一种掷着玩的圆形盘类玩具，类似麻瓜世界的飞碟，不过狼牙飞碟外缘带有锋利的牙齿和咆哮的声效，有一定危险性。

蛋白石项链
Opal Necklace

    蛋白石项链是一件由蛋白石制成的项链，是带有诅咒的黑魔法物品，曾在博金－博克商店中出售，德拉科·马尔福曾试图利用这条项链刺杀邓布利多，但并未成功，而是误让凯蒂·贝尔中了诅咒差点丧命。

叮当片
Clankers

    叮当片是古灵阁妖精所使用的一种魔法物品，会在摇动时发出响亮的叮当声。这种物品通常被存放在一个小皮包中。把守金库的火龙曾经受过"训练"，会在听到叮当片发出的响声后，条件反射地联想到听到这种声响时曾经受到过的疼痛，从而离开自己守卫的金库。古灵阁的妖精雇员会通过这种方法进入特定的金库。

防盗蜂音器
Anti-Burglar Buzzer

    防盗蜂音器是一种能够防止窃贼偷窃物品的魔法设备。

防妖眼镜
Spectrespecs

    根据卢娜的说法，这是一种魔法眼镜，可以让佩戴者看到骚扰虻（卢娜相信这种生物存在），是杂志《唱唱反调》免费赠送的眼镜，外观花里胡哨，戴上后看上去像一个"蠢笨的彩色猫头鹰"。

飞鸣虫 / 呼啸蠕虫
Whizzing Worms

飞鸣虫是可以在霍格莫德买到的一种恶作剧商品。它被放入液体后，会使液体中冒出许多蠕虫。

费比安的手表
Watch of Fabian Prewett

费比安的手表是韦斯莱夫妇送给哈利的17岁生日礼物，跟罗恩17岁生日时韦斯莱夫妇送给他的那块很像，质地是金的，表盘上面是几颗星星在代替指针移动。其曾属于韦斯莱夫人的哥哥——费比安·普威特。

费力拔烟火 / 费力拔博士的自动点火 / 见水开花神奇烟火
Filibuster Firework / Dr Filibuster's Fabulous Wet-Start / No-Heat Fireworks

其通常简称为费力拔烟火，是一种可能只需湿润就能点燃的魔法烟火，在蹦跳嬉闹魔法笑话商店售卖。

废纸篓
Wastebasket

这是放在格里莫广场12号哈利房间内的带魔法的废纸篓。一旦有垃圾扔进去，它就会把垃圾吞下去并且打饱嗝，但有一次废纸篓把猫头鹰的粪便吐了出来。

古卜莱仙火 / 永恒的火
Gubraithian Fire / Everlasting Fire

古卜莱仙火是一种被施了魔法、能够永远燃烧的火焰。这是一种高深的魔法，不是一般巫师能做到的。邓布利多曾让海格携带一支古卜莱仙火火把，作为送给巨人的礼物，巨人对这个礼物很感兴趣。

霍格沃茨盾牌饰章
Hogwarts Crest

在霍格沃茨盾牌饰章上，大写"H"字母周围围着一头狮子、一只鹰、一只獾和一条蛇，分别代表四个学院。

供收藏的著名队员塑像
Collectible Figures of Famous Players

它们是可以在手掌上走来走去的魁地奇著名队员塑像。罗恩虽然支持爱尔兰队，但却买了保加利亚找球手克鲁姆的一个小塑像。那个小型的克鲁姆在罗恩的手上来来回回地走，一副得意扬扬的派头，皱着眉头瞪着他上方的绿色徽章。

光荣之手
Hand of Glory

光荣之手是取被处以绞刑的人的手用曼德拉草或其他药草缠裹并浸泡而制成的。使用方法为将点燃的蜡烛置于光荣之手中，持有该手的人可用它在黑暗中照明，但其他人却看不见。

广告牌
Advertising Blackboard

1994年魁地奇世界杯赛场上的广告牌，同时也是记分牌。它是一块巨大的黑板，上面不断闪现金色的文字，就好像有一只看不见的巨手在黑板上龙飞凤舞地写字，然后又把它们擦去，那些闪动的文字都是给赛场上观众看的广告。比赛正式开始后广告隐去，转而公示比赛的实时计分。

海格的伞
Umbrella of Rubeus Hagrid

这是一把粉红色的伞，哈利觉得伞里藏着的是海格被开除时撅折的魔杖——橡木、16英寸（约40.6厘米），有一点儿弯。海格曾使用它给达力变出了一根猪尾巴。海格一直不被允许使用魔法，平时这把伞都放在海格的小屋里。

黑魔标记
Dark Mark

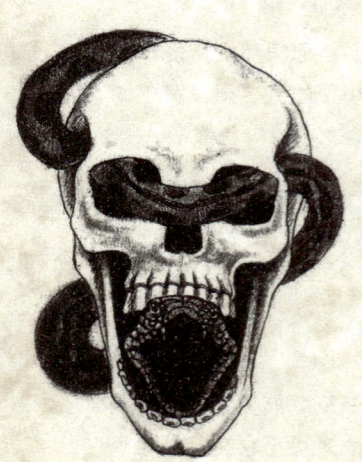

黑魔标记是伏地魔的标志符号，每当他或他的食死徒杀了人的时候，都会在尸体或房屋的上方留下黑魔标记。黑魔标记还被当作食死徒的标记被烙在每个加入食死徒行列的人的左手臂上，当作鉴别的标志。黑魔标记在未被激活的时候看起来就像一个红色文身，每当伏地魔强大或出现在周围的时候，食死徒手臂上的标记就会如燃烧般疼痛，并且越来越清晰，并变成红色。只要伏地魔按下某食死徒手臂上的黑魔标记，就能召唤其他食死徒。受到召唤的食死徒要立即幻影移形到伏地魔身旁听从吩咐。当某个食死徒触摸烙在自己左臂上的黑魔标记时，伏地魔也能感受到召唤并且幻影移形到他或她身边。变出黑魔标记的咒语是：尸骨再现。

黑魔标记由无数碧绿色的星星般的东西组成，乍一看像是小矮妖组成的图形，实际是一个硕大无比的骷髅，一条大蟒蛇从骷髅的嘴巴里冒出来，像是一根舌头。大蟒蛇出现后会越升越高，一团绿莹莹的烟雾发出耀眼的光。

赫敏的串珠小包
Hermione Granger's Beaded Handbag

这是1997—1998学年，"铁三角"逃亡期间赫敏随身带着的紫色串珠小包。它的外表精巧，但赫敏对它施过无痕伸展咒，所以小包能装下与它体积不符的东西。

吼叫信
Howler

吼叫信的信封为红色，收信人收到后，信封四角开始冒烟，不及时打开后果严重。它用于发出警告，声音震耳欲聋，读完信的内容后会自动燃烧。

护身符
Amulet

护身符是指能够带给拥有者好运的小物件，但它的实际保护效果值得怀疑。

活动照片
Moving Photograph

魔法世界的照片与麻瓜世界的不同，照片里的人物可以在照片里自由进出。同样，书和报纸上照片中的人物也是可以自由移动的。科林·克里维的相机是普通的麻瓜相机，但拍出的照片涂上魔法世界里的显形药水，照片里的人也能自由移动。

火弩箭模型
Model of a Firebolt

火弩箭模型是世界级飞天扫帚火弩箭的小号模型。

火焰杯
The Goblet of Fire

火焰杯是1996—1997学年三强争霸赛中使用的魔法制品，是一只大大的削刻得很粗糙的木头高脚杯。杯子本身一点儿也不起眼，但里面却满是跳动着的蓝白色火焰，它作出选择的时候火焰会变化为红色。

哈利·波特百科全书

黄铜望远镜
Brass Telescope

望远镜是霍格沃茨一年级新生必备物品之一，在维泽埃克魔法用品店出售的猩红黄铜望远镜价格为5加隆一个。

尖叫悠悠球
Screaming Yo-yo

尖叫悠悠球是一种魔法玩具，其使用方法类似麻瓜世界的悠悠球（用绳拽着能忽上忽下地移动），同时伴随尖叫声效。它在韦斯莱魔法把戏坊的出售价格为5加隆。

记忆球
Remembrall

记忆球是一个玻璃球，通常状态下里面仿佛充满了白色的烟雾，会在使用者忘记某件事情的时候变成红色。如果使用者重新回想起了这件事，它就会变回原状。记忆球可以被用来作弊，因此在O.W.L.考试中禁止带入考试大厅。

级长勋章
Prefect Badge

级长勋章是颁发给那些被任命为自己学院级长的五年级学生的徽章，需要级长们别在校服上。徽章背景是级长所在学院的颜色和代表动物（例如格兰芬多的狮子），徽章上有一个大大的字母"P"。

如果级长是自己学院魁地奇球队的成员，那么他/她的魁地奇长袍上不必佩戴级长徽章。

假加隆
Enhanced Coin / Dumbledore's Army Coin

1995—1996学年，赫敏为D.A.成员制作了假加隆，作为D.A.一种秘密通信的手段。在真加隆上，边缘的数字只是一个编号，代表铸成这枚硬币的妖精。而假加隆被赫敏施了变化咒，上面的数字会发生变化，每当哈利确定了下一次D.A.集会的时间，赫敏就会修改假加隆上的数字，成员们的假加隆都会随之发生变化，显示下次集会的时间。改时间时，假加隆会发热，如果你把它放在口袋里，就会有感觉。

金蛋
Golden Egg

三强争霸赛第一个项目是通过不同种类的龙的考验，拾取金蛋。金蛋同时也是三强争霸赛第二个项目用到的道具，里面藏有指示第二个项目的线索。

起初哈利不得其法，发现金蛋打开的瞬间会发出恐怖、尖利刺耳的惨叫声。而塞德里克为了报答哈利曾提示他第一个项目是斗龙，所以提示他洗澡时，带着金蛋，然后在热水里仔细琢磨。当哈利把金蛋放到水下打开时，金蛋里发出汩汩的歌声，这歌声从水底下传来，是一些古怪的声音在齐声合唱：

> 寻找我们吧，在我们声音响起的地方，
> 我们在地面上无法歌唱。
> 当你搜寻时，请仔细思量：
> 我们抢走了你最心爱的宝贝。
> 你只有一个钟头的时间，
> 要寻找和夺回我们拿走的物件，
> 过了一小时便希望全无，
> 它已彻底消逝，永不出现。

从歌声的内容中，哈利猜到，要找在水面上不能发出声音，只有在水里才能发出声音的某种生物。

金色气球
Golden Balloons / Enchanted Balloons

金色气球是一种装饰品,炸开后会飞出极乐鸟和小铃铛。弗雷德和乔治曾把一大串金色气球拴在比尔和芙蓉即将举行结婚仪式的地点上空。

禁用魔法用品登记簿
Registry of Proscribed Charmable Objects

这是一个由英国魔法部禁止滥用麻瓜物品司管理的登记簿,登记簿中涵盖了禁止巫师使用魔法修改的所有物品。

巨怪挂毯
Troll Tapestry

霍格沃茨八楼有求必应屋的入口对面有一幅挂毯,上面画着傻巴拿巴斯正在教巨怪跳芭蕾舞。

连击回飞镖
Ever-Bashing Boomerang

连击回飞镖是一种笑话商品,脱胎于麻瓜使用的普通回飞镖。

灵光推进器
Billywig Propeller

灵光推进器是谢诺菲留斯·洛夫古德的发明,外形是闪闪发光的蓝色小翅膀,据说可使人"进入高级思维状态"。

陋居厨房的挂钟
The Clock at The Burrow Kitchen

韦斯莱家厨房里的挂钟的主要功能并不是计时,而是作为日常提醒存在。它只有一根指针,表盘上没标数字,取而代之的是"煮茶""喂鸡""你要迟到了"之类的话。

麻瓜警戒器
Muggle Guard

麻瓜警戒器是一种在麻瓜碰触时发出警报的设备,很容易安装在门把手或花园的大门上。1999年2月8日《预言家日报》的分类待售的物品之一,其价格为3西可每个或1加隆10个。

玫瑰形徽章
Luminous Rosette

这是在第422届魁地奇世界杯上售卖的一种会发光的玫瑰型徽章,绿色的代表爱尔兰,红色的代表保加利亚,勋章还能尖声喊出队员们的名字,但这种魔力随着时间的流逝会变弱。

梅林爵士团勋章
Order of Merlin

梅林爵士团勋章有时被简写为O.M.,由威森加摩授予,这种勋章由一块优质的金奖章配以相应颜色的缎带组成。梅林是他所处的年代最为著名的巫师,为了纪念他,人们从15世纪开始颁发梅林爵士团勋章。传说,一级勋章上面的绿色缎带代表梅林在霍格沃茨的所属学院——斯莱特林。

一级勋章授予在魔法领域"展现出尤为出色的勇气或才华"的人,勋章配以绿色缎带。

二级勋章授予具有"突出的成就或努力"的人,勋章配以紫色缎带。

三级勋章授予"在学术或娱乐方面做出贡献"的人,勋章配以白色缎带。

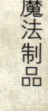

受魔法部欢迎的人得到梅林爵士团勋章的次数,尤其是高级别勋章的次数,远比一般人所想的要多,这对于这种令人梦寐以求的奖项来说是十分常见的现象。

珀金斯的魔法帐篷
Perkins's Tent

在1994年魁地奇世界杯期间,韦斯莱先生的同事珀金斯借给他一项魔法帐篷。帐篷内部使用了延展咒,里面有厨房和床铺,残留有猫的气味,内部装修风格与费格太太家相像。世界杯结束后,珀金斯并没有把帐篷要回去,而是留给了韦斯莱一家。后来"铁三角"外出寻找魂器时,带了这顶帐篷,但却在遭遇搜捕队的那天晚上弄丢了。

魔法灯笼
Magic Lantern

在"荧光闪烁"咒被发明前,巫师们使用魔法灯笼来照亮。

魔术剃须刀
Enchanted Razor

魔术剃须刀是哈利17岁生日时比尔和芙蓉送他的生日礼物。德拉库尔先生称这把剃须刀会让哈利剃须时感到前所未有的光滑舒服,但前提是必须把自己想要的效果清清楚楚地告诉它,不然它可能会剃得过于"干净",导致使用者的毛发太少。

魔法箱子
Magical Trunk

这是穆迪所拥有的一个魔法箱子,上面带有七把锁,对应着七个不同的隔间。已知第一个隔间存放了大量魔法书籍,第二个隔间放了许多窥镜、羊皮纸、羽毛笔和一个隐形斗篷。1994—1995学年,穆迪被小克劳奇绑架时,就被藏在了最后一个隔间里，这个隔间是一个10英尺（约3米）深的地下室。

魔眼
Magical Eye

魔眼是穆迪的假眼，自从他在第一次巫师战争中失去了自己的右眼后，就换上了这只亮蓝色的假眼，也因此得名"疯眼汉"。这只魔眼能够360°自由旋转，让穆迪拥有了无死角的视野。同时，它还能看透包括隐形衣在内的一切物体。

在穆迪死后，这只魔眼曾被乌姆里奇装在自己的办公室门上，用于监视门外的员工。哈利在潜入魔法部夺取挂坠盒时，将穆迪的魔眼带了出来，并埋在了曾举办过1994年魁地奇世界杯的树林里，哈利在埋它的树上用魔杖画了一个不大的十字作为标记。

魔杖测量器
Wand Weighing Instrument

魔杖测量器是设置在魔法部中的一个像一个单盘天平的黄铜机器。当访问者进入魔法部时，他们必须在保安台登记他们的魔杖，并使用该仪器进行魔杖检测。检测时，机器会微微振动，从底部口子飞快地吐出一条窄窄的羊皮纸，纸上写有被检测魔杖的长度、杖芯材质和被使用的时间。

穆丽尔姨婆的头冠
Muriel's Tiara

这是芙蓉在与比尔的婚礼上所带的头冠，是由妖精制做的，头冠上镶嵌有月长石和钻石，在灯光下闪闪发光。头冠属于韦斯莱夫人的姨妈穆丽尔，只是暂时借用给芙蓉举行婚礼使用。

哈利·波特百科全书

飘浮的蜡烛
Floating Candles

霍格沃茨的餐厅上有成千上万只飘荡在半空的蜡烛,用以照亮餐厅。

全景望远镜
Omnioculars

全景望远镜是1994年魁地奇世界杯赛前小贩售卖的一种望远镜,由黄铜制成,其外观像双筒望远镜,但上面布满各种各样古怪的旋钮和转盘,售价为10个加隆。功能:用来重放画面(用慢动作放)、迅速闪出赛况分析。

骚扰虻虹吸管
Wrackspurt Siphons

这是由谢诺菲留斯·洛夫古德发明的,是一对弯弯的、金色听筒模样的物品,据说可将一切干扰从思想者的周围区域排除。哈利等人去卢娜家拜访时,一个女巫半身石像(拉文克劳的冠冕)头上戴着它。

锁喉毒气
Garrotting Gas

锁喉毒气是一种无色气体,由某种药剂引发,这种气体可能使人窒息并因此死亡。

施了魔法的窗户
Enchanted Window

魔法部位于地下,而里面的窗户被施了魔法,可以显示任何种类的天气。这些窗户每天显示什么天气由魔法维修保养处决定,魔法维修保养处的员工曾因为想涨工资而让那窗户刮了两个月的飓风。

施了魔法的雪
Enchanted Snow

用于装饰圣诞树的带魔法的雪,它的密度、颜色、形状均与普通雪花没有差别,不同的是,这种魔法雪花是温暖而干燥的。

缩身钥匙
Shrinking Key

缩身钥匙是一种被施了魔法的钥匙,它会持续缩小直到消失。做恶作剧的巫师会把这些钥匙卖给麻瓜们,因为麻瓜并不知道魔法世界的存在,因此会坚持认为自己只是把钥匙弄丢了。

双向镜 / 双面镜
Two-way Mirror

这是一对通过魔法联系起来的四方形小镜子。它们能让人们在不同地点彼此通信。小天狼星和詹姆分别关禁闭时经常使用它们联系。后来,小天狼星为了方便与哈利联系,把詹姆的那一面镜子给了哈利。但哈利为了不让小天狼星因为自己而离开安全地带,决定不去用它,于是把它给忘了。

小天狼星在神秘事务司之战死后,他的那面镜子被蒙顿格斯偷走,后者又把它卖给了阿不福思。哈利出发寻找魂器时收拾东西,发现自己的双面镜已经碎掉,只剩下一片较为完整的镜面。哈利把这片镜子随身带着,时常拿出来看看,怀念小天狼星。哈利等人被困马尔福庄园地牢之时,在镜子里看到了阿不福思的蓝眼睛,以为是他的哥哥阿不思·邓布利多,便开口求助。之后阿不福思派了多比前去营救他们。

小天狼星的小刀
Sirius's Knife

小天狼星的小刀是一把能打开各种锁的魔法小刀，上面还带着能够解开各种结的小玩意儿。用法是将刀刃插入门周围的缝隙里，上下一扭再抽出来。这把刀是1994年小天狼星送给哈利的圣诞礼物，但这把小刀并非无往不利，后来哈利在魔法部神秘事务司一间上锁房间插入这把刀时，它立刻就熔化了。

韦斯莱家的镜子
Mirror of Weasley Family

韦斯莱家的镜子是一面会说话的镜子，会提醒照镜子的人注重仪容仪表。韦斯莱家的镜子放在陋居厨房壁炉架上，哈利第一次照镜子时，镜子忽然大叫起来："把衬衫塞到裤腰里去，邋里邋遢！"

韦斯莱家的钟
Weasley Family Clock

韦斯莱家的钟位于韦斯莱家的客厅，可以显示家中的每一个成员在什么地方。钟上面有九根金针，每根针上都刻着韦斯莱家一个人的名字。在钟面应当标有数字的地方，写着每位家庭成员可能会在的一系列地方，包括"家""学校""上班""路上""失踪""医院""监狱"，在一般钟表12点的地方，标着"致命危险"。韦斯莱先生被蛇咬伤的那天，他的指针指向"致命危险"。伏地魔公开复出以后，这个钟上的全部指针都指向"致命危险"。

巫师彩包爆竹
Wizarding Crackers

这种爆竹能发出像大炮那样的爆响，会产生大量蓝色烟雾，同时从里面炸出各种小东西：一项海军少将的帽子、几只活蹦乱跳的小白鼠、不会爆炸的闪光气球、模仿肉瘤的小设备、巫师棋等。

咬人的门把手
Biting Doorknob

　　咬人的门把手是威利·威德辛卖给麻瓜的一种商品，结果购买它的两个麻瓜被咬断了手指头，他们在圣芒戈医院接受了骨骼再生治疗与记忆修改，而威利·威德辛因此被捕。

银盾
Silver Shield

　　用魔咒召唤出的银盾以物理形式存在，可以抵挡魔咒。伏地魔在与邓布利多的魔法部之战中曾使用过它来抵挡邓布利多的攻击。邓布利多的魔咒攻击落在银盾上发出沉闷的锣声，让哈利觉得不寒而栗。

永远不化的冰柱
Everlasting Icicle

　　在1994—1995学年的圣诞舞会上，霍格沃茨魔法学校大理石楼梯的扶手上挂满了永远不化的冰柱。

预言球
Prophecy Record

　　预言球是记录先知作出的预言的载体，可以将先知的口头预言转化为实体保存下来，具体制作方法不知。预言球通常都不大，不同的预言球其尺寸不是完全统一的，目前不知被破坏的预言球是否可以修复。预言球储藏在神秘事务司预言厅里，只有与预言相关的人才能触碰。它们有些会发出神秘的流动的光，另外一些则模糊而黑暗，就像熄灭了的灯泡。哈利触摸有关于自己的那个预言球时，觉得它好像已经在阳光下放了几个小时，被它自身的光芒温暖着。

踪丝
The Trace

年龄在17岁以下的男女巫师身上会带有踪丝,魔法部通过踪丝检测未成年人使用魔法、违反法律的情况。

钟形水晶玻璃罩
Crystal Bell Jar

钟形水晶玻璃罩位于神秘事务司的时间厅,立在一张桌子上,里面充满一股翻腾着的、闪闪发光的气流。随着其内气流的起落,这一物品具有让生物快速改变生命阶段的能力:里面漂浮着一个宝石般明亮的小小的蛋,当它在玻璃罩里升起来的时候,啪的一下裂开了,一只蜂鸟冒出来,径直升到玻璃罩的最顶部,但随着气流的下落,小鸟的羽毛被再次弄脏、淋湿,直到降落到玻璃罩的最底部,被再次关进蛋里。

做工粗糙的笛子
A Roughly Cut Wooden Flute

1991年,海格自己动手做了一个笛子,作为圣诞礼物送给刚入学的哈利,这支笛子吹起来的声音有点像猫头鹰叫。

混血王子的魔药学教材
Advanced Potion-Making of Half-Blood Prince

1996—1997学年,斯拉格霍恩教授借给哈利一本《高级魔药制作》旧课本。课本的原主人其实是斯内普,他为自己起了"混血王子"的名字,并把这个名字签在了封底的下端。斯内普几乎在每一页上都留下了自己的笔记,而且并不全是有关魔药制备的。他还把自己所发明的一些咒语记在书的空白处,比如"神锋无影""倒挂金钟""锁舌封喉"和"闭耳塞听",同时在旁边附有咒语的说明。借助这本书上的注释,哈利在魔药课试验中大获成功。

纸飞机
Paper Aeroplane

英国魔法部各个部门之间使用施过魔法的纸飞机来传递消息。魔法部使用的纸飞机为浅紫色，机翼上有魔法部的戳印。在此之前他们曾经使用过猫头鹰，但由于打理办公桌上的粪便很麻烦，所以换成了后来的纸飞机。

第七章　魔法材料

植物类材料

阿里奥特
Alihotsy

　　阿里奥特是一种有魔力的树，又称鬣狗树。其树叶可以引发歇斯底里症和无法控制的大笑。由伤心虫产出的蜜是阿里奥特树叶的解药，可以解除阿里奥特树叶的魔法作用。切碎的阿里奥特叶片是制作大笑药水的原料。

艾草浸液
Infusion of Wormwood

　　艾草浸液是一种从艾草中萃取出来的魔药制作材料。它与水仙根粉末合理搭配后，可以制成一种强效安眠药——活地狱汤剂（生死水）。
　　对角巷的药店中出售这种材料，售价为每瓶1加隆。

巴波块茎脓水
Bubotuber Pus

　　巴波块茎是一种极为丑陋的有魔力的植物，它的外观并不像植物，更像一坨黑黢黢、黏糊糊的大鼻涕虫，竖直地从土壤里冒出来，它们会微微蠕动，身上有许多闪闪发亮的脓包。用手挤它的脓包可以获得一种散发着一种刺鼻的石油味的、黏稠的、黄绿色的脓水。巴波块茎脓水是一种具有极高价值的魔药，可以用于治疗顽固性粉刺。
　　挤巴波块茎脓包的时候必须戴上龙皮手套，因为与未经稀释的脓水直接接触会对皮肤造成非同寻常的伤害。

白鲜
Dittany

　　白鲜是一种带有愈合和修复类魔法属性的植物，生食就可以治愈浅层伤口，萃取成香精疗效更为出众。

　　切碎的白鲜是振奋药剂的制作材料。巫师也曾使用白鲜与银粉混合物来治疗狼人咬伤，以阻止受害者因失血过多而死亡。这种医治办法会在霍格沃茨魔法学校一年级的黑魔法防御术课上学到。

蓖麻油
Castor Oil

　　蓖麻油是指从蓖麻种子中提炼出来的植物油，可以用来制作魔药。
　　对角巷的药店中出售这种材料，售价为每瓶4加隆。

雏菊
Daisy

　　雏菊是一种在欧洲常见的黄色或白色野花，其根可以用来制作缩身药水。
　　对角巷的药店中出售雏菊根，售价为20根1加隆。

毒堇香精
Hemlock Essence

　　毒堇香精是一种从毒堇中提取出来的魔药成分，是制作狐媚子灭剂的魔法材料之一。
　　对角巷的药店中出售这种材料，售价为每瓶2加隆。

毒芹香精
Cowbane Essence

　　毒芹香精是一种从毒芹中提取出来的魔药成分，是制作缩身药水和狐媚子灭剂的魔法材料之一。
　　对角巷的药店中出售这种材料，售价为每瓶2加隆。

独活草
Lovage

　　独活草是一种伞形科欧当归属的植物，多分布于欧洲、亚洲地区。它是一种类似芹菜的魔法植物，容易"造成脑炎"，致人急躁鲁莽，多用于制作迷乱药和迷惑剂。

飞艇李
Dirigible Plum

　　飞艇李是一种外观看起来像橘红色的小萝卜的果实，会颠倒着悬挂在生长的灌木上。谢诺菲留斯·洛夫古德等少数人认为，飞艇李能够提高人接受异常事物的能力。

黑根草
Moly

　　黑根草是一种茎为黑色、花为白色的魔法植物。这种强大的植物能够在被食用后抵御黑魔法。

槲寄生浆果
Mistletoe Berry

　　槲寄生浆果是槲寄生上长出的一种白色浆果，是制作普通解药和遗忘药水等魔法药剂的材料。

对角巷的药店中出售这种材料，售价为每瓶1加隆。

护法树
Wiggentree

护法树是一种有魔力的山梨树，可以保护碰到它的树干的人免受黑暗生物的袭击。

坏血草
Scurvy Grass

坏血草是一种魔法世界的草本植物，容易"造成脑炎"，致人急躁鲁莽，多用于制作迷乱药和迷惑剂。

姜 / 姜根
Ginger / Ginger Root

姜是一种带有刺激性香味的植物根茎，是一种用于制造魔法药剂的材料，可以用来制作治疗疥疮的药水、增智剂、美容药剂等。其他用途中，姜可以用来制作生姜蝾螈饼干和姜饼等食物。

对角巷的药店中出售这种材料，售价为每份（5根）1加隆。

椒薄荷
Pepper Mint

椒薄荷是一种薄荷类植物。在欢欣剂中添加一小枝椒薄荷，可以抵消唱歌太多和拧鼻子等偶尔引起的副作用。巫师和麻瓜也常在甜品和酒类中添加椒薄荷。比比多味豆中也有椒薄荷这种口味。

对角巷的药店中出售这种材料，售价为每枝3加隆（12支3加隆）。

瞌睡豆
Sopophorous Bean

　　瞌睡豆是一种干瘪的、珍珠白色的豆子，是瞌睡草的果实，外观很像放大版的槲寄生浆果。它有许多魔法特性，是制作魔法药剂的材料。直接服用瞌睡豆中挤出来的银色汁液会将人的记忆移除。不过这种特性在魔药制作中并没有体现出来。

　　瞌睡豆可以用来制作活地狱汤剂。

辣根
Horseradish

　　辣根是十字花科、辣根属多年生直立草本，全体无毛，根纺锤形，肉质肥大，原产于欧洲东部和土耳其，已有2000多年的栽培历史。将辣根根部磨碎使用，可以制作大笑药水、福灵剂。

香锦葵
Mallowsweet

　　香锦葵是一种香草。马人会燃烧香锦葵和鼠尾草，通过观察它们的烟气与火焰，从而进行预测未来的占卜。

两耳草
Knotgrass

　　两耳草是一种具有魔法效用的植物，是制作复方汤剂的基本成分之一。对角巷的药店中出售这种材料，售价为每捆5加隆。

流液草
Fluxweed

流液草是一种带有魔法属性的植物。满月时采摘的流液草是制作复方汤剂的魔法材料之一。

曼德拉草
Mandrake / Mandragora

曼德拉草是一种魔法植物，它的根茎看起来像是一个丑陋的人类婴儿，有极高的药用价值。其根茎切割下来可以用来做曼德拉草复活药剂。曼德拉草是大多数解毒剂的重要组成部分。

在将曼德拉草拔出来之前需要带好耳罩，因为听到成年的曼德拉草的尖叫是致命的。未成熟的曼德拉草的尖叫也会让人昏迷。曼德拉草如果开始喜怒无常且沉默寡言就代表着它已经开始进入成熟阶段，再等曼德拉草上的粉刺痊愈后就可以准备移植、收割，最终制成药剂。

玫瑰
Rose

玫瑰是蔷薇属开花灌木的通用名称，有上百个种类。其许多部分都可以用来制作魔药。

优质玫瑰在对角巷的药店中有售，售价为35朵3加隆。

玫瑰刺
Rose Thorn

玫瑰刺是玫瑰枝干上硬质结构的尖刺，带有魔法属性，可以用来制作魔药。对角巷的药店中出售这种材料，售价为25根3加隆。

哈利·波特百科全书

玫瑰花瓣
Rose Petal

玫瑰花瓣是带有魔法属性的魔法材料。玫瑰花瓣可以用来制作美容药剂、香水和一些爱情魔药。

玫瑰精油
Rose Oil

玫瑰精油是从玫瑰花瓣中提取的精油，带有魔法属性。玫瑰精油可以用来制作魔药。

对角巷的药店中出售这种材料，售价为8加隆一瓶。

喷嚏草
Sneezewort

喷嚏草是一种具有毒性的植物，容易造成脑炎，致人急躁鲁莽，多用于迷乱药和迷惑剂中。其干叶可用于制造打喷嚏粉。

鳃囊草
Gillyweed

鳃囊草是一种原产于地中海的神奇植物，外观看起来像一束黏糊糊的、灰绿色的老鼠尾巴。服用鳃囊草可以令人在短时间内长出一副鱼鳃，手脚生长出蹼，从而在水下存活。这种草药在淡水与海水之间的作用至今还在被草药学家争论。

水仙
Asphodel

水仙是一种百合科的植物，长有修长的叶子。这种植物分布广泛，在世界各地都有生长，在霍格沃茨魔法学校的场地上也可以找到。水仙与百合物种相近，生长于欧洲。这种植物的许多部分都是制作魔法药剂的材料。

水仙根
Asphodel Root

水仙根是水仙的根茎。水仙根研磨成粉末后是制作魔法药剂的材料，与艾草浸液相配可以调制出活地狱汤剂（生死水）。

水仙花瓣
Asphodel Petals

水仙花瓣可以用来制作安眠剂或催眠药。

缩皱无花果
Shrivelfig

缩皱无花果是一种魔法植物的果实，品质最好的果实是阿比西尼亚出产的。这种植物拥有强大的根系，虽然会在秋天落光树叶，但依然能够在寒冬中存活。缩皱无花果的花朵与果实一样是紫色的，它的叶片具有药用性能，果实去皮后可以取得一种紫色的液体，能够用于制作缩身药水等魔法药剂。

对角巷的药店中出售这种材料，售价为每个3加隆。

嚏根草
Hellebore

嚏根草是一种开花植物，是一种制作魔法药剂的材料。许多嚏根草都是有毒的，可以引发从眩晕到心跳停止的各种症状。

嚏根草糖浆
Syrup of Hellebore

嚏根草糖浆是一种从嚏根草中提取出的蓝色黏稠液体,是一种制作魔法药剂的材料,可以用来制作缓和剂。

跳动的伞菌
Leaping Toadstool

跳动的伞菌是一种可以跳动的、带有魔法属性的蘑菇,是一种制作魔法药剂的材料,禁林中也可以找到这种植物。对角巷的药店中出售这种材料,售价为11只3加隆。

委陵菜酊剂
Tormentil Tincture

委陵菜酊剂是一种从开花植物委陵菜中提取出来的魔药材料。对角巷的药店中出售这种材料,售价为每瓶2加隆。

乌头 / 舟形乌头 / 狼毒乌头
Aconite / Monkshood / Wolfsbane

乌头具有魔法特性,是一种制作魔法药剂的材料。它也被称作狼毒乌头的原因是,乌头在中世纪的欧洲经常被用作毒杀动物的诱饵,人们有时将它的汁液涂抹在猎狼的箭上。乌头的花可以用来制作魔药,它的叶子有剧毒。乌头是制作狼毒药剂的重要材料。

对角巷的药店中出售这种材料,售价为每捆1加隆。

乌头根
Root of Aconite

乌头根是乌头的根部，是一种制作魔法药剂的材料。对角巷的药店中出售这种材料，售价为每块1加隆。

缬草
Valerian

缬草是一种具有魔法属性的植物，是一种制作魔法药剂的材料。缬草根可以用来制作活地狱汤剂（生死水），缬草枝可以用来制作遗忘药水。因为缬草具有镇静、抗痉挛的特性，它在中世纪时被人当作万灵草药。缬草常用于治疗失眠，被认为是安眠药物的替代品。缬草也被推荐为治疗癫痫的药物，但目前还没有临床研究支持。

蟹爪兰
Flitterbloom

蟹爪兰是一种和魔鬼网很像的植物，许多巫师、女巫把它当作室内植物或在花园中种植。

嗅幻草
Niffler's Fancy

嗅幻草是一种叶子泛着铜光的魔法植物。它泛着铜光的叶子被古代一些巫师拿来当硬币使用，但还没有人研究过它制作魔药的潜力。

哈利·波特百科全书

薰衣草
Lavender

薰衣草是一种色泽艳丽、带有淡香的花卉,是一种制作魔法药剂的材料。薰衣草可以用于制作安眠剂。

对角巷的药店中出售薰衣草枝,售价为每捆1加隆。

荨麻
Nettle

荨麻是一种普通的植物,经过处理可以成为魔法药剂的制作材料。干荨麻可以用来制作肿胀药水、治疗疥疮的药水。荨麻精华可以用来制作安眠剂或催眠药。

罂粟果
Poppy Head

罂粟果是罂粟的果实,是一种制作魔法药剂的材料。

对角巷的药店中出售这种材料,售价为每捆(9个)2加隆。

羽衣草
Lady's Mantle

羽衣草这种小型草本植物的叶片是心状圆形的,两面均长有绒毛,边缘有细锯齿,是一种制作魔法药剂的材料。羽衣草可以用来制作美容药剂。

对角巷的药店中出售这种材料,售价为每份1加隆。

蜘蛛抱蛋
Aspidistra Elatior Blume

蜘蛛抱蛋是一种多年生常绿草本植物。因两面绿色浆果的外形似蜘蛛卵,露出土面的地下根茎似蜘蛛,故名"蜘蛛抱蛋"。

中国咬人甘蓝
Chinese Chomping Cabbage

中国咬人甘蓝是一种魔法植物,是一种制作魔法药剂的材料,可能来自中国。

动物类材料

八眼巨蛛毒汁
Acromantula Venom

其为八眼巨蛛产出的毒汁。由于从活的八眼巨蛛身上取得毒汁几乎不可能,这致使八眼巨蛛毒汁尤为珍稀,所以这是一种非常珍贵的制作魔法药剂的材料。

斑地芒分泌物
Bundimun Secretion

斑地芒分泌物是一种由斑地芒分泌的酸性魔法物质。斑地芒分泌物会腐蚀住宅的根基。

稀释后的斑地芒分泌物可以用来制作某些魔法清洁剂。

比利威格虫
Billywig

比利威格虫是一种原产于澳大利亚的昆虫。比利威格虫约有1英尺长,全身

蓝色，泛着青玉一般的鲜亮光泽，它的翅膀长在头顶的两侧，扇动的速度非常快，从而让自己旋转着飞起来，比利威格虫身体的底部有一根细长的螫针。

比利威格虫的飞行速度非常快，因此很少被麻瓜注意到，男女巫师一般也只是在被它蜇到以后才意识到它的存在。

比利威格虫翅膀
Billywig Wing

比利威格虫头顶两侧的翅膀，是一种制作魔法药剂的材料，可以用来制作大笑药水。

比利威格虫螫针
Billywig Sting

比利威格虫身体底部所长的一根细长的螫针，是一种制作魔法药剂的材料。被螫针蜇到的人会觉得头晕目眩，并在随后忽忽悠悠地飘起来。这也使一些年轻的澳大利亚巫师试图抓住一些比利威格虫，并刺激他们蜇自己。如果被蜇得过度，这个人就会一连数天不受控制地在空中飘荡。若有严重的过敏反应，被蜇还会造成人永久性地在空中飘荡。干燥的比利威格虫螫针可以用来制作多种魔药，如清醒剂。

这种原料可以在对角巷的药店中购买到，价格为每瓶（39根）7加隆。

蝙蝠翅膀
Bat Wing

蝙蝠翅膀是一种制作魔法药剂的材料。
对角巷的药店中出售这种材料，售价为每对5加隆。

蝙蝠脾脏
Bat Spleen

蝙蝠脾脏是一种制作魔法药剂的材料，可以用来制作肿胀药水。

对角巷的药店中出售这种材料，售价为每罐1加隆。

变色巨螺
Streeler

变色巨螺是一种体型巨大的蜗牛，每个小时都会改变颜色，是非洲原生动物，不过欧洲、亚洲和北美洲的巫师们已经可以人工繁殖。变色巨螺是一种制作魔法药剂的材料。变色巨螺每小时变一次色，它爬过的地方身后总会留下一条具有强烈毒性的痕迹，接触到它的植物会变枯燃烧。变色巨螺的毒液是已知的少数几种能够杀死霍克拉普（一种繁殖力特别旺盛的蘑菇）的物质之一。变色巨螺可以用来制作狐媚子灭剂。

草蛉虫
Lacewing Fly

草蛉虫是一种有透明的翅膀的绿色昆虫，是一种制作魔法药剂的材料，可以用于制作复方汤剂。

对角巷的药店中出售这种材料，售价为每瓶（6只）2加隆。

带触角的鼻涕虫
Horned Slug

带触角的鼻涕虫是鼻涕虫的一种。在进行蒸煮处理之后，它就可以成为制作治疗疥疮的药水的材料。

对角巷的药店中出售这种材料，售价为每罐1加隆。

毒角兽角
Erumpent Horn

这是毒角兽鼻子上锋利的大犄角，具有强大的魔法属性，是一种具有很高价值的制作魔法药剂的材料。毒角兽角中含有一种可以让所有被注入物体爆炸的致命液体。

哈利·波特百科全书

毒角兽尾
Erumpent Tail

毒角兽的尾巴外观很像一根细长的绳子，是一种制作魔法药剂的材料。

毒蛇牙
Snake Fang

毒蛇牙是从蛇身上获取的一种魔法药剂制作材料，毒蛇牙研成粉末之后可以用来制作治疗疥疮的药水和清醒剂。

独角兽角
Unicorn Horn

独角兽角可以用于制作普通解药。
对角巷的药店中出售这种材料，售价为每根21加隆。

独角兽尾毛
Unicorn Tail Hair

独角兽尾毛可以用来制作美容药剂，也可以用于魔杖杖芯。
对角巷的药店中出售这种材料，售价为10加隆一袋。

独角兽血
Unicorn Blood

独角兽血为黏稠的银色物质，是一种可以延续生命特殊魔法材料，但杀死独角兽取血会使喝它的人遭受诅咒。

非洲树蛇皮
Boomslang Skin

非洲树蛇（一种凶猛的爬行动物）的皮可以用来制作复方汤剂。

粪石
Bezoar

粪石是一种从山羊的胃里取出来的固体物质，可以作为魔药的解药。粪石是一种积聚在消化系统内部的未消化的物质团块，类似猫的毛球。粪石通常用来解毒。不过，粪石并不是什么毒都能解，如蛇怪的毒液就不行。

对角巷的药店中出售这种材料，售价为每块10加隆。

蜂蜜
Honey

人类通常将蜂蜜作为食品，巫师有时也会将其用作魔药原料。伤心虫会骚扰蜂箱，因此会对蜂蜜的生产造成一定影响。

对角巷的药店中出售这种材料，售价为每罐4加隆。

弗洛伯毛虫黏液
Flobberworm Mucus

弗洛伯毛虫黏液是一种由弗洛伯毛虫分泌的绿色黏稠物质，可以用来制作除草药剂、治疗疥疮的药水、安眠剂（催眠药）。

对角巷的药店中出售这种材料，售价为每罐1加隆。

豪猪刺
Porcupine Quill

豪猪刺是豪猪身上生长的用来抵御天敌的刺，是一种魔药原料，可以用来制作治疗疥疮的药水。

对角巷的药店中出售这种材料，售价为每捆（36根）2加隆。

河豚眼睛
Puffer-fish Eyes

河豚眼睛是河豚的视觉器官，可以用来制作肿胀药水。

对角巷的药店中出售这种材料，售价为每罐（20只）5加隆

黑色甲虫眼珠
Black Beetle Eye

黑色甲虫眼珠是一种常见的魔药材料。

对角巷的药店中出售这种材料，售价为每勺5纳特或每罐1加隆。

狐媚子蛋
Doxy Egg

狐媚子蛋是狐媚子产的卵，狐媚子一次可以产500个卵，并会将其埋入地下。狐媚子蛋通常需要2～3周时间孵化。

护法树
Wiggentree

护法树是一种有魔力的山梨树，会保护碰到它的树干的人免受黑暗生物的袭击。

火灰蛇卵
Ashwinder Egg

　　火灰蛇卵外观呈红色，散发出极强的热量。火灰蛇卵可以用来制作爱情魔药，或者将其完整吞下去，以治疗疟疾。

　　火灰蛇的寿命只有一个小时，它们会在隐蔽的地方将卵产下，之后身体支离破碎、化作尘土。火灰蛇卵需要及时发现并冻结，若不能及时将其冻结，它会在几分钟的时间内点燃住宅。

火蜥蜴血
Salamander Blood

　　火蜥蜴血具有治疗和恢复活力的特性，可以用来制作强化类药剂，如增强剂。

　　对角巷的药店中出售这种材料，售价为每罐2加隆。

霍克拉普汁
Horklump Juice

　　霍克拉普汁是一种从霍克拉普身上提取出来的物质，可以用来制作愈合类的魔药和除草药剂。

　　霍克拉普汁可以在对角巷的药店中购买到，价格为每罐3加隆。

角驼兽角
Graphorn Horn

　　角驼兽的犄角磨成粉末后可以用在多种药剂中。由于角驼兽是一种极具攻击性的危险的魔法生物，获得角驼兽角并非易事。

绝音鸟羽毛
Jobberknoll Feather

绝音鸟羽毛是一种魔药原料,可以用来制作吐真药和回忆剂。
对角巷的药店中出售这种材料,售价为每根5加隆。

老鼠脾脏 / 耗子胆汁
Rat Spleen

老鼠脾脏是一种常见的魔药原料,可以用来制作缩身药水。
对角巷的药店中出售这种材料,售价为每罐1加隆。

老鼠尾巴
Rat Tail

老鼠尾巴是一种魔药原料,可用于制作竖发药剂。

龙蛋
Dragon Egg

尽管龙蛋被魔法部列为A类禁止贸易物品,但龙蛋仍旧可以在黑市购买到。

龙肝
Dragon Liver

龙的肝脏可以用来制作魔药。
对角巷的药店中出售这种材料,售价为每盎司16西可或每罐3加隆。

龙角
Dragon Horn

龙角是龙的犄角（不是所有龙都长角）。龙角粉可以作为多种魔药的原料。罗马尼亚角龙的犄角被碾成粉末之后，具有很高的价值，可作为药剂的配方。

罗马尼亚长角龙的角被魔法部列为B类可贸易物品。

龙皮
Dragon Hide

龙皮通常被用来制作衣物。它们的外观与蛇皮类似。龙皮非常坚韧，可以抵御一些符咒，同时能够像一般的皮革一样提供一定程度的物理保护。

龙血
Dragon Blood

对角巷的药店中出售这种材料，售价为每瓶12加隆。

龙爪
Dragon Claw

龙的爪子磨成粉后有药用价值。食用龙爪粉可以使人"精神振奋"，让人在接下来的几个小时里脑子特别灵。

洛巴虫毒液
Lobalug Venom

洛巴虫毒液是由洛巴虫分泌的一种用来驱赶攻击者的物质。
巫师会提取它的毒液用在药剂当中，可是这种做法现在受到严格限制。

第七章　魔法材料

蚂蟥
Leech

蚂蟥是一种生活在水中、外观像鼻涕虫一样的生物，靠吸取人和其他小型无脊椎动物的血液为生。蚂蟥的唾液中含有抗凝血成分，因此它们可以长时间吸血。蚂蟥可以用于制作复方汤剂、缩身药水等。

鳗鱼眼珠
Eel's Eyes

鳗鱼眼珠是鳗鱼的视觉器官，可以作为制作魔药的原料。
对角巷的药店中出售这种材料，售价为每罐（60只）1加隆。

毛虫
Caterpillar

毛虫是蝴蝶或蛾子的幼虫形态。将毛虫切片后可以用来制作缩身药剂。
对角巷的药店中出售这种材料，售价为25条2加隆。

莫特拉鼠触角
Murtlap Tentacle

莫特拉鼠触角是一种罕见的魔药成分，可以从莫特拉鼠的背部取得。把莫特拉鼠背上的肿瘤腌制后吃掉，会增强人对恶咒和厄运的抵御力，可是过量服用会导致耳边生出难看的紫色头发。

蜻蜓胸
Dragonfly Thorax

蜻蜓胸是一种魔药原料。

对角巷的药店中出售这种材料，售价为每份（18只）2加隆。

犰狳胆汁
Armadillo Bile

犰狳胆汁是由犰狳分泌的胆汁，是一种魔药成分。犰狳胆汁可以用来制作增智剂。

肉瘤粉
Wartcap Powder

肉瘤粉是一种粉末状的魔法药剂制作材料，会让接触者的皮肤结出一层硬壳，可以用于制作防火药剂等魔药。

如尼纹蛇卵
Runespoor Egg

如尼纹蛇产下的卵是一种魔法药剂原材料，可以激发大脑的反应。

伤心虫
Glumbumble

伤心虫是一种全身灰色、毛茸茸的飞虫。伤心虫一般会在黑暗、僻静的地方筑巢，以荨麻为食。它们能产生一种糖蜜，食用后会使人伤心。伤心虫的糖蜜可以用来作为一种解药，治疗因食用阿里奥特的叶子而引发的歇斯底里症。

伤心虫平时会骚扰附近的蜂箱，从而影响蜂蜜的生产。

哈利·波特百科全书

圣甲虫
Scarab Beetle

圣甲虫是一种昆虫。磨成粉末的圣甲虫可以用来制作增智剂。

狮子鱼脊粉
Lionfish Spine

狮子鱼脊骨磨成的粉末可以用来制作治疗类魔药,同时它也是除草药剂的成分之一。

对角巷的药店中出售这种材料,售价为每瓶2加隆。

双角兽角
Bicorn Horn

双角兽角可以用在制作复方汤剂的第二阶段中。

希拉克鱼鳍刺
Shrake Spine

希拉克鱼鳍刺可以用来制作治疗疥疮的药水。

在魔法药剂中加入希拉克鱼鳍刺后需要轻柔地搅拌,搅拌动作剧烈的话会刺激这种材料。

仙子翅膀
Fairy Wing

仙子翅膀是一种魔药原料,可以用来制作美容药剂。

虽然取下仙子的翅膀并不会让它们丧命,但会让十分爱慕虚荣的仙子十分生气。由于仙子难以接近和捕捉,所以仙子翅膀产量稀少,它们的翅膀被看作一种十分珍贵的材料。

其他魔法药剂材料

晨露
Morning Dew

晨露是清晨凝结在植物叶片上的水珠，可以用来制作魔药。

对角巷的药店中出售这种材料，售价为每瓶1加隆。

忘川河水
Lethe River Water

忘川河水是从忘川河中收集的河水，是一种制作魔法药剂的材料，可以让人忘记事情。

使用忘川河水可以制作遗忘药水。

对角巷的药店中出售这种材料，售价为每瓶4加隆。

月长石
Moonstone

月长石是一种具有月光效应的宝石，是一种制作魔法药剂的材料，能够制作缓和剂。月长石也可用于装饰，穆丽尔姨妈的头饰上就镶嵌有月长石。

魔杖制作材料

每根魔杖都是独一无二的。

选用的木材的特性、杖芯来源的魔法生物的特性和其主人本人的特性，这三点组合在一起后，魔杖才能成为真正的魔杖，发挥出应有的力量。每根魔杖从找到它的理想主人的那一刻起，将会和它的人类搭档一起相互学习、相互促进。每一种木材以及杖芯特点的统一性描述都不能代表这一类型的所有魔杖，即使制造的材料、尺寸相同，每根魔杖的经历都是不同的。

- 魔杖木材 -

白蜡木 / 梣木
Ash

白蜡木魔杖与主人之间的关系紧密，由其他人使用或赠予其他人都会使它会失去魔法力量。如果搭配独角兽毛的杖芯，这种趋势则更加明显。被白蜡木魔杖选中的巫师一般都信仰坚定，不会轻易动摇。

白杨木
Poplar

魔杖制作人加伯德·奥利凡德有一句座右铭："若要寻找诚实正直，就先从白杨木魔杖主人找起。"这是一种可以信赖的、包容性强、强大且有着始终如一的力量的魔杖，与具备清晰道德观的男女巫师最为契合。

柏木
Cypress

柏木魔杖和勇气相关。柏木魔杖的灵魂伴侣是勇敢无畏、坚定不移、具有自我牺牲精神的人——无惧自身与他人天性中阴暗的人。

冬青木
Holly

冬青木是一种罕见的魔杖木材,传统观念认为它具备防御属性,它适合可能需要帮助来克服易怒和情感冲动的人。同时,冬青木魔杖经常选择可能经历危险的人、精神上有追求的人。冬青木魔杖的表现更多地取决于它的杖芯材料。搭配凤凰羽毛的冬青木魔杖很难制造,这种变化多端的木材搭配与其特性完全不同的凤凰羽毛会产生冲突,而一旦这种搭配形成,不论何人何物,都无法阻挡它的路。

鹅耳枥木
Hornbeam

鹅耳枥木魔杖通常选择有才华的男女巫师,他们有着专一且纯粹的激情,有人形容这种行为是"痴迷"。鹅耳枥木魔杖适应它们主人的魔法比任何魔杖都要快,可以迅速地个性化,速度快到其他人使用它的话哪怕是最简单的魔咒都施展不了。鹅耳枥木魔杖是一种极有原则和自我意识的魔杖。

黑刺李木
Blackthorn

以魔杖木材的标准来看,黑刺李木魔杖是极其少见的。人们发现,使用黑刺李木魔杖的人大约只有两类:一是傲罗,二是食死徒和阿兹卡班的囚犯。黑刺李木魔杖要同主人一起经历危险和困境之后才能与主人真正地融为一体。这一点一旦达成,黑刺李木魔杖就会成为其拥有者最忠实的仆人。

黑胡桃木
Black Walnut

作为魔杖木材，比起普通胡桃木来说黑胡桃木没那么常见。黑胡桃木魔杖通常会选择一个直觉敏锐和洞察力强悍的主人。黑胡桃木魔杖外观非常漂亮，并且在所有种类的魔咒上都具有特殊天赋，但却不容易掌控。它有个很显著的问题，不能自行调节内部冲突，这要求它的主人必须诚实地面对自己的内心，如果它的主人表出现任何自我欺骗的情况，它是不能发挥出应有的力量的。

黑檀木
Ebony

这种乌黑的魔杖木材有着让人印象深刻的外表和名声，它们非常适合各种类型的攻击性的魔法和变形术。黑檀木魔杖通常会选择那些有勇气做自己的人，他们不随大流，特立独行，喜欢沉浸于局外人的状态。黑檀木魔杖的完美搭档是那些能够无视外部压力、坚守信仰的人。

红杉木
Redwood

能达到制作魔杖标准的红杉木虽然不是很稀有，但因为红杉木魔杖有能给主人带来好运的名声，所以总是供不应求。但红杉木魔杖其实并不能带来幸运，它们只是会受到具备逃脱险境的能力的人的吸引，红杉木魔杖的主人可以作出正确的选择，在危机中找到突破口。

红橡木
Red Oak

许多无知的人认为红橡木魔杖的主人一定脾气暴躁。而事实上，红橡木魔杖真正会选择的是应变速度非同寻常的人，这使它称得上是完美的决斗魔杖。

胡桃木
Walnut

极具聪明才智的男女巫师应该首先试一试胡桃木魔杖，因为十有八九，他们彼此可以完美地契合。胡桃木魔杖通常会选择魔咒创新者或魔咒发明家。

桦木
Birch

这种木材可以用来制作魔杖，但它更多地被用于制作飞天扫帚。

接骨木
Elder

接骨木是所有木材中最稀少的，但是名声却非常之差。因为接骨木魔杖比任何一种魔杖都更加难以掌控。它拥有强大的施展魔法的能力，但是不愿意与不如它优秀的巫师合作。无论一个巫师拥有一支接骨木魔杖多久，这个巫师都一定是举世瞩目的。只有特别不寻常的人才能与接骨木魔杖完美适配，这种稀有的情况一旦发生，这位巫师注定会有一段波澜壮阔的命运。

金合欢 / 刺槐
Acacia

金合欢是一种非常罕见的魔杖木材，由它制作的魔杖会拒绝为自己的主人以外的人服务。它只为最具天赋的人完全展现自身的性能，这样的特殊性使得金合欢魔杖很难适配多数人，它的主人需要足够细致敏锐。

冷杉木
Fir

用这种最有弹性的木材来制造的魔杖，需要具备稳定的力量和强大的决心的主人来驾驭。它们在优柔寡断和举棋不定的人手中只能沦为可怜的工具。冷杉木魔杖尤其适合变形术，它们喜欢精力集中、心志强大、行为偶尔比较强势的主人。

梨木
Pear

由梨木这种黄金色泽的木材可以制造有着杰出魔法力量的魔杖。梨木魔杖通常会选择心地善良、慷慨大方、充满智慧的人。梨木魔杖是所有魔杖中是弹性最好的一种，即使在多年的过度使用后，它看起来还像新的一样。

栗木
Chestnut

栗木的特性是本身如同一张白纸，几乎没有什么倾向性。根据杖芯的不同，栗木魔杖的特性也不同；主人的性格不同，魔杖的颜色也不同。栗木魔杖通常会选择经验丰富的魔法生物的驯养师、具有草药学天赋的巫师，或技巧高超的飞行家。

柳木
Willow

柳木是一种极为罕有的、有着非同寻常治愈力量的魔杖木材。柳木魔杖的纹理非常美，而且非常适合施展高级无声咒。不过柳木魔杖通常会选择那些潜能极大的巫师，而不是那些自我感觉良好的人。

落叶松木
Larch

落叶松木魔杖能将勇气和信心缓缓注入它们的主人体内，这样的名声使这种魔杖一直供不应求。但是掌控落叶松木魔杖的难度也比许多人所想象的要大得多，被落叶松木魔杖选中的男女巫师也许在得到这种魔杖以前从未充分意识到他们身上潜藏着的重要才能，但是他们在遇到落叶松木魔杖后，便会与魔杖产生超乎寻常的默契。

苹果木
Apple

苹果木魔杖的持有者数量并不多。苹果木魔杖的力量很强大，尤其适合有着崇高目标和远大理想的人。拥有苹果木魔杖的人通常拥有着极高的个人魅力。

葡萄藤木
Vine

德鲁伊特教教徒认为任何有木质茎的植物均为树木，葡萄藤木就是这样一种特殊的魔杖制作木料。葡萄藤木魔杖很少见，其通常会选择那些有着崇高追求、具有远见卓识、会做出让自以为了解他们的朋友感到震惊的事情的人。

桤木
Alder

桤木是一种不屈不挠的木材，不过桤木魔杖的理想主人却不是固执的人，而是乐于助人、体贴周到、被大多数人喜爱的人。

哈利·波特百科全书

槭木
Maple

　　槭木魔杖通常选择天生的旅行家或探险家。槭木魔杖不是用于日常居家的魔杖，更倾向于选择有野心和抱负的男女巫师。

山梨木
Rowan

　　山梨木非常适合制作魔杖，因为它们的防御性非常好。山梨木魔杖和头脑清楚、内心纯净的人最为适配，同时这种魔杖在决斗的时候也非常犀利，远超由其他木材制作的魔杖。

山毛榉木
Beech

　　如果山毛榉木魔杖的主人是个年轻人，那他或她的智慧与心胸一定远胜同侪。如果其主人是成年人，那他或她一定有着超群的认识和丰富的经历。山毛榉木魔杖在心胸狭窄和毫不宽容的人手里的效果极差。

山杨木
Aspen

　　选择用于制作魔杖的山杨木时，要选白色且纹理细致的，这样的山杨木与象牙类似，施展魔咒的能力非常强，所以它在所有魔杖制作者中都很受欢迎。山杨木魔杖的合适主人通常是技术娴熟或命中注定的决斗者。

山楂木
Hawthorn

山楂木魔杖有着复杂、耐人寻味的天性，就如同那些最适合他它们的主人。山楂木魔杖可能特别适合医疗魔法，但是它们也擅长诅咒，山楂木魔杖最为适配有着矛盾个性或正在经历内心纠结的巫师。

山茱萸木
Dogwood

山茱萸木魔杖的性格非常奇特，较为淘气，由于天生爱玩，山茱萸木魔杖坚持选择能提供给他们乐趣的搭档。大多数山茱萸木魔杖有个很有趣的缺点：它们拒绝施展无声咒，且施展魔法时相当吵闹。

蛇木
Snakewood

蛇木具有一定的魔法特性，可以作为魔杖木材。知名的蛇木魔杖的使用者是霍格沃茨魔法学校的创办者之一萨拉查·斯莱特林。

松木
Pine

直纹松木魔杖一般会选择一个特立独行的主人，该主人可能会被看作独行侠，非常有趣，而且有些神秘。松木魔杖享受具有创意的魔法，对无声咒非常敏感。

桃花心木
Mahogany

奥利凡德先生形容詹姆·波特的桃花心木魔杖"柔韧""用于变形术是最好

不过了"。光轮2000飞天扫帚的柄就由桃花心木制成的。

悬铃木
Sycamore

悬铃木制成的魔杖乐于探索,渴望获得新的体验。如果一直做平凡的事情,它便会失去光彩。如果让它做一些"无聊"的事情,它可能会自燃。

雪松木
Cedar

适合雪松木魔杖的男女巫师拥有着变成很可怕的对手的潜质。这种潜质会让不经过大脑就对他们下战书的人非常后悔。

银毛椴木
Silver lime

这种不寻常且十分具有吸引力的魔杖木材在19世纪的时候一度非常热销。由于经常供不应求,一些道德败坏的魔杖制作者给别的木材染色,将这些假魔杖作为银毛椴木魔杖卖出去欺骗购买者。这种魔杖具有吸引力的原因不仅是它有独特美观的外表,还因为它非常适合先知或摄神取念者。

英国橡木
English Oak

英国橡木魔杖是一种无论在顺境还是逆境都陪着主人度过的魔杖,对巫师无比忠诚。英国橡木魔杖通常选择的对象是具备力量、勇气和忠诚的人。

樱桃木
Cherry

樱桃木是一种非常稀有的魔杖木材，可以赋予魔杖非常奇特的力量。同时樱桃木也是日本魔法学校——魔法所中的学生最为推崇的一种木材。在魔法所，拥有樱桃木魔杖的人享有极高的威望。

榆木
Elm

榆木魔杖通常选择的是有风度、魔法天赋，还有与生俱来的高贵气质的主人。

月桂木
Laurel

月桂木魔杖所展现出的力量非常强大，达到可以致命的程度。月桂木魔杖不能忍受懒惰的主人，若主人懒惰，它宁愿自己被别人拿走。它会在其他巫师试图将其偷走的时候自行发出闪电攻击。

云杉木
Spruce

云杉木魔杖不适合过于谨小慎微和遇到一点事情就草木皆兵的巫师，在优柔寡断没有决断力的人手中云杉木魔杖会很危险。云杉木魔杖需要一只坚定不移的手来控制，因为魔杖本身似乎对于自己即将施展的魔法有它自己的想法。

榛木
Hazel

早期的飞天扫帚是由榛树的细枝和白蜡木制成的。榛木魔杖是一种非常敏感

的魔杖，可以映射出其拥有者的情绪状态，与那些理解并且能够掌控自己情感的主人配合最为默契。

紫杉木
Yew

紫杉木魔杖会赋予持有者掌控生死的力量，它在决斗和所有诅咒领域都保有着特别黑暗和可怕的声誉。

- 杖芯材料 -

杖芯是指放置在魔杖中的一种魔法物质。它们通常取自某种魔法生物的毛发或身体的组成部分。杖芯的材料多种多样，不同的魔杖制作人有自己的偏好。

选用木材的特性、杖芯来源的魔法生物的特性和其主人本人的特性，这三点组合在一起才能成为真正的魔杖，发挥出应有的力量。需要特殊注意的是，这三个特性中的任何一项太过强大都有可能抵消其他特性。

独角兽毛
Unicorn Hair

相较于其他杖芯材料，独角兽的毛发更容易忠实反映魔法的本质，且不容易受其他魔法的干扰。采用独角兽毛为杖芯的魔杖最不容易施展黑魔法。用独角兽毛制作的魔杖非常忠诚，通常情况下与第一任主人最为密切。使用此材料的缺点在于制作出来的魔杖很难拥有极致的魔法力量，虽然木材的选择可以稍微弥补这一缺点，但融合不好容易引起杖芯独角兽毛枯死。

凤凰羽毛
Phoenix Feather

凤凰羽毛是杖芯材料中最为稀有的类型。凤羽杖芯魔杖施展魔法时的覆盖范围最广，但需要比独角兽毛和龙心弦两类更长的施展时间。此类魔杖主动性较强，不是所有巫师都喜欢。凤凰羽毛魔杖选择主人时最为挑剔，因为凤凰本身就是世间难得的生物。此类魔杖最难驯服。

怀特河怪背脊刺
White River Monster Spine

怀特河怪后背上的脊刺具有一定的魔法特性。以它为杖芯的魔杖所施展的法术强力且优雅。美国魔杖制作人蒂亚戈·奎塔纳曾使用这种物质作为魔杖的杖芯。由于奎塔纳直到逝世都一直保守着诱捕怀特河怪的方法的秘密，因此在他逝世后在没有其他魔杖制作人将怀特河怪背脊刺当成杖芯使用。

巨怪胡须
Troll Whisker

卡多根爵士生前的魔杖杖芯就是这种材料。

雷鸟尾羽
Thunderbird Tail Feather

这是一种带有魔法特性的材料，北美洲的魔杖制作人希柯巴·沃尔夫将它用作魔杖的杖芯。使用这种杖芯的魔杖虽然难以掌握，但它们通常都具有非常强大的力量，对于变形师尤其珍贵。

龙心弦
Dragon Heartstring

一般来说，以龙心弦作为杖芯更容易做出强大的魔杖，使出的魔咒也会更为华丽。使用此类魔杖学习魔法的速度会较其他类型更快。但此类魔杖一旦被人从原来的主人处赢得，它会与新的主人立刻建立起紧密联系。龙心弦魔杖本身虽然不会倾向于黑魔法，但它是最容易转向黑魔法的魔杖。

鹿角兔的鹿角
Jackalope Antler

鹿角兔的鹿角就是鹿角兔头部生长出来的角，它是伊法魔尼魔法学校的创办者斯图尔特夫妇经常使用的杖芯材料。

马形水怪鬃毛
Kelpie Hair

马形水怪鬃毛是一种比较容易获得的杖芯材料，加维斯·奥利凡德常在过去使用这种材料制作魔杖。它虽然能够用来制作魔杖的杖芯，但在奥利凡德先生眼中却并不算是一种合格的材料。

猫豹毛发
Wampus Cat Hair

这是一种带有魔法特性的材料，北美洲的魔杖制作人约翰内斯·琼克尔在测试过多种不同的杖芯材料后，将猫豹的毛发列为自己最喜爱使用的魔法材料。

媚娃的头发
Veela Hair

芙蓉的魔杖杖芯就是媚娃的头发，那是她奶奶的头发。奥利凡德先生评价由它制作的魔杖"敏感任性"。

山暴龙心弦
Snallygaster Heartstring

这是山暴龙的心脏腱索。伊尔弗莫尼魔法学校的创办者詹姆·斯图尔特和伊索·瑟尔曾使用这种材料作为魔杖的杖芯。

蛇怪角
Basilisk Horn

这是蛇怪头部的角。霍格沃茨创办者萨拉查·斯莱特林曾将它作为自己魔杖的杖芯。

湿地狼人毛发
Rougarou Hair

从湿地狼人身上取下的毛发具有一定的魔法特性。美国魔杖制作人维奥莱塔·博韦将这种毛发作为魔杖的杖芯材料。博韦将杖芯材料的秘密隐瞒了多年，但最终还是被人们发现。

夜骐尾毛
Thestral Tail Hair

夜骐尾毛是一种诡异的物质，目前只有老魔杖使用过这种材料作为杖芯，据说只有能够掌控死亡的巫师才能控制它。

长角水蛇角
Horned Serpent Horn

这是长角水蛇头部的角。17世纪时，伊尔弗莫尼魔法学校的创办者詹姆·斯图尔特和伊索·瑟尔曾使用它作为魔杖的杖芯。

第七章 魔法材料

第八章 魔法药剂

人们可能会问，在魔法药剂的配方和制作方法正确无误的情况下，一个麻瓜是否可以成功制造一剂魔法药剂？

答案是：不能。

因为制造真正有效的魔法药剂是需要魔杖施魔法来配合的。仅仅把死苍蝇和水仙根粉末之类的魔法材料放进炉火上的锅里煮，无论搅拌的次数对不对，只能得到满屋子的恶臭，或者一锅有毒的汤。

有些魔法药剂的效果能够与成功施展魔咒后的效果相差无几，但有一小部分魔法药剂的效果非常独特，这些魔法药剂的效果只有药剂可以达到，用其他方法是无法进行复制的。总而言之，巫师们会在魔药和魔咒中选择他们觉得最简单或最有效的方法来达成自己的目的。

魔药学课程不适合没有耐心的人，一剂魔法药剂的效果通常只能被优秀的魔药专家充分发挥。由于魔药学掌控着许多极端危险的物质，带有一定的神秘色彩，因此在魔法世界中十分有地位。巫师社会对魔药学专家的普遍印象是沉闷、缓慢，斯内普教授就完全符合这一刻板印象。

爱情魔药
Love Potions

爱情魔药是指一类让饮用者痴情或痴迷于给他药水的人的魔药，爱情魔药有很多种。通常爱情魔药会被添加到食物或者饮料中，骗目标在不知情的情况下服用。爱情魔药的效果会随着时间推移而慢慢消退。事实上使用爱情魔药并不能真正得到爱情。由于爱情不可制造或仿造，爱情魔药能够产生的感觉其实算是一种外力造成的强烈的痴迷或迷恋。不管饮用者喝药时下魔药的人是否在场，爱情魔药都会起效。爱情魔药（或者浸有爱情魔药的物品）的存放时间越长，它的药效越强。喝下解药或者自然清醒过来后，饮用爱情魔药的人还是会记得自己在魔药影响下的种种行为，这会使人非常尴尬。

已知的最有效果的爱情魔药是迷情剂。一剂爱情魔药的有效时间通常为24小时，但是具体的时间取决于实际应用中的变量（饮用者的体重、送出魔药的人的吸引力）。要维持"爱情"的效果，必须持续让饮用者服用一定剂量的药水，否则目标人物会清醒过来。爱情魔药可以抵消憎恨魔药造成的效果，反之亦然。爱情魔药的效果可以通过解药消除。

已知成分：火灰蛇卵、珍珠粉。

爱情魔药解药
Love Potion Antidote

爱情魔药解药本身是一种澄清的液体药剂，可以用于解除爱情魔药的效果。

安眠剂 / 催眠药
Sleeping Draught

安眠剂可以使服用者迅速进入短时间的深度睡眠。
已知成分：缬草枝、弗洛伯毛虫黏液、薰衣草、标准配料。

巴费醒脑剂
Baruffio's Brain Elixir

巴费醒脑剂是可以明显增强服用者脑力的魔药，考试前临时抱佛脚的学生可能会用到。

白鲜香精
Essence of Dittany

白鲜香精是一种从植物白鲜中提取出来的用来使伤口愈合的魔法药水。

补血药
Blood-Replenishing Potion

补血药是使受伤失血者快速补充血液的魔法药剂。受伤严重的情况下需要短时间内按时多次补充补血药。

长生不老药
Elixir of Life

　　长生不老药是一种使用魔法石制造的、用于延长服用者寿命的魔法药剂，但其药效并非一劳永逸，必须经常喝，一直喝下去，才能保持不死。并无证据证明服用此药剂的人不会因为意外或疾病死亡。
　　已知成分：魔法石。

永恒药剂
Everlasting Elixirs

　　永恒药剂是一种不会用完或者永远有效的魔药。由于魔法石制作的永生药剂也被译为"长生不老药"，且此药剂并没有使生命"长生不老"的效果，所以应称之为"永恒药剂"。

重生药剂
Regeneration Potion

　　重生药剂是一种古老的黑魔法药剂，目的是帮助失去肉身的巫师重塑身体。
　　已知成分："父亲的骨，无意中捐出，可使你的儿子再生。仆人的肉，自愿捐出，可使你的主人重生。仇敌的血，被迫献出，可使你的敌人复活。"

除草药剂
Herbicide Potion

　　除草药剂是一种用于杀死或消灭植物的魔法药剂。人类不可饮用。
　　已知成分：狮子鱼脊粉、弗洛伯毛虫黏液、霍克拉普果汁、标准配料。

大笑药水
Laughing Potion

　　大笑药水是一种可以使生物发出不受控制的大笑的魔法药剂。已知这种药剂对于抵御女鬼是有效用的。若熬制不当，会造成歇斯底里的狂躁或无法平复的悲伤。

　　已知成分：阿里奥特树的叶子、比利威格虫的翅膀、刺佬儿的毛、蒲绒绒的绒毛、辣根粉末。

返青剂
Regerminating Potion

　　返青剂是一种强迫植物发芽的魔法药剂。三滴这种药剂外加六滴图茨的复生剂能够让死亡的蟹爪兰恢复健康。

防火药剂
Fire Protection Potion

　　防火药剂可以使服用药剂的人免于魔法火焰的伤害。喝下去会感到冰一样寒冷刺骨。

福灵剂 / 幸运药水
Felix Felicis / Liquid Luck

　　福灵剂是一种能让服用者诸事顺利的魔药。它的颜色如同熔化了的金子，在坩埚中还未盛出的时候，其表面跳跃着大滴大滴液体，像一条条金鱼，但没有一滴洒到外面。《高级魔药制作》中有福灵剂的熬制方法，非常复杂，要用六个月的时间慢慢熬。如果过量服用，便有很强的毒性，会导致眩晕、鲁莽和危险的狂妄自大。福灵剂在有组织的比赛中（例如体育竞赛、考试或竞选）禁止使用。

　　已知成分：火灰蛇卵、辣根、海葱的球茎、莫特拉鼠、百里香酊剂、鸟蛇蛋壳、芸香粉末。

哈利·波特百科全书

复方汤剂
Polyjuice Potion

　　复方汤剂是一种可以让饮用者变成其他人模样的魔药。制作这种复杂而具有挑战性的魔药，对于成年的巫师来说也是一个挑战。这种魔药非常高级，其制作共分为两个阶段，整个制作过程耗时一个月。

　　制作方法：

　　第一阶段，第一步：将3份流液草加入坩埚（须在满月时采摘），将2捆两耳草加入坩埚，顺时针搅拌3圈，挥动魔杖，让魔药熬制60/68/80分钟（取决于坩埚）。

　　第一阶段，第二步：将4份蚂蟥加入坩埚，将2勺草蛉虫加入研钵，将其研为细粉，并将2份粉末加入坩埚，低温加热30秒，挥动魔杖完成这一阶段。

　　第二阶段，第一步：将3份非洲树蛇皮加入坩埚，将1份双角兽角加入研钵，将其研为细粉，并将1份粉末加入坩埚，高温加热20秒，挥动魔杖让魔药熬制18/20.4/24小时（取决于坩埚）。

　　第二阶段，第二步：将1勺草蛉虫加入坩埚，逆时针搅拌3圈，将魔药分装，并在需要时加入想成为的那个人身上的一点东西，挥动魔杖完成魔药。

　　注意事项：单剂量的复方汤剂作用时间为10分钟～12小时，具体时间取决于魔药制作的质量。在变形效果消失之前持续饮用汤剂可以延长变形的时间，直到新饮用的汤剂效果也消失殆尽。

　　如果一个人在复方汤剂效果消失之前逝世，如克劳奇夫人一样，那么这个人将会保持变形后的样子而不会恢复原样。

复生剂
Rejuicing Potion

　　复生剂是一种治疗死亡植物的魔药。六滴这种药剂外加三滴图茨的返青剂能够让死亡的蟹爪兰恢复健康。

狐媚子灭剂
Doxycide

　　狐媚子灭剂是一种黑色液体，喷在狐媚子上，可以使其僵在半空中不动。

　　已知成分：斑地芒、变色巨螺、龙肝、毒董香精、毒芹香精、委陵菜酊剂。

欢欣剂
Elixir to Induce Euphoria

欢欣剂是一种使服用者产生莫名的喜悦的魔法药剂。其成品为阳光般金黄色的液体。偶尔会出现唱歌太多和拧鼻子的副作用，在制造药剂时加小小一枝椒薄荷可以抵消不良反应。

缓和剂
Draught of Peace

缓和剂是一种用于平息和舒缓烦躁焦虑情绪的魔法药剂。缓和剂制作成功时，坩埚里应该冒出一股淡淡的、银白色的蒸汽。制作这种魔药，必须按照严格的顺序和分量将配料加进坩埚；必须将混合剂搅拌到规定的次数，不能多也不能少，先是顺时针，然后是逆时针；坩埚沸腾时火苗的温度必须降至某个特定的标准，不能高也不能低，并保持一段特定的时间，然后才能加入最后一种配料。如果放配料的时候马马虎虎，就会使服药者陷入一种死沉的、有时甚至不可逆转的昏睡。

已知成分：月长石粉、嚏根草糖浆。

回忆剂
Memory Potion

回忆剂是一种可以用于提高服用者的记忆力的魔法药剂。
已知成分：绝音鸟羽毛。

活地狱汤剂 / 生死水
Draught of Living Death

活地狱汤剂是一种N.E.W.T.级别的强效安眠药，会令饮用者看起来像死了一样。

已知成分：缬草根、瞌睡豆。

绝望药水 / 翠绿色药水
Drink of Despair / Emerald Potion

绝望药水是伏地魔用来保护挂坠盒魂器的翠绿色的魔法药剂。喝下这种药水会造成幻觉,并给服用者造成极大的痛苦。这种液体,无法将手伸进去,无法使它分开、舀干或者抽光,也不能用消失咒使它消失,用魔法使它变形,或用其他方式改变它的性质,只能喝掉。

狼毒药剂
Wolfsbane Potion

狼毒药剂是一种可以缓解狼人变形的症状,防止狼人在变形后失去理智的魔法药剂。狼毒药剂可以在狼人变形之夜使其保持理智,变成一匹普通的、无精打采的狼,但不能完全治愈被咬伤后转化为狼人的人。达摩克利斯在20世纪后半叶发明了这种药剂。狼毒药剂在制作时绝不可放糖。

唠叨汤
Babbling Beverage

唠叨汤是一种可以使人不受控制地唠唠叨叨胡说八道的魔法药剂。

曼德拉草复活药剂
Mandrake Restorative Draught

曼德拉草复活药剂可以用来恢复那些因为诅咒、变形术而改变外观的状况,可以使服用者恢复原来的状态。

美容药剂 / 美丽药剂
Beautification Potion

美容药剂是可以使服用者变美丽的魔药。

已知成分：仙子翅膀、晨露、羽衣草、玫瑰花瓣、独角兽毛发、姜根。

迷惑剂
Befuddlement Draught

迷惑剂是一种用来迷惑人的魔法药剂，会致人急躁鲁莽。
已知成分：坏血草、独活草、喷嚏草。

迷乱药
Confusing Draught

迷乱药是一种用来迷乱人的魔法药剂，会致人急躁鲁莽。
已知成分：坏血草、独活草、喷嚏草。

迷情剂
Amortentia

迷情剂是世界上最有效的爱情魔药。这种魔药具有一种特有的珍珠母的光泽，蒸气呈螺旋形上升。对于不同人来说，迷情剂的气味也不同。这取决于不同的人最喜欢的是什么，即使他当时还没有意识到那是自己喜欢的。
英国魔法部神秘事务司的爱情厅中有一座大型迷情剂喷泉。

莫特拉鼠触角汁
Murtlap Essence

莫特拉鼠触角汁是一种用来治疗割伤或擦伤，并缓解此类创伤造成的疼痛的魔法药剂。这种药剂为黄色液体状。治疗时使用的莫特拉鼠触角汁液应经过过滤。

普通解药
Antidote to Common Poisons

普通解药是一种青绿色的魔法药剂，可以抵消常见毒药的毒性。
已知成分：粪石、槲寄生浆果、独角兽角（银）、标准配料。

青肿消除剂
Bruise Removal Paste

青肿消除剂是一种消除青肿的药膏，为黏稠的黄色膏状物。其效果超群，涂上药膏之后，一小时之内青肿就可以消除。它是由弗雷德和乔治在自己身上试验发明的。

清醒剂
Wideye Potion / Awakening Potion

清醒剂是一种用于防止饮用者睡觉的魔法药剂。此外它还可以治疗因药物或撞击造成的昏迷。
已知成分：蛇牙、狼毒乌头、干比利威格螯针、标准配料。

伤口清洗剂
Wound-Cleaning Potion

伤口清洗剂是一种用于清洗伤口，进行伤口杀菌消毒的紫色液体状魔法药剂。这种液体在使用时会冒烟，并产生难闻的气味。

生发魔药
Hair-Raising Potion

生发魔药是一种使饮用者的头发生长起来的魔法药剂。

已知成分：老鼠尾巴。

生骨灵 / 催生素
Skele-Gro

生骨灵是一种味道很糟糕的魔药，会让失去的骨头在经过漫长而痛苦的过程之后重新长出来。它倒出时会冒烟，喝到嘴里后，会让嘴里感觉像在燃烧，并顺着喉管燃烧下去。在骨头生长的过程中，人会感到骨头生长的地方好像有无数的大裂片。

波特家族的祖先——斯廷奇库姆的林弗雷德发明了许多魔药，其中之一在经过演变之后就成为生骨灵。

十秒消除脓疱特效灵
Ten-Second Pimple Vanisher

这是一种对疖子和黑头粉刺等皮肤问题有很好治疗效果的魔法药剂，由弗雷德和乔治发明，被装在一个粉红色的小罐子中出售。

斯科尔夫人牌万能神奇去污剂
Mrs. Scower's All-Purpose Magical Mess Remover

这是一种专门用于去污的魔法药剂。

速顺滑发剂
Sleekeazy's Hair Potion

速顺滑发剂是女巫护理自己秀发的魔法药剂。这种药剂由哈利的祖父弗利蒙·波特发明，弗利蒙借其将家族的财产翻了四倍。

哈利·波特百科全书

缩身药水
Shrinking Solution

缩身药水是一种使生物缩小或退回到年幼状态的魔法药剂，一般状态呈现为亮绿色的酸性液体。它可用来对付抗魔咒能力强的大型怪物，或者转移家畜——将整群猪缩小到一个巫师的口袋里。

已知成分：缩皱无花果、雏菊根、毛虫、艾草、水蛭、老鼠脾脏（老鼠胆汁）、毒芹香精。

锁喉毒气
Garrotting Gas

锁喉毒气是一种没有颜色的气体，可能造成人的窒息或者死亡。

提神剂
Pepperup Potion

提神剂是一种用于减轻感冒症状或治疗感冒的魔法药剂，这种药剂有着立竿见影的效果，但喝下这种药水的人，接连几个小时耳朵里会冒烟。

吐真剂
Veritaserum

吐真剂是一种用于强迫服用者说真话的魔法药剂。只要三滴，就能使人透露出内心深处的秘密。对这种药剂的使用，魔法部有十分严格的规定加以控制。吐真剂配制很不容易，需要一个月的时间来完成。吐真剂可以被抵抗，并不是完全可靠的（所以不能用以证明小天狼星的清白）。

已知成分：绝音鸟羽毛。

无梦酣睡剂
Dreamless Sleep Potion

无梦酣睡剂是一种紫色的魔法药剂，可以用于使服用者沉入无梦的睡眠，让服用者迅速得到平静的休息。该药剂的生效时长与服用量成正比。

显影药水
Developing Solution

显影药水是一种魔法世界的照片显影液，可以使魔法照片上的人物动起来。

遗忘药水
Forgetfulness Potion

遗忘药水是一种初级魔法药剂，效果是使服用者健忘。
已知成分：忘川河水、槲寄生浆果、缬草、标准配料。

永洁灵
Everklena

永洁灵是一种名义上的清洁产品，实际上只能产生更多污垢。

原生体药剂
Rudimentary Body Potion

原生体药剂是一种用于帮助失去肉身的巫师初步获得一个软弱的肉身的魔法药剂。已知伏地魔利用这种药剂获得的肉身并不完整，外形看起来像是一个蜷缩的婴儿，长着一张扁平的蛇脸，脸上有一双闪闪发光的红眼睛，四肢又细又软，身上没有毛发，仿佛长着鳞片，皮色暗红，像受伤后露出来的嫩肉。这种药需要魔咒配合使用，且要每隔几小时就喝一点儿才能维持药效。

已知成分：独角兽的血、纳吉尼的毒液调制的药水。

增龄剂
Ageing Potion

增龄剂是一种用于增加服用者年龄的魔法药剂。年龄增长程度根据用量决定。使用不当，会迅速长出白发、白须，变成老年人。

增强剂
Strengthening Solution

增强剂的具体效用不明，可能是一种增加饮用者的力量的魔法药剂。其半成品为清澈的碧绿色。

已知成分：火蜥蜴血、狮身鹰首兽爪粉。

增智剂
Wit-Sharpening Potion

增智剂是一种可能让饮用者的思路变得更加清晰的魔药，可以使服用者的思维更加清晰。

已知成分：圣甲虫、姜根、犰狳胆汁。

憎恨魔药
Hate Potion

憎恨魔药是一种让服用者展现出最坏的一面的魔法药剂。服用憎恨魔药后再服用爱情魔药会将憎恨的效果替换为迷恋，反之亦然。

振奋药剂
Wiggenweld Potion

振奋药剂是一种带有治疗效果的魔法药剂,能够唤醒陷入魔法沉睡的人。

镇定剂
Calming Draught

镇定剂是一种用于镇定人情绪的魔法药剂。

治疗疥疮的药水
Cure for Boils

这是用于治疗疥疮的魔法药水。
已知成分:豪猪刺、蛇牙、有角鼻涕虫。

肿胀药水
Swelling Solution

这是一种魔法药剂,可以使身体接触到药水的部位发生肿胀。
已知成分:蝙蝠脾脏、干荨麻、河豚眼睛。

药剂定律

戈巴洛特第三定律
Golpalott's Third Law

　　戈巴洛特第三定律是一条关于制作解药的定律:"混合毒药之解药大于每种单独成分之解药之总和。"

第九章 魔法课程

哈利·波特百科全书

课程

为了掌握魔法，巫师需要通过学习和训练，并接受正规的教育。霍格沃茨魔法学校中设置的魔法课程有必修课和选修课两类。

- 必修课 -

变形课
Transfiguration

变形课是霍格沃茨一至五年级学生的一门必修课程。这门课教授学生学习与了解如何改变某种对象的形状和外观。在课堂上会进行变形咒语的练习，有时课后也会留一些关于变形理论的作业。随着学习的深入，他们所接触的内容也就有更大的难度，课堂任务和课后作业也就会更难完成。

变形术是有限制的，甘普基本变形法则就说明了这一点。变形术包括很多分支，包括跨物种变形和人体变形。学习变形术需要非常"刻苦努力"，因为它比其他学科更严谨、更科学，在变形术上只有做到完全正确才能算成功。麦格教授认为，变形术是霍格沃茨课程中最复杂，也是最危险的法术，同时变形术比其他类型的魔法更优雅、更优越。

五年级的学生会参加普通巫师等级考试，所以他们在这一年的大部分时间里都会学习O.W.L.级别的内容，同时回顾之前四年所学过的内容。在变形学O.W.L.考试中，学生需要先参加笔试，再完成实践考试。

授课教师：阿不思·邓布利多（在1955年接任校长以前教授变形学，开始时间未知）、米勒娃·麦格在（1956—1998年）。

课程教材：《初学变形指南》（埃默里克·斯威奇著，一至二年级）、《中级变形术》（三至五年级）、《高级变形术指南》（六至七年级）。

草药课
Herbology

　　草药课是霍格沃茨魔法学校一至五年级学生的必修课,一门研究魔法与普通的植物和蕈类的学科,相当于麻瓜世界中的植物学。在草药学课程中,学生会学习到如何照料与利用不同种类的植物,并了解它们的魔法属性和应用。许多植物都可以作为魔药和药品的成分,而有些则本身就具有特殊的魔法效果。随着学习的深入,学生会接触到更加复杂与危险的植物。

　　五年级的学生会参加普通巫师等级考试,因此他们在这一学年的大部分时间里都会学习更加危险的植物,比如毒牙天竺葵,同时对之前四年所学习的内容进行复习。在草药学的O.W.L考试中,学生除了需要参加笔试外,还会参加实践考试,后者会考查学生照料不同植物的能力。在草药学O.W.L.考试中取得"良好"或者"优秀"的学生才能在六年级继续学习高级课程,而接触到的植物也会更加危险。七年级结束后,学生会参加N.E.W.T.考试。

　　授课地点:霍格沃茨城堡后边的温室,具体温室取决于学生的年级,高级与危险的植物通常在O.W.L.或N.E.W.T.等级的课程中才会讲到。

　　授课教师:赫伯特·比尔利(?—1955年前)、波莫娜·斯普劳特(?—2017年前)、纳威·隆巴顿(2017年前—?)。

　　教学用品:龙皮防护手套和耳套。

　　课程教材:《千种神奇草药及蕈类》(一年级)、《毒菌大全》(二年级)、《地中海神奇水生植物和它们的特性》(四年级课程相关)、《食肉树大全》(六年级)。

飞行课
Flying lesson / Broom Flight Class

　　飞行课的授课内容是学习飞天扫帚的使用。飞行课每个星期都要上,只有一年级新生参加。哈利第一学年的飞行课安排在星期四下午三点半,格兰芬多和斯莱特林的学生一起上课。

　　一年级的新生通常都非常期待上这门课。开课之前,许多人都会夸张地讲述自己过去的飞行经历,包括罗恩。只要有人愿意听,罗恩就会说起自己曾经骑着查理的旧扫帚,差点撞上一架悬挂式滑翔机。

　　授课地点:霍格沃茨城堡门前,禁林边的草坪。

　　授课教师:罗兰达·霍琦(霍琦夫人)。

　　教学用品:飞天扫帚。

黑魔法防御术
Defence Against the Dark Arts

这是一门学习如何用魔法来保护自己免受黑暗生物与黑魔法侵害的课程，学生会学习一些进攻性魔法用于抵御黑魔法。该课是教师替换率最高的一门课，据说是因为伏地魔曾想任该课教师被拒绝，所以诅咒了该课的任课教师。邓布利多曾提过"自从我拒绝伏地魔之后，就没有一个黑魔法防御术课教师能教满一年以上"。O.W.L.考试中，实际技能的考题包括破解咒、防御咒和博格特驱逐咒等。

授课地点：霍格沃茨魔法学校四楼的黑魔法防御术课教室。

授课教师：加拉提亚·梅乐思（汤姆·里德尔学生时期）、奎里纳斯·奇洛（1991—1992年）、吉德罗·洛哈特（1992—1993年）、莱姆斯·卢平（1993—1994年）、阿拉斯托·穆迪（小巴蒂·克劳奇假冒）（1994—1995年）、多洛雷斯·乌姆里奇（1995—1996年）、西弗勒斯·斯内普（1996—1997年）、阿米库斯·卡罗（1997—1998年）。

课程教材：《黑暗力量：自卫指南》（一至四年级），《与女鬼决裂》《与食尸鬼同游》《与母夜叉一起度假》《与巨怪同行》《与吸血鬼同船旅行》《与狼人一起流浪》《与西藏雪人在一起的一年》（二年级），《魔法防御理论》（五年级），《遭遇无脸妖怪》（六年级）。

魔法史
History of Magic

魔法史在一至五年级均为必修课，这门课主要教授魔法世界的历史。这是不需要实际使用魔法的课程之一，被公为巫师界最枯燥的一门课程。在通过普通巫师等级考试之后，学生可以选择在六年级和七年级是否继续选修魔法史的N.E.W.T.级别课程。

课程计划中通常是关于魔法世界史和巫师史的教学，其中关于妖精叛乱的内容让人尤为深刻。和麻瓜所学的历史课相似的是，魔法史课上也特别强调要学生记忆特定的日期、历史人物姓名和重大事件。

授课地点：霍格沃茨城堡二楼的魔法史教室。

授课教师：卡思伯特·宾斯教授（这是霍格沃茨里唯一由幽灵教授的课程）。

课程教材：《魔法史》。

魔药学
Potions

　　这是一门有关魔药配制的精密科学和严格工艺的课程，在一至五年级均为必修课。学生在课程中学习制作魔药的正确方法，根据具体的配方，使用各种魔法原料制作魔法药水。在学习过程中，内容由易到难。

　　授课地点：霍格沃茨沃茨城堡地下的魔药课教室。

　　授课教师：霍拉斯·斯拉格霍恩（1931—1981年，1996—1998年）、西弗勒斯·斯内普（1981年前后—1996年）。

　　教学用品：一套标准的魔药制作用具包括原料和仪器（坩埚、小药瓶和天平等）。

　　授课教材：《魔法药剂与药水》（一年级）、《千种神奇草药及蕈类》（一年级）、《高级魔药制作》（六年级）。

魔咒学
Charms

　　魔咒学在一至五年级均为必修课，专注于教学生学习魔咒，例如飘浮咒、召唤咒和造水咒。魔咒课上学习的咒语可以在课本中找到，而学生在课上会学到魔杖的挥动方法和咒语的正确发音。学生经常会分组练习，在对方身上练习使用这些咒语。在赫敏1993年开始学习算术占卜学之前，魔咒学是她最喜欢的课。五年级的学生将会参加普通巫师等级考试。他们得到的O.W.L.成绩将会决定他们是否能继续上这一门课。在O.W.L.中取得"优秀"或者"良好"的成绩将能够继续参加N.E.W.T.级别的高级课程。

　　授课地点：霍格沃茨城堡四层的魔咒课教室。

　　授课教师：菲利乌斯·弗立维教授。

　　课程教材：《标准咒语集》（一至六年级）、《第五元素：探索》。

天文学
Astronomy

　　天文学是研究恒星和行星运行轨迹的魔法课程，在这门课程中学生并不需要使用任何实用魔法。天文学在一至五年级均为必修课程，而在六至七年级为选修

第九章　魔法课程

课程。在天文学这门课程中,学生在课程中会学习恒星、星座和行星的名字,学习它们的位置和运行方式,并且了解这些行星或卫星上的环境。

五年级时,学生将会参加相应的普通巫师等级考试。在考试中,学生需要填写一张空白的星象图。只有在O.W.L.考试中取得"良好"以上成绩的学生才具备选修N.E.W.T.级别高级课程的资格。

授课地点:天文学教室(天文学在霍格沃茨城堡中最高的塔楼——天文塔的顶层)。

授课教师:奥罗拉·辛尼斯塔(早于1991年—?)

教学用品:对角巷的维泽埃克魔法用品店出售包括望远镜在内的在天文学课程中需要用到的仪器。如月球仪、月亮图表、望月镜、星象图、望远镜等。

– 选修课 –

保护神奇生物
Care of Magical Creatures

保护神奇生物是霍格沃茨魔法学校的一门选修课,学生从三年级开始学习。在这门课中,学生将会学习一系列神奇生物,比如弗洛伯毛虫和火螃蟹,甚至还有独角兽和夜骐。在课上,学生们会了解如何进行喂食、保护、饲养这些生物,以及如何对待它们。擅长这一方面的巫师可能在未来成为神奇动物学家。

授课地点:通常在海格的小屋外,有时也会到禁林中上课(比如学习夜骐时)。

授课教师:西尔瓦努斯·凯特尔伯恩(1993年之前)、鲁伯·海格(1993年9月之后,1994年前后,海格收到斯基特的诽谤和人身攻击。他被迫停止教学,由格拉普兰进行代任,1995年左右回任)、威尔米娜·格拉普兰(在1994—1995学年,海格曾有一段时间没有上课,她在这段时间里代课)。

授课教材:《妖怪们的妖怪书》(三年级)、《怪兽及其产地》(五年级)。

古代如尼文研究 / 古代魔文
Study of Ancient Runes / Ancient Runes

　　古代如尼文是数百年前巫师使用的一种文字。古代如尼文研究这门课程是一门理论课程，主要研究古代如尼文的魔法文稿及其相关翻译。霍格沃茨魔法学校从三年级开始可以选修这门课程。赫敏三年级时选修了该课。卢娜和谢诺菲留斯·洛夫古德可能都上过这门课，因为在谢诺菲留斯主编的杂志《唱唱反调》中有一篇文章讲的是古如尼文，而卢娜解释了古如尼文中的信息。
　　授课教师：芭丝茜达·芭布玲教授。
　　课程相关用书：《古代魔文简易入门》《魔文词典》《魔法图符集》《魔法字音表》《高级魔文翻译》。

幻影显形课
Apparition Lessons

　　这是霍格沃茨魔法学校开设的一门自愿报名的、为期12周的课程，教学生学习如何进行幻影显形。已年满17岁或到8月31日年满17岁的男巫和女巫，可以参加此课，学费为12加隆，需要额外支付（可能由于该课程非霍格沃茨常规课程，由魔法部负责授课），这门课程在圣诞节假期结束后不久开始。
　　泰克罗斯教授在上课时强调幻影显形的三个"D"，即目标Destination，决心Determination和从容Deliberation。在考试结束后，年满17岁的学生可以参加幻影显形测试。若通过测试，则可以获得幻影显形许可，而若在考试中发生分体，即便很不明显，也无法通过考试。
　　授课地点：霍格沃茨城堡礼堂。
　　授课教师：威基·泰克罗斯教授（魔法部幻影显形教练调任）。

麻瓜研究
Muggle Studies

　　麻瓜研究是霍格沃茨魔法学校的选修课之一，主要研究并了解麻瓜的日常生活（包括麻瓜如何使用电力、科技），主要针对那些与麻瓜没有直接接触的巫师开设。赫敏在1993—1994学年选修了此课，因为她认为从魔法界的角度去研究麻瓜会很叫人入迷。1993—1994学年学生选课时，珀西曾对哈利提到"人们说

选择麻瓜研究是愚蠢的，但我个人认为，巫师应该对非魔法社会有一个全面彻底的了解，尤其是如果他们想从事与麻瓜联系密切的工作的话——你看我父亲，他每时每刻都必须与麻瓜的事务打交道"。如果巫师毕业后想从事麻瓜联络方面的工作，就必须在N.E.W.T.终极巫师考试中麻瓜研究一科得到"优秀"。

授课地点：霍格沃茨城堡二楼一间教室，进入教室前会先通过一个麻瓜文物展示厅。

授课教师：凯瑞迪·布巴吉教授（？—1997年）、阿莱克托·卡罗（1997—1998年）。

算术占卜
Arithmancy

这是霍格沃茨魔法学校从三年级开始的一门选修课，它的主要授课内容是学习如何"利用数字预测未来"，也会讲授数字占卜的部分内容。这门课的作业包括撰写需要使用到复杂数字表的论文。算术占卜是赫敏在霍格沃茨最喜爱的一门课。在哈利表示"算术占卜看着怪吓人的"时候，她告诉哈利这门学问实际上"很奇妙"。如果想申请古灵阁巫师银行的解咒员工作，就需要取得算术占卜的O.W.L.证书。

授课教师：塞蒂玛·维克多教授。

授课教材：《数字占卜与图形》。

占卜学
Divination

占卜学是霍格沃茨魔法学校从三年级开始的一门选修课，通过观察茶叶渣的形状和水晶球等方式进行对未来的预测。特里劳尼教授称占卜学是魔法艺术中最难懂的一门，能从书本上学到的很有限，而少数拥有"视域"的人才能在该课程的学习出类拔萃。

授课地点：特里劳尼授课是在霍格沃茨城堡北塔楼的一个教室，而马人费伦泽的上课地点则是城堡一楼的十一号教室。

授课教师：西比尔·特里劳尼（在1996年初曾被乌姆里奇开除，这段时间由马人费伦泽上课，1996年9月后两人同时授课）、马人费伦泽（1996年开始上课，1996年9月后和西比尔·特里劳尼同时授课）。

授课教材：《拨开迷雾看未来》《解梦指南》。

炼金术
Alchemy

炼金术是魔法的一个分支，是一门古老的科学，研究四种基本元素的组成、结构和魔法属性，以及对物质的嬗变。它与魔药、化学和转化魔法有着密切的联系。炼金术可以追溯到古代，虽然麻瓜认为炼金术只是粗糙原始的化学，但仍有巫师在20世纪积极地学习和实践。炼金术是霍格沃茨魔法学校的选修课，只有满足条件的六年级和七年级学生才能选修。

- 其他 -

就业咨询
Careers Advice

在夏季学期的第一个星期内，所有五年级学生必须与其学院院长面谈将来的就业问题，这次会谈会帮助巫师学生选择未来的职业，同时帮助学生决定在六、七年级应该继续学习哪些科目。

哈利在自己的就业指导面谈中表示自己对傲罗（详见职务部分）很感兴趣，因此麦格教授建议他在六年级选修黑魔法防御术、变形学、魔咒学、魔药学。哈利的魔药学和变形学课程成绩并不优异，麦格教授鼓励他在这两门课上加倍努力。而一旁的乌姆里奇讽刺哈利完全没有成为傲罗的可能，这让麦格教授很气愤，经过一番唇枪舌剑，最终麦格教授声称要亲自辅导哈利，帮助他成为一名傲罗。

魔法入门函授课程 / 快速念咒函授课程
Correspondence Course in Beginner's Magic / Kwikspell

这是一种由快速念咒公司出品的魔法入门函授课程，但事实上，这一函授课程对真正的哑炮是无效的，因为真正的哑炮完全没有魔法能力。能被这一课程激发出能力的人本质上还是巫师，只不过太过笨拙以至于表现得像一个哑炮。

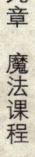

鸟相学
Ornithomancy

鸟相学是一种通过观察鸟类行为来解读预兆的占卜方法，这种占卜方法在麻瓜世界的历史中也曾经存在。

七字学
Heptomology

七字学是一种占卜方法，内容未知，推测是占卜方法方面的学问。乌姆里奇刁难特里劳尼时提过有关该内容的问题。

考核

普通巫师等级考试
Ordinary Wizarding Level（O.W.L.）

这是霍格沃茨魔法学校五年级学生需要参加的一种分科考试，由巫师考试管理局负责管理，通常简称为O.W.L.考试。已知曾担任考试考官的人包括格丝尔达·玛奇班和托福迪教授。在进行实践考试时，学生会按照字母顺序依次进入考场。学生在特定O.W.L.考试科目中所取得的分数将决定他或她在接下来的一年里能否继续学习这门课程。除了指代五年级学生所参加的考试之外，O.W.L.有时也会指代学生学习课程的难度——O.W.L.级别。此外，"拿到O.W.L.证书"指学生通过某一门O.W.L.考试。

时间安排：O.W.L.考试在五年级的学年结束时进行，共持续两个星期。这些科目的考试大多分为两个部分——学生在上午进行笔试，在下午进行实践考试。天文学实践考试则在夜间进行。

重要性：由于考试的严肃性和重要性，准备O.W.L.考试和N.E.W.T.考试都是十分辛苦的。学生通常会从五年级一开始就准备O.W.L.考试，以确保他们能在学年结束时拿到更多的证书，取得更好的成绩。备考的压力所产生的影响会在一些学生身上体现出来，比如汉娜·艾博就曾在草药课上突然大哭起来，呜咽着说自己笨得不配考试，现在就想离开学校，她因此需要服用镇定剂缓解焦虑。

作弊：作弊对学生来说很有诱惑力，但考官对此也会高度防范。每一份考卷上都施有特别严厉的防作弊咒，同时自动答题羽毛笔、记忆球、小抄活页袖和自动纠错墨水都不允许带入考场。自1896年以来，几乎每年都至少有一个学生在考试中作弊，他们自认为能躲过巫师考试管理局的规定，但均没有成功。

终极巫师考试
Nastily Exhausting Wizarding Test（N.E.W.T.）

这是霍格沃茨魔法学校学生在校期间所能参加的级别最高的考试。在第七学年，学生会在学年末参加N.E.W.T.考试，该考试测验学生在最后两年中的学习成果。该考试虽然不是每个学生都必须参加的，但却是学生毕业后申请各种职位时重要的能力认证。例如，申请成为魔法部的傲罗至少需要在五门N.E.W.T.考试中取得"优秀"或"良好"的成绩。许多专业都要求在特定的N.E.W.T.考试中取得高分，这意味着学生需要非常努力。

在N.E.W.T.考试中取得好成绩是申请魔法部特定职位的必要条件。值得一提的是，霍格沃茨之战结束后，新上任的魔法部部长金斯莱允许参加过战斗的学生免考N.E.W.T.考试，直接参加傲罗培训。

为了继续学习N.E.W.T.级别的课程，霍格沃茨的学生需要首先在五年级时参加相应科目的O.W.L.考试，并取得选课要求的成绩。霍格沃茨的大多数教授都会允许在O.W.L.考试中取得"良好"以上成绩的学生继续学习他们的高级课程。

成绩评定

成绩评定适用于霍格沃茨学生所学课程的课后作业以及学年科目考试，也同样适用于普通巫师等级考试和终极巫师考试。

- 合格 -

优秀(O): Outstanding
良好(E): Exceeds Expectations
及格(A): Acceptable

- 不及格 -

差(P): Poor
很差(D): Dreadful(可能需要重修课程)
极差(T): Troll

第十章　魔法组织

鼻涕虫俱乐部
Slug Club

这并不是一个正式组织，而是对斯拉格霍恩教授以自己为纽带，联结各方优秀学生的集会行为的戏称。斯拉格霍恩专门邀请杰出的学生、著名人士和成功人士的子弟，以及在魔法界人际关系良好的家族中的孩子，通过联结这些"新秀"为自己谋得一定的名誉和利益。

已知成员（斯拉格霍恩在霍格沃茨第二次任教时）：布雷斯·沙比尼、考迈克·麦克拉根、金妮·韦斯莱、哈利·波特、赫敏·格兰杰、厄尼·麦克米兰、扎卡赖斯·史密斯。除此之外，还有两个斯莱特林和四个拉文克劳的六年级学生。

波特瞭望站
Potterwatch

波特瞭望站是第二次巫师战争期间，由李·乔丹主持的一个非法地下广播节目，向魔法世界提供巫师无线电联播和《预言家日报》所不报道的最近发生的事件（因为后两家媒体都会受伏地魔控制的魔法部的影响）。该节目播放关于哈利和其他抵制食死徒的人的消息，用来鼓舞盟友的士气，使他们积极参与反对伏地魔的运动。弗雷德是主持人之一，卢平和沙克尔曾做客这一节目。

波特瞭望站通过传播真相、消除谣言的方式缓解魔法部制造的恐怖气氛。第二次巫师战争结束后，波特瞭望站可能不再进行广播。

D. A. / 邓布利多军 / 防御协会
D.A. / Dumbledore's Army / Defence Association

成立目的：学习使用魔法进行自我防卫的方法；反抗伏地魔和食死徒；反对魔法部和调查行动组控制霍格沃茨。

已知成员：哈利·波特（第一任负责人兼指导教师）、赫敏·格兰杰、罗恩·韦斯莱、乔治·韦斯莱、弗雷德·韦斯莱、金妮·韦斯莱、纳威·隆巴顿

（第二任负责人）、李·乔丹、迪安·托马斯、凯蒂·贝尔、艾丽娅·斯平内特、安吉利娜·约翰逊、科林·克里维、丹尼斯·克里维、西莫·斐尼甘、拉文德·布朗、帕瓦蒂·佩蒂尔、卢娜·洛夫古德（第二任负责人）、秋·张、迈克尔·科纳、安东尼·戈德斯坦、帕德玛·佩蒂尔、泰瑞·布特、玛丽埃塔·艾克莫、厄尼·麦克米兰、汉娜·艾博、贾斯廷·芬列里、苏珊·博恩斯、扎卡赖斯·史密斯。

没有任何斯莱特林学院的学生参加D.A.。

调查行动组
Inquisitorial Squad

1996年，福吉任命乌姆里奇为霍格沃茨校长。乌姆里奇成立调查行动组，亲自挑选了以马尔福为首的一群斯莱特林的学生作为成员。这个组织受到魔法部官员兼霍格沃茨高级调查官乌姆里奇的直接指挥，名义上是用来确保学生秩序，实际上一切行动只顺应乌姆里奇的想法。最终随着乌姆里奇的垮台，组织解散。

建立该组织本来是为了维持学生秩序，小组成员有扣分的权力（包括给级长扣分），但很多组织成员滥用职权去对付自己讨厌的人，例如马尔福借机找各种借口给格兰芬多扣了很多分。

成立时间：1996年。

领导者（创办者）：乌姆里奇。

成员：德拉科·马尔福、潘西·帕金森、格雷戈里·高尔、文森特·克拉布、米里森·伯斯德、格拉哈姆·蒙太、卡休斯·沃林顿和阿格斯·费尔奇。

组织标志：该组织成员在长袍上佩戴一个很小的银色"I"符号［调查行动组（Inquisitorial Squad）首字母为I］。

非凡药剂师协会
Most Extraordinary Society of Potioneers

这是一个由拥有非凡魔药学才华的药剂师们组成的协会。赫克托·达格沃思·格兰杰是该协会创办人，斯拉格霍恩教授曾因赫敏对魔药显得十分精通，认为赫敏和该协会创办人有亲戚关系，但被赫敏否认了。

凤凰社
Order of the Phoenix

凤凰社是一个由邓布利多所创立的专门反抗伏地魔的秘密组织，成员大都勇敢无畏，他们平时看起来不太像英雄，多数默默无闻。凤凰社创立于20世纪70年代左右，协助魔法部抗击伏地魔及其追随者，在第一次巫师战争期间起到了至关重要的作用。战争在1981年取得胜利，但付出了巨大的代价，许多凤凰社成员牺牲，隆巴顿夫妇被食死徒用钻心咒拷问折磨致疯。

第一次巫师战争结束后，凤凰社解散，1995年伏地魔复活后又重新组建。由于英国魔法部不承认伏地魔复活，凤凰社只能暗中活动，直到神秘事务司之战的发生正式确认伏地魔归来。

在第二次巫师战争期间，凤凰社总部设在格里莫广场12号，只有保密人能告诉别人它在哪里，其他人看不见这栋建筑。在《混血王子》一书中，由于保密人（邓布利多）去世，因此所有知道总部位置的人都自动成为保密人，包括当时被认为是叛徒的斯内普。因此总部后来改在了陋居（后因哈利、罗恩、赫敏入侵魔法部后返回时带入亚克斯利而使格里莫广场12号彻底曝光）。另外在第二次巫师战争期间，小天狼星、爱米琳·万斯、凤凰社创始人邓布利多、穆迪、卢平、唐克斯、斯内普牺牲，比尔被狼人咬伤，韦斯莱先生被大蛇纳吉尼咬伤（后治好）。在韦斯莱先生为执行凤凰社的命令而被大蛇咬伤时，小天狼星曾对急于去看望父亲的弗雷德和乔治说，有些东西是值得为之去死的。这句话，成为所有凤凰社成员奉行的真理。

1996—1997学年，由于邓布利多去世，凤凰社失去领袖，而魔法部又逐渐被伏地魔掌控，凤凰社转为地下抗争，试图保护麻瓜，并通过无线广播向魔法世界的公众披露事实真相。1998年5月2日，在D.A.的号召下，凤凰社成员在霍格沃茨魔法学校与伏地魔和食死徒展开了决战。在霍格沃茨之战中，伏地魔死亡，凤凰社及其支持者取得了最终的胜利。

国际巫师联合会
International Confederation of Wizards

国际巫师联合会是魔法世界中的政府间组织，功能大致相当于麻瓜世界中的联合国。国际巫师联合会英国席的委员可能由魔法部部长任命，同时可能需要得到威森加摩的批准。

联合会第一次会议在法国召开时妖精想出席会议，但没有被允许。列支敦士登则是主动缺席，因为他们对皮埃尔·波拿库德的山地巨怪政策表示不满。

1692年，联合会开始施行《国际巫师联合会保密法》，将魔法世界从麻瓜世界中隐藏起来。在几个星期的激烈讨论中，他们仔细研究了将魔法世界隐藏起来的方法，包括如何隐匿神奇动物以及消除麻瓜的相关记忆。

　　1750年，国际巫师联合会在《国际巫师联合会保密法》中增加了第73条，详细增订了巫师管理机构在工作不力时的惩罚机制。

　　18世纪，美国曾发生一起魔法国会内部泄露魔法世界信息（包括魔法部地址、伊尔弗莫尼魔法学校地址、巫师集会地址等）的事件，几乎导致魔法世界暴露。美国魔法国会因此遭到了国际巫师联合会的强烈谴责，时任美国魔法国会主席的艾米丽·拉帕波特承认，他们不能保证所有相关麻瓜的记忆已经清除。

　　在1991年之前的某个时期，邓布利多被英国魔法部任命为国际巫师联合会的英国代表，并在后来成为国际巫师联合会会长。1995年，由于英国魔法部不承认伏地魔复活的事实，邓布利多的联合会会长职务和联合会委员资格被免去。1996年，被迫承认伏地魔归来的英国魔法部恢复了邓布利多的国际巫师联合会委员资格，但他并未重新成为会长。非洲巫师巴巴吉德·阿金巴德接替邓布利多成为国际巫师联合会新任会长。

　　负责人：国际巫师联合会会长。
　　创立者：皮埃尔·波拿库德。
　　成立时间：早于17世纪90年代。
　　领导者：皮埃尔·波拿库德、阿不思·邓布利多、巴巴吉德·阿金巴德
　　目的：促进魔法世界中的各国合作。
　　敌对方：食死徒（可能）、盖勒特·格林德沃的军队。

家养小精灵权益促进会
Society for the Promotion of Elfish Welfare（S.P.E.W）

　　赫敏在1994年魁地奇世界杯期间看到家养小精灵受到的不公正待遇后，产生了成立这一团体的想法。

　　成立过程：家养小精灵既得不到工钱，又没有假期的现状让赫敏心痛，于是她开始为改变家养小精灵的工作条件而努力。

　　家养小精灵的反应：家养小精灵的想法与赫敏完全不同，他们认为这是对他们的侮辱，尽管赫敏是为了给家养小精灵争取自由。

　　组织影响：尽管赫敏一直是孤军奋战，但种种迹象表明，S.P.E.W.还是有一定成果的。1998年，霍格沃茨的家养小精灵以一种极高的热情参加了霍格沃茨之战。

　　第二次巫师战争后，赫敏进入英国魔法部神奇动物管理控制司，为保障神奇动物的权益而努力。

成立时间：1994年。

领导者/创立者：赫敏·格兰杰。

组织总部：霍格沃茨魔法学校。

目的：让家养小精灵享受与巫师相同的权益。

敌对方：包括马尔福家族在内的家养小精灵虐待者。

已知成员：赫敏·格兰杰（创办者、领导者）、哈利·波特（秘书）、罗恩·韦斯莱（财务总管）、纳威·隆巴顿、多比。

梅林爵士团
Order of Merlin

梅林在中世纪成立梅林爵士团时，它是一个组织，致力于提倡通过法律保护麻瓜，并维护他们的权益。不知从何时起，梅林爵士团从注重主张麻瓜权益的组织，转变为表彰伟大魔法成就的奖项。梅林爵士团勋章用来颁发给做出了巨大贡献的巫师和女巫（具体奖项详见前文梅林爵士团勋章的相关介绍）。

魔法议会
Council of Magic

魔法议会是一些国家魔法社会的主要管理机构。这个机构的负责长官是魔法议会主席。魔法议会很可能负责魔法社会法律法规的执行与修订，同时负责将整个魔法世界在麻瓜世界中隐藏起来，就像魔法部所做的那样。

魅力俱乐部 / 魔咒俱乐部
Charms Club

魅力俱乐部是霍格沃茨魔法学校的一个俱乐部。维基·弗罗比舍是俱乐部的一个已知成员。她在参加了格兰芬多魁地奇球队的守门员选拔后放弃了守门员的位置，因为她表示如果魁地奇训练的时间与俱乐部的活动时间冲突的话，她会把俱乐部放在首位。

塞勒姆女巫协会
Salem Witches' Institute

该协会致力于向妇女提供教育机会，并开展各项活动支持妇女在其所在社区中发挥自身的重要作用。

狼人军队
Werewolf Army

狼人军队是由芬里尔·格雷伯克领导的一群狼人，以咬伤和传染尽可能多的人为己任，并希望有朝一日能够造出足够多的狼人，从而统治魔法世界。

巫师议会
Wizards' Council

巫师议会是英国魔法部的前身，在魔法部成立之前，巫师议会是管理英国魔法社会时间最长的机构（不是唯一的）。

1692年《国际巫师联合会保密法》通过之后，魔法世界急需一个更有组织、更加复杂的管理体系，以对巫师保密工作进行支持与规范，因此，巫师议会的职能在1707年被新成立的英国魔法部取代，而魔法部的首任部长尤里克·甘普则曾在巫师议会中担任威森加摩的首席魔法师。

已知的巫师议会成员：

巴伯鲁·布雷格（议长，约1269年）；

布尔多克·马尔登（议长，1448—1450年）；

艾尔弗丽达·克拉格（议长，17世纪）；

尤里克·甘普（威森加摩首席魔法师，18世纪初）。

已知的巫师议会活动：

14世纪40年代：尼古拉斯·马尔福据信在这段时间内杀死了许多麻瓜房客，并在之后将其死亡原因归咎于黑死病，而巫师议会未对其进行谴责。

1362年：规定禁止在距离已知麻瓜城镇50英里之内的范围内进行魁地奇比赛。

1368年：规定禁止在距离麻瓜城镇100英里之内的地方进行魁地奇比赛。

1419年：发布法令，规定凡是麻瓜们稍有可能看到比赛的地方都不得进行

魁地奇比赛,违反法令者会被链子锁在地牢的墙上。

1631年:通过《魔杖使用准则》,其中第三条"魔杖禁令"禁止除巫师外的人(包括家养小精灵和妖精)持有魔杖。

1637年:提出《狼人行为准则》,并希望狼人签署,但不出所料的是,没人愿意向魔法部承认自己是个狼人。

1692年:签署《国际巫师联合会保密法》。

1707年:解散,职能被魔法部取代。

哈利·波特百科全书

第十一章 魁地奇

哈利·波特百科全书

"魁地奇"是一种空中团队对抗运动，是在魔法世界中由巫师们骑着飞天扫帚参加的球类比赛。

魁地奇是魔法世界中最重要的体育运动，每个人都关注魁地奇。这是一种高速进行的、危险而又激动人心的运动，比赛中的两支球队骑着飞天扫帚竞争，每场比赛将鬼飞球投入巨大的草地球场两端圆环次数多的一队获胜。孩子们可以在自己家中后院上空骑着飞天扫帚玩魁地奇；霍格沃茨的学生球队打魁地奇；也有世界闻名的运动员把魁地奇比赛作为他们的职业。世界杯的比赛可以吸引数十万球迷。魁地奇运动由魔法部下属魔法体育运动司管辖。其专项职业组织名为国际魁地奇联盟，职业比赛有经过训练的魔法师救护队在场以备不时之需。魁地奇得名于魁地沼，公元11世纪此游戏在该地起源。

扎亚斯·蒙普斯描绘的14世纪的魁地奇球场是一个500英尺长、180英尺宽的椭圆形球场，球场中央有一个小圆圈（直径大约为2英尺）。

裁判将四只球带到那个圆圈当中，14名运动员站在他的周围。几只球一被放出来，运动员们便争先恐后地飞向空中。蒙普斯时代的球门还是柱子顶端放着的筐子。

到了1883年，筐子停止使用，取而代之的是今天使用的球门。这是一次革新。从那时起，魁地奇的球场再没作过改变。

比赛用球

鬼飞球
Quaffle

鬼飞球是四种魁地奇球中最为独特的，起初人们并没有对它施用魔法，它不过是一只用皮革缝制的、普普通通的球，通常有一根吊带，因为运动员得用一只手抓住它，再把它扔出去。有些古老的鬼飞球有指孔。现代鬼飞球直径为12英寸（30厘米），红色，表面看不见缝补的痕迹。它被施了一种魔咒，它如果没被接住，就会慢慢地落向地面。

游走球
Bludger

游走球最早是飞行的石块。在蒙普斯时代，人们所取得的进步只是把石块雕成球的形状。

16世纪之后，一些魁地奇球队开始尝试使用金属游走球（铅制），如今所有的游走球都是铁造的，直径为10英寸（25厘米）。

游走球被施了魔法之后，在赛场上会火箭般地横冲直撞，遇到哪个运动员就会追击哪个运动员。因此，击球手的主要任务就是将游走球击到离他们自己的球队球员尽可能远的地方。

金色飞贼
Golden Snitch

金色飞贼是住在戈德里克山谷的巫师鲍曼·赖特发明的。在金飞侠成为一种受保护的生物后，全国魁地奇球队试图寻找另外一种东西来代替金飞侠，熟练的金属匠人赖特开始打造一种金属球，并让这种球模拟金飞侠的行为和飞行方式。金色飞贼是一种胡桃大小、重量和金飞侠一样的金属球。它的翅膀是银子做的，像金飞侠一样，连接身体的关节可以旋转，这可以让它以闪电般的速度和金飞侠所具有的精确度改变方向。可是，和金飞侠不同的是，金色飞贼被施了魔咒，不会跑到球场外面。

金色飞贼具有肉体记忆，它可以被打开，但是它只能被第一个触碰它的人打开，而第一个碰它的人并不是这个金色飞贼的制造者，因为他们在制造它们的时候都戴着手套。

飞天扫帚

（以面世时间为序）

飞天扫帚的发展：直到19世纪初，人们才骑在各种性能的带座扫帚上玩魁地奇。1820年，埃利奥·斯梅斯发明的坐垫咒令之后制造出的扫帚都变得更加舒适。

橡木箭 79
Oakshaft 79

橡木箭79最早在1879年由朴次茅斯的扫帚匠伊莱亚·格里姆精心制作，适合持久飞行和抵抗大风。是橡木箭79很笨重，高速飞行时难以掉转方向。不过在1935年，若库达·赛克斯使用它成功飞渡大西洋，从而令它载入史册。

月之梦
Moontrimmer

第一支月之梦由格拉迪丝·布思比在1901年制作出来，体现了飞天扫帚的一大飞跃。这种细长的梣木柄扫帚能够达到以前的扫帚达不到的高度，但格拉迪丝·布思比却无力大批量制作生产。

银箭
Silver Arrow

银箭是比赛用扫帚的真正祖先，它的速度比月之梦或橡木箭79快得多。其时速在顺风情况下可达70英里，但同月之梦与橡木箭79一样，银箭也是一位个体巫师（伦纳德·朱克斯）的产品，它同样有供不应求的情况。

横扫系列
Cleansweep Series

1926年，飞天扫帚的制作取得了新的突破，鲍勃、比尔和巴纳比·奥勒敦三兄弟创立了横扫扫帚公司。他们以前所未有的速度生产了大批量的第一种型号的扫帚——横扫一星。不到一年时间，英国所有的魁地奇球队都骑上了横扫一星。

彗星系列
Comet Series

横扫系列的扫帚独占比赛扫帚市场的时间并不长，1929年，法尔茅斯猎鹰队的两名运动员伦道夫·凯奇和巴兹尔·霍顿成立了彗星贸易公司，他们生产的第一种型号的扫帚是彗星140（因为在它投入市场之前，凯奇和霍顿已经试验了139种型号的彗星扫帚）。霍顿·凯奇获得专利的制动咒意味着魁地奇运动员场外得分或越位得分的可能性变小许多，因此彗星系列成为英国和爱尔兰众多球队优先选择的扫帚。

脱弦箭
Tinderblast

1940年，由黑森林公司的埃勒比和斯巴德摩生产的脱弦箭进入市场，这种扫帚的优点是弹性良好。

迅捷达
Swiftstick

迅捷达是由黑森林公司在1952年生产出的新型扫帚，其速度比脱弦箭快，但上升能力稍有不足。职业魁地奇球队从未使用过这一型号的扫帚。

流星号
Shooting Star

1955年，宇宙扫帚有限公司开发出了流星号扫帚，这是迄今为止最便宜的一种比赛扫帚。但不幸的是，人们在后来发现只要使用时间一长，它的速度和上升能力就会降低。宇宙扫帚有限公司在1978年破产。

光轮系列
Nimbus Series

1967年，光轮比赛扫帚公司的成立震惊了扫帚世界。以前人们从未见过像光轮1000这样的扫帚。光轮公司把老式橡木箭79的安全性和横扫系列的易驾驭性结合在一起，时速达100英里，能够在空中的任何地方作360°急转弯。光轮扫帚面世后立刻得到了整个欧洲职业魁地奇球队的钟情，随后各种型号的光轮比赛扫帚在扫帚行业一直独占鳌头。

火弩箭
Firebolt

火弩箭是伦道夫·巴德摩在1993年前后设计的飞天扫帚，当时飞天扫帚市场正被光轮比赛扫帚公司的扫帚主导。推出12个月之后，火弩箭仍旧是当时销量最高的飞天扫帚，击败了光轮2000和光轮2001。

在1994年魁地奇世界杯中，火弩箭是爱尔兰队使用的飞天扫帚。哈利在三年级开学前的暑假里，从魁地奇精品店的窗口第一次见到了火弩箭的样品。扫帚旁边的说明称：火弩箭飞天扫帚代表目前最高工艺水平，其帚把是用白蜡树木材精制而成，呈流线型，精美无比，经硬如钻石的擦光剂加以处理，上面还有手工镂刻的注册号码。火弩箭尾部的每一扫帚细枝皆经过筛选，务使其流线型臻于完美，故本产品在平衡与精确度方面无与伦比。火弩箭10秒之内加速可达每小时150英里，且其制动装置魅力无穷。

火弩箭在现代的产量仍然很低，因为它的制造过程经常会受到制作铁质部

分的妖精的罢工影响。

队员组成

球员：魁地奇比赛中，每队出场7名队员。在出现伤残的情况下，不得有其他运动员上场替换。

守门员
Keeper

每支魁地奇球队有1名守门员，守门员这个位置自13世纪以来一直确定无疑地存在着。类似足球比赛当中的守门员，其主要任务就是守护本方的门柱筐子，阻止对方球员得分。

击球手
Beater

每支魁地奇球队有2名击球手，几个世纪以来，击球手的职责很少有变化，他们的第一项职责就是借助球棒，保护本方队员不受游走球的攻击。击球手不需要负责进球得分，也没有任何迹象表明他们处理过鬼飞球。为了驱逐游走球，击球手需要有很好的体力，所以这一位置与魁地奇场上的其他位置相比，更倾向于男性巫师而不是女性巫师来担当。因为击球手在比赛中有时需要两只手同时放开扫帚，用双手猛力地击打游走球，所以他们还要有极好的平衡感。

追球手
Chaser

每支魁地奇球队有3名追球手，追球手是魁地奇比赛中最古老的位置，因为

哈利·波特百科全书

这种游戏曾经一度完全是为了进球得分。追球手之间相互投掷鬼飞球，每次让鬼飞球穿过一个铁环的时候，他们就获得了10分。

追球手这个角色的定义在1884年发生过一次重要的变化，那是用铁环代替筐子比赛的第二年。那时，魁地奇比赛中引进了一条新的规则，即只有拿着鬼飞球的追球手才可以进入得分区。如果还有其他追球手同时进入，那么这次得分则被视为无效。这条规则是为了阻止"夹杀"。

找球手
Seeker

每支魁地奇球队有1名找球手，担当找球手的运动员通常是一些飞行最轻巧迅速的人，他们必须有敏锐的视力，还必须具备能用单手或不用手抓扫帚的能力。找球手在比赛中具有极其重要的作用，因为如果他们抓住了飞贼，就可能令自己的球队反败为胜，改写比赛结果，所以，他们最可能成为对方球员犯规的目标。尽管找球手这个位置具有相当迷人的魅力——他们历来是球场上最优秀的飞行能手，他们却往往也是受伤最严重的运动员。

比赛规则

下面各条规则是魔法体育运动司在1750年成立的时候规定的：

1. 在比赛中，虽然对运动员的飞行高度没有限制，但是运动员不得超越球场的边界。如果有一名运动员飞到了球场边界之外，那么他/她的球队则必须把鬼飞球拱手让给对方球队。

2. 球队队长可以向裁判发出"暂停"信号。这是整场比赛过程中运动员唯一可以接触地面的时间。如果一场比赛已经持续了12个小时以上，则暂停的时间可以延长至2个小时。2小时后如果哪只球队没能返回球场，则该球队失去比赛资格。

3. 裁判可以判一支球队罚球（类似足球比赛中的罚点球）。负责罚球的追球手将从中心圆圈飞向得分区。除对方的守门员之外，在追球手主罚球的时候，所有运动员必须老老实实地待在后面。

4. 比赛中，运动员可以从另外一名运动员手里夺取鬼飞球，但是无论在何种情况下，运动员都不得紧抓另外一名运动员身体的任何部位。

5. 比赛中，在场上出现伤残的情况下，不得有其他运动员上场替换。球队将受伤运动员送下场后继续比赛。

6. 魔杖可以被带入球场，但无论在何种情况下，都不得使用它对付对方球员、对方球员的扫帚、裁判、球或者在场的其他观众。

7. 只有金色飞贼被抓住，或者经过两支球队队长的一致同意，一场魁地奇比赛才能结束。

- 犯规 -

拉扯
Blagging

抓住对手的扫帚尾巴减慢对手的速度或者妨碍其前进。适用于所有运动员。

冲撞
Matching

飞行时故意撞击对手，适用于所有运动员。

锁定
Blurting

用自己的扫帚柄锁死对手的扫帚柄，希望使对手偏离方向。适用于所有运动员。

击出球场
Bumphing

把游走球击向观众，当服务人员冲去保护那些旁观者时，比赛只能暂停。这

一犯规方法有时候会被那些缺乏道德操守的运动员使用,用来阻止对方的追球手进球得分。它仅针对击球手。

肘击
Cobbing

滥用胳膊肘抵撞对手。适用于所有运动员。

环后击球
Flacking

将身体的任何部分穿过铁环击出鬼飞球。守门员应该在铁环的前方而不是在它的后方封锁铁环。仅针对守门员。

握球入环
Haversacking

鬼飞球穿过铁环的时候仍被抓在手中(鬼飞球必须被扔出去)。仅针对追球手。

破坏鬼飞球
Quaffle-pocking

对鬼飞球做手脚,比如将它刺破,这样它就会以更快的速度降落或按照"之"字形路线前进。仅针对追球手。

触摸飞贼
Snitchnip

除找球手以外的任何运动员触摸或抓住金色飞贼。针对除找球手以外的所有运动员。

夹杀
Stooging

不止一个追球手进入得分区。仅针对追球手。

战术

波科夫诱敌术
Porskoff Ploy

追球手带着鬼飞球向空中飞去,致使对方的追球手误以为他/她正在设法避开他们去得分,但是接下来拿着鬼飞球的那一方追球手向下把球扔给己方的一名正在等着接球的追球手。精确地掌握好时间是运用这一战术的关键。这个战术是以俄罗斯的追球手彼得洛娃·波科夫的名字命名的。

倒传球
Reverse Pass

一名追球手将鬼飞球从肩膀上向身后的队友扔去。其准确性难以掌握。

反击游走球
Bludger Backbeat

击球手反手挥动短棒击打游走球,把球击向自己身后的一种招数。这一动作虽然难以准确到位,却是迷惑对手的极好手段。

海星倒挂
Starfish and Stick

这是守门员的防御招数,守门员用一只手抓住扫帚柄,一只脚倒钩在上面,扫帚与地面平行,守门员四肢伸展。没有抓牢扫帚柄,千万不要尝试这一招。

朗斯基假动作
Wronski Feint

找球手假装看到飞贼在下面很远的地方,于是迅速向地面冲去,但是就在马上要碰到地面的时候,却突然停止俯冲。这一动作是想让对方的找球手效仿自己,撞击到地面上。这一战术是以波兰找球手约瑟夫·朗斯基的名字命名的。

帕金钳式战术
Parkin's Pincer

这个名字来源于威格敦流浪队那些最早的队员,人们认为是他们发明了这一招数。两名追球手从两翼逼近对方的一名追球手,而另外一名追球手迎头向他/她飞去。

普伦顿回抄术
Plumpton Pass

这是找球手的招数,即看起来漫不经心地调转方向抄起飞贼藏起来,是以塔特希尔龙卷风队的找球手罗德里·普伦顿的名字命名的。1921年，罗德里·普伦顿在他那打破飞贼抓取纪录的著名比赛中，使用的就是这种招数。

树懒抱树滚
Sloth Grip Roll

倒挂在扫帚上，双手和双脚抱紧扫帚柄，以躲避游走球。

双"8"形环飞
Double Eight Loop

这是守门员的一种防御手段，通常是在对付对方罚球时使用。为了挡住鬼飞球，守门员在三个球门铁环周围急速地转来转去。

双人联击
Dopplebeater Defence

为了增加游走球的撞击力，两个击球手同时击打一只游走球，使游走球的攻击具有更大的杀伤力。

特兰西瓦尼亚假动作
Transylvanian Tackle

这种以拳相击的招数第一次出现是在1473年的世界杯上，它是以对方鼻子为目标的假动作。只要没有碰到对方的鼻子，就不算犯规，其实双方正骑在疾驰的扫帚上，要打着对方的鼻子也没有那么容易。

伍朗贡"之"字形飞行术
Woollongong Shimmy

为了让对方的追球手感到迷惑并分心,本方球员会采取一种以"之"字形高速前进的飞行方式。这是由伍朗贡勇士队改进并完善的魁地奇战术。

鹰头进攻阵形
Hawkshead Attacking Formation

本队3名追球手组成一个箭头状阵形,一起飞向门柱,会对另一方球队造成极大威胁,而且可以有效地迫使其他运动员退到一旁。

球队

— 联盟杯球队 —

1674年,魁地奇联盟建立。英国和爱尔兰最优秀的13支球队被挑选出来,组成魁地奇联盟。这13支球队每年都举行比赛争夺联盟杯。

阿波比飞箭队
Appleby Arrows

这支北英格兰球队建立于1612年。它的队袍是淡蓝色的,袍子上装饰着一支银箭。飞箭队的球迷一致认为,他们的球队最辉煌的时刻就是1932年大败当时的欧洲冠军弗拉察秃鹰队。那场比赛持续了16天,比赛期间阴雨绵绵,浓雾弥漫。以往在阿波比飞箭队的比赛中,他们的追球手一进球得分,他们的球迷就用魔杖向空中放箭。然而在1894年,一支箭刺穿了当值裁判纽金特·波茨的鼻子,于是魔法体育运动司下令禁止了这种做法。

巴利卡斯蝙蝠队
Ballycastle Bats

这是北爱尔兰最著名的魁地奇球队,迄今已赢得了27次魁地奇联盟杯冠军,成为魁地奇联盟杯历史上第二成功的球队。巴利卡斯蝙蝠队的队员身穿黑袍,袍子的前胸有一只猩红的蝙蝠。他们最有名的吉祥物——热带大蝙蝠巴尼作为黄油啤酒广告中的主角,也是家喻户晓的形象。

波特里骄子队
Pride of Portree

这支球队来自斯凯岛,建立于1292年。队员们身穿深紫色队袍,前胸上有一颗金色五星。最著名的追球手卡特丽娜·麦克玛在20世纪60年代领导该队,曾两次带领球队获得联盟杯冠军,她曾代表苏格兰共出战36次。她的女儿米格安现为该队的守门员。

查德理火炮队
Chudley Cannons

查德理火炮队先后21次夺得联盟杯,最近一次是在1892年,但自此以后,该队一个多世纪以来的表现死气沉沉。也许很多人都认为查德理火炮队的光荣时代已经结束了,但是那些忠实的球迷却在盼望它重现昨日的辉煌。查德理火炮队的队员身着鲜橙色的队袍,上面装饰着一枚疾驰的炮弹和两个黑色字母"C"。球队的口号在1972年以前是"我们将征服一切",后来改成了"让我们大家交叉手指,乐观一点"。

法尔茅斯猎鹰队
Falmouth Falcons

法尔茅斯猎鹰队队员身穿暗灰色和白色相间的队袍,袍子前襟横贯着一个鹰头的标志。法尔茅斯猎鹰队以敢打敢拼著称,球队的口号是"让我们争取胜利,但如果我们不能获胜,就让我们打碎几颗脑袋"。该队拥有闻名世界的击球手凯

文和卡尔·布罗德。他们从1958年到1969年一直为该队效力，进一步巩固了球队的声誉，但二人的问题行为使得他们被魔法体育运动司停赛不下14次。

霍利黑德哈比队
Holyhead Harpies

霍利黑德哈比队是一支非常古老的威尔士球队，成立于1203年，是世界上所有魁地奇球队中独一无二的所有队员全部是女性巫师的球队。霍利黑德哈比队的队袍是暗绿色的，前胸上有一只金色的鹰爪图案。1953年，霍利黑德哈比队大败海德堡猎犬队，人们一致认为这场比赛是他们所观看的魁地奇比赛中最精彩的一场。比赛一连打了7天，最后霍利黑德哈比队的找球手格林尼·格里思以一招惊人的动作抓住了飞贼，结束了比赛。海德堡猎犬队的队长鲁道夫·布兰德在比赛结束时，动作潇洒地跳下扫帚，向他的对手格温多·摩根求婚，摩根用她的扫帚猛击了他一下，把他打成了脑震荡。

卡菲利飞弩队
Caerphilly Catapults

威尔士的卡菲利飞弩队组建于1402年，队员穿淡绿和猩红垂直条纹相间的队袍。该队杰出的历史战绩包括18次问鼎魁地奇联盟杯以及1956年欧洲杯决赛上取得的著名胜利——在那次比赛中，他们击败了挪威的卡拉绍克风筝队。卡菲利飞弩队最著名的运动员是"危险的"戴伊·卢埃林，他在希腊的米克诺斯度假时被一只客迈拉兽吞食。他这一悲剧性的死亡导致威尔士巫师举国哀悼一天。现在每个赛季结束的时候，在比赛中甘冒风险、创造出最激动人心场面的魁地奇联盟杯运动员都会被授予"危险的戴伊纪念章"。

肯梅尔红隼队
Kenmare Kestrels

这支爱尔兰球队组建于1291年。该队生动活泼地展现其吉祥物小矮妖，并且该队的支持者都弹得一手漂亮的竖琴，所以该队名噪世界，广受欢迎。肯梅尔红隼队队员穿鲜绿色队袍，袍子的前胸上印着两个背靠背的黄色字母"K"。达伦·奥黑尔是1947—1960年的肯梅尔红隼队守门员，曾三次担任爱尔兰国家队队长，追球手的鹰头进攻阵形便是他发明的。

蒙特罗斯喜鹊队
Montrose Magpies

蒙特罗斯喜鹊队是英国和爱尔兰联盟中最成功的一支球队，该队一共获得过32次联盟杯冠军。蒙特罗斯喜鹊队还曾两次获得欧洲杯冠军，因此全世界都有该队的球迷。该队拥有许多杰出的运动员，其中包括尤尼斯·默里，他曾呼吁"提高飞贼的飞行速度，因为现在的飞贼太容易抓到了"；还有哈米什·麦克法兰（1957—1968年担任球队队长），他在魁地奇事业上的成功一直延续到他担任魔法体育运动司司长。蒙特罗斯喜鹊队队员穿黑白相间的队袍，袍子前胸和后背上各有一只喜鹊。

普德米尔联队
Puddlemere United

普德米尔联队组建于1163年，是魁地奇联盟中最古老的球队。该队一共获得过22次联盟杯的冠军，两次大胜欧洲杯赛场。该队队歌是《孩子们，打回游走球，抛出鬼飞球》，最近由巫师女歌手塞迪娜·沃贝克录制成唱片出售，为圣芒戈魔法伤病医院募集资金。普德米尔联队的运动员穿海军蓝队袍，袍子上佩有该队队徽：两根交叉的金色芦苇。

塔特希尔龙卷风队
Tutshill Tornados

塔特希尔龙卷风队的队员身穿天蓝色队袍，前胸和后背上各有两个深蓝色字母"T"。塔特希尔龙卷风队组建于1520年，享有20世纪初这一段最成功的历史。该队当时由找球手罗德里·普伦顿出任队长，该队接连5次捧回了联盟杯，刷新了不列颠和爱尔兰的纪录。罗德里·普伦顿共计22次担任英格兰队的找球手，保持着在单场比赛中以最快的速度抓到飞贼的不列颠纪录（三秒半，1921年对阵卡菲利飞弩队的比赛）。

威格敦流浪汉队
Wigtown Wanderers

这支来自博德斯的球队是由一位叫沃尔特·帕金的巫师屠夫的七个子女在1422年组建的。这支球队由四兄弟三姐妹组成，据说是一支所向披靡的球队。他们难得有赛场失利的时候，据说这在一定程度上是因为他们的对手一看到沃尔特一手拿着魔杖一手提着一把剁肉刀站在替补队员的场外座席上就害怕的缘故。几个世纪以来，人们经常看到帕金的后人出现在威格敦的球队中，为了颂扬他们的祖先，他们都穿着血红色的队袍，袍子的前胸上有一把银光闪闪的剁肉大刀。

温布恩黄蜂队
Wimbourne Wasps

温布恩黄蜂队组建于1312年，共获得过18次联盟杯的冠军，并两次杀入欧洲杯半决赛。据说他们是从一次令人感到恶心的事件中给自己的球队命名的，这件事发生在他们对阿波比飞箭队的一场比赛期间。当时温布恩黄蜂队的一名击球手正好从球场边缘的一棵树前飞过去，这时他看到树枝间有一个黄蜂窝，就一棒挥去，把它击向了阿波比飞箭队的找球手。那位找球手被蜇得遍体鳞伤，只好退出比赛。温布恩黄蜂队获胜了，此后他们便把黄蜂作为他们幸运的象征。温布恩黄蜂队的球迷（也被称作"蜂刺"）有一个传统，就是当对方的追球手主罚球的时候，便大声地嗡嗡乱叫，以分散对方追球手的注意力。温布恩黄蜂队队员身穿黄黑相间的横条花纹队袍，袍子前胸有一只黄蜂。

- 国家代表队 -

魁地奇世界杯
Quidditch World Cup

魁地奇世界杯也称为世界杯（World Cup）或世界锦标赛（World Championship），自1473年起每四年举办一次。在比赛中，代表各个国家和地区的魁地奇球队相互比赛赢得世界杯。

报名参加每届魁地奇世界杯的国家数目均不相同。在上一届比赛决赛结束后的12个月之内，任何国家均可组队报名。

报名结束后，所有报名参赛的队伍将被分为16个小组。在为期两年的时间里，每支球队都要与小组里的其他球队一一进行比赛。为防止球员疲劳，小组赛阶段的比赛被限制在4小时以内。若在4小时的比赛过后，飞贼仍然没有被抓住，比赛的结果将仅凭进球数决定。在小组赛中，获胜的球队积2分。除此之外，若得分超过150分、100分或50分，则可以额外再分别获得5分、3分和1分。如果两只球队积分相同，则在比赛期间抓取飞贼次数最多、用时最少的球队排名靠前。小组赛结束后，每个小组中排名第一的16支球队将晋级世界杯决赛。

世界杯决赛阶段采用单败淘汰制。16支晋级球队将根据小组赛获得的积分多少进行排名。获得积分最多的球队将与获得积分最少的球队比赛，获得积分第二多的球队将与获得积分第二少的球队比赛，以此类推。这在理论上可以让资格赛阶段最强的两支球队在决赛当中相遇。以2014年魁地奇世界杯为例，尼日利亚和挪威是积分最高的两支球队，他们理论上可以在半决赛中相遇。

参加魁地奇世界杯的国家代表队有：阿根廷魁地奇国家队、埃及魁地奇国家队、爱尔兰魁地奇国家队、澳大利亚魁地奇国家队、巴西魁地奇国家队、保加利亚魁地奇国家队、波兰魁地奇国家队、布基纳法索魁地奇国家队、德国魁地奇国家队、法国魁地奇国家队、斐济魁地奇国家队、佛兰德斯魁地奇代表队、海地魁地奇国家队、加拿大魁地奇国家队、科特迪瓦魁地奇国家队、列支敦士登魁地奇国家队、卢森堡魁地奇国家队、罗马尼亚魁地奇国家队、马达加斯加魁地奇国家队、马拉维魁地奇国家队、美国魁地奇国家队、秘鲁魁地奇国家队、摩尔多瓦魁地奇国家队、墨西哥魁地奇国家队、尼日利亚魁地奇国家队、挪威魁地奇国家队、日本魁地奇国家队、塞内加尔魁地奇国家队、苏格兰魁地奇代表队、特兰西瓦尼亚魁地奇代表队、土耳其魁地奇国家队、威尔士魁地奇代表队、乌干达魁地奇国家队、新西兰魁地奇国家队、叙利亚魁地奇国家队、牙买加魁地奇国家队、亚美尼亚青年魁地奇国家队、意大利魁地奇国家队、英格兰魁地奇代表队、乍得魁地奇国家队、中国魁地奇国家队。

－ 欧洲杯参赛队伍 －

魔法世界中的魁地奇欧洲杯并不是欧洲各国家代表队之间的比赛，而是欧洲各国魁地奇俱乐部队伍之间的比赛，类似于麻瓜世界中的欧洲冠军联赛（UEFA Champions League）。

参加魁地奇欧洲杯的队伍有：比冈维尔轰炸机队、布拉加扫帚舰队、弗拉察雄鹰队、戈罗多克怪兽队、格罗济斯克妖精队、海德堡猎犬队、基伯龙牧马鬼飞球队、卡拉绍克风筝队。

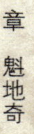

其他俱乐部球队

除了参加欧洲杯的队伍,世界各地还有一些其他魁地奇俱乐部,它们是:查姆巴魔人队、菲奇堡飞雀队、丰桥天狗队、黑利伯里椰头队、金比巨人屠手队、莫托拉金刚鹦鹉队、穆斯乔陨石队、佩顿加傲慢之旅队、桑德拉雷公神队、斯通沃尔暴风雨队、松巴万加阳光队、塔拉波托树上飞队、甜水全星队、伍朗贡勇士队。

相关书刊

《魁地奇溯源》
Quidditch Through the Ages

作者:肯尼沃思·惠斯普
出版:惠滋·哈德图书公司
价格:14西可3纳特

《击打游走球——魁地奇防御战略研究》
Beating the Bludgers — A Study of Defensive Strategies in Quidditch

作者:肯尼沃思·惠斯普
内容:针对魁地奇防御战略的研究。

《威格敦流浪汉队传奇》
The Wonder of Wigtown Wanderers

作者：肯尼沃思·惠斯普
内容：威格敦流浪汉队的传记。

《他如狂人般飞行》
He Flew Like a Madman

作者：肯尼沃思·惠斯普
内容：卡菲利飞弩队球员"危险的"戴伊·卢埃林的传记。

《击球手的圣经》
The Beaters' Bible

作者：布鲁特·斯克林杰，他称《魁地奇溯源》是"魁地奇球起源和其发展史的巅峰之作""备享盛誉"。
内容："干掉找球手"是该书中的第一条规则。

《和火炮队一起飞翔》
Flying with the Cannons

在《密室》一书中，罗恩送了这本书给哈利作为圣诞礼物。

《男巫们的高尚运动》
The Noble Sport of Warlocks

作者：昆厄斯·弗埃维
内容：书中有一张17世纪魁地奇球场图。当时的球场已经有了得分区，而且门柱顶端的筐子比原来小得多，但门柱本身高得多。

《英国和爱尔兰的魁地奇球队》
Quidditch Teams of Britain and Ireland

在《火焰杯》一书中，赫敏将这本书送给哈利作为圣诞礼物。

《魁地奇世界杯官方指南》
The Official Guide to the Quidditch World Cup

编者：国际巫师联合会魁地奇委员会
内容：官方对魁地奇世界杯的全方位介绍。

《飞天扫帚护理手册》
Handbook of Do-It-Yourself Broomcare

哈利在13岁生日那天收到了赫敏送给他的一个飞天扫帚护理工具箱，工具箱内有一本《飞天扫帚护理手册》

《飞天扫帚大全》
Which Broomstick

这是一本魁地奇杂志，其编辑曾为《魁地奇溯源》作过赞语："惠斯普创作了一本令人愉悦之至的书；魁地奇球迷定然会发现此书既富教育意义，又具娱乐功效。"

第十二章 日常生活

巫师法律

《国际巫师联合会保密法》
International Statute of Wizarding Secrecy

《国际巫师联合会保密法》又称为《国际保密法》（International Statute of Secrecy），是魔法世界于1689年签署，并在1692年正式确立的法律。这部法律由国际巫师联合会制定，保障整个魔法世界不被麻瓜发现。

17世纪时，巫师和麻瓜之间的关系降到了最低点。从15世纪初期开始，麻瓜对巫师的迫害就已经在整个欧洲展开。这使魔法世界中的人理所应当地认为，使用魔法为他们的麻瓜邻居提供帮助，无异于主动往焚烧自己的火堆上添加柴火，许多巫师都因为从事巫术活动而被关押并被判处死刑。这一时期的巫师家庭都特别容易失去他们的孩子，因为孩子还无法控制自己的魔法，经常会引起追捕巫师的麻瓜的注意，并且无力反抗。

随着麻瓜越来越普遍地迫害巫师儿童，越来越多的麻瓜强迫巫师为他们使用魔法，焚烧女巫的情况与日俱增，甚至麻瓜被错当成女巫焚烧的情况也逐渐增多，都成为促使《国际巫师联合会保密法》出台的催化剂。

《国际巫师联合会保密法》于1689年颁布，但直到1692年才正式确立，由各个国家的魔法政府强制执行。

《国际巫师联合会保密法》规定，每个魔法政府都要负责隐瞒自己国家魔法社区的存在。除此之外，他们还需要管控位于自己国家的神奇动物、遏制未成年人公开展示魔法，并确保人们从事魔法体育运动没有被麻瓜发现的风险。

《国际巫师联合会保密法》包含男女巫师在麻瓜中间从事体育运动的准则。男女巫师严禁参加麻瓜体育运动，但他们可以支持比赛的其中一方。

违反《国际巫师联合会保密法》，如毫无理由地在麻瓜面前使用魔法，将会根据违法的严重程度而受到魔法部相关部门的不同处罚。

《对未成年巫师加以合理约束法》
Decree for the Reasonable Restriction of Underage Sorcery

这是1875年魔法部颁布的一个细则，禁止未成年人在校外使用魔法。这一细则在魔法部由禁止滥用魔法司负责执行。《对未成年巫师加以合理约束法》所限制的人群是身上仍带有踪丝的、年龄在17岁以下的男女巫师。不过，魔法部也容许未成年人在某些特定的情况下使用魔法，如在危及生命时进行自卫。此外，学龄前的或者没有魔杖的儿童不受这部法律的限制，因为他们大多还无法控制自己的魔力。总的来说，魔法部一般使用这部法律来限制未成年人在麻瓜面前使用魔法。

《国际禁止决斗法》
the International Ban on Dueling

1994年，在霍格沃茨举办的圣诞舞会上，珀西提到他们一直在说服特兰西瓦尼亚人在《国际禁止决斗法》上签字，同时他本人还在新年和特兰西瓦尼亚的魔法合作司司长有一个约会。

货币

在魔法世界中流通的货币，不同的国家有不同的设计。这些货币只能在魔法世界中流通，但也可以在巫师银行中依照汇率将其兑换为麻瓜货币或者其他国家或地区的魔法货币。

加隆
Galleon

加隆也称作金加隆，是魔法货币中价值最高的硬币。1加隆合17西可或493纳特。加隆由黄金制成。

纳特
Knut

纳特也称作青铜纳特，是魔法货币中币值最小的硬币，由青铜制成。29个纳特合1西可，493个纳特合1加隆。1纳特大约与英国的1便士等值。

魔法世界的报纸《预言家日报》的猫头鹰递送费是1个纳特。

西可
Sickle

西可也称作银西可，是魔法世界中的一种货币，由白银制成。一个西可合29纳特，17西可合1加隆。

小矮妖金币
Leprechaun gold

爱尔兰队的吉祥物小矮妖在魁地奇比赛前撒下了大量的小矮妖金币。这些"金加隆"偶尔会参与流通（它们在几个小时后会消失），但是古灵阁的妖精专家可以将它们和真硬币区分开来。

1994年的魁地奇世界杯上，罗恩用小矮妖金币还了哈利之前为他买全景望远镜的钱，但是哈利并不知道这些钱是假的。

在弗雷德和乔治赢得魁地奇世界杯的赌注后，卢多·巴格曼付给了他们小矮妖金币。他们在发现后向巴格曼追要无果。同样，巴格曼还把这种假硬币支付给了几个妖精，不过他们把巴格曼抓住了，并让他付出了沉重的代价。

嗅幻草
Niffler's fancy

嗅幻草是一种具有魔法属性的稀有植物。它的叶子会像铜一样泛着光。嗅嗅喜欢闪闪发亮的东西，这种植物也因此得名。

这种植物泛光的叶片曾被一些古代的巫师当成货币使用。

卓锅
Dragot

卓锅是美国魔法社会所使用的魔法货币。

服装 & 服饰

— 校服 —

霍格沃茨校服
Hogwarts Uniform

霍格沃茨的校服上面不带有用于区分学院的标准或者徽记，没有颜色差别。根据哈利的录取通知书上的要求，霍格沃茨的校服一般包括：

1. 三套素面工作袍（黑色）；
2. 一项日间戴的素面尖顶帽（黑色）；
3. 一双防护手套（龙皮或同类材料制作）；
4. 一件冬用斗篷（黑色、银扣）。

另外，学生的全部服装均须缀有姓名标牌。有特殊身份的学生需要将相应的徽章佩戴在校服上，如级长。

布斯巴顿校服
Beauxbatons Uniform

布斯巴顿校服是由精致丝绸做成的浅蓝色长袍。

德姆斯特郎校服
Durmstrang Uniform

德姆斯特郎校服是血红色的长袍,外面披着毛皮斗篷。

伊法魔尼校服
Ilvermorny Uniform

伊法魔尼校服是蓝色与莓红色的长袍,以金色的戈尔迪之结固定。这两种配色是为了纪念创始人伊索和詹姆斯夫妇。蓝色是伊索最喜爱的颜色,她幼时曾梦想成为霍格沃茨拉文克劳学院的学生(拉文克劳的代表色为蓝色);红色则是出自詹姆斯爱吃的蔓越莓派。戈尔迪之结纪念的是伊索在最初的伊法魔尼小屋废墟中找到的胸针。

巴西卡斯特罗布舍制服
Castelobruxo Uniform

巴西卡斯特罗布舍制服是鲜绿色的长袍。

日本魔法所校服
Mahoutokoro Uniform

日本魔法所校服是能够随着穿着人的体型而改变尺寸的带有魔法的长袍。这种长袍可以监测到穿着者学识水平的高低,并随着穿着者学识的增加而改变颜色。最初,这种校袍是淡淡的粉红色,而经过学习后,如果学生最终能够在所有的魔法学科中都能取得最好的成绩,它就会变成金色。与之相反的是,如果一个学生背叛了日本巫师准则、有了非法行为或者违反了《国际保密法》,他的长袍会变为白色。在日本巫师界,"白化"是一种非常可怕的耻辱,学生会因此被魔法所开除,并需要接受日本魔法部的审判。

- 其他 -

《国际巫师联合会保密法》对巫师在公共场合的着装有明确规定：

> 当与麻瓜交际时，男女巫师应完全遵照麻瓜标准着装，尽可能符合潮流。着装必须与气候、地理环境和所处场合相适应。禁止在麻瓜面前进行衣着的变化和调整。

尽管有明确的法令，错误着装仍然是自《国际巫师联合会保密法》生效以来最常被违反的一项。

很明显，年青一代的巫师更容易接触到并顺应麻瓜文化，许多孩子们能与麻瓜小伙伴们相处和谐，但当他们正式开始学习魔法步入魔法世界后，接触正常的麻瓜衣着就不那么容易了。

老一辈的巫师很难适应麻瓜世界中快速变化的服装潮流，经常会因为错误着装而触犯法律最终被威森加摩传唤，比如有的巫师在年轻时买了一条色彩艳丽的喇叭裤，结果在50年后穿着它参加麻瓜葬礼，从而激怒了麻瓜。

不过魔法部并不总是那么不近人情。1981年10月31日，在哈利从伏地魔的杀戮咒下死里逃生，紧接着伏地魔销声匿迹后，巫师们太过兴奋，不顾暴露魔法世界的风险穿着巫师的服装走上了街头进行庆祝，魔法部对此实行了特赦。

魔法社会的一些成员费尽心思打破《国际巫师联合会保密法》中的服装禁令。一个自称"新鲜空气清新一切"（Fresh Air Refreshes Totally, F.A.R.T.）的边缘运动坚持表示麻瓜裤子"从源头堵住了魔法流"，不顾多次的警告和罚款，坚持要在公共场合穿长袍。更不同寻常的是，还有巫师故意嘲笑麻瓜的时髦着装——身穿衬裙，头戴宽边帽，脚蹬足球靴。

总而言之，巫师着装一直远离麻瓜时尚，最多在礼服长袍的外观上有一点变化。标准的巫师着装包括普通长袍、可选戴的传统尖顶帽子（在洗礼、婚礼、葬礼等正式场合才会戴）。女巫的服装有变长的趋势。巫师的着装好像自从17世纪他们选择隐蔽起来之后就一直处于停滞不前的状态。巫师们对老式服装的依恋可以被看成对老习惯和旧时光的执着，是一种文化自豪感。

但随着时光流逝，即便那些嫌恶麻瓜服饰的人也逐渐开始接受它了。因为麻瓜服装相对于长袍确实要方便很多，霍格沃茨魔法学校的许多学生在休息日里都会穿着普通麻瓜服饰。而反麻瓜人士经常在公共场所故意穿着一些花里胡哨或过时的衣服来显摆他们的优越感。

食物

－ 蜂蜜公爵的糖果 －

棒糖羽毛笔
Sugar Quills

棒糖羽毛笔是一种使用糖雕技术制成的精制糖果，外观看起来很像真正的羽毛笔。棒糖羽毛笔在霍格莫德的蜂蜜公爵糖果店中出售，学生们可以在课上偷偷地吮吸，假装自己在考虑下一步该写什么。据赫敏所说，棒糖羽毛笔还有一种高级版，可以吮吸的时间更长。

爆炸夹心软糖 / 会爆炸的夹心糖
Exploding Bonbons

爆炸夹心软糖是一种含有可可和椰子提取物的魔法糖果。它可能会在使用时发生轻微爆炸，但不会让人受伤。这种糖果在霍格莫德的蜂蜜公爵糖果店有售。

比比多味豆
Bertie Bott's Every Flavour Beans

比比多味豆是魔法世界最受欢迎的糖果之一。这种多味豆很像麻瓜的软糖豆，但是味道却多得超出想象。尽管看豆子的颜色能够试着猜一猜，但吃到嘴里之前是绝对不会知道它究竟是什么口味的。比比多味豆的发明者叫伯蒂·博特，20世纪中期，一次意外让他制作出了这种糖果。他本来计划用食物原料制作一些美味的甜食，但是最终尝起来却像是脏袜子的味道。他立马意识到了这种食物的销售潜力："每一口都是一次冒险的经历！"

比比多味豆的口味包括：

非食物范畴：鼻屎、耳屎、肥皂、呕吐物。

水果与蔬菜类：茄子、菜花、橄榄、煮过头的卷心菜、南瓜、豆芽、草莓、撒糖霜的堇菜、番茄、椰子、橘子酱、菠菜。

鱼虾肉类：培根、牛肉大杂烩、鸡肉、火腿、明虾、鲑鱼、沙丁鱼、法式杂鱼汤、香肠。

其他：烘豆、泡泡糖、奶酪、辣椒、巧克力、咖喱、松糕、青草、肝和肚、蘑菇、河蚌、胡椒、草莓和花生酱冰淇淋、雪利酒、烤面包、薄荷硬糖、咖啡、太妃糖。

冰老鼠 / 冰耗子
Ice Mice

冰老鼠是一种糖果，已知在霍格莫德的蜂蜜公爵糖果店中有售。它可以让食用者的牙齿打战吱吱叫。其广告语是"听到你的牙齿吱吱叫"。

菠萝蜜饯
Crystallised Pineapple

菠萝蜜饯是蜂蜜公爵糖果店中出售的一种甜品。这种甜品是通过将菠萝块浸入糖浆熬制而成，表面覆有糖晶。

薄荷蟾蜍糖 / 蟾蜍薄荷糖
Peppermint Toad

薄荷蟾蜍糖是霍格莫德的蜂蜜公爵糖果店中出售的一种糖果。是一种薄荷味、蟾蜍形状的魔法糖果，吃下去以后可以在"胃里跳动"。其广告语是"真的会在胃里跳动！"。

吹宝超级泡泡糖
Drooble's Best Blowing Gum

这是一个泡泡糖的品牌。它可以让人吹出蓝铃花颜色的泡泡，飘在房间里数日不破。这种糖果在霍格莫德的蜂蜜公爵糖果店和霍格沃茨特快列车的食品手推

车上都会出售，售价为2西可。

粉色椰子冰糕
Pink Coconut Ice

粉色椰子冰糕是霍格莫德的蜂蜜公爵糖果店中出售的一种甜品。它们的样子是"亮晶晶的粉色小方块"。

甘草魔杖 / 甘草魔棒
Liquorice Wands

甘草魔杖是一种巫师糖果，形状可能与魔杖相似，带有甘草味。甘草魔杖可以在霍格沃茨特快列车的食品手推车或者霍格莫德的蜂蜜公爵糖果店里买到。

锅形蛋糕 / 坩埚蛋糕
Cauldron Cakes

锅形蛋糕是一种深受欢迎的魔法蛋糕。这种蛋糕可以在霍格沃茨特快列车的食品手推车上和霍格莫德的蜂蜜公爵糖果店中买到。

果冻鼻涕虫
Jelly Slug

果冻鼻涕虫是蜂蜜公爵糖果店中出售的一种糖果。它是一种鼻涕虫形状的橡皮糖。这种糖果很受欢迎。

胡椒小顽童
Pepper Imps

胡椒小顽童是蜂蜜公爵糖果店中出售的一种糖果，会使服用者的耳朵、鼻子都向外喷火。其广告语是"为你的朋友从鼻子里向外喷火！"。

毛毛牙薄荷糖
Toothflossing Stringmints

  毛毛牙薄荷糖是霍格莫德的蜂蜜公爵糖果店中出售的一种甜品，被描述为"奇异的碎片状"，这种糖果含在嘴里后会像牙线一样清洁服用者的牙齿。

南瓜馅饼
Pumpkin Pasties

  南瓜馅饼是一种魔法食品，在霍格沃茨特快列车的食品手推车上出售。这种食物很像康沃尔肉馅饼，但馅料是南瓜。

巧克力坩埚
Chocolate Cauldrons

  巧克力坩埚是一种形状可能与坩埚十分相像的盒装巧克力，里面含有热火威士忌。

巧克力球
Chocoballs

  巧克力球是在霍格沃茨特快列车食品手推车和蜂蜜公爵糖果店中出售的一种巧克力糖果。这种巧克力球很大，里面全是草莓冻和奶油块。

哈利·波特百科全书

巧克力蛙
Chocolate Frogs

巧克力蛙是一种在魔法世界中出售的深受欢迎的甜点。它的包装中会附送一张绘有男女巫师相貌的收藏卡。霍格沃茨的许多学生都喜欢收集和交换这些卡片。

乳脂软糖苍蝇 / 福吉苍蝇
Fudge Flies

福吉苍蝇是一种糖果,在蜂蜜公爵糖果店有售。"福吉"这个词,也有"乳脂软糖"的意思。

酸味爆爆糖
Acid Pops

酸味爆爆糖是霍格莫德的蜂蜜公爵糖果店出售的一种糖果。这种糖果的样子可能与麻瓜的棒棒糖很像,但是和蜂蜜公爵的大多数食品一样,它也有一种半恶作剧性质的独特口味——就像被施上了魔法,这种糖果能在舌头上烧个洞。

太妃糖
Toffees

太妃糖是一种用红糖或糖蜜和奶油做成的硬、有韧性、不易咀嚼的糖。蜂蜜公爵糖果店中出售的糖蜜太妃糖非常有名。

滋滋蜜蜂糖
Fizzing Whizzbees

滋滋蜜蜂糖是一种会让人飘到空中的果汁奶冻球。其原料之一可能是比利威格虫,因为被这种虫蜇了的人会感到头晕目眩,随后便忽忽悠悠地飘起来。

- 其他甜品零食 -

薄荷硬糖
Peppermint Humbugs / Mint Humbugs

薄荷硬糖是一种薄荷口味的麻瓜糖果。这种糖通常在冬天吃,因为这个时候人们通常会患感冒或者扁桃体炎。这种糖的表面有独特的黑白条纹图案,也叫"埃弗顿薄荷糖",因为这种糖在利物浦的埃弗顿制作。

打嗝糖
Hiccough Sweet

打嗝糖是一种笑话商品,可能会让食用者在一段时间里不停打嗝。1994年,罗恩和哈利曾在霍格莫德的佐科笑话店购买过这种商品。

果仁脆糖
Nut Brittle

果仁脆糖是一种糖果,通常硬而脆,由碎糖果(通常是脆太妃糖)和坚果制成。

酒胶糖
Wine-gums

酒胶糖是一种有嚼劲的定型糖果,与没有糖衣的橡皮软糖很相似。

酒心巧克力
Chocolate Liqueur

在《火焰杯》一书中，胖夫人和她的朋友——楼下的维奥莱特一起坐在镜框里，两个人都晕乎乎醉醺醺的，她的画像的底部扔着好几个空了的酒心巧克力盒子。

龙奶奶酪
Dragon Milk Cheese

在《给你的奶酪施上魔法》一书的修订版中新增了对龙奶奶酪、康复与诅咒奶酪、酪基魔药进行介绍的章节。

生姜蝾螈饼干
Ginger Newts

1995—1996学年，哈利曾因顶撞乌姆里奇而被她赶去见麦格教授。麦格教授在办公室里请他吃饼干，他挑了一块生姜蝾螈饼干。

糖浆馅饼
Treacle Tart

糖浆馅饼又叫糖浆饼，是一种传统的英格兰甜品。它主要由油酥脆饼和金黄色糖浆制成。这种馅饼通常会趁热和一团凝脂奶油一起呈上，有时候也会改用普通奶油、奶油冻或者酸奶。糖浆馅饼也可以作为冷食。

糖老鼠
Sugar Mice

糖老鼠是一种形状像老鼠的魔法糖果，可以发出尖叫。

海格的黑暗料理

巴思果子面包
Bath Bun

巴思果子面包是海格拿来招待"铁三角"的黑暗料理之一。

白鼬三明治
Stoat Sandwich

白鼬三明治是一种用白鼬鼠肉制成的三明治。海格很喜欢这种三明治。

牛排大杂烩
Beef Casserole

牛排大杂烩是一种由许多不同配料混合在一起制作而成的菜肴。海格曾做了一道自称是牛肉大杂烩的菜请哈利、罗恩和赫敏吃,但赫敏在自己的那一份里挖出了一个大爪子,于是三个人就都没了食欲。

乳脂软糖
Treacle Fudge

1992年的圣诞节,海格送给哈利的礼物是一大包乳脂软糖,哈利决定放在火边烤软了再吃。之后,哈利与罗恩打算进禁林查找"密室"的真相前,因为怕牙牙低沉浑厚的狂吠吵醒城堡里的人,赶紧从壁炉架上的一个罐头里拿出乳脂软糖给它吃,把它的牙齿粘住了。

岩皮饼
Rock Cake

岩皮饼是一种表面粗硬，外形不规则的小甜饼。尽管它有着坚硬的表面，但是不应该像海格做得那样硬。吃海格制作的岩皮饼就像是直接嚼石头一样，能够把人的牙齿硌掉。

— 霍格沃茨餐桌上的食物 —

以下罗列的是在《哈利·波特》系列图书中，霍格沃茨餐桌上出现过的食物，通常是通过哈利的视角看到或品尝的，实际宴会上的食物品种可能更为丰富。

一年级的开学晚宴：
烤牛肉、烤仔鸡、猪排、羊羔排、腊肠、牛排、煮马铃薯、烤马铃薯、炸薯片、约克夏布丁、豌豆苗、胡萝卜、肉汁、番茄酱、苹果饼、糖浆饼、巧克力松糕、炸果酱甜圈、酒浸果酱布丁、草莓、果冻、米布丁，而且不知出于什么古怪的原因，还有薄荷硬糖。

一年级的圣诞晚宴：
烤火鸡、小香肠、拌了黄油的豌豆、肉卤、越橘酱、圣诞布丁、火鸡三明治、烤面饼。

三年级的圣诞晚宴：
牛肚。

四年级的开学晚宴：
土豆泥、牛排、约克郡布丁、糖浆馅饼、葡萄干布丁、巧克力蛋糕。

四年级迎接德姆斯特朗和布斯巴顿师生的晚宴：
法式杂鱼汤、黑布丁、牛奶冻。

四年级的圣诞晚宴：
猪排、匈牙利烩牛肉。

五年级的开学晚宴：
牛排和腰子馅饼、糖浆水果馅饼。

其他出现在学校餐桌上的食物：
牛排腰子布丁、菜肉烘饼、鸡肉火腿馅饼、粥、腌鲱鱼、面包片、鸡蛋、咸肉、肉馅土豆泥饼、克里比奇巫师小脆饼干。

其他出现在原著中的菜肴：
咸肉三明治、法式洋葱汤、夹肉馅饼、碎肉馅饼、洋葱汤、覆盆子果酱。

– 饮品 –

橙汁 / 橘子汁
Orange Juice

橙汁/橘子汁是由橙子或橘子压榨成的果汁，经常在霍格沃茨早餐时供应。

纯麦芽威士忌
Single-malt Whiskey

纯麦芽威士忌通常是指只用发芽大麦为原料制造，在橡木桶中陈酿多年后调配制成的烈性蒸馏酒。

蛋酒
Eggnog

蛋酒是一种使用牛奶和鸡蛋制成的甜味饮料。

杜松子酒
Gin

杜松子酒是一种烈性酒，又名金酒、琴酒，最先由荷兰生产，在英国大量生产后闻名于世，是世界第一大类的烈酒。

蜂蜜酒
Mead

这是一种在蜂蜜中加水稀释，经过发酵生成酒精而制成的酒精饮料，在魔法世界中非常受欢迎。

甘普陈年交际酒
Gamp's Old Gregarious

这是一个巫师啤酒品牌,于18世纪初由破釜酒吧的老板创立。这种啤酒以首任魔法部部长尤里克·甘普命名,他在《国际巫师联合会保密法》实施后允许破釜酒吧继续存在,只需酒吧在麻瓜面前掩盖其存在,并要求所有顾客保持良好的行为。

甘普陈年交际酒非常难喝。尽管破釜酒吧会奖励喝完一品脱(约568.3毫升)这种啤酒的人100加隆的奖金,但时至2014年,仍没有任何人完成这一壮举。

戈迪根茶
Gurdyroot Infusion

戈迪根茶是一种使用植物戈迪根制成的饮品,味道很差。它呈现出一种甜菜汁般的淡紫色,在哈利看来,它尝起来像榨成汁的比比多味豆。

黄油啤酒
Butterbeer

黄油啤酒是一种泛着泡沫的啤酒,它名为酒,其实应该算作一种非常流行的酒精饮料。它只含有非常少量的酒精成分,但足以让家养小精灵喝醉。在霍格莫德的三把扫帚和猪头酒吧都有售,猪头酒吧的售价是每瓶2个西可。

火焰威士忌 / 热火威士忌
Firewhisky

这是一种巫师们喜欢的酒精饮料,未满17周岁的人不可购买。喝这种酒醉酒时会产生灼烧感,提升喝酒者的勇气。

接骨木花酒
Elderflower Wine

接骨木花酒是一种用接骨木花为原料酿制的葡萄酒。

朗姆酒
Rum

朗姆酒这是一种以甘蔗糖蜜为原料,经过发酵、蒸馏制成的一种蒸馏酒。

南瓜汽水
Pumpkin Fizz

南瓜汽水是一种魔法饮料。

南瓜汁
Pumpkin Juice

南瓜汁是一种在魔法世界非常普及的饮品。霍格沃茨特快列车上有冰镇南瓜汁卖,霍格沃茨的日常三餐中也都会出现南瓜汁。

荨麻酒
Nettle Wine

这是一种酒,无毒,虽名为"荨麻酒",但酿造原料不明。

哈利·波特百科全书

热巧克力 / 可可茶
Hot Chocolate

热巧克力是一种饮料,一般以热饮的形式提供。典型的热巧克力由牛奶、巧克力或者可可粉和糖混合而成。

石榴汁
Pomegranate Juice

石榴汁是石榴籽榨成的汁。

峡谷水
Gillywater

峡谷水是一种魔法世界的饮料。

香槟
Champagne

香槟是一种富含二氧化碳的起泡白葡萄酒。在芙蓉和比尔的婚礼上,一瓶瓶香槟在人群中悬空飘浮着。

小精灵酿的酒
Elf-made Wine

这是由小精灵酿造的自制葡萄酒。

雪利酒
Sherry

　　雪利酒是一种由产自西班牙南部赫雷斯地区的白葡萄所酿制的葡萄酒，可以用来饮用、烹饪，破釜酒吧有售。

- 麻瓜食物 -

柠檬雪宝
Sherbet Lemon

　　柠檬雪宝一种柠檬口味的麻瓜硬糖，里面填有碳酸粉。邓布利多特别喜欢这种糖果。

火星棒
Mars Bar

　　火星棒是一种麻瓜糖果。哈利在1991年第一次乘坐霍格沃茨特快列车的时候，本想从食品手推车上购买一大堆火星棒。

交通

- 魔法 -

※有关幻影移形/显形的信息详见前文"魔法&咒语"中的相关介绍。

- 船 -

波拿文都号
Bonaventure

1634年,葛姆蕾·冈特秘密乔装成男人,搭乘波拿文都号跨海到美洲捉拿伊索·瑟尔。

德姆斯特朗大船
Durmstrang Ship

德姆斯特朗大船是德姆斯特朗的师生来霍格沃茨参加三强争霸赛时所用的交通工具。

大船可以潜入水下,而当它浮出水面时,会翻起巨大的水花,出现一个大漩涡,就好像一个巨大的塞子突然从湖底被拔了出来。船有一根黑色的桅杆,船身如同一具骷髅,就好像它是一艘刚被打捞上来的沉船遗骸,舷窗闪烁着昏暗的、雾蒙蒙的微光,看上去就像幽灵的眼睛。

霍格沃茨的渡船
Hogwarts Boats

从霍格沃茨特快下车后，一年级新生都要乘船穿过黑湖才能达到城堡。每条船不能超过四人。船并不需要人划桨，是由魔法驱动的。

五月花号
Mayflower

五月花号现实历史中存在的船。1620年9月6日，五月花号载有包括男、女及儿童在内的102名清教徒由英国普利茅斯出发，在北美建立了第一块殖民地。随着美国的独立，该船就此名闻遐迩。

来自爱尔兰的女巫伊索·瑟尔从她那性情暴躁凶残的姨妈葛姆蕾·冈特处逃出去后，乘坐五月花号前往北美，并建立了伊尔弗莫尼魔法学校。

岩洞里的船
The Cave Boat

这是哈利和邓布利多到岩洞中寻找魂器时，伏地魔设置的去往湖中央的小船。只有乘坐小船，才不会被湖里的阴尸袭击。

小船原本沉在湖底，用一条粗粗的绿色铜链拴着，需要用魔法的方式才能找到（伏地魔坚信只有技艺十分高超的巫师才能发现那条小船）。小船如同链条一样，发出绿莹莹的光。伏地魔给小船施了一个魔咒，一次只能乘坐一位成年巫师，而所谓"一位"，考虑的不是重量，而是魔法力量的多少。

- 飞天扫帚 -

※详见前文魁地奇中的相关介绍。

— 车 —

布斯巴顿的马车
Beauxbatons Carriage

这是布斯巴顿的师生来霍格沃茨参加三强争霸赛时所用的交通工具。

这是一辆由12匹飞马牵引的粉蓝色马车,有一座房子那么大,那些马块头也不小,马蹄个个都有菜盘子那么大。

会飞的福特安格里亚车
Flying Ford Anglia

这是一辆浅蓝色的福特安格里亚105E豪华版轿车。韦斯莱先生对它进行了改装,使这辆车可以飞行,而且能够通过一个叫隐形助推器的设备实现隐身。除此之外,汽车内部的空间也被扩大,所以里面能够轻易坐进八个人,还能放下六只大箱子、两只猫头鹰和一只老鼠。

霍格沃茨马车
Hogwarts Carriages

从霍格沃茨特快下车后,学生们(除了一年级)都要再乘马车从霍格莫德车站去城堡。马车由夜骐拉着,因为大多数人看不到夜骐,所以看起来就像马车会自动行驶。马车里面有一股淡淡的霉味和稻草味。

霍格沃茨特快列车
Hogwarts Express

这是一列往返于伦敦国王十字车站和霍格莫德车站的列车。它在一年里往返约六次。

每年的9月1日上午11点,霍格沃茨特快列车都会准时从国王十字车站的9¾

站台出发，送学生前往霍格沃茨魔法学校。火车在傍晚时抵达霍格莫德车站。在圣诞节或复活节假期，有些学生也会选择乘坐这趟列车返回国王十字车站，回家度过假期。当然，有些学生也会选择留在学校。每年6月学年结束时，霍格沃茨特快列车会带着学生返回伦敦。

霍格沃茨特快列车一开始是由英格兰柴郡克鲁的麻瓜工程师在19世纪中前期建造的，是一种蒸汽机车。和现代麻瓜所使用的火车不同的是，霍格沃茨特快列车仍然是红色的蒸汽机车。麻瓜在建造这辆火车时使用了蒸汽机驱动，但目前霍格沃茨特快列车完全依靠魔法运行。

火车的客车车厢中分为许多小隔间，每个隔间都是一个相对封闭的区域。通过车厢中的走廊可以进入所有隔间。在开往霍格沃茨的长途旅行中，学生可以从食品手推车上购买零食，如南瓜馅饼、巧克力蛙等。除了手推车售货员和司机之外，霍格沃茨特快列车上通常没有其他的成年人。不过，一些教师有时也会乘坐火车前往学校，比如卢平和斯拉格霍恩教授。

在列车的前部车厢有专门的隔间供级长使用。火车上的隔间似乎是按照字母排序的。1996年，鼻涕虫俱乐部曾在C号隔间中进行首次集会。

骑士公共汽车
Knight Bus

骑士公共汽车是一辆紫色的三层公共汽车，是用于运送陷入困境的巫师的紧急交通工具，能够将乘客运送到陆地上的任何地方。它的行进速度非常快，而它行驶方向上的所有障碍物都会自动跳到一边避开。搭乘骑士公共汽车的方法是将自己手中的魔杖伸到半空中，和麻瓜招呼出租车类似。

骑士公共汽车是巫师社会中相对较为现代的发明，并且（虽然很少承认）从麻瓜社会中获取了一些灵感。魔法世界对于能够让未成年人或体弱者安全谨慎使用的交通工具的需求已经存在了一段时间，而人们也曾经提供过不少的建议（比如出租车式的飞天扫帚、在夜骐下面悬挂篮子），但全部被魔法部否决。最后，时任魔法部部长的杜格德·麦克费尔想出了模仿麻瓜当时还比较新的"公共汽车服务"的主意。于是，骑士公共汽车在1865年上路运营。

在晚上，骑士公共汽车的窗户会拉上窗帘，车厢里会摆满黄铜柱的床，每张床边的托架上点有蜡烛，照亮木板车壁。如果在支付车费时加钱，则可以得到一杯热巧克力，或者一个热水袋和一支颜色任选的牙刷。例如，当哈利从小惠金区前往破釜酒吧的时候车费为11西可，而支付13西可则可以得到热巧克力，支付15西可则可以得到一个热水袋和一把牙刷。

在白天，车厢里则胡乱摆放着各式各样的椅子，样子十分不统一。

小天狼星的摩托车
Sirius Black's Motorbike

这是一辆巨大的、带黑色挎斗的轻型摩托车，能够在天上飞，原本属于小天狼星。

1981年，在万圣节波特夫妇牺牲后，小天狼星把摩托车借给了海格。

1997年7月27日，海格骑着这辆摩托车带哈利转移。此前韦斯莱先生帮海格改装了摩托车，按燃料表旁边的一个绿色按钮可以使排气管里喷出一道结结实实的砖墙，按第二个按钮可以喷出一张巨大的网，按里程计旁边的紫色按钮则可以喷出白热的蓝色龙火。在食死徒的追逐中，摩托车严重受损。之后韦斯莱先生将摩托车藏在陋居的后院里。

战后，韦斯莱先生修好了摩托车，并将其还给了哈利。

— 其他 —

动物
Animals

夜骐、鹰头马身有翼兽、飞马等。

飞路粉 & 飞路网
Floo Powder & The Floo Network

飞路粉是在13世纪由伊格内塔·威史密斯发明的。它的制造被严格地控制着。在英国只有飞路嘭公司一家特许生产商，这家公司的总部位于对角巷，但敲门从来不会有人应答。

从未有人反映过飞路粉的短缺，也没有任何人知道它的制造者是谁。它的价格已经有一百年未曾变过了：2西可一勺。每个巫师家庭里都有飞路粉的储备，一般都是方便地放在壁炉台上的一个盒子或花瓶里。

飞路粉的确切组成一直是一个被严密保守着的秘密。那些想自己制造的人从来没有成功过。圣芒戈魔法伤病医院每年都会收治至少一例被他们称为"伪飞路

（Faux Floo）"伤害的患者——也就是说，有人将自制的粉末扔进了炉火，并造成了灾难性的后果。

飞路粉已经被使用了好几个世纪，尽管在某种程度上说并不舒服，但仍然有许多优点。第一，与飞天扫帚不同，人们可以放心地使用飞路粉而不用担心破坏《国际巫师联合会保密法》。第二，与幻影移形不同，使用飞路粉很少或者根本不会造成严重的伤害。第三，儿童、老年人和体弱者也可以通过飞路网旅行。

几乎所有的巫师家庭都连接在飞路网里。尽管一个简单的咒语就可以让壁炉与飞路网断开连接，但想要将壁炉接入飞路网则需要魔法部的许可。这样的方式能够更有效地管理飞路服务，并防止麻瓜家庭的壁炉在不经意间被连入飞路网（但在紧急情况下可以建立临时连接）。

除了家用的壁炉，英国有1 000多个壁炉连接了飞路网，其中包括魔法部、各种巫师商店和旅馆的壁炉。霍格沃茨的壁炉通常情况下不会与飞路网连接，但在教职工不知情的情况下，有个别壁炉可能会被私自连接。

飞毯
Flying Carpets

飞毯是亚洲国家的巫师们最喜爱的交通工具。像印度、巴基斯坦、孟加拉国、伊朗和蒙古这些国家的魔法部，都用一种怀疑的目光看待魁地奇，所以这些国家的飞毯贸易都很兴隆。

但在英国有着禁运飞毯的规定，因为地毯在禁用魔法物品登记簿上被定义为麻瓜手工艺品。1994年魁地奇世界杯前，阿里·巴什尔对此提出抗议，后来他因为向英国国内走私飞毯而被抓获。

古灵阁小推车
Mine Cart

这是古灵阁用来带客人前往金库的交通工具。它们只能由妖精操控，沿着迷宫似的蜿蜒曲折的甬道疾驰，车速只有一挡。

门钥匙
Portkeys

　　门钥匙是一种被施过魔法的物品，可以将接触它的人传送到指定的位置。在大多数情况下，门钥匙是一种不起眼的日常用品，以防引起麻瓜们的注意。使用门钥匙旅行的感觉类似于"有钩子在肚脐眼后面使劲一拉"，将人带到目的地。

　　相比飞路粉，门钥匙所具有的有优势是能够一次传送多人。虽然只能去往相同的目的地，但目的地并不需要有壁炉。同时，使用门钥匙不需要像通过幻影显形转移一样，需要进行专门的训练，因此未成年巫师也可以使用。同时，门钥匙适用于白天，而诸如飞天扫帚、夜骐、飞车和火龙这样的转移方式则会有违反《国际巫师联合会保密法》的风险。

　　为了在保密的情况下传送大量人员，门钥匙通常都会选择那些不起眼的物品来制作，并摆放在较为偏僻的地方。这样可以防止路过的麻瓜在不经意间将它们捡起来。

消失柜
Vanishing Cabinet

　　一对消失柜可以作为连接两个地方的通道。放在一个消失柜中的东西或人会出现在另一个消失柜里。哈利上学后，有一对消失柜分别被收在博金-博克商店和霍格沃茨里。

　　关于消失柜的其他信息，详见前文魔法制品的介绍。

休闲 & 娱乐

− 霍格沃茨的宴会与仪式 −

分院仪式
Sorting Ceremony

分院仪式是霍格沃茨魔法学校一年一度的一项仪式，在每个学年开始时进行。这个仪式的目的是将一年级新生分配到学校的格兰芬多、赫奇帕奇、拉文克劳和斯莱特林这四个学院中。在全体学生乘坐霍格沃茨特快列车抵达学校后，他们首先会来到礼堂参加此仪式，仪式之后则是开学宴会。

开学宴会
Start-of-Term Feast

霍格沃茨魔法学校在新学年开始的第一天晚上进行开学宴会，欢迎新生入学、老生返校。每年的9月1日，在学生乘坐霍格沃茨特快列车来到学校后，就会前往学校的礼堂参加宴会。在宴会正式开始之前，首先进行的是一年级新生的分院仪式。

占卜学教授西比尔·特里劳尼通常不参加这类活动。

万圣节晚宴
Hallowe'en Feast

霍格沃茨魔法学校在每年的10月31日举行万圣节晚宴。晚宴时礼堂会以万圣节主题进行装饰："一千只蝙蝠在墙壁和天花板上扑棱棱地飞翔，另外还有一千只蝙蝠像一团团低矮的乌云，在餐桌上方盘旋飞舞，使南瓜肚里的蜡烛火苗一阵阵扑闪"。学校的幽灵也会在宴会最后进行表演：他们从墙上和桌子上突然出现，组成各种阵型表演滑行。由于万圣节晚宴是霍格沃茨举行的大型宴会之一，大多数学生对此都非常期待。

第十二章 日常生活

圣诞宴会
Christmas Feast

圣诞宴会是在圣诞日举办的宴会,由学校的教师和决定留在学校度过圣诞节假期的学生参加。

年终宴会 / 离校宴会 / 告别宴会
End-of-Term Feast / Leaving Feast

年终宴会是霍格沃茨魔法学校在一学年中的一项传统活动,在礼堂举行。年终宴会在每学年的最后一天晚上举行,宴会上进行的项目包括向分数最高的学院颁发学院杯。礼堂中的装饰也会按照赢得学院杯的学院代表色装扮。

— 巫师的其他休闲娱乐 —

《一锅火热的爱》
A Cauldron Full of Hot, Strong Love

这是一首由塞蒂娜·沃贝克演唱的"爵士味特别浓"的曲子。韦斯莱夫妇二人在18岁时跟着这首歌跳过舞。1996年圣诞节,韦斯莱家在收听巫师无线电广播时听到了这首歌。韦斯莱夫人十分感动,不过除了她之外,其他人对这首歌都没有兴趣——芙蓉在角落大声说话,以至于韦斯莱夫人要不断调高音量,弗雷德、乔治跟金妮玩起了噼啪爆炸牌,卢平憔悴地坐在一边像没听到这首歌一样。韦斯莱先生也快要睡着了,并向哈利道歉说这首歌很快就要完了。

歌词如下:

哦,来搅搅我的这锅汤,
如果你做得很恰当,
我会熬出火热的爱,
陪伴你今夜暖洋洋。

飞马比赛
Winged Horse Racing

飞马比赛的唯一已知选手为劳伦希娅·弗莱特沃克，其生于1947年，是一个著名的飞马饲养员和赛马选手。

高布石
Gobstones

高布石是一种类似于弹珠的古老魔法游戏，每失一分，赢家的石头会朝输家的脸上喷出一股臭烘烘的液体。游戏开始时每人有15颗小圆高布石（一副高布石有30颗），赢得对方的全部石子就是赢家。通常来说这些石子由石头制造，但也有用贵重金属制成的。

职业高布石选手在全国联赛或世界比赛中一争高下，但在魔法世界中，高布石还只是个小众的运动，并没有一个很"酷"的名声，这让高布石爱好者抱怨不已。高布石在小巫师中非常流行，但随着年龄的增长，他们通常就不再玩这一游戏，转而对魁地奇产生兴趣。

古怪姐妹演唱组 / 古怪姐妹乐队
Weird Sisters

该演唱组演奏时，除了使用传统的吉他、贝斯和架子鼓外，还会使用风琴、音效吉他、鲁特琴和大提琴。一些巫师摇滚乐队还会在麻瓜世界中演奏，他们所演奏的乐曲的灵感就来自古怪姐妹乐队。已知8名成员均为男性。

刽子手游戏
Hangman

刽子手游戏可以由两个人或多人玩，一个人想一个词，其他人根据提示字母来猜。

第十二章 日常生活

决斗俱乐部
Duelling Club

  决斗俱乐部是霍格沃茨魔法学校的一个俱乐部，其创办的目的是让霍格沃茨的学生学习如何在面对敌人时进行决斗。这个俱乐部由洛哈特创办于1992年，就在人们得知密室被重新打开后不久。不过，这个俱乐部并没有获得太大的成功。

马背头戏
Horseback Head-Juggling

  马背头戏是无头猎手队玩的一种游戏。它可能指的是在骑马的时候，抛起一个人的头后接住再抛起。

噼啪爆炸牌
Exploding Snap

  噼啪爆炸牌是一种巫师的纸牌游戏，纸牌会在游戏中自动爆炸。
  噼啪爆炸牌有三种版本。
  第一种：传统玩法。看到两张相同的图片时，用魔杖头击打卡片并获得一分。得分最高者胜。最困难的部分是，卡片洗牌会越来越快。
  第二种：耐性玩法。其比传统玩法难一些。每人手里有20张卡片，一次成对儿地翻开。玩家需找到两张相同的图片。如果没能找到配对的图片，卡片会在翻开的时候爆炸。
  第三种：巴伐利亚玩法。卡片被摆成一圈，翻开相同的卡片放在中间。若在规定时间内找不到那些相同的卡片，剩下的所有牌都会爆炸。
  罗恩曾用他那副噼啪爆炸牌搭城堡，当他把最后两张牌放到城堡顶上时，轰隆一声，整个城堡爆炸了，烧焦了他的眉毛。

十五子棋
Backgammon

十五子棋是一种古老的图版游戏，与国际象棋和西洋棋很像。《魁地奇溯源》的作者肯尼沃思·惠斯普很喜欢玩这种游戏。在麻瓜世界中，这种棋也被称为双陆棋。

十柱滚木球戏
Ten-pin Bowling

十柱滚木球戏就是通常所说的保龄球。据巧克力蛙卡片上的说法，十柱滚木球戏是邓布利多的爱好之一。

嗜血舞会
The Blood Ball

在《被诅咒的孩子》一书中，阿不思和斯科皮利用时间转换器第二次回到过去的时候，斯莱特林学院将要举办的一场舞会就是嗜血舞会。波利·查普曼曾希望斯科皮·马尔福能作为自己的舞伴，陪她一同出席嗜血舞会，但她的邀请遭到拒绝。

淘气妖精
The Hobgoblins

淘气妖精是一个著名的巫师乐队。1980年，他们在小诺顿区教堂大厅举办了一场音乐会。结果，乐队领唱胖墩勃德曼被一个萝卜打中了耳朵，他也从此退出了公众视线。

头顶球
Head Polo

头顶球是无头猎手队玩的一种游戏。它可能指的是两队人在马背上用长柄杆互相将他们的头击入对方球门得分。

巫师棋
Wizard's Chess

巫师棋和麻瓜的国际象棋一模一样，但它的棋子都是活的，所以使人感觉更像是在指挥军队作战。

棋盘由64个黑白相间的格子组成，双方各有16个棋子，包括一个国王，一个王后、两个城堡、两个主教、两个骑士、八个禁卫军。

棋手通过说话的方式移动棋子，比如"骑士去E5"。除了棋子可以自己移动，巫师棋和麻瓜棋的规则是一样的。棋子有自己的意识，哈利最开始用西莫的棋子下棋时，它们根本不信任他。因为他的巫师棋水平还不很高，棋子们东一句西一句地对他指手画脚。而罗恩的那副棋来自他的爷爷，虽然旧得破破烂烂，但罗恩对它们非常熟悉，毫不费力就能让它们听从他的调遣。

巫师无线联播
Wizarding Wireless Network

巫师无线联播（通常被缩写为WWN）是魔法世界中的一个很受欢迎的综合性无线电台。这个电台播出的节目包括由格兰达·斯托克主持的音乐类节目《魔法时间》、由蒂尔登·图茨主持的互动类节目《图茨发芽生根秀》以及新闻简报节目《巫师无线电新闻联播》。大多数巫师家庭出生的儿童都会从小收听这个电台的节目。

深受中年人群喜爱的著名歌手塞蒂娜·沃贝克的歌曲经常会在巫师无线电联播的《魔法时间》节目中播出，而在年轻人中间很受欢迎的古怪姐妹的歌曲也会在这个电台的节目中播出。

组织竞赛

魁地奇杯
Quidditch Cup

霍格沃茨魔法学校每年一届的魁地奇比赛，由各学院选拔7名选手代表自己的学院参赛。获胜的队伍将获得这一学年的魁地奇杯。

全英巫师决斗大赛
All-England Wizarding Duelling Competition

全英巫师决斗大赛是一个在英格兰举办的决斗争霸赛。艾伯塔·图赛尔在1430年使用爆炸咒击败了夺冠呼声最大的萨姆森·威布林，赢得了冠军。

三强争霸赛
Triwizard Tournament

三强争霸赛是七百多年前创立的，是欧洲三所最大的魔法学校之间的一种友谊竞争。这三所学校是霍格沃茨、布斯巴顿和德姆斯特朗。

每个学校选出一名勇士，三名勇士比试三个魔法项目，分别在每个学年的不同时间进行。他们将从许多不同的方面来考验勇士，考验他们在魔法方面的才能、优势、胆量、理论、推理能力和战胜危险的能力。根据每个项目的完成质量给勇士评分，三个项目综合得分最高的勇士获胜。比赛每五年举行一次，三个学校轮流主办。

大家一致认为，这场比赛是不同国家之间年轻巫师们建立友谊的极好方式。可是后来，由于死亡人数和参赛的选手实在太多了，三强争霸赛就中断了。几个世纪以来，人们几次尝试恢复三强争霸赛。1994年（哈利四年级时），魔法部的国际魔法合作司和魔法体育司认为，再作一次尝试的时机已经成熟，所以重新开始比赛，奖金是一千加隆。参赛者有规定的年龄界限，即17岁以上的学生才允许报名。

1994年的三强争霸赛有史以来第一次产生四名勇士，他们分别是：德姆斯特朗的勇士威克多尔·克鲁姆、布斯巴顿的勇士芙蓉·德拉库尔、霍格沃茨的勇

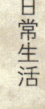

哈利·波特百科全书

士塞德里克·迪戈里和哈利·波特。

此次比赛共分为三个项目：1994年11月24日，进行第一个项目——从火龙那里拾取金蛋，为的是考验参赛者的胆量，而且要当着其他学生和裁判团的面完成。在完成比赛项目时，勇士不得请求或接受其老师的任何帮助。勇士面对第一轮挑战时，手里唯一的武器就是自己的魔杖。1995年2月24日，进行第二个项目——从大湖湖底的人鱼手里救回人质。1995年6月24日，进行第三个项目——在树篱做成的迷宫内寻找三强争霸赛奖杯。

另外三强争霸赛还有一个传统惯例，在比赛期间的圣诞节举行圣诞舞会，各学校的巫师及其舞伴在舞会开始的时候跳舞。

学院杯
House Cup

学院杯是霍格沃茨的一个年度奖项。每学年结束时，学院杯会颁发给学院分最高的学院。在一学年中，教师和级长有权为不同的学院加减学院分。学生的出色表现（比如正确回答问题等）会给自己的学院加分，而行为不端或违反校规则会减分。赢得魁地奇杯冠军的学院会得到额外的加分。

霍格沃茨城堡门厅中的学院分沙漏会实时记录每个学院的分数。代表不同学院的四个沙漏中分别装着不同的宝石：格兰芬多沙漏中为红宝石，拉文克劳沙漏中为蓝宝石，斯莱特林沙漏中为绿宝石，而赫奇帕奇沙漏中则为钻石。

书籍 & 报刊

《20世纪的伟大巫师》
Great Wizards of the Twentieth Century

这是一本介绍魔法世界历史中20世纪内的著名巫师的书籍。在霍格沃茨魔法学校图书馆中可以借到这本书。

《阿不思·邓布利多的生平和谎言》
The Life and Lies of Albus Dumbledore

作者：丽塔·斯基特

这是一本邓布利多的传记。丽塔在传记中用整整一章的篇幅来描述邓布利多与哈利之间的关系，说他们的关系是不健康的、邪恶的，还认为哈利可能参与了对邓布利多的谋杀。

邓布利多去世后仅四个星期，这本多达900页的传记就已出版。由此可知，丽塔应该在邓布利多死前就有出版此书的相关计划，当然，同时她也可以利用魔法来提升写作速度，如速记羽毛笔。

《阿芒多·迪佩特：大师还是白痴？》
Armando Dippet: Master or Moron?

作者：丽塔·斯基特

这是一本阿芒多·迪佩特的生平传记。在《阿不思·邓布利多的生平和谎言》出版的时候，此书已是一本畅销书。据丽塔·斯基特以往的写作手法以及她的其他已知著作风格来看，这本书的内容很可能是对事实的夸大与歪曲。

《败坏法纪的狼：狼人为何不配生存》
Lupine Lawlessness: Why Lycanthropes Don't Deserve to Live

作者：埃莫雷特·皮卡迪

这是关于狼人的一本著作。在书中作者宣称即使狼人处于人类形态也是目无法纪、道德缺失的。

《被遗忘的古老魔法和咒语》
Olde and Forgotten Bewitchments and Charmes

作者：E. 利摩斯（《预言家日报》记者及专栏作家）

这是一本关于古老魔法和咒语的魔法书籍。这本书的字非常小，而且排列细密，离得很近才能看清楚具体内容。

《标准咒语》
The Standard Book of Spells

作者：米兰达·戈沙克

《标准咒语》系列书是米兰达·戈沙克为霍格沃茨魔法学校编写的一套教科书，适用于多种科目，内容包括学生所要学习的各种符咒。此系列包括《标准咒语（初级）》《标准咒语（二级）》《标准咒语（三级）》《标准咒语（四级）》《标准咒语（五级）》《标准咒语（六级）》。

在对角巷丽痕书店可以购买到这一系列教科书。

《拨开迷雾看未来》
Unfogging the Future

作者：卡桑德拉·瓦布拉斯基

价格：2加隆/本

这是一本占卜学书籍。这本书开本较大，内容丰富，采用黑色硬精装，封面插图为云雾朦胧的满月。书中介绍了手相、茶叶占卜、水晶球等占卜学知识。此书在丽痕书店有售。最晚从1993年起，这本书就是霍格沃茨魔法学校的占卜课教材之一。

《查威克的魔力》
Chadwick's Charms

作者：查威克·布特

这是一套由伊尔弗莫尼魔法学校创始人之一的查威克·布特编写的教学用书，一共有七卷，被伊尔弗莫尼魔法学校作为教科书使用。

《唱唱反调》
The Quibbler

主编：谢诺菲留斯·洛夫古德

这是一份发表稀奇古怪文章的巫师小报。它曾刊登丽塔·斯基特就伏地魔复活一事对哈利的采访。

《初学变形指南》
A Beginner's Guide to Transfiguration

作者：埃默里克·斯威奇
价格：1加隆/本

这是一本变形术教科书，是每一个学习变形术学生的理想起点。这本书向年轻的男女巫师介绍了变形术和变形咒的使用方法。此书被列入霍格沃茨魔法学校一年级的必备用品清单，在丽痕书店有售。

《从孵蛋到涅槃：养龙指南》
From Egg to Inferno: a Dragon-Keeper's Guide

这是一本介绍火龙及其饲养方法的书籍。霍格沃茨魔法学校图书馆中有这本书。

《邓布利多军：退伍者的阴暗面》
Dumbledore's Army: The Dark Side of the Demob

作者：丽塔·斯基特
价格：10加隆/本

这是一本邓布利多军的传记，书中披露了前邓布利多军成员的诸多缺点。据丽塔以往的写作手法以及她的其他已知著作风格来看，这本书的内容可信度不高。书的封面是一张哈利和金妮的照片，可以看到图中的两人正在回避拍摄。此书于2014年7月31日在丽痕书店发售。

《凡尘俗世的哲学：为什么麻瓜们不喜欢刨根问底》
The Philosophy of the Mundane: Why the Muggles Prefer Not to Know

作者：莫迪克斯·埃格

出版者：尘埃－霉菌出版社

这是一本探讨麻瓜对魔法世界存在态度的书籍，于1963年出版。此书中探讨了一种麻瓜社会现象：即使借口非常荒谬，麻瓜也会努力去相信这个借口，并忽视魔法的存在。

书中剖析了麻瓜在意外听到巫师无线电联播时，为什么更愿意相信是自己听错了，而非产生了幻觉或相信有魔法存在。

这本书中还指出了巫师与麻瓜之间的婚恋现象，与巫师相爱的麻瓜通常不会背叛自己的丈夫或者妻子，而当失恋的麻瓜说自己的前男友/前女友是个男巫或者女巫的时候，他们会遭到来自其他麻瓜的嘲笑。据作者的研究，这就是麻瓜与巫师的跨界婚姻并没有大规模暴露魔法社会存在的原因。

这本书的封面上有简笔线条绘制的三个头像。这三个头像所作出的动作是"三不猴"的变体。"三不猴"表达了睿智的三个秘密：不见、不闻、不言。这本书封面上的脸象征着麻瓜对魔法世界不见、不闻、不言的态度。此书在丽痕书店有售。

《疯麻瓜马丁·米格斯历险记》
The Adventures of Martin Miggs, the Mad Muggle

出版者：L·C·A·连环画出版社

这是讲述"疯"麻瓜马丁·米格斯的历险故事的系列魔法连环画。第一期出版于20世纪60年代。漫画主人公来自法国，他说着夹杂着法语口音的英语，穿戴的贝雷帽和条纹衬衫也均常见于对典型法国人的描写。在20世纪90年代出版的30周年纪念刊中，可以看到马丁在一间教室里。

《高级变形术指南》
A Guide to Advanced Transfiguration

这是一本变形学教科书。霍格沃茨魔法学校的六、七年级学生需要用到这本书，它是变形学的高级进阶教科书。

《高级魔药制作》
Advanced Potion-Making

作者：利巴修·波拉奇

价格：9加隆/本

这是一本关于高级魔药配方以及相关魔药的制作方法的书籍，已成为教材几十年，在霍格沃茨魔法学校是魔药学N.E.W.T.级别考试的课程教材。

《高级如尼文翻译》
Advanced Rune Translation

这是一本关于如尼文翻译的进阶书籍。这本书的用途并未明确表述，但它在学习芭丝茜达·芭布玲教授的古代如尼文研究课程时应该是一本重要的参考书籍。

《给忙碌烦躁者的基本魔咒》/《对付多动和烦躁动物的基本魔咒》
Basic Hexes for the Busy and Vexed

这是一本主要为那些没有时间或耐心去学习复杂符咒的巫师介绍简单的基础性毒咒的书籍。

《给你的奶酪施上魔法》
Charm Your Own Cheese

作者：格丽塔·凯奇拉福

价格：5加隆/本（修订版）

这是一本巫师界著名的介绍奶酪制作方法的书籍。

《怪兽及其产地》
Fantastic Beasts and Where to Find Them

作者：纽特·斯卡曼德

价格：2加隆/本

这是一本详细介绍魔法动物学并且描述了许多神奇生物的特性及其栖息地的书籍。

此书在1927年一经问世，就被指定为霍格沃茨魔法学校的教科书，这本书为学生在保护神奇生物课考试中连续获得好成绩立下了汗马功劳。不过它并不只是一本教科书，巫师们会一代一代地将这本书翻下去，直到翻得破烂不堪。此书在丽痕书店有售。

此书的麻瓜世界复制版是罗琳在2001年为了给喜剧救济基金会的慈善事业募集资金而编写的，中文版名为《神奇动物在哪里》。

《黑魔法：自卫指南》
The Dark Forces: A Guide to Self-Protection

作者：昆丁·特林布

价格：1加隆/本

这是一本有关多种黑魔法、黑暗生物（女妖、狼人、红帽子、僵尸等）以及相关的针对性防御咒的书籍。此书在霍格沃茨魔法学校一年级的必备用品清单中，在丽痕书店有售。

《糊弄麻瓜的简单法术》
Easy Spells to Fool Muggles

本书的内容都是一些简单符咒，是一本关于教授人们通过简单的小把戏在麻瓜面前隐藏魔法世界的书籍。

1992年在丽痕书店可以买到它，1995—1996学年它正在发行第二版。

《幻影显形常见错误及避免方法》
Common Apparition Mistakes and How to Avoid Them

这是一本魔法部颁发的小册子，专门讲解幻影显形中经常会出现的错误以及规避这些错误的方法。

《会魔法的我》
Magical Me

作者：吉德罗·洛哈特

本书是由洛哈特本人撰写的自传。这本书中主要介绍了洛哈特的成就，但是书里面的内容绝大部分都是假的。

《霍格沃茨，一段校史》
Hogwarts: A History

这是一本关于霍格沃茨魔法学校历史的书。书中提到霍格沃茨魔法学校礼堂天花板会因为施了魔法显示外面的天气；巫师在霍格沃茨校内不能幻影显形；麻瓜无法看见霍格沃茨等信息。

《吉德罗·洛哈特教你清除家庭害虫》
Gilderoy Lockhart's Guide to Household Pests

作者：吉德罗·洛哈特

这是一本讲解清除家庭害虫方法的书籍。与洛哈特的其他大多数作品不同，这本书真的提供了很多驱除家庭害虫的实用性建议。当然，这些建议实际上很有可能也是别的男女巫师通过经验总结得来，而非洛哈特本人想出来的。

《尖端黑魔法揭秘》
Secrets of the Darkest Art

这是一本主要介绍黑魔法的大部头书籍,并且是唯一一本已知的详细介绍魂器制作方法与摧毁方法的图书。

《解梦指南》
The Dream Oracle

作者:伊尼戈·英麦格

这是一本有关解梦知识的书籍,封面为皮制。此书中的内容可以帮助人通过梦境对未来进行预测。

《今日变形术》
Transfiguration Today

这是一本侧重于变形术领域最新发展的学术刊物。这本期刊既会刊登一些文章,也会发表一些在这一领域较为杰出、知识渊博的学者的论文。这份杂志也会评选《今日变形术》最具潜力新人奖,颁发给特别擅长变形术的霍格沃茨学生。

《近代巫术发展研究》
A Study of Recent Developments in Wizardry

这是一本介绍魔法领域最新发展的书籍,可以在霍格沃茨魔法学校的图书馆中找到。

《烤面包的魔法》
Enchantment in Baking

这是一本关于面包的魔法烹饪书籍。在陋居的壁炉架上可以找到这本书。

《疗伤手册》
The Healer's Helpmate

这是一本介绍常见的介绍魔法疾病、伤害及其治疗方法的书籍，普通巫师即可购买。

《毛鼻子，人类心》
Hairy Snout, Human Heart

出版者：惠滋·哈德图书公司

这是一本由匿名作者写的书籍，这本书讲述的是一个巫师与狼人化抗争的令人心碎的故事，于1975年出版。20世纪90年代时这本书已经成为一部经典作品。

《魔法防御理论》
Defensive Magical Theory

作者：威尔伯特·斯林卡

这是一本魔法防御类理论书籍，此书不鼓励使用任何具有攻击性的防御性魔法。

《魔法理论》
Magical Theory

作者：阿德贝·沃夫林

价格：2加隆/本

这是一本魔法理论书籍。此书在霍格沃茨魔法学校一年级的必备用品清单中。在霍格沃茨魔法学校图书馆中也可以找到这本书。此书在丽痕书店有售。

哈利·波特百科全书

《魔法名胜古迹》
Sites of Historical Sorcery

这是一本向人们介绍魔法世界中历史古迹的书籍或宣传册。书中提到霍格莫德的一家小酒馆曾被用作1612年妖精叛乱时的巫师指挥部。

《魔法史》
A History of Magic

作者：巴希达·巴沙特

价格：2加隆/本

这是一本魔法世界历史书籍。此书最早由小红书图书公司于1947年出版，书中介绍了19世纪之前的魔法世界历史，并且被列入霍格沃茨魔法学校一年级的必备用品清单。此书在丽痕书店有售。

《魔法图符集》
Magical Hieroglyphs and Logograms

这是一本关于古代如尼文研究的魔法理论书籍。

《魔法药剂与药水》
Magical Drafts and Potions

作者：阿森尼·吉格

价格：2加隆/本

这是一本介绍魔法药剂及其制作方法的书籍。此书是霍格沃茨魔法学校魔药学课程和黑魔法防御术课程的教科书，被列入霍格沃茨魔法学校一年级的必备用品清单。书中介绍了多种药剂。此书在丽痕书店有售。

《魔法字音表》
Spellman's Syllabary

这是一本古代如尼文的字音表，字音表中可能收录了古代如尼文的文本、含义及其与现代英文的读音对照。

《魔文词典》
Rune Dictionary

这是一本帮助巫师理解如尼文和进行如尼文翻译的词典。霍格沃茨的学生在选修古代如尼文研究课程时需要使用这个词典翻译如尼文。

《千种神奇药草及蕈类》
One Thousand Magical Herbs and Fungi

作者：菲利达·斯波尔
价格：2加隆/本

这是一本介绍魔法世界中千种不同药草和蕈类的书籍。此书是植物类魔药成分的重要参考指南，被列入霍格沃茨魔法学校一年级的必备用品清单，会在霍格沃茨魔法学校的魔药课上用到。此书在丽痕书店有售。

《强力药剂》
Moste Potente Potions

这是一本介绍高级魔药及其制作方法的书籍。书内介绍的魔药有很多是危险的、具有争议的、神秘的，因此需要魔药制作人具有高超的魔药制作能力。书中的插图会描绘这些危险魔药的可怕效果，因此霍格沃茨魔法学校图书馆将这本书存放在禁书区中。此书中包含复方汤剂的制作方法。

《生而高贵：巫师家谱》
Nature's Nobility: A Wizarding Genealogy

这是一本介绍纯血统巫师家族的书籍。它列出了全部父系血统已经绝种的纯血统家族。

《诗翁彼豆故事集》
The Tales of Beedle the Bard

这是一本面向幼年男女巫师的故事集。霍格沃茨魔法学校的学生熟知书中的故事如《巫师和跳跳埚》《好运泉》等，就如同麻瓜儿童熟知《灰姑娘》《睡美人》一样。这本书中一共收录了五个故事：《男巫的毛心脏》《巫师和跳跳埚》《好运泉》《兔子巴比蒂和她的呱呱树桩》《三兄弟的传说》。

《好运泉》的故事意在说明每个人都有不幸，但只要努力去追求幸福，最终都能找到属于自己的幸运泉，因为这个泉水是由我们自己创造的。

很久很久以前，魔法所保护和笼罩着一个令人心旷神怡的花园。传说园林中一座高高的小山上有一口好运泉。被泉水洗浴过的人会得到永久的好运。这天天还没亮，便有好多人在园林的墙外等待，希望能够去往好运泉。有三个女人很可怜：一个得了绝症；一个被坏巫师骗光了钱；还有一个失恋。这三个女巫互相同情，并约定三人共同努力，一起接受好运泉水的洗礼。就在这时，墙壁上裂开了一道缝，三个女巫和一个骑士被蔓藤一块儿拽进了园内。之后四个人一起克服了困难来到了好运泉。为了到达好运泉，失恋的女巫把和前男友回忆丢进了河水中，所以忘记了失恋的痛苦。身体不好的女巫因为旅途劳顿病发的时候，被骗钱的女巫刚好在泉边找到草药，所以她的病被治好了。被骗钱的女巫发现泉边的好多草药能治百病，就采了许多草药。由于自己的困难都解决了，三个女巫慷慨地将沐浴泉水的机会给了骑士。骑士沐浴完后，觉得自己是天底下最幸运的人。同时他发现他爱上了失恋女巫，于是向她求婚，两个人终成眷属。但谁也不知道，好运泉其实只是普通的泉水，并没有魔法。

《男巫的毛心脏》是《诗翁彼豆故事集》五篇童话中最黑暗的一个故事，意在告诫年轻的男女巫师不要乱用黑魔法。

故事的主人公是一个英俊、富有、聪慧的年轻男巫，他认为情感是人的一个弱点，于是决定使用黑魔法剜出自己的心脏封存起来，阻止自己爱上别人。男巫自满于自己的生活，但后来却因为两个仆人在背后同情和嘲笑自己单身而愤怒。男巫为了让别人羡慕自己，决定寻找一个完美的妻子。第二天，他就幸运地遇见了一个完美的姑娘。男巫说服了姑娘和她的家人参加自己城堡里的宴会，用偷来的情话讨好姑娘。但姑娘说，只有在觉得他真的有一颗心的时候，才会相信他。男巫带姑娘来到城堡的地牢，给她看那个封存着自己心脏的魔法水晶匣子。由于离开本体太久，男巫的心脏已经变得皱缩，长满了黑毛。男巫答应了姑娘的请求，把心脏放回胸腔，但是这个心脏因脱离身体太久变得鲁莽野蛮、凶猛乖戾，所以男巫挖出姑娘的心脏替代自己的，但长毛的心脏已经非常强大，他无法用魔法取出。男巫不想再被长毛的心脏控制，于是用匕首把它挖了出来。最终他倒在姑娘的尸体上，每只手里抓着一颗心脏。

《三兄弟的传说》是一个在魔法世界中流传的儿童故事，被收录在《诗翁彼豆故事集》中。虽然大多数巫师都认为这个故事是想教给孩子道德（比如谦逊和智慧），但也有一些人认为这个故事指的实际上是死亡圣器，即数代巫师梦寐以求的、具有强大魔力的三件物品。

故事围绕着三个巫师展开，他们使用魔法架桥通过了一条危险的河流，征服了死亡。死神对此很生气，因为他觉得自己失去了三个新的祭品。他假装祝贺三兄弟，并让他们各选择一样东西作为奖励：老魔杖、复活石和隐形衣。三兄弟中的两个哥哥希望更进一步征服死亡，愚昧地选择了老魔杖和复活石，最终过早地死亡。三兄弟中的老三比他的两个哥哥更聪明，他选择了隐形衣，并在自己能够接受死亡后，才像和老朋友见面一样迎接死神，离开人间。

《兔子巴比蒂和她的呱呱树桩》的故事是《诗翁彼豆故事集》的五篇童话中最长的一篇，这篇故事诙谐幽默，通过国王的愚蠢和骗子巫师的奸诈，来衬托女巫的聪明和正直。

很久很久以前，有一个愚蠢的国王，他只想让自己拥有魔法的力量，于是建立了女巫追捕队，招聘魔法教授，一个狡猾的江湖骗子假装魔法高超的巫师，用一些简单的戏法骗过了愚蠢的国王。一天，骗子骗国王练习假魔法的时候，被皇宫里的一个真女巫（洗衣妇）嘲笑了。国王很不高兴，宣布第二天要让骗子当着大臣的面帮他施展魔法，不行就杀头。骗子很生气，他无意中看到了女巫用魔法洗衣服，便威胁女巫明天躲到树丛里施展魔法，否则就揭穿她的身份。女巫答应了。第二天国王成功施展了好几个魔法，最后国王想让一只狗起死回生，女巫做不到。国王被大臣们取笑，骗子便对国王进言，说不能起死回生是因为女巫的干扰。国王下令杀死女巫。女巫施展魔法逃跑，女巫追捕队的猎犬最后围着一个树桩不停地叫，骗子说女巫肯定变成了树桩，但树桩被砍倒后却传来了响亮的笑声，女巫的声音说，把巫师砍成两半无法杀死巫师。为了验证她的话，骗子巫师被砍成了两半。女巫接着对国王说，把一个女巫砍成两半，国王的王国就会遭到诅咒。国王对女巫的每一丝伤害，都会报应到国王身上，除非国王答应保护国家内所有巫师平安地练习魔法，并且还要给女巫建一个纯金的雕塑。国王答应了女巫。当人都离开木桩之后，一只兔子叼着一支魔杖蹦出树桩，蹦蹦跳跳地离开了。从此，这个国家再没有巫师受到迫害。

《巫师和跳跳埚》的故事意在告诉年轻巫师应该助人为乐，多帮助身边的每一个人。

第十二章　日常生活

很久很久以前,有一个受人爱戴的巫师,他使用自己的魔力帮助邻居,用一口魔力锅制造药品治病。在巫师死后,他把一切留给了儿子,但是他的儿子冷漠自私,和父亲没有任何相似之处。父亲死后,儿子发现魔力锅里有一只拖鞋和一张便条,上面写着"亲爱的儿子,我真诚地希望,你以后再也不需要这些东西"。儿子没在意,把锅扔在了角落里。过了几天,邻居老农妇的孙女长了肉瘤,请他帮助,被他拒绝。那只魔力锅突然长出了一只黄铜脚。锅里面的鞋蹦了出来,套在了黄铜脚上。这只锅开始不停地往外喷肉瘤,一边跳一边发出刺耳恶心的响声。因为锅一直在他身边吵闹,儿子完全不能休息,什么魔法都没有用。之后只要他拒绝帮助,那只锅就变本加厉地报复。最后儿子带着那只锅跑到了街上向四面八方发射治病救人的咒语。大家的病痛都消失了,儿子也幡然醒悟,大声宣布以后有困难就找他,魔力锅终于安静了下来。

《实用防御魔法及其对黑魔法的克制》
Practical Defensive Magic and Its Use Against the Dark Arts

这是一本介绍实用型防御魔法的书籍,书中记录的所有的反恶咒和毒咒都有彩色的动画图解,方便读者理解。这本书的论调与乌姆里奇要求学生学习的《魔法防御理论》完全相反。

《实用魔药大师》
The Practical Potioneer

这是一份与魔药研究有关的巫师学术类杂志。

《食肉树大全》
Flesh-Eating Trees of the World

这是一本在霍格沃茨魔法学校六年级的草药课中会使用到的教科书。这本书中介绍了如何给疙瘩藤的荚果挤汁。

《斯内普：恶徒还是圣人？》
Snape: Scoundrel or Saint?

作者：丽塔·斯基特

这是一本西弗勒斯·斯内普的传记。它的写作时间在斯内普突然逝世之后。在哈利将斯内普的真实身份公之于众后，丽塔显然不会放过这样特殊的传奇经历，一定会亲自执笔这本书。考虑到斯基特通常的写作方法以及其已知著作的风格，这本书可能会更加注重描述斯内普是一个恶徒，而非一个圣人。

《死亡预兆：当你知道厄运即将到来时该怎么办》
Death Omens: What to Do When You Know the Worst is Coming

这是一本描述死亡预兆的占卜类书籍。书的封面图案是一只黑狗，一条熊一样的大狗，一双发亮的眼睛好像在瞪着读者，人们认为它是死亡的预兆。

《为消遣和盈利而养龙》
Dragon Breeding for Pleasure and Profit

这是一本介绍饲养火龙方法的书籍。霍格沃茨魔法学校图书馆中有这本书。

《我的麻瓜生活》
My Life as a Muggle

作者：黛西·胡克姆

这是一本由自传式书籍，讲述了黛西在自愿不使用魔法的情况下生活一年的个人经历，非常畅销。

《我的哑炮生活》
My Life as a Squib

作者：安格斯·布坎南

这是哑炮安格斯·布坎南的自传，他因在麻瓜世界中的苏格兰橄榄球代表队中效力而出名。

这本书使整个魔法世界开始注意生活在阴影中的哑炮的生存处境。他们出身于魔法世界，却因无法施展魔法而被看作二等公民。哑炮只能在魔法世界与麻瓜社会之间来回转换，无法找准自身定位。而布坎南的故事向人们展示出，他们尽管会遇到困难，但仍然有成功的机会。

《我的哑炮生活》出版于1900年，一经出版立刻就成为魔法世界范围内的畅销书，在2014年迎来了它的第110次印刷。

《巫师的十四行诗》
Sonnets of a Sorcerer

这是一本危险的书，并非因为它的内容如何高深危险，而是因为这本书本身可以诅咒阅读它的人一辈子都只能用五行打油诗说话。

《巫师周刊》
Witch Weekly

这是一本深受女巫欢迎的杂志。这里面包含文章、测验、咨询栏目、菜谱等内容。它似乎还会报道大量的名人新闻，比如与哈利或者魁地奇明星有关的内容。韦斯莱夫人是《巫师周刊》的读者之一。

《现代魔法的重大发现》
Important Modern Magical Discoveries

这是一本介绍魔法世界现代重大发现的书籍。这本书可以在霍格沃茨魔法学校的图书馆中找到。

《小人物，大计划》
Little People，Big Plans

作者：拉格诺（妖精）

此书主要讲述了妖精应有的权益，以及妖精们被巫师忽视的状况。

《血亲兄弟：我在吸血鬼中生活》
Blood Brothers: My Life Amongst the Vampires

作者：埃尔德·沃普尔

这是一本传记类书籍。这本书的内容可能是沃普尔与吸血鬼一起生活的经历。

《亚洲抗毒大全》
Asiatic Anti-Venoms

作者：利巴修·波拉奇

这是一本与亚洲魔药有关的书籍。

《妖怪们的妖怪书》
The Monster Book of Monsters

这是一本介绍可怕生物的书籍。书的封面是绿色的，书名是金色的。这本书本身具有攻击性，有时不仅攻击人类，书籍之间也会互相攻击。如果想看这本书，需要先用手指顺着书脊往下一捋，书会自动摊开。

《隐形术的隐形书》
The Invisible Book of Invisibility

这是一本介绍隐形力量的课本，考虑到这些书本身就可以隐形，书中很可能讲述了隐形术的理论与符咒。

《英国麻瓜的家庭生活和社交习惯》
Home Life and Social Habits of British Muggles

作者：威尔海姆·维格沃希
出版者：小红书图书公司
　　这是一本介绍大量英国麻瓜信息的书籍，于1978年出版。这本书中包含了很多麻瓜知识，包括对电的解释。凯瑞迪·布巴吉担任麻瓜研究课程的教授时，这本书曾是霍格沃茨魔法学校的教材。

《鹰头马身有翼兽心理手册》
The Handbook of Hippogriff Psychology

　　这是一本介绍鹰头马身有翼兽养育注意事项的书籍。这本书可以在霍格沃茨魔法学校的图书馆中借到。

《有所发现的麻瓜们》
Muggles Who Notice

作者：布伦海姆·斯托克
　　本书出版于1972年，书中介绍了一些曾使麻瓜注意到魔法世界的意外事件，如发生于1932年的伊尔福勒科姆事件。

《与巨怪同行》
Travels with Trolls

作者：吉德罗·洛哈特
　　这是一本介绍吉德罗·洛哈特英雄事迹的书籍，是他的七本系列书籍中的一本。这本书讲述的是洛哈特与巨怪之间的一些经历。

《与狼人一起流浪》
Wanderings with Werewolves

作者：吉德罗·洛哈特

这是一本介绍吉德罗·洛哈特英雄事迹的书籍，是他的七本系列书籍中的一本。这本书主要讲述了洛哈特帮助一个村子摆脱被狼人祸害的故事。洛哈特后来在密室中承认，故事真正的主人公是一个"丑陋的亚美尼亚老巫师"，洛哈特窃取了他的故事挪为己用，并用遗忘咒抹去了他的记忆。

《与母夜叉一起度假》
Holidays with Hags

作者：吉德罗·洛哈特

这是一本介绍吉德罗·洛哈特英雄事迹的书籍，是他的七本系列书籍中的一本。这本书主要讲述了洛哈特与女妖之间的故事。

《与女鬼决裂》
Break with a Banshee

作者：吉德罗·洛哈特

这是一本介绍吉德罗·洛哈特英雄事迹的书籍，是他的七本系列书籍中的一本。这本书主要讲述了洛哈特驱除万伦女鬼的英勇事迹。

《与食尸鬼同游》
Gadding with Ghouls

作者：吉德罗·洛哈特

这是一本介绍吉德罗·洛哈特英雄事迹的书籍，是他的七本系列书籍中的一本。为了让洛哈特给自己到图书馆禁书区借书的条子上签名，赫敏曾表示自己需要了解这本书中提到的一种慢性发作的毒液。洛哈特表示这本书是他"最满意的一本书"。

《与雪人在一起的一年》
Year with the Yeti

作者：吉德罗·洛哈特

这是一本介绍吉德罗·洛哈特英雄事迹的书籍，是他的七本系列书籍中的一本。这本书主要讲述了洛哈特与雪人之间的故事。书中提到洛哈特如何让雪人患上了感冒。洛哈特在这本书中透露自己最喜欢的颜色是丁香色。

《与吸血鬼同船旅行》
Voyages with Vampires

作者：吉德罗·洛哈特

这是一本介绍吉德罗·洛哈特英雄事迹的书籍，是他的七本系列书籍中的一本。这本书主要讲述了洛哈特与吸血鬼之间的故事。书中提到，一个吸血鬼在遇见洛哈特之后，就不吃别的，只吃萝卜了。

《预言家日报》
Daily Prophet

主编：巴拿巴斯·古费

这是一份总部位于伦敦的报纸。它是英国巫师获取新闻消息的主要渠道。由于这份报纸能够在英国的巫师界产生很大的舆论影响，因此这份报纸会倾向于从魔法部（与之有很强的联系）的观点出发向公众介绍事件。

不幸的是，《预言家日报》看起来并不是很遵循新闻诚信。与事实的准确性相比，他们更关心的是报纸的销量。在有些情况下，魔法部也会依靠《预言家日报》进行宣传，告诉公众自己正在做正确的事。

这份报纸通过猫头鹰向订户邮寄。霍格沃茨的教授和一些学生会在早上猫头鹰到来时收到报纸。这份报纸分为日报和晚报，后者则称为《预言家晚报》。《预言家日报》的周末版为《星期日预言家报》。此外，有新闻价值的重要报道也会很快寄到读者手中。如果新闻有变，报纸的内容也会在一天里发生改变。报纸上面可能使用了多种变化咒。

《遭遇无脸妖怪》
Confronting the Faceless

这是一本对应N.E.W.T.考试级别的黑魔法防御术教科书。已知这本书里介绍了不可饶恕咒之一的钻心咒。

《至毒魔法》
Magick Moste Evile

作者：戈德洛特 Godelot

这是一本介绍黑魔法的书籍。在霍格沃茨魔法学校图书馆的禁书区中可以找到这本书。书中仅提到了魂器这一称呼，并没有说明它到底是什么。

《中级变形术》
Intermediate Transfiguration

价格：2加隆/本

这是一本变形学教科书。霍格沃茨魔法学校三、四、五年级的学生都会用到这本书，它是学生继续学习变形术的必备读物。书籍的封面为红色，镶有金色护角，中间用金色带子束住，搭扣是一个看起来像祖母绿宝石一样的绿色装饰物。里面展示出一连串图解，如一只猫头鹰如何变成一个小型望远镜等。

此书在丽痕书店有售。

《祝你瓶中狂欢！》
Have Yourself a Fiesta in a Bottle！

作者：利巴修·波拉奇

这是一本介绍魔药制作方法的书籍。

《诅咒与反诅咒》
Curses and Counter-Curses

作者：温迪克·温瑞迪安

这是一本介绍诅咒、恶咒及其相关解除方法的书籍。

第十三章 别有深意的语言

哈利·波特百科全书

格言

表现我们真正自我的是我们的选择，选择比我们的能力重要得多。
It is our choices that show what we truly are, far more than our abilities.

不论你想拥有多少财富，获得多长寿命，你都可以如愿以偿！这两样东西是人类最想要的——问题是，人类偏偏就喜欢选择对他们最没好处的东西。
As much money and life as you could want! The two things most human beings would choose above all — the trouble is, humans do have a knack of choosing precisely those things that are worst for them.

不要怜悯死者，哈利。怜悯活人，最重要的是，怜悯那些生活中没有爱的人。
Do not pity the dead, pity the living, and above all, those who live without love.

当我们面对死亡和黑暗时，我们害怕的只是未知，除此之外没有别的。
It is the unknown we fear when we look upon death and darkness, nothing more.

对事物永远使用正确的称呼。对一个名称的恐惧，会强化对这个事物本身的恐惧。
Always use the proper name for things. Fear of a name increases fear of the thing itself.

对于头脑十分清醒的人来说，死亡不过是另一场伟大的冒险。
To the well-organized mind, death is but the next great adventure.

老年人低估年轻人的时候，是愚蠢和健忘的。
Age is foolish and forgetful when it underestimates youth.

冷漠和忽视造成的伤害，常常比直接的反感厉害得多。
But indifference, but also turned a blind eye is often straight forward than the harm to much larger offensive.

你才是死亡的真正征服者，因为真正的征服者绝不会试图逃离死神。他会欣然接受必死的命运，并知道活人的世界里有着比死亡更加糟糕的事情。

You are the true master of death, because the true master does not seek torun away from Death.He accepts that he must die, and understands that there are far, far worse things in the living world than dying.

你认为我们爱过的死者会真正离开我们吗？你不以为在苦难的时候，我们会更清晰地想起他们吗？

You think the dead we loved ever truly leave us? You think that we don't recall them more clearly than ever in times of great trouble?

人们容易原谅别人的错误，却很难原谅别人的正确。
People find it far easier to forgive others for being wrong than being right.

他那样忙于破坏自己的灵魂，从来无暇去了解一个纯洁健全的灵魂拥有何等无与伦比的力量。

He was in such a hurry to mutilate his own soul, he never paused to understand the incomparable power of a soul that is untarnished and whole.

一个人的出身并不重要，重要的是他成长为什么样的人！
It matters not what someone is born, but what they grow to be!

暂时使痛苦变得麻木，只会使你最后感觉疼痛时疼得更加厉害。
Numbing the pain for a while will make it worse when you finally feel it.

真相，这是一种美丽而可怕的东西，需要格外谨慎地对待。
The truth, It is a beautiful and terrible thing, and should therefore be treated with great caution.

第十三章 别有深意的语言

绰号 & 别称

阿尔
Al

"阿尔"是哈利的小儿子阿不思·西弗勒斯的昵称。

巴蒂·韦斯莱
Bardy Weasley

"巴蒂·韦斯莱"是"铁三角"寻找魂器时被狼人格雷伯克抓住时，罗恩顺口编出来的假名。

疤头
Scarhead

"疤头"是马尔福在魁地奇赛比赛时，挑衅哈利所用的称呼。

笨瓜
Pinhead

"笨瓜"是珀西的绰号之一，在1992年的圣诞节上，乔治和弗雷德给珀西的级长徽章施了魔法，让上面的字变成了"笨瓜"。

鼻涕精
Snivellus

"鼻涕精"是斯内普学生时代的绰号,是詹姆·波特和小天狼星为了戏弄他所起的,有时斯内普也被称为"Snivelly"。snivel在英语里有啜泣、流鼻涕的含义。

臭大粪
Skingving Sneak Thief

蒙顿格斯曾在1995年保护哈利期间擅离职守,哈利被摄魂怪袭击后,费格太太非常气愤地大喊"你这个不负责任的臭大粪"。

万事通
Know-it-all

"万事通"是赫敏的一个外号。1993—1994学年,斯内普代课教授黑魔法防御术课时,因赫敏抢答有关辨识狼人的问题,斯内普以"为了一个叫人没法忍受的'万事通'"为由扣了格兰芬多5分,这引起了全班同学的愤怒,说明大家是多么嫌恶斯内普,因为班上每一个人都至少有一次曾把赫敏叫成"万事通",而罗恩至少一星期两次对赫敏说她是"万事通"。

虫尾巴
Wormtail

"虫尾巴"是活点地图发明者之一,也是小矮星彼得的外号,因为学生时代他同詹姆·波特等人练习阿尼马格斯,他可以变身为老鼠。由于鼠疫的危害,老鼠从14世纪起就象征着不洁和不道德。在安静内敛的外表下,它们很有脑筋。

哈利·波特百科全书

D哥
Big D

"D哥"哈利的表哥达力的绰号,因为达力(Dudley)的首字母是D,达力军团的伙伴都这么叫他。哈利起初也这样叫他,不过是带着嘲讽的语气,直到1997年,哈利真正离开德思礼一家,才情真意切地用亲昵的语气这样叫了表哥达力。

大脚板
Padfoot

"大脚板"是活点地图的发明者之一,是小天狼星从学生时代起使用的外号,因为他的阿尼马格斯形象是一条大黑狗,这让他被朋友们称作"大脚板"。狗被认为是忠诚、温和的动物,它是勇气、警觉和忠实的象征,是忠诚和守护的代名词。此外,天空中的天狼星也被称为大犬座α星。

大难不死的男孩儿
The Boy Who Lived

"大难不死的男孩儿"是对哈利的称呼之一,因为他是唯一受到伏地魔袭击却幸存的人。《魔法石》第一章就以此为标题。

大头男孩
Bighead Boy

"大头男孩"是"男生学生会主席"的衍生词,1993—1994学年弗雷德和乔治曾将珀西的级长勋章上的字改为这个词。

疯姑娘
Loony

"疯姑娘"是卢娜的外号,因为别人觉得她有些古怪,所以称呼她为"疯姑娘"。

疯眼汉
Mad-Eye

"疯眼汉"是阿拉斯托·穆迪的绰号。

赫米
Hermy

"赫米"是1994—1995学年海格给赫敏起的绰号,因为对于格洛普来说,赫敏这个名字发音太难了,所以海格就让格洛普叫赫敏"赫米"。

黑魔王
Dark Lord

"黑魔王"是对伏地魔的另一个称呼。食死徒和纯血统主义者都这样称呼伏地魔。

浑身抽搐的小白鼬
Twitchy Little Ferret

"浑身抽搐的小白鼬"指马尔福。源于"疯眼汉"穆迪(实际是小克劳奇假冒)的变形术,他把马尔福变成一只白鼬,以惩罚他背后袭击哈利。

混血王子
Half-Blood Prince

　　这个绰号是斯内普在学生时代自封的。此处运用了英文中的双关语，既代表普林斯，又代表王子。因为斯内普的母亲叫Eileen Prince（艾琳·普林斯），而"prince"一词在英语中又有"王子"的意思。

尖头叉子
Prongs

　　"尖头叉子"是活点地图的发明者之一，是詹姆学生时代的绰号。詹姆的阿尼马格斯是一头牡鹿，他的守护神形态也一样，而牡鹿的角正和"尖头叉子"相呼应。

救世之星
The Chosen One

　　"救世之星"指哈利·波特，因为他几次和伏地魔较量都死里逃生。因为神秘事务厅的预言球事件，《预言家日报》称巫师界很多人猜测那个预言球的内容与哈利有关，他是人们所知的唯一从杀戮咒中生还之人。有人甚至称哈利为"救世之星"，他们相信，那个预言指出只有哈利才能使人们摆脱那个连名字也不能提的魔头。

老剑
Rapier

　　"老剑"是弗雷德·韦斯莱做客波特瞭望站广播节目时使用的化名。

老江
River

"老江"是李·乔丹主持秘密节目波特瞭望站时使用的化名。

老将
Romulus

"老将"是莱姆斯·卢平做客波特瞭望站广播节目时使用的化名。

老帅
Royal

"老帅"是金斯莱·沙克尔在波特瞭望站广播节目里做固定供稿人时使用的化名。

罗罗
Won-Won

罗恩的昵称，1996—1997学年，拉文德·布朗在和罗恩谈恋爱时曾这样称呼他。

模范珀西
Perfect Percy

其为"级长"的谐音，在伏地魔回来以前，珀西是韦斯莱夫人最得意的儿子，她总是喋喋不休地要他的弟弟妹妹学习他的榜样。

莫丽小颤颤
Mollywobbles

"莫丽小颤颤"是韦斯莱夫人的昵称,当韦斯莱夫妇二人独自在一起时,韦斯莱夫人喜欢韦斯莱先生这样叫她。

黏痰
Phlegm

20世纪90年代中期,金妮曾把比尔的女友芙蓉称作"黏痰",因为芙蓉名字的法语读音(Fleur)和"黏痰"的英语读音(Phlegm)相近,同时也可以调侃芙蓉的个性。

你的韦崽
Your Wheezy

1994—1995学年,三强争霸赛第二个项目前夕,多比和哈利交谈时,称罗恩为"你的韦崽"。

蔫翼
Witherwing

"蔫翼"是鹰头马身有翼兽巴克比克的新名字。1996—1997学年,海格再次照料巴克比克时,为了保护它的安全暂时为它改了名字。在英语中,"withers"的意思是"马的肩胛骨处隆起的地方"。

珀涅罗珀·克里尔沃特
Penelope Clearwater

"珀涅罗珀·克里尔沃特"是"铁三角"寻找魂器时被狼人格雷伯克抓住时,赫敏编造出来的假名。

奇大无比的脑袋
Humongous Bighead

级长的首字母缩写为HB,而"奇大无比的大脑袋"的英文"Humungous Bighead"的首字母缩写也是HB,弗雷德故意取笑珀西时曾经这么说。

R.A.B

1997年,哈利随邓布利多前往岩洞寻找魂器,拿到的挂坠盒中塞了一张署名为R.A.B的羊皮纸,直到后来,署名者的身份才被证实,是小天狼星的弟弟——雷古勒斯·阿克图勒斯·布莱克(详情见人物部分词条)。

十全十美小姐
Miss Perfect

1995—1996学年,记者丽塔·斯基特曾这样称呼赫敏,带有讽刺意味。

伤风
Snuffle

"伤风"是小天狼星的一个代号。1994—1995学年,小天狼星偷偷潜回霍格莫德时,让哈利、罗恩和赫敏这样称呼他。这样其他人即使听到也不会明白说的是谁。"snuffle"在英语中指"使鼻子发出哼哼声"。

神秘人
You-Kown-Who / He-Who-Must-Not-Be-Named / He who Must Not Be Named

巫师界的大多数人,出于恐惧很忌讳直接讲出伏地魔的名字,所以用"神秘人"代称。邓布利多认为越是害怕说出伏地魔的名字,对他的恐惧就会越大。

西茜
Cissy

"西茜"是纳西莎·马尔福的昵称,贝拉特里克斯一般这么称呼她。

小罗尼
Jckle Ronnie / Little Ronnie

1995—1996学年,弗雷德和乔治嘲笑成为级长的罗恩时这样称呼他,因为韦斯莱夫人也很感动地这样叫罗恩。

韦瑟比
Weatherby

巴蒂·克劳奇,珀西的上司,并没有记住珀西的名字,而错误地叫珀西为"韦瑟比"。

问题多小姐
Miss Question-all

1995—1996学年,乌姆里奇曾这样称呼赫敏。

一本正经小姐
Miss Prissy

1995—1996学年,记者丽塔·斯基特曾这样称呼赫敏,带有讽刺意味。

月亮脸
Monny

"月亮脸"是活点地图的发明者之一,是卢平学生时代的绰号。在卢平四岁时,他的父亲得罪了狼人芬里尔·格雷伯克,出于报复,狼人从窗户闯入卧室咬伤了小卢平,卢平从此成为狼人。狼人的显著特点就是逢满月变身,因此卢平得名"月亮脸"。在英语中,"monny"有"像满月一样的""发疯、疯狂"的意思。

刻字

过人的聪明才智是人类最大的财富。
Wit beyond measure is man's greatest treasure.

这是雕刻在拉文克劳金冕上的一句话。

魔法即强权。
Magic Is Might.

1997年魔法部垮台后,傀儡政权将原来的魔法兄弟喷泉更换成了魔法即强权石像。一个女巫和一个男巫坐在雕刻华美的宝座上,俯视着从壁炉里滚出来的魔法部工作人员。这行字就刻在石像底座上。

珍宝在何处,心也在何处。
Where your treasure is, there will your heart be also.

这是邓布利多为母亲坎德拉和妹妹阿利安娜选择的墓志铭,铭刻在戈德里克山谷的墓碑上。

厄里斯斯特拉厄赫鲁阿伊特乌比卡弗鲁阿伊特昂沃赫斯
Erised stra ebru oyt ube cafru oyt on wohsi

这是厄里斯魔镜顶部刻的一行字,是厄里斯魔镜的符箓。将其倒过来,再进行断句,才能发现它的真正含义:

我所显示的不是你的脸,而是你心里的渴望。
I show not your face but your hearts desire.

最后一个要消灭的敌人是死亡。
The last enemy that shall be destroyed is death.

这是詹姆·波特和莉莉·波特墓碑上的铭文,意思是生命超越死亡,虽死犹生。

其他

霍格沃茨校歌
Hogwarts School Song

在霍格沃茨开学宴会上,如果校长的心情不错,师生会在一起唱校歌。校歌没有固定的旋律,每个人可以选择自己喜爱的曲调。

歌词:
霍格沃茨,霍格沃茨,霍格沃茨,霍格沃茨,
Hogwarts, Hogwarts, Hoggy Warty Hogwarts,
请教给我们知识,

Teach us something please,
不论我们是谢顶的老人,
Whether we be old and bald,
还是跌伤膝盖的孩子,
Or young with scabby knees,
我们的头脑可以接纳
Our heads could do with filling,
一些有趣的事物。
With some interesting stuff,
因为现在我们头脑空空,充满空气,
For now they are bare and full of air,
死苍蝇和鸡毛蒜皮,
Dead flies and bits of fluff,
教给我们一些有价值的知识,
So teach us things worth knowing,
把被我们遗忘的,还给我们,
Bring back what we have forgot,
你们只要尽全力,其他的交给我们自己,
Just do your best, we'll do the rest,
我们将努力学习,直到化为粪土。
And learn until our brains all rot.

泥巴种
Mudblood

"泥巴种"是对麻瓜出身的(即父母都不会魔法的人)巫师非常不敬的称呼。与纯血统或混血的人相比,麻瓜出身的人在魔法力量上似乎没有什么不同,但是血统歧视主义者却对麻瓜出身者怀有巨大偏见。这是一个非常恼人的蔑称,因为人们无法选择自己的出身。

韦斯莱是我们的王
Weasley is Our King

这是霍格沃茨的斯莱特林学生在1995年编的一首歌,用来嘲笑格兰芬多队

守门员罗恩的扑球能力,从而削弱他的信心。他们把罗恩说成是他们的"王",因为他糟糕的守门能力会帮助他们赢得这场比赛。这首歌可能是马尔福和潘西·帕金森所作,潘西还在魁地奇比赛期间指挥斯莱特林的球队高唱这首歌。作为这个活动的一部分,斯莱特林的学生们还制作了同名徽章,并且几乎所有斯莱特林的学生都戴着它。

每当斯莱特林的学生唱这首歌时,罗恩就会被这种嘲弄羞辱,失去信心,失掉球并让对方得分(因此斯莱特林的学生们说罗恩是他们的"王",能帮助自己赢球)。

原版歌词(斯莱特林版):
韦斯莱那个小傻样,
他一个球也不会挡,
斯莱特林人放声唱:
韦斯莱是我们的王。
韦斯莱生在垃圾箱,
他总把球往门里放,
韦斯莱保我赢这场,
韦斯莱是我们的王。
韦斯莱是我们的王,
韦斯莱是我们的王,
他总把球往门里放,
韦斯莱是我们的王。

在赢得魁地奇杯后,格兰芬多的学生改编了这首歌的歌词来为罗恩喝彩。在歌中,"韦斯莱是我们的王"不再是残忍的嘲讽,而是对罗恩帮助他们赢得魁地奇杯的真正感谢。

改编歌词:
韦斯莱是我们的王,
韦斯莱是我们的王,
绝不把球往门里放,
韦斯莱是我们的王。
韦斯莱真真是好样,
一个球都不往门里放,
格兰芬多人放声唱:
韦斯莱是我们的王。

第十四章 重要战役

哈利·波特百科全书

墓地之战
The Battle of the Graveyard

时间：1995年6月

在三强争霸赛的最后一个项目中，哈利与塞德里克同时触摸到已经被修改为门钥匙的火焰杯时，他们同时被带到了里德尔墓地。随之出现的虫尾巴杀死了塞德里克，并用哈利的血、伏地魔父亲的骨头，和自己的右手为伏地魔创造了新的肉身。伏地魔在召唤回他的食死徒们后，将哈利的魔杖递给他，要求跟他决斗。哈利在闪回咒的帮助下死里逃生，带着塞德里克的尸体和火焰杯回到了三强争霸赛赛场。

神秘事务司之战
The Battle of the Department of Mysteries

时间：1996年6月

一群霍格沃茨的学生被伏地魔引诱至神秘事务司后，被一群食死徒逼进预言大厅。学生们由哈利·波特率领，是邓布利多军（D.A.军）的一部分。食死徒由卢修斯·马尔福率领，这群学生在贯穿神秘事务司一系列房间的战斗中遭受了无

数的伤害，但也使他们的敌人遭受打击。然而，在凤凰社的一个小分队赶来使在死亡之室的战斗达到高峰时，学生们几乎被完全击败。最后，邓布利多亲自赶来并抓住了在场几乎所有食死徒。伏地魔通过幻影移形进入魔法部，没有料到他的死敌也在场，于是他与邓布利多在魔法部大厅中进行了一场旷世决斗。伏地魔在决斗中失败并与贝拉特里克斯一起逃跑。双方均有伤亡，小天狼星被贝拉特里克斯杀害。

参战人员：

食死徒阵营：伏地魔、卢修斯·马尔福、贝拉特里克斯·莱斯特兰奇、埃弗里、奥古斯特·卢克伍德诺特、罗道夫斯·莱斯特兰奇、克拉布、拉布斯坦·莱斯特兰奇、加格森、安东宁·多洛霍夫、沃尔顿·麦克尼尔、穆尔塞伯。

D.A.军：哈利·波特、赫敏·格兰杰、罗恩·韦斯莱、金妮·韦斯莱、纳威·隆巴顿、卢娜·洛夫古德。

凤凰社：阿不思·邓布利多、莱姆斯·卢平、小天狼星·布莱克、尼法朵拉·唐克斯、金斯莱·沙克尔、阿拉斯托·穆迪。

天文塔之战（黑魔标记之战）
The Battle of Astronomy Tower

时间：1997年6月

利用一个放在有求必应屋的中消失柜，马尔福找到了一个将食死徒偷运进霍格沃茨的方法。他带领一伙食死徒来到天文塔对抗并打算杀死邓布利多，因为他知道邓布利多会被释放在塔楼上空的黑魔标记引诱至此。幸运的是，被哈利提醒的D.A.成员及被D.A.成员部署在城堡作为警卫的凤凰社成员及时赶到参加了战斗。在塔楼底下的走廊里爆发了激烈的战斗。马尔福和四个食死徒及后来的斯内普爬上塔楼对抗邓布利多。邓布利多在之前由于喝了毒药而严重受伤，无力反击，但马尔福仍然没有勇气杀死他，最终还是斯内普用杀戮咒杀死了邓布利多。在斯内普和马尔福逃跑的过程中，哈利和海格紧紧追赶，但仍让食死徒们设法逃离了学校。战斗中有许多人受伤，比尔·韦斯莱被狼人芬里尔·格雷伯克严重咬伤。后来证实斯内普杀死邓布利多是几个月前两人共同策划的。

参战人员：

食死徒阵营：德拉科·马尔福、阿米库斯·卡罗、阿莱克托·卡罗、芬里尔·格雷伯克、多尔芬·罗尔、吉本、西弗勒斯·斯内普（卧底）。

D.A.军：哈利·波特、赫敏·格兰杰、罗恩·韦斯莱、金妮·韦斯莱、纳威·隆巴顿、卢娜·洛夫古德。

凤凰社：阿不思·邓布利多、米勒娃·麦格、莱姆斯·卢平、尼法朵拉·唐克斯、鲁伯·海格、比尔·韦斯莱。

哈利·波特百科全书

七个波特之战
The Battle of The Seven Potters

时间：1997年7月

为了不让食死徒在哈利的保护魔法失效那天（哈利17岁生日当天）抓住哈利，凤凰社决定在魔法失效之前先行破坏魔咒并秘密转移哈利。在转移过程中，食死徒埋伏在空中对哈利展开了攻击。虽然凤凰社提前用复方汤剂将其他六人伪装成哈利，但由于真哈利对斯坦·桑帕克施了缴械咒，所以被食死徒认出。随后伏地魔亲自赶到，追捕哈利，哈利的魔杖自行放射了一束金色火焰击碎了伏地魔借来的魔杖。哈利和海格到达唐克斯的父母家之后就利用门钥匙前往陋居。随后其他人也陆续到达。这次战役的激烈程度仅次于霍格沃茨之战（因为食死徒使用的几乎全部是杀戮咒）。在战斗中，乔治被斯内普用神锋无影咒割掉了一只耳朵（后被证实是斯内普的咒语打偏），"疯眼汉"穆迪因为蒙顿格斯的逃离而被伏地魔杀死。

参战人员：

食死徒阵营：伏地魔、贝拉特里克斯·莱斯特兰奇、罗道夫斯·莱斯特兰奇、西弗勒斯·斯内普（卧底）、斯坦·桑帕克、塞尔温、特拉弗斯和其他食死徒成员（至少有30个）。

D.A.军：哈利·波特、赫敏·格兰杰、罗恩·韦斯莱、弗雷德·韦斯莱、乔治·韦斯莱。

凤凰社：莱姆斯·卢平、尼法朵拉·唐克斯、亚瑟·韦斯莱、金斯莱·沙克尔、阿拉斯托·穆迪、鲁伯·海格、比尔·韦斯莱、芙蓉·德拉库尔、蒙顿格斯·弗莱奇。

马尔福庄园激战
The Battle of Malfoy Manor

时间：1998年3月末。

因哈利不小心说出了伏地魔的名字，被伏地魔手下的狼人格雷伯克等人包围，"铁三角"都被抓住，送往马尔福庄园（马尔福家当时是伏地魔及食死徒的基地）。在接到阿不福思的消息后，小精灵多比赶到马尔福庄园，因多比救走卢娜、迪安和奥利凡德时地牢发出声响，小矮星彼得前往查看。哈利提醒彼得自己救过他的命，趁着彼得失神抢走了其魔杖，小矮星彼得因此被伏地魔赐予的银手扼死。马尔福庄园激战爆发，哈利利用缴械咒夺走了马尔福的魔杖。（正因如此，伏地魔的老魔杖等于听命于哈利。虽然老魔杖的前主人是邓布利多，然而，只要战胜魔杖的主人,魔杖就会属于胜利者,马尔福在"天文塔之战"中成功地对邓布利多用了"除你武器"咒语,而后,斯内普才杀了求死的邓布利多,所以,老魔杖认定的主人是马尔福,而不是斯内普。)

为了救哈利、罗恩、赫敏等人,多比在争斗中被贝拉特里克斯的银色短刀刺进胸膛,但他死前成功用幻影移形将"铁三角"带到贝壳小屋。

参战人员:

哈利·波特、罗恩·韦斯莱、赫敏·格兰杰、多比、德拉科·马尔福、纳西莎·马尔福、卢修斯·马尔福、贝拉特里克斯·莱斯特兰奇、芬里尔·格雷伯克。

霍格沃茨之战(最终决战)
The Battle of Hogwarts

时间:1998年6月

通过连接猪头酒吧和有求必应屋的秘密通道,哈利、罗恩和赫敏在纳威的带领下进入霍格沃茨城堡。纳威随后通知了校外的D.A.成员,而D.A.又通知了凤凰社。与此同时,伏地魔在检查魂器后得知哈利在寻找并消灭魂器。他决定于午夜进攻霍格沃茨。得知了这个消息后的哈利让麦格教授和学校老师立刻疏散学生并组织兵力迎战。

午夜来临,食死徒大举进攻城堡,正义与邪恶的决战就此打响。

双方均使用了一切可以利用的武器。就在对战进入到僵持时,伏地魔杀死斯内普企图得到老魔杖,并休战让哈利自己投降。哈利拿到了斯内普的记忆,得知自己是伏地魔无意制造的第七个魂器,自己必须死亡才有可能摧毁伏地魔。可是在伏地魔用杀戮咒企图杀死哈利时,不仅没能杀死哈利,反而还清除了他身体里自己的灵魂碎片。毫不知情的伏地魔将哈利运回城堡。最终伏地魔与哈利在城堡礼堂进行了决斗。这时老魔杖的主人已是哈利,魂器也已全部消灭,伏地魔的杀戮咒反弹到自己身上,最终结束了伏地魔的生命。

这场战役双方都伤亡惨重。食死徒主力几乎被消灭,D.A.、凤凰社和霍格沃茨师生也伤亡过半。其中弗雷德在魔咒所制造的爆炸中牺牲,卢平被安东宁·多洛霍夫杀害,唐克斯被贝拉特里克斯杀害,格兰芬多的科林·克里维牺牲,拉文德·布朗被狼人芬里尔·格雷伯克咬伤。

参战成员:伏地魔和食死徒全部成员,D.A.军全部成员(除了扎卡赖斯·史密斯),凤凰社全部成员,巨人(格洛普),八眼巨蛛,打人柳,霍格沃茨全体教师(除了管理员费尔奇和庞弗雷女士带领低年级学生避难),已经成年的格兰芬多、赫奇帕奇和拉文克劳的学生,部分尚未成年、偷跑出来的格兰芬多、赫奇帕奇和拉文克劳的学生,已经毕业的学生(非D.A.和凤凰社成员,例如

奥利弗·伍德），霍格沃茨的盔甲（被麦格教授使用"石墩出动"咒语而发动防御），夜骐，马人，霍格沃茨学校中的家养小精灵，巴克比克（鹰头马身有翼兽）。

历史
年表

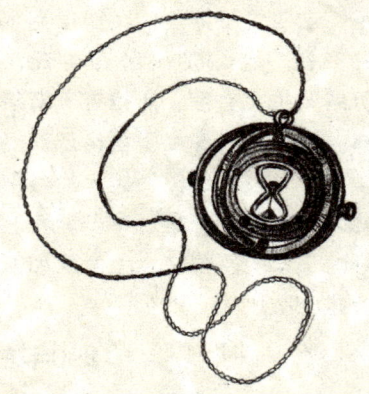

　　除了那些古老的事件拥有确定的年代之外，哈利在霍格沃茨魔法学校就读的6年其实书中并没有直接的记录。好在《哈利·波特》的正文中还是出现了可供推测的点。在《密室》一书中，哈利参加了"差点没头的尼克"举办的尼古拉斯·德·敏西-波平顿爵士五百年忌辰晚会。从晚会的蛋糕上我们读到："尼古拉斯·德·敏西-波平顿爵士逝于1492年10月31日"。这个日子加上五百年，就是那次忌辰晚会举办的日子——1992年10月31日，那时哈利正在读霍格沃茨二年级。还有，在《死亡圣器》一书中提到哈利的父母去世于1981年10月31日，而那时哈利才1岁多，当他11岁，也就是1991年时，他才会去学校读书。

　　于是哈利在霍格沃茨读书的日子被确定了下来。以此向前倒推，伏地魔得势的年代也可以确定，整个故事就印在了真实的时间线上。

哈利·波特百科全书

900年左右

当时的欧洲（麻瓜）社会极为仇视魔法师，这种情况迫使当时最有才华的四位巫师作出远离麻瓜，开办一所巫师培训学校的决定，这四位巫师是：戈德里克·格兰芬多、赫尔加·赫奇帕奇、罗伊纳·拉文克劳、萨拉查·斯莱特林。他们共同建立了霍格沃茨魔法学校，学校以四位创始人的名字划分为四座学院：格兰芬多学院、赫奇帕奇学院、拉文克劳学院和斯莱特林学院。

具体年份不详

萨拉查·斯莱特林和其他三位学校创始人的教学理念出现分歧，矛盾逐渐激化，最终斯莱特林决定离开学校。在离开之前，斯莱特林在城堡里建造了一个密室，并声称只有他的继承人能够开启密室，把里面恐怖的东西放出来，让它净化学校，清除所有不配学习魔法的人。

1290年左右

欧洲三大魔法学校（霍格沃茨、布斯巴顿和德姆斯特朗）之间创立友谊竞赛——三强争霸赛，这项比赛每五年举办一次。

1327年

尼可·勒梅出生。

1473年

首届魁地奇世界杯举办，在这届世界杯的决赛比赛中出现了700种犯规。

1492年10月31日

尼古拉斯·德·敏西-波平顿爵士逝世，随后成为霍格沃茨格兰芬多学院的鬼魂。

1637年

《狼人行为准则》颁布。

1689年

《国际巫师联合会保密法》签署生效。巫师彻底与麻瓜隔离，转入隐蔽。

1709年

在这一年的巫师大会上，正式通过了禁止养龙的法案。

1722年
戴丽斯·德文特担任圣芒戈魔法伤病医院治疗师职务。

1741年
戴丽斯·德文特就任霍格沃茨学校校长。

1768年
戴丽斯·德文特从霍格沃茨退休。

1875年
魔法部颁布《对未成年巫师加以合理约束法》。此项法律的主要内容是年龄在17岁以下的巫师不得在校外施魔法。

1926年12月31日
斯莱特林的后裔梅洛普·冈特在孤儿院里生下儿子,并给孩子取名为汤姆·马沃罗·里德尔,之后梅洛普·冈特去世。汤姆·里德尔在孤儿院里长大。

1928年12月6日
混血巨人鲁伯·海格出生。

1938年
阿不思·邓布利多到孤儿院找到汤姆·里德尔,并告诉他他是一名巫师。同年,里德尔到霍格沃茨上学,被分进斯莱特林学院。

1940年
海格进入霍格沃茨上学,被分进格兰芬多学院。

1942年
知道了自己是斯莱特林后裔的里德尔用蛇佬腔打开了密室,放出了密室里的蛇怪,制造了多起袭击事件,并杀死了一名女生(桃金娘)。同年,里德尔开始打探如何才能让自己长生不死,并着手研究魂器。他将自己杀人后分裂的一部分灵魂注入他的日记,由此制造了第一个魂器。

哈利·波特百科全书

1942—1943年

汤姆·里德尔将自己的名字"Tom Marvolo Riddle"（汤姆·马沃罗·里德尔）的字母变换顺序，组成"I am Lord Voldemort"（我是伏地魔）。

具体年份不详

里德尔将已成为魂器的戒指藏在冈特老宅中。

具体年份不详

伏地魔杀死了赫奇帕奇的远房后代赫普兹巴·史密斯，偷走了斯莱特林和赫奇帕奇的遗物——挂坠盒和小金杯，并把它们做成了魂器。

1945年

邓布利多与黑巫师格林德沃决斗，邓布利多取得胜利，得到了对手手上那根世上最强大的魔杖——老魔杖。

1943年夏天

汤姆·里德尔通过自己的中间名"马沃罗"查到这是斯莱特林的一支后裔——冈特家族的人名。里德尔找到了他的母族冈特家族的所在地，杀死了他那曾经抛妻弃子的父亲，还杀死了自己祖父、祖母，并把罪名嫁祸给他的舅舅莫芬·冈特，使莫芬在阿兹卡班度过了余生。里德尔偷走了冈特家族祖传的黑宝石戒指。随后，他将自己的另一片灵魂注入戒指，制造了第二个魂器。

1945年

里德尔从霍格沃茨毕业，正式改名为伏地魔。他把日记留在学校，希望有朝一日，能凭借日记里的灵魂引导另一个人完成他所谓的"斯莱特林高贵的事业"。毕业后的里德尔为在学校里寻找四位创始人的遗物来制造更多的魂器，希望申请到黑魔法防御术课教授这一教职。但当时的校长阿芒多·迪佩特认为他太年轻，拒绝了他。

1944—1945年

阿不思·邓布利多接任霍格沃茨魔法学校校长。

霍拉斯·斯拉格霍恩到霍格沃茨担任魔药课教师。

伏地魔找到了霍格沃茨创始人之一拉文克劳的遗物——冠冕，把它做成魂器。之后，伏地魔去博金-博克商店工作。

○ 1946年

伏地魔再次回到霍格沃茨申请教授黑魔法防御术，校长邓布利多拒绝了他。随后，伏地魔把他的一个魂器——拉文克劳的冠冕藏在了霍格沃茨城堡里的有求必应屋中。

1956年12月

米勒娃·麦格到霍格沃茨任教，教授变形术。

○ 1960年1月30日

莉莉·伊万斯出生。

3月27日

詹姆·波特出生，同年出生的还有：莱姆斯·卢平、小天狼星·布莱克、小矮星彼得和西弗勒斯·斯内普。

○ 1961年

小天狼星·布莱克的弟弟雷古勒斯·布莱克出生。

1970年

伏地魔开始招募人马，建立食死徒队伍。

○ 1971年

莉莉·伊万斯、詹姆·波特、小天狼星·布莱克、莱姆斯·卢平、小矮星彼得和西弗勒斯·斯内普到霍格沃茨上学，前五人被分进格兰芬多学院，斯内普被分进斯莱特林学院。

打人柳被种在霍格沃茨的禁林边上。

比尔·韦斯莱出生。

具体年份不详

伏地魔把赫奇帕奇金杯放进古灵阁（巫师银行）莱斯特兰奇家的金库中。

○ 1972年

卢修斯·马尔福从霍格沃茨毕业，成为食死徒。

德克·克莱斯韦到霍格沃茨上学。

查理·韦斯莱出生。

历史年表

1974年

雷古勒斯·布莱克到霍格沃茨上学，被分进斯莱特林学院。

1975年

莱姆斯·卢平被选为格兰芬多级长。

詹姆、小天狼星和小矮星彼得学会了阿尼马格斯变身：詹姆能变成牡鹿，小天狼星能变成黑狗，小矮星彼得能变成老鼠。

斯多吉·波德摩从霍格沃茨毕业，加入凤凰社。

1976年

珀西·韦斯莱、奥利弗·伍德、威克多尔·克鲁姆、芙蓉·德拉库尔都在这一年出生。

小天狼星因为憎恨父母的纯血统观念而离开了家，他前往詹姆的家，詹姆的父母热情地接纳了他。

1977年

塞德里克·迪戈里出生。

小天狼星开始自己生活。

1978年

莉莉、詹姆、小天狼星、卢平、小矮星彼得和斯内普从霍格沃茨毕业。

斯内普和小矮星彼得成为食死徒。

詹姆·波特和莉莉·伊万斯结婚。

双胞胎弗雷德和乔治·韦斯莱、安吉利娜·约翰逊、艾丽娅·斯内平特出生。

1979年

秋·张、凯蒂·贝尔出生。

1979年9月

赫敏·格兰杰出生。

雷古勒斯·布莱克成为食死徒。

德克·克莱斯韦从霍格沃茨毕业，成为魔法部的妖精联络处主任。

○ 1980年

西比尔·特里劳尼在霍格莫德的猪头酒吧接受邓布利多面试时，作出了一个重要预言——能战胜黑魔头的人将于当年7月月底出生。

斯内普为了保护莉莉成为邓布利多在伏地魔身边的密探。

伏地魔将魂器之一——挂坠盒藏在海边的一个岩洞中。

雷古勒斯·布莱克和家养小精灵克利切来到伏地魔藏挂坠盒的岩洞中，用一个假挂坠盒与魂器进行了调换。雷古勒斯为获取魂器喝下魔药，之后被阴尸杀死。

1980年 ○

德拉科·马尔福出生。

康奈利·福吉担任魔法部部长。

○ 1980年3月1日

罗恩·韦斯莱出生。

1980年6月 ○

达力·德思礼出生。

○ 1980年7月30日

纳威·隆巴顿出生。

1980年7月31日 ○

哈利·波特出生。

○ 1981年

斯内普奉伏地魔的命令到霍格沃茨任教，教授魔药学，之后担任斯莱特林学院院长，为伏地魔暗中监视邓布利多。

金妮·韦斯莱、卢娜·洛夫古德、科林·克里维出生。

10月31日 ○

小矮星彼得把波特夫妇的藏身地点出卖给了伏地魔。伏地魔来到波特家，詹姆为保护妻子和哈利而死。随后莉莉用身体挡在伏地魔与哈利之间，伏地魔杀死了她，但莉莉用生命和爱的力量为哈利施了一个保护咒。这个保护咒存在于哈利的血液里，使伏地魔在向哈利施咒时，杀戮咒反弹到伏地魔身上，他灵魂的一个碎片被炸飞，附在当

历史年表

哈利·波特百科全书

时房间内唯一活着的生物——哈利体内。伏地魔本人则变为没有实体的、虚弱的鬼魂，躲藏到阿尔巴尼亚的森林里。

之后，海格奉邓布利多之命从房子的废墟中救出哈利，把他交给莉莉的姐姐一家——德思礼夫妇抚养。伏地魔被挫败了，哈利·波特一夜之间闻名遐迩。小矮星彼得变成老鼠躲了起来，作了帕西·韦斯莱的宠物。哈利的教父小天狼星则被诬陷为伏地魔的亲信，因杀了13人而被关进阿兹卡班。

1982年

比尔·韦斯莱到霍格沃茨上学，被分进格兰芬多学院。

阿不思·邓布利多的弟弟阿不福思·邓布利多因对一只山羊滥用魔法而被起诉，最终被威森加摩定罪。

1987年

珀西·韦斯莱到霍格沃茨上学，被分到格兰芬多学院。

1988年

塞德里克·迪戈里到霍格沃茨上学，被分进赫奇帕奇学院。

1989年

比尔·韦斯莱从霍格沃茨毕业，成为古灵阁的解咒员。

双胞胎弗雷德·韦斯莱和乔治·韦斯莱、安吉丽娜·约翰逊、艾丽娅·斯内平特到霍格沃茨上学，均被分到格兰芬多学院。

1990年

秋·张、凯蒂·贝尔到霍格沃茨上学，秋·张被分到拉文克劳学院，凯蒂·贝尔被分到格兰芬多学院。

海格从一个希腊人手里买了一只三头犬路威。

1991—1992学年

奇洛教授在周游世界时来到阿尔巴尼亚森林，被伏地魔附身，奇洛将他重新带回了英国。

哈利·波特、罗恩·韦斯莱、赫敏·格兰杰、纳威·隆巴顿、德拉科·马尔福到霍格沃茨上学。前四人被分进格兰芬多学院，马尔福被分进斯莱特林学院，哈利、罗恩和赫敏成为好朋友。

哈利成为霍格沃茨一个世纪以来最年轻的魁地奇找球手。

伏地魔想利用奇洛偷取霍格沃茨里的魔法石，但哈利阻止了他。奇洛死了，伏地魔又回到了那座森林。

1993—1994学年

小天狼星从阿兹卡班越狱，寻找小矮星彼得。

莱姆斯·卢平教授到霍格沃茨教授黑魔法防御术，但最终因为狼人的身份被斯内普泄漏而不得不辞职。哈利在他的辅导下学会了能击退摄魂怪的守护神魔咒。

哈利得知小天狼星是他的教父，而小矮星彼得才是真正出卖他的父母的人。当晚，彼得出逃，开始寻找他以前的主人——伏地魔。

珀西·韦斯莱从霍格沃茨毕业，到魔法部工作。

1994年8月

第422届魁地奇世界杯决赛在英国举行，爱尔兰对保加利亚，爱尔兰队获胜，但保加利亚队的找球手威克多尔·克鲁姆抓到了金色飞贼。当晚，食死徒在世界杯现场示威，从阿兹卡班越狱的食死徒小巴蒂·克劳奇向天空中发射了黑魔标记，预示了伏地魔的卷土重来。

1992—1993学年

金妮·韦斯莱、科林·克里维、卢娜·洛夫古德到霍格沃茨上学，前两人被分进格兰芬多学院，卢娜被分进拉文克劳学院。

吉德罗·洛哈特教授来填补奇洛教授的空缺——教授黑魔法防御术，但最后被自己弄得丧失记忆，被送到圣芒戈魔法伤病医院。

卢修斯在开学前趁人不注意时将伏地魔少年时期的那本日记（魂器）塞给了金妮，开学后，金妮被日记中伏地魔的灵魂附身，在50年后重新打开了密室，放出了里面的蛇怪，赫敏、科林等4个学生受到攻击被石化，但最终哈利用格兰芬多的宝剑杀死了蛇怪，救了金妮，还用蛇怪的毒牙刺穿了里德尔的日记，毁掉了伏地魔的一个魂器。之后，卢修斯被开除出学校董事会。

1994年夏天

小矮星彼得找到了伏地魔。他们藏身在里德尔府，开学前，伏地魔在那里杀死了里德尔府原来的园丁、弗兰克·布莱斯。

伏地魔把他的宠物——纳吉尼做成了最后一个魂器。

8月31日

小巴蒂·克劳奇和小矮星彼得遵从伏地魔的命令来到已退休的傲罗阿拉斯托·穆迪家，将其制服后，小巴蒂·克劳奇利用复方汤剂假扮成穆迪前往霍格沃茨教授黑魔法防御术。

哈利·波特百科全书

10月30日

为参加在霍格沃茨举行的三强争霸赛，由伊戈尔·卡卡洛夫带领的德姆斯特朗魔法学校的学生代表和由奥利姆·马克西姆带领的布斯巴顿魔法学校的学生代表来到霍格沃茨。

10月31日

火焰杯选出了参加三强争霸赛的几位勇士：德姆斯特朗的威克多尔·克鲁姆、布斯巴顿的芙蓉·德拉库尔、霍格沃茨的塞德里克·迪戈里和哈利·彼特。其中，哈利并不够参赛年龄，是小巴蒂·克劳奇的阴谋迫使他成为勇士之一。

11月24日

三强争霸赛第一个项目比赛日，勇士们需要拾取被火龙保护的金蛋。

1995年2月24日

三强争霸赛第二个项目开始，勇士们需要进入黑湖底下营救人质。

5月24日

小巴蒂·克劳奇杀死了自己的父亲——魔法部国际魔法合作司司长巴蒂·克劳奇。

6月24日

三强争霸赛第三个项目开始，勇士们在迷宫中寻找三强杯，但奖杯提前被小巴蒂·克劳奇换成了门钥匙，同时到达终点的哈利和塞德里克被门钥匙带到了伏地魔父亲的墓前。伏地魔命令小矮星彼得杀死了塞德里克·迪戈里，并用自己父亲的骨、仆人小矮星彼得的肉和仇敌——哈利的血获得肉身。哈利在随后与伏地魔的对抗中利用孪生杖芯产生的闪回咒又一次逃脱了伏地魔的魔掌。小巴蒂·克劳奇在吐真剂的作用下说出了伏地魔的阴谋，随后接受了摄魂怪的亲吻。

7月

为了对抗伏地魔，邓布利多重新组建凤凰社，将其总部设在小天狼星的家——格里莫广场12号。

8月2日

哈利和他的麻瓜表哥达力遭遇摄魂怪，哈利使用了守护神魔咒。

8月12日

哈利因在校外使用魔法而受审，但因为邓布利多的有力辩护以及魔法法律执行司司长阿米莉亚·博恩斯女士的公正裁决，最后被宣告无罪。

8月下旬

罗恩和赫敏当选为格兰芬多级长；安吉利娜·约翰逊当选为格兰芬多学院魁地奇队队长。

魔法部高级副部长多洛雷斯·乌姆里奇将担任霍格沃茨新学期的黑魔法防御术课教师，并且在之后成为霍格沃茨高级检察官，声称有权对老师们进行管理。她试图对学校进行干预和控制，并强行通过了许多教育令，一度成为校长，但因对马人出言不逊而被抓入禁林，邓布利多将其解救，最终乌姆里奇离开了霍格沃茨。

8月31日

凤凰社成员斯多吉·波德摩被卢修斯·马尔福施了夺魂咒，马尔福让其偷出在神秘事务司预言厅中装有关于伏地魔和哈利的预言的预言球，但斯多吉被警卫抓获。

12月

伏地魔为得到预言球派他的蟒蛇纳吉尼前往魔法部的神秘事务司，当晚在神秘事务司值班的韦斯莱先生被咬成重伤，被送进圣芒戈魔法伤病医院。之后，在邓布利多的要求下，哈利开始由斯内普单独辅导，学习能使大脑抵抗外来侵入的大脑封闭术。

1996年1月

贝拉特里斯·莱斯特兰奇等10名食死徒从阿兹卡班集体越狱。魔法部神秘事务司官员布罗德里克·博德被食死徒杀害。

哈利·波特百科全书

暑假期间

魔法法律执行司司长阿米莉亚·博恩斯被伏地魔杀害，凤凰社成员爱米琳·万斯被杀；德拉科·马尔福成为食死徒，伏地魔命令他杀死邓布利多。

邓布利多到冈特老宅中找到了一个魂器——黑宝石戒指，但他受到魂器上强大咒语的伤害而奄奄一息。斯内普的及时相救使邓布利多保住了性命，但他最多还能再活一年。为了不使马尔福的灵魂因杀死自己而支离破碎，邓布利多让斯内普适时杀死自己。

斯内普和马尔福的母亲纳西莎·马尔福立下牢不可破的誓言，斯内普答应纳西莎保护马尔福，如果马尔福不能完成任务，那么斯内普将代替他完成。

8月

邓布利多带哈利劝说已退休的霍拉斯·斯拉格霍恩重新出来工作，最后霍拉斯同意回归，教授魔药学。

1997年3月1日

马尔福用来毒邓布利多的毒酒却误毒罗恩，哈利及时用解药相救，使罗恩生还。

6月

伏地魔为利用哈利得到预言球而制造假象，让哈利以为小天狼星遭遇危险。哈利为救小天狼星和罗恩、赫敏、金妮、卢娜、纳威一行来到魔法部的神秘事务司，落入食死徒的陷阱，幸而邓布利多和凤凰社成员及时前来相救。战斗中，预言球被打碎，小天狼星被贝拉特里克斯杀害。伏地魔和邓布利多在魔法部大厅交手，伏地魔不敌邓布利多，和贝拉特里克斯逃走。卢修斯·马尔福等其余11名食死徒被捕入狱。

7月中旬

魔法部部长康奈利·福吉因为长期封锁伏地魔东山再起的事实而被迫下台，原傲罗办公室主任鲁弗斯·斯克林杰担任魔法部部长。

10月

马尔福用来袭击邓布利多的一条项链误伤凯蒂·贝尔，使凯蒂被送进圣芒戈魔法伤病医院。

斯坦·桑帕克被施夺魂咒成为食死徒，之后被魔法部拘捕。

◯ 6月

哈利和邓布利多一起去寻找魂器。他们在岩洞中找到了假魂器——雷古勒斯的挂坠盒。为获取魂器，邓布利多喝下魔药而奄奄一息，哈利带着邓布利多和假魂器回到学校。当晚，食死徒在马尔福的帮助下进入霍格沃茨。马尔福除掉了邓布利多的武器，斯内普杀死了邓布利多。

◯ 6—7月

凤凰社成员莱姆斯·卢平和尼法朵拉·唐克斯结婚。

◯ 7月

食死徒亚克斯利对魔法部的魔法法律执行司司长皮尔斯·辛克尼斯施了夺魂咒。伏地魔召集食死徒集会，杀死了霍格沃茨麻瓜研究课教师凯瑞迪·布巴吉。

为了德思礼一家的安全，凤凰社把他们转移到了安全地点。当天，凤凰社成员来把哈利转移到安全的藏身之处，却遭遇伏地魔和食死徒的埋伏。在战斗中，哈利的猫头鹰海德薇被杀害；阿拉斯托·穆迪被伏地魔杀害；乔治·韦斯莱的一只耳朵被斯内普的神锋无影咒割下。

◯ 7月31日

斯克林杰将邓布利多的遗物交付哈利等三人。

◯ 8月1日

比尔·韦斯莱和芙蓉·德拉库尔结婚。在婚礼上，金斯莱利用守护神告诉众人：魔法部部长斯克林杰已被食死徒杀害，伏地魔占领魔法部。随后，食死徒们突然来袭，哈利、罗恩、赫敏利用幻影移形逃脱，暂时住到了格里莫广场12号。

◯ 9月1日

斯内普就任霍格沃茨学校校长，食死徒卡罗兄妹到魔法学校教授黑魔法防御术和麻瓜研究。

哈利·波特百科全书

○ 9月2日

哈利、罗恩和赫敏利用复方汤剂潜入魔法部，偷走了被乌姆里奇拿走的挂坠盒。随后因藏身之处被发现而被迫在外逃亡。

○ 秋天

罗恩受魂器的影响和两个同伴闹翻，去了比尔和芙蓉的新家——贝壳小屋。哈利和赫敏继续在外寻找魂器。

○ 12月

哈利和赫敏来到哈利的出生地——戈德里克山谷，为詹姆和莉莉·波特祭奠，但却落入伏地魔的陷阱，哈利和赫敏最终脱险，但哈利的魔杖被折断。

斯内普依照邓布利多肖像的指示，利用他的守护神牡鹿把格兰芬多宝剑交给了哈利。当天，罗恩回到了两个伙伴中间，并用格兰芬多宝剑消灭了魂器——挂坠盒。

卢娜在圣诞节假期后返回学校的火车上遭食死徒绑架，因为她的父亲——《唱唱反调》杂志主编谢诺菲留斯·洛夫古德公开拥护哈利。

哈利一行到洛夫古德家寻求关于死亡圣器的帮助，不料谢诺菲留斯·洛夫古德为救回卢娜而通知了食死徒。最终哈利等三人死里逃生，谢诺菲留斯被食死徒关进阿兹卡班。

○ 1998年3月

哈利因不小心说了伏地魔的名字，而导致三人被食死徒发现，他们被带到了马尔福庄园的地牢中。哈利夺走了马尔福的魔杖，最终多比救出了哈利等三人以及一同被困在地牢里的卢娜、妖精拉环和魔杖制作人奥利凡德，但被贝拉的匕首所杀。

伏地魔破坏了邓布利多的坟墓，拿走了老魔杖。

○ 1998年4月

卢平和唐克斯的儿子出生，取名为泰德·莱姆斯·卢平，哈利成为他的教父。

— 732 —

5月

哈利等三人在拉环的帮助下闯入巫师银行古灵阁，拿到了伏地魔放在莱斯特兰奇家的金库中的魂器——赫奇帕奇的金杯，随后骑火龙出逃。当天，哈利通过无意中进入伏地魔的思想得知拉文克劳的冠冕藏在霍格沃茨，他们来到学校旁的霍格莫德村，不料惊动了食死徒，阿不福思及时相救。随后哈利等人在阿不福思的帮助下进入霍格沃茨，哈利在拉文克劳学院被食死徒阿莱克托·卡罗发现，在麦格教授的帮助下制服了卡罗兄妹，但阿莱克托·卡罗在哈利击倒她之前就触到了自己左臂上的黑魔标记，从而通知了伏地魔。他们随后又被斯内普发现，但之后赶来的另三位学院院长弗立维教授、斯普劳特教授、斯拉格霍恩教授帮助麦格教授赶跑了斯内普。伏地魔发现他的几个魂器都不见了之后终于发觉哈利在设法寻找并消灭魂器，随即他和食死徒前往霍格沃茨。麦格教授唤活了学校里所有的雕像、铠甲，并召集了所有教师、凤凰社成员、成年学生以及幽灵对抗伏地魔和食死徒——最后的霍格沃茨决战打响了。在这场战斗中，弗雷德·韦斯莱、莱姆斯·卢平、尼法朵拉·唐克斯、科林·克里维等54位霍格沃茨的保卫者英勇牺牲。

2017年

哈利已成为傲罗的队长并和金妮结婚，二人的大儿子取名为詹姆·小天狼星·波特，二儿子取名为阿不思·西弗勒斯·波特，小女儿取名为莉莉·卢娜·波特。

罗恩帮助哥哥乔治一起经营韦斯莱魔法把戏坊，赫敏在魔法部的神奇动物管理控制司工作，二人已结婚，他们的大女儿取名为罗丝·韦斯莱，小儿子取名为雨果·韦斯莱。

德拉科·马尔福已与阿斯托利亚结婚，二人的儿子取名为斯科皮·马尔福。

卢娜成为博物学家，在发现新生物的同时，也不得不放弃对父亲的"迷信"，承认某些神奇生物确实不存在。

纳威则迎娶了汉娜·艾博，并成为霍格沃茨的草药学教授。